真 爱 之 路

从 不 平 坦

爱 迎 万 难

爱 也 赢 万 难

余生很好

王洁 著

西安出版社

图书在版编目（CIP）数据

余生很好/王洁著.--西安：西安出版社，
2024.6

ISBN 978-7-5541-7482-1

Ⅰ.①余… Ⅱ.①王… Ⅲ.①长篇小说—中国—当代

Ⅳ.①I247.5

中国国家版本馆 CIP 数据核字(2024)第 072619 号

余生很好
YU SHENG HEN HAO

作　　者：	王洁
责任编辑：	徐妹
文字编辑：	王雯蓼
装帧设计：	品格
出版发行：	西安出版社
地　　址：	西安市曲江新区雁南五路 1868 号曲江影视大厦 11 层
电　　话：	（029）85233741
邮政编码：	710061
印　　刷：	陕西博文印务有限责任公司
开　　本：	880mm*1230mm 1/32
印　　张：	16.125
字　　数：	429 千
版　　次：	2024 年 6 月第 1 版
印　　次：	2024 年 6 月第 1 次印刷
书　　号：	ISBN 978-7-5541-7482-1
定　　价：	78.00 元

△如有印刷、装订问题，本社负责另换

当你开始爱自己，
　　　　生活才会有意义

序言

生存与选择的丈量

——王干（著名文学评论家，中国作协小说委员会委员）

《余生很好》是青年作家王洁的小说新作，在这部小说中，王洁凭借细腻的笔触和敏锐的洞察力，以小人物为切入点，保证了艺术再现的"真实性"，映射出年轻人从大学走向社会，面对事业、家庭、婚姻时，在现实生存环境中的"迷失"与"回归"，表现出现代人在现实与理想之间不断摇摆的心路历程，展示了人物的生存方式和精神状态，面对物欲诱惑以及生活选择，精神的"守持"成为一种思考途径。

小说中，相比最初错过彼此的平雪娟和张文涛，何晓芸与刘康生的故事呈现了一种不同的情感走向。他们的故事不仅仅是两个人的爱情故事，更是一代年轻人在社会大环境中的成长缩影，是年轻人走向社会时，必须经历的理想与现实的碰撞，是爱情在逆境中坚韧生长的见证，也是关于家庭在风雨中重寻责任，重获温暖的叙述。他们面临的理想与现实的碰撞，是许多人在成长过程中都会遇到的问题，这种碰撞往往伴随着挑战和抉择，考验着个人的价值观和决心。

小说的主人公，何晓芸和刘康生是在大学里相识、相知、相爱的年轻人，当他们怀揣理想走向社会时，面对就业的压力与残酷，二人的爱情显得尤为珍贵，两人最初在城中村落脚的租房经验，以及开源节流的日常生活细节，再现了大学生走向社会的艰难。

无论是出生于偏远山村的张文涛，小镇里的何晓芸，还是知识分子家庭的刘康生，城市长大的平雪娟，他们的经历，展现了不同背景的人们在现代社会中所面临的普遍挑战。每个人的成长环境和起点不同，但他们在步入社会后都不得不面对理想与现实之间的差距，以及随之而来的生活压力和选择。何晓芸就业的曲折，刘康生创业过程的受骗，以及作为职场新人的打拼，无不反映着现代年轻人，尤其在就业、创业、买房、结婚等方面，面对的普遍性的现实生存困境。

何晓芸和刘康生的情感经历构成了小说的叙事主线，通过他们的关系变化，作者探讨了现代社会中人们在情感、道德和欲望面前的抉择。

从甜蜜的初恋到婚姻生活，再到家庭的建立，何晓芸和刘康生的关系经历了爱情正常婚姻的发展过程。随着时间的推移，他们的关系遭遇了挑战，何晓芸因为怀孕无人照应而在事业上升期辞职，同时，刘康生要面对巨大的经济压力，导致二人长期聚少离多。生孩子之前的一地鸡毛，生孩子之后的家庭琐碎，双方父母的争执纠纷，包括二胎问题，无不消磨着曾经的激情与美好。之后，刘康生的出轨，何晓芸在面对婚姻时的选择，既是对物欲社会和人性欲望的深刻剖析，也使人们进一步反思自身欲望、道德责任和社会期待之间的平衡问题。

小说中，刘康生内心的挣扎和道德抉择，成为物欲社会之下的缩影。在事业发展的阶段，刘康生面对齐亚男的柔情和郑巧玲的野心，虽然短暂地保持了克制，但并未改变出轨的事实，在事业上取得成功后，他的选择不仅影响了他的个人生活，也影响到了周围的人。

郑巧玲代表了那些希望在激烈的社会竞争中，通过捷径站稳脚跟的人。郑巧玲的物欲和对富贵生活的渴望，使她在道德和价值观上做出了妥协。她利用刘康生的财富和地位来实现自己的目标，这种关系往往是建立在物质利益之上，而不是真正的情感联系。她的嫉恨源于对何晓芸的比较，以及对刘康生可能仍然对前妻有情感的担忧。在一定程度上，刘康生的慷慨满足了郑巧玲的物质需求，但这并不能解决他们关系中的根本问题，郑巧玲对于怀孕的谋划，与另一个男人的缠绵，皆反映出这段感情中缺乏的深层次的情感支持和相互尊重。

在现实生活中，平衡事业成功和个人道德是一个持续的挑战，需要我们在面对诱惑和压力时做出明智的选择。另一方面，这也强调了建立在相互尊重和真诚情感基础上的关系的重要性。

丁大坤对何晓芸的感情是比较特殊的，二人除了上下级关系，还是能够交心聊天的老友。在得知何晓芸离婚无望时，他与小十岁的公务员结婚，婚后生活并不幸福，妻子每日花钱如流水，最终又选择了离婚，两段并不如意的婚姻，也让他认识到婚姻过程中重要的支点在哪里。他知道何晓芸并不是贪恋物欲的女人，同时难以改变她的心志，可因为心中依旧爱着她，所以自始至终，他一直给予着何晓芸最大的理解和支持，并一如既往地暗中保护她，在任何时刻提供无微不至的关心。从某种层面来说，何晓芸成了丁大坤生活中的一种精神慰藉。

这个故事中，何晓芸和刘康生的爱情旅程，如同一条蜿蜒曲折的河流，时而平静，时而汹涌。他们的经历，是无数年轻人在成长过程中的缩影。从大学校园的纯真岁月，到社会大潮中的跌宕起伏，他们的故事让我们看到了理想与现实的碰撞，以及在这种碰撞中人性的复杂与多面。

小说中的每一个人物，都有自己的故事，他们的生活选择和情感经历，构成了一幅丰富多彩的社会画卷。张文涛的故事，描绘了一个年轻人在家庭责任和个人情感之间的艰难抉择。面对母亲摔断腿并瘫痪在床的突发状况,他不得不承担起照顾母亲和妹妹的重担。在这种情况下,他选择与平雪娟分手,是不想让她承受额外的压力和困难,也是因为他认为自己无法给予平雪娟应有的关注和支持。

张文涛的坚韧与牺牲,平雪娟的无奈与坚持,这些人物的故事,让我们感受到了生活的不易,他们就生活在我们身边,面对生存的窘境,现实的压迫,不得不接受生活的庸常与妥协,同时,我们也看到了人性中的善良与美好。

在这部作品中,我们看到了年轻人在面对生活的压力和诱惑时,如何做出选择,如何在困境中寻找出路。何晓芸和刘康生的婚姻生活,从最初的甜蜜到后来的矛盾冲突,再到最终的理解和重归于好,这一过程充满了人性的挣扎与成长。他们的故事告诉我们,无论生活多么艰难,只要我们坚守内心的信念,就有可能找到属于自己的幸福。

何晓芸的成长经历,不仅是她个人成长的缩影,也是对身处社会和家庭之中的当代女性所处位置的思考。面对子女的精神、教育、成长等问题,何晓芸展现出母爱的伟大,她不仅要照顾孩子的日常,还要寻找合适的方法来支持孩子的心理健康。在处理丈夫出轨和小三的介入时,她经历了内心的挣扎和痛苦,但最终选择了坚持自己的原则和尊严。何晓芸选择离婚后再复婚的决定,是深思熟虑的结果,她的选择,不是出于对权力的屈服,而是出于对家庭和爱情的重新评估,这样的决定,展现了她作为现代女性的自主和成熟。

何晓芸的故事进一步启发女性,思考如何在现实生活中保持坚韧和独立,如何在面对挑战时做出最适合自己的选择。她的经历提醒我们,无论外界环境如何变化,保持内心的强大和对生活的积极态度是极其重要的。

总体来看,《余生很好》是一部关于成长、关于选择、关于人性的小说。它让我们思考,在这个快速变化的时代,我们如何保持自我,如何在现实与理想之间找到平衡。这部作品是对当代年轻人生活状态的真实写照,也是对人性深层次探讨的一次尝试。它不仅仅是王洁对生活的深度思考,也是一部能够触动人心、引发共鸣的现实主义用心之作。王洁创作的空间还很大,期待她百尺竿头更进一步,写出更有生活内涵和艺术内涵的扛鼎之作。

2024 年 3 月 9 日于上海铂尔曼酒店

扫码查看
· 收听有声电台
· 观影爱情风雨
· 破译婚姻密码
· 致信点滴爱意

目录
MULU

上部　爱的代价

序言　生存与选择的丈量	001
第一章　毕业季	003
第二章　清水镇	015
第三章　城中村的日子	026
第四章　崭露头角	033
第五章　婆婆上门	040
第六章　闪婚	050
第七章　幸福的烦恼	058
第八章　丈母娘来了	066
第九章　一地鸡毛	074
第十章　硝烟四起	082
第十一章　二胎！二胎！	090
第十二章　三面围攻	098
第十三章　添丁	106
第十四章　合伙创业	113
第十五章　小姑子的秘密	122
第十六章　公司危机	130
第十七章　品尝苦果	137
第十八章　美人救英雄	147
第十九章　短暂的和睦	155
第二十章　出轨	163
第二十一章　抉择的苦恼	175
第二十二章　选择原谅	183

下部　浮世归来

第四十六章　不可告人的秘密	411
第四十七章　尴尬的聚餐	422
第四十八章　别样的生活	431
第四十九章　醉翁之意不在酒	438
第五十章　儿子不见了	446
第五十一章　最后的离别	455
第五十二章　逼婚	465
第五十三章　谋划败露	473
第五十四章　认错	480
第五十五章　走出阴影	485
第五十六章　尾声	490
补记　不算结尾的结尾	495

中部　半生枷锁

第二十三章	有女初长成	193
第二十四章	办公室恋情	200
第二十五章	暗波涌动	207
第二十六章	二度霹雳	218
第二十七章	分居	227
第二十八章	酒后倾诉	235
第二十九章	乘虚而入	244
第三十章	男人间的战争	252
第三十一章	再添烦恼	260
第三十二章	父母的演戏	274
第三十三章	刘家的家训	282
第三十四章	女人的心事	290
第三十五章	又添误会	298
第三十六章	失踪	306
第三十七章	捅了马蜂窝	314
第三十八章	敲打	322
第三十九章	不可调和	334
第四十章	同学聚会	341
第四十一章	文涛和雪娟	353
第四十二章	千里寻觅	360
第四十三章	被拒绝的礼物	377
第四十四章	致命的伤害	387
第四十五章	离婚	398

上 部

爱的代价

爱是一种选择，每种选择背后都要付出代价。
你愿意吗？

第一章

毕业季

长安理工大学,是西安城内一所极具活力与朝气的学府。

又是一年毕业季,主干道两旁的树木葱茏苍翠,六月的阳光透过树叶撒落在地上,斑斑点点;那些青春洋溢的年轻学子们时常穿梭其间,尤其是这个季节里已经换上各色清凉短裙的女生们来来往往,使得整个校园显得清新又明亮。不过,校园里很快又出现了另一番景象。就在这两日,校园里的学弟学妹们突然发现,往日神龙见首不见尾的大四学姐、学长们如雨后春笋一般,纷纷冒出来。他们穿着学士服,三三两两,嬉笑打闹着穿梭在学校的各个角落,阳光照耀在他们青春的脸庞上,熠熠生辉。

在即将毕业的时间里,全校师生都释放出了最本真的天性。此时,郁郁葱葱的校园里到处飘着彩色的气球,以及一幅幅鲜艳的旗帜和红色的条幅:

天行健,学长以实力打倒高富帅!
地势坤,学姐凭智慧战胜白富美!

——校报记者团宣

告别师兄，后会有期。

——物理工程系卓越班师妹团

毕业我们说好不分手！

——新闻系学生会宣

……

何晓芸和平雪娟穿着宽大的硕士服，刚走出宿舍门没几步，一抬头，两人不约而同地被这些铺天盖地的标语吸引得放缓了脚步。

她们指指点点地边走边读，一会儿好奇地会心一笑，一会儿不解地愤然评判。

"雪娟，你看看，这些标语太有意思了。"何晓芸一字一句地读着这些标语，哈哈大笑，"谁写的啊？这也太损了吧！你看看这条，'清——辉——师——兄，孩子已经打掉了，你安心工作吧！'这位叫清辉的哥们看到这条，不得疯了呀！"

何晓芸随手拍了拍平雪娟的肩膀，见她没有回应，何晓芸便下意识地扭头看了一眼走在自己右侧的平雪娟，此时的她脸上笼罩着阴郁的颜色，跟平时活泼开朗的她形成强烈的反差。

何晓芸和平雪娟是大学四年的同窗，同一个专业，同一间宿舍上下铺，一起上课一起吃饭，两人早已不是普通朋友的关系，她们这几年形影不离的相处早就让她们亲如姐妹，甚至比了解自己还了解对方。

何晓芸感觉出了异样，平雪娟肯定有心事，她小心地试探："雪娟，怎么了，是不是遇到什么不顺心的事儿了？"

这一问，平雪娟的眼泪突然间就如小溪冲破了河岸，她停下脚步，蹲在一旁的树荫下，将沾满眼泪的脸埋进硕士服里，轻轻抽泣了起来。

何晓芸意识到了平雪娟肯定是遇到什么不开心的事儿了，她猜测和那个男人有关。"是不是张文涛？他是不是欺负你了？告诉我，我找他去。"

张文涛与她们两人是同班同学。当初刚进入大二不久，在何晓芸的鼓励下,平雪娟开始追求张文涛。张文涛高大英俊,眉清目秀,穿上古装就特别像一个温文尔雅、博才多学的白面书生,是校园里大多数女生喜欢的类型。因此在学校内外,曾有不少女生对他一见倾心,暗中萌生爱恋;一些率直胆大的甚至当面就想要认识他,跟他交往,不过这种类型的,张文涛自觉驾驭不了,没敢接受。每当张文涛在校园散步时,就会收到那些陌生女孩半是害羞、半是冲动地塞给他的小纸条。这些让张文涛不免飘飘然,自鸣得意,时常也被骄傲的他拿来作为吹牛的谈资。

那时的平雪娟,无疑就是这庞大的花痴女生行列中的一个。

当平雪娟见到张文涛第一眼时就被他高大英俊的形象所吸引,她回到宿舍立即就对何晓芸进行了一番夸大其词的描述,将张文涛的公子形象和气质,形容得无以复加。"完了,我沦陷了。"她半开玩笑地自嘲说,"唉,看来此生本姑娘我,必定为情所困呢。"

相比其他别的性子羞羞答答或豪放粗率的女生,平雪娟聪明的是,她的追求内敛不露痕迹,就像一朵慢慢绽开的花儿,一点点展示在张文涛面前。张文涛最初从校园众多女生中认识到她,对她倒也不反感,但也没表现出多少热情。没承想,后来不知不觉地被她活泼有趣的性格渐渐吸引,再到之后的深深喜欢,其间整个过程,不到两个月时间,两人的关系便达到了如胶似漆的程度。

张文涛从此放不下平雪娟,甚至可以说对她是爱之痴狂。可惜,造化不公,事与愿违,世上的事顺利成功与否,并不仅仅取决于当事人的意愿,尤其是面对谈恋爱和结婚这种终身大事。自从那次张文涛的母亲来到西安城看望儿子,当面见过儿子的校园女友后,对这个在城市长大的女孩便有了看法,基本上呈不大接受的态度。

张文涛的母亲,并不是针对平雪娟的相貌身材,而是对平雪娟的生活习惯颇有微词,认为她跟自己儿子不合适,强烈反对两人在一起。

张文涛自然也清楚母亲对自己女朋友的意见来自哪里。

张文涛出身乡下，祖上世世代代蜗居在偏远的小山村，父亲早逝，母亲也在家务农，家庭条件很是艰苦，生活向来俭朴惯了，而且张文涛从小到大读书的钱都是他的堂叔张大年接济的。

张大年在县城开了个粮油铺子，生意做得有声有色，多年的苦心经营，让张大年拥有了数家分店。他没有读过几天书，但却十分喜爱张文涛这个读书又好、长得又帅气的侄子。张文涛也很敬重这个喜欢自己并慷慨资助自己上学的堂叔，但凡遇到任何事情都喜欢征求堂叔的意见。不过，他的堂叔张大年并没有见过平雪娟，暂时也给不了他任何支持意见。

而让张文涛备受煎熬和打击的是，母亲鲁桂花对平雪娟的评价简洁明了，短短十个字就给牢牢地贴了标签：爱打扮，像大小姐，养不起。

富人的奢侈和穷人的自尊心都是一件让人觉得匪夷所思的事情，越穷越爱面子，当鲁桂花想到自家日后拿不出彩礼时的那种寒酸、尴尬的场面时，心里就难过，很不是滋味——给儿子找媳妇的对象多的是，凭什么偏偏要给自家找罪受哩。自此之后，返回老家的母亲时常就在电话里对张文涛反复叮咛，苦口婆心地费尽唾沫讲："涛子啊！我们家是养不起那尊大佛的，人家可是城里的大家小姐，你就别痴心妄想了，还是趁早断了吧！妈就你一个儿子，毕业后你是要回来的，人家姑娘能跟着你来咱乡下吃苦吗？小孩子谈谈恋爱是可以，婚姻可是要讲现实的。现实就是钱，咱家没钱你也不是不知道。"

张文涛内心的纠结随着毕业的临近而日益加剧。每每平雪娟问及他毕业后的打算时，他就变得迟迟疑疑，最后不得不把父母的意见说出来。平雪娟也早已清楚他家的情况和父母的意见，但她声称自己并不在乎。如果两人日后结婚，张文涛表示得说服母亲才成，而他现在还没有想到什么有效的办法，这让平雪娟大为伤心，两人也经常为此闹别扭。

身为闺蜜的何晓芸自然知晓这对苦命鸳鸯的痛苦，也深知其中的缘由，为此她也私下里劝过张文涛，让他能多为雪娟和他们两人的将来考虑，而不是被老家的陈旧思想所束缚。

因此，今天看到平雪娟有些反常的样子，何晓芸立即就想到了张文涛。只是不清楚他们两人的关系如今到了什么地步。

平雪娟止住了哭声，抬起头看着何晓芸："晓芸，张文涛和我说分手了。"

"什么？他要和你分手？他是跟你开玩笑说的吧？不然，这——这也太意外了吧！"何晓芸感到吃惊，平雪娟和张文涛在一起三年，除了为家里的事儿小吵过几次外，从来没有红过脸，两人十分恩爱，张文涛把平雪娟当作温室的花朵一样呵护着。平雪娟时常任性的小脾气在张文涛眼里却是纯真可爱，甚至于让张文涛从来都不忍对平雪娟说一句语气重一点的话，如今他却突然提出分手，这让平雪娟实在难以接受，也让一旁的何晓芸感到不可思议。

何晓芸扶起蹲在地上悲伤的平雪娟："昨天我见你们俩不是还好好的吗？今天却说要分手，这事儿碰到谁谁也接受不了啊！对了，他说了是什么原因吗？"

"他什么也没说，就是说我们毕业了就应该面对现实，分了对谁都好……可是我不是这么想的啊！他一点儿也不明白我的心意……"说完，平雪娟的眼泪又像水珠子般吧嗒吧嗒掉在半裹着膝盖的裙子上，裙摆上面的绣花都被弄湿了。

"别伤心了，待会我去找刘康生，和他一起去找张文涛问个明白！"何晓芸翻开自己宽大的硕士服，从衣服里掏出纸巾给平雪娟擦拭眼泪，"你看，眼睛都哭红了，待会我们还得拍照呢，不能再伤心了啊！"

平雪娟接过了纸巾，并没有说话，却也渐渐收住了眼泪，不再哭泣。

"好个张文涛！雪娟你等着，我这就去把他给你揪过来。"何晓芸好说歹说地费了半天口舌，先把平雪娟劝回了宿舍，然后脚底生风，一口气闯到男生宿舍楼下。幸亏宿舍的楼管阿姨刚刚去取快递了，不然，她也没那么轻易就能进到楼里。

何晓芸之前偷偷溜进过这里几回，到了三楼，她二话没说，一脚踹开了那个熟悉的宿舍门,朝里面吼道:"刘康生,你给我出来!"

突然间这一声怒吼,让里面几个穿着裤头的男生惊慌失措,他们眼见躲闪不及,纷纷蹲到门后面。只见一个高个秀气的男生从里面出来,看见何晓芸一副气呼呼的样子,有些吃惊地说:"晓芸,你怎么来了?你这是怎么了?发生什么事儿了?"

何晓芸气势汹汹地质问:"刘康生,我问你,你是不是有什么事情瞒着我?"

眼前这个秀气的男生正是何晓芸的男朋友刘康生。他们认识得晚,但平时关系也不错,两人都属于直率性格,这种直来直往的风格,相互也早已习惯了。他不知所措地摸了摸头,无奈地表示:"没有啊!我可没有什么事情瞒着你啊!咱俩之间的事,你可都是一清二楚的。"

"我不是说咱俩,说的是别人的事!我问你,张文涛是不是喜欢上别的女生了?你跟他关系好得像穿一条裤子似的,别说你不知道。"何晓芸振振有词地说道。

"不是,我真不知道啊!天大的冤枉啊,也没听张文涛说起过啊!"刘康生如丈二的和尚一般摸不着头脑。

"那他为什么要跟雪娟分手?"

"啊?他们要分手?"刘康生满脸茫然,似乎比何晓芸还要吃惊。

何晓芸狐疑地看着他:"你真的不知道?"

"不知道啊!我这不刚听你说啊!"刘康生此刻一脸坦然而又无辜的样子,让何晓芸不得不相信他是真的不知道。于是她降低声音,把平雪娟对她说张文涛要分手的事儿跟刘康生学了一遍,"她现在还在宿舍哭呢,我就是过来想找你问问张文涛到底是怎么回事。"

刘康生也显得很意外,对于他们两人的关系,他也比较了解,张文涛和平雪娟大二时就在一起了,感情一直很好,平日里别说发生口角,就连红脸生气也是屈指可数。他和张文涛是好兄弟,何晓芸是平雪娟的闺蜜,于是几个人也就当成"一家子",他经常亲切地称平雪娟为"小雪",平雪娟也喜欢刘康生这样称呼自己。在张文涛与小雪两人的撮合下,他和何晓芸才慢慢地走到一起。如今正是大家毕业开始新生活的时候,张文涛还约好与他一起留在西安找工作,怎么会好好的突然就要分手呢?

刘康生为了稳住何晓芸的情绪,便对她说:"你先别着急,我带你去找他,把事情问问清楚。"

这大学四年,何晓芸去过无数次男生宿舍,但都是找刘康生的,这么一说,还真不知道同班的张文涛住在哪个宿舍,于是乖乖地跟在刘康生身后。

张文涛跟他不在一个楼层,他们需要爬一层楼梯上去。

到了张文涛宿舍门口,何晓芸敲了半天的门也没有反应,于是推开门进去,一股浓烈的酒味扑鼻而来。何晓芸没看地上,不小心踩到一个啤酒瓶,差点滑了一跤,还好旁边的刘康生眼疾手快地扶了一下,才让她安然站稳。

没想到,除了四个架子床,里面已经是空空如也。

宿舍床铺居然都搬得干干净净,只有地面上到处一片狼藉,何晓芸嘀咕着:"这帮男生动作挺快啊!刚拍完毕业照,就不见人影了。"当然,如果忽略瘫坐在卫生间里的那个人的话。

听到卫生间有声响,他们两人不禁一惊,才往里走去,慢慢推开门,发现里面果然有一个熟悉的人影。

他周围横七竖八地倒了一地的啤酒瓶,手上还拿着一瓶,正一口一口地往嘴里灌呢。看这厮样子,昨晚往马桶里不知吐过多少回了,现在竟然还喝呢。

刘康生定睛一看,不正是张文涛吗。

"张文涛!"何晓芸猫下腰,伸手一把抢下张文涛手中的啤酒瓶。

张文涛抬头看着眼前的两个人,面色酡红,地上的啤酒瓶做证,张文涛喝得真不少,他竟然还能清醒地打招呼:"你们来了。"

"小雪说你要跟她分手，你说，这到底怎么回事？"何晓芸开门见山地喝问道。

"对啊！是我，是我要跟她分手。"张文涛很直接痛快地承认了，然后探身去够何晓芸手里的酒瓶。

何晓芸把手一扬，张文涛扑了一个空。

看着张文涛这个样子，何晓芸气不打一处来："小雪多好的一个女孩，你干吗要跟她分手啊？"

"干吗要分手？"张文涛喃喃地说着，"干吗要分手？因为我不爱了还不行吗？我就是不爱她了，所以分手不是很正常吗？"

"张文涛你混蛋！"何晓芸近乎用咆哮的声音喊道，"你忘了小雪是怎么对你好的了吗？平常省吃俭用的给你买东西，有什么好吃的都眼巴巴地送给你，现在毕业了，你就说腻了，就想分手了，哪有那么便宜的事？"

"对！你说得对，我就是个混蛋！"张文涛突然激动起来，两只手握拳，拼命地捶打着自己的头。

刘康生赶紧上前拉住张文涛的手，把他从地上扶起来，问道："文涛！到底出什么事了？！"

张文涛改拳为手掌，捂着自己的脸"呜呜"地哭起来，头一次看见一个大男生在自己面前哭得这么绝望、悲恸，何晓芸和刘康生对视着，一时之间都不知道如何是好。

看样子，跟小雪分手，大概不是他个人的主观意愿。想到之前闺蜜跟自己说到他老家的事，何晓芸这时隐约猜到了几分。

过了半晌，张文涛缓缓开口说："半个月前，我们村的村长给我寄了一封信，说是我妈采药从山上摔了下去，村里的人把她送到医院的时候，两条腿已经保不住，做截肢了。"

何晓芸愣了，千想万想，也没想到中间还有这样的隐情。刘康生显然也愣住了，半天吐不出一句话，最后只能拍了拍张文涛的肩膀以示安慰。

这些年，张文涛的情况大家都是知道的，他早年丧父，家里还有一个年幼的妹妹，母亲经常上山采药供他们兄妹读书；等上大学后，幸好有堂叔张大年的支持，张文涛也靠着自己努力获得奖学金和助学金，逢周末节假日时常还会外出做家教，每个学期除了交学费和食宿费用外，竟还能往家里寄点钱。

对女朋友、对同学，张文涛是大方、够义气的，但对自己，张文涛简直抠到不能再抠。一双球鞋穿了四年，鞋底烂了还舍不得扔；冬天永远只有一件外套，已经从黑色洗成了灰色；平常极少参加同学聚餐，也从不出去玩。善良的同学们了解到他家的情况后，从不让他难堪，反而和他女朋友平雪娟一起，小心翼翼地维护着张文涛内心深处的自尊。

这次张文涛的妈妈从山上摔断了腿，无疑让这个贫苦的家庭雪上加霜。张文涛需要面对的除了一大堆医药费和正上中学的妹妹，更有瘫痪在床的母亲，面临毕业的他得立即回去，承担起属于他的男子汉的责任。

何晓芸急道："那你怎么不和小雪说？"

张文涛满脸苦涩，自嘲道："怎么说？让她跟我回村里，一起照顾我妈？小雪是个好姑娘，她知道后肯定不同意分手，我不能那么自私，我不能拖累她，不能让她跟着我受苦。"

何晓芸小心地试探道："或许小雪愿意呢？"

"我不愿意！"张文涛嘶吼起来，像是压抑了许久的火山突然爆发一样，说出的每一句话每一个字都如同心口插着刀，痛得喘不过气来。他继续吼道："我不愿意她吃这样的苦！哪怕她以后站在别人身旁，有个更美满的家庭，我也愿意，我只要她过得幸福，过得快乐！那样的生活，那些事，让我一个人承受就够了！"

何晓芸红了眼眶："难道就没有其他办法了吗？就一定要选择分开吗？"

"没有其他的办法了，我必须得回老家。"张文涛不顾糊了一脸的眼泪，对何晓芸和刘康生说道，"还请你们……不要告诉小雪，小雪知道后肯定不愿意分手,何晓芸,你就跟她说,是我不喜欢她了,让她死心,也让她不要再来找我了。"说完后又补充了一句,"她最近心情不好,你们多陪陪她……"

从张文涛宿舍出来以后,两人的心情都很低落,谁都没有开口说话。他们走出校园,穿过嘈杂喧闹的各色人群,走了四五里路,来到郊外两人经常约会的小河边。

河水依然清澈见底,微风一吹,波光粼粼地闪烁着。这条小河,见证着何晓芸与刘康生的第一次牵手、第一次接吻、拥抱、第一次吵架拌嘴,以及最后的和好如初。这样的画面,在他们相处的这两年时间里不知道循环过多少次。

"康生,你说我们以后也会分开吗?像张文涛和小雪那样。"何晓芸莫名其妙地说了这么一句,似乎是刻意打破此时的沉默。"呸,别这么说,每个人的情况都不相同嘛。再说了,假如——我说的假如啊——假如我是那样的境地,我也宁愿放弃,让你选择更好的生活。"刘康生显然从方才的情景中还没回过神来,声音闷闷地回答道。

"我不要,无论怎样的情况,我都希望你能如实地告诉我,把选择权给我,我不要你自以为是的牺牲,不要你自以为是的让我幸福。对我而言,这个世界上,只有一个幸福的地方,那就是在你的身边。"何晓芸含情脉脉地注视着刘康生的眼睛。

刘康生听了这番话,不由得深深感动,充满怜惜地把何晓芸揽入怀中,停了小半晌,轻轻地点着她的鼻子说:"傻瓜!我们不会有那个时候的,我们会永远在一起。"

何晓芸故作严肃地说道:"我说的是真话,如果真有那么一天,你不许瞒着我,我没有你想得那么娇弱,我也可以站在你身旁,跟你一起迎风冒雨。"

刘康生紧紧地搂着何晓芸,饱含深情地说道:"好!"

"对了,如果我父母不同意我们在一起呢?"何晓芸突然问道。

"不会的,那我就天天去烦他们,让你父母直到同意我们在一起为止。"

何晓芸"扑哧"一声笑了,用手轻轻地捶了一下刘康生的胸口,然后又问道:"那如果你父母不同意我们在一起呢?"

"那更不可能了,我父母都很好说话,只要我喜欢,他们会尊重我的选择。"刘康生语气里充满了肯定。

何晓芸满心甜蜜地靠在刘康生的怀里,缓缓地说道:"那说好,无论怎样,我们都要在一起。"

"好!"

两人就那样久久地依偎着,任凭河水淙淙地向远方流去,天色渐渐暗淡,他们才起身,不舍得返回学校。

第二天一早,张文涛没有告诉任何人,背着来时的那个旧背包,一个人悄悄地离开了校园。等平雪娟赶到他们宿舍的时候,那里已经空荡荡了。

何晓芸看着眼前的平雪娟万分难过的样子,心里已经打定主意,听从刘康生的决定——坚决不告诉她真相。平雪娟的心情她理解,只要稍稍想到刘康生离自己而去,何晓芸就觉得世界要崩塌了,所以她完全理解正陷入情伤中的小雪,在经历着怎样的内心煎熬与折磨。张文涛的离开,张文涛的无奈,超过了她能帮助的范围。他们还未踏出象牙塔,便感受到一股扑面而来的血淋淋的现实,她只能眼睁睁地看着自己的好朋友、好闺蜜伤心落泪,除了陪着,其余的,什么都不能做。

可现在铁一般的事实是,她们之间就连"陪着"这件小事也做不到了——她们都要离校,各奔东西了。

送完了宿舍众人,何晓芸是最后一个才走的。看着往日里朝夕相处的姐妹一个个地离开,看着校园里熟悉的一草一木,何晓芸深切地感受到了离别在即——仿佛整个世界在分崩离析,她不禁悲从中来,一阵热泪夺眶而出。

临行之前,在这堆前往天南海北的同学中,刘康生是她最后的依恋。

"康生,我不舍得你,我舍不得这里。"

刘康生最看不得女孩流眼泪,更何况是自己深爱的人在流泪,他放下手中的行李,轻轻替何晓芸擦干眼泪:"不是说好了吗,你先回家,过几天就来西安,你要是想念这里,以后我们可以常回来。"

何晓芸将头深深埋在刘康生怀里,洒落下一串眼泪说:"可是我们还没有分开过这么久呢!我会想你的。"

"我也会想你的,你放心,等我这边安排好了给你电话,你就马不停蹄地火速来西安。"分离在即,刘康生心里何尝不是苦涩的。

"好,你可不能骗我。"何晓芸带着鼻音有些哽咽地说道。

"放心吧!傻丫头,再不走,你要赶不上中午的火车了。"刘康生亲了亲何晓芸的额头,安慰道。

何晓芸在一步三回头中,看着刘康生摇晃着手臂的身影,依依不舍地踏出了校门。

第二章

清水镇

回到安徽老家的何晓芸简直有点不适应，一日三餐的大米饭，让在这里土生土长的何晓芸居然想念起了陕西的油泼辣子面——滚烫的热油"呲"的一声淋在辣子上，翠绿的葱花，鲜红的辣椒面……还有肉夹馍、臊子面，啧啧，光想想就让人口水直流。最重要的是，在老家实在太无聊了，整天只能待在屋子里招猫逗狗，几天下来就没了心劲儿，让何晓芸很是想念刘康生和学校那丰富有趣的生活。

何晓芸是那个年代少有的独生女。

早年间，何晓芸的母亲李桃花先后怀过两胎，却都以不幸的惨剧而告终。第一胎长到四个月时，李桃花下地除草，不知碰到什么东西，忽然觉得肚子隐隐作痛，一开始她还以为是自己早上吃坏肚子没当一回事，可渐渐地，过了小半天，疼痛感越来越明显，当李桃花意识到情况不妙大声叫喊时已经来不及了，还没等送到卫生院，孩子就已经流掉了。

怀第二胎，正碰上社会经济不景气的时候，食物匮乏，条件有限，身体极度虚弱，胎儿到三个月大时又流产了，李桃花和丈夫何天保自然又是大哭了一场。原以为自己这辈子绝了子嗣缘，谁知道过了七八年，李桃花突然又怀上了，这可把两口子高兴坏了。从刚开始怀上就小心翼翼地养着，养到十月分娩,得了一个丫头,这个得来不易的孩子,自然成了夫妻俩的掌上明珠。

同龄的孩子大都帮大人干家务、干农活,何晓芸则时常捧着一本书在树底下静静地看;别的女孩子大多数读到初中就辍学回家,何晓芸则凭借着优异的成绩,从初中读到高中,再读到大学,最后成了十里八村唯一一个考上大学的女学生。

现在闺女从大城市读大学回来,何天保和李桃花脸上自然是分外有光,何天保私底下和李桃花商量,要她留意打听一下周围条件相当、品行端正的年轻小伙子。李桃花自然也是乐得应承,开始每天东打听西打听,为闺女的事分外操心。

这天晚饭,一家人坐在灯下吃饭,素日里不见荤腥的小饭桌上,因为何晓芸的回来,明显变得丰盛起来。何晓芸咬着筷子,迟疑地说道:"爸,妈,过几天我想去西安找工作。"说完,她小心翼翼地打量着父母脸上的神色,暗地里察觉他们的意见。

何天保夹菜的筷子一顿,有些不满地开口道:"好端端的怎么去西安找工作?"李桃花听了,也开始撇着嘴,在旁边帮腔:"是啊!小芸,西安离家那么远,你一个女孩子,一个人跑那么远不好,进入社会,不比你在学校时的圈子那么单纯,妈也不放心。"

何晓芸咬着筷子说:"妈,没事的,我西安有很多朋友、同学都在,再说现在不是不包分配吗?我想自己去试试,看看能不能找到合适的工作。"

李桃花有点纳闷地问道:"找工作咱们这儿不也挺好的吗?再不济,上海和杭州不也挺好,都是一线大城市,工资水平高,而且离我们这边近。我看隔壁家那个二丫头,就在上海发展得挺好的,干啥偏偏要跑到西安去?"

眼看父母打破砂锅问到底的架势,不说出一个正当一点的理由,看来自己是别想去西安了。何晓芸把心一横,有点脸热,故作扭捏、难为情地说:"我……我在大学期间交了一个男朋友,他叫刘康生,西安当地人,他对我很好,我们说好毕业了一起在西安找工作,我回家就是跟你们说一声,怕你们担心……"何晓芸越说声音越小，最后头都要垂到碗里去了。一直瞒着也不是个办法，何晓芸想和刘康生在一起，这一关必须是要过的，这一点，何晓芸心里很清楚。

一番话说完，饭桌上沉默了，何天保和李桃花尴尬地对视一眼，心想：唉，担心的事情还是发生了，在外地上大学的女儿，爱上了外地的小伙子。

只见老爹何天保重重地把筷子一放，说："哼，知道我们担心，你还任性！我不同意，西安太远了，你就在这边找工作，如果找不到好的，我明天就去找你堂叔打听打听，叫他帮你安排一个。"

何晓芸的堂叔，在县里教育局做主任，如果找他帮忙安排大学生侄女工作的事，应该没什么问题。不过，这并不是何晓芸想要的。

"爸！"何晓芸又急又气，立即站起身来，大声表示抗议，"我不去，你不能就这样随便帮我做决定，你得尊重我，这叫人权，你懂不懂啊！"

"我是你老子！你都是我生的，帮你安排工作怎么了？"何天保也急得吹胡子瞪眼。

眼看着父女俩大眼瞪小眼地吵起来了，李桃花也不忍心闺女刚回家就闹矛盾，赶紧从中打圆场，换了温和的语气劝导说："小芸啊，我和你爸年纪大了，照顾不了你几年了。西安离咱家太远了，你一个人，如果在那边扎根了，以后连个帮衬都没有，还是在家这边工作吧！"李桃花口中虽然没有说得那么决绝，但是这番话，已经表明了态度。

"爸，妈，我知道我不好，这么大了还不能让你们省心，可是我就想去西安。我都和康生约好了，我是真的喜欢他，他也喜欢我，在意我，我不想和他分开。这辈子我就要跟他在一起，除了他我谁都不嫁，你们就让我去吧！"何晓芸固执地哀求着。

小时候想要一样东西，只要使出这一招，何晓芸总是能得逞。如今，她为了自己的爱情，还如同小时候要糖果那样，又哭又撒娇。可这次不是像买一个小小的糖果那么简单，无论怎样哭闹撒娇，李桃花和何天保似乎都铁了心，依旧没有一丝动摇。

一顿饭最后弄得不欢而散，晚饭后，李桃花在厨房忙着收拾碗筷，何天保坐在门口抽烟，而何晓芸，则把自己关在房间里，趴在枕头上生着闷气，也不知道过了多久，竟沉沉地睡过去了。

迷迷糊糊中，她和刘康生两个人手拉手走在一条陌生的大街上，突然一阵大风不知从哪里刮来，直接把她和刘康生刮得飞起来了。两人不由自主地在低空中盘旋，她惊吓得紧紧地拉住刘康生的手，可风越来越大，她的力气远远不够，终于被这场风"撕"开了他们紧紧拉在一起的手。无法坚持拉着的手刚一松开，霎时间，刘康生被大风刮得不见踪影，何晓芸痛哭流涕地在半空中大叫。突然感觉这阵风消失了，自己一阵失重，"啪叽"一声，睁开眼，却发现自己竟然掉到了床下！

幸好，刚才不过一场噩梦罢了。

何晓芸醒来以后胸口激烈起伏，惊魂未定，太可怕的一个梦。

就在何晓芸被噩梦惊醒再也睡不着的时候，何天保和李桃花也失眠了，在窗外院子里的一片虫鸣蛙叫声中，老两口躺在床上，对着漆黑的夜叹气。

李桃花小心地提议道："他爹，要不，咱们就让芸丫头去吧？"何天保一听火气又往外冒，他几乎是冲着老伴吼道："孩子瞎胡闹，你也跟着闹？去什么去，你是不是老糊涂了，你没听说那小伙子是西安的，去了还能回得来吗？逢年过节都难回来一趟。"

"可晓芸那倔性子你又不是不知道，你啥时候说得动她了？"李桃花接着说，"要我说，儿孙自有儿孙福，随他们去吧。"自己的闺女，做父母的最清楚，从小何晓芸性子倔得九头牛都拉不回来，何天保心里何尝不明白，于是干脆翻了一个身，背对着李桃花，自己在心里盘算着，李桃花推了他两把，见没反应，也就翻身睡觉去了。

自从父母表示不同意之后，一连过了几天，何晓芸都闷闷不乐，饭也不吃，门也不出了，做什么都提不起精神，整日把自己关在房间里，大有绝食抗议的架势。眼看都连着好几顿饭没吃了,何天保和李桃花终是心疼闺女,他们终于松了口,但提出的条件是:去西安可以,但是必须得他们二老先见见那个臭小子刘康生。

"说话算数?"

"让他这些天抽空来咱们家一趟,我们再做决定。"

看着父母对自己妥协了,何晓芸喜出望外,套上鞋子就往外跑。留下李桃花和何天保看着她的背影直摇头。

何晓芸跑到街道尽头的一个小杂货铺里,那里有部电话,打长途一块钱一分钟,何晓芸利索地拨通那个烂熟于心的号码。分开之前,刘康生交代何晓芸,有什么事给他打电话,挑白天的时候,他父母上班不在家。

刚一拨通对方就接了,听着那熟悉的声音,何晓芸憋了那么多天的情绪像泄了闸的洪水,再也止不住了,眼泪不禁夺眶而出,何晓芸哭着对刘康生说:"你快点来我家,我爸妈不同意我们俩,他们说要见见你……"没说两句,便抱着电话大哭起来,不知这哭声是出于高兴还是悲伤。

刘康生一听也没多问,听到何晓芸在电话那头哭得肝肠寸断,当下也是心急如焚,恨不得插双翅膀飞过去。他一个劲地安慰何晓芸别着急,又听说未来的"岳父""岳母"要见自己,刘康生当即保证,过两天就出现在何晓芸面前。

挂了电话的刘康生,一分钟都没耽误,交代妹妹刘康妮跟爸妈说一声,然后直接收拾了一些随身带的东西,拿了钱包就赶往火车站。

从西安到安徽芜湖,火车一路向南,大约一天的时间就到了。刘康生一路风尘仆仆,在火车上脸都没有洗,一下了火车,就在芜湖车站嘈杂的人海里,如期赶到了何晓芸的面前。

刘康生头一回来芜湖这个地方,何晓芸怕他人生地不熟,找不到方向,特意提前小半天从家里来到火车站接他。

仅仅小半个月不见,两个人像是过了几个世纪那么漫长,何晓芸轻轻地上前抱了一下刘康生,又害怕别人看见,立马分开了。他们坐上了一趟班车,等到进了镇口便下车,一路上熙熙攘攘,北方来的刘康生在人群中高大得显眼,偶尔碰到熟人,他们问起旁边的刘康生,何晓芸害羞又含糊不清地回答:"哦!这是我大学同学。"

何晓芸心情异常得好,一路领着刘康生,指着两旁的街道,介绍起小时候玩过的桥洞,捉迷藏的矮墙,以及小伙伴偷偷洗澡的小河边,还有各种调皮捣蛋的童年。刘康生拎着精心准备的礼物,嘴角含笑地跟在后面。

何晓芸的家乡和他想象中的差不多,简直像是一幅朦胧水乡的印象画。记得初次见到何晓芸的时候,是在迎新大会上,何晓芸长发飘飘一袭白裙经过他面前,像戴望舒《雨巷》里那个结着愁怨的丁香一样的姑娘,和他见过的姑娘都不一样,刘康生瞬间被爱神的箭射中。心里想,这女孩肯定是江南水乡里长大的,不然怎么有着一股水灵灵的仙气,要是她是我女朋友就好了。不承想,一个学年后,张文涛就介绍他们认识,而何晓芸真成了他的女朋友。

思及往事,再看看眼前这个滔滔不绝、眉开眼笑的何晓芸,刘康生的心中被一股巨大的柔情填满。

"妈,康生来了。"一跨进院子门,何晓芸一连喊了好几声,也不见人出来,于是推开门先进屋去了。

刘康生站在院门口,有些紧张地四下环顾,打量着何晓芸的家。

几间并排的有点年代感的屋子,白墙乌瓦,院子中央堆满了木料和只做了一半的椅子、桌子,墙角还种了一排丝瓜,嫩绿的藤上结着鹅黄的花骨朵,房子虽然算不上气派,甚至说得上有些老旧,但却透着温馨、古朴的感觉。

这边何晓芸正扯着母亲李桃花风风火火地从屋里出来,引来李桃花的一阵数落:"你说你这丫头着什么急啊!我这衣服还没洗完呢……"

刘康生赶紧挺直腰背站好,脸上挂着笑,对着李桃花恭恭敬敬地鞠了一躬:"阿姨好。"

"妈，这就是我跟你们说的刘康生。"

第一次见准丈母娘，刘康生紧张得有点小结巴："阿……阿姨，我叫刘康生，您叫我小刘就好了。"说完，赶紧把两只手上拎着的一大堆礼品递上去。

母亲站住脚，细细地打量着眼前的小伙子，高大、白净，高鼻梁上架着副眼镜，显得斯斯文文、一表人才的样子。

不过，母亲李桃花似乎是故作矜持，没有及时伸过手来，旁边何晓芸急忙主动帮着拿了一些，并指着手中的这些礼品一阵介绍。

"妈，这是康生专程给你挑的西洋参，他是听我说你晚上总是睡不好，吃这个最能补气安神了。这两瓶酒是专门给我爸挑的好酒，说是最贵的那种呢！"何晓芸趁机在旁边为刘康生说好话，还朝刘康生眨了眨眼。

"哎呀！来就来了，还带这么贵重的东西做什么，你们刚毕业，可不兴这么花钱的。"李桃花这才缓缓接过礼物，开始招呼刘康生，"别在门口干站着了，快进屋里坐。"

"妈，我爸呢？"何晓芸里里外外找了一圈，始终没看见何天保的身影。

"嗨，刚上你二叔家去了。"

"不是跟他说康生要来的嘛！他倒好，还跑我二叔家去了。"何晓芸小声嘟囔着。

原来，虽是何天保要求刘康生来，但心里想到这次来要拐跑他闺女，心里就膈应。本想着自家女儿也算是村里第一个女大学生，别说是他们清水镇，就连这十里八乡的，也是难找的。何天保和李桃花早几年就嘀嘀咕咕商量着，等何晓芸毕业给她安排一个"吃皇粮"的公务员工作，安安稳稳地过日子，老两口闲来无事也能带带外孙。谁知道半路杀出个刘康生，硬是要把他闺女抢到西安去，何天保心里就像是吞了个铁秤砣，又沉又堵的。

这不，老爹这是故意掐着刘康生要来的时候，躲了出去，出门前李桃花还上前拦着，被何天保指着鼻子一通骂，还吹胡子瞪眼地大声嚷嚷："来了怎么了？谁稀罕见他了？让那小子先等着再说。"

晌午时分，何天保才背着个手，像个老干部一样，慢慢地踱回来。

坐在院子里正帮忙择菜的刘康生见有人进来，何晓芸正在厨房打下手不在他身边，他不知所以，只好站起来问道："叔叔，不知您找谁？"

何天保眯着眼睛看着眼前的高个青年，呛声道："找谁？这是我家！我才要问你找哪位？"

刘康生这才意识到，眼前站着的这个人，就是自己未来的岳父大人！第一次见面就这么没有眼力见地出了一个洋相，刘康生心里别提有多难堪，当下赶紧恭恭敬敬站好，弯腰躬身道："叔叔好，我是小刘。"

何天保"哼"了一声。

"爸，你怎么才回来啊？"何晓芸听见院子外面的对话，连忙从厨房里跑出来，上去就摇着何天保的胳膊撒娇道："我们都等你好久了。"

"干吗！还不许我出去走走了。"何天保一急又要吹胡子瞪眼。

"爸……"何晓芸拉长了声音，抓着老爸的胳膊使劲晃。

没办法，何天保虽是出了名的臭脾气，但这世上的事都是一物降一物，平常脾气又臭又硬的老头，单单拿他撒娇的闺女没办法。刚刚几个老兄弟还笑话他，叫他别让女娃子读那么多书，何天保倒好，初中读完送高中去了，读了高中还送外地读大学去了，这下好了，小棉袄让别人拐走了，心痛了吧！何天保嘴硬，回了一句："那也是我家闺女学习好，你们家的娃想上大学还上不了呢。"

中午吃饭的时候，何晓芸特意将刘康生送的那两瓶酒摆在桌上。

"爸，你看，这是康生特意给你买的酒呢，听说可贵了。"

何天保瞄了一眼，粗声粗气地说："喝不惯。"

刘康生赶紧接话道："叔叔您平日里喝哪个酒？我再去买一趟。"

"甭理他，越活越大排场。"恰巧李桃花端菜上桌碰见了，数落了何天保一句，然后招呼刘康生吃菜，让他不要客气。

见李桃花从厨房出来，刘康生起身要去厨房帮忙端菜，不想却被旁边的何天保一手给挡了回来。

"丫头,去,给小刘拿个杯子,我和小刘喝两盅。"何天保吩咐着何晓芸。

"爸,康生他不能喝酒,你就别跟他喝酒了。"何晓芸提出抗议。

"叫你去你就去,我还是不是你爹?大老爷们喝点酒怎么了?"何天保看何晓芸护崽子似的护着刘康生,心里特别不是滋味,都说女大不中留,还没嫁过去,这胳膊肘就开始往外拐了。

刘康生一边给何晓芸使眼色,一边打圆场:"我能喝,没事没事,我陪叔叔喝两杯。"

何晓芸拿了两个杯子,"嘭"的一声放桌上,扭头去厨房帮忙去了。

母女俩在厨房嘀嘀咕咕地说话,无非就是问了一下刘康生的家庭情况,父母工作,平常为人咋样,何晓芸一五一十地和李桃花说了。听到刘康生父母都是知识分子,又都是在企事业单位上班,李桃花这心里啊,也是犯了"丈母娘看女婿——越看越满意"的毛病,觉得刘康生除了家远一点,其他方面都还不错,人老实,长得精神,家庭也没得挑。

等母女俩从厨房出来的时候,发现外面的两个人都有点喝大了,一整瓶白酒就去了一半。

何天保攀着刘康生的肩膀,大着舌头说:"小子,我跟你讲,何晓芸可是我宝贝闺女,你要是敢欺负她,我就扒了你的皮。"

刘康生喝得脸颊都红红的,结结巴巴地说:"您……您放心,叔,我肯定对晓芸好,万分地好。"

"单凭你一句话我就信你啊!就想拐跑我闺女啊?"

"叔,"刘康生放下酒杯和筷子,带着几分醉意的脸庞突然正色起来,"叔,您放心,晓芸就是我这辈子认定的人,我肯定不让她受半点委屈!"

意外地听见刘康生的真情告白,一旁的何晓芸感动得眼圈都红了,她走过去,对着何天保语气坚定地说:"爸,我这辈子除了康生谁也不嫁,您就成全我们吧!"

看着小情侣这个架势，老头叹了一口气，罢了罢了。

刘康生在何晓芸家待了两天，李桃花的态度转变得特别快，由一开始的不冷不热，到后面，已经把刘康生当成了自家的女婿。从前喜欢带着闺女上街逛，现在可好了，还要拉上了刘康生一起。

相比之下，何天保还是最初的那副臭脸的样子，只是言语间不自知地缓和了许多。

这天，是刘康生带着何晓芸返回西安的日子。李桃花特意起了一个大早，天刚擦亮就在厨房忙活开了，杀了一只养了三年的大公鸡，又买了两条鲜活的鲫鱼，做了何晓芸最爱吃的煮干丝和送灶粑粑，还备了腐乳、酱菜、虾籽等家乡土特产，要给他们带去西安，另外还特地煮了些土鸡蛋，让他们带在路上吃。

何晓芸回家时带的一个小行李箱，临走前被塞得满满当当，差点连拉链都拉不上，何晓芸母女俩手挽着手在前面走着，刘康生与何天保拎着行李跟在后面。

临上车前，何天保拉着何晓芸到一旁，悄悄地说："要是受委屈，就立马回来，爸养得起你。"何晓芸眼眶一热，眼泪就流出来："爸，放心吧！我会好好照顾自己，你和妈在家里多注意身体。"

李桃花目光慈爱地看着何晓芸，说："去吧！再晚赶不上火车了。"

清水镇没有火车站，需要坐汽车去十多公里外的芜湖市赶火车。

看着车越开越远，李桃花和何天保依依不舍地转身回家了。

"咱们就这样过关了？你爸妈同意啦？"坐在有些颠簸的车上，刘康生还有点不敢相信。

"想得美，我爸妈这关你是勉强过了，我这关还没完全过呢！"何晓芸轻轻地戳了一下刘康生脑袋，又想想这次的有惊无险，日后可以正大光明地和刘康生在西安工作、生活，前方犹如一条光明而平坦的道路，何晓芸想到以后的种种，嘴角止不住地上扬。

到芜湖火车站的路程还要一个小时，早上起得太早，何晓芸被摇摇晃晃的车颠得有点困意，打了一个哈欠，靠在刘康生的肩膀上竟呼呼睡着了。

第三章

城中村的日子

何晓芸到达西安时,已经是晚上七点多,正是华灯初上的时候。为了省钱,两人买的都是硬座,在火车上待了一天一夜后,刘康生和何晓芸觉得身上骨头都僵了,一下车赶紧活动活动筋骨。

出站后,何晓芸一抬头,就看见火车站上端硕大的"西安"两个字,不由得深深地吸了一口气,感觉空气里都是油泼面的味道,一瞬间她觉得自己满血复活了。

何晓芸不免馋虫上脑,撒娇道:"好想念学校门口那家的油泼面、肉夹馍啊!"刘康生看着一脸馋相的何晓芸,说:"今天不行,已经太晚了,改天我们再回去吧。"他们的学校离火车站少说也有一个多小时的车程,何晓芸想想,"哦"了一声,也只好暂且作罢。

"瞧你那没见过世面的样,我大西安的美食可是多到数不胜数,又不是只有那几样,走,哥带你去吃好吃的。"作为土生土长的刘康生,熟悉这座城市的每一个角落,对其间的美味,更是如数家珍。刘康生找了一辆自行车,两个人在巷子里七拐八拐,最后到了一家毫不起眼的小店门口,木制的牌匾上简单地写着"老白家面馆",尽管已经过了晚饭时间,但店里仍然是人声鼎沸,挤得满满当当。

何晓芸一边打量着这家小店，一边好奇地问："你是怎么找到这家小店的？"

"这西安城内还有我找不到的地方吗？这可是我和我那几个发小常来的地儿。"刘康生自鸣得意地说完，便熟门熟路地走进小店，和老板打过招呼后，随即要了两份羊肉泡馍，两份凉皮。

何晓芸找了半晌，才在角落里找到两个座位。店家问他们是自己掰馍，还是要现成切好的，他们已是饿得急了，何晓芸便说现成的就行。不一会儿，两人的饭食就端上来了，在火车上连吃了一天干粮的何晓芸看到热气腾腾的羊肉泡馍，胃口大开，尝一口便觉得鲜美异常，凉皮也是特别的劲道可口，再配上一些老陈醋和油泼辣子，直香得让人停不下来。

刘康生看着何晓芸狼吞虎咽的样子，笑着说："你慢点，又没人跟你抢。"接着又跟何晓芸讲解道，"这些店啊，才是西安正宗的传统小吃，平常那些有名的小吃街，大都是骗你们这些外地人的。"

埋头苦吃的何晓芸抬起头对着刘康生傻乐，腮帮子还鼓鼓的，刘康生忍俊不禁，轻拍了一下何晓芸的脑门，笑着说道："傻姑娘！"

吃完晚饭，两人沿着街道溜达，找了一家小旅馆。第一次和男生在外面住，何晓芸头垂得低低的，羞得满脸通红，旅馆老板是个胖胖的中年女人，她眼神像探照灯一样，在何晓芸与刘康生身上来回巡视，然后神秘兮兮地问刘康生："年轻人，还需要点别的东西吗？"

刘康生一时之间没有明白过来，满脸茫然的"啊"了一声。

老板娘说："嗨！瞧你这脑子，就是那个啊……"说完还用手比画了一下，刘康生总算反应过来，一张白皙的俊脸立马红到脖子根，连忙摆手拒绝："不用不用！"然后赶紧拉着何晓芸逃似的往楼上窜。

"唉，别跑啊，都是年轻人害什么羞啊！我这里也有卖，要的话随时下来……"老板娘的话如魔音穿耳似的，源源不断地钻进耳朵。

打开房门，插上房卡，一股消毒水混合着香烟的气息扑鼻而来，只见不大的房间里面摆了两张小床，墙壁刷得惨白惨白的，窗帘灰扑扑的，墙角还长了一点一点的霉斑,何晓芸丝毫不在意,她直接一屁股坐在床上,软软的触感让她舒服得叫出声,何晓芸轻快地分配起晚上睡觉的床:"刚好,我要睡靠窗的这张床,你睡外边这个,我看我这个枕头更高,我换给你吧,你不是说枕头太低睡不好吗……"

刘康生不得不打断何晓芸的喋喋不休,略带抱歉地说:"晓芸,恐怕晚上我得回家,那天去你家匆忙,没来得及跟家里说,这几天我爸妈肯定担心坏了,今天晚上就不陪你在这里住了,明天一早我来找你。"

何晓芸的话戛然而止,愣了半天,"哦"了一声算是回答。

她想问他这么晚了非得回家不可吗?难道就不担心她一个人住旅馆不安全吗?其实最想问的是为什么不能带她一起回家?话到嘴边,何晓芸忍住了,内心既失落又委屈。她送刘康生出门,临走前刘康生亲了亲她的额头,说:"晚上锁好门,注意安全,我明天一早过来找你。"

原来你还知道担心我的安全,何晓芸恨恨地在心里念叨。

回到家里,果然如刘康生想的一样,刚一只脚踏进门,就被迎头撞上的妹妹刘康妮挖苦道:"哎哟,咱们家这个为爱远赴千里的大情圣终于舍得回来了?"家里灯火通明,刘康生的父母并排坐在沙发上,见刘康生回来,刘康生的父亲刘佐华把手里的报纸往茶几上一放:"去哪了?"

母亲孙元香也在旁边冷冷地开腔:"这都几天了,你还知道回来?"

刘康生当下也不隐瞒,一五一十地把这几天去何晓芸家的事情说了一遍。在听到何晓芸的父母不同意这段恋情,并且看不上她儿子的时候,孙元香心里有股小火苗直往上蹿。在父母心中,大抵都觉得自己的子女是天底下最优秀最好的人,即便是有点小错小毛病,那也是可爱得无伤大雅的,现在可倒好,还没说他家闺女,竟然还先嫌弃上了自己家的儿子。

"一个乡下丫头,还挑三拣四的,我可跟你说啊康生,我原来就不看好你跟那个丫头,既然他们家不乐意,赶紧跟她断了,别不清不楚的说不清,到时候赖上我们家!"

"妈，"刘康生一听急了："人家是觉着西安远才不同意的，什么时候说看不上你儿子了，您怎么听话只听一半呢，再说何晓芸也挺好的啊！"

"好什么好，一个乡下丫头有什么好的。我跟你说，这谈恋爱和娶老婆可不一样，小年轻谈谈恋爱没什么，但娶老婆可不是闹着玩的，你们可得在一起过一辈子的，柴米油盐的，可不是小孩子过家家。"孙元香那张利嘴，当着刘康生的面，说起何晓芸来也一点情面不留，再说，她是打从心里不满意何晓芸。

"行了，儿子也累了一天了，让他休息去吧！"刘佐华了解少年心性，你越是镇压，他越是反抗，多说也无益。

刘康生的家里是典型的知识分子家庭，父亲刘佐华是个大学教授，一辈子教书育人颇有威望，母亲孙元香在一家国企做了半辈子的会计主管，掌管着一家企业的财务命脉。从小家境优渥的刘康生衣食无忧，顺风顺水地长这么大，没经历过人生的挫折和苦楚，说是个公子哥也不为过。

公子哥的刘康生，怎么也没有想到，自己一向尊重的这两位有知识、有文化的父母，竟然如上世纪的封建社会大家长一样，反对自己的恋爱，尤其是母亲。

晚上睡觉前，孙元香还在为自己的儿子找了一个农村姑娘而愤愤不平，她对着刘佐华说："我们的儿子，竟然要娶一个外地来的乡下姑娘，我可是坚决不同意！"

"行了，别念叨了，赶紧睡觉，如今他们不是还没到结婚那个份上嘛。"不耐烦的老公止住了枕边人的抱怨。

老妈冷酷决绝的意见和老爹不明不朗的态度，无疑给刘康生泼了大大一瓢冷水。

这些天闷闷不乐的刘康生，一方面自己要开始考虑找工作，另一方面则深切地感受着自成年以来最大的挑战，身不由己地夹在两个于他而言强大的力量之间：一个是来自向来最疼爱自己的父母，一个是来自全身心依赖自己的女友,无论是哪一方,刘康生都不想放弃,只好天天在两边周旋,在家瞒着父母去找何晓芸,在何晓芸面前又不敢透露他和父母之间的矛盾,实在是心力交瘁,苦不堪言。

仅仅半个月,孙元香就发了最后的通牒,刘康生跟那个乡下姑娘再不了断关系,她以后就停了刘康生的生活费。老妈的原话是:"你长大了翅膀也硬了,可以自己做主了,既然你想要那个姑娘进这个家门,那你以后就自己出去赚钱养活自己吧!反正你早就成年了,我和你爸的义务也完成了。"

刘康生也没多说什么,索性当晚就带着一些换洗的衣服,提了一个小包,从家里出来。何晓芸这几天都借住在同班的一个女同学家,看刘康生这样,有些惊讶,忙问发生了什么事。事到如今,刘康生也想不出更多搪塞的话,更何况这几天憋了一肚子的心事和委屈,只好一股脑地都说了。

何晓芸听完后,并没有表现出来很惊讶。来西安这么多天,刘康生却从来没有邀请过自己去他们家坐坐,何晓芸不是一个反应迟钝的人,早在几天前就隐隐发现有些不对劲,这次刘康生的话,彻底地证实了她的猜想。

一方面,何晓芸在为刘康生的家人不能接受自己而伤心苦恼;另一方面,当刘康生拎着包出现在自己眼前的时候,何晓芸的心里像是有这个世界上最炙热的暖流在缓缓流动,以融化一切的热度,烧得何晓芸的理智一点点殆尽了。她只知道,站在自己面前的这个男人,忤逆了父母,抛弃家里一切,选择了跟她在一起。

何晓芸把刘康生的头抱在怀里,满眼的爱意,轻抚着说:"父母养我们这么大不容易,他们只是想子女们过得更好而已,以后我们好好努力,一起孝敬他们,他们慢慢会感受到的,总有一天会接受我们的。"

刘康生为何晓芸的宽容大度而感动,这样一个善良的姑娘不但没有丝毫抱怨和生气,反过来却安慰自己,还这么理解他的家人,这让他更加坚定了两个人要在一起的决心。

刘康生已经从家里搬出来了,何晓芸便也搬离了女同学家,两人决定在外面租一间能够落脚的小房子。然后，打算在这一两周内，抓紧时间共同找到工作，这也是摆在他们两人眼前最重要的事情。

虽然刘康生离家之前，父亲刘佐华偷偷塞了几百块钱给儿子，但何晓芸身上的现金也所剩无几。繁华地段的房子自然不敢想，只好往稍微偏远的城郊打听，再不成，就只能去一些城中村里租房了，据说城中村里的房子都很便宜。如今的沙井村、潘家庄、八里村、三爻村等，都成了大学毕业生们在西安的热门聚集地了。

在城郊转了两天之后，他们终于在西安南郊的东三爻村找到了落脚之地。这里虽说是城中村，却靠近长安大街主干道，也极其热闹繁华，每天的人流量极大，除了当地人，扎堆更多的是外地大学毕业生、建筑工，甚至还有来自亚洲和非洲的一些留学生。更重要的是，这里随处都能吃到西安当地的各色美食，那些摊点能摆到夜里十二点以后。

他们两人在城中村里找了一间便宜又带简易家具的房子，楼房总共五层，何晓芸选的三层，上下楼方便。便宜是便宜，只不过房子面积忒小，小得住两个人还多少显得有些局促，刚好能放一张不大的双人床。庆幸的是，交通还算方便，楼下不远处就设有公交车站，作为找工作的落脚点不成问题。

打扫了一番之后，他们给墙上贴了几张画报，床上铺了凉席，小屋焕然一新。趁着天色还早，两人赶忙在就近的超市里买了一大堆生活用品。晚上在刘康生的提议下，为了庆祝新生活的开始，两人决定下馆子吃一顿好的。嘴馋的何晓芸先是在路过的摊点要了一条炸鱿鱼，然后两人便进了一家饺子馆，另外又点了些荤素凉菜和两瓶啤酒，算是小小地庆祝了一番。

等返回住所时，已经是晚上十点多了。城中村的街巷依旧喧闹，夜市依旧火爆，到处是不眠不休的年轻人的身影。

小小的房子里，老旧的电风扇"吱吱"地转着，扇来一股热热的风，两人躺在跟炕一般硬的床上，盘算着今天一天的花费，一顿细算下来，两人都吓了一跳，这才几天就把储备金花了三分之一了，后面找工作，出行，吃饭，付房租……哪样离得开钱？何晓芸皱着眉头苦恼地想，别等工作还没找着，钱先花完了。

刘康生看着躺在身旁满脸愁容的何晓芸，笑道："这还没到山穷水尽的时候，你倒先愁上了，这不是还有我吗，我养你！"

"看把你能的，你先找到称心的工作再说吧。"何晓芸故意撇了撇嘴说。

刘康生学的是化工专业，何晓芸学的是文学专业，何晓芸就想不明白了，怎么着也不算冷门的专业，可自己怎么找起工作来，却是相当地费劲。

上午何晓芸去面试了一家广告公司，对方所谓的公司负责人，摆出一副趾高气扬的神情，嫌她提的工资要求太高："说起来你们这些大学生金贵，可不就是个学历漂亮点吗？能力还不如初中生、高中生呢，眼高手低的，现在找工作讲究的是经验，经验你们有吗？别刚出学校就想着拿高工资，做白领，多磨炼一下自己才是正经的选择。"

何晓芸被莫名其妙地挤兑了半天，敢情还碰到看不起他们这个大学生学历的公司了？何晓芸哭笑不得，尽管自己忍受了这些嘲讽，对方还是没有给她机会。

她最后不忘拿出高傲的姿态，愤愤不平地一扭屁股，"哼"了一声，径直离开了那家广告公司。

第四章

崭露头角

两人在几处人才市场接连转悠了好些天,可工作还是一点着落都没有。

现实里的挫败感,越来越强烈,就像暴风中从天而降的大片浓浓乌云,郁闷的心情渐渐不断地在他们的心头横生,慢慢蕴积着。

眼看着日子一天天地过去,一批批陌生面孔的大学新生们开始在暑假后第一次到校,炎热的天气也逐渐趋于转凉,走在街上终于不再有炙人的热浪。倏忽之间,一个多月的时光悄无声息地过去了,何晓芸与刘康生的工作,双双仍是一点进展都没有。好不容易碰到几个和自己专业沾点边的,要么就是单位离得太远,位置太偏——每天出门上班极不方便,得倒好几趟公交才行,要么就是对方给出的工资低到养不活自己。

自从两人租房住在一起,他们就开始遵从着传统的"女主内"的模式,刘康生主动把钱交给何晓芸来保管。主要是因为,从前过惯了公子哥生活的刘康生花钱大手大脚的,钱若是放在他身上,没准半个月就断粮了。于是,两人在工作都还没着落的情况下,不得不提前商量好,遵循女主人能勤俭持家的传统美德,提倡妇女能顶半边天的精神,由何晓芸来统一安排两人的日常开销。

这天,何晓芸数着兜里的钱,突然惊觉剩余的零钱凑起来,竟然还不够一整张一百元，找工作前前后后折腾了差不多两个月，工作没找着，兜里的钱却所剩无几。

何晓芸对着此刻正拿着抹布细细擦自己皮鞋的刘康生说："康生，咱们快要没钱了，这兜里所有的钱，眼下加起来都不够一百块了！撑不过一周，这该怎么办啊？"

刘康生听了，先是愣了片刻，放下手里的皮鞋，然后抬起头苦笑着说："没办法了，我们得加快速度找工作了，再这样下去，怕是我要再回家一趟了。"

"你说今年找工作也是怪啊，就算不包分配，怎么连找个工作都难了？"何晓芸手托着下巴，满脸的疑惑和不得其解。

"还是专业不对呗，你看你是学文学的，正儿八经能选的工作有几个？报社杂志少，又不好找嘛。你再看我是学化工的，小公司用不着吧，大公司要么招满，要么因为没经验进不去。"

何晓芸暗自思忖，确实是这个道理。第二天出去找工作的时候，何晓芸不只盯着专业对口的工作看，同时也还会多看看其他岗位，对有可能录取得上的公司或单位，不论大小，分别都投了简历。

两人正式进入了山穷水尽的地步。早上起床，何晓芸在楼下买四个大馒头，一人两个地分了，然后分头出去找工作，面试。每人早上吃一个大馒头，留一个中午当午饭，晚上回到家，他们再买一碗面条分着吃。

看着刘康生一边吃面条一边唉声叹气的样子，何晓芸却苦中作乐，笑嘻嘻地说："我觉得这样挺好，总算是扎扎实实减了一回肥。"刘康生听了又愧疚又感动。

功夫不负有心人，何晓芸广撒网式地投简历，终于有了回报。她收到了一家公司抛来的橄榄枝，是在公司当整理资料的普通文员，工资不高，但好在公司规模还不错，制度健全，社保及各项福利待遇都挺好，何晓芸不敢再奢求，害怕迟则生变，于是在人群拥挤的人才市场里，当场就把入职协议给签了。

回到住处的何晓芸异常兴奋，拿着协议在刘康生眼皮子底下晃了晃。刚刚从外面闷头闷脑回来的刘康生一把摁住她手里的东西，扬起来细细一瞅，映入眼帘的是《海宏实业有限公司入职协议》。刘康生粗略翻了翻，然后放下协议，把何晓芸抱起来转圈圈，两人的欢笑声装满了这个小小的屋子。

刘康生说："媳妇你太厉害了！"

何晓芸捂着嘴"咯咯"地笑个不停。一方找到工作，让两个人都稍微松了一口气，最起码，下个月的房租不用再觍着脸去四处借钱了。

窗外凉爽的风从破旧的窗口不断地吹进来，夏季将过，夜晚的风开始变得清凉，何晓芸与刘康生并排躺着，惬意地感受着这两个月以来难得的凉爽。刘康生拉过何晓芸的手，说道："你找到工作了，我很为你感到开心，但我作为男人，养家糊口的事情更应该我来。所以从明天开始，我去找一些门槛低一点的工作，我让袁鹏他们给我打听打听，看看有没有适合我干的工作。"刘康生所说的袁鹏是他的发小，初中毕业后，便辍学外出打工了，现在在北郊经营着一家汽车修理厂，专修理大卡车。

刘康生这样讲，何晓芸却不愿意，在她心目中，刘康生就是这个世界上最英俊、优秀的男人，怎么能整天去和机油、汽油及那些脏兮兮的大卡车打交道呢。

"我可不同意，找工作这件事本来就急不得，尤其是找自己合适的工作。"何晓芸用力地反握着刘康生手，像是要传递力量给他，然后接着说，"咱们不着急，想要的都在来的路上呢，再坚持一下。"

"可是我怕你太辛苦。"

"我一点儿也不觉得辛苦，我还很开心呢，只要我们两个能永远在一起，又何必介意晚上一两个月，再说，我是心甘情愿的。"

这番话说服了刘康生，他没有再提出异议，刘康生有点沉醉在何晓芸的轻声慢语里，连着夏夜里的凉风，一起缓缓地吹入他的心里，丝丝沁入肺腑。

就在刘康生为工作焦虑、忧心的时候，还有两个人，也在为他的工作和前程操心,这两个人自然就是刘康生的父母。

一个大学毕业生,开始离家进入社会,没有给家里报喜,就意味着工作的事不怎么顺利。这么多日子里,两口子没有儿子的任何音信,就猜到他肯定还没有找到合适的岗位。因此两个做父母的便在家里开始不安起来。

孙元香趿拉个拖鞋,在客厅里走来走去,一旁看报的刘佐华从报纸后探出头来,说道:"你在这转悠啥呢?要没什么事就上床睡觉去。"孙元香正愁找不到撒气的由头,谁知道刘佐华自己往枪口上撞:"欸,我说老刘,敢情康生不是你亲生儿子啊?你怎么就一点都不上心的,还有心思在这里看什么破报纸?!"

刘佐华说:"当初要赶他出去的是你,说不管他的也是你,现在怎么就着急上火了?"孙元香是绝对不会用自己的话打自己的脸的,她说:"少在这里放马后炮,不是认识的人多吗?倒是想想办法啊,给咱儿子找个体面的工作。你看他上次回家的那副样子,又黑又瘦的,天天在外面奔波找工作,这都两个月了,一点儿消息都没有。"

听孙元香这样问及,刘佐华便说起上个礼拜,他的学生王志来学校探望导师,说是看见刘康生投给他们公司的简历。

"王志?就是在银行做金融,有一年还上我们家吃过饭的那个?"

"没想到,记性倒不错嘛,就是他。"刘佐华笑着肯定了孙元香的猜想。

"做金融不错啊,我看当初就不应该让康生报什么化工专业,报个金融专业多好啊,我看好这个行业,未来做金融,还是很有发展的,你看你那学生王志,这才几年啊,就混得风生水起了。"孙元香做了半辈子的会计主管,对数字和金钱还是相当有敏锐度的,听刘佐华这么一说,就急切地催他给王志打电话,疏通一下关系。

刘佐华被逼得没有办法,只好拿起电话照着名片上的号码拨了过去。

"喂,大志啊,是我……"

看来,在竞争残酷的职场上,不仅靠的是个人的能力和学历,有时候往往还需要靠父母的人脉的推举,就像一艘停泊在岸边的船,即使船身及其性能都打造得十分精良,但起锚出发时,能有外力助推一把,它便会快速地扬帆起航。

刘佐华的那个电话十分管用,王志二话没说,当即在电话的另一头就应承了:"恩师放心,康生的履历我已看过,他工作这事就包在我身上了,岗位也绝对不会太累。"

"千万别,年轻人刚出校门,需要多历练才行,不然在职场上怎么成长?"

"还是恩师想得周到,明白了,这两天我自会安排……"

再说到刘康生,转眼间,突然被巨大的幸福砸晕。他投的那个金融公司,可是出了名的难进,投了简历之后,就杳无音信,谁知道隔了一个礼拜,竟然柳暗花明,被公司通知正式入职。刘康生抑制不住内心的喜悦,风风火火地跑回家——他和何晓芸的"家",正式宣布了这个喜讯,幸福来得太突然,两个人抱在一起又蹦又跳。

双双都有了新工作的何晓芸与刘康生,生活总算慢慢开始步入正轨,刘康生上班的地方远一点,每天早晨七点不到就得出门,何晓芸比刘康生晚上半个小时,但下班到家的时间却是一样的。不过,刚入职场的两个新人,分外珍惜这个来之不易的工作,他们常常都会留在公司主动加班,于是许多夜幕降临的时候,他们才不约而同地回到他们的住处。

然而,这对小年轻不得不面临一个极其紧迫的现实问题,即使两人如今都有了工作,但眼下紧张巴巴的生活依旧没有改善,毕竟发工资也要到遥远的下个月了,这些日子里,两人还是过着早饭午饭吃馒头,晚上分吃一碗面条的日子。这天中午,同事们都去外面吃饭了,何晓芸一个人躲在公司啃馒头,恰巧公司总经理丁大坤回来取落在桌上的文件,一进公司就看见一个年轻的女员工在座位上啃馒头,偏偏馒头太干还被噎着了,只见女孩拿起杯子灌了一大口水,然后竟然又被呛着了。丁大坤饶有兴趣地远远看着,第一次看到有人吃个馒头也能手忙脚乱。丁大坤忍不住出声:"你是新来的吧?

大家都去外面吃饭了，你怎么一个人躲在办公室吃馒头？"

这下才意识到旁边有人，何晓芸如受惊的小兔子一样蹦起来，慌忙将馒头往身后藏。丁大坤可以不认识何晓芸，但作为新员工的何晓芸，进公司的第一天就已经认识公司领导了，这是基础的员工培训。

何晓芸毕恭毕敬对着丁大坤问好并回答："丁总好，我是新来整理资料的文员，我自己带了午餐，所以没跟她们一块去吃饭。"

丁大坤仔细打量着眼前的这个女孩，不算出彩的五官，但组合在一起，却有一种说不上来的舒适感，身材纤细，皮肤白皙细腻，气质温婉。丁大坤点点头，对何晓芸说："嗯，我说怎么没有见过你。"紧接着突然像是想到什么似的，他又继续道："哦，下午我叫财务先给你预支半个月的工资吧，你下午到财务室去领。"

何晓芸忙摆摆手："谢谢您，不用的，丁总。"

丁大坤微笑着说："不用客气，这只是预支给你的薪水，会从下个月工资里扣掉的，不是白给你的。再说了，天天吃这些没营养，怎么会有精神和力气工作？"

听丁大坤说完，何晓芸不由得暗地为上司的体察细致而感叹，也为他润物细无声的关怀而颇受感动，当下只好连忙弯腰鞠了一个躬，说道："那就谢谢丁总了！"

何晓芸预支的那半个月工资，总算是解了她和刘康生这段日子里的燃眉之急，也结束了借钱过日子的生活。刘康生不禁夸赞起她说："最近吃馒头吃得都想吐了，还好我媳妇厉害，刚工作没几天就扭转乾坤……"

"让你拿我开涮，哼！"何晓芸笑着在他的胸前捶了两下。

刘康生因为出色的表现，两个月之后成功转正，成为那家金融公司培训部的一员。而何晓芸，更是用能力和恰到好处的行动证明了"努力的人运气不会太差"。上一次公司临时参加一个政府招标会，由于招标项目负责人经验不足，加上时间仓促，很多工作来不及准备，甚至在距离招标会只有一周时，发现还有很多材料没有准备齐全，很多数据也没有进行分析比对。就在公司上下手忙脚乱时，何晓芸竟然不声不响地将所需要的材料分类整理好，送到了主管手里，而这些都得益于她平常留下来刻苦加班梳理资料，所以才能在这么短的时间内，把资料按时整理好。

看着放在桌上那厚厚一摞的材料，条理清晰，逻辑严谨，简直可以和专业的相媲美，而这些竟然是出自一个新来的文员之手，丁大坤满脸的不可置信，却又十分地赞赏，尽管他还不知道对方是谁，但当场就让人事部将这个不可多得的新人提拔到行政部当助理。在看到这个因工作出色被提拔的新人，就是那天被他撞见啃馒头的女孩时，丁大坤满脸惊讶，却也分外欣慰。

就这样，何晓芸由一个最底层的公司职员摇身一变，成了总经理的行政助理，工资也随之上涨，外加获得总经理青眼相加，在公司的地位也水涨船高，不是同一批新员工们可以比拟的。

第五章

婆婆上门

职场新人们努力地生活,总是充满着希望,他们凭借着早出晚归的打拼,从最初的坎坷到渐渐的顺利,从开始的苦涩到后来的从容,然后一点点积累着往后更丰硕的人生资本。

最艰难的日子慢慢熬过去了,看着古城西安街巷里纷飞的秋叶,如同翻过一页页发黄的日历;紧接着冬去春来,公园里那些红艳艳的石榴花早已繁盛,又一个炎炎夏日已经逼来。不知不觉间,何晓芸与刘康生已经同居一年了。经过职场和现实生活的不断洗礼,此时的何晓芸早已不再是那个当初开房都能脸红的姑娘,她和刘康生甚至有点进入"老夫老妻"的状态。两人的生活正式脱离了兵荒马乱的时期,渐渐步入稳定向上的美满期。之前那段人生中唯一受过"饥荒"的时光,在漫长的人生旅途中只能算是短短的一小段,最后都将笼统地叫作"岁月"。

这天何晓芸下班回家,左脚竟不小心一个踩空,在昏暗的楼道口重重地摔了一跤。当何晓芸一瘸一拐地进了家门时,把刘康生吓了一跳,赶紧上前搀扶,挽开裤筒,只见小腿前青紫一片,手肘也擦破了皮,正往外面渗血呢。刘康生飞奔下楼买了消炎的药水,一边帮何晓芸轻轻吹着涂药,一边心疼地提议道:"要不,咱们换个地方住吧?万一下次又有个什么闪失,我怎么能忍心呢?"

何晓芸与刘康生现在住的房子,作为城中村的加盖民用房,既没有集中供暖,也没有通天然气,到了夏天供电高峰期,房子老旧的线路带不起超大负荷的电,时常断电,让居住的人都苦不堪言。除了这些,当初为了省钱,选择了城郊结合部,上班离得远,每天浪费在路上的时间都得两三个小时,考虑到这些,何晓芸也同意换房子。

两人花了好几个周末看房,最后把新租住点选在二人工作单位的中间位置。那是一幢崭新的高层公寓楼,临街,属于一个小区里独立的商业住宅,里面整体环境和配置很好,自然也有宽敞的电梯。他们选了九层一间明亮的单元屋,一室一厅,大约有近四十多个平方米。里面果然到处都是全新的,雪白的墙壁,漂亮的吊灯,简易却舒适的沙发,干净的厨房和卫生间,还有一个不小的阳台。傍晚时分,金粉似的阳光洒进阳台,整间屋子温馨又明亮。何晓芸一眼就相中了,她想象着在房子里做饭,看书,养花,过二人世界,这才是她当初坐在来西安的火车上幻想的生活。两人当场就签下了租房合同,决定周末就搬家。

赶上搬家那天天气很好,两个人起了一个大早,简单吃了点早饭,就开始打包整理,虽说两人只住了一年不到,但是真正整理起东西来,却发现又多又杂,有从旧书摊上淘回来的书,有在路边小摊上买回来的各种小工艺品,最多的还是各类生活用品。刘康生从工厂那边找回来一些纸箱,当初只有两个小包的家当,现在整整装了四个大箱,两人像蚂蚁搬家一样,一点点地挪到新住处。

新房子虽然在九楼,但有电梯,基本不用担心搬东西太累。他们搬着大包小包进公寓楼的时候,刚好碰到一个下楼的清洁阿姨,她很和善地冲着刘康生笑,还热情地问要不要帮忙。

刘康生赶紧摆手说谢谢。

何晓芸说:"这新小区就是好啊!看看人家这素质,跟以前咱们那就是不一样。"刘康生看着下楼的那个阿姨，总觉得眼熟，好像在哪里见过似的。

过去的一年，何晓芸尽管工作忙碌却倍感充实、幸福，刘康生的感觉大约也是如此。在她的眼里，能和自己所爱的人生活在一起，即使在不大的空间里，每天朝夕相对，床头上耳鬓厮磨，周末下雨时一起窝在沙发上听歌看电影，仿佛整个空气里都飘着甜蜜的气息。傍晚下班的时候，她总会在路上买好菜，一进家门就冲进厨房为爱人烧菜做饭，看着他回家闻着满屋子的饭香一脸知足的样子，她心中会产生莫名的欢欣；然后两人坐在一起吃饭，互相分享各自一天中有趣的事情，说着说着，那个小小的房间里不时传出欢乐的笑声。

不过，要说何晓芸唯一的烦恼，大概就是刘康生的家人了吧。来西安这么久，刘康生，不，应该是刘康生的父母从来没有邀请她去家里坐坐，甚至连面都没有见过，每每想到这些，何晓芸的心情突然就有种莫名的低落。当然，相比大部分的欢乐心情，这种糟糕的情绪毕竟不多，她甚至怀着一丝明媚的想法，期待着哪天康生的父母突然改变了主意呢。时不时的，躺在床上的何晓芸就会惴惴不安地揣想着第一次见准婆婆的场景，却不料，现实的这个场景竟来得有点快。

这天，何晓芸早早地下班，跟往常一样路过菜市场买了刘康生喜欢吃的菜，进了公寓，走到家门口的时候，突然发现自家门口站着一位穿着讲究的陌生中年女士。中等身高，体型微微有点胖，手里拎了一个光亮的润泽皮包，甚至连手指甲上还涂着浅粉色的指甲油，看起来是个有地位有钱的女士。她正不耐烦地来回徘徊，似乎在等人。见她站在那里挡着开门的路，没有让道的意思，何晓芸只好问："您好，请问您是？"

孙元香转过身，用一副不怒自威的表情回答道："哦，我找刘康生。"

何晓芸从孙元香的五官上依稀看出了刘康生的影子，她突然间意识到，眼前的这位可能就是刘康生的母亲。面对这位从未谋面的婆婆，且又是如此的威严，何晓芸不由得十分紧张，心脏不可自制剧烈地跳起来，何晓芸强行镇定地回答道:"阿姨您好,康生他下班有点晚,可能要等上一会儿了,要不阿姨进屋等吧。"

孙元香颔首点头:"也好。"

未来婆婆在面前,何晓芸紧张到开门的手都有点抖,试了好几次都没有将钥匙捅进去,还好,孙元香正打量着四处,并没有怎么注意到她的窘态。

"阿姨,里面请!"何晓芸把门推开,招呼着孙元香。

何晓芸让孙元香在沙发上坐下,然后忙着倒水、切水果。孙元香细细打量着这间屋子,面积不大,但是收拾得井井有条,书桌、书架上也是干干净净的,再看在厨房忙碌的小姑娘,长相和气质都不差,礼貌周到,落落大方,不提的话看不出来是个乡下来的姑娘,看样子倒比自己原先想象中的好得多。

烧了三个菜,还没见刘康生回来,何晓芸如坐针毡似的在旁边暂且陪着孙元香聊天。即使她很期盼和刘康生的家人见面,但绝对不是这样突如其来地相见。单独的两个人面对面坐着,她不免有些尴尬。说是聊天,其实就是一问一答,孙元香有一搭没一搭地问着,问的问题都很简单,无非是平常和刘康生都吃什么,家里做还是外面吃,刘康生工作忙不忙啊之类的,何晓芸老老实实地回答着,毕恭毕敬的,生怕给未来婆婆留下一点轻狂或傲慢的印象。

就在何晓芸焦急不安的等待中,刘康生终于姗姗归来,一开门,看见孙元香老佛爷似的在沙发上端坐着,刘康生怀疑自己眼花了。

"妈?你怎么来了?"刘康生是真的惊讶,搬来这里以后,自己还没来得及跟家里人说过,母亲竟然找上门了。

"怎么?你好几个月不回家,也不回来看看你老娘,还不兴我来看看你啊?"孙元香的语气里满是埋怨,句句数落着自己儿子。

"不是,我没有这个意思。"刘康生赶忙解释,"我是说你怎么找到这里的?"

孙元香没好气地说:"上回,我公司单位的小李,说是看见你搬家搬到这里来了,所以我过来看看。"经这么一提醒,刘康生想起上次楼梯间碰见的那个女士,原来就是母亲公司的李阿姨。后来她又在小区附近碰见过小两口几次,甚至上门给他们送过两次水果,难怪老妈知道自己住这里呢。

"妈,你这眼线也太多了吧,整个西安城都逃不过你的掌控啊。"刘康生半开玩笑半抱怨地说。

孙元香面色一冷,"哼"了一声说道:"别说那些有的没的,我连亲生儿子都管不了,翅膀硬了就搬出去,也不记得还有个妈!怎么?有了媳妇就忘了娘?"

"妈,你说什么呢?"刘康生脸色不自然地看着何晓芸。

何晓芸也是脸上讪讪的,站起身来说:"阿姨,康生,你们先聊,我去厨房准备碗筷,菜都烧好了,阿姨留在这里吃个饭吧。"说完就进厨房去了。

何晓芸人在厨房,耳朵却竖得尖尖的,听着外面的一举一动,也不知道母子俩在外面嘀嘀咕咕什么,过了小半响,孙元香站起身来。

"小何啊,"何晓芸忙从厨房里转出身来,孙元香对她说,"饭我就不吃了,你们俩吃吧。"末了临出门前又对刘康生说道:"有空多回回家,你爸念叨你好几次。"

说完后,她看了一眼何晓芸,又补了一句道:"到时,记着带小何一起吧。"

"好嘞!这个必须的。"刘康生打着保证的手势。

何晓芸总算是取得了阶段性的进展,从一开始对方的不闻不问,到现在,有了登门的资格,何晓芸内心激动得又蹦又跳,就跟中大奖似的。

不过何晓芸的好心情并没有持续多久,就马上被焦虑所笼罩。

次日上班,何晓芸趴在桌子上有些闷闷不乐,坐在她旁边的同事小琪捅了捅她,悄悄问她:"你怎么了?怎么一副无精打采的样子?"

何晓芸想了想,决定跟这位已婚女士取取经。

"你说,第一次去男朋友家,要注意些什么啊?例如买什么礼物啊?穿什么衣服啊?怎么跟他们聊天啊?"

小琪听了以后哈哈大笑:"我说你怎么一副魂不守舍的样子啊,原来是要见公婆啊,我跟你讲,问我可就问对人了!"

小琪刚刚结婚一年,算是有经验的"过来人",何晓芸眼睛一亮,郑重其事地认真聆听起来。

"这女孩子第一次去男方家啊,要多殷勤一点,例如主动去厨房帮忙,吃完饭后洗碗什么的。至于礼物,当然是越贵重越好啊,礼多人不怪嘛,贵重一点总归是不会错的。至于穿的嘛,我看你今天这身就很好,素净,一看就是勤俭持家不乱花钱的主……"小琪说得唾沫横飞。

何晓芸打量着身上的衣服,还是大学时期的,穿了好几年,皱巴巴的还起毛球了,心里想:穿这件去?显得很寒酸吧……

"你可别听小琪胡说,"坐在前排的向琳姐回过头来,"这媳妇和婆婆啊,不是东风压倒西风,就是西风压倒东风。第一次上婆家,一定不能失了面子,现在就伏低做小,洗碗做饭的,以后还不得欺负死你啊。依我说啊,第一次去就得把劲做足,礼品也不用太贵重,带点新鲜的水果什么的就好了。还有啊,能让你头一次去就洗碗的,肯定不是什么好婆婆,劝你别傻乎乎地上赶着。"向琳姐结婚十年了,要说这婆媳关系,算是资深人士,但小琪依旧持反对意见,于是两人在一旁你一言我一语地争起来,何晓芸静静地听着她们八卦式地互相争辩,心里更是拿不准主意。

"还有啊,我看你们家刘康生眉梢眼间的,是个招桃花的主,你可得看住了。"刚吵完没多久的向琳姐,突然又神经兮兮地凑到何晓芸旁边,轻轻地说了一句。

"去你的!"何晓芸拿手推开向琳姐的头,不以为意地笑骂一句。

再怎么焦虑,那天终究还是来了。老话说,丑媳妇总得见公婆,刘康生继上次被亲妈挤兑了一顿后,这个周末难得起了一个大早,决定带何晓芸回家见父母。

于是,何晓芸不得不一早就起来翻箱倒柜地找衣服,折腾了大半个小时，把衣服铺了整整一床。等到刘康生自己收拾完毕准备要出门的时候，只见何晓芸还站镜子前比画衣裳呢。

刘康生不耐烦地催着："快点，我的'姑奶奶'！别磨蹭了！"

"第一次去你家，我不得穿好看点啊，唉，你说哪件好看？"何晓芸焦急地问道。

刘康生一心想早点出门，就随手指了一件红色大衣，说："就这件了，红色的好啊，喜庆，见父母最合适不过了。"

何晓芸半信半疑，但还是拿着那件衣服换上了，然后把平常束着的头发披下来，化了一个淡妆，倒是显得精神又淑女的样子。临走前，又反复照了照镜子，何晓芸这才满意地拎着小包出门了。

刘康生的家在一所大学校园的家属院里，绿荫掩映下，几栋有点古朴甚至是老旧楼房，多少显得有些沧桑。他家属于学校分的单位房，面积不大，两室一厅，平常刘康生和妹妹刘康妮同住一个房间，只是中间有一道帘子隔开了，好在两人经常住校也不怎么在家。一进门，刘康生的爸爸刘佐华就主动招呼何晓芸坐下，而且还亲自给她泡了清茶。孙元香在厨房忙活，妹妹刘康妮还在学校没回家。何晓芸有些拘谨地环视着客厅满墙壁的书架和书，再看刘佐华谈吐修养都极好，不愧是个大学教授。何晓芸坐下来，腰杆挺得直直的，生怕自己哪里失了礼仪，不过她跟未来的公公仅仅闲聊了几句，就很自觉地去厨房帮忙了，留父子俩在客厅里叙话。

在两个女人的搭伙下，热气腾腾、香味扑鼻的饭菜很快就准备停当了。

饭桌上，刘佐华让何晓芸多吃菜，不要客气，表示就当这里跟自己家里一样，又说何晓芸离家远，以后可以常来。孙元香则脸色如常地吃着饭，没有反对也没有附和，算是默认了，何晓芸一路忐忑的心总算稍微放下一点了，急忙应下了。刘康生在对面，偷偷对她比了一个赞的手势。

饭后何晓芸帮忙一块收拾，然后主动去厨房洗碗。孙元香没拦着就让她去了，还跟她说洗碗布在洗手台上。何晓芸不禁想起向琳姐说的"能让你头一次去就洗碗的婆婆，肯定不是什么好婆婆"的话，再看看手上的洗碗布，心里当即有点不是滋味。偏偏刘康生还没心没肺，也没进来帮衬一把，竟跟父母两个人在客厅其乐融融地吃着水果，看着电视。何晓芸摇摇头，把心里那个不好的声音甩出去，然后安慰自己：没什么，不就是洗个碗嘛，表现一下总是好的。

回家的路上，何晓芸的情绪不是很高，后知后觉的刘康生总算是发现了，他拉着何晓芸的手臂问道："你怎么了？怎么看上去不大高兴呢？"

见何晓芸支支吾吾就是不说，刘康生说："好端端的怎么了？刚刚我爸还夸了……"然后卖起了关子，说了一半又不说了。

何晓芸果然上心，忙追问道："你爸说什么了？"

刘康生说："我爸夸你呢，说你聪明识大体呢。"

"你爸真是这么说的？"

"那还有假！"

何晓芸刚刚有点阴郁的心情霎时间雨过天晴，因为洗碗那点琐事带来的不快，也就抛到九霄云外了。

分别见过对方家长以后，两人的关系更是板上钉钉了。结婚的事宜开始提上日程，何晓芸特地打电话回家与何天保、李桃花商量。

何天保叹了一口气，女大不中留，当初让她去西安，心里就知道迟早有这一天。当下他也不便多说，只是让何晓芸多听听刘康生父母的意见，选什么日子，办什么样的场面。另外，父母在电话里又特意嘱咐何晓芸不要和他父母起争执——既然决定要结婚过一辈子，就要尊敬、孝顺双方长辈，来自乡村的何天保与李桃花虽然学识不多，不是什么大教授，讲的道理简单直白，但句句谆告却淳朴得让人感动。

孙元香虽说不是百分百的满意，但她心里也明白，儿子喜欢这个姑娘，能为了这个姑娘搬出家一年有余，她一天不答应，一天就得和儿子隔得远远的，再说刘佐华已经明确表示同意他们俩的婚事。孙元香自然也不会再跳出来，强行指手画脚，尽管何晓芸出自农村，但好歹也是个正儿八经的大学生，人长得不错，也知书达理，这样看来，便也勉强答应了。

于是，刘康生与何晓芸，在毕业一年多以后，终于得到双方父母的首肯，就要结婚了。何晓芸在西安孤身一人，又有何天保的嘱咐，于是结婚事宜都是由刘康生家安排。按何晓芸的意思，结婚就请上几桌好朋友，简单办就好了，但大教授的儿子结婚，势必是隆重而热闹的，据说光酒桌就有五十多桌，婚期则定在下个月月底。

何晓芸倒没有什么异议，刘康生当然更不会有意见了，当下就和何晓芸准备起请柬，邀请同学以及朋友到时过来参加婚礼。

西安距何晓芸的老家太远，因此女方那边只有父母过来。何晓芸早早给他们订好车票，一想到即将要见到一年多没有见的父母，何晓芸分外开心。记得去年春节，年假只有十天，何晓芸因为提前没抢上票，只能留在西安过年。如今跟父母隔了漫长的整整一年，尤其是为了她的终身大事才千里迢迢地来到西安，她难免内心激动。

离婚礼只剩三天的时候，何家二老乘火车到了西安，刘康生和何晓芸提早在车站等候接应。一见面，刘康生就接过二老手里的行李，何晓芸则像个孩子一样，红着眼睛在李桃花和何天保面前撒娇。李桃花笑着说："这都要嫁人了，还跟个小孩子似的。"说着说着，自己眼睛也红了，刘康生赶紧打圆场，说了些好听的话，领着二老先去订好的宾馆稍作休息。等放下了行李之后，趁着时间还早，两个年轻人又接他们来到刘康生家，双方父母商量彩礼、结婚等事宜。

四老坐在客厅，小两口分别陪在旁边，中间的茶几上摆着冒着热气的茶壶。刘佐华招呼着亲家喝茶，李桃花和何天保望着整洁干净的白地砖，把脚跟翘着，生怕弄脏地板，然后有点拘谨地喝着茶。

听了对方父母的情况，李桃花直率地说："亲家，既然你们付了房子的首付，那新房里的家具、电器就算我们陪嫁。贷款呢，也让小两口以后一起还，只是这房本上要写晓芸与康生两个人的名字，你们看怎么样？"

孙元香闻言脸色都变了，刚想反驳，被刘佐华一口拦了下来，刘佐华笑着说："这个是自然。"

于是事情就这样定下来了，两家把彩礼和三金这些小细节商量得七七八八，何家老两口就告辞离开了，还由小两口亲自送去宾馆。李桃花与何天保想法很简单，只要闺女过得好，其他的虚礼可以不讲究，除了房子，在其他方面，没有提过什么要求。

不过，等他们前脚刚踏出门，孙元香的脸就彻底放下了，嘴里愤愤说道："她可真敢想，家具电器要几个钱，也敢嚷着加她闺女的名字！"

"你看你，毕竟要生活一辈子的，只要他们两个小的过得好，写上又如何？况且也是他们小两口一起还贷，人家一个姑娘嫁这么远，做父母的总归是不放心的嘛，你就别在这里瞎搅和了。"深明大义的刘佐华劝慰地说道。

对于房子这事，还真是被刘佐华说着了，李桃花来之前，特地去问了几个嫂子，嫂子们都说，房子上争一争，以后何晓芸过日子，也更有底气一点。李桃花生性淳厚，极少与人争论什么，但为了儿女，哪个做父母的不是殚精竭虑地打算着，也是可怜天下父母心。

幸好，亲家公倒是开明大度，房子这事也就顺利如愿了。接下来的结婚，也就是个仪式而已。

第六章

闪婚

经过三天忙忙碌碌地布置和各种操劳，马上就到了何晓芸和刘康生的大喜日子。

这天秋高气爽，依据老黄历，的确是个结婚的好日子。金色的秋天象征着收获，而何晓芸与刘康生两人，也收获了接近五年的爱情，终于走进了婚姻的殿堂。

丽都大酒店门口，早就扎好了婚庆专用的彩虹拱门，一旁的大红纸上，醒目地写着几行喜庆的文字：

天作之合　　喜结良缘
新郎：刘康生
新娘：何晓芸

何晓芸娘家远，只好在酒店接亲。原本富丽堂皇的酒店大厅早已被精心装扮了一番，红地毯一直延伸到酒店门口，再往前，是两边扎着鲜花的舞台，紫色的纱幔从高高的背景墙上倾泻而下——这些都是孙元香请了专业的婚庆策划公司布置的，原因当然不是因为她看重何晓芸，而是今天来的宾客，很多都是非富即贵，场面过于寒酸的话，丢掉的那可是老刘家的面子。

何晓芸想到即将要和刘康生走过幸福的红地毯，结为百年夫妻，内心就涌起一阵甜蜜。婚礼现场很热闹,尽管女方家只来了两人,但是刘家的亲朋好友都来了,还有很多是刘康生与何晓芸的大学好友,他们纷纷从四面八方处赶过来,祝福这对当年的校园情侣。

婚礼这天,何晓芸穿着洁白的婚纱,化了精致的新娘妆,在酒店门口迎接宾客,一旁的刘康生穿着西装打着领带,头发打理得整整齐齐,整个人看上去英俊而又意气风发,到场的人无不称赞他们郎才女貌,天造地设。不时看着人群中备受瞩目的刘康生,何晓芸内心感到满满的骄傲。

吉时到了,一众宾客都已进了酒店的婚礼会场并落座,长条形的步行台上,何晓芸挽着父亲何天保的手臂,穿过台下两侧的宾客,在轻柔的音乐中,在璀璨的灯光下,一步一步缓缓走向台上另一端的刘康生。不知为何,大约每个新娘在这样的历史时刻都如此吧——何晓芸情不自禁地噙着满眶的泪水,感觉到父亲把自己的手,交到刘康生的手中,而后何天保把他们的手握在一起,在刘康生的手背上拍了拍,刘康生像是被提醒似的,特意用一种坚定的语气说:"放心,叔叔,我会好好照顾晓芸一辈子的。"当然,这番如同宣誓的话,不仅仅是对岳丈说的,也是对何晓芸说的。

婚礼采用的是流行的中西合璧仪式,既有西式宣誓说的那一套"我愿意"的环节,也有中式的向双方父母敬茶的环节。到了最后,完全是调戏一对新人戏码,给他们绑上一个大苹果,两人被要求咬苹果,结果苹果没咬上,倒十次八次被亲了个正着,台上的司仪风趣幽默,台下的宾客热情地起哄,整个婚礼气氛热烈,充满了欢声笑语。

仪式结束以后,两人来到台下次第敬酒,刘康生顺便为何晓芸介绍家里的亲戚,带着何晓芸挨个认识。敬到最后几桌,基本上都是小两口的朋友,气氛明显要比之前嗨得多。刘康生的几个发小,离得近的大学室友,还有何晓芸的闺蜜们,基本上都来了。最让人感慨的是,昔日里的一对情侣,何晓芸与刘康生的撮合者,许久都没见面的平雪娟和张文涛也来了,他们坐在同一桌,彼此之间好像并没有什么交流,比起从前校园里的时候陌生了许多。

说来也是令人万分慨叹，平雪娟现在是一家外企公司的白领，有了一个高大、有钱的男朋友；而张文涛则在老家当了一名普通的中学老师。两人自从分开后，就再也没怎么联系过，其间一点点逝去的时间也没有拉近他们之间的距离，反而越推越远。

"我们这么多校园情侣里面，就你们两个修成正果，我提议，必须走一个！"刘康生的大学班长，外号"大汉"，一番话开口，果然吸引了所有人的注意，大家纷纷附和道："必须走一个！必须走一个！"

何晓芸与刘康生相视一笑，两人故意双臂一交叉，不约而同地一仰头，干了杯中的酒。"大汉"放下手中的杯子，开始感慨道："时间过得可真快啊，好像昨天大家还在寝室打牌，今天就来喝康生的喜酒了！所以，趁今天这个难得的喜庆日子，我们这些同学能相聚一起，我提议，为了以前的青春岁月，咱们再走一个！"于是大家又纷纷举起了手中的酒杯。

岂料大家将杯子刚放下，能说会道、口才无人能及的"大汉"又开口了："何晓芸，说真的，我们寝室的门都被你踹坏了好几扇，我说你和康生谈恋爱能不能别殃及池鱼啊，我提议……"

"哎哟，班长你就别再提议了，再提议下去，人家康生都要醉大发了，晚上还怎么洞房花烛啊！"

"对啊对啊，今天是人家的大喜日子，你可就少说几句吧！"

眼见"大汉"的第三个提议最后因为被同学们群起而攻之，而不了了之，刘康生笑着举起手中的酒，主动提议说："既然这样，那我来第三个提议，感谢大家百忙之中来参加我和何晓芸的婚礼，我提议，大家今天都要吃好喝好，不醉不归，幸福永久！我先干为敬。"

说着刘康生一口干了手中的酒，大家纷纷鼓掌，欢呼。

宴席结束以后，众人陆续散场，刚才喧闹的酒店礼堂开始变得安静了许多。酒席上一直没有过多说话的张文涛却不动声色地跟在平雪娟后面，走出酒店一百米左右，平雪娟似乎察觉出了什么，猛然一回头，看见了张文涛。张文涛如在盗窃现场被抓一般,神情很不自然,一会盯着地面一会看着远处的柱子。

"张文涛,你到底想干吗?"

张文涛见躲不过,只好走到平雪娟的面前,语气轻柔地说:"没什么,其实这次来参加婚礼,也是想看看你过得怎么样。"

平雪娟尖牙利嘴地回道:"如你所见,我过得很好,你走吧!"

平雪娟确实没说错,一年多过去了,张文涛没什么变化,而平雪娟烫着小卷发,穿着包臀裙、高跟鞋,比起校园时候的她,更加时髦好看了。平雪娟做不到心平气和地对往日里的爱人说话。当初他的不辞而别,是她心里的一根刺,一直都在,从没忘怀,而且时日越久,烂得越深。

张文涛看着她,说道:"过得好就好……"其实还有另外半句,他却在心里默默地说:"那我就放心了。"然后再无言语,转身便往回走。

平雪娟见此大怒,就好像看见当日他在校园不辞而别的背影,她使了全身的力气喊出来:"张文涛!你当初为什么要不辞而别?!"

张文涛回头,静静地看着她,沉默了一会说道:"那些已经不重要了,重要的是你现在要过得好。"平雪娟压抑了那么久的泪水,终于倾盆而下。

这边小道上发生的那么一小段的爱恨纠葛,自然不会有人关注,毕竟今天的主角是台上的新人。

刘康生家属于单位房,兄妹同住一间,作为新房不方便,于是刘佐华做主,为他们在办婚礼的酒店订了三天的豪华房,作为他们结婚的"新房",三天过后住回原来租的小房子,等新房装修好了之后再搬过去。

免去与公婆同住的境遇,何晓芸自然是乐见其成。只是早上起床后,何晓芸得早早地拉上刘康生去家里拜见长辈,也算是略尽新媳妇的孝道。

何天保和李桃花在婚礼一过便闹着要回家,说是吃不惯这里的面和饼,还是吃白米饭习惯,何晓芸笑着说:"那是肉夹馍,不是什么饼,再说这边也有吃米饭的,也不一定要吃面啊。"

何天保像是受了委屈似的反驳道:"什么肉夹馍的,再说这里的米也硬得很，不是家里那个味儿！"

何晓芸哭笑不得，有心留父母多住一段时间，想着过几天忙完了好带他们四处转转，去看看兵马俑、大雁塔，但两位老人一刻都不愿意多待，执意要回去。何晓芸拗不过他们，只好在婚礼结束的第二天，给两位老人买了票，带了些土特产，依依不舍地送二老上了火车。他们在去火车站的路上，嘴里一直声声说是因为"想家"，其实何晓芸心里明白，看着何晓芸有一堆的事要忙，父母是不愿意给她添麻烦。

临走前，李桃花悄悄把何晓芸拉到一旁，塞了一张银行卡给女儿，说："这是这些年我和你爸存的一点钱，收好，结婚了可不是小孩子，两个人要好好过日子，以后花钱别像以前那么随随便便；两口子相处，该忍让的要忍让，该看开时要看开，别因为一点鸡毛蒜皮的小事，动不动就吵架拌嘴的……"何晓芸红着双眼，一一应了。

何晓芸与刘康生如今算是"合法同居"了，而婚后的生活，跟之前并没有很大的区别——除了无名指上戴着的戒指，无时无刻提醒两人已经跨入了"围城"，进入人生新的阶段。

新婚的蜜月还没好好地享受，何晓芸的工作却随之变得忙碌起来。就在结婚后的两个礼拜，公司正式升何晓芸为行政部的高级助理。她如今专门负责对接公司大大小小的招商项目，每天一到公司，就忙到脚跟打后脑勺，连喝口水的时间都没有；碰到早下班的时候，何晓芸去菜市场买菜，回家做饭，一边等刘康生一边抓紧时间看点专业书，常常等不到刘康生，自己随便吃了些，只得先去睡了。

这边刘康生，因为工作出色，脾气亲和又能说会道，很快就在公司崭露头角，工作也变得异常忙碌起来，十个晚上竟有七八个在加班，经常没法回家吃晚饭。等他忙完回家的时候，家里留了一盏昏黄的小灯，锅里放着温热的饭菜，而何晓芸已经在床上睡得迷迷糊糊了。刘康生胡乱扒几口饭，洗好澡，蹑手蹑脚地爬上床，亲一下何晓芸，然后也跟着迷迷糊糊，不一会儿就打起鼾声来。

难得的周末时光，也就成了两人回家看望老人的时间——一周一次，是雷打不动的规矩。何晓芸平日里话就不多，更不是一个嘴甜卖乖、八面玲珑的性子，在公婆面前，生怕说错一句话，引他们不快。一天内待的时间长了，更是感觉压迫感陡升，难免有些不自在。

公司几个婚姻经验资深的前辈给她支招："那你就少说话多做事，新媳妇勤快点，总没错。"何晓芸深以为然，于是常常一进门，一番问候之后，就开始撸起袖子，帮孙元香在厨房打打下手，递个盘子剥个蒜什么的，除了干活，半天也难得见她说上几句话。时间一长，孙元香私底下就对刘佐华说："这何晓芸就像锯了嘴的葫芦，三棍子打不出一个屁，一点都没有我们老刘家的风范。当初我就说不要这农村出来的，上过大学又怎样，小家子气的，上不了台面，逢年过节，以后怎么带得出去？！"

还有小姑子刘康妮，今年刚上了市中学，开始读高中，一个月才回来一次。她与何晓芸这个嫂嫂只见过几次面，前前后后加起来没有说过十句话，每次也都冷冷淡淡的，让何晓芸看了心里直泛冷，也不敢上前主动套近乎。

这日刘康生难得下班早，给何晓芸的办公室打电话，告诉老婆大人今天回家一起共进晚餐，何晓芸听了自然高兴，马上加足火力，三下五除二把工作安排好，时间一到就蹿到打卡机前准点打卡。刚到公司楼下，恰巧碰见丁大坤，何晓芸赶紧问声好："丁总。"

"晓芸啊，回家呢，住哪呢？上车吧，我捎你一段。"丁大坤在楼下有专用泊车位，正准备上车，瞧见了她，便说道。

他对何晓芸一直都是赞赏有加，工作上他愿意关照何晓芸，生活上也一样。何晓芸忙说："不用了丁总，我坐个公交车就回去了，方便得很。"

听何晓芸这样说，丁大坤只有作罢，没有再多说什么，目送着何晓芸快步消失在大门口。

何晓芸买好了菜，回到家后，便哼着小曲在小厨房里忙活开了，做的都是刘康生爱吃的红烧肉、油焖茄子、腐竹烧鸡……摆得满满一桌，色香味俱全，就等刘康生进门一脸惊喜地共享晚餐了。然而，现实情况并没有符合她的殷切期待，反而使她的满腔热情最终归于失望。

满桌热气腾腾、香气喷喷的饭菜渐渐都凉了，可何晓芸左等右等，迟迟等不到刘康生回来。焦急的何晓芸给他打了两次电话都没有通，最后她在饭桌前等得打盹，迷糊起来。直到夜里十点半，刘康生跟往常那样才悠悠然回到家，只见他跟个没事人似的，哼着小曲，慢条斯理地挂着包。惊醒的何晓芸，压着满肚子的怒火，问道："不是说好了回家吃饭吗？怎么这么晚才回来？！"

刘康生一边解衣服扣子一边轻描淡写地说："哦，公司新来的几个实习生有些问题不懂，我跟她们多讲了会儿。"

"我这边一下班就赶着回来买菜做饭，说好的一起吃饭，你竟然放我鸽子！"何晓芸猛地从椅子上站起来，指责刘康生说。

"我这不是跟你说了临时有事嘛。"

"男同事还是女同事啊？毛头实习生需要你那么在意吗？瞧你那怜香惜玉的劲儿，肯定是女同事吧？什么事情能紧急得三个小时里连我的电话也不接，让我等了三个小时！"何晓芸的确憋得忍不住了，一连串的猜疑和埋怨，心中充满了深深的失望。

刘康生是出了名的招女生喜欢，以前在学校是，现在工作了也是，何晓芸一想到他和几个女生有说有笑的情景，心里就直冒火，她直直地盯着刘康生，大有今天不给一个说法就没完的架势。

整个房间里的气氛立马有些凝重了。眼前何晓芸的脸色和眼神让刘康生有点反感，他语气也重了起来："就是和几个同事聊了一会工作，你至于吗？"

何晓芸听罢，更是怒气冲冲："至于！当然至于！我做好饭等了你三个小时，给你打几次电话也不接，我自己一口饭没吃，都饿到现在了，就为了等你，你回来倒毫不在意，你说至不至于！"

刘康生静默片刻，终是没有忍住，理直气壮地反驳说："你做好了就先吃，我有叫你等我了吗？"

何晓芸气结，她脸色铁青地指着刘康生："你……"

她似乎有什么责怨的话却通通咽到肚子里了，不再继续说下去，然后低头默然换上鞋子，一摔门，径直出去了。刘康生一愣，但又想起窄小、黑暗的楼梯口，怔了片刻，便赶紧追了出去。

不知刘康生怎么哄劝的，两人下了电梯没有几十步，半晌后何晓芸似乎气全消了，最终竟转嗔为喜，乖乖地随他又回公寓了。

第七章

幸福的烦恼

这天周末，何晓芸照旧拉上刘康生到婆婆家献殷勤，似乎这成了媳妇周末的例行公事了。刘康生忍不住打趣何晓芸："现在你去我妈家，比我这个亲儿子还积极！"

何晓芸暗中翻了一个白眼，心里想道：你妈永远是你妈，即使你半年不回一次家，她也不怪罪你半分，你可是她身上掉下来的肉，亲生的！亲生的！

不过俗话说："提起闺女笑盈盈，提起媳妇牙根疼。"尤其是新媳妇，跟婆婆之间的关系要磨合处理好，是一桩并不怎么轻松的事。到家的时候公公刘佐华在客厅里正练书法，孙元香则一边嗑着瓜子，一边看综艺节目。不到半天，孙元香便对何晓芸照常开始了挑剔，桩桩件件哪样在她那里都不是很顺眼。何晓芸倒无所谓，这些日子来也习惯了，她都将那些不中听的话当作耳旁风，根本不放进心上。旁边的刘康生听到过分之处开始出声："行了啊，妈，你再这样唠叨下去，下个礼拜我跟何晓芸可不来了。"

听儿子这么说，孙元香稍微收敛了一点，对儿媳挑刺的话也就少说了。要说除了对何晓芸出身有点成见，其他方面还是相对满意的，例如她每周都会带儿子回家，到了家里就搭把手干活，说她两句也不生气，不娇气也不小肚鸡肠，孙元香虽然有点嘴碎，但还是知道区分好歹的。

孙云香嫌弃何晓芸做饭不合胃口，便自己动手。不过，婆婆貌似对自己的厨艺没有一点自知之明，她自创的代表菜品大致可列举如下：香蕉萝卜汤、红萝卜炒白萝卜、土豆片炒茄子、蔬菜大乱炖……对于这些，从小与泡面为伍的刘康生最是了解，可惜都是敢怒不敢言，直到娶了何晓芸，一年之间被养胖了十斤。何晓芸的手艺也不是多好，只是正常而已，可见刘家人这么些年过的都是什么日子。孙元香刚把鱼端上桌，何晓芸看着没有去内脏，鱼鳞整齐得发亮以及上面还沾着血丝的鱼时，突然感到一阵恶心，一个没忍住异物就漾到了喉咙口，何晓芸赶忙捂着嘴巴跑向卫生间。

孙元香在背后嚷："哎呀呀，怎么着？我做的菜还恶心到你了？"

何晓芸不是被菜恶心到了，而是怀孕了。这事，作为婆婆和过来人的孙元香真是粗心眼拙，却被一旁的公公刘佐华猜到了，悄悄地提醒了她。孙元香这才意识到了儿媳大约"有喜"了。儿媳怀孕虽是预料之外，却也是情理之中。自合法同居以来，两人更加肆无忌惮，过起了没羞没臊的婚后生活，激情的时候难免擦枪走火，怀孕是迟早的事。

等何晓芸拿到医院的化验单的时候，她果然已经怀孕一个多月了。何晓芸感到晴天霹雳，这个孩子，显然不是计划之内的，这让她不免有一丝焦虑，甚至恐慌。尤其是对于刚刚升了高级助理的何晓芸来说，有了这个孩子，她的职业生涯还怎么高歌猛进？结婚前和刘康生约定好的，走遍祖国的大好山河，如今脚都还没迈出第一步呢，怎么就要终止了？更重要的是，看看周围那些生完孩子的同学、朋友，一个个身材走样、蓬头垢面的样子，给她带来极大的心理冲击。何晓芸还没享受完自己腰细腿长的年轻模样，怎么能这么轻率地生小孩呢。总之，对于这个意外，何晓芸不想生，也不愿生。

当天她没敢把这消息告诉给任何人，却开始盘算着，怎么能让刘康生和他的一家人同意她延迟生育，改到下一次再生。

为了拉得更多的支持者，何晓芸率先从身边的刘康生做起思想工作，开始吹起了枕边风，看他对于当爸爸是什么意见和态度。不过，媳妇这么一问，反倒让刘康生因此确切知道了她怀孕的事实了。

何晓芸不得不倒逼着"攻心"说:"想到你还这么年轻就要承担起爸爸的艰巨责任,我于心不忍啊,以后回家了,你就得一边换尿片一边喂奶粉地哄孩子,你说你愿意吗?"

可惜刘康生当下还沉浸在当爸爸的幸福中没有走出来,根本不为所动:"我觉得挺好啊,下班抱抱孩子多幸福啊。"

何晓芸再接再厉地鼓动道:"我们现在房贷、装修的钱还没还完,压力就很大了,到时再加上个小孩,就我们俩现在的工资,得喝西北风啊,咱拿什么养孩子啊?"

"啧,瞧你说的,我们俩都是大学生,而我的薪水也正慢慢上涨,还怕养不起一个孩子?再不济还有我爸妈呢。"

见刘康生一直装疯卖傻的,何晓芸急了,直接摊牌:"爱谁生谁生,反正这孩子我不要!"

这话一出来,刘康生才明白了媳妇的目的,他随之就急了:"又不是你一个人的孩子,你说不要就不要啊,总之我不同意!"

何晓芸没有拉上同盟,反而拉出一个反对者。

孙元香和刘佐华得知何晓芸了的确怀孕的消息,高兴坏了,特地屈尊降贵地拎着大包小包来出租屋拜访他们。孙元香更是一改平常的冷脸,亲自搂着何晓芸在沙发上坐下来:"你现在是刚怀上,这前几个月啊,千万马虎不得,不要磕着碰着了,要好好注意。"

她又吩咐一旁的儿子:"康生,何晓芸这边你要照顾好,现在你要当爸爸了,别跟以前没轻没重似的,要是欺负何晓芸,吓着我的宝贝孙子,我头一个饶不了你!听见没有!"

刘康生恹恹地应了。

细心的刘佐华观察到小两口的神色没有半点喜气,反倒都情绪不高的样子,于是问道:"你们两个看起来有心事啊?"

刘康生看了一眼何晓芸，意思是：要说你自己说。

何晓芸稳了稳心态，缓缓开口道："爸，妈，是这样的，我觉得这个孩子来得不是时候，想……等到晚一点再要孩子……"

话还没说完，孙元香"唰"一下站起身来，怒气冲冲地说："好你个何晓芸，就是来绝我们家后的是吧，当初我就不应该答应你跟康生结婚！"

刘佐华抬手示意孙元香少安毋躁，不愧是做了一辈子的教授，刘佐华态度平和地徐徐问道："到底是什么原因，让你们不愿要这个孩子呢？"

刘康生没好气地回答："不是我，我是不同意媳妇的想法……"说到底，刘康生还是介意何晓芸不愿意生小孩这件事，从昨晚商量过后，一直到现在都阴沉着脸。

见刘康生如此，何晓芸只好硬着头皮回答："我就是感觉自己还没有准备好，还有就是怀孕之前都说要补叶酸什么的，我不仅都没有补，前一阵还吃了感冒药，我实在是怕孩子生下来缺胳膊少腿的……"

"呸呸呸，有你这样咒自己孩子的吗？赶紧呸呸……"孙元香顾不上平常所谓的优雅和领导风范，学着市井女人的模样，急切地说道。

刘佐华说："这个你放心，现代医学这么发达，定期去做检查，身体需要该补的，医生都会提醒和建议，我们也会随时为这未出世的孩子提供一切支援。再说你们年轻，体会不到一个孩子跟父母有多深的缘分，既然孩子选择了你，就不要辜负上天给你的期望。没有人能完全准备好的，世上的事也不会样样都遂你的愿，你选择了这样，必然会失去那样。你说是吧，晓芸？"

刘佐华一脸意味深长地看着何晓芸，然后又以一种不容置喙的大家长的口吻说道："这个孩子，留着吧！"

一向极少开口的公公一锤定音，何晓芸只好点头，乖巧地应好。

再去医院做检查的时候，医生问："结婚了吗？"

"结了。"

"头胎吗？"

"是。"

"打算要吗？"何晓芸突然被问住了，一时之间愣了，站在一旁陪产检的刘康生赶紧回答："要要要，我们要的。"

何晓芸弱弱地开口："可是我前段时间吃了感冒药，可以要吗？"

何晓芸的内心深处是矛盾的，既暗暗希望有个光明正大打胎的机会，也紧张孩子有个三长两短，医生细细问了吃药的时间之后，说："那没事，可以要的，至于叶酸之类的，现在的人营养足，也不用特意补，现在开始吃叶酸也来得及……"

医生的一番话，让刘康生自然是喜上眉梢，连连道谢。而何晓芸则是彻底认命，不得不接受了自己即将当妈妈这个沉重事实。

即将有个小生命要降临，他们的生活重心开始发生改变，首要任务就是抓紧新房子的装修，赶在生产之前搬入新房子。何晓芸怀孕了，自然是不方便在满是灰尘的装修现场。孙元香虽然嘴皮子厉害，但对这些也是一窍不通。至于刘佐华，大教授一个，教书育人可以，要去装修现场监工，更是不可能。刘康生只好天天自己两头跑，下了班就去看新房子装修，然后再回家。

何晓芸怀孕以来，胃口一直不佳，吃什么吐什么。早上起床刘康生买了新鲜出炉的肉夹馍，何晓芸闻到里面那股肉味，赶紧冲到厕所吐了。刘康生只好又下楼买了新鲜的素菜馅包子，何晓芸咬了一口，闻到里面的香菇味，又冲进厕所去了。何晓芸对外面买的吃的，几乎是闻什么吐什么，刘康生犯了愁，自己从小饭来张口，对于孕妇，更是束手无策，只好求助老妈孙元香。

孙元香来送了几次粥后，就开始劝何晓芸："你那工作既不是外企又不是国企，反正一大堆，还不如辞职专心在家养胎，等以后孩子生了，再找工作就是了，我这也要上班，我可没有工夫伺候你。"

何晓芸自然不愿意，可不愿意又能怎么样呢？

何晓芸只好早上六点起来自己煮粥，然后备好中午带到公司的饭菜，晚上下班以后还得拖着疲惫的身子去买菜，给自己做适口的晚餐。刘康生忙得一天到晚不见人影，指望不上，婆婆更是指望不上，眼见整个家里，没有一个能帮上忙的，没两个礼拜，何晓芸就被频繁的孕吐和紧张的工作弄得心力交瘁，只好去公司申请辞职。

何晓芸的辞职申请太突然了，没有得到公司的批复，除了会留下来一堆工作，更重要的是，丁大坤并不愿意她辞职。不知道从什么时候开始，丁大坤每一次跨进办公室，目光就搜索着何晓芸的那一抹笑容，何晓芸像一朵百合，静静地在角落绽放着，不必靠近，就有幽幽的香气弥漫过来。丁大坤离异多年，有一个女儿，读小学五年级，跟妈妈一起生活，这么多年也一直未再娶过，对于何晓芸，除了欣赏，大约还有一点说不清道不明的情感。

丁大坤沏好茶，在何晓芸面前摆了一个杯子，倒上碧绿的茶水，何晓芸摆摆手，说："怀孕了，不喝茶。"

丁大坤"嗨"了一声："瞧我这记性，那就只有白开水了哦。"说完，他把泡好的茶放在一边，陪着何晓芸一块喝白开水。

"晓芸啊，公司这边还是不希望你辞职的，你也知道，现在正是需要人手的时候，你要是走了，怕是影响项目进程。"这点丁大坤说的倒不假，何晓芸跟的项目，几个都是收尾的关键期，少不了她这个负责人。

"丁总，我知道，但是我这情况特殊，我也没有办法。"

"你这离分娩不是还早吗，再说公司也有产假，你坚持几个月就好了，没必要辞职啊。"

何晓芸苦笑，家家都有一本难念的经，只是没法跟面前的领导解释，只得说："丁总，恐怕不行，我真的没有办法再胜任这份工作了。"

"你考虑清楚了？家庭固然重要，但是个人事业也很重要，尤其是对于女性来说，你年纪还小，能力也强，现在正是事业上升期，公司打算重点培养你，你回去再好好考虑一下？"丁大坤循循劝道，这个时刻，不像是公司领导，倒像是一个老大哥在传授人生经验。

面对领导的再三挽留，何晓芸内心感动之余也有动摇，所以她快刀斩乱麻地表态说："谢谢丁总，只是我考虑好了，我还是决定辞职。"

丁大坤无比失落，他伸出手说："既然你已经决定，那我不多说什么，祝你以后美满幸福。"

何晓芸也伸出手道："感谢丁总的照顾，也祝愿您以后快乐幸福，事业前途无量。"

丁大坤点点头，然后掏出自己的名片，真诚地说道："这是我的名片，你要是有事，可以随时打电话给我。"

"行，好的，谢谢丁总。"何晓芸惊讶而又意外地接过名片，细细看过后，顺手把名片收在包里。

办完了离职手续，何晓芸不无留恋地离开了公司大楼，心中有一种说不出的伤感，是为自己眼下中断的事业，抑或是为将来面临的家庭重担，没人清楚。

何晓芸辞职以后，正式成了"无业游民"，或者说，她正在等待命运给她安排的新角色，新房子已经装修完成，只等着通风散味，然后再搬进去。

每个月的房贷、房租、生活费、交通费、水电费，还有何晓芸的各种营养品的费用，像一座座大大小小的山丘似的，层层叠加累积起来，压在刘康生一个人的肩膀上。除了节流，还要开源才行，刘康生申请转调到公司业务部当投资顾问，从头学起。薪资虽然多了，但代价是，原来十晚有七八晚加班，现在是十个晚上都不见人。

于是，除了第一次产检，后面的产检都是何晓芸一个人去，到了最后，何晓芸挺着一个大肚子在医院跑上跑下时，所有人都目带同情地看着她，甚至有人在后面开始嚼舌根，说何晓芸是不是什么有钱人家的"小三""小四"，生的孩子不能见光，所以总是一个人偷偷地来，传得有鼻子有眼的。还有好事的大妈在何晓芸背后轻轻嘀咕："啧啧，年纪轻轻的，造孽哟！"把何晓芸气得一佛升天二佛出世。

刘康生总是很忙，即使很晚到家，也是倒在床上就睡着了，有时候何晓芸惊呼着推醒他："康生，你快看，宝宝动了！他踢我了！"

刘康生带着被吵醒的愠怒："你有完没完，有什么事明天再说。"然后翻个身又睡着了。何晓芸因新生命带来的激动和喜悦，瞬间被一盆冰水泼灭。

更多的时候，刘康生醉醺醺地回家。这天，刚从应酬桌上下来的刘康生，踏着歪歪扭扭的步子，一身酒气地回到家，见到何晓芸就猛地扑过去，抱住就要亲，醉酒的人力气大，何晓芸被一把推到沙发边缘，后腰直直地撞了一下沙发角，好在何晓芸用手及时撑住沙发，才免得肚子被挤压。何晓芸一把掀开趴在身上的刘康生，护崽的天性让她像一头强悍的母狮，大声斥道："刘康生，你发什么神经！"就在何晓芸摔倒的时候，刘康生的酒已经醒了一半，看着何晓芸撞在沙发上也是惊了一身冷汗，确定何晓芸没事以后，才稍稍松了一口气。

何晓芸的表情像要喷火似的，往日里的不满，生活中一地鸡毛，怀孕以来的委屈，在这时通通化为十足的怒火，冲着刘康生一齐爆发："你知道刚才多危险吗？"

半夜回到家的刘康生，在何晓芸的大声训斥中，满怀的柔情也一点点被冷却。他冷冷地看着眼前这个咆哮的女人，怎么都不像是那个相爱五年的爱人，刘康生干脆低头道歉："是我刚才太唐突了，你先上床睡觉去吧。"说完，便冷漠地转身进了浴室，留下脾气发到一半的何晓芸一脸错愕。

刘康生洗完澡上床的时候，何晓芸像一只小兽一样，蜷缩着躲在被子里，他悄悄地探一只手过去，发现枕头早已湿了一大半。刘康生内心慨叹了一番，把何晓芸搂进怀里，贴着何晓芸的耳朵说："对不起，是我不好，这些日子是我忽略了你们母子俩，我只是想让你们过更好的日子。"何晓芸转过身，抱住刘康生的脖子，终于"呜呜"地哭出声来，像一只受了委屈而撒娇的小鹿。

第八章

丈母娘来了

紧赶慢赶，小两口总算在孩子出生之前，搬进了新房子。

这天上午，何晓芸挺着个圆溜溜的大肚子，正拿着抹布掸着门把上的浮尘，突然感觉下身一股暖流缓缓流出。何晓芸心里"咯噔"一声，不好！好像是羊水破了！何晓芸小心地挪到电话旁边，拨通刘康生办公室的电话，谁知对方说刘康生外出洽谈业务，不在公司。何晓芸又急又气，只好给孙元香办公室打电话催婆婆赶紧来，然后敲邻居家的门，邻居一见，赶紧帮忙给送医院了。

何晓芸检查完，办完住院手续，孙元香才拎着个手提包姗姗来迟。这个粗心的婆婆匆忙中问了问情况，医生说何晓芸只是破了羊水，离生产却还要一段时间，且等着吧。听了这话，孙元香进病房瞧了瞧待产的儿媳，于是决定先回家拿产前准备的东西，一旋风似的来，又一旋风似的走了。等到医生去查房的时候，看见何晓芸一个大肚子孕妇，躺在床上孤零零的，周围连个递水的人都没有，于是问道："2号床，你的家属呢？你现在马上面临生产，身边可缺不得人。"

当下，何晓芸感觉到一种不可言状的阵痛，从腹部一波波地蔓延开，连翻个身都费劲，便忍着疼痛说："她回家拿东西，过一会就来。"

"趁你现在还没生产，赶紧多吃点东西，补充点体力，不然生的时候使不上劲可不好。"听医生这样一说,何晓芸才想起,自己午饭还没吃,邻居送完自己就回去了,刘康生还没来,孙元香更是不知道,也没问孕妇有没有吃午饭这事。

等孙元香下午三点再到医院的时候,何晓芸已经饿得前胸贴后背,阵痛也越来越频繁,连叫痛的力气都没有。在医生的提醒下,孙元香去医院门口打包了一份皮蛋瘦肉粥,何晓芸忍着对皮蛋的恶心,一股脑地灌下肚子。到了四点的时候,何晓芸还是没有生的迹象,疼了几乎一个白天的何晓芸,几乎是哀求着,请求让医生剖腹产。

孙元香面色一冷:"不行!剖腹产又是麻药又是开刀的,伤着孩子怎么办?"

说完又觉得自己口气太严厉,孙元香又缓着口气对何晓芸说:"女人生孩子都是这样的,你忍忍,过了这一阵就好了,我当初生康生、康妮两兄妹的时候也是这样的。"

何晓芸在痛得迷迷糊糊,感到生不如死时,听到婆婆这样说,恨不得给自己一刀来得痛快,一边心里怨恨起刘康生这么久不来,一边可怜自己远嫁,没有个贴心的人在身边。

何晓芸年轻,顺产条件好,医生也不同意剖腹产。痛到晚上六点的时候,何晓芸才被推进产房等待生产,刘康生也正是这个时候赶来了医院。

在赶到之前,他已经忙了一天,从早上到下午,接连跑了一个又一个地方去拜访客户,一回公司连水都来不及喝一口,就听前台同事说家里来电话,老婆要生了,赶紧又马不停蹄地赶到医院。

孙元香看到儿子大汗淋漓地赶过来,又瞧见他因为经常在外面跑业务而被晒得又黑又瘦的身形与面色,当即就感到心疼地说道:"你怎么赶过来了?还没吃晚饭吧?你媳妇离生产且还有一段时间,我先在这里盯着,你回家吃个饭,洗了澡再来。"

刘康生气喘吁吁地说道:"不了,晓芸怎么样了?"

孙元香瞥了一眼产房,说:"女人生孩子嘛,不就那样。"

不多时，刘佐华也来了。刘家人一起便在产房外面等候。半天下来，孕妇实在太费力了，医院里的人提醒刘康生，他是被允许进产房鼓励鼓励孕妇的——当然，按照惯例是要交些费用的。刘康生进了产房，看到满脸大汗、身子扭曲的媳妇，看到她脸上头一回见到这种情形，顿时心生怜惜，握着她的手不断安慰，又是给她加油，又是给她喝了些红牛之类的补充能量的东西。

晚上十点半的时候，何晓芸终于生下了孩子，是个女孩。孙元香听护士说的时候，脸色有点难看，喃喃自语道："怎么就是个女孩呢。"

刘佐华瞪了孙元香一眼，一起生活了这么多年，对老伴最是了解不过，当下叮嘱说："瞧你说的什么话，这都什么年代了，男孩女孩不都一样嘛，再说人家何晓芸大老远嫁过来，给你生了一个孙女，你还挑剔上了？这话不准再提！"

孙元香只得小声嘟囔："知道知道，这不就在你面前说说嘛。"

刘康生依旧守在产房内，看着奋战了一天累得筋疲力尽的何晓芸，亲了亲她的额头说："老婆辛苦了！"然后从护士手中接过小小的一件襁褓，包裹着的小家伙显然很不开心，正咧着嘴扯着嗓子哭个不停。

护士笑说："你看小家伙多精神啊，哭得可真响亮。"

刘康生小心翼翼地抱着，像是捧着一件易碎的稀世珍宝，抱到何晓芸面前说："老婆，谢谢你，谢谢你生了一个小公主，我会好好保护你们娘俩的。"何晓芸看着哭得一脸皱巴巴的小家伙，再看看一脸认真的刘康生，心中一阵柔软，白天里的那些埋怨和委屈一点点地消失了。

因为是顺产，孩子的身体也健康，她们母女俩在医院待了三天，就回到了自己的新家。刘康生请了一个礼拜的假，专门在家陪护着。

婆婆孙元香也难得请了几天假，说是要照看自己的儿媳与初生的孙女。只是孙元香二十几年不带小孩，之前的刘康生和刘康妮也是奶奶一手带大的，孙元香只管生，生下来之后就当甩手掌柜，在带小孩和伺候月子方面，简直如"文盲"一般的存在。到家第一天，孙元香给孩子穿衣服，扣子都没解开，掰着孩子的胳膊直直地往衣服里面套，孩子几乎是"嗷嗷"地哭出声，一张小脸涨得通红。何晓芸在一旁看得心惊肉跳，赶紧把孩子抱过来自己动手。到傍晚孙元香给孩子洗澡，放了一盆水，何晓芸不放心试了一下水温，手一伸进去就烫得缩了回去，何晓芸赶紧吩咐刘康生重新换了一盆水。

孙元香确实不擅长照顾孩子，而且她一早就放出话，称自己上班不方便，是不可能帮何晓芸带孩子的。这不，没待两天就回了自己家，只是临走前留了一万块钱。而刘康生终于结束了自己从前那种饭来张口的少爷生涯，开始不分白天晚上地帮忙照顾孩子，学着换尿布，做何晓芸的月子餐，短短几天就抵达崩溃的边缘。夫妻两个左思右想，觉得这样下去也不是办法，于是商量把孩子的外婆李桃花接到西安帮忙坐月子。

李桃花撂完电话，第三天就赶到了西安。她一手一个蛇皮大袋，背上还有硕大的一个包，里面装的七七八八什么都有，有何晓芸爱吃的虾仔小鱼干，煲汤的桂圆、莲子，甚至还有何晓芸小时候穿的小肚兜什么的。

而丈母娘的到来，无异于解放了小两口，尤其是刘康生本人。

李桃花一到家，便拿出了当家女主人的架势，每天像上了发条的陀螺，简直停不下来，仿佛任何时候都不知疲倦。家里被收拾得一尘不染，地板就跟打了蜡似的，玻璃、门亮得反光，就连放电视的柜子都擦不出一点灰出来，家里的东西重新被归置了一遍。

需要什么东西，何晓芸就得时不时地问自己的老娘：

"妈，我的袜子放哪里了？"

"妈，新买的那个奶嘴放哪里了？"

"妈，康生的衬衫放哪个柜子了？"

李桃花总能不假思索地精准说出东西所在地，不差分毫。

煲汤，洗衣，做饭，带小孩——样样安排得有条不紊，有了这个全能丈母娘，刘康生感慨这个周末终于能久违地睡个懒觉，而何晓芸则能天天吃上可口的热饭暖汤，两人一扫前阵子的灰头土脸，现在满血复活。刘康生下了班坐在整齐干净的沙发上,眼前的茶几上是新鲜的水果和晾好的凉白开,第一次感受到家的舒适和贴心,他打从心里惊叹,丈母娘与自己母亲孙元香的天差地别。

刘康生过得太舒心了,以至于有了丈母娘忘了亲妈的存在,孙元香许久没有接到刘康生的"求助"电话,心里直嘀咕,于是礼拜天拉着刘佐华,声称来看看孙女——刘子萌。

名字是刘康生取的,他翻了好几天的字典,把字典都快翻烂了,还纠结着不知道取什么名字好。那天看着女儿圆圆的小脸蛋和大眼睛,还有笑起来的小酒窝,福临心至,觉得"萌"字配自己家的闺女再是合适不过,当下便定了这个名字。

孙元香和刘佐华刚进到屋子,只见窗明几净,收拾得井井有条,一股饭香从厨房飘出来,才知道是刘康生的丈母娘李桃花来了。

刘佐华对着李桃花赞叹有加,大教授瞅了一眼孙元香,然后转过身开玩笑地说道:"看来,家也要不同的女人收拾啊,相同的屋子,有人能过成旅馆,有人则能过成四星级宾馆,我看亲家母你这是五星级啊。"一席话把大家逗得哈哈大笑。

刘康生赶紧也嘴甜地捧着丈母娘,李桃花只面带微笑招呼着:"亲家公和亲家母来了,快请里面坐。"

看着自家的儿子和丈夫都叛变称赞别的女人,孙元香心里恨恨地想:两个吃里爬外的东西,人家给你做几顿饭就乐得找不到北,我辛辛苦苦这么多年也没听你们夸一句。

人要靠对比,面对处处能干的李桃花,孙元香显然被比下去了,还是被一个大字不识、农村来的乡下老妇比下去了。再看这家里,才几天啊,就收拾得大变样,而自己俨然是来别人家做客的样子。孙元香,感觉自己辛苦打下来的"城池"偷偷地被人掠夺去了,这心里就跟吞了一个烫嘴汤圆似的,顺着喉咙一点点地沉到肚子里,在腹中又堵又烧。

她干脆自暴自弃，叉着一双手，心安理得地坐在客厅沙发上，抱着小孙女，逗她"咯咯"地笑，谁知就一会儿，只听见"噗噗"两声，孩子竟然拉了一泡屎，孙元香隔着尿不湿闻见那个"香气"，赶紧扬声喊道："亲家母啊，宝宝拉粑粑了啊，你快来看看。"

李桃花赶紧放下手中的锅铲，过来帮小孩换尿布，洗屁股，穿衣服；等孙女被弄好以后孙元香又接过去，乐呵呵地抱着哄着。

一顿饭的时间，只见李桃花前前后后忙得团团转，今天人多，自然比平时多做了几个菜。满满的一桌饭菜做好了，她就招呼大家吃饭。自己并没有跟着大家一起吃，而是从孙元香手里接过孙女，带她去阳台上洗澡。洗完以后，就赶紧手洗刚刚换下来的衣服，然后才匆匆扒两口饭，又开始收拾碗筷、厨房，竟然一刻都不得闲。

期间何晓芸看不下去，几次让她一起上桌吃饭，把孩子放到床上让她自己玩会，李桃花笑着说："没事，你们先吃着，我这不打紧。"

看着忙来忙去的李桃花，俨然像是这个家的保姆，孙元香心中一股莫名的成就感冉冉升起了，再怎么勤劳能干，那就是一个保姆的样，高下立断。孙元香拿筷子的一双手故意翘得高高的，保养得白白嫩嫩的手，涂着鲜红的指甲油，更是显眼得很。

酒足饭饱，又聊了一会天，见天色也不早了，逗过孩子的孙元香和刘佐华起身回家。他们的家与儿子的新房子隔得并不远，悠悠地走着就能回去——当初买新房的时候他们老两口就特地挑了一个散步半小时就能到的楼盘。孙元香临出门前，转过头来对李桃花说："对了亲家母，以后做饭啊可别放那么多盐，吃多了盐，对大人小孩都不好。我这人说话直，又都是一家人，你可别介意。"

李桃花笑着应了，直说没事没事。在一旁的何晓芸听着却替母亲李桃花感到委屈，敢情你什么累活儿都没干，就过来吃吃饭、逗逗孩子，有人伺候，你还挑剔上了？！

晚上睡觉前,两夫妻靠在床头上,孩子则跟着外婆睡在隔壁,何晓芸有点生气地说:"你妈今天什么意思啊,从进门就脸不是脸,鼻子不是鼻子的,对着我妈连一句客套话、一个笑脸都没有,也没见她进厨房炒过一个菜、洗过一个碗,连宝宝换尿不湿都喊我妈,临走前还对我妈横挑鼻子竖挑眼的,你说,你妈到底是什么意思?"

面对质问,刘康生一时之间有点蒙,从他爸妈进门以后,他和他爸就坐书房一块聊天了,除了中间出来吃了个饭,也没发现什么不对劲的,天生神经大条的男人们,哪里想得到女人心里的那些弯弯绕绕。

刘康生尴尬地笑着说:"哪有什么什么意思啊,我妈就是那么随口一提,没有什么恶意,你想多了。"

眼见刘康生毫不在意,何晓芸更是一股怨气陡生,指着刘康生的鼻子说:"我想多了?你看你妈那样,甩个手什么都不干,我妈是伺候我坐月子的,不是来伺候你们全家的!"

"哎呀,我妈什么样你早都知道,她炒个菜也没人敢吃啊,哪有咱妈这么厉害能干啊。她就是不会,想着不添乱而已,你别多想。"刘康生最近回家就有人伺候,乐得轻松,当然他也不会忘了这份轻松都是丈母娘的功劳,对于勤勤恳恳的丈母娘,刘康生内心也是感激的,当下也就赔着笑脸哄何晓芸。

"你别跟我嬉皮笑脸的,你妈即便不会炒菜,端个菜洗个碗总会吧,可她呢,做什么了?"何晓芸越是想到婆婆孙元香的所作所为,就越发很不舒服,一股无名火从心中升起,当着刘康生的脸,又一字一顿地说道:"你们家怎么对我都可以,反正嫁鸡随鸡嫁狗随狗,谁叫我这辈子嫁到你们家了。但是我妈——不欠你们家的,把养大的闺女嫁到你们家,没收一分彩礼,也没有收一点好处,别把当我妈保姆似的使唤来使唤去!"

刘康生被何晓芸一通不分青红皂白地训斥,心中也不是滋味,一股火苗腾地蹿起,不过被他理性地及时克制住了,当下还是耐着性子说:"没你说的那么严重,我妈就是在单位当领导惯了,到哪都是那副样子,这一点的确是不好,回头我说说她。但她心不坏,你别这么上纲上线的,也别一口一个你妈,时间不早了,睡吧。"说完,刘康生就拉下床头灯,躺平下去,一副不再开口争辩的样子。

何晓芸还想理论理论,但看刘康生这样子,又想着妈妈叮嘱自己不能生气,生气要回奶,只好生生忍着,然后愤愤地躺下,熄了床头灯。

刚才还有些扰攘的夜晚,顿时变得安静下来,房间里也渐渐出现了一阵阵的鼾声。

第九章

一地鸡毛

自从那晚和何晓芸争吵后,刘康生的好日子算是到头了。

倒不是何晓芸不消停,天天找他吵架,而是最近孙元香不知道哪根筋搭错了,天天往这边跑。每天下了班,自家家门也不进,她就直奔刘康生家而来。虽说她升级做了奶奶,但偏偏还是那个甩手掌柜的样,把自己当成了这里的贵宾。每回进了门不过是逗逗孩子然后吃晚饭,吃好了以后再溜达回家,不知道多自在。

有时碰见刘子萌在摇篮里睡得正香,也要抱起来嘴里叫着"心肝""宝贝",再亲个不停。一方面是孙元香没有把何晓芸母女放在眼里,这里就跟她自己家似的,自然想干吗就干吗;另一方面是萌萌一天一个样,渐渐长开了,那小模样跟刘康生小时候一个模子刻出来似的,都说隔辈亲,孙元香怎么亲也亲不够,亲着玩着,被闹醒的萌萌自然扯着嗓子哭起来。孙元香还是只管扬着嗓子喊李桃花,忙得团团转的李桃花只得过来又哄一遍孩子。

李桃花还没有先说上什么,倒把何晓芸气得火冒三丈。眼见着她是抱着孩子玩得轻松,哄小孩睡觉有多难却是没有想过,尤其是白天睡不好,晚上小孩子还闹觉,隔两个小时就起夜一次,大人小孩都累得精疲力尽的。何晓芸不得不委婉地劝道:"妈,萌萌刚睡着,您还是别动她了,不然待会又要给闹醒了。"孙元香这才讪讪地放下手。

这天孙元香下班照常过来，门是关着的，她没敲门，自己用钥匙开了门进来。一进门，就看见萌萌被放在阳台边上的摇篮里，咿咿呀呀地自己玩着手指，身上只穿了一件单衣，客厅里何晓芸母女也不见人影。孙元香当即怒火中烧，这个李桃花，敢情不是她们老何家的孙女。偏偏李桃花撞枪口上，她听到声响从里面转出来，带着笑打招呼说："亲家母过来了啊？快进里面，随便坐。"

孙元香那张脸冷得快能滴出冰碴来："这是我家，坐也好，站也好，我自己当然知道。倒是你们，把萌萌一个人放在风口上，还穿那么少，感冒了怎么办？"

听完这话，李桃花脸上的笑慢慢凝固，当下也不多争辩，直说道："不会着凉的，萌萌刚洗完澡，我们那边的孩子都穿这样多，也不会感冒……"

话还没说完，孙元香就打断道："乡下的孩子和城里的能一样吗？这里可不是你们村里！"

李桃花不知道孙元香发哪门子的火，八月份的天气，穿一件单衣再合适不过，但多一事不如少一事，李桃花嘴上应着，然后抱着孩子去里面多加了一件小背心。刚在房间里睡得迷迷糊糊便被吵醒的何晓芸，却把孙元香的话听得清清楚楚。

刘康生到家的时候，孙元香正哄着孩子玩，李桃花在厨房准备晚饭，却不见何晓芸。

"哎呀萌萌，爸爸抱抱……"

刘康生把肉嘟嘟的萌萌颠在手里玩了一会，迟迟不见何晓芸，于是进房间找她。一进房间，只见何晓芸独自一人坐在床头，连头都没有抬一下，她在不声不响地生闷气。

"你这是怎么了？回了家连个笑脸都没有？"刘康生推了推何晓芸，何晓芸还在为孙元香的那句"这是我家"耿耿于怀。

她拍开刘康生的手,说:"你说,这是谁家?"

刘康生一脸莫名其妙地回答:"我们家啊!"

"哼,还我们家呢,我看是你们家吧?"

看何晓芸一脸找碴的样子,累了一天的刘康生不知道哪里又惹到她了,只好打了几句哈哈,安慰了几句,就出去抱女儿去了。

晚上的时候,孙元香照例留下来吃饭,知道近些日子何晓芸心里不痛快,刘康生主动放下身段,在厨房帮着丈母娘端菜盛饭,李桃花笑得满脸都是褶子,手举着锅铲赶着刘康生说:"我来我来,康生你累一天了,赶紧去歇着。"

刘康生拿出在公司哄客户的功力,嘴甜得像擦了蜜似的:"妈,瞧您说的,最辛苦的应该是您,天天忙里忙外的,这个家没有您可不行。"

这一切都被孙元香看在眼里,她看到从小被自己宝贝着长大的儿子,连进厨房都不让,蒜都舍不得叫他剥一个,此刻却在别的老娘跟前尽孝,一口一个"妈"叫得亲热,还拍马屁献殷勤,孙元香的内心酸酸的,惆怅着,甚至是异常失落。

她把目光转向刚刚坐在客厅沙发上的何晓芸,话中带刺地说:"让自己老爷们进厨房,像什么话?"

何晓芸想都没想:"没有啊,就是端两个菜而已。"

孙元香板着一张脸:"什么叫端两个菜?老爷们外面累了一天了,做人家媳妇的也不知道心疼,回了家里还端茶倒水的,说出去也不怕让人笑话!"

何晓芸简直忍无可忍,端了两个菜而已,她就跟母鸡护崽似的护上了,难道家里这些活都是神仙干的,吹口仙气,饭就熟了?地板就干净了?衣服就洗净自己就叠好了?谁一天天的不辛苦?洗衣做饭不辛苦了?何晓芸正想回嘴顶几句,只见老妈李桃花轻轻地对自己摇了摇头,刘康生大约看出了一点端倪,赶紧自己表态:"这有啥累的,不累不累……"然后打着哈哈说,"妈,晓芸,赶紧洗手吃饭了,吃饭了。"

饭桌上简直一片沉闷，谁都没有开口说话的欲望，何晓芸、孙元香正彼此窝着火呢，李桃花则不声不响的，悄无声息地吃着饭。刘康生更多的是心累，何晓芸生完孩子以后，性子变了很多，原来温柔讲道理，现在动不动就发脾气。两人常常说不到五句，何晓芸的脾气说来就来，刘康生不敢跟她吵，怕她生气回奶，也怕她产后抑郁，只能尽量忍耐。

沉默许久，淳朴的李桃花拿出村里人的习性，招呼着："亲家母吃菜啊，别客气。"

孙元香夹了一筷子茄子，说道："亲家母啊，这个菜啊以后别放那么多盐，我觉着齁得慌。"

李桃花应了一声。

孙元香又说："还有这鸡肉啊，不能放那么多酱油，吃多了对身体不好……"

李桃花又"嗯"了一声，有点手足无措地说："可能是我们乡下吃惯了，以后我少放一点啊……"

"这年纪大了的人啊，就怕身体不好给儿女添麻烦，尤其是你和亲家公这样的，没有医保，又没有儿子在身边照料，平日里啊要多学学人家养生，注意身体才行，不给儿女添麻烦，就是我们这些做长辈的最大的好了，要是没事，以后啊，你和亲家公常来西安做做客嘛。"孙元香语气平平地发表完了这一番高谈阔论，很是得意。

其他在座的几个人，听完脸色都变了，尤其是何晓芸，眼看着要把筷子拍在桌上，李桃花抢先一步，她轻轻放下筷子，说道："那啥，我去看看萌萌睡醒了没？"然后快步走进房间。

饭桌上气氛静得吓人，只有孙元香一人满不在乎地吃着饭，过了一会，何晓芸平复了一下情绪，也放下筷子说道："我也吃饱了。"说着也离开了。

刘康生苦笑，对着亲妈孙元香说："您这是干吗呢？"

孙元香白了一眼刘康生："没出息的东西，还帮人端菜盛饭的，我怎么就没看见你给我盛过饭？"

刘康生压低声音说:"妈,你以后倒是注意点啊,别说话那么不客气,人家来帮忙给你带孙女的,又不是保姆,你也稍微对人客气一点。"

孙元香眉毛倒竖:"我不客气?人家才是真不客气,一来就把这里当自己家似的,还叫我不要客气,还真拿自己当主人了,这里可是我家,再说我给的钱也够你们请保姆了,你们倒好,一声不响地把你丈母娘从老家请来!你们问过我的意见没有?"

"妈,你小声点,人家好歹也是何晓芸的妈妈,来闺女家怎么了?你别大惊小怪的好不好?"

"怎么了?刘康生,别怪你妈我没有提醒你,请神容易送神难,她妈现在就把这里当自己家一样,别说以后了。他们老何家可只有这么一个闺女,要是他们老了年纪大了,要搬过来跟着闺女一块过,我看你怎么办。我买房子给你们当新房,可不是让你入赘的!"

"妈你说的也太远了吧,咱们一码归一码。"

孙元香戳着刘康生的额头:"我的傻儿子,现在不防着点,以后就晚了。"

这边两母子在餐厅嘀咕着,何晓芸母女在房间也没闲着,何晓芸面带歉意,对李桃花说:"妈,让你受委屈了!"

李桃花熟练地给宝宝翻了个身穿衣服,漫不经心地说:"傻孩子,我有什么委屈不委屈的,只要你过得好,我和你爸就放心了。"

何晓芸搂着李桃花的脖子,难得的显露出小女儿的样子:"可是她们这样,我很生气啊,这里是我家,那就是你家,她凭什么这样说?"

李桃花把何晓芸的手拿下来:"唉,你这丫头,毛毛躁躁的,小心压到了孩子。你现在也是做妈妈的人了,可别跟以前一样,性子那么冲,动不动就生气。她是你婆婆,你就得多担待,女人成了家都是这样过来的。还有啊,你也不能老对康生发脾气,他外边辛苦一整天了,回家里还得受你气,小心他以后真不理你。"

"他敢!还敢不理我!哼,翻天了他!再说都是他妈惹的事,不找他找谁啊。"何晓芸跷起二郎腿，气呼呼地说道。

李桃花看着女儿这副样子，一边摇头，一边失笑。

好不容易哄完老妈，送她出门的刘康生，回到房间只见老婆大人阴着脸，嘴角都快拉到脚底下了。

得！敢情灭完那头的火，还有这头的火。

"你说你妈是什么意思？"何晓芸也不废话，直截了当地直指主题。

"也没有什么特别的意思啊，她人就那样，你们也别太在意。"刘康生知道自己老妈在饭桌上说得有点过，但她是自己的亲妈，能怎么办？

"这还没什么啊，刘康生你自己也听到了，什么叫没有儿子在身边，要多注意身体，这是在咒我爸妈呢。"何晓芸一边说着，一边红了眼睛。为人女儿，不能在父母跟前尽孝，反而让父母千里迢迢奔波到西安，为她受累，照顾小孩，现在居然还受此委屈，何晓芸想到这里，忍不住捂着脸，随即"呜呜"地哭出声。

"也没多大事，我明天替我妈给咱妈道歉赔不是，你快别哭了，回头咱妈听见了。还以为我欺负你了呢。"刘康生看着媳妇这副委屈的样子，也无可奈何，只能这样安慰道。

何晓芸"嘤嘤"地哭个不停，断断续续地说："你们家……还不够……欺负人吗？我妈辛辛苦苦……地照顾这个家，你们就……这样对待她，你们有没有心啊！"

从下班回家，面对家里这群女人，就没有一刻清静，刘康生感觉头都要炸开了，早知道这样，还不如在公司加班呢。但当下，他只好耐着性子安抚何晓芸，她是个倔性子，又委屈，觉得刘康生家里人未免太欺负人了，最终刘康生哄到将近夜里十二点，何晓芸才带着泪痕，勉勉强强地躺下睡觉了。

亲妈那边说不通，老婆这边又吃力不讨好，刘康生感觉自己是风箱里的老鼠，两头受气。这天，眼看又到了下班时间，刘康生想到家里那一团糟就感觉头皮发麻。恰巧，组长云哥临时有事，有个大客户需要核对一些事项，必须派一个人去亲自核对，结果在办公室问了一圈也没有人吭声，所有人都低着个脑袋，就怕领导点名点到自己，做了那个加班的倒霉鬼。但一个人例外，那就是刘康生，他却自告奋勇地请求担当此任，对他来说，简直是瞌睡时有人递枕头啊。

云哥用疑惑的眼神看着他："康生，你最近不是升级做爸爸了，有时间去拜访客户吗？"

刘康生斩钉截铁地表示："不碍事，云哥你就放心地交给我吧。"

云哥拍了拍刘康生的肩膀，对办公室那帮正等着下班的同事说："你们看看人家，多学习一下！"

拜访的客户在城南，家处郊区的别墅群。刘康生虽然生长于西安城里的小康之家，但第一次到这位名为齐亚男的客户家的时候，还是震惊了：复式三层的独栋大别墅，站在门口的玄关处，能看见从上而下的玻璃大吊灯，像琉璃一样闪着璀璨的光芒，细碎的光折射在家具上，整个大厅显得金碧辉煌。

刘康生有点呆呆地望着眼前的一切，竟然有种待在皇宫的错觉，给他开门的女人提醒道："先生，你是……？"

刘康生如梦初醒，慌张地说道："哦，您好，我是恒鑫金融的小刘，之前和您预约过，您是齐女士吗？"

话音刚落，只见眼前的女人"咯咯"地笑了起来，声音爽朗利索地说："瞧你说笑了，我只是家里的保姆。找我们齐总啊，你稍等，她刚好在家。"

刘康生闹了一个大红脸，竟然将家里保姆认成了正主，正想着说点什么，这时从楼上传来一串高跟鞋的响声。刘康生循着声音望去，只见一个披着大波浪卷长发的女人，正扶着楼梯的木质扶手，缓缓地下楼来，一袭简单的红裙，只在腰间随意地扎了一根带子，却显得整个人身材玲珑有致。

她看着刘康生，说道："李青云给我打过电话了，说是派了一个俊俏的小年轻过来，就是你吧？"声音温和，带一点点的沙哑，刘康生怔怔地点头，然后反应过来，连忙做了简单的自我介绍。

移步到客厅，刘康生拿出文件一一核对过之后，齐亚男眼神迷离地看着他："你是恒鑫新来的吗？我之前怎么从来没有见过你？"

刘康生一边收拾着手上的文件，一边如实回答道："我之前在别的部门，最近才调过来，所以齐总您才没见过我。"

"我说呢，"齐亚男往后一靠，不长的裙子往上缩了一截，一双雪白修长的大腿分外抢眼，"你这么帅，要是之前在这个部门，我肯定一早就发现了，哈哈……"

齐亚男略带调侃的语气，让刘康生刚刚平复的心情又激动起来，他感觉脸上好像有什么东西在烧，连耳朵尖都烧红了。

齐亚男虽然今年三十五岁了，但五官俏丽，又保养得当，脸上的皮肤又光又滑，跟剥了壳的鸡蛋似的，眼尾微微往上扬，秋水横波，顾盼之间，足以令人动容。

刘康生心下不得不承认，齐亚男是个十足的美人，还是一个有些神秘而又让人猜不出年龄的美人。

第十章

硝烟四起

从齐亚男家里出来的时候,已经是晚上九点。

刘康生收拾了一下心情,开始乘车往家赶。到了家里,客厅里灯火通明却静悄悄的,似乎家人都睡着了。刘康生换上拖鞋,放下手中的包,见依旧没有动静,喊了几声"老婆",丈母娘李桃花听到后从房间出来,喜气盈盈地说道:"康生回来了?这么晚饿坏了吧,我给你留着饭呢,这就给你端出来。"

"谢谢妈!"刘康生是真的饿了,坐在餐桌上狼吞虎咽地吃起来。刘康生拉着闲话问道:"妈,今天我妈没有来吧?"

前面一个妈,后面一个妈的,听起来很奇怪。李桃花回答:"来了的,吃了晚饭没多久就回家去了,还给萌萌带了一堆东西,说是都有什么嗷达里哑的'羊奶粉',还有一些给萌萌吃的、玩的、穿的。"

刘康生心里默默念着"嗷达里哑",说道:"是澳大利亚吧,妈?"

"对!对!说是她托朋友从国外带回来的,还听说可贵了,一罐奶粉就够我们乡下一只羊的钱。要我说啊,也不用花这个冤枉钱,萌萌现在吃母乳也挺好的,这多糟蹋钱啊!"

刘康生笑了笑没有接话,吃完饭就回房间看萌萌去了。

萌萌正拱着小脑袋在妈妈怀里吃奶，刘康生仔细地端详着眼前的何晓芸，头发乱糟糟的，一身碎花家常睡衣，衣服上全是奶渍、汗渍，可能还有萌萌的尿渍。生产之后整个人胖了许多，弯着背喂奶的时候，能清晰看见肚子上的肉叠了好几层，甚至连手指都短胖短胖的，无名指被结婚的戒指勒成了两截。刘康生的脑海中，不禁浮现出一袭红裙的齐亚男从楼梯上袅袅而下的情景，他甩甩头，赶紧将这样的画面从脑海中甩出去。

何晓芸专心致志地看着怀中的萌萌，丝毫没有留意到刘康生出现在门口，等她发现时，刘康生站着已经有一会儿了。何晓芸还在为昨晚的事情闹别扭，她冷冷淡淡地说了一句："你回来了？"

刘康生也简单地"嗯"了一句，然后越过她，打开书桌上的灯，拉开凳子坐下来，没有再言语。敏感的何晓芸隐隐觉得他的表现有点反常，没有像往常一样亲热地凑过来叫"老婆"，竟只是这么冷淡地回了一句。这态度太敷衍了，也太意外了，他明明知道自己还在气头上，也没有说点好听的话哄着自己！

何晓芸给女儿擦擦嘴，打定主意，等着刘康生过来说软话，可左等右等，刘康生像是没事人似的，在灯光下随手翻看起了一本书。何晓芸心里莫名地有点委屈，终于她忍不住先开口了，语气里夹杂着怒气说："今天怎么这么晚才回来？"

刘康生眼睛盯在书上，漫不经心地说："公司临时有点事，加了一会儿班。"

见他这样，何晓芸肚子里的那点小星火，被风一吹，瞬间成了小火苗，何晓芸说："加班也不给家里打个电话，让大家都等你一个人吃饭！"

"等什么啊，你们先吃就是了。"

"我倒是想，偏偏你妈非要等她那宝贝儿子，不回来就不让我们上桌吃饭，菜都热了三遍也不见她宝贝儿子回来，她老人家不饿，也不管我们饿不饿。"何晓芸阴阳怪气地说着。

刘康生转过头眼睛直直地看着她，像是在看一个陌生人，以前的那个何晓芸断不会这样说话。

何晓芸被他看得心里发虚，正寻思自己是不是说得有点过分了，毕竟孙元香也是他亲妈，想着要不要说几句软话认个错。谁知，刘康生接下来的话打得何晓芸措手不及。

刘康生几乎不带任何情绪，像是陈述一般说："何晓芸，这个家里不是一定要顺着你的意才能过，你能不能别总是那么自私地发脾气，我妈有那么罪无可赦吗？再怎么说她也是你的长辈，你一定要这样揪着不放？每天都板着一张脸你不累吗？"

何晓芸万万没想到，刘康生的内心深处竟然是这样想的，她的心被这番话"突突"了好几个血窟窿，汩汩流血。

何晓芸软也不服了，更别说认错了，她把怀里的萌萌平放在床上，然后站起来，字字泣血地指着刘康生说："好啊，刘康生，终于说出心里话了吧？你很早就觉得我是无理取闹不可理喻了吧？我自私？我乱发脾气？我板着一张脸？刘康生，你说这话不违心吗？我辛辛苦苦地生孩子，和我妈一起含辛茹苦地带孩子？你们呢，连同你妈，有没有给萌萌换过一次尿布？哄萌萌睡过一次觉？"

"谁过得就容易了？我工作累了一天，你们在家带个孩子，还一天到晚吵来吵去的，就没有安生日子！"刘康生把书掷在地上，心中也是一片恼怒。

何晓芸低垂着头，也不接话，只是眼泪滴滴答答地掉下来。这样的日子真是烦透了，没有人愿意像个泼妇一样争吵，可是生活里，总有那么多琐碎的事，像散在地上的鸡毛，怎么扫都扫不完，让人忍不住地想大声尖叫。

此时，卧室里的空气凝重得像一团冰，中间只有无奈的沉默与委屈的眼泪在互相僵持着。

瞧着何晓芸这样，刘康生停顿了半晌，面带苦笑，为了缓和两人眼下的不快，他默默地凑到跟前，握住何晓芸的手，何晓芸赌气似的，用力地挣脱开了。刘康生癞皮狗似的又赶紧握住，满是无奈和疲惫地说道："老婆，我知道你受委屈了，可我妈就那样的性子，你看在我的分上，不要和她那么计较，就当我求你了，好吗？"

何晓芸依旧不言不语，但内心刚刚聚集起来的烦闷和火苗，却慢慢地消歇下去了，好吧，就算是为了爱人，也只能再忍忍。

屋内渐渐安静下来，门外的李桃花默默放下想要敲门的手，叹了一口气，又回了客房。

第二天一早，刘康生去上班的时候，轻轻地抱了一下正在客厅收拾孩子衣服的何晓芸，像是安抚一般，何晓芸难得没有推开，默默地接受了。李桃花暗暗担心了一夜，见小两口又和好了，不禁松了一口气，赶紧满脸堆笑地说："康生，吃那么一点怎么够，这是新蒸出来的包子，你带两个路上吃。"

"好嘞，妈蒸的包子就是香。"说着直接从袋子里掏出包子往嘴里塞，被烫得龇牙咧嘴的，李桃花带着爱怜而又责备的眼神看着刘康生，说道："你看你这孩子。"

刘康生觉得家庭矛盾就此解决，心情一改往日的消沉，高高兴兴地上班了，就差口中吹上小曲了。中午的时候，一个电话打到了公司，却是母亲大人孙元香。她在电话中语气阴沉地说道："康生，你现在马上回家一趟！"

刘康生还没来得及问什么事，对面就把电话挂了，听上去，像是很严肃的事。刘康生不敢耽搁，当下和同事交代了几句便匆匆往家里赶。

一进家门，只见母亲孙元香阴沉着一张脸坐在沙发上，丈母娘李桃花则在厨房收拾着地板，还一边悄悄地抹眼泪。何晓芸怀里抱着啼哭不止的萌萌，左手颠右手，不停地走着，哄着。刘康生看向孙元香："妈，怎么了？我这边还上班着呢，就急匆匆地把我叫回家。"

"怎么了？"孙元香的声音瞬间提高了八度，"问问你的好丈母娘！康生我问你，我好歹也是萌萌的亲奶奶吧？我难道还会害我亲孙女不成。这个老货倒好，不仅防我还瞒着我，当面一套背后一套的，人在做天在看，怎么着？今天被我碰见了吧！"孙元香指着李桃花咬牙切齿地说，连"老货"这样的词都出来了，可见心里恨得不轻。

"妈！"刘康生赶紧拦下孙元香伸出去的手，"到底怎么了？"

"哼！问问你的好丈母娘！"

李桃花闻言也不吭声，拿着抹布，蹲在厨房擦地板，只是眼泪时不时地砸在地板上。

何晓芸一边颠着孩子，一边开口说："妈，我敬您是长辈，可我有几句话不得不说，我妈大老远的来照顾萌萌，饭菜是我妈做的，衣服是我妈洗的，尿布也是我妈换的，这样没有白天黑夜地照顾了一个月，没有功劳也有苦劳，也不知道哪里就让您这么不满，非得这样兴师问罪的？"

刘康生赶紧给何晓芸使眼色，示意她不要再说了。果然，这一番话立刻就点燃了孙元香的火药桶，她怒气冲冲地说："我兴师问罪？也不看看你妈都做了一些什么！做事还偷偷摸摸的，我就知道她心不甘情不愿的，不愿意照顾，偏偏还在这装！"

婆媳两个你一言我一语，吵得不可开交。

刘康生还想再拦着，被亲妈一巴掌拍在头上。孙元香指着刘康生的鼻子骂道："你这个没用的东西，就看着你妈被她们娘俩欺负，一点用都没有，我白养你这么大了！"刘康生感觉自己头都大了，在一旁听了老半天，才理清了事情的来龙去脉。

原来，孙元香今天中午突然心血来潮，从单位拐弯去家里看萌萌。刚进门，恰巧碰见从早上就开始有点发热的萌萌，一直哭闹个不停，这张小脸分不清是哭红的还是烧红的，怎么哄都哄不好。孙元香看见萌萌身上就穿了几件薄衣服，就觉得是李桃花没有照顾好自己的孙女，让她着凉感冒了，当下就拿着隆冬腊月天里穿的厚袄子要给萌萌裹上。李桃花见状赶紧拦下了，说萌萌是发热，要散散汗，可不兴这样裹着。一个要穿，一个不让穿，两个老的就扯着一件衣服互不相让。

偏偏何晓芸也是个新手妈妈，也不知道是穿少点还是捂多点好，一时之间拿不定主意，只好说送医院看看。谁知在这件事上，两个老人的意见出奇的一致，李桃花觉得小孩子低烧是常事，慢慢就好了，没必要去医院花那个冤枉钱。孙元香觉得医院不干净，病菌多，一不小心感染上了更麻烦。

家里僵持不下，最后何晓芸打圆场，给孩子再披上了一件小毯子。孙元香虽然不满，也只好忍着，看见萌萌那个难受样子，心里也是心疼孙女，于是拿出自己上次从澳大利亚托人带的奶粉，挖出几勺让李桃花泡给萌萌喝。李桃花看着奶粉，张嘴想说什么，最后还是没有说出声，只好拿着奶瓶进了厨房。在客厅帮忙哄萌萌的孙元香等了半天也不见李桃花泡好奶粉出来，只好自己起身去厨房看看。谁知刚到厨房门口，隔着几米的距离，就看见李桃花偷偷摸摸地，在往池子里倒什么东西，定睛一看，竟然是奶粉！只见李桃花把奶粉通通倒入水槽里，然后打开水龙头，把奶粉冲得一干二净。孙元香觉得浑身的血液涌到了头顶，她大喝一声："你在干什么？！"

孙元香想到自己辛辛苦苦托人，好不容易才得了几罐奶粉，为此还请了对方吃了好几顿饭，现在这个人，竟然不给萌萌喝，还偷偷倒进了池子里，她是看不得萌萌吃她买的奶粉吧，如此险恶的用心，实在是可恶。孙元香劈手夺下奶瓶，剩下的奶粉撒了一地板，她心里恶心坏了李桃花，当下也不听辩解，直接打电话把刘康生喊了回来，于是就有了刘康生开头看到的那一幕。

刘康生劝着孙元香："妈，你先别激动，事情肯定不是你想的那样，你先听听看……"

孙元香打断道："还有什么好说的，这回是得亏我碰见了，谁知道她私下里怎么折磨我孙女呢，难怪这好端端地生病，天可怜见。"

李桃花收拾干净眼泪，缓缓地说："亲家母，萌萌也是我孙女，我怎么会害她呢？实在是小孩子还在吃奶，喝惯了奶粉刁了嘴，以后怕是连奶都不吃了。"

孙元香细细的眉毛挑起道："萌萌姓刘，是我们老刘家的种，再说喝奶粉怎么了，我们家有钱，供得起，不但说奶粉，我们老刘家的孙女，就是要天上的星星也使得。"

"妈！"刘康生也听不下去了，何晓芸抱着孩子进屋里哄着，作为一堆女人中的唯一的男人,刘康生不得不担任起断家务事的"清官"的职责。

"我丈母娘说得也在理,萌萌还小,一直都在吃母乳,一时喝奶粉也喝不惯,您就别胡搅蛮缠了。"

这"清官"断案明显不合孙元香的意,亲生儿子还偏袒外人,让孙元香愤怒加剧,但再怎么样,儿子是亲生的,没有怪罪的道理,她把账全部算到李桃花的身上,不由得说:"你懂个屁!这奶粉是我从国外托人带回来的,这能一样吗?她就是看不得我对萌萌好,想当萌萌的亲奶奶,什么都是她的好,早知道这样,我还不如花钱请个保姆呢,还省心省事,听话得很!"

孙元香嘴比脑子快,一番话说出来以后,李桃花变了脸色,仿佛自己真的是这个家里的保姆一般,手脚都不知道如何摆放了。刘康生看了看丈母娘的脸色,又小心地瞅了瞅房间的门,生怕何晓芸听见了又要引发一场家庭纠纷,他小声地说道:"妈,你说什么呢!"

孙元香自知说错了话,但想要她主动道歉,是绝对不可能的,没过一会儿她就起身走了。刘康生喊住正要进房间的李桃花,面色讪讪地说:"妈,刚刚我妈说的话,您别往心里去,她就是那样,说话不讲究惯了,何晓芸那边……"

李桃花知道,他的意思是别让何晓芸知道,何晓芸那丫头的性子,这个当妈的最清楚,知道以后,免不了又是一番争吵。做妈的都希望儿女们过得好,平安顺遂的,自然不愿意再生事端,于是李桃花说:"我知道,我不往心里去的。"

好在下午的时候,萌萌身上的热一点点退了,不闹不哭地睡着了,大家都舒了一口气。刘康生赶回公司上班,李桃花坐在何晓芸的房间,一边帮她细细地折叠着衣服,一边认真交代宝宝的衣服、家里的物件都放哪里。说了半晌,最后李桃花叹了一口气说:"晓芸,你这月子也过了,我也要回家去了。"

听到这话,何晓芸的眼泪"唰"的一下就一滴滴地掉下来,晕开在红色的被面上,像一朵朵暗红的花。何晓芸知道,老妈在这里受委屈了,为了自己,忍气吞声这么久,他说道:"妈,让你受委屈了。"

李桃花轻轻地抚着何晓芸的头,说道:"傻孩子,我有什么委屈不委屈的,只要你过得好就好了,你婆婆虽然有些霸道,但对萌萌也是真心的好,以后不许这样跟她顶嘴,她也是长辈,要好好孝顺她,一家人一条心,才能和和乐乐的。"

"知道了,妈,这我都明白。"何晓芸带着哽咽的语气说。

第十一章

二胎！二胎！

几天后的早上，天刚蒙蒙亮，李桃花仍旧起了一个大早，来时背了好几座山一样的大包，收拾回家的时候，只拎了一个手提包。

何晓芸抱着还在熟睡中的萌萌，甚至不能送到火车站，只能含着眼泪，在窗边目送着母亲李桃花走到楼下，又渐渐地走出小区。当然，幸好还有刘康生代替自己护送母亲，女婿心中有愧，也感激丈母娘这段日子的辛苦操劳，因此鞍前马后地把丈母娘亲自送到火车站，顺便也买了好些带回老家的土特产。

回到家里，何晓芸依旧是阴着一张脸，一言不发地哄孩子，喂奶，家里的气氛一下就静了下来。刘康生知道何晓芸心里不痛快，丈母娘走了，她心里难过；但对他来说，每天不用再听着家里一堆女人的战争和琐碎，那些让人头大的事总算告一段落了，因此刘康生下意识地觉得整个人呼吸都轻快起来，尽管以后的不少家务都要他亲自动手了。

他手脚轻快地上菜市场买菜，亲自下厨做饭，准备了热腾腾的三菜一汤，一把抱过何晓芸手里的萌萌，嬉皮笑脸地对着何晓芸说道："亲爱的女王陛下，请用膳。"

何晓芸扭着头，不愿意看他，刘康生也不在意，挥了挥萌萌的小胖手，捏着嗓子说："你看妈妈，又生气了，你说妈妈怎么就那么爱生气呢，小心变老太婆哦。"何晓芸没好气地白了他一眼，说道："你才变老太婆。"

"哎呀哎呀，妈妈还是生气，看来真的是变老太婆了。"

何晓芸看着刘康生少有的逗趣的样子，心里明白这是在哄她高兴。要是以往，何晓芸早就给他台阶下，甚至也许会笑嘻嘻地闹作一团，但何晓芸想起母亲的背影，心里就堵得慌，怏怏不快地去厨房拿碗盛饭，默默地坐在餐桌上吃饭。

日子还要继续过，李桃花回老家后，何晓芸开始自己洗衣做饭带小孩，这个时候才知道，一个人带小孩是有多辛苦：早上睁开眼，就开始了一天的忙碌，睡眼蒙胧地起来做早饭，困得眼睛都睁不开，分不清锅里到底放了多少水多少米，然后喂奶换尿片；趁着孩子不哭不闹的时候，赶紧刷牙喝点粥；孩子哭闹了就赶紧抱在手上哄着，好不容易哄睡着了，轻轻一放床上她又哭了，何晓芸简直想给小祖宗磕头；中午趁有时间要把宝宝的衣服洗了，吐奶的、尿脏的衣服一大堆，还都得手洗；好不容易到了下午，又得给宝宝洗澡啊，背着宝宝去菜市场买菜啊……

一天下来，何晓芸只觉得累得一身酸痛，尤其是手腕，简直疼得快掉了。白天操劳，晚上也好不到哪里去，基本上每隔两小时爬起来喂一次奶，常常到半夜，何晓芸还顶着一头乱蓬蓬的头发和两个好像熊猫眼睛，打着呵欠在喂奶，刘康生在一旁睡得直打呼噜。

何晓芸在心力交瘁的同时，刘康生也感觉日子像是褪了色的相片，失去了以往的鲜活，困乏得只剩下简单的黑白与枯燥。好不容易早下班，刘康生想着早点回家过二人世界。他吃完饭，洗好澡，带着一身沐浴露的清香撑着头斜躺在床上。待何晓芸一进卧室门，他便直勾勾地看着她。何晓芸瞧着他的神色，轻声地骂了一句"流氓"，然后脸颊带着红晕，扭着身子去冲凉。算起来，从萌萌出生以来，二人便一直没有过夫妻生活，刘康生正值壮年，自然是日日忍得辛苦。之前因为有丈母娘在，再加上何晓芸坐月子，不好放肆。现在月子过了，丈母娘回家了，刘康生自然一刻都忍不了，恨不得立马把何晓芸抓过来，在身下狠狠地蹂躏。千等万等，就在刘康生快要睡着的时候，何晓芸总算从浴室出来了，只见她湿漉漉的头发随意地披在肩头，薄薄的睡衣挡不住胸前的浑圆和挺拔，身形虽然胖了一些，但腰肢窈窕，韵味十足，肉肉的手感正好。刘康生看得双眼喷火，如饿狼一般，一把拉过何晓芸，刚要开始，谁知旁边摇篮里的萌萌，突然哭了起来。

"刘康生，放手！放手！萌萌哭了！"刘康生挫败地放开手，心里恨恨地想这闺女也太会挑时候了，一点也不照顾老爸的感受。

何晓芸熟练地给萌萌喂奶，算算时间，也是该喂奶的时候了，难怪萌萌饿得直哭。好不容易喂完奶，已经是半个小时之后的事情了。刘康生在一旁等得花都快谢了，他重整旗鼓，只想把何晓芸这只小羊羔拆骨入腹。渐入佳境的时候，萌萌这个小冤家又扯着嗓子哭起来。何晓芸干净利索地推开刘康生，反应迅速地起来哄孩子。原来小家伙是拉粑粑了，而且糊了一屁股，何晓芸连忙吩咐刘康生打水，拿尿不湿，然后洗屁屁，涂上爽身粉。等哄着萌萌安然入睡，一番折腾完，又是快一个小时，两人累得瘫倒在床上，这时候指针已经指向十二点钟。刘康生闻着身上奶骚和尿臊味，早没了当初的想法。算了睡觉吧，两人发出一阵哀鸣，然后扯过被子睡觉。

刘康生原来觉得结婚生小孩的日子和之前两人恋爱时没有什么两样，这下总算尝到了其中的苦涩滋味。尤其是每晚等他找准机会与何晓芸亲热的时候，萌萌仿佛是装了雷达的感应器，一有动静就号啕大哭。何晓芸爱子心切，当即撇开刘康生，一心都在萌萌身上，简直连余光都没有分给过刘康生，让他别提多郁闷了，刘康生只能暂时忍受着身心的折磨。

时间一晃，日子就在这样带孩子和柴米油盐中度过，何晓芸主内，刘康生主外。萌萌渐渐从捧在手里的一个小婴儿，到翻身，满地爬，再慢慢长出牙齿，开始咿呀学语的小女孩，一转眼，萌萌四岁了，长成了一个精致的小姑娘。

孩子第一天上幼儿园，自然是由妈妈送去的。刘康生早早地赶着去上班，何晓芸则骑着电瓶车把女儿载往离家几站远的幼儿园。不到十分钟就到了，她一手拿着小书包，一手拉着萌萌，走进幼儿园的大门。

一到幼儿园，看到那些同样是第一次上学的孩子们，他们眼泪鼻涕流了一脸，个个呼天抢地地扯着嗓子喊妈妈，何晓芸看着心都要碎了。旁边的萌萌不知道她即将要面对的是什么，正歪着头，嘬着手里的棒棒糖，好奇地看着里面的小朋友，还小大人似的拍着小手说："妈妈，他们不乖，哭哭……"

"对啊，所以萌萌要乖乖啊，要听老师的话，不能哭哭，你在里面玩，妈妈一会儿就来接你放学，记住了吗？"萌萌似懂非懂地点点头。

直到她被带进园子里，一个陌生的阿姨接过了她，而妈妈后退着跟她说拜拜，这个时候的萌萌才突然间慌了神，小短腿赶紧向前迈去，还未走出几步，就被身后的老师像抓小鸡仔一样抓回来。她拼命地喊"妈妈"，终于也成了旁边那些鼻涕眼泪糊一脸的小朋友中的一员。

何晓芸生生地克制住自己回头的冲动，加快步伐往外面赶。走到拐角处，何晓芸又偷偷折了回来，她躲在幼儿园门口，透过铁栅栏观察着里面的情况。

一个保安大叔走过来，笑着问道："第一天入园吧？"

何晓芸点了点头。

大叔一副见多了的样子，挥着手跟赶鸭子似的赶着何晓芸走："第一天进园子都这样，小孩忘性大，过一会儿就玩上了。赶紧走，回头孩子看见了，又得闹一场。"

听大叔这么说，何晓芸只好一步三回头地离开了幼儿园。

从幼儿园出来，何晓芸骑着她的小电瓶车，慢悠悠地在街道上晃荡。尽管刚才孩子的哭声犹在耳旁，但何晓芸却感到一阵轻松，独自一人，不用时刻担心警惕的那种轻松。

又一次入秋，街道两旁的树叶开始由青转黄，清晨的太阳光一照，镀上了一层薄薄的金光。不过是短短几载,何晓芸像是在这里生活了几十年一样。自从结婚以后,何晓芸没有再回过一次娘家,之前是工作忙,之后就更忙了,忙着怀孕,生孩子,带孩子,何晓芸被牢牢拴在家的那片方寸之地。几个上班的小姑娘从她身边经过,清一色的白衬衫、黑色包臀裙,挎着时尚的包包,典型的白领装扮,不知道在讨论什么话题。她们的身影从旁边匆匆掠过,留下一片欢声笑语,在她的耳边回荡。何晓芸望着她们的背影,像是看见了几年前的自己,那个时候刚毕业,她每天奔波忙碌,行走在上班的路上,现在想想,那时候多好啊。羡慕的念头一生出来,何晓芸再也克制不住自己,她想去上班,回到职场当中。

她回到家,从衣柜里把多年不穿的职场衬衫翻找出来。衣服是压在箱底的,已变得黄黄的皱巴巴的,往身上一套,当初的衣服如今却显得那么窄小。生完孩子以后,腰身涨了,人也胖了,套上了以后根本扣不上,何晓芸看着手中的衣服有些惘然若失。

萌萌上了幼儿园,刘康生也上班去了,一时清静下来的何晓芸有点无所适从,她坐在沙发上发呆,离开了老公和孩子,她简直无聊到极点,仿佛没有一点自己的生活。何晓芸危机意识大增,暗暗想:才不要变成家庭主妇的样子,自己要出去工作才行啊。

熬到下午四点,何晓芸早早地到幼儿园门口接萌萌,萌萌看见何晓芸,嘟着小嘴委屈巴巴地说:"坏妈妈,还说早早来接我,你怎么现在才来啊?"看着女儿的小脸,何晓芸心都要融化了,又是道歉又是许诺吃薯条,萌萌才勉为其难地"哼"了一声:"好吧,我原谅你了。"

为了庆祝萌萌第一天上幼儿园,家里晚上聚在一起吃晚饭,孙元香和刘佐华早早地准备好了给孙女的入学礼物,奖励萌萌第一天上学的"良好"表现。

孙元香送的是一个粉红色的兔子书包,刘佐华送了一套连环画册。姑姑刘康妮送的最得萌萌的心,她送了一套漂亮的芭比娃娃,萌萌眼睛放光,连忙扑过去，甜甜地说道："姑姑你最漂亮了，和娃娃一样漂亮。"

萌萌的这话把大人们逗得大笑，刘康妮刮了一下她的小鼻子，说道："鬼灵精！"

萌萌没有说错，眼下大学刚毕业的刘康妮出落得亭亭玉立，完全长成了一个大姑娘。时间可过得真快，眨眼间，刘康妮也到了当初她嫂子和哥哥刚走出校门踏上社会的人生阶段了。

刘康生一把抱起宝贝女儿，亲昵地问道："今天在学校好玩吗？"

萌萌皱眉认真地想了想："不好玩，那些小朋友哭得太大声了，打扰我玩玩具了。"这一番话，又把在场的大人逗得捧腹大笑。

晚饭过后，刘康妮带着萌萌进房间玩去了，何晓芸看着对面坐着的公婆和身旁的刘康生，迟疑地开口道："爸、妈、康生，我想出去找份工作。"

话一出口，桌上顿时陷入一片沉静。孙元香和刘康生对视一眼，刘佐华打破沉默，开口说道："是不是你和康生最近压力大，萌萌要上学了，花钱的地方自然也多了，这个你放心，我和你妈该帮的还是会帮的。"

"不是的爸，"何晓芸回道，"主要是我自己，我想萌萌也长大了，上了幼儿园，现在不是很忙，我还年轻，打算出去找份工作。"

"晓芸啊，"孙元香接过话头，"其实一早我跟康生就说了，萌萌是我们孙女，亲骨肉，我们自然也是疼的，但是不管怎么说，萌萌终究是个女孩子。我看呐，你也不用急着去上班，趁现在年轻，就赶紧再要一个男孩，不然再过几年，年纪大了，成了高龄产妇，就不好了。"

"妈！"何晓芸腾地一下站起身，万万没想到，婆婆竟然打算让自己生二胎，椅子向后靠时发出一声刺耳的声音，"我不同意！您不知道带一个孩子有多难，再生一个小的，哪里忙得过来，再说这都什么年代了，生男生女还不一样啊。"何晓芸好不容易从那几年带娃的泥沼中脱出身来，怎么也不想又重回那个泥沼中去。

见何晓芸如此激烈的态度，孙元香干脆收了笑脸，神色淡淡地说："怎么一样了？丫头和儿子能一样吗？管它时代怎么变化，我们老刘家的根就不能断在你手里！生两个怎么了？我当初还不是生了两个，就你金贵不生了？"

最后几句话说得咄咄逼人，何晓芸气得胸口一再起伏。

眼见面前这两个女人又要争吵起来，爷俩赶紧打圆场，刘佐华作为家里的大家长，说话向来很有分量。他开口道："倒也不是男孩子女孩子的问题，无论下一胎是男孩还是女孩，我们都一样的喜欢，只是为人父母，不能那么自私，就一个孩子难免孤单。多生一个孩子就多一个伴，等我们老了以后，他们在世上也还有血脉相连的亲人。"几句话将何晓芸的不愿再生定义为"自私"，何晓芸看着平日里很是敬重的公公，如今的心里只有埋怨。

她一言不发地看着刘康生，刘康生不敢直视何晓芸的目光，只含糊其词地说："我觉得爸妈说的也有道理。"

这句话，成了压垮何晓芸理智的最后一根稻草。眼前的这三个人，就是一座大山，强迫压垮她的大山，不顾她死活的大山，仿佛她就是一个生孩子工具、一个保姆，难道自己就不能过点自己的生活吗？

何晓芸心里窝着一股火，这股火，从她生孩子刘康生缺席开始，从她一个人孤零零躺在医院没有人给她送口热饭吃的时候开始，从她母亲李桃花含泪离开西安开始，从她一个人日日夜夜照顾孩子开始，从她深夜独自在医院陪着孩子打吊瓶开始，一点点的火苗，在她心里点燃，翻腾，现在已然成了一片火海。

她忍不住地开口："这么多年，我一个人带孩子，从来没有人给我搭把手。萌萌还小，再生一个孩子谁带？你们一句话，说生就生，你们以为生养个孩子很容易吗？反正谁要生谁生，我不生！"何晓芸一跺脚，转身回了房间。

刘康生对何晓芸在他父母面前大呼小叫的行为很不满，他在背后斥责道："何晓芸！你怎么说话的！"

这一顿饭，吃得不欢而散。

晚上睡觉的时候，何晓芸想着刘康生会过来哄哄自己，安慰一下，哪怕是轻描淡写地说一句"这几年你辛苦了"，何晓芸都会趴在他怀里哭一场，然后说一说这几年自己的艰辛，两人再商量一下生二胎的事情。她也没有说绝对不能生，最起码，她不想现在就生。她只是急需喘一口气，日日夜夜生活在这个房子里，连空气都是一样的，再这样下去，她怕自己会疯掉的。可是刘康生一直没有吭声表态，他把萌萌哄睡着以后，直接掀开被子的一角，关了灯，躺下睡觉，甚至连个眼神都没有。

黑暗中，何晓芸的眼泪一下子就决堤而下。

看来，刘家的"二胎战争"还在继续。对战双方很明显，一方是何晓芸孤军奋战，另一方是以孙元香为首的"敌对方"继续展开攻势。有时候何晓芸觉得很不公平，明明是两个人组成的家庭，明明生的孩子两个人都有份，可刘康生依旧跟之前一样，每一天头发梳得整整齐齐穿崭新的衬衫领带去上班，下了班就在沙发上看电视，或者是出门与朋友、同事聚餐，婚姻、小孩对他的影响微乎其微。现在甚至和他妈一起，强烈强要求自己生二胎，二胎对他来说，仿佛只是奉献一颗精子的小事情。

为了让何晓芸生二胎，在孙元香的指示和一番催促下，刘康生特意还把电话打到丈母娘李桃花那儿，让她抽空给自己女儿做做思想工作。

第十二章

三面围攻

一大清早，何晓芸刚把萌萌送到幼儿园，就接到了母亲李桃花的电话。两人杂七杂八聊了一堆家常之后，李桃花语气一转，说道："芸啊，你年龄也不小了，眼看明年就三十了，女人一过三十岁，可就是高龄产妇，生孩子什么的都力不从心，对大人小孩都不好，你可得抓紧了，赶紧再生一个……"

"妈！"何晓芸打断李桃花的唠叨，没想到刘康生不知什么时候又拉了一个说客，自家"催生队"里又加了一员，何晓芸平复了一下心情，坚决地说，"妈，我不想生二胎，萌萌一个带得我就够呛的，还生两个，到时这日子更没法过了。"

"瞧你这孩子，这有什么难不难的，大家都是这样过来的，你现在不生，以后也要生。我这辈子啊，就是没能给你爸生个儿子，给你生个兄弟，让别人笑你爸绝户，也让你以后没有娘家人撑腰，都怪你妈没本事。"何晓芸还没说什么，李桃花那边先哽咽着说上了。

何晓芸一个头两个大，不得不换了婉转的语气："妈，你说啥呢，我们一家现在不也过得挺好的。我只是说现在想出去工作了，没说就一定不生二胎，等等再说吧。"

李桃花一听有戏，就赶紧再接再厉地劝道："按我说啊，你现在也别急着出去工作,你现在找到工作了,到时候生孩子不是又得辞了?还是安安心心在家生完了,以后再找工作,没牵没挂的,你看是这个理不?"

这回李桃花倒是说到点子上了,何晓芸心里一动,是啊,现在重新找份工作,过几年生孩子,又是一通折腾……

家里人车轮战似的劝说何晓芸生二胎,何晓芸也有点熬不住了。尤其是孙元香,天天煲汤往家里送,然后在沙发上一坐就是两三个小时,期间说一些家常,比如刘康生大姨家又添丁了,大姑的那个媳妇,虽说书没读过几天,但人家肚子争气啊,一口气连生了两个男娃,诸如此类……

何晓芸烦不胜烦,私下里正式警告刘康生,说:"你妈再这样我不客气了。"刘康生眼睛盯着手机看,头也不抬地说:"我妈就这样性子,这么多年谁能有什么办法?再说,我觉得我妈说得在理,趁着我们年轻再生一个,没什么不好的。"

得!白抱怨了,人家压根就是"催生小分队"的一员,不帮着一起催就是仁义了。何晓芸抱着一大堆叠好的衣服进房间,恨恨地甩下一句:"你们家是有皇位要继承吗!"

尽管何晓芸再怎么不情愿,但关于生二胎的事,已然是"大势所趋",何晓芸挣扎了几个月,最后在一片唐僧念紧箍咒般的情形下,不得不开始向现实低头。

某一天清晨,刘康生还在床上睡得迷迷糊糊,突然什么东西"啪"一声打在脸上,接着就是何晓芸的咆哮声:"刘康生!你看你干的好事!"

刘康生伸手朝脸上抓去,摸到一根棒棒,拿到眼前定睛一看,只见一个白色的棒棒上有个窗口一样的东西,上面画着两根红线,刘康生的大脑还在昏沉中,看看棒棒再看看满脸怒气的何晓芸,一时之间没有反应过来。何晓芸看着他就来气,恨不得一脚踹他头上去:"装什么无辜!你自己做的好事,心里就没点数吗!"

何晓芸怀孕了,一粒小种子正在何晓芸体内生根发芽,回过神的刘康生笑嘻嘻地说道:"好事啊,看来我们还是很厉害嘛,几次就中了。"

看着刘康生嘚瑟的脸,何晓芸别提心里多恨了,她冷冷地说:"好什么好,要生你们自己生去,哼!"

"别啊,我的好老婆,我的孩子只能你生啊。"刘康生抱住何晓芸,贴着她的耳朵轻轻地说道。

去医院检查,拿到报告单后,两个人却是截然相反的神色。何晓芸欲哭无泪,尽管心里已经接受生二胎的事,但这么突然,让她一点准备都没有,心里自然恨透了刘康生。不同于何晓芸的沮丧,刘康生一脸喜色,还没出医院大堂就拿着手机打电话给二老报喜:"妈,怀上了,怀上了!刚拿到单子,确定着呢。"

晚上大家闻风而动,纷纷聚在家里吃晚饭。适逢喜事,刘康生和刘佐华还开了一瓶酒,孙元香抱着萌萌乐颠颠地说:"萌萌,你要做姐姐了。"

萌萌拿小勺子挖着碗里的米饭,饭粒撒了一桌,听奶奶这样说,抬起脸问道:"什么是'做姐姐'了?"

"就是啊,妈妈肚子里又有一个小宝宝了,等他出来,就能和萌萌一起玩,叫你'萌萌姐姐'了,你开不开心啊?"

听闻能多一个玩伴,萌萌自然是高兴的,她使劲点了点头说:"开心。"

家里商量着,如今何晓芸怀孕,萌萌又还小,身边少不了人伺候着,只是刘康生外面赚钱养家糊口,孙元香也还没有退休,至于请保姆嘛,这几年的保姆工资涨得不像话,不仅贵,靠谱的也少,思来想去,还是把何晓芸的母亲李桃花接过来伺候比较好,一来自己人妥帖,二来也能减轻小两口的经济压力。

孙元香想了想,为了孙子也只好忍忍,当场也没有提出异议。只是照旧从包里拿出一万块现金,对着何晓芸说:"我和你爸这边都忙,平日里也是照顾不到,你自己拿着这钱,去买点吃的和喜欢的东西,别委屈了……"后面大约还有"我孙子"三个字,孙元香及时刹车,没有说出口。

孙元香尽管一副高高在上的干部做派，嘴直口快，得理不饶人。但她对自己的孙子孙女一向是大方的，知道自己没能帮着照顾，也很有自知之明地撒钱。何晓芸推迟了几下就收下了，平日里与自己的婆婆虽然有诸多摩擦，但这几年下来，二老在经济上时常接济，对萌萌也是真心疼爱，慢慢的何晓芸也就释怀了，这几年婆媳二人的关系也逐渐缓和起来。

怀孕五个月的时候，刘康生工作繁忙，何晓芸只好挺着个大肚子，日日接送萌萌上学放学，开始觉得吃不消，于是早早地把李桃花叫过来帮着照料。

李桃花来时依旧是大包小包，一别几年后，又住进了何晓芸家里。连住的房间、被单都是同一个。萌萌凭空多了一个疼爱自己的姥姥；刘康生又过上了回家就有可口的热菜热饭的生活；至于何晓芸，免去了洗衣做饭之苦，一家人幸福感空前提高。除了孙元香，她看着李桃花把洗衣服的水用来拖地，擦桌子，再瞅见李桃花双手的指甲缝里隐约还有一层黑垢的样子，就用这样的手给自己的孙女喂饭，擦嘴，甚至在孙女的脸上"吧唧"亲上一口——带着口水的那种，孙元香觉得心里的厌恶一如从前。她担心自己就要忍不住发出训斥的声音，到时两人再要闹出矛盾就不好收拾了，于是没待半个钟头，就强忍着不适，赶紧回了家。

回到家，孙元香看见刘佐华坐在沙发看报纸，没忍住对着老伴吐槽说："我看那个李桃花啊，就是故意的，手那么黑，指甲那么脏给萌萌擦嘴，还直接亲了一下，不知道有多少细菌呢，想想就恶心死了。"

"你看你，当初自己也同意了，这边还抱怨上了。乡下人干农活，手黑一点很正常，你不要老带着恶意看人，不要搞得跟上回似的，一家人弄得不愉快。"刘佐华心平气和地提醒道。

孙元香想到几年前，李桃花回老家以后，刘佐华狠狠地批评了她一通，连儿子也有点怨她，想到这些，孙元香只好撇了撇嘴，倒也不多言了。

刘康生工作了好几年，在公司里已经是同一批里面资历最老的了，稳稳当当地升上了主管。他的一张俊脸依旧，眼神却多了几分沉稳，新来的实习生们在公司碰见，无不客气地称他一声"刘哥"。尤其是几个新来的女同事，动不动就在刘康生的办公室前晃悠，眼睛盯着刘康生座位，常常一个下午能走个好几遍。要是当面遇见就甜甜地喊一声"康生哥"，刘康生通常是微笑点头致意，然后淡定走过，留下几个女同事在原地窃窃私语。

"好帅啊，简直就是我男神啊。"

"身材也超棒诶。"

"有点像裴勇俊有没有？"

……

"我说，你们几个就不要在这里犯花痴了，人家刘主管早就结婚了。"坐在走道旁的小胖看不下去了，出声说道。小胖也是心存着对世道不公的抱怨，心里不时暗自嘀咕：真是没天理，刘哥都结婚了还招蜂引蝶的，自己这个根正苗红的大好男青年反而没有人欣赏，真是没天理啊。

"哼，我才不信呢，康生哥看起来那么年轻，怎么像结过婚的，一看就是青年才俊！"其中一个留着短头发脸上有些雀斑的女生喊起来，她根本就不相信刘康生结婚的事情。

"爱信不信，不信拉倒！人家女儿都上幼儿园了，你们啊，就死了这条心吧。"小胖"切"了一声，懒得跟她们废话。

"那他怎么都没有戴戒指？也从来不听他说起老婆孩子的事情。你分明就是嫉妒人家长得比你帅，故意放烟雾弹的！"短发女生不愿意接受男神结婚生子的事实真相，恼羞成怒的她开始攻击小胖。

"哎哎哎，真是好心当成驴肝肺，不信你去问问他啊？不过人家就算没结婚也看不上你！您还是歇歇吧。"小胖也口齿伶俐地反击。

"你……你……你！"短发女生指着胖子一阵咬牙切齿，最后一跺脚，一甩头发，转身走了，其他几个人也跟着作鸟兽散。

虽然刘康生广受女同事们的欢迎以及男同事们的嫉妒，但是他无暇顾及，他有他自己的心事。那就是，同级别的同事早就开上了小汽车，就连一些公司的老同事,甚至一些下属,都有车了,而刘康生每天上下班还在挤公交。偶尔在公交车站碰到实习生们,刘康生都觉得自己脸上一阵挂不住。另外就是出门拜访客户,西装革履的刘康生竟然还得灰头土脸地挤公交车,实在是丢不起这个人。

刘康生想着买一辆小车,只是家里原本积蓄就不多,再加上萌萌上幼儿园,眼看着何晓芸又要生了,吃喝用度,哪个不需要钱?刘康生心里算着账,只好更卖命地工作,现在丈母娘来了,何晓芸有人照料,晚上便常常在公司加班到十一二点。

这天,他正在公司看季度数据报表,突然手机一阵响声,随手接起来,只听见电话那头一个女人带着三分醉意、四分哭声说:"康生,我好难过,你来陪陪我好不好?"

刘康生脑子反应够迅速,用不着怎么猜想,当即便听出了对方是谁。

很明显,对方有点喝多了。刘康生赶紧问道:"亚男?你在哪?"

齐亚男报了地址,等刘康生赶过去的时候,走进包厢,只见齐亚男好端端地坐在那里,一手撑着头,一手心不在焉地搅动着眼前的咖啡,刘康生松了一口气,坐到齐亚男对面。

于公来说,齐亚男是刘康生的大客户;于私,这几年,两人接触已有十几回了,也算是成了朋友。

"你怎么了?"

刘康生关切的语气,让齐亚男缓缓抬起了脸。

那张苍白的脸,因为酒精又浮着一层嫣红,双眼红肿,还闪烁着泪光,显然是刚刚大哭了一场。刘康生大吃一惊,认识齐亚男的这几年来,每次见到她都是妆容精致,仪态得体,俨然一副商业女强人的样子。即使私下里往来,从来也没有见过她如此失态的样子。

"你这是怎么了?"刘康生看着她的神色,小心翼翼地问道。

"你来了。"齐亚男擦了刚刚滑落的眼泪,淡淡地打了招呼。还好,看神色，酒似乎已经醒了，她喝了一口咖啡，好像有点苦，忍不住地皱了皱眉，语气平淡地说："我离婚了。"

没等刘康生反应过来话，她又紧接着自嘲地说："我离婚了，我是被人抛弃了，被一个男人抛弃了，然后现在借酒消愁，你说可笑吧。"

这下，刘康生反应过来了，一时间却找不到合适的话去安慰对方。

刘康生静静地看着她，在白天，一个在众人面前表现得刚强的女强人，而此刻，在这个夜深人静的晚上，她卸下了自己的面具，毫无忌讳地一点点展露出自己的软弱和无助。

齐亚男依然自顾自地说："我和他结婚八年，人人都说我们是一对金童玉女，但是只有我清楚，大家都被我们的表象欺骗了。其实我们早就分居了，一年多以来我们没有见面和任何交流，即便碰见也如同陌路，早就没有所谓的感情了。"

刘康生没有插话，只是默默地听着，时不时地递上一张纸巾。

"他总是怪我，怪我要强，怪我不给他留面子，不愿意给他生孩子，甚至不会像其他的妻子一样，给他做一顿热饭。那他呢？我天生就这么要强的吗？我难道不会累吗？我也想像一个小女人那样，躺在爱的人怀里，被人保护着，告诉我不要害怕，可是在我需要他的时候，他却永远是缺席。那一年我小产，刚做完手术，躺在床上，他名义上说接他妈来照顾我，可是他妈呢，带了家里的一堆亲戚，把我们家当旅馆住，连杯水都没有给我端过，生生地把我晾在床上一天，他竟然还怨我没有照顾好他们家里人，让他在亲戚面前跌面子。那个时候，我的爱就一点点地死了，没有了。"齐亚男泪中带笑，一股脑地诉说着自己婚姻中的不幸。

刘康生坐到她身旁，轻轻地拍着她的肩膀，算是给她一点无言的宽慰。

"后来，他干脆不回家，在外面跟一群野女人鬼混，明目张胆地羞辱我。我几次三番地容忍，他可笑地以为我怕他，以为我离不开他，看他自私又自以为是的样子，真是让我恶心得想吐。"齐亚男碎碎念地沉溺在不堪的往事之中，酒精的余效还在发挥作用，她的目光略带着一丝迷离。

"人人都看我表面过得风光自在，可只有我自己知道，这些年，我都是怎么过来的。冷言冷语，再怎么付出都得不到一点温暖，这样的婚姻，我是累了，离了也好，我早就受够了！"此刻的齐亚男，像是一个迷路的孩子，脸上挂满了无助。

杯中的咖啡早就冷了，刘康生让服务员换了一杯热茶，轻轻地对着齐亚男说："喝点热水吧，不然待会胃要疼了。"

齐亚男揪着刘康生的衣领，猛地凑近，问道："你说，我是不是一个失败的女人？"

刘康生看着近在咫尺的脸庞，小巧圆润的鼻子，潮湿嫣红的嘴唇，他突然感觉自己的呼吸错乱了一下，用怜惜的口吻说："怎么会，你是我见过最优秀、最特别的女人。"

齐亚男仔细地注视着他的眼睛，像是在辨别他有没有说谎。刘康生闻着来自齐亚男身上的馨香，可能是头发上的，可能是衣服上的，也可能是从领口散发出来的体香，刘康生的脸"唰"的一下红了。可齐亚男像是一点没发觉，她把头靠在刘康生肩膀上，刘康生僵直着身子，一动不敢动，更没敢推开她。

那天晚上，刘康生把醉酒的齐亚男送回家，等安顿好她要出门的时候，齐亚男喊住了刘康生，她对着刘康生笑了笑，说道："今天晚上谢谢你，我只是太累了，所以需要找个人倾诉一下，你不会介意吧？"

刘康生开玩笑似的说："当然不会，以后有烦心事，可以找我聊聊，我随时欢迎，你今天累了，好好休息，以前的事就让它过去吧，眼下你得好好照顾自己，才是最重要的。"

齐亚男不得不承认，刘康生的话就像有魔力般，它神奇得让她的心安定下来，把心里那些忧愁苦恼统统扫走。看着这高大挺拔的身影消失在黑暗中，齐亚男心里暖暖的。

第十三章

添丁

十月底的时候,何晓芸生了一个八斤七两的男孩,顺产。

不过,由于胎儿偏大,"二进宫"的何晓芸足足在产房熬了一天一夜,最后在天际泛白的黎明时分,小家伙呱呱坠地。李桃花双手合十,嘴里一个劲地念叨:"阿弥陀佛,谢菩萨保佑,谢菩萨保佑。"刘家一众人得偿所愿,自然是喜不自胜。

孙元香脚下生风,一路派发红鸡蛋庆贺老刘家添丁,从医院进门开始,进门就塞到人家怀里,还大手笔地邀请医院的那几位医生和护士来外面酒店吃饭,医生百般推辞才作罢。

刘康生早早捧着一束鲜花,在产房外等候,何晓芸出来的时候,刘康生抱着鲜花上前,亲了亲何晓芸,并柔情蜜意地说道:"老婆辛苦了。"

别的孕妇们都羡慕坏了,大家看着人家帅气的老公,温柔又浪漫,这样一对比,简直想把自家不争气的老公踹上两脚。何晓芸面带微笑地接受着大家艳羡的眼光,今天她为老刘家生下长孙,自然是大功臣,享受着皇后般的待遇。

只有萌萌,看着包裹里那个红红的爱哭的小孩,嫌弃道:"真丑!"

一群围着的大人都笑了。刘康妮逗她说:"还嫌人家丑呢,你小时候也长这样啊。"谁知道萌萌一扬脖子,傲娇地回道:"才不是呢,我长得比他好看多了!"

孩子由爷爷刘佐华取名,叫刘子铭。因为体重八斤七两,便顺口给小家伙起了个小名,叫"八斤"。

何晓芸在医院住了几天便回家了。出院前,医生在走道里叮嘱她平时多注意,要清淡饮食,不宜太过油腻,更主要的是保持心情愉快,谨防产后抑郁。旁边一个挺着大肚子的孕妇插嘴道:"医生,您看人家老公又送花又体贴的,还有全家人疼,怎么会产后抑郁,才不像我们这些命苦的人,快生了连个鬼影子都没有。"

一番话说得走道里的人都笑了,年长的女医生,瞄了一眼何晓芸身后的人,快人快语地说道:"那可不一定,这女人啊,不管怎么样,都要学着自我调节,身体是自己的。"

随着时间的推移,何晓芸越来越感觉到女医生说的简直是肺腑之言,日常里的那些鸡毛蒜皮的小事,桩桩件件,要是没有一颗强大的心,真的支撑不住。比如说,刘康生自产房送花以后,一连很多天都加班到深夜,何晓芸生产后身体虚弱,正是需要安慰的时候,可刘康生只说公司忙,和她一天都说不上三句话。再比如说,婆婆孙元香自从孩子出生之后,对李桃花的态度是一天不如一天,不仅冷言冷语,今天甚至直接大不咧咧地问道:"亲家母离家这么久,不知道想家吗?"这不是变相地催人回老家是什么,这样的卸磨杀驴,简直让何晓芸气愤到极点,偏偏想找刘康生说的时候,刘康生又总是不见人。这样三番两次下来,何晓芸早已经了一肚子的火。

话说起来,孙元香对亲家母的态度如此改变,也是有源头的。那天下班时,她买了新鲜的水果,打算送给萌萌吃,走到楼下碰见李桃花带着萌萌在小区的小广场玩耍,几个多嘴的邻居逗着萌萌,问眼前的李桃花是谁啊,萌萌奶声奶气地说是姥姥,偏偏有人故意问道:"那你更喜欢奶奶,还是姥姥啊?"萌萌歪着小脑袋想了想,想到姥姥最近给自己买了漂亮鞋子,会发光的手表,还每天给自己讲故事,于是脆生生地说:"姥姥。"李桃花当下乐呵呵地笑了。不想站在几棵树后的孙元香可是听得一清二楚，孙女是自己家的，断没有怪罪的意思，于是一心觉得是李桃花故意教萌萌这样说的，看着她那张笑脸，孙元香又恨又气，简直一刻都不能忍。

在孙元香的几次三番刻意为难之下，李桃花不得不拔腿走人，收拾了东西，当月里就回安徽老家去了。虽然什么都没说，但何晓芸心里明白，要不是婆婆孙元香，母亲怎么可能这么快就走了。她奈何不了孙元香，只能对着刘康生撒气。

这天夜里，何晓芸很晚都还没睡，她在沙发上坐得笔直，见刘康生一进家门就喊道："刘康生你过来，我有话跟你说。"

刘康生忙了一天，正上眼皮打下眼皮，懒懒地说："有什么事情明天再说吧，我现在就想睡个觉。"

何晓芸"噌"地蹿到他面前说："不行！必须今晚说。"

刘康生伸手挂上包，解开领带，趿拉个拖鞋，一边往卧室里面走，一边打着呵欠说："我很累了，眼皮都睁不开，明天吧，明天我们好好说。"

"刘康生！"何晓芸更是恼怒，大声喊了一句，然后说，"你是不是不爱我了？不爱了你可以直接说啊，不用这么把我当空气，连话都不愿意多说一句。"

刘康生无奈地回头："这哪跟哪啊，我是真的很困了，现在就想睡觉。"

"不许睡！今天的事情没说完，谁都不许睡！"何晓芸当即柳眉倒竖。

刘康生无奈地只好折回来，一屁股瘫倒在沙发上："说吧，什么事？"

"还能有什么事，你们家会不会太过分了，对我妈用得到的时候召之即来，用不到的时候就挥之即去。"

刘康生皱着眉头："这个问题我们昨晚睡觉前不是说过了吗，我妈那人一向就那样，我能有什么办法？"

"这个到底是谁的家？你妈家还是我们家，她凭什么说赶我妈走就赶我妈走！"刘康生简直要被何晓芸念烦了，自从丈母娘李桃花回了老家，何晓芸就一直找他闹，几乎就没有停过。

"我说了，我也没办法，岳母大人我也劝了，但她又执意要回去，我还能怎么办？"

"怎么？你还怪我妈了？还是我妈的错不成？你也不看看你妈天天都是什么脸色，我妈都委曲求全到这份上了，你作为一家之主，每天就知道加班加班，你有半点关心过这个家吗？你有发挥过一点作用吗？"何晓芸气冲冲地凶道。

这一连串的指责让刘康生心中也生添了一股闷气，刚才的困意也减去了一半，他下意识地提高音量反回道："我怎么管？我天天工作那么忙，拼死拼活地赚钱养家，想让你们过上好日子，难道还不够吗？我每天在公司已经够累了！你们还天天拿这些事情来烦我。"

"我在家里就不累吗？我在家里就是享福吗？我从生了小孩以来，就没有睡过一个懒觉！没逛过一次街！"何晓芸也气得跳脚，空气里充满了节节升腾的火药味。两人如正在对峙的两头牛，就快要到厮打的地步了。不过，依照刘康生的脾性，他们两人目前是不可能动手的。

结果，只听家门"砰"的一声关上，刘康生执意出走了，在这个有些寒凉的夜里。

何晓芸看着刘康生消失在门外，眼泪终于一滴滴地滚落下来。一场争吵，让刘康生最初的困意早已消失得无影无踪，他打车来到一家酒吧。

夜晚的酒吧里充斥着形形色色的人，但都是同一种人，那就是：不想回家的人。柔和的灯光，舒缓的音乐，比家里清静多了。刘康生自嘲地笑了笑，想不到结婚才不过五年，他也成了那个不愿意回家的人。

他一个人静静地坐在吧台喝着闷酒，突然，有个人拍了一下他的肩。一扭头，却是那个熟悉的女人身影，正带着一丝笑容瞧着他。

她是那个已没有了家庭牵挂的齐亚男。

一头海浪似的秀发，连衣裙、高跟鞋，一脸精神的淡妆，这样的面容出现在眼前，一如往日的精致，一点不见那天晚上的脆弱。齐亚男朝门口的几个朋友挥挥手,说道:"你们先回去吧,我碰到一个朋友。"那几个朋友用一种揶揄的目光打量了下齐亚男身旁的那个男人,然后识时务地迅速离开了。

"你怎么在这啊?"带着探询的目光,齐亚男开口道。

"没什么,就是下班过来喝喝酒。"话一说完,刘康生又往嘴里灌了一口酒。

"你,心情不好啊?一个人在这喝闷酒?"眼看着刘康生又灌了一口酒,齐亚男一把抢下刘康生手中的杯子,"喝这么急容易醉的,来,我陪你。"

说完,她在吧台上取了一个杯子,给自己也倒了一杯,拿着与刘康生的酒杯碰了一下。

"话说,上次多谢你听了我一堆废话,所以这次嘛,就算我报答你吧,当一回你倾诉的垃圾桶,有什么心事,可以和我聊聊。"齐亚男盯着刘康生认真地说。

灯光下的这个男人,头发微微凌乱,领口敞开着,抬头吐了一口烟,整个人笼罩在烟雾里朦朦胧胧的,看不清五官,齐亚男不知不觉却看得认真,闻着近在咫尺的他从鼻腔里喷出来的烟,竟然觉得好闻得很,不知怎么,自己胸腔里的这颗心当即砰砰跳着,摁都摁不住。

刘康生掐灭了手中的烟,说道:"也没什么事,就是一个人喝点酒,这么晚了,你怎么也在?"

"和几个朋友在这里聊了一会儿天。"

两人就这样有一搭没一搭地聊着,慢慢地渐入佳境,也就变得无所不谈。刘康生聊起小时候的事,说起初中调皮捣蛋捉弄老师的"光辉事迹",甚至还有早恋时追过的女生,把齐亚男逗得哈哈大笑。眼前的酒喝得七七八八,两个人在吧台越聊越起劲,刘康生觉得许久没有这么痛快过,不知不觉到了十二点,刘康生捞起衣服,提议送微醺的齐亚男回家。

齐亚男的家刘康生自是轻车熟路。那栋偌大的府宅依旧是金碧辉煌,但却冷冰冰的,仿佛任何时候都是空荡荡的,悄无声息。自齐亚男离婚以后,她就辞退了保姆,一个人住在这栋大别墅里。

齐亚男一手撑着门，问道："要不要进来坐坐？"夜晚的凉风一吹，刘康生的酒醒了不少，理智一点点地在回归，他看了看手表，委婉地说："今天太晚了，你早点休息，改天吧。"

又一次，齐亚男看着刘康生消失的背影，内心在一刹那间无比得失落。这么美妙的气氛和奇妙的缘分，连月光都静悄悄地洒落在树梢上，像极了一个有故事发生的夜晚，醉眼蒙胧的她原本期待着两人还会发生点什么，而刘康生却头也不回地走了，直到再也看不见他的背影，齐亚男才轻轻地将门关上。

刘康生到家的时候，何晓芸已经上床睡觉了，只在客厅给他留了一盏黄色的小壁灯，他蹑手蹑脚地上床，隔着何晓芸远远地躺着。即使这样，何晓芸的鼻端也能清晰地闻到一股酒味。黑暗中，何晓芸清醒地侧躺着，她的眼泪顺着脸庞流到枕头上，而枕头早就被打湿一片。

家庭里鸡毛乱飞，磕磕绊绊，但公司里他却是顺风顺水。刘康生的努力有了回报，那么多个加班的深夜，都化作了绩效、奖金，源源不断地流进他的工资卡。到了年底总结大会的时候，刘康生收到了一笔丰厚的奖金，细细一算，竟然已经迈入了年薪百万的行列。

春节假期前夕，刘康生兴奋地挑了一款自己心仪的小汽车。剩余的十几万，存在卡里，留作小孩未来的教育基金。

提完车的当天，刘康生把新车一口气开到小区楼下，然后拉着何晓芸，抱着孩子下楼。萌萌围着小汽车兴奋地尖叫，打开车门爬上爬下，玩得不亦乐乎。几个月大的八斤看着汽车也兴奋地叫着，手舞足蹈。刘康生打开后座的车门，学着电视里深情的男主人公说道："何晓芸小姐，能赏个脸一起兜风吗？"

何晓芸仍然绷着一张脸，虽没有露出一丝笑容，但心里的气开始慢慢消了。她抱着孩子，坐进了后座，萌萌则贴着何晓芸。一上车她就开始问十万个为什么：

"爸爸,为什么这个椅子是棕色的啊?"

"爸爸,为什么玻璃能伸回去?"

"爸爸,为什么我不能坐你旁边那把椅子啊?"

……

刘康生耐心地解答着这些童言童语,悄悄地在后视镜里面观察着何晓芸的反应。何晓芸静静听着父女俩的对话,八斤在自己的臂弯里吐泡泡;又瞅见刘康生偷偷地在看自己,心里残余的那点坏情绪,早已被暖心取代。

自上回吵架之后,何晓芸也后悔,后悔自己的口无遮拦,后悔自己的乱发脾气,心里也明白这些事情跟刘康生没有多大的关系,自己只是在迁怒,在发泄自己的情绪。这些年,刘康生的努力她看在眼里,从一开始的什么都没有,到现在的房子、车子,安稳的生活,刘康生就像是一个巨人,用自己的双手,撑起了家里一片天,为她和孩子挡风遮雨。这样想着想着,何晓芸只剩满腔的爱意,在父女俩的闹闹嚷嚷中,偶尔也插上一两句话,甚至是开心地欢笑起来。

夫妻两人之前冷战了差不多一个月,终于赶在新年到来之际,借着一次外出兜风,又和好如初了。

第十四章

合伙创业

这天下班,刘康生兴冲冲地回到家,把正在忙活的何晓芸从厨房里拉出来,满脸兴奋地说:"你猜我今天遇见谁了?"

何晓芸还惦记着锅里正煮着的花椰菜,心不在焉地问:"你遇见谁了?"

"你猜?"刘康生故意卖起了关子。

何晓芸转身正要回厨房,却被刘康生硬生生给顿住,似乎不说出个答案来,他就不肯罢休。

见刘康生这么激动,她只得勉为其难地猜道:"你们寝室的那几个哥们?"

"再猜!"

"你上大学时最喜欢的那个老师?"

"不对,再猜。"

"莫非是你们班的班花?"何晓芸故意阴沉着脸说。

"你说的都哪跟哪啊。"刘康生无奈地表示。

"算了,没工夫跟你瞎聊,你赶紧自己说吧,我要忙了。"何晓芸扭身表示出要走的样子。

"好吧,那我就说了,"见何晓芸总是猜不上,刘康生只能公布答案,"就是我们班那个赵大刚,当初住隔壁宿舍的,后来在西大门开书店的那个,你也认识的。"

这么说起来,何晓芸脑海中有那么一点印象:"哦,就那个在大四挂了九门课,最后跟学弟学妹们重修的那个是吧?"

"对对对,就是他。"

"我记得他上学时,十次有八次都是挂科。有一次大考,就大二考英语那次,他还跟我同一个考场呢,竟然在考场上给我丢纸条,让我传答案给他,差点被老师发现,把我吓得够呛。"何晓芸有些惊讶地回忆说,随即又问道,"不知他后来拿到毕业证了没有?现在怎么样了?"

"不错,看来你对他的印象也挺深的嘛……"刘康生笑嘻嘻地说。

每个大学的圈子里,总有那么几个"牛人"。在他们两口子的记忆中,这个赵大刚就是这样的牛人,上学的时候,大家都还是好好学习,专心上课考试,偏偏赵大刚不是这样的,他一门心思在学校做生意。大二的时候,他在学校的西门口承租了一个门店,那个时候租书盛行,他从二手市场淘了一批旧书,金庸、古龙、琼瑶……应有尽有,交个押金,一毛钱一天,租书的人从西校门排到东校门。除了租书,他还弄了一些考研、考级的资料出售。赵大刚向来擅于交际,整个学院,就没有他不熟的人,再加上价格公道,他那个书店几乎包揽了学校所有的学习资料的供应。几番下来,赵大刚赚得盆满钵满,没过半年,赵大刚嫌天天守在书店里无聊,就在学校找了两个学生帮忙看书店,自己捣鼓别的去了。从大一到大四,赵大刚出现在课堂上的次数屈指可数,逃课多了,挂科自然就多了。大四那年,总共十一门的主课,赵大刚一下子就挂了九门,刷新了学校建校以来的记录,成了全校有名的"挂科王"。后来在大家都毕业找工作的时候,赵大刚跟着大三的学弟学妹们回去重修了。所以提起这个人,何晓芸也是充满了兴趣,很是好奇,问他如今混得怎么样了。

"他现在貌似很不错,今天我们公司来的几个大客户,我接待的时候才发现，其中一个竟是赵大刚！"

刘康生回想起今天跟赵大刚见面时的情景，对方递了一张烫金的名片，上面用楷体端端正正地写着：总经理 赵大刚。剪裁合体的西装，一看就是高级定做的；抬手之间，手腕上戴着一个异常醒目的机械表；脚下是一双擦得发光的皮鞋，从头到脚，俨然一副成功人士的派头。刘康生之前一直以为自己是同学里面混得不错的，今天对照起赵大刚来，竟然像是个跟在后面的小弟一般，这让刘康生心中颇不是滋味。

老同学见面，自然要叙旧，他们约在了茶馆。几句闲聊之后，赵大刚开门见山地说："康生，我这里有个好项目，保准赚大钱，你要不要一起干？"见刘康生面露迟疑之色，赵大刚继续说道："你知道未来什么最赚钱吗？"

"什么？"

赵大刚神秘一笑，仿佛怕泄漏天机似的，靠近刘康生轻轻地说："互联网。"

刘康生一头雾水："什么是互联网？"

这句问话，正是赵大刚想要的，他当即把什么是互联网，未来电脑的发展趋势一股脑地倒出来。赵大刚的话，让刘康生热血沸腾，他几乎可以确定，这是一次赚大钱的机遇，还是时代赋予的一个稍纵即逝的机会，他当机立断，与赵大刚拍板定下了这件事情。

这就是刘康生为什么一进家门，如此激动地和何晓芸说这件事的原因。饭桌上，八斤睡着了，萌萌乖巧地自己拿着小勺子吃饭，两人又谈论起赵大刚的事情，何晓芸一边喝着碗里的汤，一边说："什么时候把他喊来家里吃顿饭，也是好多年没有见的老同学了。"

刘康生点头："这个是自然。"

不过，计划和赵大刚合伙做生意的事情他却迟迟开不了口。憋了小半天，眼看饭快要吃完了，刘康生给萌萌夹了一筷子菜，终于冒着风险说道："老婆，我决定辞职，跟赵大刚一起合伙做生意。"

何晓芸手中的勺子"哐当"一声掉在桌上，她愣了愣问道："辞职？辞什么职？"

"就是辞职不干了，我打算去创业。"

"我不同意！"何晓芸正色驳斥道，"现在孩子还小，萌萌上幼儿园，八斤还吃奶呢，还有房贷，车子油费……还不算我们的日常支出，每天到处都是开销，你要是辞职了咱们一家老小吃什么？你这样仓促地跟着赵大刚创业，对咱家来说，风险实在太大了！"

"老婆，你先别急，正是考虑到孩子现在还小，才觉得该拼一把，我打算和大刚合伙开一个卖电脑的店。大刚他有经验，再加上电脑行情好，正是时候，肯定能赚钱，不然过了这村就没有这个店了。"

何晓芸急急地说道："我们现在这样过得不是挺好的吗？你工资也够花了，吃喝不愁的。你要是辞职了，朝不保夕的，这一家的日子可怎么过？反正，我不同意。"

何晓芸直接表明了态度，刘康生放下碗，认真地说道："我想让你和孩子们过上更好的日子，住上更大的房子，我想趁着年轻拼一拼，创业最坏的结局无非就是从头再来。万一真失败，大不了我再重新找份工作就好了。"

刘康生说得很笃定，何晓芸知道自己是说服不了他了，她只好抛出那个最现实的问题，希望刘康生能认识到创业不是过家家，说玩就玩的，最好能知难而退："就算要创业，你哪里来的资金呢？"

刘康生看了一眼吃得正香的萌萌，伸手摸了摸她的小辫子，萌萌发觉，抬头傻乎乎地朝爸爸笑了。刘康生感觉自己的内心一片柔软，他缓缓地说道："我想拿给孩子预备的教育基金，然后再找我爸妈借一点，凑个二十万，大刚那边也出二十万，作为公司的创业金。"

"要是亏了怎么办？那可是我们家唯一的存款了。"

刘康生说道："亏了我再赚，肯定不会让你们娘仨受苦的。不过，你要相信我的眼光和能力肯定是不会错的。"

何晓芸叹了一口气，看样子，自己是非支持不可了，就不再多说什么了。

刘康生去找父母借钱的时候，遭到了母亲孙元香的强烈反对。这一点，婆媳两个倒是高度一致，甚至连脸上的表情都如出一辙。她把脸一板，气呼呼地数落刘康生："工作做得好好的，非要辞职去卖什么电脑，安安稳稳的多好，你知不知道当初你爸为了让你进那个公司，还撕下老脸，托人找关系……"孙元香一席话说漏了嘴，赶紧把话头打住。

刘康生一知半解地问："什么托人找关系？"

一旁的刘佐华听说儿子要创业，倒没有多大的惊讶，他一边给刘康生续了一杯茶，一边说道："你要出去创业，你可想清楚了？做什么，怎么做，都是学问，这可不是小孩子过家家。"

刘康生被顺利地转移了注意力，他回答："我都想好了，和我的一个大学同学合伙创业。他叫赵大刚，有个好项目，我们之间详细谈过，启动资金我们各出一半，我打算辞了职，就开始动手准备。"

孙元香做了半辈子的财务，对合伙做生意最有话语权，听儿子这样说，就说道："那个张大宝还是赵大宝的，谁知道靠不靠得住，没准是骗你的，万一钱都去打水漂了呢，依我说啊，未必靠谱，还是好好上班吧，创啥业啊。"

"不会的妈，他好歹是个总经理了，不差这么点钱，再说我们之前可是大学同学，知根知底的。"

孙元香从鼻孔发出一声"哼"，说道："这年头啊，谁还不会装一装了，亲兄弟还明算账，你可别被傻乎乎地骗了去。"

"好了，康生也是成家立业的人了，想出去闯闯是好事，男子汉有点追求，也是值得表扬的，你别动不动就打击孩子的积极性了。"刘佐华抬手制止了孙元香的话，刘佐华目光长远，是整个刘家能明白刘康生决定的人，毕竟他也年轻过，怎么会不明白年轻时的那股冲劲。

他把一张卡伸到刘康生的面前，说道："这里面有十万块钱，密码是你生日。"

孙元香见阻拦无效，对着父子俩气鼓鼓说道："你们爷俩就败吧，这点家产迟早给你们折腾光。"

刘康生要辞职的消息像是插了翅膀一样传遍了整个公司，领导几次谈话挽留，见刘康生去意已决，只好作罢。平常几个来偷瞄刘康生的新同事，此刻正聚在小胖的办公桌前看着刘康生收拾东西，短发姑娘颇为苦恼地说："怎么办？我都还没来得及告白。"

另外几个女同事也颇为不舍，纷纷附和道："就是就是，以后去哪里找这么好看又细心的前辈啊。"

胖子看不下去，跟赶苍蝇似的把她们全赶走了，还对着她们的背影小声地说了一句："一群肤浅的女人！"

虽然这几个只是特例，但刘康生在公司风评、人缘确实都没得说，和同事们吃了一顿散伙饭以后，刘康生就正式从公司辞职了。

辞职之后的刘康生，忙起来比当初更是有过之而无不及，原来还有个礼拜天什么的，自从单干以后，整日整夜的不见人，回家了就灰头土脸的，倒在床上就睡得昏天暗地。家里家外，带孩子、送萌萌上下学完全是何晓芸一个人的事，有时候何晓芸半夜睡得迷迷糊糊，突然感觉身边的床陷下去一半，这个时候何晓芸才好像突然间想起，原来自己还有一个老公。

这样昏天暗地地忙了一段时间后，刘康生与赵大刚合资成立的售卖电脑的新店，在最繁华的地段开业了。他们整整打通了原来的三个店面，门头挂着"新天地电脑"几个硕大的字，格外醒目。店内还雇了几个年轻的后生，给顾客讲解电脑的品牌性能和网上冲浪的种种好处。刘康生自己也穿着印有"新天地电脑"的T恤忙着招待客户。刘康生管销售，赵大刚管进货和发货，两人分工明确，利润也是五五分。只不过赵大刚除了这个电脑公司，还有其他的生意，所以甚少露面，只有刘康生在店里坐镇。

刘康生预估得不错，电脑行业在近些年还是大有发展前途。开业的第一天，店内就十分火爆，人满为患，一直到晚上八点，店里才慢慢冷清下来。

赵大刚开着车来到店门口，"滴——滴——"摁了两声喇叭，见刘康生出门，对着他喊道："走，康生，今天高兴，喊上何晓芸，我们一块喝几杯。"

接上何晓芸的时候，已经是晚上九点，何晓芸一手抱着八斤，一手拖着正闹着要睡觉的萌萌，坐进赵大刚的车子。几年不见，赵大刚胖了许多，大大的肚子，连脸都圆了不少，何晓芸都不敢认了。

赵大刚似乎没有一点见外的感觉，见面便夸道："唷，何晓芸，这几年不见，你可越来越漂亮啊，一点都不像两个孩子的妈。"

即使知道对方说的是客套话，何晓芸也是乐得心里美滋滋的，反着打趣道："我可是成了一个十足的家庭妇女，倒是大刚你啊，这么多年不见，摇身一变都是大老板了。"

赵大刚接口道："嘻，什么大老板，无非就是混口饭吃，要是知道你还这么漂亮，我当初就不该给康生机会啊。"说完捶了一下刘康生的肩膀，一副悔不当初的神色说道，说道，"是吧，康生？"

从何晓芸手里接过八斤的刘康生哑然失笑。赵大刚从包里掏出两个红包，给两个孩子："来，叔叔给的见面礼。"

萌萌看了一眼爸妈，乖巧地没有伸手。

何晓芸见状赶紧推辞道："孩子还小，不兴这套，你还是收起来吧。"

赵大刚直接把红包塞到萌萌手里："我和康生就是亲兄弟，亲叔叔给见面礼应该的，来，拿着，叔叔给你的。"

萌萌见妈妈轻轻点了一下头，小手利索地把红包装进小口袋，甜甜地说了一声："谢谢叔叔。"

把赵大刚逗得哈哈大笑："康生，我看你这闺女很是聪明啊，可惜我没有个儿子，不然非得和你们定个娃娃亲不可。"

到了吃饭地点，一顿饭吃得宾主尽欢，赵大刚口才了得，把何晓芸逗得哈哈大笑，三个老同学聊得分外开怀。临到结账的时候，赵大刚拦着刘康生，说什么也要他来，结果摸了半天口袋，才发现钱包掉在车上，趁着他去车上取钱包的时间,刘康生把钱付了。在回去的路上,赵大刚抱怨:"兄弟你看你,说好的我请客的,你怎么还把账给结了,这个我要批评你,不给我在何晓芸面前一个表现的机会。"

刘康生道:"都一样的,自己人没这么多讲究。"

回到家的时候,八斤已经在怀里睡着了,萌萌也是困得睁不开眼睛。脱下鞋,刘康生直接钻进浴室洗澡,何晓芸帮萌萌收拾衣服的时候,从口袋里掏出那两个红包,一打开红包,一张一百元的钞票轻飘飘地落下来。何晓芸看着这两张一百元,有点吃惊,按赵大刚现在的阔气,还以为会是一个丰厚的红包呢,虽说对于平常红包来说,一百块钱是个普通又不失礼的数额,但是对于赵大刚,何晓芸还是稍显意外。

刘康生洗完澡从浴室出来,穿着一条四角裤,湿漉漉的头发上还滴着水,何晓芸手里拿着红包,示意刘康生:"赵大刚的红包,一百块!"

刘康生愣了愣,也稍稍有点意外,但马上又恢复过来,毫不在意地说:"一百块就一百块呗。"

何晓芸有些疑惑地问道:"你不是说他是总经理吗?而且是这几年混得挺好的那种。"

刘康生一边爬上床,一边回答:"应该是吧,反正挺有钱。"

"那不应该啊,出手一点都不阔绰,还说你是他好兄弟呢,我看啊,就嘴上说说而已。"

"你看你说的,人家有钱那也是人家的事,给孩子多少,那都是一个情谊,你怎么还盘算上了。"

何晓芸真没那个意思,给自家小孩的钱,确实多少都是情谊,只是觉得这个事情有点不合常理。

"诶,康生,你说……"何晓芸话还没说完,就听见床头那边已经鼾声如雷,刘康生今天忙了一天,估计是累坏了。何晓芸轻轻地走过去,帮他掖了掖被角,又轻轻地把在床上睡觉的八斤抱起来。

八斤最近正是断奶的时候,夜里哭闹得厉害,怕打扰刘康生睡觉,何晓芸抱着孩子去了隔壁客房睡。安顿好八斤,她再去小房间看了看萌萌,事情才算告一段落。

　　何晓芸松了一口气,去卫生间洗漱,准备睡觉。

第十五章

小姑子的秘密

新天地电脑公司的经营逐渐走向正轨,赵大刚依旧很少来,只在每个季度分账的时候,才会出现一小会儿,算完了钱,又夹着包匆匆离去。

刘康生则是所有时间都泡在公司,店内的生意一天比一天红火,除了卖电脑,后来干脆也连带着卖一些硬盘和软件。渐渐的,一些大公司也不时上门来采购或供货,刘康生思索着,光一个门店不够,还需要一个办公的地方才行。于是在店铺的楼上,租了一个不到九十平方米的小办公室,上面挂着"新天地电脑科技有限公司",当做平常处理事务的场所,又雇了几个文员和一个前台接待,这下总算是有个公司的样子了。

没多久,刘康生就把当初借老爹刘佐华的钱还上了,不仅如此,还出手阔绰地给家里也装上了电脑。刘佐华一向喜欢新鲜事物,电脑到家以后,报纸也不看了,新闻也不关心了,一有时间就坐在电脑桌前,学打字,看网页,忙得不亦乐乎。而当初的反对者老妈也渐渐息了声。

尽管当着刘康生的面还是一副不好看的样子,可是孙元香在自己的那群老姐妹跟前绝不是这样的。不仅如此,走到哪都夸自己的儿子是天下绝无仅有的优秀,张口闭口就是"我们家康生啊",连看朵花都能把话题转到自己儿子身上,老姐妹们都背地里啐道:"你们看她那得意劲!有什么好炫耀的啊？都讲一辈子了！"

话虽如此，但孙元香真是有炫耀的资本。自己是个财务主管，老公是大学教授，儿子年轻有为，媳妇虽说出身农村，但肚皮争气，一个孙子、一个孙女凑了一个"好"字。别人一双手日夜操劳皱得跟老树皮似的，偏偏孙元香一双手保养得白嫩嫩的，没缺过钱，没吃过苦，几乎不知道"愁"字怎么写。偏偏她还喜欢四处炫耀，一群老姐妹恨得牙痒痒，凭什么好运气都给了她孙元香！

不过，过日子是关起门来的，各家的难处只有自己知道。孙元香表面上看是命好又自在，背地里也是有一堆烦心事的。

按理来说，孙元香退休在即，很多工作渐渐移交给了别人，只要每天象征性地去公司打个卡，点个卯，就能回家浇花弄草，看看孙子孙女们，应该没有什么好忧愁的才对。可实际上，孙元香眼下最大的烦心事就是自家的闺女刘康妮。刘康妮也毕业了，实习期已过，现在每日待在家里，只等找份好工作，后面的人生路就能按部就班地运行下去了。刘康妮从小乖巧，选专业报学校的时候，听从大哥和爸妈的话，读了金融专业，只可惜考试成绩一般，勉勉强强上了一个二本学校。毕业后只要她要求不高，在相关的职业岗位上基本还是有一定选择度的，而且也不会太差。

按孙元香的意思，女孩子找一份清闲又安稳的工作，然后嫁个好人家，才是最好的选择。但刘康妮长大了，很多事情有了自己的想法，她既不想这么早嫁人生小孩，也不想随随便便进某个单位，过着一眼能望到头的生活。因此，在别的同学开始就业上班的时候，她选择暂且锚定在家里了，思量着自己更好的出路。

两个女人一起待在家里，日子稍微一长，关系自然不会那么轻松。孙元香一边逼着刘康妮在家里看书备考公务员，一边紧锣密鼓地向那帮老姐妹打听家世好的后生。于是，在老妈的步步策划下，女儿刘康妮十天有七八天都被安排着相亲。三番五次的这样，到了最后，刘康妮烦不胜烦，索性跟老妈大吵一架，直接收拾了几件衣服，跑到大哥刘康生家里来避难了。

对于小姑子的到来，何晓芸心里也是打着边鼓，忐忑不安。虽说嫁进刘家这么多年，但和小姑子刘康妮的关系，一直都是不冷不热的。刘康妮从小家庭优渥，与乡下来的嫂子没有什么话题，更谈不上亲近，但对那两个活泼可爱的小侄子和小侄女，她倒是喜欢得紧。何晓芸拿出干净的床单和晒得松软的被子，细细地给刘康妮铺好床。平日里也不多嘴，既不刻意也不冷淡，做好饭菜就敲门喊吃饭。从孙元香严密管控下逃出来的刘康妮，无疑是来到天堂一般，心情大好，连带着对她这个嫂嫂也生出几分好感。

刘康妮的到来也帮了何晓芸的大忙，之前每天忙得跟个陀螺似的何晓芸，也能歇口气休息一下。萌萌喜欢缠着姑姑，接送上下学和睡前讲故事都只要她姑姑。

这天周末，刘康妮带着萌萌去游乐园玩，何晓芸乐得清闲，突然心血来潮地抱着八斤去刘康生的公司瞅瞅，瞧他那边的生意怎么样。虽然平时没有去过，但地址何晓芸一直还记得清清楚楚。经过新天地电脑的售卖店面时，里面挤满顾客。店里的业务员称刘总的办公室在六楼。

好不容易爬上六楼的那个小办公室，何晓芸看到其中一扇门上简单地贴着"新天地科技有限公司"几个字。办公室门大开着，前台也没有人，她便径直往里面走。两居室大的办公室里简单地布置着几张办公桌，旁边还有一个用玻璃隔出来的小小隔间，估计是刘康生平日里办公的地方，小小的地方基本一眼能望到底，依旧不见刘康生的人影。

何晓芸有些不解，正要给刘康生打电话，忽然碰见刘康生刚好从外面进来，身边还带着一个陌生的女人。那女人是齐亚男，之前她俩并没有见过面，这次算是头一遭。刘康生看见何晓芸，惊讶地道："晓芸，你怎么来了？"

看见刘康生和一个女人站一块，何晓芸也十分意外，脸色冷冷地回答道："今天康妮带着萌萌去游乐园玩了，我正好有空，就和八斤过来瞧瞧你。"

刘康生带着几分局促和不安，给身后的齐亚男介绍道："这是我太太何晓芸。"转过身又对着何晓芸言简意赅地介绍道，"这是齐总。"

齐亚男微笑地打招呼："你好，何晓芸，总听康生提起你。"

何晓芸也挤出一丝微笑点头示意，眼神却快速地扫过齐亚男，年纪不算小，但衣着打扮显得气质成熟，很有韵味，让人猜不透年龄：一件修身的绛红大衣，里面简单地搭配着雪纺衬衫，下身是皮质短裙配尖嘴高跟鞋，殷红的唇膏和大波浪卷的秀发，更显女人味十足。这通身的气派，饶是何晓芸一个女人，也忍不住多看两眼。

何晓芸打量齐亚男的同时，齐亚男也在不动声色地打量着何晓芸：个子小巧，五官柔和，皮肤白净，穿着很家常，脚上是一双分不清是灰色还是白色的运动鞋。也不算多好看，甚至还带点产后的微胖，齐亚男心中竟然有点失望，原来她一心仰慕的刘康生，身后的女人竟是如此的平凡。然而失望过后，她暗中又有点庆幸。

六目相对，打完招呼后，三个人陡然安静下来，空气中隐隐的有一种尴尬的气氛在蔓延。除了八斤，这时的八斤终于看见了爸爸的存在，他欢乐地发出"呜呜"的声音，在何晓芸怀中又扭又闹。

"这就是八斤吧？胖乎乎的可真可爱。"

齐亚男看着何晓芸怀中的八斤，张开双手逗着八斤要抱抱，谁知八斤这个小家伙，一看见美女，立马也伸出小胳膊很热烈地回应着。

齐亚男抱着八斤逗了一会，很识趣地告辞了，刘康生把她送到楼梯口，说道："有事电话联系，改天请你喝茶。"

齐亚男脸上的笑容像花儿一样地绽放着，回道："别送了，回去吧，小心你老婆吃醋！"

刘康生回去的时候，何晓芸果然一脸的不高兴。她抱着八斤，面无表情地坐着，甚至连头都没有抬一下，她在等刘康生主动解释，说说那个女人,还是一个很漂亮的女人,为什么会在一块,为什么还很相熟的样子。可刘康生什么也没说,他直接走进小隔间,只扔下一句:"你跟八斤先在外面玩一会儿,等我处理完了事情,我们一块去吃午饭。"

何晓芸的突然出现,让他在齐亚男面前很不自然,此刻在媳妇的面前,他似乎依旧没有那么坦然。何晓芸耐着性子等了半天,结果就来了这么一句轻飘飘的话,心里就跟百爪挠心似的痒。她沉不住气了,干脆抱着孩子跟进小隔间,假装好奇又漫不经心地问道:"刚刚那个是谁啊?"

而那问话的口气,就跟说"我们今天吃什么"一样自然。

刘康生正莫名地有点心虚,但转念一想,自己也并无出格之事,当下稳了稳神,用很随意的口吻回答道:"她啊,就是之前公司的一个大客户,也是多年交情,最近她公司想买一批电脑,听说我出来开了个电脑公司,就过来看看有没有合适的。"听说是照顾生意的,何晓芸也不好多说什么,有心多问几句,又怕刘康生觉得自己疑神疑鬼,敏感多疑,于是只好住了嘴,姑且撇开这个话题。

跟着姑姑瞎玩了一整天的萌萌,回到家还是精神奕奕、兴奋异常,手里牵了一个气球满客厅乱跑,何晓芸轻轻责备着:"小心点,别摔跤了。"

萌萌这时凑到何晓芸的身边,示意她把头低下来,然后偷偷瞄了一眼姑姑住的房间,轻轻地在何晓芸耳朵边说:"今天姑姑还带了一个叔叔跟我们一起玩呢,姑姑让我保密,不要告诉爸爸和奶奶,我就悄悄地告诉妈妈你了,你不许说哦。"

萌萌鬼灵精,姑姑说了不能告诉奶奶和爸爸,于是选择告诉了妈妈,还一再要求妈妈给她保密。

何晓芸听完以后暗暗吃惊,难怪刘康妮死活不愿意去相亲,估计就是已经有了男朋友的缘故。若是男孩子家境好,工作得体,不至于藏着掖着,不带回家见父母的。大约想到孙元香不会同意,才在外面偷偷地见面,毕竟刘康生和何晓芸也足足僵持了一年才获得家长的同意,前车之鉴就摆在那里。

何晓芸知道小姑子的"秘密"后,内心暗暗纠结起来,不说吧,婆婆一心想给闺女找个本地的好人家,这要是知道康妮偷偷有对象了,自己还帮着瞒着,到时肯定要把气撒到自己头上。再说,刘康妮一个小姑娘涉世未深,万一被骗了,有个好歹,自己这个做嫂嫂的,也难辞其咎。说吧,自己岂不是成了棒打鸳鸯的助手?刘康妮肯定记恨上自己,何晓芸不愿意做这个恶人,还不如就当不知道这个事情呢。

晚上吃饭的时候,刘康生照常不在家,八斤早早地睡了,只有何晓芸、萌萌和刘康妮在餐桌上吃饭,何晓芸暗暗瞧了刘康妮好几次,只见她神情和往常没什么两样,何晓芸开口问:"今天去游乐园好玩吗?"

还不等刘康妮回答,萌萌倒抢先说道:"好玩,我们坐了转圈圈的马,还有会飞的船,姑姑吓得大叫,还没我勇敢呢,哼!"

萌萌杂七杂八地说了一堆,把该说的话都说完了,刘康妮微笑着说:"还不错,萌萌很喜欢,下次叫上我哥,大家一起去玩。"

"那……就你们两个人吗?"何晓芸迟疑地开口问道。

刘康妮看了一眼正在吃饭的萌萌,萌萌赶紧心虚地把头低下,认真扒着碗里的饭。刘康妮故意提高嗓音,笑着说:"对啊,就我们两个。还能有别人吗?"

何晓芸明白了,刘康妮不愿意说,也不愿意让家人知道,于是也就不多问了。

然而,现实的情况要比想象的发展得快,甚至让人猝不及防。

对于刘康妮的交往秘密,何晓芸有意隐瞒,本意是让刘康妮多点时间准备,等到时机成熟时,自然就会带回家见爸妈。可谁知,平日里乖巧的刘康妮,在从公园回来的第二天,竟然不声不响地失踪了——确切地说,是跟人跑了!

自从大家发现她不见了,电话也联系不到她,已经一整天了,连刘康生也从公司被紧急召回家，刘家人找了一圈都没有消息，眼下都要急疯了，就差报警了。

婆婆孙元香捂着头躺在床上，一叠声"哎哟哎哟"地叫着。刘康生父子围在床边，何晓芸倒了一杯水，小心翼翼地劝道："妈，你也别着急，说不定康妮只是跟同学出去玩了，没来得及跟家里说。"

孙元香"噌"的一下坐起身来，指着何晓芸的鼻子大骂："你还有脸说，我看就是你害的！故意瞒着不说！你说你到底安的什么心？"

刘康妮是亲闺女，不舍得责骂，再加上现在跑得没影，想骂也骂不着，孙元香自然而然把所有的怒火发泄在何晓芸身上。

何晓芸心里委屈死了，谁能料到刘康妮这么大的人竟然说跑就跑了。要是知道这样，当初知道那会儿，就早早地跟刘康生直接说了，不至于像现在，落得里外不是人，孙元香正在气头上，何晓芸有意不跟她顶嘴，当下也顺着她说道："是我疏忽了，没有照顾好妹妹。"

"行了，现在说这些也没什么意义，晓芸，你好好想想，康妮走之前有没有说过什么？"刘佐华开口问道。

刘康妮对这个嫂嫂并不亲近，有什么话也断不会跟何晓芸说。何晓芸是第二天一早，发现刘康妮不在家里——再一瞧房间里，出奇的是床上被褥铺得整整齐齐，像是彻夜未归的样子。刘康妮有家里的进出钥匙，即使早出晚归，何晓芸一般也很少过问，可当她发现刘康妮换洗的衣物和平日背的那个小包也都不见了，才意识到情况不妙。赶忙跟孙元香打了电话，问刘康妮是否回家了，结果一通电话才知道，刘康妮不见了！

孙元香急得犯了头疼，躺在床上直喊叫，刘佐华电话打得就没有停过，四处询问刘康妮的同学、朋友和老师，一家人坐在一起一筹莫展。

这时刘康生说："爸，妈，你们也别着急，我托派出所的朋友盯着妮妮的身份证和电话号码，一有消息就会通知我。再加上她刚找我要了三千块钱，手机又在身上，那么大个人了，应该没什么问题。"

孙元香哼哼唧唧地说:"这个丫头,我就是太纵容她,涉世未深,人又单纯,可别是被人拐跑了!我听说那些人贩子最喜欢这样年纪轻轻刚毕业的女孩子,你说我们妮妮会不会被卖到深山里去了?"孙元香越说越激动,眼看就要呼天抢地大哭起来。

刘佐华原本忧心忡忡,这边还被孙元香的假设吓了一跳,当即忍不住地训斥她:"净瞎说!自己吓唬自己!"

就在一家人都悬着一颗心暗暗担心的时候,刘康生突然接到一个电话,不知道对方说了一些什么,刘康生的神色逐渐缓和下来,然后一叠声地感谢对方,说有空请他吃饭。

挂了电话,刘康生说道:"爸,妈,妮妮找到了,我朋友说她两个小时前用身份证买了西安去上海的火车票,现在应该在火车上。"

听说女儿没有被拐骗,孙元香和刘佐华松了一口气,然后立马又大怒道:"这丫头好端端地跑到上海干什么去了?!"

第十六章

公司危机

知道刘康妮的消息,一家人都渐渐放下心来。孙元香恨不得立马去把闺女抓回家,当场就叫刘康生赶去上海,把他妹妹康妮给劝带回来。刘康生眼下的生意正忙得脱不开身,同时也责怪母亲把妹妹逼迫得太紧,因此不情愿动身去上海。

刘康生尽量保持委婉地安慰孙元香说:"妈,不是我说,妮妮也长大了,不是小孩子了,她有自己的想法,你天天逼她,只会把她越推越远的。"

孙元香听完,又是一阵生气:"我还不是为她好,给她安排工作,找对象,哪一样不是希望她以后过得好。我是她亲妈,我还会害她不成?!"

"这我自然知道,你的想法和初衷都是好的,那你也要注意方式方法。"刘康生想到当初自己恋爱受阻的那段时间,心里十分明白妹妹如今的感受,所以才这般奉劝老妈。"再说,生活是她的,怎么过也是她自己说了算,您就别操心了行不行?你看把她逼急了,连家都不回了!"

被刘康生的话一刺激,孙元香口不择言地抱怨道:"摊上一个不省心的,没想到个个不省心,当初就不应该让你自己做主,什么恋爱自由,现在才生出这些麻烦事!"

一番话说出口,每个字眼都那么清清楚楚地入了耳,在场的几个人都变了脸色,尤其是何晓芸,脸色由红转白,眼眶都要发红了。

何晓芸生生地忍着,想尽快离开这里,便说道:"爸、妈,萌萌和八斤还在邻居家,时间长了怕他们哭闹,我就先回去了。"

说完这番话,她再也忍不住了,拎起包包就要起身出门,刘佐华见状,也表示同意,顺口说道:"也好,这么晚了,你和康生先回去。"

刘佐华把他们送到门口,轻声说:"别跟你妈一般见识,她也是一时着急,这么多年了,你妈的脾气你也清楚,就是话多,没有别的意思,你们别多想。"

两口子应了声"好",然后一起离开了。

等到返回房间,刘佐华忍不住说孙元香:"你真是越老越糊涂,说话也不带脑子,这话说出来,你叫何晓芸心里怎么想?"孙云香还不自知,诧异地问道:"什么怎么想?"饶是刘佐华好脾气,这回却也气个倒仰,忍不住说道:"你说怎么想的,何晓芸进门都这么多年了,一直勤勤恳恳的,你那最后一句话让人家听了怎么想?"

孙元香反驳道:"你凶什么?我哪有说她什么,我的意思就是康妮有样学样,跟着他哥在那里瞎胡闹!"

"你本意是这样,可人家听到心里可不这样想!"

"我可没有嫌弃她的意思,我哪知道她是怎么想的。"

经过刘佐华一点拨,孙元香才渐渐地反应到,刚才说的话有点不当,心里自知理亏,可偏偏还嘴硬,不肯承认。

"你啊你!"刘佐华对着孙元香不知道说什么才好,一甩手,进了书房。

回家的路上,刘康生开车在马路上飞驰,已经是夜幕降临,两旁的路灯不断后退,昏黄的光线渐渐暗了下去。他用余光扫了一下副驾驶座上闭着眼睛的何晓芸,伸手握了一下她的手,轻轻地说:"我妈那人就是那样,说话不过脑子,你别放心上。"

何晓芸睁开眼,脑海中一直回想着婆婆孙元香说那句话的情景,心里只觉得堵得慌。结婚这些年来,她放弃了工作,专心在家生儿育女,为刘家养了两个聪明活泼的宝贝。平日里孝顺长辈,学着把刘家人当作自己的至亲,处处善待谦和,做了这么多,竟然还是一句类似后悔让她进门的话。

何晓芸的心里第一次产生了一种强烈的异乡感,甚至是孤身一人的错觉,她有点落寞地开口:"我想回家。"

"快了,马上就到家了,你待会想吃什么?"

得不到回应的刘康生看了何晓芸一眼,只见她出神地望着车窗外的景致,对其他的什么都充耳不闻。

刘康妮在失踪的第三天,终于主动给家里打了电话。她简短地说,现在人在上海,和朋友一起,过几天就去找工作,在上海待一段时间就回去,让家里人不要担心。孙元香握着手机,刚激动地想劝说几句,对方就干脆利索地把电话挂了。尽管人已经跑到上海那么遥远甚至是充满未知的大城市去了,但好在总算联系上了。刘康妮新办了一张电话卡,把号码告诉了家里,以后就可以随时联系到她。

孙元香心里虽然埋怨,但到底是自己的亲骨肉,怕闺女在偌大的上海受苦,一叠声地催刘康生这几天往康妮卡里多转点钱。隔天下午的时候,自知失言的孙元香买了一堆的水果,亲自拎了上门。尽管没说什么,但何晓芸知道,这算是道歉的意思,婆媳两个当下又言语起来,说了几句八斤平日里的趣事,小坐一会儿,孙元香便走了。

日子眼看要到年底了,刘康生在公司忙得脚不沾地,每天一大早,便穿上御寒的大衣,开车去公司。算起来,电脑公司也开了快一年了,刨去之前创业的资金,还额外赚了不少,一算账,竟然比上一年刘康生上班时赚得多了一大截。刘康生和何晓芸盘算着,明年开春,拿这笔钱去置换一套大一点的房子。眼下家里又添了一个人,只有三个房间,何晓芸、刘康生睡主卧,萌萌住了一个房间,还有一个做了客房,方便亲戚朋友过来住。现在八斤还小,等到长大一点,难免需要自己的小空间。何晓芸和刘康生想着,要换就换一个大居室的,四室两厅,先付一部分首付,按目前的赚钱速度,过两年就还清了。

眼看年节将至,刘康妮还是迟迟不愿意回家。孙元香一天能打好几个电话催,到最后,刘康妮干脆不接她的电话了。孙元香心急如焚,一天联系不上,就担心刘康妮是不是被什么传销组织扣住脱不开身,生怕自家姑娘被骗。于是急慌慌地找刘康生来商量,恨不得刘康生立马飞到上海把刘康妮逮回来。

刘康生烦不胜烦,有心去上海,可公司最近实在忙得脱不开身。说来也奇怪,新天地电脑公司连续几个礼拜,业绩下滑得厉害,还有好几个大单,说飞就飞了,这几下打得刘康生措手不及。

孙元香知道刘康生不愿去上海以后便破口大骂:"是赚钱重要,还是你妹妹的命重要?!就没见过你这样没心肝的哥,你妹妹要是有个三长两短,我也就不活了!"

面对老妈的撒泼打滚,刘康生没办法,只得姑且丢下公司的一堆事情,跟赵大刚叮嘱了一番,买了机票,就匆匆往上海赶。

刘康妮是铁了心地不想回家,凡是家里来的电话一律不接。到了上海的刘康生依旧联系不到她,几经周折,才从她的朋友那里打听到了妹妹的大致住址。于是就在她住的小巷子口的一个包子铺蹲守了两天,直到第三天的时候,刘康生远远看见刘康妮挽着一个瘦瘦的男青年,一脸甜蜜地从巷子里面出来。

等到他们走到跟前,刘康生赶紧扑上去,一把抓住刘康妮的胳膊,喝道:"走,跟我回家!"

眼前突然出现的这么一场"事故",把周围所有人吓了一跳。大家循声望来,只见两个青年拉扯着一个漂亮的姑娘,包子店的老板甚至端了一把凳子坐在档口,嘴里念念有词:"我说这个后生怎么在我店里一待就是好几天,原来是捉奸啊,啧啧,造孽哟。"

刘康妮一脸震惊地看着刘康生,惊呼道:"哥!你怎么突然来了!"

话音刚落,刚刚还一脸防备的青年讪讪地松了手,也跟着刘康妮的嘴叫了声:"哥。"

刘康生并不多言,也没工夫搭理旁边的这个小伙,只是对妹妹说道:"闹够了没有?闹够了就回家,你知不知道妈都被你气病了。"

大哥亲自来抓人,刘康妮自知躲不过,又听说母亲生病了,当下垂下头不言不语。身边的青年伸出手,自我介绍道:"哥,我叫郑泽荣,您叫我小郑就可以了,是我拉着康妮来上海的,您要怪就怪我吧。"

刘康生打量了他片刻,并不伸手,扯着刘康妮就要走。

刘康妮一边拍打着他的手一边急道:"哥!哥!你等等,我回去收拾一下东西!"刘康生并不理会,扯着她仍然往前走,刘康妮一边回头一边给郑泽荣比了一个打电话的手势。

短短几分钟,剧情发展得太快了,一堆围观的人还没看过瘾就收场了。大家意犹未尽地散去,包子铺的老板甚至还好心地冲着郑泽荣喊道:"年轻人,想开点!"

那个叫郑泽荣的青年望着刘康妮远去的背影,失落地离开了。

刘康生雷厉风行,上午抓到人,晚上九点十分就已经到西安了。飞机一落地,刘康生就接到公司财务打来的电话,说是公司出事了。电话里说得不清不楚,刘康生还没来得及回家,就急忙往公司赶去。

一踏入公司,刘康生简直被眼前的景象惊呆了。整个办公室凌乱不堪,值钱一点的东西都不见了踪影,电脑、打印机,甚至连门口的饮水机,都不见了。

财务小李等了老半天,看见刘康生,赶紧迎上去,火急火燎地说:"刘总,您总算回来了!"

"这到底是怎么回事?"刘康生急切地问。他只是离开了短短几天,公司怎么就变成了这个样子,实在让人匪夷所思。

财务小李支支吾吾地说:"自从您离开以后,又有几个大单要退,可我们之前已经订好了货的,现在他们退单了,让我们损失了一大笔钱。然后前两天赵总让我把公司所有的钱都取出来,他说要去进一批最新的货,说是去晚了就没有了。我看事态紧急,就把公司的备用金都抽出来了。赵总还说不够,又让我去银行贷了款。但从昨天开始,我们就联系不上赵总了,打了一天的电话也没人接。有同事听到风声,说是赵总在外面欠了好多钱,车子房子都卖了,现在带着公司的钱跑路了。遇到这种情形,大家就催我发工资,钱都在赵总那,哪里还有钱发工资啊!我让同事们等等,说等您回来就好了,可是他们不信,说您也跑路了,见发不出工资,就把办公室值钱点的东西都搬走了。"小李一口气说完,然后抬头小心翼翼地看了一眼刘康生,只见刘康生的嘴抿得紧紧的,面色铁青。

刘康生怎么都不敢相信,自己的好兄弟竟然卷款跑了。他拿起手机开始打赵大刚的电话,摁键的手甚至有一丝的颤抖,一遍、两遍、三遍都没人接,刘康生反复地打着,电话里只有一个冷漠的女声说着:"对不起,您拨打的电话已关机,请稍后再拨!"

刘康生心中升起一股强烈的不真实的感觉,明明是在惨白的灯光下,却仿佛自己置身于烈日,每一个毛孔都是那么炙热、焦灼。

他扶了一把椅子坐下,强迫自己冷静下来。他听见自己干干的声音说:"你查一下公司还有多少资金?"

小李有点于心不忍,但还是如实相告:"除了几家公司欠的尾款,资金都被赵总转走了,如今账上已经没有一毛钱了,不仅如此,还欠银行二十万贷款。"

刘康生大怒:"这么大的事情你为什么不跟我说?"

小李委屈地说:"你说这几天不在,听赵总的就好了,况且公司货源都是赵总负责,转账也是常有的事,谁知道这次……"

刘康生静默片刻,内心叹了一口气,小李小心翼翼地叫道:"刘总?"

刘康生挥了挥手说:"罢了,你辛苦了,早点回去休息吧。"小李站着不动,看着他小声问道:"那我明天还……还需要来上班吗?"

刘康生站起身来,用一种肯定的语气回答:"来!明天照常上班,你通知一下其他同事,告诉他们工资会按时补发,不会拖欠!愿意上班的就回来上班,但是公司里的那些财物一定要拿回来,不然公司就报警处理。"

小李心中踏实下来,应了一声,然后脚步轻快地走出办公室。

刘康生怔怔地看着这间小小的办公室,一年多的心血,就这样被侵夺一空。想起公司建立之初,赵大刚提出用他一人的名义注册,理由是他现在还是另一家公司的总经理,身份不便。他曾一脸郑重地说:"你是我最好的兄弟,法人是谁都一样,我信得过你。"刘康生当时被他的信任还狠狠感动了一番,内心暗暗发誓,绝不辜负兄弟的这番信任。现在看来,赵大刚这些都是有备而来,他卷走了公司的钱,还向银行贷了款,这些钱,自然得由刘康生偿还,因为公司的法人代表从始至终都只有刘康生一人。

一阵手机铃声打断了刘康生的思绪,是何晓芸打来的。

她在那头压着声音,像是怕吵醒睡着的孩子们,轻声细语的声音在极静的夜里显得很曼妙:"喂,康生,康妮已经回爸妈家了,你什么时候回来?"

刘康生听着关怀的话,鼻子一酸,很想跟她说公司破产了,可话到嘴边他又忍住了,现在是晚上十一点,他不能让家人跟着他一起担心。

他只好回复说:"今天晚上公司有急事,你不要等我了,早点睡觉吧。"

"有什么急事这么晚了还在忙啊?先回家睡觉吧,再紧急,还是身体要紧啊。"

"没事,我忙完就回来了,天气冷,你赶紧去睡觉吧。"

何晓芸在一阵窸窸窣窣的声音中挂了电话,刘康生拿出打火机,"啪"的一声点燃香烟。抽了一阵之后,突然掐灭,起身把散落在地上的纸张拾起,又把撞歪的桌子摆好。一件件的,饶有耐心地、细致地收拾着凌乱的办公室,直到东方渐渐发白,刘康生才两眼满是血丝地拖着疲惫的身体缓缓地开车回家。

第十七章

品尝苦果

刘康生清早回到家的时候，何晓芸还未起床。

不过，因为刘康生一晚未回，所以她睡得并不安稳。一听见客厅传来声响，何晓芸就醒了，随即披了一件衣服起身。看向窗外，发现天还微微亮，而眼前的刘康生一身寒气地站在门口换鞋。

何晓芸急忙上前问："你怎么现在才回来啊？"

刘康生趿上棉拖，回答道："公司临时有点事，所以多忙了一会儿。"

"困了吧？被窝还温的，快去床上躺一会儿，我去熬点粥，待会起来吃点。"

刘康生摆摆手，说道："不睡了，倒是有点饿了，我吃点东西就好。"

听刘康生这么说，何晓芸赶紧穿上衣服就进了厨房。

刘康生则一屁股瘫倒在沙发上，感觉整个人像散了架似的，脑袋里嗡嗡作响。他就那样靠在沙发上，很快就睡着了，满脸的疲惫和嘴角凌乱的胡茬，看起来分外的憔悴。何晓芸瞅见后，油然生出了一股怜惜丈夫的心情，拿着毛毯轻轻地盖在他身上。

过了多半响，还在沉睡中的刘康生就被一股香甜的味道唤醒。此刻，天色已经大亮，阳光穿过阳台，均匀地洒在屋内地板上，带着金色的暖意。

他闻着厨房里飘出的饭菜香气,立刻就感觉自己饥肠辘辘。

"你醒啦,粥熬好了,赶紧洗脸刷牙,过来吃点。"何晓芸端着小碟从厨房出来,见刘康生坐起身,赶紧催促说。

刘康生洗了一把脸出来,看见餐桌上摆着热气腾腾的小米粥、包子、馒头,还有几碟小菜,上升的蒸汽带着食物的香味,令人食指大动。刘康生顾不得烫,狼吞虎咽地吃了三个馒头,喝了两碗粥,直到肚子里有了暖意,才感觉整个人又活过来了。

刘康生看着忙进忙出的何晓芸说道:"晓芸,你过来,趁着孩子们还没醒,我跟你说件事。"

刘康生鲜有这样郑重又严肃的时候,何晓芸心里"咯噔"一下,一时猜不透刘康生要说什么,她配合地坐在刘康生对面,静静看着他,等待他开口。刘康生看着何晓芸明亮又温和的眼睛,突然感觉喉咙有点发紧,他哑着嗓子低着头说:

"赵大刚卷着公司的钱跑了,公司破产了。"

何晓芸听完以后,虽然有点意外,却没有他想象中的那种吃惊,反而陪着刘康生静静地坐了一会,才缓缓地问道:"确定吗?"

刘康生硬生生地点了点头说:"确定,我现在已经打不通他的电话了,向之前的朋友打听才知道,赵大刚以投资的名义骗了别人一笔钱,现在事情败露,他卖了这里的车子和房子,拿着钱跑路了,没有人知道他去了哪里。"

刘康生把公司的贷款和其他情况一一跟何晓芸说了,何晓芸半天才反应过来,意识到其中的关键之处,随即问道:

"你的意思是,公司不仅面临倒闭,我们还欠了一大笔钱?"

刘康生露出苦笑的表情:"恐怕是这样的。"

何晓芸想了一会,进房间拿了一张银行卡,推到刘康生面前说:"这钱,原本打算是要买房子的,现在公司缺钱,那就先拿出来用吧。"

刘康生收起银行卡,叹了一口气说:"只怕这些钱,也是远远还不够。"

"前几年开始你给孩子们存的上学用的钱,每年存一点,到如今也攒了一些,今天我就去银行提出来。"

刘康生摇摇头说:"那笔钱,还是留着吧。"他又向何晓芸表示自己会再想其他法子,总不能把家里的生活积蓄给掏空了,公司再怎么困难,也不能让这个家瘫痪了。

听了这话,何晓芸的眼圈红了好一阵。

刘康生吃完早饭,换上一身干净的衣服又去公司了,已经到了上班的点,马路上到处都是行色匆匆赶着上班的人。相比公司的混乱,楼下的店铺的情况稍微好一点,一是几个店员还没来得及知道消息,只知道公司有点变故,但不清楚具体是什么;二是店长是一个雷厉风行又镇得住场的人,于是那几天,店内开店营业,几乎没受到多少影响。

店长看到刘康生到来,心里也松了一口气。他跟刘总说明了眼下的压力:最近这条街,连开了两家电脑销售的店,生意不比从前,要是管理不善,或者货源出了问题,这个店很容易就会被淘汰出局。刘康生表示知晓了,让他好生照应生意,随后在店内转了转,就去楼上办公室了。一上楼便看见门和灯都开着,他的心里随即踏实了一些。公司财物大部分已经搬回来了。原来,听说公司要报案,他们乖乖地把电脑等物品都送了回来,但是留下的员工只有寥寥几人。

刘康生用银行卡的钱,结算了员工的工资,并明确说明了公司没有倒闭的事情,这样才使那些心思浮动的员工稍稍安定下来。

几天后,刘康生的父母也知道了消息。刘康生忙了一天,焦头烂额地回到家时,只见二老坐在沙发上,显然等候已久。

刘康生万分惊讶地问:"爸?妈?你们怎么来了?"

对于公司的事情,刘康生不想父母跟着一起担心,一直都是瞒得严严实实的。刘康生把疑问的目光投向何晓芸,何晓芸轻轻地摇了摇头。

孙元香冷哼一声,板着一张脸:"哼!我们不来,你到底还要瞒我们多久?!"

自从刘康妮被大哥抓回家以后,孙元香就干脆利落地交接完工作,算是正式退休。整日里守着闺女,生怕她又跑出去,一连观察几日之后,发现闺女没什么异常,今天才稍微放心地从家里出来。就在教师楼附近的一块小花园转悠时,恰巧遇上几个老姐妹也在遛弯,一向快人快语的张姐冲着孙元香就喊道:"哎哟,老孙你怎么这个时候还有空出来转悠啊?"

孙元香以为是闺女跟人跑到上海的事情败露,心里一边暗恼张姐这个大嗓门,一边骂康妮这个死丫头给她丢人现眼,却也不得不应道:"也没有啥事啊,康妮就是跑出去了玩一阵,现在已经回家了。"

"谁说你家闺女啊,唉,我说的是你家康生啊!"对方用故作怜悯的口吻说。

孙元香像丈二的和尚摸不着头脑,她有点迷糊了,当即问:"康生?我家康生怎么了?"

"你还不知道啊?"张姐的嗓门升了好几个度,带着几分同情的目光看向孙元香说,"康生的公司说是破产了,听说还被人砸得稀巴烂,哦哟,欠了几百万的债呢,前两天还打电话给我家儿子借钱来着!"

刘康生和他几个发小,都是同一栋家属楼长大的,一向知根知底。张姐嘴里说着可惜,可语气里怎么都能听出一股幸灾乐祸的味道。平日里孙元香没少炫耀自己那年薪百万的儿子,现在终于倒了大霉,几个老姐妹心里别提多畅快了,她们在私底下偷偷议论了好几天,然后这个事情就一传十,十传百地越传越离谱。

"你胡说!"孙元香头一次听到这样诅咒她儿子,一时怒不可遏,伸手指着张姐的鼻子大骂,"呸呸呸!你这安的什么心?平白无故地就来咒我家康生!"

大庭广众之下,被指着鼻子骂的张姐面子上也过不去,于是站出来叉着腰,也气势汹汹地回怼道:"谁稀罕说你家儿子啦,明明是你家儿子前天晚上打电话找我家仔仔借钱。怎么？不借，你们还骂上人了？"

眼看两边就要吵起来，另外几个老姐妹赶紧出来劝架，你一言我一语地拉开了两人。孙元香被张姐的话震得耳朵嗡嗡响，又听见儿子破产，公司被砸，还欠了几百万元的债务。孙元香觉得自己的血压噌噌往上涨，连着太阳穴都有点作痛，她脚下踉跄了一下，几个老姐妹赶紧上前扶着，一边一个嗓门地说道：

"老孙你别急，回家问问清楚就好了。"

"是啊是啊，千万别着急。"

张姐看她这样，也就躲在后边不敢出声了。

孙元香回家躺在沙发上，感觉身体好了一些，当即就给何晓芸打电话，何晓芸电话里吞吞吐吐的，她就知道有事，于是赶紧扯上刘佐华来家里等刘康生回来。

面对孙元香的质问，刘康生只好如实相告，不过只说了赵大刚携款逃跑的事，隐藏了还欠银行贷款的事情。他安抚孙元香道："妈，你别听她们瞎说，就是以讹传讹来着，没有那么严重。"

听儿子讲完事情的原委，公司破产是假，欠款几百万也是假，孙元香心里总算没有那么焦虑了。她慢慢缓过劲来，又埋怨起刘康生："我当初说什么来着？放着好好的工作不做，非要出来创业，现在好了，钱没赚着，还赔个精光。我就说那个什么同学的靠不住，你非要跟他合伙做生意，现在好了，人家卷着票子跑了，你什么都没有了！"

一通的指责下来，扰乱了刘康生这几天强撑着的冷静。首次尝到创业失败苦果的他比任何人都难过，他希望能从家人身上得到一点支持的力量，可母亲通篇只有埋怨，甚至连半句宽慰的话都没有，他忍不住发出一声短促而屈辱的声音："妈！"

孙元香侧目反问："怎么？我说的有错吗？"

刘佐华忍不住打断孙元香说："好了，你就少唠叨几句。儿子现在还正在焦虑中,你别一个劲地怪罪他。"

孙元香气呼呼地把头转向另一边,刘佐华继续说道:"胜负乃兵家常事,男子汉要拿得起放得下,谁做生意的没摔过两次跤,这次就当是交学费,下次注意。"

孙元香柳眉倒竖:"怎么?还有下次?要我说啊,还做什么生意啊,赶紧再回去上班吧,别折腾这些了,安安生生过日子才是重要的,你就忍心看着你老婆孩子跟着你一块担惊受怕的?"

"哪里跌倒就哪里站起来,不仅要做还要做得更好,爸爸相信你。"眼见孙元香的喋喋不休个没完,刘佐华拿出另一副态度安慰儿子说。说完拍拍刘康生的肩膀,又从口袋里掏出原来那张银行卡,"这是你上次给我的那张,里面的钱我没有动过,你拿去吧。"

刘康生低垂着头,他拒绝了,他不想自己做个生意,还要搭上爸妈的心血钱。

见刘康生不收,刘佐华把手里的卡扬了扬,对着坐在角落搂着孩子睡觉的何晓芸说道:"晓芸,这卡你拿着,留在家里用也好。"

从他们一家三口在谈论这件事的时候,何晓芸就抱着孩子一言不发地坐在旁边,听到刘佐华跟她说话,她便坐到了刘康生的身旁,开口道:"爸,妈,康生,看着咱家眼下的情形,我顺便想跟你们商量一件事:现在八斤也大了,不闹腾也好带,我想着妈退休了,想请妈帮忙带带,我出去找个工作。公司的事情我帮不上忙,但是我可以减轻点康生的负担,让康生放手去做他想做的事情,爸,妈,你们看怎么样?"

这番话,是何晓芸想了几天的结果,除了减轻点生活压力,她也是有私心的,她不愿做一个遇到问题束手无策的家庭主妇。客厅里的三人神色各异,但唯一的相同点是,他们几乎感动又意外地看着何晓芸。孙元香退休在家,确实闲得发慌,有孙儿承欢膝下,自然好过天天下楼与那群面目可憎又撕破脸皮的老姐妹扯家常,当下也就答应了。刘康生见何晓芸安排得合情合理，还主动站出来分担他的压力，也是举双手赞成。而刘佐华，三个当事人都同意，他自然也就没有什么意见。

当天晚上，何晓芸料理好了两个孩子，准备上床的时候，只见刘康生眼睛里闪烁着光，眼睛一动不动地注视着她，何晓芸被他看得脸红，有点不自然地问："怎么了？我脸上有东西吗？"

刘康生摇了摇头，伸手去拉她的手，神色间竟然是少有的温柔——那是当年谈恋爱时才会流露出来的神情。自从结婚以后，柴米油盐的时候多，谈情说爱的时候少，何晓芸嗔道："干吗呢，都老夫老妻了！"

刘康生把何晓芸拥入怀，叹了一口气，缓缓说道："老婆，这些年辛苦你了。"

"你不也是。"何晓芸喃喃地说。

这个晚上，夫妻两人聊了许多东西，尤其是他们大学谈恋爱时候的种种往事。与如今的生活相比，以前的每一刻时光都是温暖的，几乎充满着甜蜜和幸福的味道，像是上天恩赐给他们的。只可惜的是，韶华已逝，青春不再，他们要面对眼下现实中的各种艰辛、琐碎与沉重的事情。

第二天一大早，何晓芸一手牵着一个，送完萌萌去幼儿园后，再把八斤送去奶奶家，自己则开始忙着投简历，找工作。白天在各大人才市场晃悠，晚上回家打开电脑，在网上寻找合适的单位。

几天的经历下来，何晓芸最大的感触就是，感觉又回到了大学刚毕业四处找工作的时候，合适的和待遇高的工作一样难找。不同的是，当初何晓芸还有大把的公司要，而现在的何晓芸，多少简历投出去后通通都石沉大海，连一丝水花都没有。在招聘现场，对方一看何晓芸三十多岁，又是两个孩子的妈妈，况且做了六七年的家庭主妇，连客套话都懒得讲，直接喊下一个。

何晓芸情急之下，脱口而出："我之前做过高级助理，我有工作经验的。"

谁知，那个比自己看起来还年轻的招聘人直接回道："姐姐，这都过去这么多年了,以前工作内容早就过时了,再说,即使你有经验,我们也不敢用啊,你都和社会脱节这么多年了,还是两个孩子的妈,您还是上别家看看吧。"

这话把何晓芸气个仰倒。

可问题是,这样的情况不是一家两家,几乎是家家如此。无论是委婉地拒绝,还是毫不客气地拒绝,反正就是不招结了婚、家里有小孩的女人,哪怕是何晓芸主动降低薪资,人家也不要。

何晓芸找了十来天的工作,除了一些家政、清洁岗位,竟然没有一个公司愿意录取她!她简直要愤怒了,结了婚生了小孩的女人怎么了?连一个独立的机会都不给吗?一天天的下来,何晓芸实在沮丧极了。

刘康生每天回到家看见何晓芸一副愁眉苦脸的样子,忍不住地说:"找不着就算了,以后我养着你,你就在家安心照顾孩子。"

何晓芸一想到自己以后的人生要和锅碗瓢盆为伍,在家这个方寸之地消磨一辈子,她就感到一阵恶寒。犹如争取最后的逃出生天的机会一般,她坚定地说:"不,以前我能自食其力养活自己,以后我也一样可以!"

以前?何晓芸脑海里灵光一闪,她依稀记得当初离开的时候,公司总经理丁大坤给了她一张名片,上面有他的联系方式。何晓芸有个好习惯,生活中的东西总是会分门别类地整理好,所以即使过了许多日子,她也会有大致的印象。正是得益于这个好习惯,何晓芸没有费多大的劲,竟然真找到了七年前的那张名片。

何晓芸看着名片上的数字,那是一个座机的电话号码。何晓芸抱着试一试的心态,拨了那个号码,谁知"嘟嘟"了才两声,电话竟真的接通了。

"喂,您哪位?"丁大坤略带沙哑的声音从那头清晰地传了过来。

尽管过了这么多年,但何晓芸还是第一时间听出来了,她怎么都没想到这个电话还能打通,打通之后竟然是丁大坤本人接的。她一时有点愣住了,竟然不知道说什么好。

"喂?哪位?"丁大坤又询问了一声。

何晓芸终于回过神来，她略带紧张地回答："喂，丁总，您好，我是何晓芸，可能您不记得了，六七年前在公司实习工作过……"

电话那端的丁大坤有点诧异，甚至内心竟然又有些惊喜，他快速地打断何晓芸的话："我记得。"

面对着电话，何晓芸像是被掐住喉咙般，把后面所有的话又咽了回去。

丁大坤的声音里掺着一点笑意问道："何晓芸，有什么事吗？"

说到事情，何晓芸有点难以启齿，稍稍迟疑了半晌才说："我就想问问丁总那边还有没有合适的工作，什么岗位都可以，我可以从头开始学。"

那边丁大坤轻松地笑了："就这个啊，有啊，刚好最近公司缺人手，随时欢迎你回来。"

何晓芸大喜过望："那，什么时候到岗方便呢？"

丁大坤当机立断地说："这样吧，你下周一直接过来。公司搬了新地址，你把你的手机号码给我，我回头发到你手机上。职务还是你原来那个，你之前做过，上手应该很快。"

何晓芸又惊又喜，喜的是这么快就敲定了工作，竟然从前几天被人嫌弃的家庭妇女，摇身一变，成了高级助理，感觉无疑就跟天上掉馅饼，突然砸在自己头上一样；惊的是，做了多年家庭妇女，何晓芸有点胆怯不自信了，现下直接回去做高级助理，一点缓冲的时间都没有，万一做不好怎么办？

丁大坤还在电话那头询问道："何晓芸，你觉得怎么样？"

何晓芸把心中的忧虑说出口："我这么多年没上班了，我怕有点胜任不了高级助理。"

丁大坤哈哈大笑："还没开始就认输，这个可不像你的风格，我给你一个礼拜的时间，务必要上手！"

不知道为什么，听完这话，何晓芸忐忑的心奇迹般地安定下来了，她略带俏皮地应道："是，丁总，保证完成任务！"

直到这个事情尘埃落定，何晓芸还在感慨自己的运气好，要是那张名片弄丢了找不到了,要是原来公司的固定电话换了,要是丁大坤当时不在没有接到电话,如果每一个"要是"成真的话,何晓芸就错过这个工作机会了。

这边挂了电话的丁大坤也在回想,回想当初那个叫何晓芸有着百合香气的姑娘。本以为这辈子再没有机会见面,可谁知,命运还是安排他们再一次重逢。他干脆利落地吩咐行政安排出一个新的办公位后,脸上挂着不自知的笑容,暗暗期待着星期一的到来。

第十八章

美人救英雄

刘康生晚上到家的时候,只见餐桌上摆了满满一桌子的菜肴,两只漂亮的高脚杯旁边还醒着一瓶红酒。

何晓芸在厨房忙活,萌萌和八斤姐弟俩在客厅玩游戏,追着闹着,玩得不亦乐乎。八斤已经能走路了,他颠颠地跑着,闹腾得很,一刻都不愿停,突然刹不住车直接撞在了沙发上,"咚"的一声一屁股坐地上了,可他丝毫不在意,一骨碌地爬起来,又追着姐姐跑。眼前食物的香气,柔和的灯光,孩子们的欢笑,一屋子的温馨让刘康生十分意外。他赶紧暗暗思忖今天是什么日子,情人节?不是!结婚纪念日?不是!双方生日?也不是!把所有能说上的日子都盘算了一遍,刘康生发现都对不上。这时,他才松了一口气,总算确定自己没有忘了什么重要的日子。

他走进厨房,问一边哼着小曲一边炒菜的何晓芸:"老婆,今天是什么日子啊?又是酒又是肉的,突然这么丰盛?"

何晓芸乐滋滋地回道:"不是什么日子,我就是高兴!"

刘康生打趣何晓芸道:"那还真是难得啊,前几天还乌云密布的,今天怎么突然放晴了?"

"讨厌!谁乌云密布了?"何晓芸举着铲子作势要锤刘康生,却始终没能下手。

没过一会,何晓芸又凑上去神秘兮兮地问:"你猜猜我为什么这么高兴?"

刘康生在公司忙了一天,这会正头晕脑胀,他敷衍地猜了几个。

何晓芸故作懊恼地说:"瞧你这智商啊,实在堪忧,竟没有一个猜对的!我跟你说了吧——我找到工作了。"

"真的吗?怪不得今儿个这状态跟平日大不相同。"刘康生笑着说,脸上却带着一丝怀疑。

见他有些不信,何晓芸便把丁大坤给她安排工作的事情前前后后大致说了一遍。说完后,又意犹未尽地感慨道:"我们丁总真是个大好人,没想到这么多年了,不仅还记得我,竟然还愿意帮我。"

何晓芸这回真的找到了工作,这让刘康生的确很惊讶。

何晓芸说要出去找工作的时候,他虽然感动,但内心深处并不希望何晓芸出去工作。何晓芸赚的那点工资,对他来说只是杯水车薪。况且,人都是自私的,哪个男人不想下班回家就有热饭热菜?不想穿出去的衬衫熨得笔直?不想家里有个贤内助,让自己专心在外打拼?但何晓芸提出要去找工作,刘康生想着,让她出去碰碰壁,以后自然也就安心在家相夫教子了。可万万没想到,何晓芸不仅找到了工作,还是和以前一样的高级助理的职位。刘康生这下算是搬起石头砸了自己的脚。何晓芸对丁大坤感激不尽,而刘康生却暗暗嫌那个尚未谋面的丁大坤多管闲事。

虽说今天对于何晓芸是个好日子,眼前的这桌饭菜又是如此的丰盛,但吃饭的时候,刘康生却明显情绪不佳。何晓芸看在眼里,以为他是为公司的事发愁,而自己又帮不上他忙,只能说些安慰的话罢了。

刘康生这些天里的确是够焦虑的。公司账面没有流动资金,进不了货,店铺里面已经快没货卖了。公司每天都处在破产的边缘,而那个骗子赵大刚,又始终找不到人影。至于家里的那点积蓄,上次已经拿去发员工工资了,这回大约真是到死胡同了。心急如焚的刘康生最近每天早出晚归,把能借的朋友都借遍了，除了几个关系特别好的兄弟给他借了点，以前那些称兄道弟的朋友都对他唯恐避之不及，刘康生总算尝到世态炎凉的滋味了。

"这几天公司那边有什么进展吗？"何晓芸夹了一块排骨放到刘康生碗里，问道。

"基本还没有多少进展，所以我想先把车子抵押了，好给员工们发工资。"

"可是你那车新买没多久，怎么舍得呀！再说二手车不值钱，现在抵出去多亏啊？"

"就是因为开了没多久，才值一点钱，能凑些员工的工资。"刘康生无奈地说。

"要不，你就拿了爸那张卡吧，兴许还能顶一阵。"何晓芸略微迟疑后，建议说。

刘康生斩钉截铁地说："不行，那是爸妈养老的积蓄，我不能拿他们的钱作赌注。爸妈年纪大了，身体不如从前，到时他们还需要这笔钱。"

"那怎么办？"

刘康生放下筷子，往椅子背上一靠，叹了一口气，用自嘲的口吻说："我也不知道怎么办，实在不行，就只能关闭公司了，或许，我真的不是做生意的那块料吧。"

这一年的春节，对刘康生来说并没有丝毫喜庆的色彩。刘康生除了除夕在家休息了一天，其他时间包括大年初一，他都泡在公司，或是四处应酬拉投资。他以肉眼可见的速度消瘦下去，眼窝深陷，颧骨高耸，时常头发凌乱着，胡子也不刮，整个人像是老了十岁。

节后的第一个上班日，天刚蒙蒙亮，何晓芸就醒了，八斤和刘康生在旁边睡得正香，她蹑手蹑脚地起床。今天是上班的第一天，尽管没定闹钟——怕吵了孩子，但她早早地就醒了。这么多年不上班，她心里突然有点慌，她把昨天晚上就收拾好的职业装又烫了一遍，一直到笔挺得没有半条折皱才罢休；又把多年不用的化妆品搜出来，对着镜子描眉毛，可总是忍不住手抖，一会画得太粗，一会又画得太长，何晓芸擦了又擦，等勉强画好了一个淡妆，天色已经大亮。

何晓芸急急忙忙喊两个孩子起床，手脚并用地给他们穿衣服，收拾书包，把萌萌送去学校，再把八斤送到奶奶家后，自己就匆匆地往公司赶。

公司搬到的新地址是一栋更加气派的高级写字楼。何晓芸惊讶地发现，这里离刘康生的公司竟然没多远，只有两站路的距离，而且地处同一条大街。一楼的大厅装饰得高端时尚。一进门，就有一股暖气迎来，让人身心舒畅。

正值上班的点，几乎所有人都行色匆匆，皮鞋、高跟鞋在大理石的地面上"哒哒"作响，他们刷着卡进入了大楼，等待电梯。何晓芸站在他们中间，穿的还是六七年的老式黑色包臀裙，背的是一个用了三年的包包，显得有点格格不入，她用手扯了扯裙边，内心竟然有点胆怯。还好丁大坤派来接她的人没有让她等太久，一个时尚靓丽的圆脸女孩走到她面前，客气地问道：

"你好，请问你是何晓芸何小姐吗？"

何晓芸含蓄地点了点头。

"丁总让我下来接你的，请跟我来。"

对方带着何晓芸一边刷卡进入大楼，一边解释道："这是门禁卡，到时入职后会专门给你办一张。"

公司在十八楼，电梯很快就到了。何晓芸收拾了一下心情，强装镇定地跟着走了进去，小姑娘把她领到一个工位上，位置离总经理办公室只有短短几米的距离，一眼就能瞧见玻璃门后的总经理——也就是丁大坤。此时还早，他尚未来公司。

何晓芸看自己的办公桌面收拾得干干净净，桌子角落里，甚至还插了一束带着露珠的百合花。她有些惊讶地看向圆脸姑娘，圆脸姑娘冲她笑了一下，笑容里的暧昧一闪而过："这是丁总特意给你安排的位置。"

不知道是不是错觉，何晓芸只觉得对方把"特意"两个字咬得特别重。

还有，从一进公司开始，某些同事们就有意无意地投来奇怪的目光。只可惜的是，原来的同事们纷纷离职了，小琪和琳姐也回家做起了家庭主妇。看着满屋子的新面孔，何晓芸只好坐下，收起心思，开始进入工作角色。

有丁大坤的保驾护航，刚来公司的何晓芸工作进展得还算顺利，只是这条大街另一边的刘康生就没那么顺利了。如今行业竞争激烈，电脑公司如雨后春笋般纷纷冒出来，已经不是当初的一家独大。况且因为没有资金订货，巧妇难为无米之炊，连续几个月，他的公司只能做一些利润微薄的小单子，所以入账的资金极其有限，公司运营难免左支右绌。

就在刘康生一筹莫展的时候，突然接到齐亚男打来的电话，她的声音一如既往的甜美，她说许久未见，要约他出来叙叙旧。刘康生答应了，他没有理由不答应。自上次带齐亚男上公司被何晓芸碰见以后，她就再也没联系过他。这些日子里，刘康生心里隐隐失落着，这种心境，连他自己都说不清道不明。如今齐亚男约他再次见面，刘康生表面不动声色，却飞速地安排了一下公司的事情，然后就急匆匆地出了门，甚至还不忘整理了一下好久没收拾过的发型。

齐亚男约他在上次喝酒的地方。刘康生一进门，齐亚男便打量着他，五官没变，装扮依旧，只是神情却完全不同，还在五米开外，对方就能清晰地看出，刘康生一改之前意气风发的模样，整个人看起来消沉了许多。同样，刘康生也老远就瞧见了齐亚男，她穿了一件黑色一字领的毛衣，长发拨到一侧，露出雪白纤细的脖子，优美的颈线一直延伸到肩膀处，最后藏于衣领之中。

到了跟前，刘康生有点不自然地移开视线，齐亚男倒是神色很自然地打招呼说："你来了？最近怎么样啊？"

刘康生坐下身，将放在他眼前的酒一饮而尽，说道："公司最近遇到一点麻烦，已经好几个月了。"

"哦，我听说了。"

随后，她从包里掏出一张银行卡，"啪"的一声，推到刘康生的面前，她开门见山地说："我都听朋友说了，所以今天叫你出来，就是跟你说点事，这里面有五十万元，你先拿去应急。"

刘康生看着齐亚男，看着眼前的银行卡，一时之间有些愣住了。齐亚男的直接干脆让他惊讶，同时她眼神里的信任和坦荡让他感动，尤其在遭受了一群避而不见的朋友的冷眼相待后，这种感激之情，在刘康生的内心更是达到极点。

半晌，他并没有拿起卡，反而笑着说："开什么玩笑？"

齐亚男看着刘康生，认真地说："你知道的，我从来不开玩笑，我也知道你很需要这笔钱，还记得我们第一次见面吗？"刘康生想起第一次见面，齐亚男一袭红裙，从楼梯下款款而下的情景，他垂下眼帘，说道："记得。"

"从认识你的第一天起，我就知道你是个不一样的人，未来肯定也会不一样，所以我愿意帮助你。还是说，你对我有顾虑，不愿意接受我的帮助。先说好啊，我这可是借给你的，等你有钱了，可别忘了还我。"

刘康生急忙摇头："没有，不是有顾虑。"

齐亚男眉眼带笑地看着他："那你为什么不能接受呢？"

刘康生正色道："我的公司可能随时都有倒闭的风险，万一亏了，你这么多钱，我短期内可能还不上。"

"那你会不还吗？"

刘康生肯定地回道："不会。"

"那不就得了，反正我这钱放银行也是放着，放你那也是放着，也没有什么区别。再说，我这钱是用来帮助朋友的。所以朋友之间，你就别跟我客气了。"

既然这样说，再推辞倒显得矫情。刘康生慢慢地拿起桌子上的那张卡，却感觉四肢的血液在慢慢回涌，他有点心潮澎湃，他怎么也没有想到，最后救自己于水火之中的，竟然是眼前的齐亚男。有了这笔钱，公司所有的问题都迎刃而解了。

两人闲坐片刻，见事情已经办妥，齐亚男拎上包包，站起身就要走，她说："行了，事情我只能帮你这些了，我该回去了。"

刘康生站起身，急忙道："不多坐一会吗？"

齐亚男笑着说："你是个大忙人，哪有空陪我啊，看你平常忙的，我不打电话给你，你也不知道联系一下我。"

刘康生自然听出里面的揶揄，他尴尬地笑了笑："以后一定多打，多打！"

"这还差不多。"

刘康生在齐亚男面前总是不由自主地变得体贴与绅士，他提前几步帮她拉开玻璃门，小声地提醒："小心脚下。"

这份体贴，是连何晓芸都没有享受过的待遇，齐亚男仿佛是一朵需要呵护的鲜花，他总是不用思考，本能使然做出最快的反应。

"康生，"站在店门口，齐亚男神情柔和地说，"做生意是不容易，不仅是你，每个人都一样，我当初的公司，也经过九死一生，最后才慢慢挺过来的。这是公司成长的必经之路，我眼光向来好，不会看错人，你要相信自己，一定可以的。"

一番话说完，暖暖的阳光照在她秀发上、脸庞上、嫣红的唇上，刘康生的目光有些迷离。公司出现问题以来，他三十多年的人生中，第一次尝到了世间人情冷暖，除了奚落和嘲笑，也有人会说安慰他、鼓励他的话，但没有一个人，能够短短几句话让他心潮翻涌。他真诚地说道："谢谢你，亚男，我欠你一个人情。"

齐亚男哈哈一笑，说道："这样吧，那下次我叫你喝酒，你可不许放我鸽子，就当是你还我这个人情怎么样？"

刘康生也笑了："这么大的人情，就这点要求，会不会太浪费了？"

"我说值得就值得！你这么说，就是不同意了？"

"同意，同意，美女的酒局，求之不得。"

听到这话，他们对视一眼，都不由自主地笑了。目送齐亚男开车离开，刘康生再也抑制不住狂喜，他拿出银行卡，忍不住原地跳了一下，然后驱车返回公司。

这笔钱给了公司一个喘息的机会，刘康生雷厉风行地订了一批最新的货，凭借之前积累的客户关系，一点一点地开始翻身了。

第十九章

短暂的和睦

晚上回到家的刘康生,心情明显大好,连两个孩子都看出来了,他们兴奋地围着爸爸转,闹着要玩。

刘康生有求必应,先抱起萌萌抛着玩了一会,又驮着八斤玩骑大马,三个人在客厅欢快地闹着。八斤已经三岁了,结结实实的小肉墩一个,没颠一会,刘康生就累得满头大汗。眼看着八斤从刘康生的肩膀上翻身要下来,身子往前倾着,何晓芸吓了一跳,赶紧上前扶着;又拍了刘康生一下,嗔怪道:"你也没个正行,陪着他们闹。"

刘康生放下八斤,说道:"不碍事。"

何晓芸奇怪地问:"你今日心情很好的样子?"

刘康生一边把八斤抱下来,一边轻松地说:"公司的资金有着落了。"

何晓芸听了也是大喜:"真的吗?哪里来的钱?"

刘康生稍稍迟疑地回答道:"是齐总借的。"

"齐总?我怎么没有印象?"何晓芸在脑海里搜索了一番,也不记得刘康生什么时候有一个富有且交情这么好的齐总。

"怎么会没有?上次你们在我的办公室还见过。"刘康生提醒道。

何晓芸恍然大悟,原来就是上次在办公室遇见的那个气质不凡的美女。尽管只见过一次面，但何晓芸对她的印象可是深刻得很，和自己老公出现在一起的美女，有几个女人印象会不深刻的？本以为仗义的齐总是个男人，谁知道闹了半天，竟是一场"美人救英雄"的好戏。

虽说公司危机暂时解除，但何晓芸却半点高兴不起来，她忍不住酸酸地说："难得啊，这场'英雄救美'竟然反过来了，刘康生你的红颜知己还真是不少啊，而且还这么仗义，出手阔绰啊。"

刘康生有点不高兴地说："你胡说什么呢，哪是什么红颜知己，我们就是普通的朋友关系。"

何晓芸反应迅速地回击道："普通的朋友就能伸手借你那么多钱？还是一个女人，存点钱多不容易啊，我看这都得是过命的交情了吧。"

刘康生立刻回道："你还别说，人家还真不是一般的女人，她自己开公司，这点钱对普通女人是一大笔钱，到人家那，说不定就是那么一点而已。不过她也确实不容易。"

刘康生一口一个"普通女人"，把何晓芸气得够呛。她心里想着，既然这么喜欢女强人，当初怎么不娶个女强人？她们不容易，她们又美又能赚钱，是天上飞的凤凰，不是我们这些地上的凡鸡能比的。何晓芸带着不满的情绪说道：

"羡慕了吧，那么能赚钱的女人，哪像我们这些普——通——女——人，娶回家只会生孩子带孩子，洗衣做饭，擦桌子扫地。哼！我跟你说刘康生，如果没有我们这些普通女人像保姆一样伺候你们，你们连个热饭都吃不上，你的内裤、臭袜子更是没人洗。上个礼拜家里停水停电，你就会躺在沙发上叫唤，还是我跑上跑下去缴费的，刘康生你以为我们普通女人容易是吗？"何晓芸越说越委屈，说到最后，三分火气变成了十分，还咬牙切齿地重复着"普通女人"四个字。

刘康生听了半天，不知道哪句话突然惹到她了，竟莫名其妙地发起脾气来，他不禁感到头疼地说：

"你看你,好好的发什么脾气,我没有那个意思,只是打个比方而已,你这是生哪门子气?"

何晓芸气鼓鼓地说:"我就气,你管得着吗?"

何晓芸想到自己这些天又上班,又接送孩子,每天匆匆赶回家洗衣做饭,累得上气不接下气。刘康生倒好,这不管那不管,天天就是个甩手掌柜,自己体谅他公司忙,从来没有拿这些琐事烦过他,可他竟然说别的女人过得不容易,难道自己就很容易吗?何晓芸说完,甩头就去厨房了。

一旁的萌萌怯怯地问刘康生:"爸爸,妈妈怎么了?"

刘康生抱起宝贝女儿,刮了一下她的小鼻子,亲昵地说道:"没事,走,回房间爸爸给你们讲故事。"

俗话说得在理:莫骂酉时妻,一夜受孤凄。何晓芸整晚上没有一个好脸色,临到晚上睡觉,刘康生忍不住只得陪好话:"还生气呢,好了,我给老婆大人道歉,大人在上,小人这厢给您赔礼了。"

说这后半句时,刘康生故意捏着嗓子,缓缓地拜倒在床上。

何晓芸看着他那个逗趣的样子,一时没绷住,"扑哧"一声笑出来,可嘴上还是不依地说道:"你少来这套!"

刘康生这回也学聪明了,不辩解只求饶,他一个劲地靠在何晓芸身上,嘴里"老婆,老婆"地喊着,何晓芸推开他,而嘴角却忍不住地翘起来。

刘康生见状,一把抱起熟睡的八斤。何晓芸急忙问:"你这是干吗?快放下他,回头醒了又难哄。"

刘康生理也不理,直接抱起八斤往外走,说:"抱他去跟萌萌一块睡觉去,他爸妈今晚有要事要干,不方便。再说这么大的人,还跟爸妈睡,丢不丢人!"何晓芸又气又害羞,指着刘康生半天说不出话来。

今晚刘康生兴致格外得好,可能是公司那边事情有着落了,心里悬着的大石头自然就放下了。两人躺在一床被窝里,何晓芸被他折腾得迷迷糊糊只想睡觉,闭眼的时候突然灵光一闪,问道:"齐总她有对象吗?"

躺在床上的刘康生顿时一滞，暗黑中，何晓芸只听见他说："杞人忧天，有没有对象跟我有什么关系？"

何晓芸听完，甚是满意，于是配合着刘康生的动作，高低起伏地运动了起来。何晓芸的话提醒了刘康生，他闭上眼，想起那天在酒吧，齐亚男雪白修长的颈线，还有阳光下殷红的唇。他的动作猛地加快起来，片刻之后，一个颤抖，然后满身是汗地瘫倒在何晓芸身上。

早上起床的何晓芸心情格外得好，就连小区内十年如一日的绿植，竟然看着也觉得郁郁葱葱，绿得可爱。

到公司坐电梯的时候竟然难得地碰见了丁大坤，何晓芸满脸笑容地打招呼："丁总，早啊。"

丁大坤看着满面红光的何晓芸，回道："早，你今天气色不错啊。"

何晓芸照了照电梯里的反光镜面，说："是吗？可能是昨天睡得早吧。"

"嗯，那以后也要早点睡，身体才好，精神状态也会好。"

何晓芸想到昨天晚上的情景，再看看眼前的丁大坤，她竟然有点脸红了。丁大坤以为是何晓芸看见他害羞，于是语气更加轻柔地问道："回公司还适应吗？有没有不习惯的地方？"

何晓芸急忙摇头："没有没有，都很好，同事们都很照顾我。"

何晓芸说这个话倒是不假，全公司都知道他是总经理直接安排到公司的，一进公司就是高级助理的职位。还让人收拾了一个离自己办公室近的位置，并特意安排人去买了一束百合，这条条桩桩的，哪一件都在说何晓芸与他的关系不一般。办公室的人都跟人精似的，哪个会不长眼故意给何晓芸添堵。况且这些天下来，何晓芸为人低调，工作认真负责，自然也没有什么为难她的地方。丁大坤满意地点了点头，刚好电梯到了，何晓芸跟在他身后走了出去。

这些天里，不论在工作上还是生活里，何晓芸都是身心愉悦，满眼笑意地面对周遭的这个世界，眼里充满了五彩斑斓的阳光。每天出门，脚下仿佛踩着朵朵祥云般轻松，甚至差点感觉自己都要轻飘飘地飞起来了。

天气逐渐升温，眼看就要到最热的七八月份了。身上的衣服越穿越轻薄，萌萌今年就要升小学了，八斤也快到了上幼儿园的年纪，尽管年纪还有点小，但孙元香说："小孩子嘛，读书还是早一点好，启蒙早，以后学东西就快。现在不是有很多幼儿园，三岁就能上了吗？我们要为孩子挑选好的学校，多花钱也是值得的。"

何晓芸听着这番话在心里偷笑，其实是八斤一天比一天能闹腾，上蹿下跳的，撵都撵不上，孙元香自感一把老骨头吃不消，带了这些时日，几乎是到极限了。何晓芸很感念婆婆愿意伸出援手来带孩子，也知道带着孩子的辛苦，自然也愿意早点送八斤去幼儿园。说是幼儿园，其实就是一个早托班，里面都是一群鼻涕长长的小屁孩，家长没有时间带孩子，早上送过去，下午再接回来，很是方便，大人也就省了不少精力。

八斤要上幼儿园了，一家人开始改口不再叫他小名。最初的前几天，大家喊"子铭"，八斤坐在那呆呆的，一点反应都没有；后来时间长了，终于明白"刘子铭"就是他本人。于是有人再喊他"八斤"的时候，八斤仰着一个小脑袋，认真地纠正说道："我叫刘子铭，不是八斤。"把一家人逗得前俯后仰。

家里除了安顿这个小的，差点忘了，还有个大的一直无所事事。刘康妮自上海回来以后，就一直闷闷不乐，不爱话说，不爱外出，整天守着一个手机不放手。孙元香骂也骂了，劝也劝了，可刘康妮就像个木头人似的，毫无反应，油盐不进，孙元香简直束手无策。恰逢那阵子刘康生公司出问题，外加帮忙带八斤，要操心的事情太多了，见刘康妮安分地待在家里，孙元香渐渐就没有像之前那样严密监视她了。实际上，刘康妮确实没有再次逃跑也没有做一些伤害自己的傻事，但她却像一朵遭受了寒潮的鲜花，迅速地枯萎下去。

何晓芸每一次见到她，只觉得她比上次更加消瘦和憔悴。何晓芸暗暗猜测，小姑子是不是病了？她有心提醒婆婆孙元香，却不知道怎么开口，跟刘康生提了几次，可他是个粗心的大男人，转眼间就忘了。等到大家重视起刘康妮精神状态不对的时候，已经是几个月后了。

那天上午，刘佐华在去学校的中途返回家里拿教案。刚进门，只见刘康妮光着脚，披头散发地站在客厅里，口中念念有词。惊吓住的刘佐华没有打扰她，而是站在旁边静静地观察着。只见刘康妮先是安安静静的，突然情绪激动起来，她大声地喊着："不是我的错，是你，是你辜负了我，是你不好，都是你！都是你！"

说完，她就站在客厅里痛哭流涕，然后伸出手，狠狠地扯住自己的头发，拼命地捶打着头。刘佐华看到后面这一幕，反应过来，马上冲上前，抱住刘康妮，束缚住她的手脚，不停地呼喊着她的名字："康妮！康妮！你冷静一下，嘘——是爸爸。"

刘康妮崩溃倒地，身体像一根面条一样软下去，她捂着自己的胸口，哭泣道："爸爸，我好难受啊！他要跟我分手！"

刘佐华安慰道："我知道，爸爸知道。"

他半拖半安慰的，把刘康妮带去医院做检查。

孙元香得到消息以后匆匆赶来，两人在医院走廊上焦急地等着。看着宝贝女儿饱受苦楚，纵使修养再好的刘佐华也忍不住了，他出言责怪孙元香："上海怎么了？她喜欢去就让她去，非要天天把她关在家里，好好的一个人，硬是逼出病了，天下有你这样当妈的吗？"

孙元香反唇相讥："哦，现在知道怪我，当初你干吗去了？天天不是钓鱼就是找朋友喝茶，也没见你有尽到当爸爸的责任。现在孩子生病了，就来责怪我，你有何脸面说这样的话！"

"是，我没有尽到当爸爸的责任，每次我想管的时候你都有意见，你让我怎么管！"

两个年纪半百的人，竟然因为儿女的教育问题，在医院走廊里你一言我一语地吵起来。一个小护士跑过来，气鼓鼓地说道："这里是医院，要吵回家吵！"

刘佐华只好道歉，然后不再言语。

何晓芸知道消息的时候，第一时间请了假赶往医院。刘康生工作实在脱不开身，这种事情，只有何晓芸这个媳妇代劳。她跑上跑下忙着办理住院手续，等终于忙完的时候，只见一向要强的婆婆孙元香，竟然在病房外面偷偷抹眼泪。何晓芸第一次觉得，平时那个趾高气扬的婆婆，这一刻也只是一个无助的母亲。

她上前安慰道："妈，医生说了，康妮只是有点情绪过激，问题不大，在医院观察两天就好了，你别担心。"

孙元香有点不自然地擦干眼泪，点了点头。

等孙元香来送换洗衣物，刚走到门口的时候，只见何晓芸坐在床边，握着康妮的手，安慰道："你还小，所以很多事情不明白，对于男人，只是我们人生中其中的一个选择而已，你可以选择爱或不爱，但是却不能选择伤害自己。如果他还爱你，看到你这样，也会心疼难过，这也不是你想要的是吗？如果他不爱你，你即使伤心难过到死去，也没有半分意义。妹妹，如果你真的爱他，我建议你去上海找他问问清楚，勇敢地面对一次，总比后悔伤心一辈子要强。至于家里，我帮你说服他们，但是你得答应我一件事，要好好的，不要让家里人担心，好吗？"

躺在床上的刘康妮，死灰一般的眼睛渐渐透露出光亮，她紧紧抓住何晓芸的手，轻轻地点头。站在门口的孙元香听到何晓芸的那一番话，止住了迈进病房里的脚。从她见到何晓芸的第一面起，就不怎么满意，她一直觉得，自己的儿子配得上更好的姑娘，而不是这个乡下来的村里人。尽管后面何晓芸为刘家生儿育女，辛苦操劳，但孙元香对何晓芸，始终保持着一丝疏远。可这一刻，那个握着女儿的手轻声安慰她的何晓芸，突破了那层屏障，成了自家人。

刘康妮在医院观察了几天便回家了。最重要的是，孙元香和刘佐华也都同意了她去上海的事，只等她的病情完全稳定了，就能出发。刘康妮喜不自禁，心情大好。

刘康妮的事情刚折腾完，一向健壮的刘子铭却生病了，低烧半个多月，反反复复不见好。何晓芸虽然心焦得不行，却也不能日日守着子铭，只好把他交给婆婆照顾，自己照旧去上班。孙元香几乎要怀疑自己的退休生活是不是"犯太岁"，麻烦事一堆接着一堆，竟然比原先上班的时候还累。

这一年多，刘家可谓是流年不利。唯一值得高兴的事，就是刘康生的公司终于起死回生，步入正轨。公司完全扭转了之前亏损的窘境，渐渐开始盈利。

第二十章

出 轨

这天午后，刘康生让公司财务准备好钱，他拨通了齐亚男的电话。电话那头的齐亚男听起来有点奇怪，没有往日的爽朗和甜美，反倒是闷闷的。

刘康生关切地问道："你怎么了？"

齐亚男像是喝多了，她嘟囔着："喝酒，刘康生，你还欠我一个人情还记得吗？现在，就是你还人情的时候，你，现在，马上过来，陪我喝酒，我要喝酒。"

齐亚男前言不搭后语，但刘康生却听明白了，恐怕齐亚男此刻正在家里喝得酩酊大醉。他有点迟疑，子铭低烧一直没好，今早出门的时候，何晓芸说自己要加班，嘱咐他早点回家。可齐亚男这边……刘康生实在放心不下，罢了，就当去看看她，顺便还钱，还了钱之后马上回家，应该也耽误不了多少时间。

刘康生打定主意，捞起外套，大步流星地往外走去。

夜幕将近时，刘康生熟门熟路地将车停在齐亚男家门前，按了许久的门铃，才见齐亚男晃晃悠悠地过来开门。

她双颊泛红，一身酒气，眯着眼睛看着眼前的刘康生说："你来了。"说完身子一晃，眼看着就要倒地，刘康生眼明手快，一把接住她。

"你醉了。"

齐亚男挥开刘康生的手，倔强地说："我没醉，走，我们一起去喝酒。"

齐亚男扯着刘康生的袖子，把他带到客厅。只见客厅的茶几上，堆着几瓶红酒，其中一瓶似乎喝了一半。还好，看样子喝得不多，以齐亚男的酒量，应该不算太醉。齐亚男给刘康生倒了一杯，再给自己倒了一杯，两个玻璃杯"哐"的一声清脆地撞在一起，齐亚男先一口闷了，紧接着又给自己倒上了一杯。

刘康生劈手抢下她手中的杯子，说道："你不能再喝了。"

"你……你还给我，今天我就是要一醉方休。"说话间，齐亚男显得很落寞的样子，"你知道吗？今天是我的离婚纪念日，哈哈哈，想不到吧，我离婚竟然还有纪念日呢。我就是要记住这个日子，虽然我看起来风光无限，但只有我自己知道，我过得有多冷清。这么大的家里，一个人都没有，一丝烟火气都没有，冷得像个冰窖一样。我也是个女人，我也想要一个爱我的人，一个幸福的家，可是为什么就那么难呢？我从小学习成绩就好，他们都比不上我，人人夸我漂亮又能干，我努力，我上进，我优秀，可那又怎么样呢，到了今日，连一个爱我的人都没有。"

齐亚男絮絮叨叨地说了一大段，平时隐藏在内心深处的话，在酒精的催化下，一点一点地吐露出来。是因为她醉得失去理智了吗？没有，她清楚地知道自己在说什么，她只是有点想放纵，不想要装得那么辛苦。

刘康生看着这样的她，心中不由升起了几分怜惜，想要离开的话怎么都说不出口，他轻轻地说："你醉了。之前你不是说请我喝酒，怎么一个人倒先喝上了，还给喝大了。"

齐亚男不置可否，她笑起来，嘴角两边的梨涡若隐若现，她带点撒娇的口吻说道："你陪我喝好不好？"

刘康生不知道怎么了，竟然鬼使神差地答应了。他已经忘了进门前的"看看就马上回家"的打算，他拿起酒杯，与齐亚男轻轻碰了一下，一饮而尽。

"其实，今天我过来主要是给你还钱的。"刘康生趁机说明了来意，"我们公司现在已经步入正轨了。"

"谁让你还钱的，你看我是差那点钱的人吗？"齐亚男有些不满地说。

"是，我知道你是不差钱。不过我今天还了钱，依旧还欠你这份人情，一份恩情。"

"那就好，没想到你还这么明事理。"说着，齐亚男又给两人各倒了一杯酒。

喝了酒的人总是话特别多，他们从天南地北，聊到男人女人，聊到自己公司的好转，聊到朋友间的各种小八卦，齐亚男拍掌哈哈大笑："想不到你们男人背地里也是这样的小气，我还以为那个何总，是多么的正人君子呢。"齐亚男笑着笑着，便歪倒在刘康生怀里，她索性把头一偏，靠在他的肩头。海藻般的秀发垂在刘康生的手臂上，鼻端甚至传来缕缕秀发的清香，刘康生没有推开她，他的内心出现了久违的悸动，这种感觉，让他舍不得拒绝。

时间一点一点地过去，桌上的几个酒瓶越喝越空，他们好像是找到了知己一般，越聊越投入。刘康生的手机响了又停，停了又响，他掏出来一看，十三个未接电话，全是何晓芸的。他皱了皱眉，齐亚男凑过来一看，问道："怎么了？"

刘康生急忙将电话收起来，摁了关机键，说道："没什么。"

齐亚男痴痴地看着近在咫尺的刘康生，高挺的鼻梁，英挺的眉毛，坚实的胸膛，恍惚中内心里似乎产生了某种不可抗拒的情愫。两人这样近距离地四目相对，弥漫其间的暧昧气氛像是破壳而出的种子，肆意地滋生着。齐亚男突然鼓足勇气一般，站起身，娇羞一笑，说："你等我一会儿。"

看着她跑进房间，刘康生有种预感，理智告诉他应该离开，可双脚却像生了根一样，一寸都难以挪动。尽管有心理准备，但当齐亚男穿着一件轻薄的黑纱睡衣出现的时候，刘康生还是被吓了一跳。昏暗的灯光下，轻纱若隐若现，白得刺眼，黑得神秘，根本挡不住齐亚男那姣好的身材，她披散着头发，目光似羞还怯，缓缓向他走来。

刘康生感觉喉咙一阵发紧，心跳加速，他克制地转过身，佯装平静地说："银行卡我放在桌上，时间不早了，我先走了。"齐亚男飞奔地扑过去，从后面抱住刘康生，她把脸贴在他壮实的肩膀上，几乎是在哀求着："不要走好不好，陪陪我。"

薄薄的衣衫阻隔不住热量，刘康生敏锐地感受到有两团温软贴在自己背上，耳边是吹气如兰，刘康生大脑神经中最后一根弦，断了。

等刘康生口干舌燥地醒来时，已经是凌晨一点。他拿起手机开机，看见一串的未接电话和未读短信，满满的一排通话列表，除了何晓芸，还有孙元香。刘康生意料到准是家里出事了，他急忙穿上衣服，套上裤子，回头看了一眼还在安静睡觉的齐亚男，两只白嫩的手臂露在被子外面，上面留有暧昧的痕迹，想起刚才疯狂的抵死缠绵，激情退去的刘康生一阵懊恼。他扶了扶额头，来不及自责，拿起钱包和钥匙，匆匆下楼而去。

齐亚男在刘康生起身的时候就已经醒了，她装作熟睡的样子，静静听着刘康生手忙脚乱地穿衣服，像逃兵一般地离开这里。直到楼下传来汽车引擎的声音，她的内心忍不住的一阵失望，睁开刚才假意闭合的眼睛，那双眼睛里，分外清明，不见之前的半分醉意。齐亚男披了一个毯子，下床进了浴室。

刘康生到家的时候，家里静悄悄的，他轻轻打开灯，心里做好了最坏的打算。走进房间，只见何晓芸还未睡觉，床上乱七八糟地放了一堆东西，地上还摆了一个水盆。见刘康生进来，何晓芸一开口就是满满的埋怨："你怎么才回来啊，打那么多个电话你也不接，短信也不回，子铭下午突然又发高烧，浑身抽搐，你这个当爹的倒好，现在才回来！"

刘康生赶紧看了看孩子，果然，看见子铭烧得满脸通红，头上还贴了一个退烧贴。因为不舒服，睡得并不安稳，时常哼哼唧唧。刘康生握了握孩子的手，还是滚烫的，张口便问："赶紧送医院啊，都烧成这个样子了！"

何晓芸没好气地回答："不劳你费心，我自己的儿子，我自己会照料！"

今天临下班的时候，何晓芸突然接到婆婆打来的电话，说子铭突然又发起了高烧，还把刚吃的药吐了，现在正浑身抽搐呢，孙元香吓得在电话里大哭："他爸这个挨千刀的又不在家，康生的电话也打不通，这可怎么办才好啊。"何晓芸一听急了，赶紧让婆婆抱孩子下楼，她这就请假回家，一起送孩子去医院。

孙元香居住的家属楼是大学深处一块幽静的地方，都是一些退休的老教授居住，平常少有人走动。没有车接车送，离最近的校门也要走上小半个小时她们等了又等也没见有人经过，偏偏刘康生的电话也打不通。孩子体温高得吓人，还抽搐，实在不敢耽搁，孙元香和何晓芸婆媳俩气喘吁吁地抱着孩子就跑，一个前面背着一个后面护着，深一脚浅一脚地往校门口赶。等孩子送到医院的时候，两人身上早就如淋雨一般，里里外外湿透了。

孩子到了医院打了针，情况渐渐稳定下来，婆媳俩折腾到深夜才回家。回家的路上，刘康生的电话还是打不通。孙元香气到极点，也不顾在何晓芸面前，愤愤地说："哼，这父子俩就是一个德行！"

何晓芸抱着孩子还为刘康生开脱："可能康生公司有急事吧。"

孙元香啐了一声："再有事，能有自己儿子重要？"

何晓芸不知道说什么，她心中的怨愤并不比婆婆少，但她不能说，婆婆是亲妈，她要是当面说了，指不定日后婆婆又翻她的旧账。

知道了来龙去脉的刘康生面对何晓芸的怒气时，早早想好了说辞，他说："公司临时有个订单有问题，核对资料到现在，手机也没电了，你给我打电话了吗？"

除了说辞，还有动作，只见他自然地摸出手机一看，"哦，没电了，自动关机了。"那句"哦"说得漫不经心又有点意外的样子，真是像一个公司加班累到语气虚弱的人。

短短这几句，并不能消灭何晓芸的火气，她依旧生气地说："早上跟你说让你早点回家，子铭反复低烧，离不开人，你倒好，不仅不见人，电话也打不通，有你这样当爸的吗？"

何晓芸一声声地数落，对于刘康生来说，这根本就是最好的结果了。他一言不发地照单全收，把子铭从何晓芸手上接过去，诚恳地说："是我不好，是我疏忽了，但是公司有事走不开，子铭现在怎么样？还用不用去医院？"何晓芸一向是个吃软不吃硬的人，见刘康生来这套，她反倒一时不知道说什么好，只能讲了一些医生说的话。絮絮叨叨说了半天，只见刘康生没有一点不耐烦，而是很认真地听着，抱着孩子的动作僵硬而别扭，一动不敢动地弯着手臂，耐心十足，何晓芸隐隐觉得今晚的刘康生有点奇怪，但又说不出哪里奇怪。看着他眼皮下一片黑眼圈，也许是最近为了公司的事情奔波劳碌，没睡好的缘故，何晓芸心里的气渐渐消了。

她推了一下刘康生，口气带着点生硬："你饿不饿？我去厨房给你煮点吃的。"

一番担忧过后，刘康生面对老婆的关怀，首次感到愧疚。于是他语气温柔地说：

"我不饿，你辛苦一天了，明天还要上班呢，子铭我看着，你去萌萌那边睡一会吧。"

何晓芸如见到太阳打西边升起来一般，甚少询问家务的刘康生竟然今个会说出这样的话来。何晓芸也就顺坡下驴地说："被你一说，我还真是有点困了。"然后打着哈欠往萌萌房间去了。

刘康生现在一片混乱，和齐亚男之间的种种片段在他脑海中不断闪过，他承认当时那点酒不足以乱性，可是鬼使神差的，怎么就走到了最后一步。在回家的路上，看着那一行的未接来电，他想，如果东窗事发了怎么办？他甚至做好坦白一切的准备，可当眼前什么都没有发生的时候，他如劫后余生一般，当机立断地决定，这件事就是个意外，将它尘封在心底，不再提起。

早上刘康生还睡得迷迷糊糊的时候，就听见何晓芸叫道："康生，你这件衬衫怎么少了一粒扣子？"

一秒反应过后，刘康生从睡梦中猛地惊醒。他掀被而起，走到卫生间。何晓芸在灯光下细细研究他那件衬衫的扣子是怎么掉的。刘康生装作毫不在意地说："可能是在哪不小心给蹭掉了吧。"

何晓芸喃喃自语："怎么会呢？你每件衣服的扣子我都会加固，一般蹭不掉，我看这力度，有点像是扯掉的。"

刘康生心里慌极了，真怕何晓芸看出个端倪来，于是转移话题道："掉个扣子也值得你研究个半天，萌萌上学要迟到了。"

何晓芸拍着脑门说："哎呀，还真是，现在几点了？估计来不及了。"

她把衣服一股脑地塞进洗衣机，然后跑出去叫萌萌起床。幸好有其他任务的牵绊，纽扣这事就这样过去了，不过却让刘康生一大早吓了一脑门的汗。

何晓芸上班不能耽误，于是刘康生自告奋勇，让老婆放心去上班，从今天起他负责送孩子上学和照顾子铭。何晓芸看着眼前的刘康生，颇有一种"我家老公终于长大了，能为媳妇分担重任了"的欣慰感，她叮嘱了注意事项，啰里吧嗦地讲了十分钟，竟然才讲到子铭喝水的注意事项，最后终于被忍无可忍的刘康生推出了门：

"再不出发，你可真要迟到了！"

一连几天，刘康生都是上午在家照料孩子，下午才去公司。这突然之间的体贴，让何晓芸还真有点不习惯，她暗暗猜想刘康生是不是转了性子。

其实，刘康生不是转了性子，他只是在躲齐亚男而已。

事情过去好几天了，刘康生不敢联系齐亚男，他想不出什么借口才能把那天晚上的事澄清为一次误会。刘康生不联系，不代表齐亚男也是这样想的，她暗自等了几天，始终没有等到刘康生的只言片语。她主动给刘康生打电话，对方没接，就想直接去公司找他。

实在没辙，再这样下去迟早要暴露，刘康生只得和她约在酒吧包厢里见面。

人就是这样的，心里没有鬼的时候，尽管关系亲密也光明正大得不怕人瞧见；可当真有点什么后，即使什么都不做，只是见个面，也会心虚地遮遮掩掩。

刘康生到的时候，齐亚男已经在包厢等候多时，她甚至点好了刘康生爱喝的咖啡。突破了那层男女关系，两人的关系如今无疑已经发生了质的转变。看着齐亚男含情的目光，刘康生有点难以开口，他是一个正常的男人，犯了一个天下男人都会犯的错，但不代表他愿意为此付出进一步的代价。他也是一个爸爸，他清楚地知道，自己不可能失去家庭。最终，刘康生开口说道："亚男，我很抱歉那天晚上的事情，我跟你道歉，对不起，但是我们能不能回到之前的关系，跟以前一样，还是朋友？"

这是要划清界限？齐亚男顿时惊愕，水都没来得及喝一口，她盯着刘康生问道："你觉得我们还能够做朋友吗？"

刘康生飞快地回答："可以！我们当做什么事情都没有发生过。"

齐亚男笑了，她慢条斯理地搅着咖啡："当做什么事情都没有发生？你觉得可能吗？"

"可能。"刘康生一脸认真地说。

齐亚男摇着头，苦笑着说："我做不到你那么冷静理智，我是一个女人，现在事情已经发生了，我们不可能回到之前的关系。因为你在我心中的位置已经发生了改变，只要和你接触，我就忍不住地贪心，我想要更多的关心和爱，我会吃醋，会嫉妒，这样的情感，注定是做不了朋友的，你明白吗？"

听罢，刘康生满脸颓然："那我要怎么办？"

背着家人，和另一个女人相亲相爱，然后游走于天平的两端，或是像踩在杂技滚球板上那样时刻惶惶不安？刘康生的内心急剧波荡起来，他的脑海里甚至在预想和勾画着将来可能会发生的种种不祥。

齐亚男像是看出他内心所想，她坦诚地说道："康生，你要我和你做朋友，抱歉，我真的做不到，我没有办法伪装，因为我爱上你了。但是我知道你有家庭，我没有要破坏你的家庭的意思，我只是希望，在你心中，我是不一样的，可以留小小的一个位置给我，你明白吗？"

刘康生好像有点明白，好像又有点不明白，他感觉脑海里稀里糊涂的。直到齐亚男坐到自己的身旁，把头靠在自己肩上，甚至是轻吻，他始终都感觉脑海中一片混乱。他感觉到齐亚男的眼泪滴在他的袖口上，滚烫滚烫的。她的眼泪像是定身术一般，把他定住了，他没有办法推开她，那些划清界限的话也都忘得干干净净。天色暗下来的时候，刘康生和齐亚男分开了。离别时，气氛和进来时完全不一样了，他们仿佛是一对热恋中的情侣，在包厢里亲吻，拥抱，然后依依不舍地告别。

刘康生以为自己做得天衣无缝，最起码没有半点痕迹，但事情败露得太快，让他简直措手不及。只是一个细小的原因，他那天穿了一件白衬衫。何晓芸在当天晚上收拾换洗的衣物时，在雪白的领口处发现一抹口红。她呆呆地拿着衣服在卫生间坐了半天，等到刘康生推门进来查看时，才发现何晓芸手里握着他的衬衫。

何晓芸指着口红印，沉声问道："这是什么？"

刘康生心里"咯噔"一声，但不愧是做过王牌业务的人，他立马反应过来，于是打着哈哈："什么什么啊，不就是一件衣服吗，赶紧洗好澡睡觉吧，我困了！"

"刘康生！"何晓芸一字一顿地说，"你跟我说清楚，这到底是什么？"

刘康生拿过衬衫，还用手搓了搓，然后若无其事地说道："就是不小心蹭到一点灰啊或者别的，这有什么！"

看他死不承认，何晓芸愤怒到了极点，她冷笑道："别说你看不出来，这是口红印，这个颜色我从来都没有，你又是从哪里沾上来的？"

刘康生见事情躲不过去，只好说道："好吧，我承认，今天有点应酬，你知道的吗，生意场上的应酬，总归是有点那个，因为不想你担心所以没说，但是我保证，我真的什么都没有做！"

这话一说，何晓芸不由得当即浮想联翩。刘康生这段时间的反常，想起那个被遗失的扣子，想起那晚晚归时他那一脸慌张的神情。女人对于这方面，总是有着天生的敏锐度，这种敏锐，能在冥冥之中将很多看似毫无关系的事情串连起来，将所有的事情对号入座。

何晓芸敢肯定，刘康生绝对是出轨了。

"坦白招了吧，子铭发烧的那天晚上你到底在哪里？你要是不说，我也查得出你信不信？"何晓芸不是疑问也不是询问，她是很笃定地问，用女人的直觉，一把抓住最关键问题。

面对老婆笃定的口吻，刘康生已经明白，自己几乎再没有狡辩的余地。他沉默了，不同于刚刚的掩饰，此时此刻，他放下乔装的表情："你想知道什么？"

"那些破事，什么时候开始的？"

"子铭发烧的那天晚上。"

"跟谁？"

"齐亚男。"

何晓芸停顿一下，目光复杂地看着刘康生，萌萌和子铭在客厅看动画片，电视里稚嫩的声音传过来。她突然忍不住，感觉有什么东西要从胸膛里冲出来，她颤颤巍巍地问："上床了吗？"

刘康生有些迟疑，接着小声地"嗯"了一句。

眼前的刘康生亲口承认了，自己心中最后的一点希望幻灭，何晓芸面如死灰。

怀疑是一回事，但听到对方亲口承认，又是另一回事。何晓芸感觉自己心口堵了一块冰，就那样不上不下地堵在那里，又冷又沉，让她浑身发冷，直打寒战。

何晓芸开始忍不住地嘲讽起来，声音压得低低的，却是咬牙切齿："刘康生，你不是说在公司忙吗？你就是这样忙到别的女人床上的，你让我觉得恶心！恶心得想吐！"

何晓芸的目光让刘康生一阵心慌，那是一种从未有过的眼神，没有丝毫爱意，有的只是在背叛后翻涌上来的极度恨意。刘康生急忙道："你听我解释！"

"好啊！"何晓芸一脸不屑地说，"你解释，我好好听着。"

"我那天真的只是去还钱的，但是后来喝了一点酒，我有点不省人事，所以才一时情乱神迷，我真的不是有意的！"

"那今天呢？今天衣服上的口红怎么解释？"

刘康生哑然。

何晓芸笑中带泪："没话说了吧，刘康生，你怎么能在你儿子发烧昏迷的时候，和别的女人在床上翻滚，你这种人真是枉为人父！"

何晓芸想起那天的事情就后怕，在她绝望无助的时候，她的丈夫，竟然和别的女人在床上翻云覆雨！她克制不住自己的情绪，突然拿起洗手台上的梳子狠狠朝镜子砸去。孩子们听到动静，站在门口怯怯地看着他们。

刘康生一只手制住何晓芸的双手，另一只手抱住何晓芸："何晓芸，你吓到孩子们了！"

何晓芸挣脱了一阵，始终逃离不开刘康生的桎梏，她头发凌乱，目光涣散，然后像一根面条一样，顺着刘康生的身体，软软地倒下去。

这几天，大约是结婚以来，刘康生最温柔体贴的时候。公司也不去了，对震动个不停的手机也视而不见，他的眼睛都长在何晓芸身上——他必须这么做，然后细细观察着何晓芸的脸色，注意着她的言行。何晓芸想喝水，手刚伸出去，刘康生便把水杯放到她手上。换成以往，何晓芸早就感动得分不清东西南北，但是现在，她知道，刘康生只不过在愧疚而已，包括前几天的种种表现，都只是因为心虚加愧疚。他越是如此，她就越不能原谅他。

周日，孩子们都去了奶奶家，刘康生哪都没有去，留在家里守着何晓芸，大概是怕她想不开吧。何晓芸在心里冷笑，何必这么假惺惺地关怀。她对着刘康生说了这几天来的第一句话:"坐吧,我有话跟你说。"

刘康生坐下来,默默地等候她发表接下来的意见。

"我们离婚吧,孩子一人一个,萌萌也好,子铭也好,我都可以,至于房子……"

刘康生快速地打断何晓芸的话:"我不同意!"

何晓芸语气淡漠地说:"我这不是和你商量。你现在要是不同意,我们可以先分居,我先找房子搬出去,到时候再过来接孩子。"

"晓芸,"刘康生握住何晓芸的手,半蹲在何晓芸面前,目光恳求地说,"我已经知道错了,我知道我现在说什么你都听不进去,但我是真的爱你。我一时糊涂,做错了事,是我不好,你看在我们这么多年的分上,再给我一次机会,就当是为孩子们着想,好吗?"

"孩子?你和别的女人做那勾当的时候想过孩子吗?"

何晓芸心痛,一想到他和别的女人在床上翻滚,用曾经对她说情话的唇舌亲吻别的女人,她就一阵剜心地疼,可她能怎么办?孩子还小,他们是无辜的,纵使刘康生有千百个不对,不是一个好丈夫,但他还算是一个好爸爸。这让她又揪心地思量,不能那么自私地只顾自己的感受,让孩子们和自己的爸爸分开。

两人就眼前的关系角色和未来的计划不断在拉锯。今晚,注定又是一个无眠的夜晚,不仅是何晓芸,也包括刘康生本人。

第二十一章

抉择的苦恼

自从刘康生没有任何隐瞒地"招供"了出轨之事后,何晓芸感觉到自己的世界崩塌了,那个自己深爱了那么多年的男人,一转身就背叛了自己,她也曾努力说服自己这些只是一次偶然,可内心却血流不止,接受不了这个是事实。

出轨的刘康生同样尝到了苦果,自己生活在一片泥淖之中,脱身不得。他不知道用了什么方法,齐亚男果真再也没有联系过他。刘康生想起自己初次见到齐亚男那惊为天人的画面,想起自己在低谷时她伸出来的援手,想起那些像梦境一样美丽朦胧的场景……他知道,自此一别,以后两人就是陌路。尽管她没有怨言,但他们以后就是互不相关的陌路人,刘康生虽然不忍心,却也不得不放下。

眼下的日子还在继续,夫妻两人默契地选择对父母守口如瓶,在孩子面前装得并无异常,甚至在公开场合,仍然一副模范夫妻的样子。但只有他们自己知道,晚上睡觉的那张双人床,一人占据一个角落,背对而眠,中间隔了一条无形的鸿沟。

丁大坤发现,最近何晓芸有点不对劲,交上来的数据好几次都出错,他放下手中的报表,叹了一口气,这个月已经是第四次了。丁大坤拨通了内线:"何晓芸,你下班的时候过来一下,我有事找你。"

何晓芸浑浑噩噩地应了一声"好"。她最近时常大脑放空,手上忙着忙着,思维却飘到很远的地方去了,她深深地喘了一口气,提醒自己抓紧时间完成工作,不要分神。

下班的时候,丁大坤把何晓芸带到公司旁边的一家茶室,他慢条斯理地给何晓芸倒了一杯茶,开门见山地问:"说吧,你最近怎么了?"

何晓芸抬起头,一脸的惊慌失措,然后尽力掩饰着说:"啊?我没怎么啊,我最近很好啊。"

丁大坤:"你骗得过别人,骗不过我,你看你交上来的报表,这个月都错了几次了?你向来心细,不会犯这样的低级错误,除非有什么事情扰乱了你的心思。"

何晓芸没有想到丁大坤这般心细如发,更为自己犯的错误感到脸上一阵火辣。她愧疚地说道:"不好意思,丁总,我让您失望了,以后我保证不会再犯这样的错误。"

丁大坤意味深长地看了她一眼,说道:"我要是只为批评你,就不会单独叫你出来,我们认识这多年,也算是朋友了,你要是有什么心事,可以和我说说,虽然我不算会安慰人,但还算是一个比较好的聆听者。"

丁大坤的一番话,让何晓芸湿了眼眶。她看着平日里总是西装革履、不苟言笑的上司,此刻脱了那件西装外套,穿了一件羊绒衫,没有了那些隔离感,像一个老朋友那样坐在对面。自从家里发生了这件事,何晓芸内心快要疯了,却一直不知道找谁倾诉。她独自远嫁来西安,人生地不熟,这么多年一直围着刘康生一家转,当年要好的朋友早就结婚生子,再说家家都有一本难念的经,这些难堪和苦楚,也不好四处哭诉。放眼望去,何晓芸竟然找不到一个可以谈心的人。

何晓芸吸了吸鼻子,丁大坤既不催促也不多问,他体贴地递给何晓芸一张纸巾,然后静静地等她开口。

回想到那些事情，何晓芸只感觉一阵揪心的疼，然而，眼前的丁大坤激发了她的倾诉欲望。于是，她把刘康生怎么出轨，如何欺骗她，甚至是怎么遮掩的事一五一十地说给了丁大坤。一股脑说完后，何晓芸长舒了一口气，这么多天，这是她第一次感到畅快。

　　可是，对面的丁大坤却表现出一脸的怒气，是的，他听完以后，内心大为愤慨。他甚至忍不住拍了一下桌子，把正喝茶的何晓芸吓了一跳。眼前的这个男人曾在无数次夜深人静的时候，幻想着何晓芸与自己生活在一起的场景，在何晓芸辞职的那些年，他很惋惜，却也知道她嫁给了自己所爱的人，所以他祝福她。可是眼下，自己爱而不得的女人，却被别人如此地践踏。丁大坤很后悔，早知道她会过得不幸福，为什么在何晓芸未结婚之前，自己不去争取一次。

　　"就一个男人的角度而言，出轨几乎没有什么不是故意的，如果他说自己不是有意的，请相信我，他在说谎。"丁大坤像是警察或侦探在审讯剖析一个案件似的，郑重提醒她说。

　　何晓芸何尝不明白，一个人的背叛，怎么能轻轻松松地归结到无心之失。这不是打碎一个杯子、说了一句冒犯的话那么简单。她也相信，男人所有的出轨，都是自愿且预谋已久。何晓芸捂着脸，声音从指缝中透出来，满满的绝望与心痛："那我能怎么办？我能怎么办？"

　　丁大坤斩钉截铁地说："离开他！"

　　"离开他？离开他……"何晓芸把手放下，露出那张满是泪痕的脸，喃喃地重复着丁大坤的话。

　　"对！离开他，何晓芸，你值得拥有更好的未来。你那么优秀，那么年轻，完全可以离开背叛你的那个人。他不懂得珍惜你，自然会有人把你当宝一样捧在手心里。你未来的人生，不应该在这种患得患失中度过。"

　　丁大坤的话像是有魔力一般，一直在何晓芸的脑海盘旋。

　　何晓芸苦笑着说："离开他，谈何容易啊，我与他是彼此的初恋，我们从毕业到结婚，风风雨雨这么多年，我为他生儿育女，现在我已不是一个人。再说，重新找一个又怎样，难道就能保证他也不会出轨吗？"

刘康生的背叛伤透了何晓芸的心，她想不到哪里还有什么情比金坚的两人。

这样的局面显然不是丁大坤想要的，但此刻他顾不得那么多，脑子一热，就拉过何晓芸放在桌面上的手，真挚地说："何晓芸，其实第一次见到你，我就觉得眼前一亮，我也不知道怎么了，满脑子都是你。后来你回来上班，我不知道多高兴，这么多年，我没有爱过谁，除了你。我知道你结婚了，所以我一直忍着没有跟你说过，只恨造化弄人，我们未曾更早地相识，我也只能罢了；可是现在，现在不一样了，我想说，如果你愿意，我可以照顾你一辈子，好吗？"

何晓芸愣愣地看着眼前的丁大坤，看着他眼中毫不掩饰的深情和爱意，她像是被烫了一样，急忙抽出自己的手。丁大坤眼中的光一点一点地黯淡下去。这份告白来得太突然，把何晓芸吓着了，她怎么都没有想到，自己的上司，公司的总经理竟然会拉着自己的手告白，何晓芸的脑子成功乱成一锅粥，甚至手忙脚乱地打翻了面前的茶杯，她慌张地拿纸巾赶紧擦拭。

丁大坤叹了一口气，他站起身，走到旁边，帮何晓芸轻轻地擦着洒在袖子上的水迹。何晓芸像是被施了定身术一般，丧失了所有的动作。丁大坤一边擦，一边轻轻地说："你不用感到压力，也不用着急回复我。"

随后，他用柔和的目光，看着何晓芸的眼睛，又补充了一句："我只是希望，你能过得好一些。"

终于回过神来的何晓芸推开丁大坤的动作，她听见自己涩涩的声音："对不起，丁总，我没有想到……我只是……我现在脑子里很乱，但是唯一确定的是，我不能接受丁总您。说实话，我并不想离婚，除了爱情，我爱我的孩子，你能明白我的想法吗？"

何晓芸小心翼翼地看着丁大坤，眼睛里满是抱歉，还有慌张。

丁大坤心里早就知道会有这样的结局，他顺势回到自己的座位，他点点头，轻声说："我明白。"

何晓芸拿起包包局促不安地说："抱歉，丁总，我还有一点事情，我得回家了。"何晓芸匆匆离去，几乎是落荒而逃。

丁大坤看着她的背影，一抹苦涩的笑出现在脸上。

何晓芸失魂落魄地游荡在街上，在遭遇一个男人的背叛以后，却又收到另一个男人的青睐。可是她早已不是当初那个情窦初开的二八少女，她是一个生了两个小孩、做了几年家庭主妇的中年女人，是一个对现实生活有着更清醒、更理智认识的女人。她看着街上匆匆擦肩而过的人群：有些独自一人行色匆匆，有人挽着伴侣——不知道在说什么有趣的话，两个人都甜甜地笑了。他（她）们都过得开心吗？是每天充实而幸福，还是一样困惑，一样陷在生活的黑洞出不来？一路上，她的脑子里突然冒出了许多乱七八糟的想法。不知为何，此刻的她仿佛对这个周遭的世界突然敏感了许多，任何一丁点的东西抑或是平凡的场景都会触发她的思绪。

冷冷的风吹在何晓芸脸上，发烫的头脑渐渐地冷静下来。她去小学门口，接萌萌放学。萌萌远远地就看见了何晓芸，她像一只快乐的小鸟，欢叫着，一头撞进妈妈的怀里。何晓芸摸了摸她的头发，带着笑意责怪道："你现在可是二年级的大人了，可不能再像小孩子一样这么冒冒失失了。"

萌萌嘟着小嘴，反驳说："妈妈，你昨天还跟我说是小孩子，不能顶嘴呢，过了一晚上怎么我就成了大人了，哼！"

何晓芸哭笑不得，萌萌从小古灵精怪，伶牙俐齿，论口才，何晓芸可自愧不如，她点了点萌萌的额头，轻轻说道："鬼灵精！"

萌萌背着小书包在林荫小道上蹦蹦跳跳，何晓芸面带微笑地看着自己一手带大的小姑娘，心中的阴郁一扫而空。是啊，不管怎么样，萌萌和子铭就是自己最重要的珍宝。何晓芸忍不住拉住萌萌，蹲下来，和萌萌平视道："萌萌，如果爸爸和妈妈，让你选一个你选谁啊？"

萌萌想都没想地说："妈妈真笨，我两个都不选，我要选爸爸妈妈一起，这样我们才是一家人啊。"

萌萌一句童言，让何晓芸眼眶一热，眼泪差点落下来。

"妈妈，你怎么了？你怎么哭了？"

何晓芸擦了擦眼泪，挤出笑容说："是刚才风吹沙子进了妈妈眼睛，妈妈没有哭。"

萌萌伸出小手抱住何晓芸的脑袋，学着大人轻轻地拍了拍何晓芸的头，嘴里安慰道："妈妈不哭，妈妈不生气，萌萌以后都乖乖的。"

小孩子有时候比大人更懂得安慰人，她紧紧地抱住萌萌，眼泪决堤而下。

此时的刘康生自然还在公司里忙活着。不过，最近下班后他都早早地回家。更让人不可思议的是，从来不下厨房的他，破天荒地做了三菜一汤。等何晓芸母女俩到家的时候，已经饭熟汤热了，萌萌欢呼一声，与子铭开始洗手吃饭。

刘康生拿了碗盛好饭，对刚进门的何晓芸说道："回来了，吃饭吧。"

何晓芸面无表情地点了一下头，一家四口坐在饭桌前吃饭。最近夫妻俩的言语降到最少，在家基本上说不上三句话，气氛闷得像要下雨的天气。只有两个小朋友，丝毫感受不到家里的低气压，笑嘻嘻地在饭桌上吃饭抢食。

子铭从能利索一点讲话开始，便萌生了表达欲，他拿着勺子，含糊不清地说："今天老师给我一朵小红花。"说完指了指自己的额头，果然贴了一朵小红花。

萌萌顿觉不服，攀比道："这有什么啊，我上幼儿园的时候天天拿小花花，对不对啊，妈妈？"

何晓芸笑着看她一眼，说："对。"萌萌得意地看着子铭，而子铭似乎有些懊恼地低着头，自顾自地吃着饭。

这么多天以来，刘康生第一次看到何晓芸展露笑脸，他夹了一块排骨放在何晓芸碗里。何晓芸看了一眼，想都没想转手夹到萌萌碗里。刘康生知道，何晓芸这时还不愿意原谅他。他注视着何晓芸，可何晓芸忙着跟萌萌和子铭聊天给他们夹菜，从头到尾没有看他一眼。

饭后，刘康生收拾了一番，大人小孩各自回到卧室。熄了灯，夫妻两人依旧一人一边背对着，黑暗中，刘康生慢慢地靠过来，从后面抱住了何晓芸。何晓芸用力挣脱，刘康生力气大，紧紧地箍住她，就是不松手。

何晓芸压低嗓音，恼怒地呵斥道："刘康生，你撒手！"

刘康生不言语，却也不撒手。何晓芸用手肘重重地撞了一下身后的胸膛，只听见一声闷哼，刘康生无力地把手撒开了。

夜里很静，静到只听见彼此的呼吸声，在空气中一起一伏，何晓芸打破沉默。她说："我们分开吧。"

刘康生许久没有回答，就在何晓芸以为他睡着了的时候，刘康生回道："睡觉吧。"

听到这句简单的回复，何晓芸把脸埋进枕头，悄无声息的眼泪成珠地滚落下来，枕面早就被打湿一片。

早上刘康生送萌萌和子铭去上学，幼儿园在小区旁边，拐个弯就到了。子铭下车之前，刘康生装作若无其事地问萌萌："萌萌，如果我和妈妈分开，你要跟谁啊？"萌萌听到爸爸这么问，嘟囔着说："你们大人怎么都喜欢问这个问题啊！"

刘康生握方向盘的手猛地一紧："还有谁问你这个问题了？"

"妈妈啊。"

"那你怎么回答的呢？"

萌萌："我说了，爸爸妈妈是一个整体，我不要选一个，我要你们两个一起。"

刘康生沉默了，他没有办法回答这个问题，也不能向女儿承诺什么。半晌，萌萌稚嫩的嗓音问道："爸爸，你是不是要和妈妈离婚了啊？是不是不要我们了？"

女儿声声的询问,让刘康生突然觉得心脏有什么东西在啃噬着,又麻又疼。他把车靠在路边,回过头对萌萌说:"你知道什么叫离婚吗?"

"我知道啊,我班上的李家琪她的爸爸妈妈就离婚了,她现在有两个家了。"

刘康生细细地打量着自己的女儿,这个神似何晓芸,五官却像自己多一点的结合体。他还没如此认真地去好好端详过她,所以此刻他才惊讶地发现,原来那个襁褓中的小肉团已经长这么大了。她在悄悄成长,而他却每天忙得早出晚归,错过了很多她的变化,从牙牙学语到会走、会跑、会撒娇……在他以为她只是一个小娃娃的时候,她已经长成一个有自己思想的小大人了。

刘康生内心悲喜交加,他缓缓而又坚定地说:"萌萌放心,爸爸保证,妈妈和爸爸不会分开的,萌萌也不会有两个家,不过我们这次谈话算是秘密哦,你不许跟妈妈讲。"

萌萌伸出小手,神气地说道:"好啊,那我们拉钩,拉钩上吊,一百年不许变!"刘康生笑了,他伸出手和萌萌拉钩,然后发动汽车,此时,眼前的幼儿园响起了一串清脆的铃声。

第二十二章

选择原谅

今天是个周末,大人孩子都放假在家。不过,两个嬉闹贪玩的孩子早早被刘康生送去了父母那边,然后一个人驱车回来。

何晓芸正在厨房忙活,刘康生径直走进厨房,想要对她说什么话。可是她只是洗菜,淘米忙个不停,就是不看他一眼。刘康生随即无奈地开口道:"我把孩子们送到妈那里去了,他们吃完晚饭才回来。"

何晓芸愣了一下,拿碗盛出电饭锅里一半的米,然后背对刘康生,冷淡地"嗯"了一声。

"晓芸,我想跟你聊聊。"

刘康生把孩子们支开,何晓芸知道他有事情要谈,于是解开身上的围裙,随刘康生坐到客厅沙发上。

"何晓芸,我不同意离婚。"刘康生直接表明自己的立场,他抬眼看着她。

何晓芸淡淡地听着,脸上甚至没有一丝变化,随后才平静地开口:"离不离婚也不是你一个人说了算。"

这些天,她想得很明白,纵使她不愿意接受丁大坤,但丁大坤有一句话说的是对的,出轨这样的事没有什么无心之失,所以她不能原谅,不能原谅刘康生背叛了这么多年的感情,每每想到携手相伴的那些过往,何晓芸心里就跟针扎一样地疼。

何晓芸的不配合，谈话的冷场，刘康生早就做好心理准备，坦诚地说："孩子们还小，离不开爸爸妈妈，难道你忍心看着他们从小就生活在一个破碎的家庭吗？对，我知道，我没有颜面来说这些。我们在一起这么多年，不管你信还是不信，我爱的还是你，只是我不知道事情为什么会变成这样，对不起，何晓芸，对不起！"

刘康生双手捂着脸，几乎是痛苦自责地说着最后那几句话。

何晓芸内心的火苗瞬间燃烧起来，把她的理智烧得殆尽。她痛苦隐忍了那么多天，听到刘康生"爱的还是你"的这句话，她不无讽刺地笑了：

"爱我？可是你转身就上了别的女人的床！你但凡还有一点爱意，就不会做出这样的事情！你的爱就是挂在嘴上说说而已！"

"我知道，是我对不起你，可是我希望你能原谅我这一回好吗，就看在孩子的面上，我们不要离婚，好不好？"刘康生握着何晓芸的手，语气近乎祷告般地哀求道。

"别碰我！你让我觉得恶心！"何晓芸尖叫一声，猛然抽出自己的手，她胸口剧烈起伏着，胸中的那一股浊气甚至要把她逼疯。

她恨透了刘康生，知道他背叛自己以后，她恨不得亲手杀了他。但是，她又深爱着这个男人，从青葱懵懂开始，到今时今日，刘康生仿佛是一剂药，已经融入她的血液之中。爱他，更像是一种本能。面对他的背叛，自己竟然束手无策，只能陷入难眠的痛苦里。

何晓芸终于忍不住"呜呜"地痛哭起来，刘康生看着眼前有些癫狂的何晓芸，他垂下手，丧气地坐在一旁抽烟，空气又一次陷入了凝固。

良久，哭声渐渐停止，何晓芸冷静下来，缓缓地说："你还记得我们最初在一起的时候吗？"

"记得。"刘康生吐了一口烟圈郑重说道。

刘康生记得那年在学校迎新大会上，看到白裙飘飘的何晓芸，那时眼前的惊鸿一瞥，便让刘康生念念不忘。这么多年过去了，那个白裙飘飘的女孩，成为了自己身旁这个操持家务、朝夕相对的另一半，可刘康生却无法将眼前这个身形微胖的女人和当年那个白衣女孩联系起来。学生时代的她，更像是永远地遗留在时光中的一角，只能在记忆里相见。暗中不无感慨的刘康生又深深地吸了一口烟。

停留在记忆里的不止刘康生一人，还有何晓芸。她喃喃自语："你有没有想过，我们怎么会变成这样？"

是啊，两个相爱的人，排除万难，终于在一起结婚生子，以为能像童话故事里的公主和王子，幸福和美地生活一辈子。却哪知道爱情在柴米油盐里被消磨殆尽，经得起风雨，却经不起平淡，曾经有多美好，现在就有多讽刺。

刘康生掐灭了烟，弹掉手中的烟蒂，仿佛是下定了决心，他坚定地说："晓芸，我向你保证，齐亚男那边我以后决不再联系。我发誓，我以后保证好好对待你和孩子们，你再给我一次机会好不好？"

何晓芸把脸扭向另一边，不去看刘康生，刘康生凑过去，抓起何晓芸的手，往自己脸上拍："你打我骂我都可以，就是不要不理我，好吗？"

"你干什么？！你疯了？"

"对啊，你再不理我，我真是要疯了，我真的不是故意的，那天我喝多了，后面那一次我是想找她说清楚。走的时候，她说最后拥抱一下，我不能拒绝，只好答应了。现在我已经把她的号码都删了。我发誓，我再也不联系她！我真的知道错了。"

后面的几句，刘康生撒谎了。事实上，他根本没有所说的那么无辜和决断，他的确曾经想和齐亚男讲清楚，但是他失败了，最后又被齐亚男俘虏，成了"裙下之臣"。可是，那又有什么关系呢？这些事，只有天知地知，他和齐亚男知，何晓芸不知道，那就是可以等于没发生。

何晓芸承认自己心软了，可能是打从一开始，她就没有打算离婚吧。刘康生已经坦诚认错，也已经和对方断了联系，身为妻子和母亲，她还能怎么办呢？难道要做拆散这个家的罪魁祸首？她没有吭声，但也没有再甩开刘康生的手。刘康生从身后抱着她，两人静静地坐在沙发上，直到天色一点一点暗下来，一团漆黑温柔地将二人包围。

不知过了多久，何晓芸推开刘康生，有些不自然地说道："该去接孩子们了。"两人到孙元香家的时候，萌萌和子铭已经吃好饭坐在客厅看电视了。刘康生拉着何晓芸的手，何晓芸刚想叫他放开，刘康生却轻轻地对着她的耳朵说："我妈和孩子们还看着呢。"何晓芸顿住，这一切被婆婆孙元香看在眼里。

孙元香随即对两个小家伙发话了："萌萌，子铭，爸爸妈妈来接你们了。"

萌萌收好书包欢呼雀跃地蹦起来，子铭那个小没良心的却坐在电视前一动不动，最后被姐姐一把拖走。临走前，孙元香暗中打量着夫妻二人的脸色，只觉得隐隐有点不对劲。

等夫妻二人走后，孙元香对丈夫说："你有没有觉得，何晓芸脸色有点不对啊。"

刘佐华一个大老爷们，平常除了喝茶会友，读书看报等，其他事一概不放在心上，他随口回应道："我看挺正常的啊，能有什么不对劲？"

"啧，"孙元香回身白了他一眼，"说你笨还真是笨，没看出来小两口在闹别扭吗？"

是不是闹矛盾，刘佐华不太关心这个，新闻联播就要开始了，他随即不耐烦地挥手说："去去去，别挡着我看电视，夫妻嘛，哪能没有闹别扭的，以前我们俩年轻的时候还打过架，你忘了？"

"敢情不是你儿子是吧？"孙元香气不打一处来，一针见血地猜疑说，"我看他俩这样子啊，多半是康生欺负何晓芸了。"

听孙元香这么说，刘佐华颇为意外，抬头看她一眼说："嘿，奇怪了，你平常不是不喜欢何晓芸吗？这回怎么护起她来了？"

孙元香被刘佐华的话梗住了，但她仍然嘴上不服输："我什么时候有说不喜欢了……你这老头真是,怎么就一点都不关心呢。"

尽管表面上不承认,可是这些年,何晓芸作为刘家的媳妇,她的那些付出,一点点地感染了孙元香的心,尤其是在医院劝刘康妮的样子,何晓芸这个人情,孙元香一直是记在心上的。和刘佐华话不投机,孙元香干脆换上轻便的鞋子,下楼和老姐妹跳广场去了。

自从刘康生把债还清了,公司又开得风生水起后,孙元香又神气起来,恢复了在老姐妹前面吹嘘炫耀的样子。刘康妮情绪稳定以后去了上海,萌萌和子铭也上学了,孙元香迟到的悠闲退休生活总算来临了,有大把的时间倒腾花草,跳广场舞,和老姐妹打嘴仗,日子简直过得滋润无比。

何晓芸生日的时候,许多年来早已不送礼物的刘康生这次特地去挑了一根项链,点缀着钻石的坠子流光溢彩,分外吸睛。刘康生亲手给何晓芸戴上,何晓芸看着镜子里已经不再年轻的自己,刘康生抚着她的锁骨说:"还是一样的美。"

这是一种补偿,至于补偿什么,两人都心知肚明。

刘康生轻轻地咬着何晓芸的耳垂,手开始不老实地往上游走,何晓芸难得的脸红了,她气息不均地推开刘康生:"门没关,孩子们都看着呢。"

刘康生再次扑上去,啃着何晓芸的脖子,含糊地说着:"没事,他们在看电视呢。"何晓芸再一次推开了刘康生,说了一句"我该去做饭了",便落荒而逃。

何晓芸已经恢复了心情,在公司上班的精神状态也明显好转,跟往常一样。这天在公司茶水间碰到丁大坤,何晓芸愣了一下,说了一声"丁总好",然后拿起装了半杯的水便要离开。丁大坤一个脚步跨上前,堵住了何晓芸出去的路。何晓芸慌了,她没有想到一向冷静、温和的丁大坤竟然会有这样的举动。她慌忙地一面瞅着外面上班的同事们,一面紧张地担心有人突然进来撞见了该怎么办。

"丁总,您……"

丁大坤往后退了两步，靠在洗手台上面，说："没事，你不用紧张，我们就是正常地说几句话。"

何晓芸在离他两三米的位置站定，点点头。

丁大坤扫视着何晓芸全身上下："最近还好吗？我看你瘦了。"

何晓芸小声地回答："谢谢丁总关心，我最近很好。"

丁大坤迟疑了一会，还是问道："你和你老公……怎么样了？"

在公司这样的环境，公然谈论自己的私事，让何晓芸很不自在，她硬着头皮说："我们和好了。"

丁大坤很失望，出轨这样的事情，何晓芸竟然选择了原谅。

"你可想清楚了？这可不是小事情。"

何晓芸何尝不明白，她深呼一口气说："我想清楚了，毕竟我们还有孩子，我不能那么自私地只考虑自己的感受。"

丁大坤简直被何晓芸这种英勇就义的表情给刺激了，他几步跨向前，一手握住何晓芸有些瘦弱的肩膀说："这根本不是你的错，你不要把责任推到自己头上……"

丁大坤还正准备往下说呢，一个同事突然推门而进，让他不得不戛然而止，只得暂且吞下后面要说的话。那个同事看到里面的情景，立马又关门退出去了，还欲盖弥彰地说着："不好意思，我什么都没看见。"

何晓芸涨了一个大红脸，急忙推开身前的丁大坤说："丁总，没什么事的话，我先出去工作了。"

丁大坤立在茶水间良久，最后推门而出。

自从丁大坤表明心迹之后，他和何晓芸之间的气氛变得微妙起来。何晓芸总是有意无意地躲着他，一方面是想刻意疏远，另一方面是怕引起误会。这下好了，茶水间的事情过后，几乎要坐实了他们之间不同寻常的关系。原本对她客气的同事们更加热情起来，下了班以后，开始会有同事邀请她参加自己的娱乐活动，一起聊天时甚至会刻意地把她拉入话题；甚至就连中午微波炉热饭时，也是让她先热。总之，同事们无微不至地照顾，让何晓芸分外不习惯。

这天吃饭的时候，一个刚来的实习生心直口快，直接对着何晓芸就问："芸姐，她们都说你跟咱们丁总有关系，你们到底是什么关系啊？"旁边的几个同事赶紧暗中捅了捅她，那个实习生一脸茫然，表情好像透露出"我说错什么了吗"的意思。何晓芸就等同事们这样问，于是她清了清嗓子，字正腔圆地说："我和丁总啊……"

果然，只见那些同事，一个个都竖起来耳朵。

何晓芸继续道："其实我和丁总就是认识多年的朋友，其他的就没有什么了。"几个老员工装作一副了然的表情，那写在脸上的神情仿佛在说："你不用多解释，我们都懂。"

何晓芸感觉自己越描越黑，知道说什么都没有用，于是当下也不多言。只是头顶着这样的误解工作，还有丁大坤的这份情谊，让她十分地不自在。她想：实在不行就辞职吧，尽管十分舍不得这份工作，但也是无奈之举。

就在何晓芸纠结要不要辞职的时候，她的手机响了，是丁大坤发来的一条短信，内容只有寥寥几行字："何晓芸，我不希望我的言行对你造成困扰，以后，我们还是好同事和朋友，加油。"

丁大坤仿佛知道何晓芸内心所想，他用他的体贴，打消了她的顾虑。何晓芸放下了手中的辞职信，看着一旁的总经理办公室，毛玻璃后朦朦胧胧，依稀只看到一个人影在移动，何晓芸的心里，涌上一股暖意。

中 部

半生枷锁

世界上最大的折磨莫过于在爱的同时又带着忽视。

第二十三章

有女初长成

时光荏苒，昼夜轮转，平淡而安稳的日子里，最是让人难以发觉岁月在身边的匆匆流逝。不经意间，十年已经悄然过去了。

而今天刘家一家人格外忙碌，因为这是刘家的大日子——刘子萌考上了复旦大学的中文系！

刘康生与何晓芸早早地发出请帖，办宴席的地方，恰巧是十多年前，他俩结婚时的那个大酒店。何晓芸身着一身剪裁合体的旗袍站在酒店左侧迎接亲戚朋友，只见她身材窈窕，头发盘得一丝不苟的，脖子上是一串温润细腻的白玉珠。清清爽爽，身上再无其他饰物，却反衬得青丝肤白，气质出众。这些年，何晓芸虽然面容见老，但随着儿女长大，家庭压力减小，身上的气度却远胜从前，真是越活越美。

而站在对面的刘康生，一身挺括的西装，步入中年的他，几乎不见衰老的痕迹。身材保持得尚好，只是微微有点发福，这些年在生意场上的摸爬滚打，岁月洗去他身上的青涩与浮躁，渐渐变得稳重起来，戴着一副细边的黑框眼镜，显出几分儒雅与睿智。时光流转，两个人一左一右迎接宾客的样子，像极了从前他们结婚时那场典礼的情景。

只不过，除了他们二人，还有两个孩子也陪伴在他们身边。

今天的主角——刘子萌，已经出落成亭亭玉立的女孩。何晓芸几个相熟的朋友打趣道："这孩子真会长，个头和鼻子像爸爸，皮肤和眉眼像妈妈。"

刘子萌自小结合了刘康生与何晓芸的优点，长得漂亮成绩又好，这回听从了姑姑刘康妮的建议，去了上海复旦大学的中文系。家境、长相、学历一个不差，同学们都笑称她是典型的"白富美"了。

刘子萌旁边站的是比她小四岁的弟弟刘子铭，鼻梁高挺，丹凤眼，相貌俊俏，跟刘康生年轻时有六七分的相似。虽然年纪比他姐小四岁，但他个头一点都不比姐姐矮，站在那里比姐姐高出一个拳头。尽管年纪小，但他读书早，在市重点高中已经读高一了。何晓芸与有荣焉地看着两个孩子，内心升起了满满的骄傲，这是她这辈子最佳的"作品"，用了一生的精力去打磨、雕刻的。她突然感觉眼睛有点发热，正想把眼泪眨回眼眶，一抬头，却发现刘康生同样一脸感动与欣慰。是啊，这是属于他们俩创造出来的生命体，这份自豪的心情，天底下也只有刘康生能感同身受了吧，二人难得地相视一笑。

要说与有荣焉，除了刘康生夫妻俩，还有就是孙元香和刘佐华了吧，老两口用刘康生打量儿女们的目光打量着一家四口——那意思很明显——别说孙女刘子萌，就连她的老子都是她培养出来的，两个孙子孙女更是老刘家的苗。如今孙女考上了复旦大学，刘佐华想想就觉得分外有面子，于是亲自手写请帖。他教书育人一辈子，桃李满天下，许多学生抛开公务亲自捧场，其中不乏商界、政界鼎鼎有名的大人物。除了学生，刘佐华还大手一挥，给学院里算得上级别的老教授们一人一张手写请帖，人越老越好面子，这一点，从刘佐华身上体现得淋漓尽致。

孙元香那一群老姐妹也来了，张大妈的孙子考了两次都名落孙山，心里正酸得很。一进酒店大厅便暗暗地对着身旁的人说："哎呀，这年头的人啊，真是轻狂得很，考上个大学就这么炫耀，不知道的人还以为他们家中状元了呢。"

远远地见孙元香过来了，张大妈立刻换了一副嘴脸，赶忙凑上去说着：

"老孙,你们家萌萌啊,真是有出息!从小我就看这孩子机灵呢,这不,一次就考上名牌大学,真是了不起啊。"

旁边几个人听着暗暗咋舌,张大妈不愧是四川嫁过来的,这么多年,"变脸"的功夫是一点没耽误。

何晓芸与刘康生的不少大学的老同学也都来了,毕业这么多年,大家都在一个城市,彼此都有人情往来。两个孩子也请了一些朋友闹得火热,反正今天也是他们唱主角。何晓芸与刘康生迎接完亲戚朋友后,干脆也和老同学们坐一桌,一起聊天叙旧。

一众老朋友凑一块,大家七七八八地摆酒开喝,班长大汉依旧最能咋呼,这么多年秉性未改,几杯酒下肚,就嚷嚷着和刘康生认亲家。有人笑道:"我看你是喝多了吧,就你家那个毛头小伙子,只怕毛还没长齐,怎么?就想着订媳妇了!"

大汉的大儿子今年才读高二,只比刘子铭大一岁,他笑骂:"你懂个啥!女大三抱金砖!刚好刚好!"

"别理他,你看我家儿子,去年物理竞赛拿了全国第一名,直接保送出国,将来回国发展也不错,康生兄考虑一下!"

一场升学宴变成了老同学聚会,再变成抢亲大会,眼见他们一个个为自己家儿子争得面红耳赤的样子,何晓芸与刘康生有点哭笑不得。

"要我说啊,你们都想得太多,有本事让你们儿子自己出来作介绍,一个个面试,就你们这些当老子的在这里吆喝算怎么回事!"张晓红一拍桌子,泼辣地说道。旁边有人说:"你家是闺女,当然一点都不着急。"众人一齐哈哈大笑。

酒过半巡,大家都喝得有点昏昏沉沉,开始说起以前校园里的趣事。有个男同学,外号"大华",卖着关子说道:"前段时间我去外地出差,你们猜我碰到了谁?"

话一出口,果然很多人被吊起了胃口,七嘴八舌地纷纷猜测,大华听了直摇头。众人的耐心被耗尽，催大华直接公布答案。只见大华得意一笑，然后说道："张文涛！猜不到吧！"

竟然是许久没有联系过的张文涛，大家深感意外，刘康生之前和他关系最好，但是这些年也渐渐断了联系，这次女儿的升学宴，也联系不到人。

"他怎么样了？好像上次见面还是在康生的婚礼上吧。"大华接着说，"他啊，这么多年，还在做中学老师，人没什么变化，只是有一样，让人不可思议——这么多年一直没有娶老婆！"

饭桌上一片哗然，年近四十，他这人竟然还是孑然一身。

"你们说，会不会是张文涛这么多年还是忘不了平雪娟，所以一直没有娶妻啊？"张晓红在饭桌上小声地问道。当年张文涛与平雪娟的那段感情，刘康生与何晓芸再是清楚不过。这些年，何晓芸每次想起心中都一阵愧疚，要是当年告诉了他们，或许就会不一样了吧。

"对了，说到平雪娟，何晓芸你跟她最好了，这次怎么不见她来？"

另一个同学急急地接道："你还不知道吧，平雪娟老公烂赌，这几年啊，据说输得家底都空了，房子、车子都抵押了，整天东躲西藏，平雪娟这几年啊，一点消息都没有，也不知道去哪了……"

"可惜啊，当初几个女同学里面，就她嫁得最好，没想到这才几年啊，竟然这样……"

"谁说的好呢，嫁得好也就不一定过得好，我看我们这些同学里面啊，也就人家何晓芸和刘康生，一直坚守着，是模范中的模范啊！现在儿女成器，家庭幸福，羡慕不来啊，大家都要学习着点。"

何晓芸抿着嘴，摆手说："没有没有，大家都一样。"可心思却早就飘到另一边。早年间，看平雪娟过得辛苦的时候，何晓芸便后悔了，早知道如此，还不如和张文涛在一起，即使过得清苦一点，但也好过现在东躲西藏，担惊受怕。今日听说张文涛这些年来一直未娶妻，何晓芸心中的悔恨达到了最高点，要是她当初不那么瞻前顾后，也许他们两个就能幸福地生活在一起。

"好了好了，人各有命，不要再说这些不开心的事情了，倒是我们毕业二十周年快到了，我提议，找个日子大家聚一聚。"班长大汉一声令喝，打断了饭桌上凄凄惨惨的气氛，开始规划起毕业二十年同学聚会的事情。

大汉指着刘康生说："咱们班的模范夫妻，你到时候可得带何晓芸一起来给我们起个表率作用啊，何晓芸虽不是我们班的，但也是模范家属啊，必须到场！"

刘康生还没来得及回答，张晓红便快人快语道："只许你们班聚会把模范夫妻请来，就不让我们班聚会请模范夫妻啊，我们班也要聚会来着，刘康生啊，妇唱夫随，必须来我们班！"何晓芸班的几个同学纷纷附和道。

"抬杠是不是？抬杠是不是？你们班另选一个日子就好了，干吗非得选同一天的？"大汉争辩着，随即又提议说，"就算同一天，大家都这么熟了，干脆凑一块！你们说是不是啊！我提议，为了毕业二十年聚会，干一杯！"大家纷纷举起酒杯，开始了新一轮的敬酒。

宴席过后，刘康生喝得酩酊大醉，何晓芸因为要开车，滴酒未沾。她不得不忙着先把二老送回家。刘佐华有点喝大了，刘子铭自告奋勇去爷爷奶奶家照顾他们，说是照顾，其实是想去爷爷家玩电脑了。家里何晓芸管得严，规定他一天玩电脑不能超过半小时。他今个主动去爷爷家，何晓芸怎么会不知道他的小心思，无奈孙元香一再帮腔，又考虑到两个老人年纪大了，晚上怕有不方便，何晓芸只好答应了。刘子铭一蹦三尺高，怕何晓芸后悔似的，一溜烟地钻进车里。

把公婆送回家以后，何晓芸又返回酒店，把几个闹得快翻天的小孩遣散了，和刘子萌再扶着醉醺醺的刘康生一块回家，到家的时候已经是晚上十一点了。高考过后的刘子萌像是飞出笼子的小鸟，刚落到家里还没几分钟，又被同学一个电话 call 走了。何晓芸追在后面喊："这么晚了你还去哪里啊？明天再去吧，今天太晚了。"

刘子萌头也不回地说："今天秀秀生日，我就在她家睡觉了，不要给我留门。"何晓芸还要说什么,刘子萌已经跑到楼下了。不得已,何晓芸只好停止了唠叨,关上门。

两个孩子不在,家里竟然显得有点空荡荡的。这么多年来,这还是两人难得的"二人世界"。刘康生瘫倒在床上,何晓芸熟练地帮他解了鞋子,脱了皱巴巴的西装,因为酒精的关系,刘康生的脸红红的,何晓芸拿下他脸上的眼镜,又帮他解开扣子,拧了一把湿毛巾,细细地擦拭着他的脸,然后是脖子,最后是胸膛。

清凉的触感让刘康生渐渐清醒,他一把握住何晓芸忙碌的手,看着这个陪伴自己二十多年的女人:眉眼如初,解开的头发随意披在身后,一袭简单的睡袍,洗漱过后身上还留有一股馨香。刘康生不禁心旌摇曳,他坐起身,轻轻拍了拍身旁的空位,示意何晓芸坐下来。

他温柔地说:"现在我们的两个孩子都被教得很好,这些年你辛苦了。"何晓芸坐上床,和刘康生一样靠在床头,漫不经心地回答:"没有什么辛不辛苦的,孩子们好就好了,这次萌萌独自去上海,我还是有些担心。"

"不用担心,她姑姑在那里,会照顾好她的,她小时候最喜欢她姑姑了。"

刘康妮结婚之后,便在上海定居,前几年买了房子,更是很少回西安了。这次她怀着二胎不方便回来参加萌萌的升学宴,千叮咛万嘱咐让萌萌早点去上海,熟悉一下环境,有她在,刘家人都很放心。

可何晓芸还是不无担忧:"话是这样说,可是我们真的不送她去上海吗?这一路上这么长,她一个人没有出过远门,能行吗?"

"孩子长大了,你总不能时时刻刻护在身后了,该让他们自己出去闯闯,再说她一路上有同学做伴,康妮又会在车站接她,放心吧,丢不了。"

何晓芸原本想亲自送女儿去学校,在刘康生一番劝说下,总算打消了念头。何晓芸突然想起子铭这次期末考试的成绩,刚放下女儿的事情,却又不由自主地操心上了儿子的学业:

"我跟你说啊,子铭这次期末考试名次退后了十几名,他最近心太野了,老想着玩电脑，功课也不好好做。眼看明年就读高二了，这样下去怎么行？"

刘康生平时甚少关心孩子成绩，听何晓芸这样说，也上心起来："有没有问问是什么原因？"

"问了，成绩刚出来我就问了。子铭自己说数学一门没考好，我后来还打电话问了老师，他老师说他最近玩心重了点，功课也不是很上心。"

"子铭虽然长得像我，但脑瓜子像你，都是读中文系的料，数学这一块的基因半点没有遗传到我的。"

从小萌萌就好动、活泼，可身为男孩子的子铭和姐姐完全相反，他喜静，心思重，喜欢自己捣鼓一些小东西，这些东西在大人和老师眼里就是爱玩。何晓芸不置可否，想起那两个孩子，内心就一片柔软。今天，面对一众亲友羡慕的眼神，以及问到孩子的教育方法，这一切都让何晓芸分外的骄傲，刘康生又何尝不是，两个人共享着一份别人体会不了的喜悦。随后，两人又七七八八聊了一些孩子们的事情，夜已经深了，才关掉床头灯，躺下休息。

黑暗中，刘康生从床边一点一点地蹭到何晓芸身后，用手臂环住她，把她拥入怀中。何晓芸静默了一下，然后推开了刘康生，说道："老夫老妻还这样？"

这些年来，对于刘康生的亲密举动，何晓芸一直都是排斥的，说起来也奇怪，两个四十岁左右的人，竟然一年到头也没有几次夫妻生活，要是外面那些人知道所谓的"模范夫妻"私底下竟是这样子，想必会惊掉大牙。

刘康生正值壮年，需求自然少不了，可是何晓芸说不清为什么，对于这码事，总是提不起兴趣，能躲则躲，能推就推，到了最后更是直接拒绝，久而久之，刘康生便不再勉强。只是今晚的气氛这么好，他以为结果会不一样，没想到还是一样。

刘康生苦笑了一下，慢慢地松开了环住何晓芸的手，一个翻身，挪回到自己睡觉的那个床角。一张宽大的床上，照旧一人占据一边，远远地隔着，两人静默无言，各自入眠。

第二十四章

办公室恋情

随着朝阳冉冉升起,忙碌的一天即将开启。

刘康生躺在床上继续半眯了一会,他都忘了自己有多久没有享受过周末了。之前几个发小笑他,人家都说是为老板打工,可谁知道老板每天睁开眼就要为几百个员工打工,这样说起来,做老板比做员工还要更不幸一点。刘康生苦笑了一下,员工有周末,可作为老板,是不分周末、工作日的。每天不是在去公司的路上,就是在去应酬的路上,即使喝得酩酊大醉,也没有人会夸你一句工作敬业。

创业之后,钱是多赚了,但生活质量不见得就上涨啊,例如什么马尔代夫、圣托里尼,据说是有钱人的根据地,前阵子听新闻说,马尔代夫将要被上升的海平线淹没了,想去的赶紧抓紧时间去啊,不然以后有钱都看不着了,这让刘康生一阵心慌。他的好几个朋友都出去玩了一圈,就连孙元香,天天也在朋友圈里晒各种旅游照,而刘康生这个公司老板呢,就连西安市都甚少出,关键没时间啊,有钱了也没有那功夫啊。刘康生暗自思忖着,什么时候去度个假才行。

客厅里,传来何晓芸踢踢踏踏的拖鞋声,两个孩子都不在家,早饭时何晓芸随意地煮了些粥,应付着吃了点,跟还在躺着的刘康生说自己去上班了，锅里留了粥，让他起了床吃一点。

起床后，刘康生去外面散散心，慢悠悠地走了一段路，他正想着去哪里的时候，电梯"叮咚"一声，提示楼层到了。他的脚步不知不觉又将自己带到了熟悉的公司。

刘康生的电脑公司位置没有变，还是在原来小办公室的那一层，只不过除了这层，上面还有整整两层楼都是新天地电脑公司的办公室，刘康生早在前些年就租下了三层楼作为办公场所。公司由原来几十平方米，发展到现在的上下三层楼，员工由原来的几个人，壮大到现在的上百号人，刘康生的公司已经完全站稳脚跟，不再是当初的那个小公司了。

刘康生的办公室，是公司位置最好的一个会议室，后来更改为董事长办公室。里面装饰得气派豪华，地面上铺着厚厚的毛毯，一张大大的红木办公桌后面是一个配套的红木博古架，架子上放着公司这些年收获的荣誉奖项和称号，再往上是一副裱好的书法作品，据说是某位大师的墨宝，笔锋遒劲有力地写着"无欲则刚"四个大字。刘康生正在看这个季度的报表，一串上升的数字让他心情大好。当老板的通病就是，每次看报表，就不能不在意自己又有多少钱进账或是亏损。令他欣慰的是，这些年来，公司一直稳健运行，势头一年比一年好。刘康生从一个生意人，渐渐变成了一个企业家。

刘康生看报表时，办公室的门突然"咚咚"地被敲了两下，刘康生还没来得及说"进"，人就已经推门而入。

进来的是一个年轻的女职员，手里端着一杯茶。上身是中规中矩的职场白衬衫，下身是一条包臀裙，粗看没有什么特别之处，细看却能发现裙摆带着蕾丝花边，蕾丝配美腿，相得益彰，身形窈窕，小腰盈盈一握。头发是中分的黑直长，瓜子脸上面嵌着两颗琉璃似的大眼睛，整个人显得干净利落又十足的性感妩媚。只要是个男人，都会忍不住多看她两眼。只见她进来，反身把门关好，然后把手中的茶杯放在刘康生的办公桌上，温声道："刘总，您的茶。"

刘康生抬头见是她，微微颔首。

她叫郑巧玲，是刘康生的行政助理，刚一毕业便进了公司，现在已经两年了。郑巧玲看了看遮挡得严严实实的百叶窗，刚刚还一脸恬淡、严肃的她，转眼间就笑着对刘康生眨了眨眼，像是换了一张脸，然后越过办公桌，竟然直接将包裹的圆润紧实的臀部，坐在刘康生大腿上！

刘康生放下手中的报表，一手搂着郑巧玲的细腰，一手刮了一下她的鼻子，宠溺地笑道："你这胆子真是越来越大了，在办公室里，就敢坐我身上来。"

郑巧玲一点不以为意，反而娇滴滴地说："那刘总可要惩罚我？"

刘康生抚着她裙子上的蕾丝花边，说道："罚，罚你这个月的奖金为零。"

郑巧玲配合着卖惨："别啊，刘总，那我下个月都要喝西北风了，你舍得吗？"刘康生的手越来越向上，自然地贴着大腿根部往上游，郑巧玲急忙抓住了刘康生的大掌，娇嗔道："刚刚刘总还说我大胆，我看刘总胆子也不小，光天化日之下吃我豆腐，我看也要罚。"

刘康生饶有兴趣地看着怀中佯装生气的小脸，故意逗道："你说说看，怎么罚？"

郑巧玲转了转眼珠子，贴着刘康生的耳朵说："就罚你，今天晚上陪我吃饭。"

"今天晚上？"刘康生皱了皱眉。

即使是美人在怀，刘康生还是保存着些许理智，他果断地说："今天晚上不行，最近家里事情多，我那女儿萌萌也快要去上海读书了，我得回家陪陪她。"

郑巧玲闻言，失望地叹了一口气，她把脸靠在刘康生胸膛上，闷闷地说："你总是要陪她们，一点都不在乎我。"

刘康生闻言安抚道："乖，等过一段时间就好了。"

这不是郑巧玲要的答案，尽管此刻坐在这个男人的怀里，可她却并没有一丝的安全感，因为这个男人从头到尾没有一毫是属于自己的，她深深地明白，他属于那个叫何晓芸的女人。

升学宴那天，她作为公司的高级行政，自然也在场，帮忙安排各个事项。那天，她远远看见和刘康生并肩站在一起的女人，不算美貌，不算出众，甚至也就是个比普通中年妇女强一点的样子，比起自己简直差远了。这样的女人，怎么配得上自己英俊优秀的老板！她心里嫉妒得要命，可现实中，却还得挂着笑脸，招呼那些生意场上的各位老总。

想到这里，郑巧玲终于对着刘康生问出了这两年一直想问的那个问题。她用手温柔地抚着刘康生下巴上的胡茬，声音闷闷地问道："康生哥，我们什么时候能光明正大地在一起啊？"

这个问题一问出口，刚刚还腻歪的气氛顿时冷下来，刘康生兴致缺缺，即使温香软玉在怀也索然无味，他拿下郑巧玲的手，漫不经心地道："有机会的时候吧。"

郑巧玲不是笨人，这个回答根本就是敷衍，她有心再追问几句，但是看刘康生的神色，就知道这不是一个合适的时候。于是她乖巧地从刘康生腿上站起身来，轻声说道："康生哥，要是没什么事，我就先出去了。"

刘康生叫住了她，尽管给不了她承诺，但刘康生从来就不是一个小气的人。相反，很怜香惜玉，他从西装的内口袋里掏出一张卡，伸到郑巧玲面前说："这段时间我忙，你自己拿去买点喜欢的东西吧。"

郑巧玲有点局促不安地看着眼前的卡，迟疑地说道："不用了吧，康生哥，我还有钱，不需要。"

刘康生不由分说，拉过郑巧玲的手，直接把卡塞进她的手心，用不容拒绝的口吻说道："你上次不是说喜欢一个包包吗？喜欢就买下来吧。"

郑巧玲拿着卡，一脸感动地说道："谢谢康生哥，你对我真是太好了。"说完，羞涩地往刘康生脸上亲了一口，然后转身出去了。

刘康生看着她的背影，陷入了回忆。

自己什么时候和郑巧玲开始的呢？应该是两年前，有一段时间他和何晓芸老是吵架，每天忙完公司的事情，回到家还要因为各种琐事争吵，有时候甚至连拖鞋摆放的位置都能吵一架，刘康生开始找各种理由不回家，他已经绝了那份想重归旧好的心。前几年，他还在尝试着用各种方式去补偿，补偿何晓芸在前一段他犯下的错误中所受到的伤害，但何晓芸始终对过去的事耿耿于怀，她的心像一块化不开的冰。最重要的是，她拒绝刘康生的触碰，每次气氛正酣、情到浓时，何晓芸的脑海中就回想起他和别的女人翻滚场景，然后她便忍不住一把推开身上的刘康生，趴在床沿上干呕。何晓芸嫌刘康生恶心，这已经不是简单的想法，而是强大的心理暗示，化作了生理上的反应。他的触碰，让她不由自主地起反应，尽管她也不想，但事实就是如此。第一次发生这种情况时，刘康生拂袖摔门而去，再后来的时候，刘康生的愤怒只得化作了满腔的苦笑和无奈。

刘康生渐渐意识到，过去的事情，对于何晓芸就是一个过不去的坎。所以他在死了重修于好的心之余，也不愿意再回家开始新一轮的争吵。于是，他就索性常常在公司加班到深夜。时间长了，他发现，公司有一个新来的小女孩，居然也每天默默地加班。刘康生作为老板，遇上这么卖命的员工，自然是感动和关注。

而且他还发现，只要他在，那个女员工也会默默地加班。时间一长，刘康生就好奇了，主动问她是不是工作太多做不完，眼前这个叫郑巧玲的员工摇摇头；问她是不是老员工欺负她，故意给她指派很多工作，她还是只管摇头。

刘康生实在忍不住，问她为何天天一个人加班到那么晚。郑巧玲看了一眼英俊帅气的老板，然后怯弱地回答："我刚进公司，有很多不懂，我想老板都这么努力地加班，做员工也应该努力一点，才能不拖公司后腿。"

郑巧玲的回答倒是让刘康生意想不到，难道要跟她说老板是不愿回家，所以才故意躲在公司加班的吗？刘康生一阵苦笑，但他很看好郑巧玲那份上进心，于是他说："你要是有什么不懂的，加班的时候，可以直接来办公室问我。"

一般员工会以为老板这只是客套或者鼓励的话，但郑巧玲不一样，她把刘康生的话当作圣旨一样谨记着。遇到不懂的时候，竟然真的敲门问老板去了。一来二去，两人便渐渐熟了起来，日常工作中如常，但是下班后的那段加班时间，两人彼此心照不宣，刘康生很享受和一个年轻女性，还是一个很崇拜自己的漂亮年轻女性的独处时光，而郑巧玲更是乐在其中。

刘康生忘了具体是哪一天，他拿着表格指导着郑巧玲看数据，郑巧玲像一只猫，乖巧地蹲在他面前。长长的发丝往下垂，还有几根散发不经意地摩挲着他的手臂，刘康生觉得整颗心都痒痒的，讲的内容都有些颠三倒四。正在刘康生心猿意马的时候，郑巧玲恰巧抬头，对着他绽放了一个笑容。见惯了风月场上的各种笑容，虚伪的、僵硬的……还没有谁，像她这般，就只是一个单纯甜美的笑，刘康生仿佛回到了大学那段时光，身边的人美好而单纯。他魔怔一般，伸手抚了一下郑巧玲的秀发，郑巧玲果然温顺得像猫一样，她静静地接受了刘康生的抚摸，没有惊慌失措，也没有躲开，甚至带着一丝娇羞且期待的表情。刘康生瞬间懂了，就在那个朦胧的夜晚，他很合时宜地摘下了这朵水灵灵的鲜花。

刘康生与郑巧玲在他的办公室里颠鸾倒凤，他沉浸在温香软玉的世界不能自拔。但是，已经年近四十的刘康生早已经不是当年那个惊慌失措的毛头小伙子，他仔细地整理好了衣物，静静地平复了心情，然后若无其事地回了家。不同于上一次，这一次的刘康生已经没有所谓的愧疚之心，甚至他的内心，多了一种酣畅淋漓的报复感，刘康生甚至阴暗地想：你不是要惩罚我吗？你不是对我感到恶心吗？何晓芸，赎罪这么多年，也够了吧。

新来公司的郑巧玲升职很快，从一个小小的打杂的助理，三个月后就变成了公司高级行政助理。大公司的流言蜚语多，但大公司永远都是聪明人更多，没有人会傻到当面对质，去问郑巧玲何德何能爬上那个位置。大家都只是笑眯眯的，把郑巧玲的称谓从最初的"小玲"改成了"玲姐"。自此以后，郑巧玲一步步成了公司举足轻重的骨干员工。

刚刚出了董事长办公室的郑巧玲回到自己的位置上，其间，几个实习生在过道里与她擦肩而过，对她恭敬而礼貌地问好"玲姐"，郑巧玲点头示意,脸上浮现的笑容既温和又带着淡淡的疏远。这两年的工作历练下来,对于同事之间的关系,她能拿捏得游刃有余。她已经是这个公司名副其实的前辈了,这声尊称,她完全担得起。只是,她想要的远远不是这句,她想要哪一天,有人喊她"刘太太"抑或是"老板娘"。她掏出刘康生给的那张银行卡,带着一种对自己未来梦想生活的遐想,惬意地笑了。

第二十五章

暗波涌动

再过两天,萌萌就要离开"生于斯,长于斯"的西安城,去上海念大学了。难得下厨的孙元香,特意亲自张罗了一桌饭菜,要给孙女践行。

孙元香这些年,年纪渐长,可厨艺还是十年如一日,没有半点长进,煎的鱼依旧半生不熟,炒的青菜还是咸得难以下咽。可孙元香自己不觉得,她看着满桌子的菜,脑海中想着孙子、孙女们大快朵颐的样子,就觉得一阵欣慰。

一旁看报的刘佐华冷哼了一声,作为备受孙元香厨艺"荼毒"的对象,其中的滋味他再清楚不过。正在兴头上的孙元香听到了来自老伴的嘲笑,尤其是这声冷哼这么的刺耳,她对着刘佐华气冲冲地说:"你说你个老头,我早上六点就起来买菜准备,忙了一整天,你不搭把手就算了,还在那阴阳怪气地哼什么!"

刘佐华眼睛从报纸上移开,拿下老花镜,调侃地说道:"你说你,去饭店叫一桌不就好了,非得自己动手,现在还嫌我不帮忙,你这不是找麻烦是什么?"他在心里默默地加了一句,"自己做得又费事又难吃。"当然,他还是没敢说出来,不然又是一场不可避免的争吵。

孙元香白了他一眼,不屑地说道:

"你懂什么？自己亲手做的才是心意，在饭店里叫一桌，这能一样吗？再说了，饭店搁的油啊盐啊又多又不健康，怎么比得了家里做的饭菜香？"

孙元香乐滋滋地看着满桌的饭菜，时刻盯着墙上的时钟，念叨人怎么还不来，这饭菜都要凉了。

刘佐华继续扭头看他的报纸，不再吭声。自从老两口退休在家，他们闲来无事就拌嘴，两个人越活越如小孩子一样脾气犟，你一言我一语地互不相让。终于到晚上七点一刻的时候，刘康生一家才姗姗而来，一进门孙元香就佯装生气说："这都几点了？我菜都热了两遍了。"结果没等孙子孙女撒两下娇，她就破功了，笑容满面地让大家洗手吃饭。

何晓芸很有先见之明地买了一些熟食，递给孙元香说："妈，我在路上看见这些卤菜不错，顺手买了点，热一下就能吃了。"

"哎呀，你花钱买这些东西干啥？家里都准备好了。"孙元香客气地推辞了一下，然后接过，进厨房装盘热菜去了。

萌萌和子铭对视一眼，两人心知肚明，嘻嘻地笑了。这些菜，是何晓芸特地拐道去买的，为的就是防备孙元香不敢恭维的厨艺，为此还多花了半小时在路上。

刘佐华拿出了自己珍藏多年的红酒，每人倒了一杯，唯独子铭未成年，面前摆了一杯黄澄澄的果汁。他十分地有意见，抗议道："为什么你们都喝酒，就我一人喝果汁。"

萌萌接茬道："因为你还是一个小屁孩！"

"我才不是小屁孩，我就比你小四岁，我长得还比你高！"子铭不服气地辩驳。

"那又怎么样，你还是一个没有成年的小屁孩啊。"

子铭气鼓鼓地不吱声了。

看着他们姐弟掐架，从小到大都一个德行，大家都乐呵呵地笑了。刘佐华打圆场，说道："子铭啊，你也加把劲，过两年考一个比你姐更好的学校，这样你也算扳回一局了。"

子铭今年上高一，虽说也是重点高中，但成绩跟姐姐比，还是差了一大截，他无精打采地"哦"了一声。

"来，今天，我们一起庆祝萌萌考上大学，开始人生新阶段。大家一起干一杯，祝萌萌以后鹏程万里，天天快乐！"刘佐华以一家之长的风范，开始了祝酒词，大家高举着杯子，"哐"的一声碰撞在一起。

何晓芸看着笑靥如花的女儿，满心都是感激与知足。她感谢老天，让她拥有这一对儿女，并让他们健康地长大了，不仅如此，他们还很优秀，走到哪都有人赞叹两声。如今萌萌要离开家，让她心里分外的不舍，母亲心里的牵肠挂肚，做女儿的一点都不知道，她只知道，自己即将要去一个全新的地方，开启一段全新的生活。面对遥远陌生的城市，面对未知而前途广阔的未来，她既兴奋又期待。

何晓芸对女儿挂念担忧，孙元香又何尝不是，她看着全家其乐融融的样子，心里想到要是康妮也在家就好了。于是，她不由得叹了一口气，说道：

"不知道康妮怎么样了，还有几个月就要生了，这么多天也没有打电话回来。"

"哇，姑姑这么快就要生孩子了？！"刘子铭平时在校，刚刚听说，惊讶地插了一句。

"姑姑那已是第二胎了，看你大惊小怪的样子。"刘子萌撇嘴道。

"小孩子别乱插话。"何晓芸打断了他们俩。

刘康妮当年病情稳定之后，执意要去上海，家里不敢阻拦，于是由哥哥刘康生亲自陪同着去了上海。幸亏刘康妮当初没看错人，原来那个叫郑泽荣的青年，是真心爱着她，因为怕她为难，之前才忍痛提了分手。后来康妮家里已经同意他们交往，自然是大喜过望，两人重归于好。刘康生帮她打理好了住处，就回了西安。自此，萌萌的小姑姑——刘康妮就算是嫁鸡随鸡，嫁狗随狗，在上海定居了。

她结婚的时候，父母和大哥很有远见地为她凑钱全款买了一套房子作为陪嫁，后来刘康生笑言，得亏房子买得早，要是换这几年，砸锅卖铁也买不起了。后来她与郑泽荣合着又按揭买了一套小居室，现在一套自己住着，一套出租，以租养贷，这样也没什么经济负担。前几年生了个男孩，今年年初又怀上了二胎，小日子过得稳稳当当的。

这些年来，刘康妮心里一直感谢哥嫂，萌萌高考后填报志愿的时候，拿不准哪里好。刘康妮鼎力推荐报上海的复旦大学，一来复旦属于全国一流学府，师资教学水平和院系学科质量差不了；二来上海是国际大都市，将来工作发展也有好的平台和前景；再有就是自己在上海，萌萌来这边也能得到照料。后来，萌萌果然不负众望，被录取上了，刘康妮满心满眼的欢喜和骄傲。

刘康妮之前说到自己家庭，听说是陕西的，上海婆家总觉得是偏僻穷苦的西北地方，父母亲是知识分子又怎么样？陪嫁一套房子又怎么样？总感觉自己家在国际大都市里就多了些许傲气，虽然自己住在又小又破的弄堂里，言语间还总是高高在上。如今自己的侄女顺利考上了复旦，那婆家的几个老妖婆改口说道："哦哟，这书香门第就是不一样咯，侬家几代往上数，都是会读书的人，将来阿拉孙孙哦，也是要上清华北大的。"刘康妮听到这话很是开心，萌萌这次为刘家真是争光添彩。

那边刘康妮望眼欲穿地等着萌萌来，这边何晓芸和孙元香她们却各种舍不得，一直拖延到快要入学报到的日子。

今天，一家人酒足饭饱，子铭和萌萌在客厅，一个霸占了电视遥控，一个去玩电脑，刘康生和刘佐华父子俩在阳台喝茶聊天，孙元香和何晓芸婆媳俩则在厨房收拾东西。两人说到萌萌上学要带的东西，杂七杂八地说了一堆，最后觉得还是不够齐全，打算明天带萌萌一起去商场逛逛，再买些要用的东西。

阳台上的父子俩就着凉凉的夜风也难得地谈起了闲话，大学里面的家属楼除了偏远这一点不好，其他的很多处是外面的商业小区没法比的，像院子里种的树都有上百年的历史，风一吹，枝叶间一片婆娑之音，不时点缀着几声虫鸣，在夏末的夜里，更显得清幽雅静。

刘佐华给儿子斟了一杯茶，缓缓说道：

"我看你这几年，生意做得挺好，每天也忙，很少有时间来看我跟你妈。我们也就算了，只是一个男人，要重事业，更要重家庭。我听何晓芸说你经常加班，深夜才回家是不是？"

刘康生脸上一热，辩解道："是，公司忙，时常加班，要么就是经常出去应酬。"

刘佐华放下手中的茶杯，看着他说："再忙也要抽出时间陪陪家里人，人这一辈子，钱这样的东西，生不带来死不带去的，也赚不完，你现在老大不小了，应该明白这些道理。"

刘康生点头说是。

刘佐华继续说道："孩子们长大了，就会像鸟儿一样飞出去，老来伴老来伴，就是老了能陪在身边做伴，走完最后一程的人，别看我和你妈老是吵架，可我们都知道，我们啊，谁都离不开谁。你自己心中要有一杆秤，自己什么能做，什么是绝对不能做的，不要做出那些糊涂事，不然，我第一个饶不了你！"

刘康生心里一惊，莫非老爷子已经知道点什么？看这敲打的架势，感觉像是有的放矢，刘康生心里七上八下地打着鼓。这种情景，突然让他想起年幼时，考试不及格的那些时刻，拿着试卷等着爸爸回来签字，一样的忐忑和不安。

他细细地观察着老爷子的神色，又好像对方不知道什么。刘康生猜想，应该是给自己打预防针罢了。都说男人最了解男人，何况这个男人还是自己的老子，刘康生想到自己"加班"做的那些"好事"，难免有些心虚，也是硬着头皮应了一声"是"。

一家人直聚到晚上十一点,刘康生他们才告别二老。走到楼下,家属楼前面花圃里的桂花开了,一阵阵扑鼻的清香。一轮皎洁的明月挂在天空,照得四周亮亮的。萌萌提议:"要不我们走路回家吧,散步半个小时就到了。"

子铭嘟着嘴,站在车门口,他今天吃得太饱,不愿意走路,于是刻意提出异议:"要是走路,那老爸的车怎么办?不要开回家吗?明天怎么上班?"

"这有什么难的,家里又不是只有那一辆车。"她一个暴力敲在弟弟头上,"我看你就是懒得走路。"

子铭捂着头,向何晓芸告状:"妈,你看,老姐她又打我。"然后,又转头对着萌萌恨恨地抱怨道,"你这么暴力,以后肯定嫁不出去!"

"好啊,你居然敢说我,我看你胆子越来越肥了!"说完就伸手去抓子铭,子铭一边跑一边做鬼脸。

看着姐弟俩在那边打闹,何晓芸的嘴边挂起一抹自己都没有察觉的笑容,她目光温和地看着他俩说:"你们别闹,小心别摔着,今天晚上月光好,我们就散步回去也好。"

何晓芸与刘康生并排走在后面,萌萌和子铭走在前面嘀嘀咕咕的。于是一家四口人,不紧不慢地走在月光下,怀着温馨甜蜜的心情,在阵阵桂花香中缓缓地往家的方向走去。尽管这是个非常平凡的场景,但谁也不知道,后来很多时候,何晓芸总是回想起一幕,忍不住流下眼泪。的确,这样简简单单、平平淡淡的和睦欢乐的场景,是多少家庭所欠缺的,也是何晓芸一年到头都极少能拥有的,所以那天她才如此敏感,并久久地铭刻在怀。

第二天的时候,何晓芸请了一天假,与孙元香一起带萌萌去逛商城买东西。刘家的男人们对这个都不感兴趣,所以只有女人们参加。她们想给萌萌挑一些衣服,前两天刘康妮打电话,说上海的天气和北方大不一样,还是提前备一些。

她们直接去了当地最大的商城，正值周内上班时间，商场里面冷冷清清的。一行三人逛了半天，累得腿脚酸麻，正要找个地方休息一下，萌萌眼尖，扯着何晓芸指着前面说："妈，你看你看，那个女的不是我爸公司的助理吗？就上次宴会上帮忙料理事情的那个。"

何晓芸顺着她手指的方向看去，果然看见对面不远处一个身材窈窕的女人独自在商场里溜达，正是刘康生的那位女助理郑巧玲，不紧不慢地在一家奢华的品牌包店铺里逛着。萌萌皱着眉，疑惑地说："那个牌子的包可不便宜啊，我爸公司的女员工都这么有钱吗？"

孙元香看了一眼，然后不屑地说道："看她长得那个妖艳的样子，现在的年轻小姑娘啊，年纪轻轻傍大款认干爹的多得很呢，买个包包算什么。"

孙元香有意多说几句，但看到萌萌在一旁，便生生地止住了话头。

何晓芸再一想，不免心里也奇怪起来："现在不是上班时间吗，怎么出来逛街了？"于是刘家老中青三代女人怀着一丝潜意识里的好奇，直直盯着对面奢侈品店内的郑巧玲。只见她从架子上拿了一个黑色的包包背在身上比画着，然后又像不满意似的放回去了，接着又拿起一个小包开始挑选，前前后后试了好几个包包，最后拿了一个正红色的包包，在前台结账买单。

萌萌人虽小，眼力却一等一的好，她啧啧地说道："她可真有钱，那款包包还是今年的最新限量款，好几万呢，上个礼拜我姐妹去看了都没有舍得买，没想到居然被她给拿下了！"萌萌的几个姐妹，也是家中小有资产，经常凑一块玩，慢慢地就聚成了一个富二代圈子。

何晓芸闻言，立刻说道："你可别学她们那些个坏习惯啊，年纪轻轻的就是包啊鞋啊，钱是你爸……"

"是是是，钱是我爸辛苦赚的，得来不易，不要随便浪费，大手大脚的。妈,你这番话从小就跟我念叨,我耳朵都要听出茧了,你不烦我都烦了。"萌萌接着挽起孙元香的胳膊,晃着撒娇说,"奶奶,你看我妈老说我。"

何晓芸被萌萌的抢白弄得哭笑不得:"你这张利嘴啊,我还没说你几句,你就自己说了一堆了。"

孙元香乐呵呵地笑了,她慈爱地看着自己漂亮活泼的孙女,说道:"你妈也是为你好,小姑娘家家的,确实不要跟她们学攀比,不过,你要是没钱就跟奶奶讲,奶奶给你钱。"

"奶奶最好了。"萌萌对着孙元香的脸"吧唧"亲了一口,孙元香笑得更开怀了。

"妈,您也是,老惯着她。"何晓芸看着眼前的一老一小,叹了一口气。

三个人临出商场的时候又碰见了郑巧玲,说来也奇怪,本来走在她们后面的郑巧玲突然走到她们面前来了,像是看见她们特意赶上来搭话似的。郑巧玲微笑又亲切地说道:"阿姨?萌萌?真是巧了,你们也来逛街啊。"

刘康生虽然没有直接介绍何晓芸给大家认识,但庆祝宴那天何晓芸一直跟他在门口迎接客人,明眼人一看就是老板娘。再说萌萌和孙元香她都能认出来,没道理何晓芸认不出来啊?可郑巧玲笑盈盈地看着祖孙两个,像是唯独没有看到中间的何晓芸似的。直到萌萌和孙元香都没有搭话,郑巧玲才把目光瞟向何晓芸,尴尬之余似乎才突然间注意到何晓芸,然后用疑惑的口气问:"这位是?"

何晓芸毫不在意地淡然一笑,伸出自己的手不卑不亢地说道:"你好,我是何晓芸,刘康生的太太。"

郑巧玲脸上笑容不变地与何晓芸握了握手,语气热烈地说:"原来是老板娘啊,难怪看起来眼熟,萌萌长得跟您可真像。"

不知道为什么,萌萌心里一点都不喜欢这个郑巧玲,甚至带有一些敌意和反感,她故意指着郑巧玲手上拎的那个新买的包包说道:"巧玲姐可真有钱,这个包包这么贵也舍得下手,这一个包都要你半年的工资了吧?"

郑巧玲不自然地笑笑，然后把包稍稍往后挡着，说道："也没有多贵，就是一个打折的包包，我平常也不太买。"

她买的明明是最新款！萌萌也懒得拆穿她，干脆又问道："我爸在公司忙不忙？我还说中午找他一块吃饭呢。对了，巧玲姐今天不上班吗？怎么有空出来逛街啊？"

郑巧玲打着哈哈说道："刘总应该在开会吧，我也该回去了。"说完就对着三人点了点头，然后匆匆离去了。

萌萌看着她的背影，嘟囔地说道："老爸公司管理的也太不严格了吧，员工居然上班时间出来逛街！"

何晓芸丝毫没有受到这个小插曲的影响，招呼两人回家，孙元香则好像是在想什么想得入神，直到萌萌连叫了她两次，她才反应过来。

过了两天，一家人去火车站送萌萌，孙元香原本想连夜准备一些吃食，叫萌萌带给姑姑刘康妮，谁知被刘佐华拼死拦下了。孙元香一开始还骂刘佐华没有做父母的心意，后来直到刘康妮亲自打电话说医生说了不能随便吃东西，那些吃食都吃不了，孙元香这才作罢。其实是孙元香做的吃食也难以下口，大家不忍心孙元香受累一场，萌萌带上也受累一番，于是直接劝说孙元香把这个念头打消了。

萌萌和家人一一拥抱了半响，就要告别上车了，何晓芸千叮咛万嘱咐，说要等到姑姑和姑父来接，才能离开车站，不要跟着陌生人离开，也不要随便乱走。萌萌不耐烦地打断："知道了，妈，我又不是小孩子！"然后就兴奋地上车了。

萌萌一走，何晓芸心里空落落的，回去一路上的情绪都很低落。刘康生拍了拍她的手以示安慰。送大家回家以后，他又开车回了公司。

到了家的孙元香才猛然想起前两天的事情，她对正在泡茶的丈夫说："你知道我们大前天在商场碰到谁了不？康生公司里妖妖艳艳的那个叫什么玲的女员工，就是那个萌萌升学宴上的女助理！我跟你讲啊，上班时间不在公司，反倒在外面闲逛买包，还出手阔绰地买了一个限量版的，轻狂得很！"

孙元香还在絮絮叨叨地说着那天的事情，刘佐华自然而然地回想起那天宴会，他当时坐在休息室屏风后面休息，意外碰见刘康生与郑巧玲交代事情，虽然没有做什么出格的事，但那语气和口吻不像是上下属的关系，倒像是很亲密的人才会有的交流方式。刘佐华隐隐地有点担心，自己的儿子自己最明白不过，虽然是一个有责任有担当的男人，但他自小便是怜香惜玉的性子，这样下去，难保不会有什么事情发生，所以才有那天晚饭之后，刘佐华敲打刘康生的那番话。

只可惜，刘佐华已经晚了一步，事情已经发生，结果终究是改变不了。

回到公司的刘康生，没想到郑巧玲早就在他办公室里等候多时，他一边挂上自己的外套，一边好奇地问道："你怎么在我办公室？"

郑巧玲嫣然一笑，然后半撒娇半使性地说："人家有工作跟你汇报嘛，等你这么久才回来。"

刘康生坐下喝了一口水，说道："说吧，什么事？"

郑巧玲把手中的文件摊到刘康生眼前的桌子上，说："优琼科技那边说想重新签订新一季度的合同，他们更改了几条合同条款，您看一下。"

刘康生粗粗地翻看了一些，快速地说道："他们把新一批的货价压得太低了，告诉他们我们成本价都不止那个标准，想合作的话，价位上再提高五个点，如果不能接受，那这笔生意可能没办法达成，其他几条没有问题。"

郑巧玲应了一声"是"，却迟迟不见她动身离开，眼见她期期艾艾地徘徊在办公桌前。

刘康生看了她一眼，问道："你还有什么事吗？"

郑巧玲看了看没有关严实的门，轻声地说道："我前两天逛商城的时候，碰到阿姨、萌萌，还有你家那位了。"

刘康生紧张地抬头看着她，示意她往下说。

"然后,我看她们也看见了我,就上前打招呼了。"

"你们说什么了?"

郑巧玲咬咬嘴唇,仍旧压低声音说:"也没有说什么,就是随便闲聊几句,我好心上去和她们打招呼,可是她们都不怎么理我。"

郑巧玲楚楚可怜地看着刘康生,故作柔弱地控诉道。可是她忘了,她控诉的除了何晓芸,还有他的女儿和母亲,他生命中最重要的三个女人。

刘康生内心有些不高兴,一来为郑巧玲行事的鲁莽,草率地主动上前搭话;二来为她言语中透露的不满情绪。这是在对谁不满呢?他的母亲?还是他的女儿?刘康生语气生硬地说:"我知道了,你先出去吧。"

郑巧玲看他没有反应,甚至是有些冷漠,她暗暗地跺了跺脚,然后转身,手刚碰到门上把手的时候,刘康生突然又叫住了她:"等等!"

郑巧玲一脸欣喜地回头,只听见刘康生讲:"以后再碰到她们,就绕开走吧!"

绕开走?!

郑巧玲简直被这三个字刺激到了,她为什么要绕道走?还是她就只配绕道走,一辈子都躲在黑暗里,任他呼之则来挥之即去?凭什么?自己毕业就跟了刘康生,整整两年的时间了,就得到"绕开走"这三个字?哼,等着瞧吧,总有一天,她要成为光明正大的刘太太!

郑巧玲眼中的嫉恨一闪而过,但马上又被掩盖住,她平复了一下情绪,低声地应了一句"知道了",然后打开门,走了出去。

第二十六章

二度霹雳

这天正值下班的节点，丁大坤出了办公室，突然出现在何晓芸跟前，敲了敲桌面，说道："下班别急着走，最近那个项目有些细节要跟你说一下。"

何晓芸抬头，说了一声"好"，收拾东西的手随即停了下来。这些年，同事们早已习惯何晓芸突然被总经理叫走，她们既不猜测他俩之间的关系，也对他们谈话的内容不感兴趣。毕竟这都十多年了，员工都已经换了好几拨，何晓芸成了公司资历最老的员工之一。新员工进公司之时，他们的关系已经这么亲密了，所以也没什么好奇怪。况且，大家都知道，何姐的老公可是一位又英俊又成功的企业家。那句话叫什么来着，你来公司上班是生活所迫，人家来上班，只是兴趣爱好。人比人气死人啊，所以啊，还是管好自己的温饱问题比较重要。

坐在何晓芸邻位的同事，叫蒋佳，是一个比她小十几岁、性格活泼的老姑娘。是的，老姑娘，年近三十，却一直没有结婚谈对象。她曾放言：不婚不恋保平安，婚姻太沉重了，身为女人，她可折腾不起。

尽管相差的年纪有点大，但何晓芸却与她意外的投缘，她见何晓芸在快下班的时候又被叫进总经理办公室，于是目带同情地说："好惨哦，竟然又在下班时间被叫走，去吧，我的精神与你同在！"

何晓芸笑了一下，作势要打她，被她一闪躲开了。

等到同事都下班走光了的时候，何晓芸依旧坐在丁大坤的办公室里喝茶聊天。项目细节谈完以后，丁大坤一手扶着椅子，一手掐着眉心，满脸疲惫地靠在椅子上。见他这样，何晓芸奇怪地问道："丁总，你这是怎么了？"

这些年，两人之间的尴尬早已慢慢淡化，除了上下级关系，也是可以交心聊天的老友，更何况，丁大坤早几年已经结婚。这个年头，情比金坚的成本太高了，毕竟生活还在继续，知道何晓芸离婚无望时，五年前，丁大坤与小自己十岁的女公务员结婚了。如今已经是第六个年头了，可是他的神情，衣服上的褶皱，甚至是无精打采的发型，都无一在暗示着他的生活并不快乐。没有一个男人在结婚之后，还过得像一条丧家之犬一般，除非他在那段婚姻中，处处受制，如同困在泥潭之中而难以拔脱。

丁大坤恰恰如此，他那年轻的小娇妻，有着一手花钱如流水的技能。整柜整柜的衣服，满桌子的瓶瓶罐罐，数不清的化妆品，还有堆积如山的包包和鞋子，大多数都是用过一两次就抛之脑后，再也没有被她宠幸过。自从她搬进了他的公寓，他的书房硬是被改成衣帽间，原来的书架可怜兮兮地被丢在客厅，充当为安置鞋子、包包的架子。丁大坤所有的东西都通通让位，被随意堆在各个冰冷的角落里。

不仅如此，自她进门以后，整个屋子基本上没有打扫过，家里乱成一团，堪比垃圾场，厨房倒是干净，因为她根本就没有进过厨房。丁大坤眼看着自己的血汗钱如流水一般花出去，再换来一堆用不着的东西回来，实在忍无可忍，与她好好地谈论过几次。可每次，丁大坤都在她的控诉中败下阵来，无非都是一些不爱她，不够包容她的话，甚至她的闺蜜嫁了人之后，都过上了养尊处优少奶奶的生活，自己不过买点东西，竟然还要被数落。"当初是你自己要娶我的，信誓旦旦地说会宠着我，我才会答应嫁给你的，这些可都是你承诺的……"丁大坤最终就是在对方这些理直气壮的控诉下，不得不落荒而逃。

经历了一段失败的婚姻，原以为自己可以安稳地过日子，谁知道除了娶了一个只会花钱的祖宗外，简直没有半点划算的地方。这样的婚姻，不要也罢。一直忍受煎熬的这几年，丁大坤内心郁闷极了。

他满腹牢骚地说："我已经尽量在满足她了，她说不愿意上班，就让她辞职在家；她说想去国外玩，我就给她买机票；也不要求她洗衣做饭，她甚至不愿意生个小孩，我就是想不通，她还有什么不满意的。每天回了家不是抱怨就是吵架，这样的婚姻有什么意思？"

丁大坤不是一个轻易展示自己不如意的一面的人，但这些话，如果不对何晓芸说，他不知道还能对谁诉说。每天这些情绪压抑在心里，感觉自己都快要疯了。

"真的，我真的想不通自己有什么地方对不住她的，她老是觉得自己比我小十岁，嫁给我很吃亏。可是她当初自己同意跟我结婚的，她说我不浪漫也不体贴，一点都不会疼人，可是人都是相互的，她什么时候体谅过我？"

何晓芸静静地听着，半晌才安慰道："两个人在一起肯定没有那么容易，慢慢磨合就好了。"

丁大坤沮丧地摇摇头："没有用的，我们结婚差不多五六年了，一开始就不合适的人，真的不能将就啊。"

两段不尽人意的婚姻，让丁大坤越来越意识到，结婚不仅是找人搭伙过日子那么简单。柴米油盐的婚姻是做减法，婚前要足够地了解对方并相互深爱，这样才能在漫漫的时光中，抵挡得住那些鸡毛蒜皮的消弭，维持住一个家的形态。像他们这种，婚前就各种算计，计较得失，又怎么能走到最后。

要是当初和自己结婚的是何晓芸的话……他理智地刹住了自己的思绪，没有继续往下想。

丁大坤抬头看着眼前的何晓芸，她温和又善解人意，仿佛带着一种治愈的力量。丁大坤头脑一热，脑海中的想法脱口而出："要是当初你离婚了，我们在一起生活，肯定会和谐幸福的。"

听了这话，何晓芸有点愕然，甚至是手足无措，她只好磕磕绊绊地说："既然事情已经这样了，说什么也没有用，也……也没有什么如果。"

可是丁大坤不依不饶，既然话已经说到这个份上，他就没有什么好遮掩的，继续说："确实没有如果，每一次选择，都会着完全不一样的生活，对你来说是这样，对我来说也是。如果重来一次，你会怎么选择？"

尽管丁大坤说得很委婉，但她还是听出来里面强烈的不甘，如果重来一次，会怎么选？何晓芸内心也在问自己。这些年，过得说不上好坏，就像一碗鲜汤，第一遍尝的时候，你可能会有评价，好的或坏的，中意或厌恶，你总是有一个最初体验。但是，当这碗汤你喝了成千上万遍，几十年中的每一日都有它的存在，你已经失去了判断，也就没有所谓的好坏了。反正，就那样啊，婚姻就是这碗汤，初尝之时，酸甜苦辣咸，日子长了以后，也就平淡如白开水一般，却也渐渐习惯了这个味道。

"如果重来一次的话，我可能还是原来的选择，成了家，做了父母，就不只有自己的喜乐和感受。我还有孩子，对于他们而言，生长在一个完整的家庭，也是我们为人父母的责任。我和他爸，虽然这些年一直不冷不热，但最起码，还是一个完整的家，能让两个孩子快乐地长大，这就足够了。"

听完何晓芸的话，丁大坤苦笑："这样说来，我也不是一个合格的父亲。"

何晓芸怔了一下，这才想起，丁大坤之前的那段婚姻里，还有一个孩子，可是话已经说出口，她只得讪讪地补救道："每个人境遇不一样，情况自然不一样，你也别太自责了。"

和丁大坤聊完，出公司大楼的时候，夜幕早已降临，周围一片灯火通明，流光溢彩。何晓芸开车行驶在宽敞的马路上，脑海中回荡着丁大坤的话："纵然父母有责任，但也不代表要完全放弃自己的生活，人总是要为自己活着，爱自己，才有能力爱别人。"何晓芸摇了摇头，把丁大坤的话从脑海中甩出去。

子铭从新学期开始已经住校，只有周末才回一次家。平日家里也就剩下他们两口子,两人下班的时间各有早晚,等何晓芸回到家里时,已经是晚上九点了。

何晓芸推开门的时候,只见刘康生难得比她早回到了家,正跷着二郎腿坐在沙发上看电视。何晓芸惊问:"你今天怎么早回家了?"

"明天要出一趟差,一早的飞机,所以早点回家收拾东西。"

"去哪里?"

"广州。"

"就你一个人吗?"

刘康生迟疑了一下,然后回答:"还有公司的同事。"

何晓芸点了点头,不再追问,去厨房下了一碗面,简单地吃点,就算是晚餐了。刘康生看着何晓芸,脸色不太好看,便说:"我要是不这么早回家,还不知道你每天这个点才回家呢,晚上你就吃点这个,怎么能行!"

何晓芸一边低头呲溜吃面,一边解释道:"也不是每天这么晚,今天刚好有点事耽搁了。"

"既然如此,顺便跟你说下这件事,你那个工作干脆辞职算了,就在家里吧。子铭高中学业重,学校的吃住条件都没有家里好,不如让他走读,你就在家安心照顾他。"

何晓芸不愿意,她沉默地吃着面,并不应答。

刘康生许久没有得到回应,心中渐渐不快起来。他站起身,绕着餐桌,走到何晓芸对面,拉开凳子坐了下来,看着何晓芸问道:"你倒是说说,为什么不愿意辞职?"

何晓芸动作顿了顿,又低头专心吃面,不过经过刘康生的这一打岔,眼前的面也变得索然无味起来。她垂着头,淡淡反问道:"以前萌萌也住校,还不是照样挺好的吗?"

"萌萌那是因为成绩好,学习又主动,从小到大就不需要我们操心。子铭不一样,他爱玩,要是不好好督促,就怕考不上好大学。"刘康生用不容置喙的语气说着,像是下达一种温和的命令,"就这样说定了,你就辞职在家吧。"

何晓芸彻底吃不下去了,她干脆收拾起桌子,拿着筷子和碗的手把桌子敲得砰砰作响,以此发泄她的情绪:

"子铭也是你的儿子,你为什么不能多操点心管管。"

刘康生一阵皱眉:"你不要胡搅蛮缠,我那是公司,不是随便一份工作,再说咱们家也不缺你那点工资。"

这句话,是何晓芸第二次从刘康生的口中听到了。她愤愤地想:你的工作是事业,难道我的就不是吗?我的价值就一文不值?何晓芸很想质问刘康生,这么多年,除了钱,还为这个家做过什么?但她忍住了,她端着碗,转身进了厨房,不想再陷入这种无益的争吵。

谈话又一次无疾而终,夫妻俩谁也说服不了谁,干脆彼此都不说话,暂且忙着各自的事情。早几年刘康生曾经打算让何晓芸辞职来自己公司上班,既然想上班,自己给她一份不就好了,但何晓芸没答应。这两年,刘康生再没有当面提议了,其中原因只有刘康生自己知道。

何晓芸洗完澡穿着睡衣靠在床头,心不在焉地翻着一本书,而刘康生因为明天出差,这会正在自己手忙脚乱地收拾行李。以往都是何晓芸帮他收拾,但眼下两人刚刚吵完架,刘康生不好开口,眼见他把衣橱翻得乱七八糟,就是找不到之前那件衬衫,他也不问,只顾自己满头大汗地找着,柜子里没有就翻抽屉,何晓芸实在看不下去,扔开手里的书,跳下床,直接抢过他手里的衣服,帮他收拾起来。

刘康生识趣地躲在一旁,没有再去插手,也没多说话,心里却不由得生出一丝暖意。

第二天一早,刘康生早早地打了一辆出租车赶往机场,临行前,何晓芸只是简单地嘱咐了两句,之后便照旧梳洗上班去了。等到了机场,已有人早早在那里候着刘康生,高挑的身材,大墨镜,瓜子脸,长直发,一袭露得恰到好处的小裙子,不是郑巧玲是谁?原来刘康生昨天口中的那位同事,就是郑巧玲。这次外出,全程只有他们两个人。

刘康生走过去,推着一个行李箱,一身休闲装扮。郑巧玲看见他,急忙走向前,一只手自然地搭进刘康生的臂弯。两人并排走着,怎么看都像是一对出门度假的伴侣,在外人眼里,谁又能想到他们是在出差的老板和助理呢。

本来这一点生意上的事,也用不着老板亲自出差,但郑巧玲闹着要出去过过二人世界,面对她的撒娇攻势,刘康生只好缴械投降,原本心里也想外出散心的他,于是半推半就地答应了。不过他万万没想到,就是这个顺口的答应,在不久的几天后,可谓一时捅了大马蜂窝。

就在刘康生与郑巧玲你侬我侬在广州肆无忌惮地过二人世界的时候,何晓芸的手机里突然收到了三张照片。

这是刘康生出差第五天,临近下班的点,何晓芸刚刚整理完一堆文件,拿起一旁的手机打算放松一下。刚打开微信,发现有个陌生人加她的微信,添加信息上写着:多年不见的老朋友!何晓芸以为是大学的某个同学,就顺手点了通过。谁知的还没来得及问对方是谁,对方直接"刷刷刷"地连发了三张照片过来。

等何晓芸点开一细看,突然感觉晴天霹雳:第一张是在一处金碧辉煌的酒店大厅,刘康生搂着一名身材高挑的女性站在前台,似乎在办理入住手续,尽管只是背影,但何晓芸一眼就看出那个人是刘康生;第二张还在酒店的大厅,女生还是背影,她双手环抱着刘康生的腰,然后踮着脚,在亲吻刘康生的脸颊,而刘康生满脸怡然自得地享受着那个吻;最后一张照片,是两人在餐厅吃饭,刘康生举着勺子喂对面的女生,恰巧女生的脸被绿植遮挡,模糊不清,而刘康生的面孔却被拍得十分清楚。

这几张照片捕捉到的都是刘康生和同一名女性的亲密举止,看得出两人关系非常密切、自然,不是一朝一夕就能形成的,只是每一张都仅有刘康生被拍得清清楚楚,而那个女人要么只有背影,要么模糊不清。何晓芸飞快地给对方打字回消息,因为太过紧张,手指甚至轻微地颤抖着,她只发了几个字:你是谁?

结果却显示出一个红点,"系统提示:您还未是对方好友"——对方居然将她这么快就删了!她点开那个头像,是一个卡通的海绵宝宝的形象,除了头像和一行显示是广东广州的地址,就只有一条灰色的横线。

此刻何晓芸的心,就像那根横线一样,是灰色的,而且是极度的灰。盯着刘康生在广州的几张照片,那个陌生的对方无疑是在告诉她,他们正在广州逍遥快活着呢,何晓芸愣愣地坐在位置上,心里冰凉一片。

很明显,刘康生出轨了,又一次。

分针指向六点,下班的时间到了,同事们开始收拾东西打卡下班,几个经过她的同事纷纷向她说道:"芸姐,下班了,先走了。"

何晓芸怔怔的,没有一点反应,她像是被淹没在水底,那些声音被隔开,渐远渐近地传过来,让人听不真切。

"芸姐,你怎么了?脸色怎么这么差?"对面收拾东西的蒋佳看见何晓芸神色呆滞,脸色苍白,关切地问道。

谁知何晓芸还是没有反应,直到蒋佳拿手在她面前晃了晃,何晓芸才如梦初醒般反问:"怎么了?"

蒋佳不无担忧地看着她:"你这是怎么了?叫你半天才反应过来,看你脸色苍白的,是不是哪里不舒服啊?"

何晓芸脸上闪过一丝慌乱,但马上她便反应过来,面带浅浅的微笑掩饰道:"哦,没事,我刚刚想到一个问题想得出神,有什么事吗?"

蒋佳笑着推了她一把:"想什么想得这么入神呢,一副失魂落魄的样子,不知道的还以为你发癔症了,人都快走光了,你还不走啊?"

何晓芸心里巴不得这只是自己的癔症,可是照片上那两人真真切切,连刘康生无名指上的婚戒都看得一清二楚。如果是癔症,也太真实了一点吧。想到这里,何晓芸忍不住红了眼眶,她深深地吸了一口气,稳着声音,尽量不让对方听出任何端倪，平缓地说："没事，你先走吧，我收拾好了就走。"

蒋佳看着她，然后一步三回头地走了。

第二十七章

分 居

何晓芸在办公室坐了良久，久到办公室的人都走光了，四处都静悄悄的，只剩下她一个人。何晓芸呆呆地坐在位子上，伤心、绝望、怨怒、愤慨、诅咒……各种情绪纠缠在内心，她不知道自己接下来该怎么办，她甚至已经没有勇气打开手机再看那些图片一眼。每看一眼，刘康生那双搂着别的女人的手，就会刺痛她的眼。

她感觉自己昏昏沉沉的，事情来得太快，甚至还没来得及反应。这种感觉就像突然间被利器削掉了一块皮，一开始并没有疼痛感，直到鲜血往外冒的时候，火辣辣的剧痛才一波波地袭来。何晓芸的眼泪开始像断了线的珠子，越来越急地滴落在衣服上，整个胸腔难过得简直要炸开了。

她想打电话直接质问刘康生，问他为什么要这样，她自己究竟哪里做得不好，为什么要一而再地这样伤害她。但是她没有，她只是安静地坐在办公室，默默地垂泪。直到很晚的时候，窗外已经黯然，她才拖着麻木的身体回家。

一夜无眠。

第二天一早，何晓芸索性向公司请了假，她决定去刘康生的公司核实。出发前，她坐在梳妆镜前，开始收拾自己，看着镜中这个眼袋虚浮、脸色暗淡的女人，眼角细细的皱纹，昭示着她已经不再年轻；脸颊微微下坠，平添了许多老态；就连曾经骄傲的细腻如珍珠的肌肤，如今也是蒙了尘，甚至长了些许的斑。何晓芸细细地打量着，此刻，她只是一个老公出轨，被抛弃的中年女人。这些背叛像一根根含着耻辱性的细钉一样，一一扎在她那脆弱的心房上，淋漓的鲜血往下流。不过，何晓芸这么多年毕竟经历了生活的打击和磨砺，已经有一定强度的抵抗能力，她强忍着痛心与懊恼，理性地做着眼前的行动计划。

她给自己细细地化好了妆，一抹鲜丽的口红拯救了她的气色。等她走到公司门口，前台小妹看着一个气度雍容的女士走进公司，瞌睡一下飞得老远。她展示着自己八颗牙的标准笑容，礼貌地招呼："您好，请问您找谁？有预约吗？"

何晓芸温和地笑了一下，声音轻柔地说："你好，我是刘康生的太太，他说今天出差回来，要我来他的办公室拿点东西。"

前台小妹微张着嘴，目瞪口呆地看着眼前的何晓芸，哦，不，是老板娘！何晓芸很少来，所以她不认识也正常，原来眼前的她就是老板背后的女人！

不过，前台姑娘马上反应过来，刚刚微微张嘴的表情立刻切换成笑容，是比之前更加灿烂的笑容。然后毕恭毕敬地说："哦，失敬，您可以先到这边休息，刘总还没回公司，他的行程我也不是很清楚，请您稍等一下！"

说完，前台小妹就动作迅速地跑得不见人影，不知是去干什么了。

何晓芸站了一小会，只见前台小妹领着一个人匆匆而来，那是公司的行政总监，与何晓芸很早便相熟。从前台口中得知老板娘来了后，那总监当即放下手头的工作，前来热切地迎接。还没走到跟前，只见她熟络地与何晓芸打招呼，然后声称刘康生出差了，尚未回来。何晓芸看着她笑着说："这个我自然知道，只是他让我去他办公室取点急用的东西。"

行政总监听说以后，毫不迟疑地带着她往刘康生的办公室走去，在她的下意识里，老板娘总不会假传圣旨吧。

何晓芸貌似漫不经心地问："这次刘总出差就一个人吗？有没有人照顾

他啊？"行政总监满脸堆笑着说："有的，还有刘总的贴身助理一起。"何晓芸心里"咯噔"一下，表面却半点没有显现出来。那个女助理郑巧玲她见过几次，有些印象，现在想起来，对应那个背影，十有八九就是她，何晓芸心里隐隐有了答案。

她继续不动声色地问："就两个人吗？康生说这次项目很重要，两个人够吗？"

行政总监没有察觉到何晓芸是在套话，只以为她是担心自己的老公没有人照顾，当下还安慰道："就他们两个人，但是您放心，郑助理为人心细，做事妥帖，肯定能把刘总照顾好的。"

另外，行政总监心里也在直嘀咕：按说这次广州的项目也不算重要啊，也没到需要老板亲自出马的地步。即使去了，也就一天或半天的事情，怎么这次去了快一个礼拜还没回来？行政总监还没来得及在心里细究，就到了刘康生办公室的门口。

何晓芸心下冷笑，她当然照顾得很好。

刘康生的办公室虽然豪华，但也简洁，除了平常办公所需的东西，其他东西少之甚少。办公桌上，除了一台电脑、键盘和水杯，就是一张一家四口的全家福。那是三年前拍的，两姐弟站前面手拉着手，何晓芸与刘康生站在后面，手搭在两姐弟的肩头上，一家人冲着镜头笑得很开心。行政总监亲自给何晓芸倒了一杯水，便退出办公室。何晓芸站在巨大的落地窗前，眺望这个城市的景观，远方郁郁葱葱的景色一收眼底，果然是个好视野。

何晓芸内心揣测着，日日站在这个窗前，看着这幅景象的刘康生到底在想什么？因为她发现，那个与自己同床共枕将近二十年的刘康生，竟然陌生起来；更或者，何晓芸从来没有真正地了解过他！他还有多少面，是何晓芸不知道的？何晓芸心里升起巨大的失落与悲哀。

也许是公司有人打电话给刘总汇报何晓芸去他办公室的事，又或者是，刘康生计划就是今天回来。总之，就这么巧，刘康生竟然回来了，连同那位贴身助理，只不过他先回了公司，就在何晓芸离开公司的几个小时之后。

何晓芸静静地等候那个男人回家，经过一天一夜，她已经完全冷静下来了，也完全接受了刘康生再次出轨的事实。所以，她计划着今天晚上，有一场硬仗要打——与刘康生对质。这一次，她已经下定决心，该怎么做好这个"善后工作"。

刘康生进门的时候，看见何晓芸在客厅正襟危坐着，不知道为什么，他立即嗅出其中的气氛有点不对劲。他一边换拖鞋，一边惊讶地说："这么晚了，你怎么还没睡啊？不是跟你说不用等我的吗？"

"你回来了，"何晓芸没有直接回答，只是平淡地说，"你过来一下，我有话跟你说。"

冷冰冰的口吻，里面泛着冰一样的寒意，让刘康生愣住了。他放下手里的行李，然后走到何晓芸旁边的沙发旁坐下。看着何晓芸毫无喜怒之色的脸，刘康生不明所以地问道："怎么了？"

他无论如何也不会意识到为什么刚回家，自己的妻子就以一张冷脸相对。

"我有个东西给你看一下。"

说完，何晓芸打开手机，找出微信对话框，然后把手机伸到刘康生面前。

刘康生看何晓芸这架势，有点莫名其妙，大不咧咧地说："什么东西啊，还这么严肃？"

当他接过手机，点开图片，看清楚里面的内容的时候，脑子"轰"的一下，他惊得站起身来，反复滑动这几张照片，嘴里喃喃地说："不可能，不可能……"

广州之行，从头到尾只有他们两个人，怎么会有人拍摄图片然后外泄。事情一下暴露在光天化日之下，让刘康生措手不及。他一时之间丧失了语言能力，照片清清楚楚地摆在眼前，他没有办法辩解。

"我今天去你们公司了，他们说和你出差的是一个女助理，虽然照片上只有背影，但是我知道是她——郑巧玲，对不对？"

何晓芸虽然是询问，但语气却肯定无比。

刘康生颓唐地坐在沙发上，从口袋里摸出一包烟。他拿出了烟，点了一支，猛吸了两口，他点了点头，轻声轻语地说："是。"

何晓芸心里竟然木木的，没有什么反应。她突然想笑，为了这个男人，她离家千里，只身嫁到西安。当初不断有姐妹跟她说，为了一个男人下这么大的赌注，不值得，你会后悔的。可是何晓芸义无反顾啊，她认定的男人，她必定是要跟着他走的，无论天涯海角，吃糠咽菜，她都情愿。而她现在的后悔，只能自己默默承受，犹如忍痛吞下沉重的铅块。

何晓芸忍不住继续回想起了从前的种种，如今她才由衷地认识到，曾经他们在一起的时光，是多么幸福的人生片段，尽管那时的生活贫穷而辛苦。

她还记得，以前在学校的时候，他俩沿着湖边，一圈圈地散步，互相说过不知多少甜蜜而温暖的情话。尽管夜里已经很晚了，宿舍快要关门了，可是他们谁也不舍得说"再见"，哪怕只是分离一个晚上的时间，都是如此的不舍，恨不得时时刻刻黏在一起。后来他们如愿了，父母的反对也不能阻止他们两人在一起。毕业后，在他的反抗下，他硬是搬了出去，两人同居在城中村狭小的廉租房里。最后双双终于说服了各自的父母，然后结婚，生了萌萌、子铭……

时间真快，一眨眼，算上学校的时光，他们已经相伴二十多年了。其中，有酸有甜，有过崩溃有过争吵，也有寒夜里互相暖脚，早上起床时互相督促对方多穿衣的甜蜜，以前多美好啊。可是，种种的种种，从前那些再美好的人和事，都一去不复返了。

人——大约是世上最容易改变，也变得最快的东西。眼前的他，已经不是从前的他了，彻底不是了。这样理解的话，何晓芸也就坦然认识到，他已然不属于她了。

何晓芸抬起头，看着有点发福的刘康生，不知道从什么时候开始，他悄悄地变了。五官虽然变化不大，但已经不是当初相爱的那个人，仅仅成了一个陌生的熟人。心中苦涩的何晓芸很是想念当初那个青涩的也叫刘康生的腼腆青年。

这段感情，就由自己来说结束吧，她毅然做出了决定。

"刘康生，我们离婚吧。"

何晓芸之前在心里不断告诉自己不要怯懦，要坚强，可是这几个字一出口，建设了一天一夜的防线突然崩溃了，她以为他们之间没有了很深的感情，但是话一说出口，她还是忍不住地湿了眼眶，心里升起巨大的悲伤感。

刘康生也被这一句离婚的话红了眼眶。过了半晌，他才艰难地说道："我知道，我也承认，千错万错，这都是我的错。但我保证，不会再有下一次了，你就原谅我这一次吧，好不好？"

何晓芸摇着头，脸上的眼泪随着动作洒落下来："我记得郑巧玲很早就是你的助理了，你不要告诉我，你们这是第一次！这一两年的时间里，你经常加班，天天晚归，我真傻，竟然真的相信你是在公司加班，是有要事在忙。我甚至还心疼你，曾经时常为你煲汤，等你回来给你好好补补身体。现在想来，你的每一次加班，都只不过是在会情人而已，伪装成忙碌的样子陪另外一个女人！"

何晓芸字字泣血，控诉着刘康生。

刘康生一点心理准备都没有，忽然间打得他措手不及，他握住何晓芸的胳膊，希望何晓芸冷静下来："晓芸，你先别激动，你听我解释！"

"我不听！"

何晓芸一把甩开他的胳膊，激动地站起身，接着大声喊道："你那些借口和说辞，我上次已经听够了！不想再听你解释，我们离婚吧，不用多说！从今天开始，我们分开睡，直到办完手续搬出去。"

她怒气冲冲地走进卧室，把床上的枕头和被子一股脑地裹起来，然后抱着往外走。

刘康生追过来，一把握住何晓芸："晓芸！你先别激动！离婚不是说着玩的，孩子们大了，子铭过两年也要高考，你就忍心看着他们生活在一个支离破碎的家庭吗？你是要拆散这个家吗？"

何晓芸不可置信地看着刘康生，被他口中所说的话气笑了，她"哈哈"一笑："出轨的是你，外面有小三的是你，合着我没有继续忍气吞声，拆散这个家庭的罪魁祸首就是我？刘康生，你说这话良心不会痛吗？你自己在外面不检点，到头来把罪名都推到我的头上！真是可笑至极！无耻至极！"

刘康生抢下何晓芸手里的枕头和棉被，扔回床上。他直视何晓芸的目光，一字一顿地说："我说了，我是有错，但是这些年，错的只有我吗？"

何晓芸心中的愤怒到达了顶点，从知道他背叛开始，她就忍着，尽管内心恨不得杀人，恨不得动手狠狠地打这对奸夫淫妇，可她的自尊不允许。她不想自己像个歇斯底里的泼妇一般，大吼大叫，撒泼打滚，这样就不是她何晓芸了。她希望给彼此都留点体面，看在曾经相爱的分上，看在孩子的分上，不至于闹得太难堪。可是深陷其中才发现，事情不是想的那样，能三言两语、姿态优雅地结束这段关系。

刘康生这句话让何晓芸失去理智，她恨恨地说："好啊，你说，这些年，我有什么对不起你的地方，竟让你这样，一而再再而三地伤害我，我听着！"

想到这些年的境遇，刘康生咬着牙，沉声道："你扪心自问一下，这十年，你不冷不热，不让我近身，连我的触碰都让你恶心。好，我有罪，我等，我忍，可是结果呢，十年了，十年过去了，你还是不肯原谅我，这十年表面上看去你是尽心尽力为家里，可实情只有你自己知道，你惩罚了我十年，冷落我十年，难道还不够吗？我也是人，我也会心累！你还要问为什么吗？"

一番话说完，刘康生脖子上的青筋暴露，胸腔激烈起伏着。

何晓芸愣住，她想辩解，她想呐喊，她想说：刘康生你混蛋！难道这一切都是我的错？当初是我让你出轨的吗？可是她的喉咙像是被一团棉花堵住了，迟迟发不了声。许久，她无力地捂脸坐在床上，"呜呜"地哭起来。

刘康生站那里没有出声，他静静地看着何晓芸，明明相隔只有几步，可眼前就如同万丈深渊一样，让刘康生迈不开腿。他也没有办法让自己抱抱何晓芸或者拍拍她的肩膀，安慰一下她。他清楚地感觉到，他们之间有什么碎了，拼不回去的那种。

如果说之前的那十年，彼此都小心翼翼地刻意在回避，伪装一些问题，那么今天，两人撕开那层伪装，他们又赤裸裸地站在一起。

刘康生抱起被子，说了一声："我去书房睡吧。"转身离开了房间。从这晚起，他们开始了分房睡的疏离生活。

而直到很久之后，刘康生才明白，碎了的那个东西，叫信任。

第二十八章

酒后倾诉

又是一个辗转反侧难以入眠的夜。只不过不是一张双人床了,而是两个房间两张失眠的床——何晓芸与刘康生正式分床而睡,两人开始保持一定的礼貌且冰冷的距离。

早上,刘康生来到公司的第一件事,就是把郑巧玲喊进办公室,而且顶着两个黑眼圈。昨天一晚上没有睡着的他,躺在床上反复地想,是谁会偷拍照片并且发给何晓芸呢?还是在广州那么遥远且鞭长莫及的地方,除了郑巧玲,他想不出第二人来。

郑巧玲一进办公室,看见刘康生那疲倦不堪的脸,可见昨天晚上和何晓芸吵架一晚上没有睡觉,尽管心知肚明,可脸上却惊呼道:"刘总,您这是怎么了?怎么这么憔悴,我给你冲一杯咖啡吧?"

刘康生并不接她的话头,他直接冷冷地问:"照片是怎么回事?"

"什么照片?"郑巧玲装作一脸迷茫地问道。

刘康生冷哼一声,气愤地质问:"你说什么照片?还要跟我卖傻装不知道吗?为什么要把照片发给我老婆?!"

刘康生一直不傻,傻的人不可能短短十几年一手建立起这么大的公司。他不但不傻,相反,他很精明。刘康生质问的时候,她就明白自己再否认也是多余的，于是放弃了辩解，干脆承认了。

"没错，照片是我找人拍的。在广州的时候，我乘机在你手机里找到了何晓芸的微信号，另外申请了一个新的微信号，添加了她，然后把照片发给了她……"

刘康生努力克制着自己的怒气，可语气里却一片肃杀之意："为什么要这样做？该给你的，我没有亏待过你！"

郑巧玲在刘康生身边待了几年，深知他这是生气的表现，鲜少看到刘康生动怒的她，心里有点惴惴不安，但是箭在弦上，不得不发。再说这件事刚进行到一半，现在因为怯懦而终止，那才叫功亏一篑，白白做了坏人。

于是她低下头，几秒后再抬头的时候，眼睛已经布满了盈盈欲滴的眼泪，欲落不落地挂在那道弯弯长长的睫毛上。她深情又愧疚地说："我不应该把照片发出来，给你惹了麻烦，可是我实在克制不住，我爱你，从一开始到现在，一直都没有改变过，我做梦都想和你并排走在阳光下，不这样做，我不知道我什么时候才可以实现这个梦想。是我一时糊涂，你能原谅我吗？"

刘康生看着眼前哭得梨花带雨的郑巧玲，语气不禁放软了一点："那你应该知道，我的底线，就是不容许任何人破坏我的家庭。你这样做，只会让我为难，除了婚姻，其他你想要的我都可以给你，你怎么就不明白？"

郑巧玲知道自己的方法奏效了，是的，直接承认，然后示弱，好过死扛着不承认。

"康生，"她吃准了刘康生会心软，轻轻地走过去，然后拉住刘康生的手，哽咽地说道，"我不是要其他的东西，我只想要你这个人，即使你不是威风凛凛的刘总，我也愿意跟你在一起。从毕业起，就没有人对我这么好，只有你，给了我安全感。我从来没想破坏你的家庭，我只是太想跟你在一起了，所以才有这样的举动。真的，我不是有意要破坏你的家庭的，你相信我，我只是因为太爱你了。"

郑巧玲的哭诉，让刘康生有点心软，她善解人意，温柔体贴，无论什么时候找她，她总是端着一张笑意盈盈的脸。不像何晓芸，总是不冷不热，目光中总是看不到他，与她说话，她也兴致缺缺。这几年，幸好有郑巧玲，让他快要压垮、崩溃的心得到一些慰藉。刘康生的怒气一点点地消失了，他从郑巧玲手里抽回自己的手，双手插在腰上，背对着她，面向落地窗站着，没有再言语。往日在生意场上杀伐决断的刘康生，居然第一次没了主意，一边是眷恋深厚的家庭，一边是浓情蜜意的情人，他不知道跟何晓芸该如何交代，更不知道眼下该怎么处理与自己的情人郑巧玲的关系。

没有得到回应的郑巧玲在他身后继续道："我明白了，我不会让你为难的，我会跟何晓芸姐解释，说这一切都是误会。我会离开公司，永远不会再出现在你们面前，是我犯的错误，我一人承受就好了。"

说完，郑巧玲抽泣着，眼泪在脸上流淌，滴滴答答地掉了一地。

刘康生转身，看郑巧玲哭成这样，又听见她这样说，终于忍不住抬手抚了一下郑巧玲的肩头，柔声说道："好了，别哭了，谁说要让你离开了，再说现在解释也没什么用了。"

郑巧玲顺势靠在刘康生的肩头，然后抽噎着说："可是我不想看到你为难。"

刘康生略感紧张地瞅了瞅四处的门窗，然后将郑巧玲扶稳，抚着她的两只肩膀，语气平缓地说道："这也不是你一个人的责任，要说有错，我也有。好了，你先出去吧，进办公室时间也不短了，再久怕让人怀疑。"

郑巧玲乖巧地应了声"是"，然后擦干眼泪，推门出去了。一出办公室门口，郑巧玲脸上绽放出一抹得意的微笑，哪里还有刚才楚楚可怜的模样。

办公室里留下刘康生一个人长长地叹气，思量着家庭里的这一摊矛盾该怎么解决。他越想越心烦意乱，干脆打电话约发小下午抽空出来喝一杯。

地点是公司附近的一家酒楼。

发小袁鹏赶到的时候，只看见刘康生一副垂头丧气的样子在二楼包间喝闷酒。袁鹏调侃道："唷，刘总怎么一个人喝上了，都没有个美女相伴？"

袁鹏与他从小一起光着屁股在家属楼里长大，情分不比旁人。不过两人各自的人生道路大不相同,甚至从学生生涯起,就开始分道扬镳了。都说龙生龙,凤生凤,老鼠的孩子会打洞,但说来奇怪,有些教师的孩子学习非常厉害,从小到大都是别人家的孩子;可偏偏有些老师的子女,就不学无术,恣意妄为,堪称反面教材。袁鹏就是一个活脱脱的反面教材,读书读到一半就从学校直接溜了,竟然去一家汽车厂当修理工,当时把他老爹能气个半死。后来,得亏他脑瓜子灵活,能说会道,是个做生意的好材料,这不,上个月他刚开了自己的第七家连锁汽车修理店。

面对袁鹏的挖苦,刘康生眼皮都懒得抬一下,直接拿了一瓶酒"砰"的一声放在袁鹏面前:"少废话,喊你出来是喝酒的,不是耍贫。"

袁鹏笑嘻嘻的也不恼,拉开椅子坐下来:"看你这个人,多无趣啊,开开玩笑嘛。"

他又认真瞧了一下刘康生的神色,才感到一丝明显的不对劲,关切地问道:"你今天是怎么了?"

刘康生给自己倒了一杯酒,想到那些乱七八糟的事情,又叹了一口气,低落地说:"唉,老袁,我犯了一个错误。"

袁鹏一听顿时来了兴致:"你这个乖乖牌的好学生还会犯错误啊,我以为就我这种人才是闯祸王呢,你犯什么事了,说来听听。"

刘康生喝了一杯闷酒,不言不语。

袁鹏看着刘康生这样子,越发的好奇了:"让我猜一下,把你家老爷子最爱的字画给毁了?还是惹你家何晓芸生气了?又或者是和女下属勾搭在一起了?哈哈哈……"

刘康生猛地抬起头看着他,袁鹏的笑戛然而止,脸上的笑一点点地僵住了。这时,他小心翼翼地问道:"该不是真的被我说中了吧,我这随口胡诌都能中?"

刘康生的表情让他更加肯定,他激动地咋呼起来:"天呐!真的假的?"

那个从小正经八百、端正老实的刘康生居然会和公司女下属有一腿,这可是个爆炸性新闻了,回家跟老妈她们讲都没人信啊。袁鹏真是做梦都没有想到啊,可眼前的刘康生明显是苦笑着默认了。

袁鹏终于丢掉玩笑的调调,满脸严肃起来:"什么时候的事啊?"

刘康生仰头又灌了一口酒说:"早两年吧,昨天何晓芸已经知道了。"

袁鹏倒是很出乎意料地说:"你小子真是藏得够深啊,两年了愣是没人知道,昨天怎么翻船的?"

刘康生叹息一声,说道:"是我大意了。"

于是,他把带着助理去广州出差,然后被人拍照泄露的事情一一说了,末了加了一句:"你说我该怎么办?"

袁鹏虽然早年混了些,但是随年纪逐渐增长以后,越来越沉稳了,看问题也更能看清本质。他一针见血地说:"依我看,你那个助理并不简单,而且心机挺深,她之所以陪你去广州,很可能就是预谋已久,你明显是被那小妮子乘机给摆了一道。哥们我可提醒你啊,家庭永远都是最重要的,你玩得差不多就赶紧断了,别弄得妻离子散的,那可就不值当了。"

看刘康生一脸淡漠,也猜不出他心里到底在想什么,袁鹏忍不住又提醒道:"不是吧,兄弟,你不是想来真的吧?你别看何晓芸柔柔弱弱,可心气大着呢,别说何晓芸,就你家那两个老的知道了,还能饶了你?再有就是萌萌和子铭也这么大了,你可别做糊涂事,到时候爹不认、儿不亲的,别说我做兄弟的没有提醒过你!"

听了袁鹏的句句肺腑之言,刘康生低低地叹了一口气,说:"你说的这些我也知道,但我就管不住自己。这些年来,你们表面上看我跟何晓芸恩恩爱爱的,可实际上,我们不冷不热地相处十年了,你都想象不到我这十年是怎么过的。"刘康生想到这十年的相处模式,忍不住一阵烦闷。

"不会啊,我看何晓芸对你不是挺好的吗?你们当初还是自己谈的呢,没道理啊。"

没道理?刘康生自嘲地笑了:

"那是你们看起来,我们现在,就像是住在一起的陌生人,甚至还不如陌生人,普通的人还能说上几句话,我们呢?"刘康生用手指头比了一个三,"一天说不到三句话,每天在家都是冷冰冰的。她也不让我碰,永远都是在照看孩子,除了上班下班就是孩子,什么时候注意过我?我叫她辞职,可她听了吗?难道我刘康生还养不起一个女人?外面都说我是个刘总,可我的老婆还在别人那里打工,真是说出去都丢人。"

袁鹏一脸惊讶地听着他满怀抱怨的这些诉说。

"不过,我们最重要的问题是什么,你知道吗?"刘康生醉醺醺地拍了拍袁鹏的肩膀,没等对方回答,又继续说,"最重要的是她根本就不让我碰,这十多年来,一直就是这样的,就因为我以前犯了一点错,她就一直不肯原谅我。你说的对,她心气大,可是再有什么气,这都过了十年了,惩罚得也差不多了吧。自己的老婆,不让老公上,一碰她就恶心干呕给你看,你说,兄弟,我能怎么办?我也是个男人啊,我出轨有什么错?错的是她何晓芸,我没有错!"

刘康生絮絮叨叨地讲着他平常绝对不会讲出口的话,要不是酒精的作用,重面子的刘康生是绝对不会揭自己的老底。可是眼下,他太需要宣泄了,不管不顾地说出口,反而觉得心里轻松许多。

袁鹏再怎么想,也没想到其中还有这样的曲折,一时之间不知道说什么好,消化了半天,袁鹏只好说道:"有什么事就好好沟通嘛,夫妻之间哪有什么一帆风顺的啊。"

刘康生摇着头:"没有用的,何晓芸就像一块石头,她根本就是油盐不进。"

"那你这边咋整?以前也就算了,现在何晓芸知道了,事情就没那么简单了。"

刘康生摇头,说实话,他也不知道怎么办。

"老爷子他们知道吗?萌萌和子铭呢?"

刘康生继续摇头。

袁鹏："依我看趁着事情还没闹大，赶紧和你那个女职员断了。"

刘康生还是摇头："她为人单纯，出身农村，刚进入社会没几年，一个孤身弱小的女孩子，我要是赶她走，她以后怎么办？"

刘康生说不清对郑巧玲是爱还是怜惜，相处快三年了，要说没有半点情谊，也是假的，再说面对她那份炙热的爱意，刘康生实在不忍心伤害她。

袁鹏听完也沉默了，两人默默地喝了几杯酒，袁鹏提起来一个新话头，他说："你知道齐亚男怎么样了吗？"

"齐亚男？"刘康生感觉自己的心跳错漏了一拍，他喃喃地念着这个名字，下意识地问道，"她，怎么样了？"

这十年里，他们再没有联系过，但他总是在午夜的时候，梦见她那一袭红裙，在他面前摇曳生姿，但他从来不敢呼喊她的名字。这辈子，他已经欠她太多，即使在梦里，也依然觉得再无颜面对她。

都是生意场上的人，这西安的商业圈子总归也就那么大，袁鹏与齐亚男也算是老相熟。他便把自己知道的一些情况说给刘康生：

"听说是已经去加拿大定居了，前段时间回来办手续，我们碰见过一回，闲聊了几句，这些年她还是没怎么变，还是漂亮得很。说来也奇怪，她之前公司开得好好的，怎么就突然跑国外去了？后来就很少回国，前几年干脆还把公司给卖了，我估计是被离婚给刺激的吧。要说她前夫也是混蛋，这么漂亮又能赚钱的女人，打着灯笼都难找，还有人偏偏不要，你说气人不气人！"

气人吗？可能吧。这句怨愤的话仿佛就是针对眼前的刘康生本人说的，但是他似乎已经没有资格了，因为他已经错过了。刘康生心里又酸又涨，这悲恸让他几乎有落泪的冲动。

他敛了一下激动的心情，焦急地问道："那她现在还在国内吗？"

袁鹏奇怪地看他一眼，然后不确定地回答："应该不在吧，我自那次见她后都已过了大半个月了，她当时说过几天就走了，现在估计早回加拿大了。"

刘康生"哦"了一句，眼里的光一点一点地熄灭了。

"你问这个干什么?"袁鹏不解地问。

刘康生掩饰着脸上的慌乱,说道:"没什么,大家都是朋友,想着有机会的话请她吃个饭,毕竟她移民了。"

"那倒也是。"不明所以的袁鹏只得颔首说。

两人说话的这些空档,他跟袁鹏把红的、白的、黄的都喝了一遍,桌上桌下摆满了空瓶。不知不觉已过了三四个小时,外面的夜色早已加深。两人脚步踉跄地告别,各自回家。

刘康生醉醺醺地走到家门口,胡乱拍着门,嘴里一直喊着"开门,开门"!

门"哗"的一下打开,开门的不是何晓芸,而是周末回家的子铭。子铭眼明手快地扶住就要倒下去的刘康生,惊讶地问:"爸,你怎么喝这么多酒啊?小心脚下。"

刘康生醉意朦胧中看见那张肖似何晓芸的脸,大着舌头说:"儿子,你回来了,你……你妈呢?"

"我妈在房间呢,你怎么喝这么多啊?"

"没事,就喝了一点……一点点……"

刘康生大部分重量靠在子铭身上,几乎被拖着走,还好子铭个子高,还能扛得住。听到动静的何晓芸从房间出来,看见醉醺醺的刘康生,她皱着眉神情冷淡地看着,直到儿子投来求助的目光,才过去虚扶了一把。

眼看子铭扶着刘康生往卧室方向走去,何晓芸急忙叫住:"子铭,就扶你爸去书房吧。"

子铭回头看着她:"为什么?"

何晓芸手脚利索地推开书房的门,打开灯,眼神越过那个醉得不省人事的男人,对着儿子说:"你爸喝醉了,我嫌他身上酒味大,就让他睡书房吧。"

子铭"哦"了一声,于是配合何晓芸把刘康生往书房里面搬,等把刘康生扶上床,帮他脱了外套和鞋子,母子俩早已满头大汗。子铭扫了一眼床上,只见平常没有人睡觉的小床上,竟然整整齐齐地放着枕头和被子,而那个枕头,还是主卧室里夫妻俩睡的那个。

子铭奇怪地问道:"妈,我爸平常也在这里睡觉吗?"

何晓芸弯腰给刘康生盖上被子,还把肩膀处的被子压了压,防止透风,闻言动作一滞,继而又动作起来,她说:"你爸平时忙,有时在书房这里休息……你功课做完了吗?做完了就早点去睡觉。"

子铭"嗯"了一声,便转身出去了。

第二十九章

乘虚而入

办公室里人声嘈杂,电话铃声响个不停,最近丁大坤的公司有个很重要的招标项目开始了,整个团队都忙碌了起来。

此刻,身为带头人的丁大坤正看着手里的报表,"啪"的一声把文件摔在桌子上,按了一下内线电话,气冲冲地说道:"你进来一下!"

不多时,一个新助理战战兢兢地推门进来,刚站定,丁大坤直接将文件甩在他身上:"你看看你们做的数据!不是掉了数字就是有错别字,这么大的招标方案,一再叫你们小心、仔细一点,你们就是这样办事的?有空多去问问你们的前辈何晓芸她是怎么做的!"

新来的助理哪里见过这样劈头盖脸的阵仗,当下紧张得不敢吭声,待捡起地上的文件一看,这才结结巴巴地开口道:"丁……丁总,这份文件是芸姐做的,不是我们做的。"

"何晓芸?"

"对……对啊。"

丁大坤大为惊讶,何晓芸做事一向沉稳,经验又丰富,怎么会做出这样一份漏洞百出的文件?见丁大坤一脸疑惑的样子,新人唯恐他不信,当下又犹豫地补充道:"最近芸姐也不知道怎么了,老是魂不守舍的样子,平常叫她好几遍才有反应,这份文件也是她做完直接交给我们的。"新人把锅甩得干干净净,丁大坤不耐烦地挥挥手说:"我知道了,你先去忙吧,顺便把何晓芸叫进来。"

那新人忙不迭地出去了,然后暗暗同情起何晓芸来。

何晓芸恍恍惚惚地走进丁大坤的办公室,前段时间还面色红润的她,现在却是一副心不在焉的样子,脸色苍白,妆容也化得乱七八糟,眉毛边上甚至还画偏了,任谁都能看出她不对劲。

何晓芸见到丁大坤就急忙道歉:"不好意思丁总,这次文件是我疏忽了,我现在就拿回去修改!"

"慢着!谁让你走了?"

丁大坤围着何晓芸绕圈,细细地打量着她的脸色,他现在的心思不在文件上了,而是在何晓芸身上。他关切地问道:"你这是怎么了?怎么看起来很憔悴?如果没记错的话,上一次你犯这样错误的时候,是十年前的那次。"

何晓芸下意识地摸了摸自己的脸,掩饰地笑了一下,她不自然地说:"是吗?哦,可能是昨天晚上没有睡好吧。"

说完何晓芸就要匆匆开门出去,可惜这一切根本逃不过丁大坤的眼睛,他一把拉住了何晓芸的手臂,一脸认真甚至严肃地问道:"晓芸,你到底怎么了?有什么事,你尽管可以跟我说,说不定我能帮上你。"

面对丁大坤的关切,何晓芸心里突然暖了一下,这么多天她一个人强忍着情绪,正常的上下班,默默地承受着这一切,甚至告诉自己要坚强一点,自己已经不是当初那个少不经事的小姑娘了。她以为自己掩饰得很好,可一面对丁大坤就露了馅,一点关切的问候,让她心里设防瞬间土崩瓦解。她急忙仰起头,尽力止住将要汹涌下落的眼泪,然后吸了一下鼻子,强装镇定地说:"真的,我没有什么事。"

"不对,你肯定有什么事!"丁大坤笃定地说着,然后决断地说,"办公室不是说话的地方,你先去地下车库等我,我拿点东西马上就下来。"

丁大坤把文件随意地放置在桌子上,然后快步走到旁边穿起大衣,何晓芸被他弄得有点蒙,怔怔地看着丁大坤,半响才说道:"我们还在上班呢,这是要干吗?"

"还上什么班啊,走吧,请你去隔壁的茶楼喝茶,员工心情不好,无心工作,我这个做领导的,自然有责任出面协助化解,以免影响工作的进展,走吧!"

何晓芸被丁大坤半胁迫地带到停车场,竟然在工作时间,被自己的老板逼去喝茶了。

两人进了一个包间,丁大坤坐在何晓芸对面,亲自煮着茶水,摆好杯子,一副要促膝长谈的样子。他知道敞开心扉这样的事情急不来,既不催促也不主动询问,只等着何晓芸自己开口。何晓芸眼神一直望着窗外,丁大坤顺着她的目光看去,只见几盆原本翠绿的盆景,竟然不知道何时枝叶泛黄,叶子落了一大半,剩下的都怏怏地挂在枝头。

茶壶里的水烧开了,汩汩地冒着泡,蒸汽"滋滋"地响着,成为他们两人之间唯一有动静的声音。

丁大坤一边沏着茶,一边耐心地等待着。许久,何晓芸看着窗外的视线没有收回,手指无意识地摩挲着手中的杯子,低低地说了一声:"我老公又出轨了。"

何晓芸说这句话的声音很平静,就像在说"今天的天气很好""今天晚上吃什么"等诸如此类的话题,可是渐渐发红的眼眶却出卖了她。她也察觉出了,于是干脆把头一直向着窗外,不与丁大坤对视。

丁大坤毫不意外,凭着这些年相处的经验,他当即就猜到,何晓芸的情绪变化,肯定与家里的那位少不了关系。她上一次这副样子,还是十多年前,就是刘康生第一次出轨的时候。

他停顿了一下,还是忍不住地说道:"我上次就和你说过,出轨没有什么不小心，既然有第一次，那二次、三次都不奇怪。遇到这样的男人，你自己要有心理准备才是。唉，可惜你当初没有听我的劝，跟他了断啊。"

翻开尘封在心底的记忆，何晓芸还是不愿意回忆，人生中经历的第一次背叛，就像在她心口上划开了一道血淋淋的大口子。尽管不去提，不去想，但是不代表它不存在。当初的何晓芸反复说服自己，那只是一个意外，应该放心让它过去，好好生活。

可是她做不到，她越来越觉得，婚姻就像一双鞋子，人人穿着它，都走在名叫"岁月"这条崎岖的路上，一路跋山涉水并不容易，有人刚上路就退出了，有人走到中途不得不清醒地放弃了。决定能不能走下去的，不一定是鞋子够不够好，还有更多更细小的因素。比如说，鞋子里进了一粒砂子，每走一步，都硌得脚底一阵阵钻心得疼。穿鞋的人如果不倒出那粒砂子，也舍不得那双鞋子，只能咬牙坚持着，到了最后，哪个不是脚底磨得鲜血淋漓。

刘康生的那次出轨，不，先后接连的两次出轨，分明就是那粒砂。

讲述的人心平气和，聆听的人却火冒三丈。新的一个冗长的情感故事讲完，何晓芸又一次泪流满面。丁大坤默默地给何晓芸递了一张纸巾，隐藏在桌底下的手，不自觉地握紧，青筋毕现。感情上最可悲的事情大概就是，所爱的女人因为别的男人黯然神伤，而自己却连吃醋的资格都没有。

终于，丁大坤忍不住在桌子上锤了一下，不大不小的一声，把桌子上的茶杯震得一抖，恰巧进来送果盘的服务员也给吓了一跳。她垂着眼偷偷观察这两个人，感受面前有点紧张的气氛。相顾无言的场景，一人默默催泪，一人沉默不语，难道又是一对吵架闹离婚的夫妻？服务员暗自摇摇头，赶紧快步退了出去。

见丁大坤如此气愤，何晓芸反倒情绪稳定了不少，她慢慢止住了眼泪,看着眼前用过的纸巾像一座小山似的,有点不好意思地说道:"你看我,又向你抱怨了一堆,让你听我这些乱七八糟的烦心事情。"

丁大坤语气温和地宽慰说:"我也曾经向你说过我的这些事情,如今,我们算是扯平了。"两人相视一笑,他还是一如既往的体贴,知道何晓芸尴尬,故意把自己也加进去,来抵消这种尴尬感。

丁大坤继续道:"其实你能跟我说,我很高兴,说出来心里会好受一些,就怕你憋在心里,把自己憋坏了。"

"刚知道的时候,我也接受不了,我恨不得马上跟他对质,然后带着孩子消失得远远的,再也不出现在他眼前。可是那样躲起来又能怎么样呢?错的是他们,羞愧的是他们,即使要受惩罚,那也是他们。所以,我现在已经好多了,你放心,我没事了。"

倾诉过后的何晓芸心情明显轻松了许多,上司丁大坤的开导立竿见影。

丁大坤不无焦虑地问:"那你打算以后怎么办?"

何晓芸愣了一会,以后怎么办?何晓芸仰头叹了一口气。她和刘康生,这么多年下来,早已经没有当初如糖似蜜的情谊,爱情这样的东西啊,有时候很强韧,风雨吹不开,父母也拆不散;有时候又很脆弱,掺了一点杂质就腐败、变坏。何晓芸与刘康生的感情,不知何时起,就进入了一种奇怪的状态:旁人看他们很恩爱,只有他们自己知道,内里早就千疮百孔。如今,最后的一点留恋,也已被现实砸得稀碎,她现在只想逃离这个牢笼。

这时,何晓芸目光坚定地说:"我想离婚!我想过了,孩子们已经长大了。这么多年,我虽然有点自私,没有安心在家做个家庭主妇,可是我也没有自由过。我想过了,是时候为自己活一次了,所以我想离婚。"

丁大坤几乎要克制不住内心的狂喜,他的腿甚至忍不住雀跃地抖了两下。何晓芸已经下定决心离婚,而自己的婚姻也早已名存实亡。如今两人的家庭各自出现新的局面,他们的关系就有可能再进一步。除了欣喜,他脸上还透露着其他的表情——愤懑！是的，他生气，自己守候多年的女人，不应该随意地被人践踏，他刘康生根本就不配何晓芸。这样三心二意的男人，一而再、再而三地辜负她，根本就不配！

丁大坤的愤怒被何晓芸看在眼里，她无所谓地摇摇头，甚至还安慰丁大坤道："丁总你也不用那么耿耿于怀，我现在已经看开了，正所谓花无百日红，何况感情这样稀有的东西。随便吧，爱不爱都无所谓，到我这样的年纪，爱情已经不重要了。"

话虽如此，可是她的表情，完全没有那番话来得洒脱，尽管强装微笑，但脸上挂着一份抹不去的哀愁和苦涩。

这样的何晓芸，让人感到她对自己的人生似乎有一种自暴自弃的感觉，也让丁大坤愈加觉得心疼。他终于不由自主地伸出手，握住何晓芸放在桌面的两只手，像是要给她以某种鼓励，何晓芸下意识地往回缩了一下。丁大坤却打定主意，紧紧地握住不松手。两人拉锯了一会，见挣扎不开，何晓芸只好选择放弃，任由丁大坤那样握着。

丁大坤轻声说："我知道你难过，但是你要相信，这个世界上还是有矢志不渝的爱情，你相信我。"

他坚定地看着何晓芸，目光一闪不闪，眼神里是何晓芸难以忽视的深情。何晓芸内心升起一阵奇异感，只感觉被他炙热的目光烘得自己身上一阵燥热，就连被握住的手，也隐隐发烫。

"我这辈子没有嫉妒过谁，除了那个姓刘的，刘康生，虽然我与他未曾谋面，但他却让我第一次尝到嫉妒的滋味。何晓芸，这十年来，每天能看到你，我就已很知足……"丁大坤言语温存地说着，像是再度向她表白。他自己大约记得，上一次类似的情景已是相隔了整整十年。

何晓芸不知道，平常看起来一本正经的丁大坤竟是个情话高手，就连自己目前这样的伤心之人，也一点点地沉溺在他的柔情之中。

丁大坤话还没有说完，门突然被打开，何晓芸触电一般把手收回，脸上还可疑地带着红晕。原来是服务员按时进来加茶水。丁大坤不自然地咳了两声，有心批评服务员不敲门的唐突行为，又怕这种欲盖弥彰的举动让何晓芸尴尬，于是生生地忍着没说，只是刚才的氛围已被破坏得一干二净，丁大坤的内心隐隐有点可惜。

何晓芸终于理智回归，她有点不确定地道："我……我知道你很好，只是我还没有做好接受一段新感情的准备。这十多年来，在西安这座城里，我没有朋友，没有亲人，好在有你这个领导，开心的事不开心的事都能和你说说，我很感谢你，但是我真的还没有做好准备……"

"我知道，"丁大坤目光温和地看着她，"我懂你的意思，我们彼此都还有婚姻在身，现在也不是合适的时机。只是不管未来会怎么样，我希望你过得快乐。只要你需要，我会尽我的能力去保护你。眼下你不要有心理负担，还是把我当朋友就好。还有，我自己已经决定离婚了。"

何晓芸惊道："离婚？可是因为我？"

"不，跟你没有关系，即使没有你，我也打算离婚。我的婚姻状况你之前也大致清楚的，不合适的两个人，从一开始就是错的。对于我而言，现在是时候结束这个错误了。"

何晓芸一时之间不知道说什么好，尽管丁大坤说跟她没有关系，但内心还是隐隐不安。丁大坤事业有成，人也仪表堂堂，她何晓芸何德何能，竟能获得对方对自己这样一份情感。

这份感动延续到两天后。那天下午，丁大坤提早从公司下班，手机打不通，也没有一句交代，没有人知道他去哪里了，助理拿着几份紧急待签的文件，欲哭无泪。

此时的何晓芸不知道，正有一个大麻烦在向她逼近。

丁大坤直接去了刘康生的公司，那座大楼离得不远。何晓芸曾多次在聊天中提及过，说她老公的办公地点就在附近，况且作为本市说得上名号的电脑公司，随便上网一查，地址也很明了。占了三层楼的新天地电脑公司，确实很好找，一出电梯，就是前台。丁大坤直接来到公司前台，形象墙上一行正楷立体的蓝字"新天地电脑科技有限公司"泛着柔和的光。前台是一个穿着职业装的女孩，见到丁大坤一身非富即贵的样子，女孩很礼貌地询问着："先生您好，请问您找谁？"

招呼间，女孩的两只眼睛眯眯弯着，很讨喜。

丁大坤直接道："我找你们刘康生刘总。"

前台女孩的笑容更加灿烂了："请问，您有预约吗？"

丁大坤掸了掸西装上并不存在的灰，镇定自若地说："你就说是老朋友来访就好了。"

"好的，麻烦您在会议室稍等一下。"女孩转身去老板的办公室报告。

听到前台禀报，正在办公室沉思的刘康生有点纳闷。他这几天时常觉得脑子乱糟糟的，早上郑巧玲送咖啡，想多跟他说几句话，却被刘康生支出去了。他太需要一个人静静了，谁都不想见，所以一连几天都没有约什么客户。

这会突然来了一位拜访他的不速之客，难道是哪个朋友顺道来看他？还是袁鹏走漏了风声，招来了一群死党来看热闹？

第三十章

男人间的战争

刘康生满腹疑虑地走进会议室,只见一个身材挺拔的男人背对着他站着,身高比起自己也毫不逊色,剪裁有度的西装笔挺。饶是刘康生见惯大人物,也被这个男人的气度惊了一下。

待他转过身,一张完全陌生而棱角分明的脸,看上去比自己要年长七八岁。刘康生在脑海中搜索着,确定没有见过这张面孔,当下目光疑惑地说:"你好,阁下是……"

丁大坤看透他内心所想,带着微笑说:"刘先生不认识我,可我却常听刘先生的大名,如雷贯耳。"

丁大坤特地将"如雷贯耳"四个字咬得重重的。刘康生彻底迷糊了。眼前这个男人,举止有度,气质雍容,不像是泛泛之辈,自己实在想不到和他能有什么渊源。

丁大坤适时地解答了他的疑惑:"我是尊夫人的上司,我叫丁大坤。"

说着,丁大坤礼貌而友好地伸出手,刘康生愣愣地与他握了一下手。不知道是不是自己的错觉,刘康生觉得对方的手强而有力地捏了一下自己,带着某种雄性的警示意味。没等他细细回想,对方又马上放开了。眼前的这个丁大坤只怕是来者不善!

"你好，有听我太太说过，一直没有机会感谢你对我太太的关照和提携，不知今天过来可是找我太太有什么事？"刘康生不愧是生意上的应酬老手，短暂的错愕之后，马上反应过来，直接掌握了主动权。

丁大坤听着他一口一个"我太太"地说着，只觉得分外的刺耳，声音一下冷了好几度，当下回道："要说有什么特别的事情倒谈不上，不过何晓芸是我的员工，关照也是分内之事，再说何晓芸工作能力强，作为上司，我得感谢她这么多年的辛勤付出才是！"

两个男人面对面地站着，气氛瞬间有点紧张起来。刘康生继而一笑，提议道："既然这样，那我作为何晓芸的丈夫，更应该感谢你这么多年对她的精心栽培。不如这样吧，今天恰巧有空，丁总要是方便的话，我倒是知道一家不错的茶楼。"

丁大坤没有推辞，随即欣然应了。

两个男人正在对峙着，而这一切，正在办公室忙得不停的何晓芸毫不知晓。那天聊过之后，她心中的目标更加明确，既然婚姻不可靠，那么自食其力地工作就是自己最好的归宿。

刘康生把丁大坤带到楼下的茶楼，坐在靠窗的位置，没有客气地问丁大坤想要喝点什么，而是轻车熟路地点好了单，直接交给服务员去办了。

毕竟，他对何晓芸外出上班本来就不满，巴不得她早早辞职回家。对于她的上司，他自然没有什么怕开罪的道理，最好就是丁大坤一生气，主动辞退了何晓芸。心里这样想着，还是给丁大坤倒了一杯茶。点的是上好的龙井，滚烫的茶水盛在细腻的白茶杯里，微黄透亮。泡第二遍才出色，到第三遍的时候，清香四溢。刘康生是懂茶之人，可此刻，他却谦虚地说道："我是个粗人，不如丁总懂茶，这龙井我喝着就不错，丁总您尝尝。"

刘康生绝口不提丁大坤找他所为何事，他不问，丁大坤却急。他轻轻喝了一口，放下茶杯，然后绕着弯说："刘总谦虚了，茶自然是好茶，清新淡雅。品茶就和看人一样，有的人像上好的龙井，隽永悠长；可有的人看着是绿茶,实际是工业化学品勾兑的假茶。恕在下直言,刘总看人的眼光可比不上品茶的功夫啊。"

刘康生抬头,脸色微微一凝,目光犀利地看着丁大坤,转而稍稍放松,笑道:"丁总怎么会有这样的感慨?要是没记错的话,这应该是我们第一次见面才对,丁总像是话中有话。"

一听对方终于提问了,丁大坤这才开始进入话题,故作爽然地也笑着说:"我只是提醒刘总,千万别把外面那些瓶装的绿茶也当茶。何晓芸与你是大学同学,一起这么多年,怎么来看,都是携手相伴一生的好伴侣,对吗,刘总?"

从这话的前半段,刘康生大约听出了其中暗含讥讽的意味,于是眯起眼睛,目光中透着一丝冰冷:"何晓芸跟你说的?"

"谁跟我说的都不重要,重要的是,刘总要分得清谁才是最应该珍惜的眼前人。"

刘康生脸色大变,不无懊恼地反问道:"丁总公司这么闲吗?这种事情也有空过问,何晓芸即使是你员工,但员工的家事,还没有到贵公司操心的地步吧?"刘康生的语气中开始弥漫出了火药味。

面对眼前言辞激烈的刘康生,丁大坤却也不恼,依旧吐出平和的语调,悠悠地说:"今天我来,不是以何晓芸上司的身份,而是以她朋友的身份,开诚布公地提些家庭生活的看法,刘总用不着这么咄咄逼人。"

"哦,朋友?"听到这个词,刘康生顿时若有所悟,却也深感意外,不由得再度不安,"我竟然不知道我的好太太,还有你这么一位为她挺身而出的上司朋友,你来这里,她知道吗?"

"身为朋友,为她做点事,理所应当。何晓芸远嫁,身边没有娘家人,难免让人觉得她势弱好欺负。这种时候,我们这些做朋友的,自然是当仁不让。"丁大坤没有正面回答刘康生的问题,却清晰明了地阐述了自己的身份和立场。

没想到，自己的媳妇居然跟她的上司交心如此深，连家庭背景什么的都知晓的这么清楚，看来，平日里何晓芸没少跟眼前的这个男人提及自己的家事。刘康生忍不住地反唇讥笑道："请问丁总，到底有什么事，值得你为她挺身而出？还不辞辛苦地特意跑这么一趟？"

"明人不说暗话，刘总，你的那些事，我也有所耳闻，作为年长你几岁的过来人，我要提醒刘总几句。办公室恋情是禁忌，尤其是和女下属，刘总作为公司老板，自然知道上梁不正下梁歪的这个道理！"

听到这话，刘康生的怒火几乎在爆发的边缘，他万万没有想到，何晓芸竟然连自己的这个事情都能对丁大坤讲，可见关系绝不简单。

"丁总说的是有道理，我的公司我自有主张；但我也奉劝丁总一句，对别人的家事，还是不要插手的好，免得日后我们两家尴尬。另外，我跟何晓芸如何，是我们两个人的事，不敢劳丁总费心！"

丁大坤看着被激怒的刘康生，并不在意，这场男人之间的对决，显然是他占了上风。他慢条斯理地拿起紫砂小茶壶，动作轻缓地给刘康生续了一杯茶，水漫到茶杯口的时候，他将将地停住了。手上的分寸把握得极好，可是，他的口中却又千不该万不该地多说了后面的这句话，直接击垮了刘康生最后的一丝理智：

"我自然不需要多费心，只是刘总，何晓芸这种雨前龙井，可遇不可求，要是刘总不愿意照料，我很乐意代劳！"

说完，他对着刘康生轻轻一笑，刘康生的脑子里"轰"的一声，有一个声音叫嚣着：打破这张脸！脑海中这样想的，事实上他也这样做了！他疯了一样站起身，不顾横在二人中间的桌子与茶具，直接抡起胳膊，冲着对面那张讨厌的脸上砸过去，那种力道显然是带着十二分的愤怒。

丁大坤像早已意料一般，他及时地侧过头，刘康生的拳头实在太快了，没能完全的躲开，丁大坤只感觉嘴边被一股重力袭击，打在牙床上，嘴里瞬间有一股血腥味。桌上的茶杯和水壶随着刘康生的动作坠落在地，"哐当"一声,摔成了无数瓣。

丁大坤反应迅速,没等刘康生抡起第二拳,他就近身上前,挥起自己的拳头猛地打在刘康生头上,不过短短的几秒,两人瞬间扭打在一起,周围的桌椅不断倒地,丁零当啷的声音此起彼伏。

茶楼原是清幽之地,来的人都是喝茶聊天,就连大声喧哗的也没有,哪里见过这个阵势。四周的茶客以及路过的服务员一时之间都没有反应过来,就眼睁睁地看着两个西装革履的男人,在大庭广众下你一拳我一拳地打架。直到茶楼的经理叫了几个身强力壮的小伙子上前,拦身抱腰地,才将两人隔开。

这时的丁大坤和刘康生早已挂了彩,狼狈不堪。刘康生狠狠地吐了一口带血的唾沫,他头发凌乱,西装乱糟糟的,脸上更是红了一大片。丁大坤也好不到哪里去,脸上多处挂彩,眉骨上更直接渗出了血。康生比他年轻,又气急发狠,没有半点手下留情。两人谁也没有讨到好,被拉开的时候还彼此气喘吁吁地怒视着对方。

茶楼经理干脆利索地报警,没一会警察过来,直接把他们俩一块塞上车,带到警察局里去了。

何晓芸接到电话的时候大为吃惊,电话里说刘康生涉嫌打架斗殴,聚众闹事,让她赶紧去一趟警局。刘康生打架?何晓芸看着手里的手机,有点不敢置信,刘康生怎么会打架闹事?从大学相识起,他就是一个斯斯文文的人,要说他外面同时有小三、小四、小五,何晓芸还信一点,要说他打架斗殴,何晓芸还真是不信。要不是确定电话是警察局打的,何晓芸真的会以为是恶作剧。独自猜测也没有用,何晓芸收拾了一下东西,匆匆赶去警察局。

刚踏进警局,何晓芸焦急地问:"警察同志,我是刘康生太太,请问他现在在哪里啊?"

警察翻着记录,上下打量了一下何晓芸:"那边关着呢,问他俩为什么打架也不说,都这把年纪的人了,还以为自己是刚出社会的小年轻呢,喏,在那。"

顺着警察的手指看去，只见刘康生垂头丧气地坐在角落的一张长椅上。旁边还坐了一个男人，看起来很眼熟，何晓芸眯眼睛细细一瞧，竟然是——丁大坤！

何晓芸不自觉地喊出声："康生？丁总？你们怎么都在这啊？"

"认识啊？"警察有些意外，甚至不无惊诧，"那刚才问你们俩，怎么不吭声呢？那正好两个一起带走吧，我们刚好要下班了。"

何晓芸更是十足的意外，刘康生打架进警察局就已经很稀奇了，没想到一下午不见的上司丁大坤竟然也在警察局里！她的心里隐隐有些不妙的感觉，却也不能确定眼前两个男人的这场闹剧究竟出于什么。

"警察同志，他们俩分别是怎么回事啊？"

"打架呗，看起来也不年轻，怎么还跟毛头小伙子似的！"

"打架？他们俩？"

"可不嘛，对了，你等下过来签个字啊，你们两个，可以走了！"警察一边指着两人，一边交代何晓芸。

刘康生看见何晓芸，径直别开了脸，丁大坤则是对着她微微颔首。两人的脸上都有不少血印子，刘康生的嘴角甚至肿起来了，何晓芸想不通两人到底是为何打架，她冲着丁大坤也点了一下头，然后越过他走到刘康生面前，伸手检查他脸上的伤，摁了摁红肿的位置，有些担忧地说："疼吗？"

刘康生没好气地撇开头："死不了！"说着，他站起来，瞪了两人一眼，直接大步流星地出去了。

丁大坤见她那副担忧的模样，忍不住说道："放心吧，没事，我们都只是一些皮外伤。"

何晓芸没有跟着刘康生跑出去，而是和丁大坤慢慢走出派出所，于是迟疑地问道："是你们两人……打架了吗？你们怎么会……打起来？"

"你真的想知道？"

"嗯。"

"其实也没什么，就是今天下午我去公司找刘康生了，然后我们在茶楼聊了聊天，然后……"丁大坤耸耸肩，没有继续说细节，"然后，你知道的，我们打起来了。"

"你们在聊天？聊天变成了打架？"何晓芸猛地停住脚步，满脸错愕地看着丁大坤，声音里面满是不可置信，"丁总，您去找了刘康生？为什么？"

丁大坤双手插在腰间，转过身，认真地看着何晓芸："我想跟他谈谈！"

何晓芸简直要被丁大坤理所应当的态度气笑了："你跟他能谈什么？"

"我看不得他那样欺负你，既然你还是他的妻子，他就应该好好待你！"

何晓芸听罢，这才明白了刚才这场闹剧的根由，脑子里一下子来个急转，难得地生气了，对着十多年的好友加上司，她忍不住爆发脾气："这是我的家事，该怎么处理，我自己心里有数，我不需要你的帮忙！"

丁大坤摊开双手说："反正你都打算离婚了，我帮你出出气也好！"

"我和何晓芸的事，不劳丁总这么费心！"一道粗重的男声突然直接插过来，何晓芸甚至还来不及回答。

这声音来自刘康生。

原来在外面左等右等等不来何晓芸的他，忍不住回去找何晓芸，还没走到一半，恰巧碰上这一幕，丁大坤看何晓芸的眼神，是那么的柔情款款，让他顿时气不打一处来，没有哪个男人能接受自己的老婆被人觊觎，还是当着他的面，如此光明正大地觊觎。

正是男人的尊严作祟，刘康生觉得一股深深的耻辱感从内心升腾而起，他一把将何晓芸拉到自己背后，冷冷地瞪着对面的丁大坤："听说丁总也是有家室的人，'上梁不正下梁歪'这句话我送还给你！我也奉劝丁总一句，别人的家事，还是少插手的好！"

丁大坤看了一眼刘康生，然后盯着站在刘康生身后的何晓芸，一字一顿地说："只要她需要，我就会出现。"

"你！"刘康生一个脚步上前，他几乎又一次忍不住，想用拳头把那张令人讨厌的脸揍到开花。倒是何晓芸反应迅速，她死死地拉住了刘康生的衣角，才暂且遏止了两个男人的这场闹剧再次爆发。

丁大坤蔑视道："你就只会用拳头吗？一个头脑如此简单的人，果然配不上何晓芸，呵，来啊，我随时奉陪！"

刘康生怒火中烧，发红的双眼死死地盯着丁大坤，他一把撇开何晓芸，上前紧紧地揪住丁大坤的衣领，眼看青筋毕露的拳头就要挥上去。

"够了！你们两个闹够了没有？是还想再进一次警察局吗？"何晓芸冲着两人大吼。

刘康生举着的手臂缓缓地放下了，他一把推开丁大坤，用警告的目光看了他一眼，转身大步而去。何晓芸看了一眼丁大坤，也小跑着跟在刘康生后面匆匆而去。留下丁大坤一人站在警察局门口，看着他们远去的背影。

"刘康生，你等等我！"前面的刘康生越走越快，何晓芸小跑着渐渐吃力。

刘康生猛地停住，转身，何晓芸脚步来不及刹车，"咚"的一下撞在刘康生身上。

"何晓芸，你给我，马上！立刻！去辞职！"刘康生怒火未平，不管是不是在街上就大声地喊道，引来一行路人纷纷侧目。

他的胸膛激烈地起伏着，一再告诉自己要冷静，可是他满脑子都是丁大坤那些该死的话，根本没有办法冷静下来。

何晓芸看着周围，上前一把拉上刘康生，压低声音说："先回家，回家再说！"

刘康生使性似的，狠狠地甩开她的手。接着，夫妻两人坐上车往家的方向驶去，一路默然，除了耳边一阵阵呼啸而过的风。

第三十一章

再添烦恼

回到家的时候,刘康生已经冷静了不少,他没有看何晓芸一眼,直接拖着疲惫的身躯就要往书房走去。

何晓芸喊住他:"先搽药吧。"

何晓芸动作麻利地找出药盒,坐在沙发边上,为刘康生上药。刘康生伤得不多,只有眉骨和嘴角两道伤痕。何晓芸拿了棉签细细地蘸着消炎药水,轻轻涂抹在刘康生脸上红肿渗血的地方。

刘康生年轻,与丁大坤身高也差不了多少,尽管从小到大很少打架,但男人被激怒的时候,几乎都有一种战斗的本能。这种本能叫"雄性力量"。这种力量,让他在这场男人的决斗之中,占据上风。

搽药的期间,两人静静地坐在客厅,沉默不语。刘康生的鼻息扫在何晓芸手指上,温热而带着水汽。何晓芸终于忍不住打破沉默:"你有什么要和我说的吗?"

刘康生讽刺地一笑,牵动嘴角把破损的皮肤扯开了,药水蜇进肉里一阵疼痛,何晓芸扳住他的头,说了声:"别动!"

刘康生言辞清冷地说:"问什么?自己的老婆和别人的奸情吗?"

何晓芸放下手中的棉签,生气地说了一声:"不管你信不信,我跟丁大坤真的没什么。"

刘康生自然是不信，他还记得丁大坤看何晓芸时的眼神，那种眼神让他芒刺在背。

"何晓芸，你想跟我离婚，是因为他吧？"刘康生扭曲不清的声音像是从水中传过来一样，却让何晓芸气血翻涌。

她扔下手中的棉签，站起身，居高临下地看着他：

"刘康生，我郑重地跟你再说一遍，我跟他没有什么关系！即使有，也仅仅只是朋友关系，我为什么提离婚，你自己心里清楚。你做了什么，不需要我再提醒你吧？"

刘康生看着神色激动的何晓芸，心里有一种奇异的快感，无论何晓芸与丁大坤之间有没有私情，只要刘康生认定有就够了。他痛快地想，何晓芸你也有今天，从来只有你指责、控诉我的时候，没想到你也好不到哪里去。

于是，他抬起头看着何晓芸，一字一句地质问道："我有说你们有什么吗？可你想离婚，不想跟我过也是真的吧？何晓芸，我们谁也不要装作忠贞不渝的样子，这里只有我们两个人，咱们打开天窗说亮话。我是有出轨，但你呢，他今天上门挑衅，你知道他说什么了吗？他说，他很乐意照顾你。何晓芸，你到今天这个年纪，仍然有人鞍前马后当你的护花使者，一定很得意吧？一定恨不得马上跟我离婚，投入他的怀抱吧？难怪这十多年都对我冷冷淡淡，原来早就琵琶别抱，另有所属。既然这样，我也不用再对你心怀愧疚，双方都公平！"

刘康生的话像一把把冰冷的刀子，"嗖嗖"地向何晓芸刺来，伤得何晓芸体无完肤，心底的那股寒意，让她忍不住轻轻颤抖。如果说从前，她还能在刘康生身上找到多年前自己深爱的那个少年的样子，那么现在，那个少年彻底幻化成影子远去了，眼前的这个面带讥笑的中年男人，只不过是个同样名叫"刘康生"并占据了他身躯的人，以前的那个少年在这一刻，彻底死了。

何晓芸终于不再抱任何幻想，她叱喝一声："够了！"

何晓芸脑海中的怨念不需要加工重组，就化作源源不断的语句倾泻而出："你一而再地违背诺言！你就是一个虚情假意的男人！你有什么资格来说我，儿子发烧住院的时候，你还在外面跟别的女人鬼混，缠绵！你为这个家做过什么？没有！你以为每个月往家里扔几个臭钱就是好老公、好父亲了吗？你在家里做过几次饭？洗过几次衣服？陪孩子们玩过几次？你爸你妈身体不舒服是谁跑上跑下地照顾？是我，这一切都是我！我最后悔就是当初没有听我爸妈的劝，嫁给你这么一个狼心狗肺的男人！你一次次地出轨，我要离婚怎么了？怎么就是我的错了，你以为找到一个由头就可以把所有的过错推到我头上？刘康生我告诉你，门都没有！"

积累已久的愤恨如滔滔的洪水，一旦有了突破口，就再也没有什么能控制得住。反正已经互不在意，爱情走了，取而代之的只有恨意。他们是最亲近的人，都太知道对方的软肋，语言化作淬着毒的刀刃，扔出每一把刀子都必定能刺痛到对方的心尖。

何晓芸成功了，她的一番话，让刘康生像被踩到尾巴的老鼠，狂躁不安！理智化为齑粉，平常的风度儒雅成了假象。他抓起身旁放的药箱，狠狠地掼在地上，脸上扭曲的表情分外可怖："我的错？这一切都是拜你所赐！这十年你永远都是冷着一张脸，你自己想想你对我笑过几次？甚至连我碰你都要恶心干呕，你能想过一个男人，过着三年和尚一样的生活吗？何晓芸，我们走到今天这个地步你就没有责任吗？是你，是你把我往外推！是你亲手毁了这个家！"

何晓芸呆住，她张开嘴看着眼前的刘康生，满眼满脸都是不可置信，一个罪魁祸首指控自己才是错误的本源？简直滑天下之大稽！更讽刺的是，何晓芸居然被他洗脑了，刘康生的声音源源不断地在脑海中回荡，那句"是你毁了这个家"无疑是平地一声响雷，炸得何晓芸眼冒金星。或许如刘康生所讲那般，自己的冷漠，一手造就了今天的局面，她怔怔地跌坐在沙发上，瞬间化为了一座石雕。

在满地狼藉中，刘康生夺门而出。他开上车，在空无一人的马路上，绕着西安城漫无目的地瞎逛，最后，竟然不知不觉来到郑巧玲住的小区门口下。此时已经是午夜十二点，小区四周都是黑黢黢的，唯一的亮光是刘康生明晃晃的车灯。

他把车停在老地方，熄火，整个小区重新陷入一片漆黑，草丛里偶尔传来几声寥寥的虫鸣。这个小区刘康生不算陌生，之前有送过郑巧玲回家，但每次都只送到楼下，并不上去。郑巧玲叫他上去过，他好像没看懂郑巧玲期待的眼神，尽管有了男女之间最为亲密的关系，但刘康生从来不往她的住处踏进一步。今晚的刘康生有些迷茫，他在熄火的车里抽了大半包烟，最后下定决心似的，猛吸了一口，动作利索地掐灭手中烟头，打开车门，迈着大步向前走去。

他有一张郑巧玲给的小区门禁卡，之前她特意暗示地说过"随时可以来找自己"的话。刷卡进了小区，幸好她住的楼层不高，二楼的门牌号他还记得，很快就到了门口。

摁下门铃，开门的是郑巧玲，她看见康生很是惊讶，更惊讶的是，刘康生脸上还青一道紫一道的挂着彩，整个人狼狈不堪。郑巧玲嘴巴微张，不解地问："康生哥？这么晚你怎么来了？还有你这脸上怎么了？"

她披了一件睡衣，睡眼惺忪、头发凌乱，貌似刚从被窝里爬出来。刘康生见状有些抱歉地说："没事，跟人打了一架，方便进去吗？"

郑巧玲微张的嘴巴急忙合上，然后侧开身，让刘康生进门："方便啊，康生哥你这是怎么了？"

"晚上有点心烦意乱，就过来看看你，没有打扰到你吧？"

睡不着？然后还跑这么远来看她？刘康生随便扯了一个理由，郑巧玲也不会傻到去细问。

"不打扰，不打扰！"她让刘康生在沙发上坐下，自己光着脚去厨房接了一杯水。刘康生细细打量着郑巧玲住的房子，一室一厅，六十平方米的样子，房子虽小却家具齐全，墙面由于陈旧已有些发黄，橘黄的灯光，白色的餐桌和暗红色的沙发，眼前的茶几上，广口的玻璃瓶里养了一把粉色的康乃馨。可能是柔和的灯光，也可能是身下的沙发，让他一点一点地放松下来。

郑巧玲放了一杯水在他面前，嗫嚅地解释道："我平时不喝饮料，家里也没有茶叶什么的，就只有白水。"

"没事，白开水就好。"刘康生举起杯子，一仰头将杯中的水喝光。竟然是入口刚好的温度，温热的水顺着喉咙往下流，刘康生干燥的喉咙瞬间舒适起来。

"你饿不饿？我给你煮碗面吧？"被郑巧玲一说，刘康生突然觉得自己饥肠辘辘。下午被丁大坤约出去，茶没喝几口，却发现自己可能被戴了绿帽子，于是乎大动干戈地打了一架，结果两人双双上派出所蹲了老半天，水也没有喝上一口。回家的时候，又与何晓芸大吵了一架。这一天，刘康生过得心力交瘁，竟然忘记自己从晌午过后，滴米未沾！

"不用了，这么晚了不用麻烦了。"刘康生摆摆手说。

"不麻烦不麻烦，你等我一下，我去下碗面，很快的。"郑巧玲欣喜地跑到冰箱边上，搜罗着能够用得上的食材，她口里念念有词地说着："我看看啊，做什么面好呢，还有一棵大白菜，哦，还有两颗鸡蛋，一根火腿肠……"

刘康生看着与办公室里截然不同的郑巧玲，此时的她一身居家服，头发随意地披在肩后，没化妆的脸上眉毛淡淡的，脸色略微苍白，分明就是一个小女孩子的模样。是啊，她毕业才两年多，算年龄也不过二十五六岁的样子，刘康生心里升起一股暖意。他柔声地提醒："地上凉，先把拖鞋穿上。"

郑巧玲对他会心地一笑，听话地跑到一旁穿了棉拖。

面很快就端上了桌，汤水堪堪漫过面条，白色的面条上面盖了两个荷包蛋，还有几根翠绿的青菜点缀其中。温热的水汽升腾而上，食物的香气在小客厅里面飘荡，一碗简单的家常素面，却让刘康生食指大动，两三下把面条呲溜下肚，喝下最后一口面汤的时候，刘康生放下碗，舒服地喟叹了一声。郑巧玲收拾完碗筷，像一只温顺的猫一样，悄悄地坐到刘康生旁边，将脸庞静静趴在刘康生的胸膛前。

一碗滚烫的食物下肚，刘康生感觉心里踏实了不少，郑巧玲让他体会到久违的家的温暖。以前她对他，只不过是男欢女爱的存在，没有所谓的爱不爱，只是恰巧需要而已。可现在，刘康生摩挲着怀中这个女孩，心下微微一动，就像迎新大会时，见到白裙飘飘的何晓芸时的那种心动；也有点像初次遇见身穿一袭红裙款款而下的齐亚男时的心动；这一刻，刘康生又一次心动了。细说起来，跟前两次心动不同，几十年的汲汲营营，半辈子的风霜雨雪，刘康生已经不是当初那个荷尔蒙作祟的毛头小伙子，说来可笑，他为这个深夜里的一碗素面而心动。

郑巧玲纤纤细指摸着刘康生眉骨的伤疤处，指腹轻轻地抚过，语气心疼地问："疼吗？这么大的人，怎么还跟小孩子似的，跟人打架呢！"

郑巧玲看得专注，未料刘康生一把抓住她的小手，放在嘴边亲了一下："不疼，男人之间的架，免不了。"

被刘康生温柔击中的郑巧玲，扬起脖子，在刘康生嘴角印下一个吻，害羞似的，又马上移开了。刘康生双手一提，把郑巧玲抱着跨坐在他大腿上，目不转睛地注视着她。

"不许看。"郑巧玲伸手挡住他的眼睛，脸红害羞地叫着。

刘康生既不拿开她的手，也不跟她多做纠缠，一双大手暗暗地捻起衣服下摆，沿着腰线，一点点地往上摩挲。郑巧玲的腰细，刘康生用一双大手就能堪堪环住，皮肤光滑的像是上好的蓝田玉，细腻的手感让刘康生流连忘返。再往上，竟然畅通无阻，本是睡衣，里面自然空无一物。刘康生一手握住山峰，然后找到顶端的那颗珠蕊，食指与大拇指捻了捻，它立刻敏感地立起来。郑巧玲"嘤咛"一声，身体一边难耐地扭动，一边像一滩软泥似的·往后仰——她动情了。刘康生又何尝不是，他不再迟疑，拉近郑巧玲，一口封住她的樱桃小嘴，耳旁是两人粗重的喘息声。

郑巧玲迷迷糊糊中还保留着一丝理智，她含糊不清地说着："窗，窗帘。"

刘康生瞥了一眼大开的窗户，直接把郑巧玲抱起身，往卧室走去。和以往的直奔主题不同，郑巧玲明显感觉刘康生像是换了一个人，极尽温柔之事，直到双唇吻遍了她全身的肌肤，直到她化作一汪春水，难耐地轻呼，才猛地撞了进去。刘康生这时脑海里想的是：既然要沉沦，那就彻底一点吧。

第二天清晨，刘康生睁开眼的时候，怀中是一丝不挂的郑巧玲，他抚摸着她光滑的背，这种久违的温热的触感让刘康生恍若在梦中，与何晓芸刚刚同居时，两人正值青春年少，时常贪欢，碰上周末，一睡便是一整天。后来这些年，两人再同床共眠，中间竟似隔着万重山水……

刘康生不觉摇摇头，把这些不堪的记忆强行从脑海中甩出去。

见郑巧玲睁开惺忪的睡眼，刘康生轻声说："我弄醒你了吧。"

郑巧玲摇摇头，笑容甜美地看着刘康生，伸手环住刘康生的脖子："要是每天早上都能这样就好了。"

刘康生愣了一下，然后坐起身开始穿衣服。郑巧玲看着面无表情的刘康生，小心地问道："我是不是说错了什么？"感觉他情绪有点低落，但却不知道为什么。

刘康生一边站起身套裤子，一边说道："没有，我去公司还有点事，你要是有点累，今天就在家休息吧。"说完拿起旁边的手机一看，手机界面干干净净的，没有未接电话，也没有信息。

刘康生自嘲一笑，自己到底在期待什么。

一晚未回的刘康生直接开车去了公司，与此同时，何晓芸也在动身出发去公司的路上——经过一晚上的深思熟虑，她决定辞职。她像一只鸵鸟，风暴来临之际，选择把头埋进沙堆里，自欺欺人地躲起来。因为她既不知道怎么处理和丁大坤之间的关系，也不知道怎么消除刘康生的揣测。

一晚上胡思乱想的代价是失眠，何晓芸的眼睛又干又涩，感觉有一粒细小的砂子揉进了眼睛，毛巾热敷了，眼药水滴了，还是不能缓解。家里静悄悄的，刘康生一夜未归，破碎的药箱和滚得四处都是的小药丸在地上静静地躺着，何晓芸出神地看了一会，最后拿着簸箕和扫帚清理了。如果昨天晚上是一场战争，那这个就是残留的战场，清理过后，何晓芸强忍着眼睛的不适出门了。一路上因为精神恍惚，还差点闯了红灯。

何晓芸头晕脑涨地坐在工位上，手压在太阳穴的位置缓缓揉着，旁边经过的同事看她这样，忍不住问："何姐，你这是怎么了，脸色看起来不太好啊。"

何晓芸掩饰性地抿嘴笑了一下，脸上的肌肉硬得几乎扯不动嘴角，她不自然地挡住眼睛："没什么，可能是昨晚没睡好吧。"

听说何姐是两个孩子的母亲，想必下班回家后的日子肯定很忙吧，同事一脸了然的表情。何晓芸去卫生间洗了一把冷水脸，看着镜中苍白的脸色，补了点口红，她呼了一口气，心里默念：何晓芸，要打起精神来才行啊。

何晓芸刚走到办公室门口，却听见里面一片嘈杂，再一看，同事们都站起身看着前面，交头接耳地说着什么。

"我再问你们一遍啊，谁是何晓芸？"

一声娇喝传入耳朵，何晓芸惊讶地抬头看向前面，原来办公室正中间站了一个身材高挑的女人。从后面看，很年轻，一身玫红的裙子，一头起伏的波浪卷，手臂上还挎着一个精致的小包。此刻，她目光巡视着整间办公室，像探照灯，从一个一个的脸上扫过去。

"何晓芸，谁是何晓芸？"见无人回应，她又加大嗓门问了一遍，看得出来，她不是一个有耐心的人。

这个女人，何晓芸从未见过，更别提认识了，她站在她身后，淡淡地说了一句："我是，我是何晓芸。"

那个女人猛然回头，弯曲的大波浪卷在空中划过一条优美的弧线，散开的秀发顺带出阵阵芬芳，香气袭人。

女人隔着十来步的距离，她认真地端详着何晓芸，上下打量，甚至连衣角都没放过,"你就是何晓芸?"

"对,我就是,你找我,有什么……"何晓芸一句话还未说完,只见刚刚还离她有十余步的女人,几个箭步冲到她跟前,竟然毫无征兆地扬起手掌,狠狠地打在了何晓芸脸上!

何晓芸一时没有防备,结结实实地挨了一巴掌,她本能地向后退了一步,伴随着喉咙发出的一声短促的尖叫,何晓芸摔倒在地。

一切发生得太快,以至于整个办公室没有人知道是怎么回事,愣愣地看着眼前的场景。

几秒钟后,跟她关系好的同事蒋佳惊叹了一声,小跑到何晓芸身边,把何晓芸扶起来。挡在何晓芸前面,然后对着女人怒目而视:"你干什么你,凭什么乱打人!"

女人嗤笑一声,伸手指着何晓芸道:"凭什么打人,你问她啊,一天天地勾搭别人的老公。我告诉你,我今儿打的就是这个叫何晓芸的狐狸精!"

此话一出,周围的同事发出一阵哗然,一个个用惊异的眼光盯着何晓芸。

那女人更得意起来,她手叉着腰,在办公室吆喝着:

"长得也不怎么样嘛,我还以为你多好看多年轻呢,原来是个老阿姨。大家快来看啊,看这个叫何晓芸的贱人,勾引别人家老公,让别人的男人为她打架,真当自己是红颜祸水啦?小三!不要脸!"

蒋佳火气也"噌"的一下上来,上前推了那女人一把:"你神经病吧,谁勾引你老公了,你老公是哪根葱啊,还勾引,你有被害妄想症吧!"

"哈?我老公是谁,我老公就是你们的丁总丁大坤,丁大坤这王八蛋,还敢背着老娘偷人!"

女人对着众人骂骂咧咧地说着,众人听完又是一阵哗然。总经理正室怒闯公司,亲自手撕公司资深女同事,想想就是一桩秘辛又刺激的饭后谈资。除了蒋佳,其他人全是一副事不关己看好戏的模样,而丁大坤上班时间向来晚,眼看闹剧难以收场,蒋佳一时急得团团转。

何晓芸被那一巴掌打得耳朵嗡嗡直响，半天没有缓过神来，这边又听两人吵得不可开交，她只觉脑袋都要炸开了。"丁大坤""打架""小三"这样的字眼传进耳中，她心里明白，必定是脸上挂彩的丁大坤回去以后，让他老婆误会了，才引起现在这样的闹剧。

她整理了一下凌乱的头发，拉开挡在面前的蒋佳，强忍着不适，与前面的女人对视解释道："我想丁太太您误会了，我与丁总之间，只是普通的同事关系，并没有你说的那回事。"

何晓芸不卑不亢，甚至未显露出丝毫慌乱的神情这倒让对面的这个女人有些意外，尽管如此，丁太太却没有半点要冷静的意思。相反，她像是蓄谋已久，就如一个闷郁成疾的病人，等着一个可以发泄的突破口，她甚至有点癫狂，叫嚣着："普通同事关系？你当我是三岁小孩啊，普通的同事——他会为了你去打架啊，还打得鼻青脸肿的，丁大坤啊丁大坤，你藏得再好有什么用，还不是被我发现了，哈哈……"

蒋佳看着眼前的疯女人，忍不住嘟囔着："这女人有病吧，丁总怎么就娶了这么一个神经病。"

"你再说一遍？"丁太太倏地转过头，狠狠地瞪着蒋佳，"你再说一遍，我就撕破你的嘴！"

"说就说，我怕你啊！"蒋佳一把拨开何晓芸，怒气冲冲地与丁太太对峙着。

"你又是什么东西，我今天是来找何晓芸算账的，跟你没关系，你最好闪到一边去！"

"唷，口气还不小嘛，所谓抓奸在床，你倒是拿出证据来啊，少在这里血口喷人，耽误我们上班！"

"你！"丁太太火冒三丈，伸手朝蒋佳的脸上伸去，蒋佳本能地往后一躲。

谁知丁太太的目标根本就不是她，她声东击西，两只手顺势朝何晓芸的头发上抓去，一把抓住发尾，用力地往下拽，何晓芸猝不及防，被她扯得一个趔趄差点摔倒在地。她一边动手,一边还在骂骂咧咧:"叫你勾引别人家老公,你个狐狸精!我看你还怎么勾引!"

"你讲不讲理啊,你个疯女人,怎么还动手了,快叫保安,保安!"蒋佳反应过来,一面急忙拉住丁太太的手,一面朝着同事们大喊。整个办公室的人都彻底惊呆了,几个反应过来的赶紧跑到一旁去打电话叫保安。何晓芸只觉得头皮被拉扯得生疼,无法动弹。

就在办公室一阵乱糟糟僵持不下时,门口传来一声喝问:"怎么回事?"

刚刚还围着参观的同事急忙碎步回到自己的座位——这场事件的关键人物丁大坤终于出现了。

丁大坤一出电梯门,便听见公司一阵嘈杂,走到门口才发现大家都聚在一起看热闹。他大声地喊了一句,等人散开后,才发现刚才被围着的是一对打架的女人,是何晓芸,还有一个竟然是——自己的老婆!

丁大坤愣住了,等他看到何晓芸脸上的红手印和那蓬头的乱发,顿时明白了这是怎么一回事。

他登时呵斥着自己的老婆:"你是发疯了吗?跑到公司闹什么闹!"

"是我闹,还是你背地里干了不知羞耻的事?"丁太太不甘示弱。

"这里是公司,不是你寻衅挑事的地方!"丁大坤满脸愤怒。

"我怎么挑事了?让何晓芸这个女人给我个交代才行!"

"有完没完,你对我的员工再这么无理取闹,别怪我不客气。"丁大坤语气冷冷地说,仿佛对面的女人不是他的老婆,而是一个陌生者。

"丁大坤,你居然帮着别的女人!"丁太太手指着丁大坤无奈地说。

"泼妇,这里不欢迎你,赶紧离开吧!"一旁的蒋佳愤愤不平地顺势插了一句。

不料,这句更是惹怒了眼前的这个女人,她似乎发疯一般,转身歇斯底里地大叫一声:"关你屁事,你再说,我就撕烂你的臭嘴!"说着就奔蒋佳过来,那架势像一只被惹毛的母狼。

关键时刻，平日里天不怕地不怕的蒋佳竟然怂了，她看着那张扭曲的脸孔，头皮发麻地躲在何晓芸身后。何晓芸上前一步挡住了那女人的视线："丁太太，我与丁总之间，真的没有你所说的那回事，丁总是个好人，我很尊敬他，但我们绝对是清白的。"

"哈，好人？"丁太太带着嘲讽的口吻一笑，"好人就是背着自己的老婆偷别的女人，还为她争风吃醋地跟她老公打架？"

"够了！公司这里不是你闹的地方，"丁大坤一边吩咐已经上楼的两个保安将自己的老婆强行搀带下去，一边说，"你先回去吧，我们自己的事回家后再谈！"

丁太太当即就被架着出去了，而大厅里不断传来那个女人的阵阵咒骂声。众人们心想：唉，没想到堂堂的公司总经理却不幸娶了这般一个女人，这也算是命里一劫吧。

那个女人消失后，整个公司顿时安宁了许多，渐渐恢复了正常秩序。

丁大坤进了办公室，不到半晌，简单收拾了一下的何晓芸就敲门进去，仅仅在办公桌上放了一份辞呈，然后平静地说："丁总，我决定了，我要辞职了。对于公司，还有您本人的名誉，我还是离开的好。"

何晓芸要辞职，丁大坤已经有点隐隐地猜到了，他太高估了自己与何晓芸之间的感情。眼见事到如今，他叹了一口气，把眼前的辞呈递回去："背着你去找刘康生，确实是我冲动了，我向你道歉，如果你仅仅因为这个辞职，那你就是在惩罚我，拿你自己惩罚我。何晓芸，我请你再考虑一下，别这么冲动！"

"我已经想好了，其实跟你去找他也没有多大关系。活了这么多年，我也应该好好想想未来怎么生活了，我累了，想出去散散心。"

"只是散心的话，那你没有必要辞职。我给你批一段时间的假，等散完心，再回来上班。"

何晓芸目光闪烁地看着他说："不用了，大坤，我想得非常清楚，这些年很感谢你的照顾，如果没有你在后面帮我、支持我，我不知道自己是否能坚持下来。不管怎样，你都是我的朋友，谢谢你，大坤。"

丁大坤第一次听到何晓芸如此亲切地直呼自己的名字，但听到她口中"朋友"的字眼和即将告别的意味后，却显得格外不安："如果是我不同意呢，何晓芸，我从来都没有把你当过朋友，你在我心目中，也不仅是朋友。况且，我跟她已经正式提出了离婚，以后，我自由了。"

何晓芸吃惊地说："你疯了？我们两个不可能的……你为什么好好的要离婚呢？"

何晓芸的反应，丁大坤看在眼里。此时的他才知道，何晓芸是不会为他牺牲什么的。她的生命中，有太多太多重要的人，而他丁大坤，大约不在那个行列。

"跟你没有关系，即使没有你，我也是打算要离婚的，之前这事我跟你也提过，你千万不要有心理负担。"

听完丁大坤的话，何晓芸松了一口气，那个拆散他人婚姻的骂名，她自然不愿意背负。

丁大坤知道，自己是绝对没有那个能力，让何晓芸改变主意。他决定换一个角度，于是问道："你还打算和刘康生离婚吗？"

事已至此，她和刘康生已然不能继续生活在一起了，面对丁大坤的问话，何晓芸点头说："是！"

"那你就更不应该辞职。"

"为什么？"

丁大坤细细地分析说："离婚之后，孩子们的问题你想过吗？刘康生的经济能力毋庸置疑，若你是一个没有工作、连自己都养不活的女人，拿什么和刘康生争抚养权？"

何晓芸像是迷雾中重新找到方向的孩子，她恍然大悟。于是，丁大坤不用再多费口舌，只用了这一句话，就彻底让何晓芸改变了原来的主意。

终于,何晓芸绝了辞职的念头,请了一个长假散心。抑或说是,她需要一个空暇,好好平复和安顿那颗因为这场纠纷而慌乱不安的心。

第三十二章

父母的演戏

眼看快到下班的时间，已经提早回到家的何晓芸终于主动给刘康生打了一个电话。

当时刘康生正在会议室开会，两旁坐满了公司的高管和骨干。就在一个主管发表季度报告的时候，刘康生的手机不合时宜地响了起来。以往这样的场合，刘康生会想都不想地直接挂了，但是他看着手机屏幕亮起的"老婆"两个字，鬼使神差地，手指摁了接听键，然后示意会议暂停，自己起身走到会议室外接电话。

何晓芸当然不知道这一切，自然感受不到这份殊荣，她只是淡淡地提醒道："今天子铭会回家。"然后就没有了，仿佛只有这一句话可以讲，后半句"你记得回家"，却哽在喉咙，怎么都讲不出口。

幸而是做了多年夫妻，何晓芸不需要细说，刘康生也明白她什么意思。他接道："我知道了。"两人就像达成了什么合作，今天回家的项目是——在孩子面前，演一出家庭美满、幸福依旧的戏码。

天刚擦黑的时候，刘康生准时地回家了。他把手中钥匙扔进玄关的瓷盆里，然后默默地换拖鞋，挂包。何晓芸不动声色地在厨房忙着，连往常的一句"你回来了"都懒得开口。

这场婚姻算是彻底撕破脸了，两人各忙各的，活像一出只有动作的哑剧。除了偶尔有锅碗瓢盆的撞击声，家里的空气沉闷得像被一团乌云时刻笼罩着。

这种状态持续到子铭踏进门的时候，钥匙开门的"咔哒"声，打破了这个静音画面。像临场上的演员，两人瞬间找回了状态。何晓芸身上挂着围裙，满脸笑意："儿子回来了？饭马上好，快去洗个手，我们就能开始吃饭了。"

她动作轻快地端菜上饭，就差哼个小曲来增加她的欢快程度。刘康生也放下手机，把屁股从沙发挪到餐椅上，努力营造一种一家人"其乐融融"等开饭的场景。只可惜这一幕太过刻意，往日里甚少出现，因此让子铭心中有种挥之不去的诡异感。

他有点诧异地问道："爸，你今天怎么回来得这么早啊？"

以往的刘康生不是在公司，就是在应酬，一年到头也难得跟家人吃几顿晚饭，即使吃也是赶在饭点才匆匆而归，甚至有时候饭菜热了两三遍，电话催他几次，才到家。像这样坐在桌前，等着吃饭的场景，几乎是从来没有过的。子铭的询问让刘康生一阵语塞，他笑着说："你看你这孩子，老爸回来早了你还不乐意了？快来吃饭吧。"

待落座后，子铭才看见刘康生的脸上带着两道淤青，一条在眉骨，一条在嘴角边上，伤痕很明显，倒像是学校那些男生们打架斗殴时留下的。适才刘康生抬头他才看个仔细，但他没有吭声，打量了几眼，然后低头吃饭。

一家三口在餐桌上默默吃着饭，没有萌萌这个小话痨在，整个饭桌显得格外冷清。子铭从小和姐姐的性格就不相同，姐姐活泼，口齿伶俐，走到哪都是一副叽叽喳喳的样子。可能正是因为有这么一个外向又霸道的姐姐，子铭不爱说话，心思细腻，像个女孩子。

就像现在，老爸脸上莫名其妙的伤，餐桌上诡异的气氛，子铭当即就发现了。突然间,他开口道:"妈妈,今天怎么没有爸爸最爱吃的红烧鸡翅?我记得以前爸爸回家吃饭,每次你都会做的。"

何晓芸愣住了,刘康生也愣住了。

他扫了一眼餐桌,满桌的菜肴,果然没有那道用小葱花点缀的红烧鸡翅。何晓芸是南方人,不擅长做西北面食,很多时候,做的饭菜不是很合刘康生的口味,但唯独红烧鸡翅,是刘康生赞不绝口的最爱。因此这将近二十年的时光里,每次他回家吃饭,何晓芸总会在他面前摆一份红烧鸡翅。今天子铭一提及,刘康生才发现,自己竟然从来没有注意过这个细节。

何晓芸夹了一块排骨到子铭的碗里,淡淡地说道:"今天去晚了,鸡翅卖完了。"刘康生也适时地岔开了话题:"老爸听说你这次月考,考得还不错?"

"还行吧,马马虎虎,比前几次好一点。"

何晓芸插话道:"那可不行,学习这样的事情,不能马马虎虎,你现在可是高二了,明年就高考,可不许跟以前一样,像个小孩子瞎胡闹。"

"哎呀,妈,我知道了,我什么时候瞎胡闹了,那是我姐!"

何晓芸被子铭逗笑了:"可不许胡说,要让你姐知道,又得削你了,再说你姐的成绩,可比你强太多了。"

想到老姐那强悍的样子,子铭顿时打了一个哆嗦,抱怨地说:"你可别跟我姐说啊。"

"瞧你们两姐弟。"何晓芸笑着摇摇头。

她这个当妈的,如今还清晰地记得,小时候子铭是个小哭包,再长大一点的时候,总是被姐姐欺负,每天被使唤来使唤去,一会倒水,一会洗苹果。有一天又被姐姐支使下楼买冰棍的时候,子铭终于奋起反抗——向妈妈告状,何晓芸哭笑不得,安慰子铭说:"姐姐是女孩子,你要多让让姐姐。"小小的子铭握着钱哭了,他鼓足勇气爆发了一次最大的反抗,愤愤不平地说:"难道我生下来就是给姐姐买冰棍的吗?!"后来,这句话已经成了家里的经典笑话。

子铭长大以后，每年都要翻出来讲一次，就连亲奶奶孙元香都感慨："这姐弟俩天生就是生错了性别！"

但不管怎么说，萌萌的开朗大方，子铭的细腻体贴，两姐弟长相都挑着爹妈的优点长。何晓芸感叹地看着这个自己创造出来的孩子，从小小的肉团，到现在初见俊俏挺拔的身影，满腔的与有荣焉。

一偏头，撞上刘康生的目光，对方眼中亦是欣慰，两人急忙不自然地移开视线，再无对视，这一切被子铭看在眼里。

晚饭过后，子铭跟何晓芸提议道："妈，我今天晚上想睡我爸的书房。"

何晓芸奇怪地问："好端端的，不睡在自己房间，怎么想睡你爸的书房？"

"我们老师布置了一个任务，要上网查资料，书房里有电脑，比较方便。"儿子顺口编的这个借口，听起来倒还合理。

"这书房跟你房间才隔几步路啊？你用完回房间睡觉不就好了。"何晓芸紧盯着子铭揣测地问，"是不是你想躲在里面玩游戏？我告诉你啊，可不行，你老师说了，你上回的物理成绩很不理想，就是你玩游戏玩的。"

"哎呀，真不是，我就查个资料。"

"查资料白天也可以查，干吗非得大晚上，熬夜可不好，你一个礼拜可就一天休息时间，也不能因为明天没有课就熬夜，破坏作息可不好，不许啊。"身为母亲的何晓芸，两三句就驳回了子铭的请求。

她倒是没多心，只以为孩子想偷偷玩电脑，孰不知孩子远远比大人们想的成熟。他一回家就偷偷地去书房查探过了，只见书房的小床上还摆着老爸的枕头、被子，就知道父母这段时间一直分房睡，再加上刘康生脸上的伤，和两个人之间奇怪的气氛，子铭几乎可以确信——父母两人肯定闹矛盾了。

自记事开始，子铭便觉得自己生活在顶顶幸福的家庭。班上一些同学在为父母离婚而痛苦流泪的时候，子铭从来没有这样的危机感。他自己的父母,既不会像别人爸妈那样无休止地吵架,使用暴力,也不会一味地逼自己读书写字。在他的印象里,爸爸一直很忙,时常不见人影;妈妈虽然也上班,但很关心他的学习、生活。刘子铭以为一家人会一直这样生活下去,可这几次的发现,让他惴惴不安。父母要是将来闹到离婚的地步,他是不是也成了单亲家庭的孩子。

回到家的这点时间,刘子铭已经成了一个彻头彻尾的侦探,侦查他爹妈的婚姻状况。在屋内写作业的他,竖着耳朵听着外面的一举一动。直到静悄悄的再无动静,他打开房门,蹑手蹑脚地往外走,只见书房门缝漏出一条光线。子铭清楚了,父母两人真的分房而眠了。

自从子铭回校以后,刘康生依然夜不归宿,只有每周六晚上才回家住一次。那天是子铭离校返家的日子,他不得不跟着回家休息;而其他日子里,他几乎都在郑巧玲住处。两人的关系如今已成这样,何晓芸也就不再过问,她也不想知道刘康生到底哪去了。

平常的日子里,两人碰面的机会更是寥寥无几,即使碰上了也没有话说。何晓芸休假前那会,刘康生正在公司紧锣密鼓地安排后续的工作,这几天也是忙得脚不沾地。何晓芸打算等这几天结束了手头的一些事务,下周从公司休了长假后,回安徽老家一趟,离开西安的家,眼不见心不烦,也免得跟刘康生继续闹别扭。

结婚这些年,她回家的次数,大约一只手都能数得过来,已经好久没有见自己的父母了,难怪都说远嫁的女儿就像断了线的风筝。这些年,父亲何天保的身体越发的不济,年前刚做完心脏手术,身体很虚弱,只怕是见一面少一面。上个星期打电话回家,听母亲李桃花说,老爸一直在念着自己这个不孝的女儿,何晓芸不禁一阵热泪洒落。以前孩子还小,走不开身,总想着等孩子大一点的时候把他们带回家瞧瞧;后来萌萌上幼儿园,何晓芸又生了二胎,更是脱不开身;等两个孩子都长大一点,小孩学习繁忙、大人工作忙得团团转,自然也是抽不出时间。就这样,何晓芸这个嫁出去的女儿,真如泼出去的水一般,老父亲在病榻前的念叨,让她十分难过。每次想到那个场景,她就忍不住地想落泪。她这一生,唯一觉得愧对的,就是父母。

计划赶不上变化,有些事情总是出人意料的突如其来。还没有等何晓芸休假回家探亲呢,刘家二老竟毫无征兆地找上门来了。

那天,何晓芸加班到晚上十点,一个人在外面胡乱吃了一点东西后,回到家门口,只见二老双双拄着杖,候在门外。

何晓芸格外地惊讶:"爸?妈?你们怎么来了?"

刘佐华努力地挺着有些佝偻的背说:"许久没来,过来看看你们。"

"你们怎么也不给我打个电话,就在外面站着呢,天气这么冷,着凉了怎么办?等很久了吧?"

"无妨,我们刚到没多久,你们年轻人忙,我们也没有什么重要的事,等等便好了。"

刘佐华这些年,性情越发的平和。但同时,也越来越固执,想来平和与固执并不相冲。在有些事情上,例如离婚,例如出轨,如此伤风败俗之事,老爷子是万万不能容忍的。看样子,这二老大约已经听闻了他们夫妻俩的感情矛盾的事了。

刘佐华好脾气可以理解,孙元香竟然也一反常态地没有吭声,老两口一副严肃的样子,让何晓芸倒是有些莫名的忐忑。她赶紧打开门,让二老进门,然后倒了两杯热水给他们暖暖身子。

"何晓芸啊,都这个点了,康生怎么还不回来啊?"孙元香左等右等,都不见刘康生回家。她和老伴可是八点就在外面候着,这会竟然还不见人影,按以往的脾气,早跳起来了。但是今天出门前,刘佐华一再叮嘱她,要克制住自己的脾气,今个她表现得还不错。

"他啊,"难道要说最近天天夜不归宿?何晓芸拿橙子的手停顿了一下,然后继续把新买的橙子摆在盘里,随口回答,"他最近比较忙,通常都晚一些才回来。"

"这像什么话！一天天这么晚，家也不顾！"刘佐华难得的动气，拐杖把地板敲得"咣咣"响。

何晓芸像是没听见的似的，拿了一把水果刀，在茶几上切开了一个橙子，橙子水分很足，果肉饱满。何晓芸递给两位老人，故意岔开话题："爸，妈，尝尝这橙子，刚上市，江西那边来的，可甜了。"

被何晓芸一打岔，刘佐华怒气稍稍消了一点，但还是很生气："给他打电话，叫那个臭小子现在就回来！"

婆婆孙元香瞅着何晓芸这满不在意的态度，忍不住地教育道："晓芸啊，不是我说你，自己家的男人就得处处关照着点，康生这么晚不回家，你就半点不着急？工作再忙也要注意身体。这千里的山路累死马，你这做媳妇的，也要多注意康生的身体才是。"

孙元香怀着敲打的意图，故意来"提点"何晓芸多"照顾"她儿子。何晓芸搪塞道："妈，估计他最近公司忙一点，过一阵就好了。"

"什么叫忙一点？忙一点能忙到这深更半夜的？你看看这都几点了？"孙元香侧头瞥了刘佐华一眼，然后继续隐晦地补充道，"这男人啊，你得看得严一点，他们性子急，指不定作出什么妖来，你不能由着他！"

"妈，大家都是成年人，有什么管不管的。"何晓芸很显然听出了里面暗含的意思，随口反驳道。

"哎哟，你这是要气死我啊！"孙元香对这个媳妇的好耐心都要耗尽了，心下不免就数落起来：怎么就长了个榆木脑袋，怎么说都说不透，就跟她妈李桃花——一个德性！这话，自然不会当面说出来的。

"你现在打电话，把他给我叫回来。今天等不到他我们就不走了！"刘佐华也在旁边吹胡子瞪眼。

两个老人一反常态地管起小两口的事，还一副不见刘康生不罢休的样子。孙元香甚至话里有话，何晓芸开始狐疑，两位老人是不是已经听到什么风言风语了。

何晓芸的猜疑没错,线索情报员正是自己的乖儿子刘子铭。

周日上午,他去探望爷爷奶奶,其间一脸闷闷不乐的样子。宝贝孙子不开心,这可急坏了两个老的,满口"心肝宝贝"地哄了半天,也不见好转。老两口原以为是孩子学习压力太大了,安慰询问了半天,最后子铭才哭丧着脸道:

"我爸妈是不是要离婚了?我是不是要变成没人要的小孩了?跟我班上那几个同学一样。"

孙元香和刘佐华大吃一惊,忙问他为何这样说。

子铭便把爸妈分房睡,刘康生脸上有伤的事一五一十地说了。想到自己的家有可能会变成单亲家庭,到时也可能和姐姐分别各自跟一个大人生活,从此他们一家成了支离破碎的家庭,子铭就忍不住哭了。他再坚强也只是一个十多岁的孩子,从小在父母庇护下,长辈的宠爱下长大,已经习惯了这个温馨的家庭。他用袖子抹了一把眼泪,可是怎么都止不住肆流的泪水。

两位老人脸色渐渐地严肃起来,尤其是刘佐华,他铁青着一张脸,却柔声安慰子铭:"你别担心,安心回学校念书去,只要有爷爷在,就不会让你和萌萌变成没人要的小孩!"

第三十三章

刘家的家训

刘康生接到电话的时候,正枕在郑巧玲的大腿上,郑巧玲拿着吹风机,轻柔地帮他吹着头发。

这些日子,每当周内下班后,刘康生就一直住在这里。一开始郑巧玲有点窘迫,她担心刘康生住不惯自己这个小小的一居室。一段时间住下来,没想到刘康生没有任何的不适,反而颇有点随遇而安的味道。她不知道的是,二十多年前,刘康生刚毕业那会,与何晓芸租了一个巴掌大的地方,整整住了一年,后来发达了,才搬进了高档的小区。

来电显示是"何晓芸"这三个字。

那天和丁大坤打完一架之后,也许出于某种莫名的心理作祟吧,刘康生便把通讯录中的"老婆"直接改成了"何晓芸"。而这样毫不起眼的小小行为,无疑意味着他已经彻底割裂了对妻子何晓芸的感情。

看到来电显示,刘康生下意识地产生了不好的预感——因为这些年来她不会无缘无故给自己打电话。刘康生当即从郑巧玲的腿上起身,迟疑了一下,便接起来电话:"喂?"

"你马上给我滚回家!"对面的话筒里传来一声咆哮,不是何晓芸,却是老爹刘佐华。

直到那边挂了电话,刘康生还有点愣愣地没有回过神来。半晌,他才从沙发起身,拿上架子上的衣服,穿着整齐,回头对郑巧玲说:"我回去有点事,你早点睡吧,不用等我!"说完,他就消失在门口。

看到门完全地合上,郑巧玲脸上刚才那一抹温柔的笑意倏地消失不见,她眉眼之间迸出一抹恨意:我到底算什么?就这么想来就来的吗?那边随意一个电话都能把你叫走,这么多天的温存到底算什么?郑巧玲狠狠地将身旁的兔子玩偶砸在地上,明明闹翻了还要这么阴魂不散吗?何晓芸,我们等着瞧!

刘佐华突然会发这么大的脾气,完全是有原因的。就在半个小时前,在公公、婆婆一再催促下,何晓芸终于绷不住了。她本人不想打电话,本意上,不想做那个殷勤恳切甚至哀求丈夫回家的女人,她最后的一丝自尊心不允许。所以,尽管刘康生不回家有一段时日,但她仍然若无其事地上班、下班,从头到尾没有过问过。

可如今这种情况,说不定哪天就离婚,既然瞒不住,也是时候让家里老人知晓了。何晓芸想了想,缓缓地开口道:"爸,妈,我和康生……我和他已经不是从前了……"

短短几句话,何晓芸说得很艰难。她以为自己早已刀枪不入,可说起来的时候,还是难以抑制心脏的疼痛。她长吁了一口气,然后故作轻松地说:"他在外面有了别人,不回家住已经有一段时间了。事实上,我也不知道他在哪里。"

一番简短的话说完,却无疑是往平静的湖面扔了一块大石头。

何晓芸低下头,有点不敢注视二老的目光。只见他们静默了一会,孙元香火一样的性子一听立马炸了,却撇过对自己儿子的怒责,径直数落起儿媳妇来:"什么?你是怎么当人家媳妇的?连自己老公在哪你都不知道?"

孙元香刚咋呼完,一旁的刘佐华呼吸越来越重。何晓芸说的并非空穴来风,他想起上次在屏风后看到的那一幕,他知道何晓芸说的十有八九不会有假。一阵急促的呼吸过后，刘佐华感觉喉咙发痒，他弯下腰，发出一阵剧烈的咳嗽。刘佐华攥紧手中的拐杖，因为太过用力，指节都发白了。他指着何晓芸说："你去，现在就打电话，我来接，把那个逆子叫回来！"

孙元香见状顾不上自己发脾气，赶紧帮忙抚着他的背，帮他顺气，嘴里焦急地喊着："你说你，医生说你要静养，可不敢生气！晓芸，快呀，打电话把康生叫回来。"

何晓芸像是才反应过来，赶紧摸到手机，手忙脚乱地拨电话，电话刚拨通，就被刘佐华劈手夺过去，这就有了刘康生听到的那声雷霆叱喝："你马上给我滚回家！"

孙元香一边不停地帮刘佐华顺着气，一边在旁边说："咱不气啊，老头子，咱不气……你要是气病了，我可咋办啊！"说到后面几句，孙元香带着哽咽，拿着帕子擦了擦眼睛。

刘佐华渐渐地平息下来，不甚清明的眼睛折射出少有的威严神情。他安慰地拍了拍老伴的手背，对着何晓芸道："晓芸，你放心，等他回来，我细细地问他，如果这件事是真的，我定饶不了他，这个糊涂东西！"

"爸，"何晓芸神情很是平静，她淡淡地说，"您跟妈相守了一辈子，我很羡慕，但是世间的缘分也强求不来，可能，我跟康生，就注定不能像你们这样吧。"

"晓芸，你这话是什么意思？"孙元香听着何晓芸的话头不对，有点不解地问。

"妈，如今事情已经发展成这样，我仔细想过了，与其在一个屋檐下相互折磨，还不如离婚，放过彼此。"何晓芸只好坦白说。

孙元香脸色大变，急急道："这可不行，谁还没点犯错的时候，哪能动不动就喊离婚，我和你爸坚决不同意，再说，你就忍心看萌萌和子铭成为没爸没妈的孩子？"

何晓芸耐心地解释道："不会的，我和康生永远都是他们父母，只是分开，但对孩子的爱还是一样的。"

"怎么能一样，你们说不准就转头一个再娶、一个再嫁的。俗话说：有了后妈就有后爸，这跟没有爹妈有什么区别？好好的一个家，你们非得拆得稀里哗啦，安生过日子比什么都好。"说到这里，孙元香忍不住抽抽鼻子，眼里含了一眶热泪。

他们年老了，没有多少时光了，唯一的心愿就是儿女们都能和睦顺遂地过日子，自己和老伴安安静静地度过晚年生活。

何晓芸无奈地重复着自己的观点："不会的，妈，孩子们已经长大了，他们也永远是我的孩子，不会没爹没妈的……"

双方谁也说服不了谁，三个人只好坐在客厅，面面相觑地等着刘康生回来。还好没过多久，刘康生带着一身寒气从外面回来了。他在电话里听到老爷子大发雷霆，怕老爷子气出个好歹，于是开着车急匆匆地赶回来。

他了解自家老爷子，这么大的脾气，肯定不会是无关紧要的小事，一进门再看屋内这一情景，心里便什么都明白了。但当下，他还是装糊涂的样子："爸，妈，这么晚你们怎么来了？"

刘佐华冷笑了一声："哼，怎么来了？倒是问问你自己，你这么晚了不回家，在外面干什么？"

"哦，公司有点事，加班呢。"

刘佐华一听便勃然大怒，把茶几上的水果盘连橙子一块掷过去："你骗你老子呢！"

刘康生本能地一闪，躲过迎面而来的水果盘，硬着头皮撒谎："爸，真的是加班。"

"你还当我不知道，你这个逆子！有点钱了就学人家在外面养姘头，你个不孝子，不学好，丢人现眼的家伙！"

刘康生依旧是满口否认："爸，你听谁说的，没有的事！"

"跪下！"刘佐华厉声道。

刘康生没有立即听从，只是双手交叉垂下，做出一副准备挨训的样子。

刘佐华不管三七二十一，便举起拐杖就要打下去。孙元香到底是心疼儿子，赶紧上前拦住了："哎呀，这没踪没影的事，你也要听听孩子怎么说嘛，别冤枉了咱儿子，一回家你就要打要杀的，这是干什么！"

替儿子护短后，老娘还一个劲地给刘康生使眼色，说："康生，快，跟你爸解释一下，你爸身体不好，别气着他！"

刘康生没有再辩解，这才不情不愿地跪在地上，垂着头一声不吭。

刘佐华一边呼哧呼哧地喘着粗气，一边说："我冤枉他？你问问他有没有这件事！我上回就叮嘱你，可你偏偏把我的话当耳旁风。大丈夫顶天立地，不应当是一肚子的男盗女娼，你读这么多年的书，都读到狗肚子里了？"

说到可恨处，刘佐华提起脚想踹他，奈何体力不足。

"爸……"

刘康生有意辩解几句，结果被一旁冷眼相看的何晓芸打断，她转向刘康生，淡淡地说："康生，我已经把事情都跟爸妈说了。"

闻言，刘康生立马抬了头，深深地看了何晓芸一眼，镜片后面的眼神全然是陌生的。恋爱五年，夫妻携手近二十载，见过他温柔的、绻缱的、心疼的，甚至是恼怒的眼神。可何晓芸从来没见过，任何一个眼神，像这一刻的，似讥带笑，如在看一个陌生人，不，甚至还不如陌生人。她的心瞬间坠入冰窖，她想，刘康生这回怕是恨透了她。

既然妻子都已经"招供"了，刘康生便不再在父母面前演戏，他干脆不跪了，站起身，拿上钥匙："爸，妈，这么晚了，我送你们回去吧。"

"站住！谁让你站起来的！"刘佐华被他的动作气得直哆嗦，"现在翅膀硬了，我管不动你了是吧？我告诉你，你即便是大老板，我照样还是你爹，你还得听我的！"

"爸，看你说得哪去了，这件事我们两个人会处理好，你们二老就别跟着瞎操心了。天这么冷，您身体又不好，还是早点回去休息吧。"

"你还知道我身体不好啊，咳咳，我看你就是想气死我，今天这个事情不说清楚，我就不走了。"刘佐华平时不生气，一生气也是个倔脾气。

何晓芸站在一旁没有动。孙元香既担心老伴的身体，又担心两父子真的干起来，这会已经是急得满头大汗了。她满脸担忧地说："康生啊，你倒是赶紧解释啊，你看把你爸气成啥样了！"

刘康生绕到何晓芸对面的沙发上坐下，他垂下头低低地说："我没什么好解释的，出轨的事我认了。"

"哎哟，你！"听到儿子亲口承认，孙元香心中最后的一丝希望破灭了，本以为这件事就是个误会，可如今，木已成舟，她也没法再为儿子辩解了。

她一叠声地开始数落刘康生，当然，她这主要是做给何晓芸看的。说到底，刘康生出轨的最大受害者，是何晓芸。作为父母，无论儿子娶哪个女人，反正一样都是她刘家的儿媳妇。只要自己儿子不伤天害理，没有违法犯罪，做一些出格的事情，自己也就睁一只眼闭一只眼地过去了。但眼下，孙元香还是希望何晓芸能够原谅刘康生，两人以后好好地过日子，不为别的，就为何晓芸是她孙子孙女的亲妈。

母亲的数落并没有影响刘康生丝毫。刘佐华也迅速地冷静下来，他深知现在不是埋怨和责骂的时候，这个时候，需要一个人，来主持大局，一锤定音的那种。他用不容置疑的语气开口："好了，别说教了，康生，我不管你之前有什么荒唐事，但是你现在马上跟外面那个女人断了，以后不许来往！好好做好一个丈夫和父亲的本分，不然以后就不要再进这个家门，我刘佐华也没有你这样的儿子！"

继而转头对何晓芸说："晓芸，我知道这次让你受了很大的委屈，是我们老刘家对不起你。从今往后，但凡能补偿的，我们老刘家都尽力补偿，但是千万不要提离婚。一个家庭，有的是比自己情绪更为重要的东西，为人父母不能只为自己考虑，我希望你能明白。以后，康生这个浑小子再对不住你，你尽管来找我，我替你好好收拾他！"

刘佐华一番话干净利索，恩威并施，可是何晓芸并不领情："爸，我知道您素来公正，但是离婚这事，我心意已决。"

此话一出，刘康生更加认真地盯着何晓芸那张淡漠的脸，从进门开始，何晓芸的表现就像一个局外人，一副事不关己的样子。他忍不住地嘲笑道："怎么？这么迫不及待地想投入他的怀抱吗？"

两位老人疑惑地把目光不约而同地投向何晓芸，他们又惊又惧，一时不明白刘康生在说什么。在三道目光同时的注视下，何晓芸果然慢慢变了脸色，她忍不住地大声申辩："刘康生，你就是个混蛋。我都说过了，我跟他没有什么关系，造成这一切的是你！"

这个反应正中刘康生下怀，他早就预谋好了，于是神情轻松地回道："那你这么激动干什么？"

"你！"何晓芸恨得咬牙切齿，"刘康生，你不要乱泼脏水，你自己做了什么，自己心里清楚！"

"何晓芸，这句话，我送还给你才是，你做了什么，自己心里清楚！不要在这里贼喊抓贼，尤其是在我爸妈面前，你要离婚，我随时奉陪，但我的忍耐是有限度的，你要是再弄这些小把戏，小心我把你的事情全部抖搂出来！"

何晓芸气极反笑，没想到自己竟然还被威胁了。一个出轨的背弃者，他有什么资格这么嚣张，索性喊道："好啊，你尽管去说，我身正不怕影子斜！"

"好了！够了！"眼看夫妻之间剑拔弩张，刘佐华不得不赶紧遏制住眼前即将失控的局面，"看看你们现在的样子，哪里还有半点昔日的情分！我当初，就不应该答应你们在一起！"

说罢，刘佐华拂袖而去。孙元香赶紧跟上，出门前还不忘数落两人："你们啊，你们！"

出了大门的刘佐华和孙元香相互搀扶着走在路上，他们没让刘康生送，说是看见他就生气，硬是把他推回去了。

此刻已经夜深人静，马路上不见一个行人，唯有两行路灯幽幽的亮着，刘佐华叹了一口气，冷冽的空气进入肺里，让他忍不住又一阵咳嗽。孙元香赶紧帮他拍着背并数落他："你啊，身子骨不好，还发那么大的脾气。"

刘佐华又叹一口气说："人老了，管不动他们了。"

"算了，儿孙自有儿孙福，随他们去吧，你平常不是看得挺开的吗，这会倒想不通了。"

"我哪是为了他们啊，我就是心疼那两个孩子啊……"想起孙子和孙女，孙元香也跟着叹了一口气。两个头发花白的老人相互扶着，在路灯的照耀下，一点一点地往家的方向走去。

当天晚上，刘康生没再出门，他还是留在书房睡了，何晓芸则睡在卧室宽大的双人床上。刘佐华临走时的话，让何晓芸想起刚毕业时两人租的那个不足三十平方米的小屋，一米五的小床让两人紧紧地搂在一起，脸对着脸，头挨着头，就连呼吸都挨在一处。那个时候过得真是很困难啊，清水煮面，放两根叶子菜，就算是晚餐，天天开水就馒头当午餐，偶尔买个带肉的烧饼，一人一口分着吃，烫得直哈气。放眼现在，车子、公司、多套房子，什么都有了，可就是没有以前的快乐了。这日子越往后过，却越不如从前了；他们获得了丰富的生存的物质，却丢失了更多更重要的东西。

一墙之隔的刘康生也没有睡意，他静静地侧躺着，睁着眼睛默默地注视着仿佛无边的黑暗。住在郑巧玲家里的这些日子，他其实并没有想象中的开心。看到何晓芸发怒发狂，他也没有想象中的快感。无论如何，这样的结果并不是他想要的。

一个轻微到难以察觉的叹气声响起，刘康生翻了一个身，而后又辗转了好几回，却久久都没能入睡。他甚至有些厌恶起照进书房的那道月光，照在他身上更是难以安眠。可窗外明亮的月色，像一道凌厉的目光，许久才从他的身上渐渐挪去。

第三十四章

女人的心事

第二天早上,何晓芸起床的时候,刘康生早已不见了踪影,只有书房内略带褶皱的枕头和床单,证明他昨晚的存在。

一反往日,何晓芸倚靠在书房门口,闻着刘康生残留下来的气息,有点贪婪地停不下来。她迫切地怀念起大学时代的种种过往——因为昨天晚上,她做了一个梦。

她梦见了大学时候几个亲密的伙伴,除了刘康生,还有平雪娟和张文涛,他们无忧无虑地坐在草坪上读诗,唱歌,弹着吉他。梦里太美好,醒来以后,她怅然若失,多么希望现在所经历的一切,只是噩梦一场啊。

在书房门口呆呆地站了小半响,回过神的她不得不开始忙着洗漱。她看着镜子中脸色暗黄的自己,默默给自己打气,忙完这几天,就可以好好给自己放个假。她收拾了一下,心不在焉地赶去上班。

刘康生早早到了公司,一晚上没睡好的他,只感觉后脑勺嗡嗡作响。他支着手在办公室假寐,门突然被敲响,郑巧玲端着一杯咖啡,袅娜地立在门口,声音如一泓春水般轻柔:"刘总,您的咖啡。"

刘康生抬起头,慌乱地错过她的视线:"这样的事情以后让小齐她们做就好了,不用你亲自动手。"郑巧玲笑得甜美,她动作轻柔地把杯盏放在办公桌上，用只有他们两人能听到的声音撒娇道："可是我就是想亲手给你做嘛，这不一样。"

刘康生干咳了两声："那你放那吧。"

"康生哥……昨天晚上，是有什么事情吗？你那么匆匆忙忙的，我很担心。"

"哦，就是家里有点事，回去了一下，我忘记跟你说一声，让你担心了。"

"哦，没有事就好，那晚上……我等你一起下班吗？"郑巧玲咬着唇，有点害羞地说。

得到的越多，就越小心翼翼。如果说以前，她有所图才靠近刘康生，那么现在，她就是个有点为爱痴狂的女人。最近一段时间，刘康生开启了她的幻想，幻想每个清晨和晚上，都能躺在爱的人身边。而这些，刘康生并不关注，他甚至也不关心郑巧玲的变化。

他头也不抬地说："不用了，你先回去吧，我晚上还有一点事。"

郑巧玲满脸的失落："哦，那好吧，我先出去了。"

刘康生微微颔首。

不知道是不是自己的错觉，郑巧玲觉得刘康生回家一趟之后，对自己的态度似乎有点不一样，几句对话中都是一副公事公办的样子。郑巧玲若有所思地看了一眼刘康生，转身便出去了。

没走上几步，郑巧玲在门口拐弯处碰到新来的行政小齐。在公司，郑巧玲虽然年纪轻轻，进公司的时间不长，但绝对是个人人碰见都要称一声"玲姐"的存在。她和老板的关系，是公司内部心照不宣的秘密。小齐停下脚步，恭敬地喊了一句"玲姐"。此刻的郑巧玲板着一张面无表情的脸，哪有半点在刘康生面前的温柔和笑靥如花。她高冷地"嗯"了一下，算是回应。

郑巧玲太知道对不同人戴不同的面具，她从小就明白"物以类聚"的这个道理，好的精力像刀刃，不能在对自己无用的人身上有一丝一毫的浪费。就在擦肩而过的时候，郑巧玲看见小齐手里拿了一张卡片。那是一张公司附近酒店的房卡。郑巧玲作为高级行政，时常招待公司客户，自然是清楚的，只是这几天并没有听说有客户，好端端的开房干吗？还是拿给刘康生本人的。

"站住。"郑巧玲突然一个命令式的声音，吓得小齐一个激灵，转身不知所措地看着郑巧玲。

"你手里拿着的是什么？"

"哦，玲姐你说这个啊，"小齐扬了扬手中的房卡，"这个是刘总一大早吩咐我去绿叶酒店订的房间。"

"好端端的订房间干什么？"

"这个我不知道，刘总只是说订房，没有说其他的。"小齐是个老实孩子，一五一十地说。

"谁的身份证订的？"

"刘总自己的啊。"

刘康生？他好端端的订房干什么？郑巧玲心思缜密地狐疑起来。

"给我看看。"郑巧玲伸手要小齐手上的房卡。小齐犹豫着："这不太好吧，刘总说办好了直接给他。"

郑巧玲突然换了一副亲切的笑容，轻声细语地说："我突然想起来，刘总前段时间就安排我去订一个房间来着，但我最近太忙，还没来得及，然后刘总就直接让你去订了，你给我看下，看看酒店有没有订错？"

郑巧玲这个女人在随机应变方面果然是个能手，两句话就让眼前的小姑娘听从了自己。小齐一脸恍然大悟的样子，心下嘀咕着，原来是这样啊，她不再迟疑地把房卡交到郑巧玲手上。

郑巧玲翻开看了看，房号8109，她默默地记在心里，"我记得上回刘总说订一个礼拜，这是订了多久啊？"

"一个礼拜吗？"小齐大惊失色，急忙辩解道，"可是我记得刘总说先订一个月啊，订金都交了。完了完了，我可能是记错了时间，怎么办啊？"

小齐急得像热锅上的蚂蚁，郑巧玲却嫣然一笑："你也不用紧张，可能因为时间太久远，我记错了时间。快进去吧，刘总估计等急了。"

"对哦，谢谢玲姐提醒。"小齐一拍脑袋，慌慌张张地走开。

郑巧玲脸上的笑慢慢地消失，甚至变得冰冷，自然没有什么刘康生提前让她订酒店的事情，这不过是她随意扯的一个谎罢了。看来，刘康生今后是不会再去自己的住处了。

就在和刘康生公司所在同一条大街，距离只有几公里远的另一座大楼里，他那位名义上的妻子何晓芸似乎正在百无聊赖地上着班。

"芸姐！"蒋佳突然跳出来，把何晓芸吓了一跳，"发什么呆呢？我发现你是不是老年痴呆提前了啊，最近老是心不在焉，魂不守舍的，一点没有以前那个雷厉风行的样子。哎呀，我真是怀念以前那个芸姐啊！"蒋佳双手托腮，煞有介事地说着。

何晓芸被她的模样逗笑了："好了好了，你就别打趣我了。"

"不过芸姐，听说你过几天就要休一段长假了啊？你这是去干吗啊？"

"就是最近累了，感觉整个人状态也不好，所以打算休息一番，调整一下。"

蒋佳的表情一转，由一脸嬉笑突然变得严肃起来："芸姐，老觉得你最近有什么事情，你发现没有，你已经很久没有笑过了。连隔壁组的都看出来了，前几天还问我你怎么了。芸姐，你到底怎么了？"

何晓芸一时之间说不出口，可是她太需要一个倾诉的对象，丁大坤肯定是不行了，蒋佳虽然平日里没啥正形，但在大是大非面前，却从来不含糊，只是这样的家事……何晓芸的迟疑不定蒋佳看在眼里，她真诚地说道："芸姐，咱俩也是这么多年的同事了，我只是希望，你有什么事不要憋在心里，我虽然帮不上什么忙，但是我愿意认真去倾听。"

何晓芸看着她，突然眼睛有点湿润了，她急忙仰头把眼泪倒回去。

蒋佳不知所以，连忙说："别啊，这么感动吗？我可受不起你的眼泪啊，赶紧给我收回去！"

何晓芸"噗嗤"一声笑了："中午吧，中午我请你去外面吃饭。"

"那敢情好啊！"

午饭时分，两人来到一个饭馆，点完菜的空档，何晓芸笑着说："其实真的被你说中了，我最近不太好，我……我可能要离婚了。"

蒋佳格外惊讶："离婚？为什么啊？你和姐夫不是一直都很好吗？怎么好好的就要离婚呢？"

何晓芸苦笑着坦白："那是你们看起来，外人看我们都很好，夫妻恩爱，家庭美满。只有我们自己知道，其实底子里早就烂得不成样子，只不过在强撑着罢了。"

"唉，也不仅仅是你们，有多少人都是表面夫妻，得过且过，只是你们怎么就突然要离婚呢……"

"他出轨了，对方是他们公司的一个女员工，那个女人竟然直接把照片发我手机上。我当时一盘问，他就承认了。"

没有人会真正不介意老公出轨之事，何晓芸也不例外。她满脸的落寞，让蒋佳忍不住地握了握她的手。她为何晓芸打抱不平地说："天下男人真是没一个好东西，一有点钱就狗改不了吃屎，还敢出轨公司的女员工，真是不要脸！我看那个女人也不是省油的灯，你可要当心着点，要我说啊，就直接去公司，撕了那个狐狸精的脸，还敢跟你发照片叫嚣呢，把她给能的！不出声还以为咱们怕她，我跟你说啊，啥时候有空咱就去一趟，唉，我看今天下午就挺好的……一会吃完饭咱们就动身！"

蒋佳行动力超强，当下决定下午就去撕了那个勾引刘康生的狐狸精。何晓芸有点感动，除了丁大坤，蒋佳大概是第二个愿意为她出头的朋友。但是她又觉得有点好笑，劝说道："你怎么说风就是雨啊，这件事上，我不怪那个女员工，就算没有她，也会有别人。男人要是存了出轨的心，怎么防都没有用。"

"你呀，"蒋佳戳了一下何晓芸的额头，开始喋喋不休地讲了一大串，"你是不是脑子生锈了？过分的善良是病啊，得治！我跟你讲，对付这样的狐狸精，你要是不震慑她一下，她一天到晚就想着上位做"中宫娘娘"，后宫剧看过吧？你现在就好比皇后娘娘，要是不敲打一下那小浪蹄子，保不齐她一天到晚地兴风作浪！刘康生固然是主谋，有大错，但这种人要关在家里好好教育教育，内部敌人和外部敌人要区别对待，这叫手段，晓得吧？"

蒋佳越讲越来劲，滔滔不绝地"传授"自己的"两性秘诀"。

"你一个未结婚的姑娘家，哪里来的这么多歪理啊？"

"诶？怎么叫歪理？我这绝对是治家宝典，保家安宅的良策好吗？要不是跟你关系好，我才不兴告诉你呢。再说，我没结婚怎么了？我没结婚先掌握理论知识，到时候才不会有人骑在脖子上拉屎撒尿……"

蒋佳嘴快，突然间发现自己说了不该说的话，急忙看了眼何晓芸，见她表情闷闷不乐，蒋佳有点抱歉地表示："不好意思啊，我不是在说你，我的意思是……"

何晓芸笑笑，声音闷闷地说："没关系，我知道，只是我和他，从大学开始在一起，这么多年的感情，我不愿意闹得太难堪，是我自己认人不清，怨不得别人。"

"唉，"蒋佳叹了一口气，"那不是太便宜他们那对狗男女了。没劲，你打算怎么办？"

何晓芸有些纠结地表示："我不是说了吗，我想离婚！"

蒋佳突然凑到她面前，仔细地盯着她的眼睛："真的吗？我怎么看你一副不舍的样子？"

蒋佳一语击中。

何晓芸是不舍，虽然反复强调自己对刘康生已经没有感情，但怎么可能像断电一样，说割舍就割舍。况且刘康生还是她的校园初恋、依靠多年的丈夫、自己孩子的父亲，那个已贯穿了她半生的男人。甚至连何晓芸自己都分辨不清，说离婚，究竟是想要被挽留，还是想要在保全自尊的情况下，体面地离开。

被说中心思的何晓芸不禁有些闪躲，也有点迷茫，这个世界没有所谓的正确答案,往东走和往西走说不上哪个好,决定就在自己一念之间而已。

蒋佳了然地问:"你是不是对他还有感情啊?"

"我不知道,我说不上来,我这个年纪,已经没什么爱不爱了,只是有时想想,真是不甘心啊……"

蒋佳跷着二郎腿,吐了一下瓜子皮,吊儿郎当地说:"要我说,不甘心就去争取,其实我看得出来你对刘康生还是有感情的。两个人几十年的婚姻不易啊,既然还有感情,那就去争取啊,那个姓马的女明星还说'相爱容易,婚姻不易,且行且珍惜'呢。谁都有点犯糊涂的时候,睁一只眼闭一只眼凑合着过呗。你再找一个未必就是十全十美,搞不好还天天醉酒打老婆,也就那样。"

何晓芸看着她哭笑不得:"你这是哪里学来的歪理啊,一个姑娘家家的,还没嫁人成婚呢,谈起婚姻来,歪理倒是一套一套的。"

蒋佳放下腿,凑近何晓芸,正色地说:

"你还别说,虽然我没有结婚,但是你们啊,一个个被感情冲昏了头脑,都不如我这个局外人看得清楚。我为什么不结婚?就是因为看透这些乱七八糟的事,才宁愿单身一辈子的。如果你非要说我刚才说的是歪理,好,我也承认。但是人啊,开心是一天,不开心也是一天,何苦那么委屈自己成全别人啊。要我说,直接上去,狠狠地收拾那个小狐狸精。"

蒋佳比了一个抹脖子的手势,接着道:"你跟刘康生辛辛苦苦半辈子,好不容易有了今天,就这样拱手让人?然后让那个小狐狸精睡你的老公、住你的房子,最后让你的孩子跟着她叫妈?想想都够凄惨,怎么着都不能便宜她!所以你想啊,你要是离婚,就正中她下怀,你这样不战而退,就是逃兵!是懦夫!是怂!"

何晓芸一片混乱的脑海中,稍微有了点清明。蒋佳后面一段话她没有听清,也没有仔细听,因为她满脑海都回荡着那句"不甘心就去争取",这句话像一把利剑,把混沌劈开,闪出一道亮光。

何晓芸喃喃地说:"你说的那些我都不是很在意,房子、车子都是身外之物,生不带来死不带去的。我在乎的是孩子们,只要他们过得好,我委屈一点也无所谓。你说得对,既然不甘心,就去争取,只是……我们还有回旋的余地吗?"

蒋佳对何晓芸这种瞻前顾后的心态表示鄙视,她白了何晓芸一眼说:"想那么多干什么,试试就知道了,你也要改变啊,别总是对他冷冰冰的,适当也学着对人家的关心和体贴啊。我问你,刘康生住外面这么久,你打电话关心过他没有?"

何晓芸摇摇头:"没有……"

蒋佳一拍大腿:"我就说嘛,你这样跟把人往外推有什么区别?就你这样的段位,怎么赢得了那个狐狸精!适当服个软,假装慰问一下嘛,男人啊,就吃这一套。何晓芸,如果你不想失去这个家,你就得改变一下。"

何晓芸似懂非懂地点了点头。

鉴于蒋佳的指点,何晓芸也难得地检讨了一下自己,或许是自己真的表现得太过冷漠和不在意,才把两人之间的距离越推越远。

于是她决定,今天下班后,主动给刘康生打一次电话,问问他今晚要回家住吗。打定主意的何晓芸,心里也跟着轻快了不少,不由得期盼时间过快点,能尽早下班。

第三十五章

又添误会

签完最后一份文件，刘康生抬起头，天色渐深，外面早已是华灯初上的景象。他长长地松了一口气，继而捞上椅背上的外套，大步往外走去。

他打算不再住宿在郑巧玲家，决定暂且在酒店住一段时间。

郑巧玲对于他，尽管是个温柔乡，却终究不是家一般的存在。那天，刘佐华的雷霆震怒提醒了他，家和孩子的分量，远比他想象中重要得多。如果一开始与郑巧玲只是肉体的沉沦，可是现在，事情发展得逐渐失去了控制，他需要好好地冷静一下，理顺当前这一团乱麻似的关系才行。就目前来看，无论是理智还是情感，刘康生还是更倾向于家庭，尽管这对郑巧玲有点残忍，但这也是无可奈何甚至是意料之内的事。她郑巧玲当初选择当刘康生的地下情人，就应该想到今天这个局面才是。

不过，如果对方真就这么轻易地认命的话，那也太小看郑巧玲了。郑巧玲深深地知道，任何的机遇都要靠争取，就像那些合作项目一样，即使没有一丁点的合作可能，到了郑巧玲的手上，她总能想办法从对方嘴里撬出一块肉出来。郑巧玲是个优秀的"撬墙脚"者，工作上是，感情更是。

说起来，大约也是环境使然。从小到大的生活环境，造就了她的性格。作为一个来自农村的女孩子，家里兄弟姐妹四人，郑巧玲是爹不疼娘不爱的老二，家里穷得叮当响，有点多余的钱都是紧着大哥和小弟。郑巧玲数次面临辍学，最后她却坚持下来了，靠着亲朋好友这一点补助那一点接济，才一路艰辛地读完大学。无疑，她就像是一条逆流中的小鱼儿，所经历的苦难，促使她一心要向更好的方向游去，也令她不得不千方百计地谋求自己的幸福，不顾一切地出人头地，甚至是不择手段。

在就业十分严峻的情况下，学历三流的郑巧玲成功地留在了西安，并进入了刘康生的公司。当同期进公司的同事还是默默无闻的小职员的时候，她搭上刘康生这趟快车，一鸣惊人，两年之内做到了公司的高级助理，成为老板的左右手。这次，她怎么会轻易放过直接飞上枝头当凤凰的机会！她很清楚地知道，凭自己这种条件，一个乡下姑娘，家里还有一堆需要帮扶的兄弟姐妹，顶多嫁一个家里略有小钱、普普通通的男人，他们哪里比得上风度翩翩、俊俏儒雅并且资产雄厚的公司老板刘康生！所以，她必须紧紧地抱住刘康生这棵大树，"不可能"这三个字，从来不会出现在她郑巧玲的心里。

刘康生前脚刚到酒店，郑巧玲后脚也跟着到了。她轻车熟路地来到8109的房间门口，按下门铃。刘康生毫无防备地打开了门，见门口竟端站着郑巧玲，十分惊讶："你怎么来了？"

郑巧玲早就想好了理由，她面带愁容甚至有些悲戚地说："今天酒店给我打电话，说我们公司在酒店订了房，我怕是被我遗漏的重要客户，所以不放心亲自来看看，谁知道竟然是刘总你……你在酒店住，是因为在我家住得不好吗？还是我哪里做得不好？"

郑巧玲是高级助理，平常这些事情都是她的工作范围。这样一说，倒也不是很奇怪，至于有没有打电话，这又有什么关系呢，毕竟刘康生也不会真的去问。眼看郑巧玲的眼泪就要落下来，刘康生怜惜之心顿起："你别胡思乱想，我就是最近工作太忙，经常加班，所以在公司附近方便一点。"

郑巧玲猛地跳上前，扑进刘康生的怀里，双臂紧紧地环住他的脖子：

"我还以为你不要人家了，既不和我一起住，还一声不响地搬来酒店。"刘康生紧张地看着两旁的走廊，急忙一把拉她进房间，然后迅速把门关上。

进了封闭的空间，没有外人的目光，刘康生这才有心情安慰怀中的人儿，他轻抚着她的背，温声地解释道："怎么会不要你呢，你可是我的小心肝……"男人说情话真是和年龄无关，只要他们愿意，骗人骗鬼的话统统信手拈来。

但郑巧玲早已不顾这些话是不是真的了，只要她能把刘康生留在自己身边就行。她把涂满亮晶晶粉色唇膏的嘴往刘康生嘴上亲，一股浓郁的化学香精味袭来，刘康生本能地仰着脖子往后躲。他想起何晓芸，何晓芸就从来不爱抹这些东西，身上总有一股淡淡的馨香。

刘康生用适当的力量推开了她，借口说："巧玲，我还没洗澡，身上比较脏。"被打断的郑巧玲满脸的不悦，她嘟起嘴，粉色的唇更是鲜艳得刺眼，她有些不高兴地说："我都不嫌弃你，你还躲我！"刘康生逃一样地进浴室洗澡去了。

此刻，坐在家里沙发上的何晓芸也是纠结无比，究竟是给他打电话，还是不打呢？何晓芸握着手机，看着刘康生的电话号码却迟迟没有勇气摁下去。最后她心一横，指尖一点，屏幕上变成了正在拨打的界面。她心跳如雷地把手机握在耳边，甚至想好了开场的第一句话，以及用怎样的口气，才能不那么明显表达自己想让刘康生回家的意思。

"嘟——嘟——嘟——"电话响了一声，两声……刘康生迟迟未接电话，何晓芸感觉一颗心悬到嗓子眼，除了紧张，还有一丝丝的期待……

"喂——"电话终于接通了，何晓芸生生地刹住在舌尖翻滚的话，仿佛一盆凉水从头泼到脚，血液瞬间变得凝固。

电话里的声音，是女声。

"喂——你是哪位？"那边像挑衅似的，又接连问了一声，娇柔的声线里透着一股酥麻。即使不见面，也能想象声音的主人是一个娇滴滴的美人。何晓芸没有心思欣赏这个难得一遇的好声线，她忍住要挂掉的冲动，内心一再告诉自己不能输不能退，不能那么没出息！

好不容易找回了自己的舌头，何晓芸不卑不亢地说："我是何晓芸，我找刘康生。"

"呀，原来是嫂子啊，康生……"郑巧玲压低声音，捂着手机话筒看了一眼浴室，轻启朱唇，"康生在洗澡呢，你找他有事吗？"

何晓芸感觉脑子"轰"一下子炸开了，她从来没有想到，狗血的剧情竟然在自己身上上演，一个女人接了自己丈夫的电话，并语气暧昧地告知他在洗澡！何晓芸怒不可遏，血液涌到头顶，她恨不得立马冲到他们面前，把这对不要脸的奸夫淫妇撕成碎片。愤怒的大火烧过之后，自是一阵阵的悲凉，心中更是对之前那个抱着重修旧好想法的自己表示可笑。

一阵良久的沉默，久到郑巧玲以为何晓芸就要挂电话，这可不行，好不容易送上来的机会，她还没好好发挥呢！

郑巧玲主动开口说道："嫂子，你最近还好吗？"

"挺好的，但这声嫂子担不起，你还是叫我刘太太吧。"何晓芸迅速冷静下来，她的声音听不出起伏，像一个没有波澜又幽暗的深潭，这让郑巧玲有点失望。

何晓芸远比她想象中的要理智，要挑动她的情绪可不容易，"刘太太"三个字更是刺痛了她的耳朵，这绝对是一个开战的信号。她听到自己声音尖锐得像泛着冷光的利器，开始反击说："嫂子说笑了，刘总就像我大哥一样照顾我，叫声嫂子你也担得起，我也听说嫂子公司的丁总，对员工也是十分的关切，更能为了女下属打架，真是十分羡慕啊。"

郑巧玲的话里有话，何晓芸自然是听出来了，她当即在这边就变了脸色："你听谁说的？"

"听谁说的不重要，重要的是嫂子也有一个好领导，就像我遇见康生哥一样！"郑巧玲的声音仍旧婉转动听，抑扬顿挫，何晓芸听了却一阵咬牙切齿。她想不通,他竟然连这种事都对她讲吗?刘康生!何晓芸攥紧拳头,只觉得一阵屈辱从胸口散开,流淌到四肢百骸!

郑巧玲自然不会告诉何晓芸,她有一个同学,恰巧是何晓芸公司的一个不起眼的小职员,自然是当时自己公司那场闹剧的见证者之一。因此这个传言,也就不应该怪不到刘康生的头上。但事实上,何晓芸对他的痛恶感由此却更增深了几分。

"如果你跟我说这些只是为了激怒我,那你成功了,但是,我好心地劝告你一句,男人始终要回归家庭。对于刘康生来说,你不过是一时新鲜的物件,时间久了,注定是会被抛弃的。你拿大好的青春做赌注,抢一个根本不会娶你的男人,到底值不值得,你自己掂量吧。同为女人,我告诫你,要好自为之!"说完何晓芸不想与她多做纠缠,径直挂了电话。

郑巧玲握着手机的手有些发抖,被何晓芸一席话堵得胸口又胀又闷。"跟谁打电话呢?"刘康生擦着头上的水汽,从浴室里面走出来。

郑巧玲飞速地把通话记录删除,不动声色地将他的手机放回床头柜上:"没什么,就是我妈,前段时间身体不舒服,叫她去医院也总是舍不得花钱。"

郑巧玲眼睛红红的,刘康生以为她是担心所致,也没有太在意,想也没想地说道:"有病怎么不去医院?"

说完,他从钱包的夹层里面抽出一张银行卡:"这张卡,没有密码,里面的钱,早就准备好了,是给你的,但最近一直忙忘了。你拿着,带你妈上大医院好好看看。"这是刘康生又一次主动给郑巧玲钱。

郑巧玲踌躇着,迟迟未伸手。她有些欣喜,刘康生一向大方,给的钱想必都够自己家生活好几年了。但她又有一些担忧,她想起何晓芸的话,这钱是不是一种补偿?是不是代表着刘康生要跟她提分手?郑巧玲看着眼前这个男人,平静的面容像没有一丝破绽的陶瓷,让人瞧不出半点情绪,但她心里却没底。

见郑巧玲迟迟没有反应,刘康生示意她接卡,郑巧玲伸出手,慢慢地把卡收起来，她内心有点忐忑，继而说了一声："谢谢康生哥。"

郑巧玲顺理成章地留宿在酒店，一场欢爱过后，刘康生抚着她柔滑的手臂，与她一起靠在床头，郑巧玲试探道："我妈刚才又催我去相亲，她说我年纪也不小了，康生哥……"

刘康生的手一顿，淡淡地说："嗯，你毕业已经有三年了吧？确实年纪也不小了，遇到合适的，也该结婚的了。"

郑巧玲整个身体警觉地绷直起来，突然挺直的腰背差点撞上刘康生的下巴："你是不是不想要我了？想跟我分手？"

"没有的事，我只怕耽误你，这两年委屈你了。"

郑巧玲摇着头："只要你心里有我，我就不委屈，我不想去相亲，我不想嫁给别人。康生哥，我只想静静地待在你身边，然后有一个属于我们自己的小窝。你想起我的时候，就过来找我，我还可以给你下面吃，你上次不是说鸡蛋面好吃吗？我可以天天做给你吃，只要你能偶尔想起我就好。"

郑巧玲靠在刘康生胸口，虚虚实实的感情掺在里面，让她自己也分辨不出说的是真的还是假的。刘康生感动地抱紧她："傻丫头！"

郑巧玲看着床头柜上的手机，扬起一个胜利的微笑。

正在家里的何晓芸已经彻底失望了。自己之前的纠结、挣扎，还有那一点的余情未了，在此刻都显得那么的可笑。她以为曾经那些相伴的岁月把他们围成一个空间，空间里面，是青葱岁月里的点点滴滴，除了她，没有人再有打开空间的钥匙。可是她刚刚被自己痴傻的自以为是，打了一记响亮的耳光。那个男人，找了另一个女人，就那样轻易地替代了她。

她发疯似的冲到镜子前，看着眼前这个神情扭曲得可怕，满头秀发垂到腰间的女人，她甚至对自己都有些恨意了。曾经，刘康生最爱她一头乌黑、晶莹的秀发，临睡前铺满在枕头上，他总是喜欢抚摸着，满眼满心里都是赞叹。当初只因为他一句"你的头发是我见过最美的头发"，这么多年，她始终对自己的头发视若珍宝，不舍得染、不舍得烫，甚至梳头的时候多掉几根，都能心疼上半天，除了在每年酷暑难耐时，才会修短一点点。

此刻，何晓芸操起一把剪刀，握住发根，把头发沿着肩膀处刷刷地剪下来，发丝纷纷扬扬，洒落在光洁的白瓷地砖上。她不管不顾，一口气剪完，精心呵护十几年的发丝就这样躺在地板上。何晓芸放下剪刀，脸上已经是蜿蜒一片的泪水。剪去这一头青丝，从今天起，就意味着她放过自己，不再如困在斗兽场中的野兽一样深陷在这场情感的漩涡里。她下意识地在心中默念，刘康生，你我缘分已尽，再无瓜葛了，我放过你，也放过自己"。

第二天何晓芸上班的时候，公司的人瞅着她突然齐肩的短发，都万分惊讶。待回到位置上，蒋佳围着何晓芸啧啧称奇："芸姐，你不是最宝贵你的头发吗？你这是怎么了？怎么突然给剪了？"

何晓芸只是笑了笑："我刚剪的头发，怎么样，好看吗？"

"好看啊，挺精神的，不过啊，我看你眼神就有事。"蒋佳属于火眼金睛，一眼就看出来何晓芸表情不对，她凑到何晓芸面前窃窃私语，"说，你到底怎么了？"

"昨天晚上，我给刘康生打电话了。"

"然后呢？"

"然后是那个女人接的，她跟我说，刘康生在洗澡，问我找他有什么事。"

"不会吧，这么狗血？！那你怎么说的？"

何晓芸自嘲地笑了一下："我能怎么说，简单聊了几句就挂电话了。"

"不是吧，你脑子短路啊，你跟那个女人有什么好聊的？"蒋佳惊呼，发现自己嗓音太大又急忙捂住了嘴巴，换成低低的声音，"她明显就是挑衅啊！"

"我知道！"

"那你还理她？"

何晓芸沉默了，她不知道该如何回答。

"刘康生后来回你电话了吗？"

何晓芸摇摇头说："没有。"

"我猜测啊,那个狐狸精根本就没有把你来电话的事情告诉刘康生,能说出'他在洗澡'的这种经典台词,她肯定是有意让你们产生矛盾。这个狐狸精,道行还挺高!"蒋佳一语中的,娓娓向何晓芸分析着敌我局面。

"随便吧,我当初就应该死心的,我已经不想去想了。我和刘康生之间的前路已经断了,就当是我们没有携手到老的缘分吧。"何晓芸已然失去斗志,心不在焉地说,"对了,我今天过来,是交接一下工作的。我打算给自己放一个假,我想出去走走。"

"你啊你!"蒋佳手指戳了一下何晓芸的脑袋,"就像个鸵鸟一样,一有点事就想找个地方躲起来,没出息。那你打算去哪里?"

"我想先回一趟老家,这辈子,我最亏欠的,就是我爸妈。这么多年也没回去几次,以前忙,总没有时间,现在两个孩子都长大了,我想回家看看。"

"唉……"一旁蒋佳只得长叹了一口气,也不再说什么了。

一个上午,何晓芸干脆利索地把工作交代清楚,去丁大坤的办公室签请假条的时候,丁大坤看到她明显一愣,但他什么都没有问。自从上次打架的事情过后,何晓芸就一直刻意地与他保持距离。丁大坤苦笑的同时,也只能配合地不去打扰。他把签好字的假条递给她,轻声说了一句:"玩得开心点,这段日子不在公司,让自己好好放松一回也好。"

何晓芸笑着回道:"谢谢!"

丁大坤愣住了,他有点不是滋味地说:"我以为你再也不会理我了。"

"怎么会,我只是不知道怎么面对你,其实,我真的欠你一句谢谢,谢谢你,大坤!"

丁大坤注视着她的眼睛,却文不对题地说了一句:"你短发很好看!"

何晓芸有点讶异,最后两人相视一笑,和好的话不用明说,都融化在眼神里。

第三十六章

失踪

何晓芸失踪了。

刘康生发现的时候,已经是何晓芸离开的第三天。他那天回到家,家里一派清冷,阳台上的衣服收得干干净净,几盆绿植也早有准备地移到了客厅边上,就连化妆台上那几个瓶瓶罐罐,也都不见了踪影——何晓芸的日常用品,几乎都不见了。电话打不通,微信也不回,旁敲侧击地询问刘家二老,结果发现他们也一脸茫然——他们甚至还没发现何晓芸不见了。

总之,何晓芸就是消失得干干净净,没有给刘康生留下只言片语,向何晓芸的老朋友、老同学打听,所有的回答都是:"她呀,不知道啊,怎么了?"

刘康生开始有些慌张,他担心何晓芸是不是想不开,毕竟确实是他对不起她在先。人在绝望的时候总是擅长抓住最后一根救命稻草,他突然想起他的情敌——丁大坤,而且他是何晓芸的领导。

刘康生索性开车来到何晓芸的公司,闯进丁大坤办公室的时候,丁大坤正一派悠闲地在办公室里喝茶,他挥了挥手,示意抓住刘康生的两个保安放手。

丁大坤吹了一口茶:"今天这是刮哪门风,刘总竟然大驾光临?"

刘康生并不是来叙旧的,况且他们之间也没有旧可叙,直截了当地问:

"我问你，何晓芸去哪了？"

丁大坤放下茶杯，好笑地看着他："真是奇了，何晓芸是刘总的太太，自己的老婆不见了，怎么反倒追问起我来了？"

刘康生一张脸由白转青，最后憋得通红："少废话！何晓芸是你的下属，平常你们关系又好，别说你不知道！"

丁大坤双手一摊："那真是可惜了，何晓芸她前几日请了长假，也没有说去哪，怎么，她不见了吗？"

丁大坤一副幸灾乐祸的口吻让刘康生十分恼火，他明白多说无益，丁大坤打定主意不会向他透露半分。看着他攥紧拳头，转头往外走去，丁大坤凉凉的声音传过来："慢走不送。"

刘康生一时气结，狠狠摔了一下门。

就在刘康生要离开的时候，一位女性叫住了他，利索的齐耳短发下面，盖着的是一张略有棱角的脸，一身裤装更是让刘康生想起"英姿飒爽"这个词。

"你是？"刘康生隐隐觉得有点眼熟，但却怎么都想不起来。

"刘总真是贵人多忘事，上次在萌萌的升学宴上我们见过。我叫蒋佳，是何晓芸的闺蜜！"蒋佳故意把最后两个字咬得非常重，透出一股咬牙切齿的杀气。

这张有特点的脸终于在印象中清晰起来，刘康生急切地问道："那你知道何晓芸去哪了吗？"

蒋佳扫了扫人来人往的电梯门口，示意刘康生借一步说话。

两人来到楼道间，蒋佳有意地讥笑说："看来刘总公司事务的确繁忙，晓芸姐都走了好几天了，您才发现。不过，好歹是发现了。"

刘康生丝毫没在意对方的讽刺，只是催问："何晓芸她到底在哪？"

"这就要问刘总自己了。"

"蒋小姐说笑，我要是知道，就不会问你了。"

"实话跟你说吧,我不知道晓芸姐在哪,即使知道,我也不会告诉你,我今天只是想问你几句话,你想和何晓芸离婚吗?"

刘康生皱眉,一个完全陌生的人过问你的私事,换做谁也会不自然,但刘康生不打算隐瞒:"不,我并没有离婚的打算。"

"既然如此,刘总怎么授意那位小情人一再地羞辱何晓芸,逼得何晓芸离开?"

刘康生很是诧异:"我何时授意?"

蒋佳细细观察着他的反应,神色不像是说谎,看来这一切果然都是小狐狸精从中作梗,刘康生并不知情。

"即使没有授意,你纵容那个贱货一再来挑衅,逼得何晓芸心灰意冷,她怎么不会离开?"

"我不知道你在说什么,但是看蒋小姐也是一个有文化的人,对人的称呼是不是应该尊重一点?"

"哟,'贱货'两个字就让你心疼了,这就护上了?看来何晓芸说的真是没错,我就应该劝她直接跟你离婚,你与其在这里指责别人,还不如回去问问你的小情人做了什么?我可劝你,自古抛妻弃子、喜新厌旧的男人都没有什么好下场,你可别到时候叫人卷跑了公司,又没了家庭,落得六亲不认的局面,那才叫凄惨!"蒋佳说完,直接甩开楼道口的门,大步流星地离开了。

刘康生望着她的背影,一边慢慢下了电梯,一边陷入了沉思。

就在刘康生满世界疯找何晓芸的时候,他怎么也不会想到,何晓芸直接一路南下,千里迢迢回了老家。何晓芸站在门口喊"妈"的时候,李桃花以为自己幻听了,打量了小半天,才明白真是女儿在门口叫呢。李桃花高兴极了,拐杖也来不及拿,小碎步快走到院子门口开门。

"你咋回来了?也没听你说一声。"

何晓芸扔下手中的包裹,一把抱住李桃花,还跟以前似的,蹭着她的脸撒娇。只不过母亲老了,背也驼了,需要半蹲着才能挨着她的脸,并在耳边说：

"我想你们了嘛。"

李桃花满脸开心，每一条皱纹都笑开了花，却故意板着脸说："你看你，这么大了，还跟个孩子似的，毛毛躁躁的，也不提前打个招呼，这么大老远的，说回来就回来！"

"哎呀，妈，您就别叨唠我了，我爸呢？"何晓芸四处张望，也不见何天保的身影，李桃花抹了一把眼泪，说道："你爸前几天出去遛弯的时候，不小心摔了一跤，把腿给摔折了，这会正在屋里躺着呢。"

"您怎么不早跟我说啊。"何晓芸撇下行李，急忙奔到里屋。

只见里屋的大床上平躺着父亲孱弱的身躯，光线昏暗，看不清楚他的面孔，何晓芸奔过去，坐在床头，轻轻地喊了一声"爸"，眼泪便扑扑簌簌地落下来。何天保睁开浑浊的眼睛，定睛看着何晓芸的脸，半天才反应过来不敢置信地惊呼："囡囡？你怎么回来了？"

被叫小名的何晓芸眼泪掉得更急了："是，爸，是我回来了。"

何天保原来红润、饱满的脸颊已深深地陷了下去，整张脸如同风干缩水的红枣，为数不多的头发也已经完全白了，连眉梢都像是霜染了一样。他从被子底下伸出手，那也是一双饱经岁月的手，干枯褶皱的皮肤下面藏着几根蚯蚓似的青色血管，一只手紧紧地攥住何晓芸的手腕，激动的神情溢于言表，喃喃地说："我这是要死了吗？怎么好端端地见到囡囡了？"

何晓芸一阵心酸，她急忙错开挡住的光线，让何天保看得更清楚。啜泣着说："是我，爸，是我，是我真的回来看你了，你身体不舒服怎么也不告诉我啊……"

年少时离家求学，总以为往后还有大把的时光相聚，所以每次挥手告别之后，头也不回地离开；长大后，她选择了爱情，为爱离开父母远赴千里，自此更是几年难得一见；人到中年以后，孩子、工作、公婆……生活被塞得满满当当，自顾不暇，每次就连打电话都是匆匆几句；忽而回首相看，父母已是风烛残年的羸弱老人,被岁月侵蚀得不堪一击。何晓芸的心就像淬在芥末醋里面,又酸又辣,哭得不能自已。

"看你们父女俩,都哭啥呢。回来了就好,省得你啊,天天念叨。"李桃花站在门口,故意打趣道。

何天保明显地有了心劲儿,顿时状态也比往日好了许多,不自然地说道:"谁念叨了?"

"你啊,某人昨天晚上还说,哎呀,也不知道囡囡怎么样了,什么时候能回来一趟,这不,菩萨显灵了!"

被揭底的何天保急忙瞪眼:"怎么,就我念叨啊,你也不一样念叨?"

何晓芸被他俩的拌嘴逗笑了,这是这么久以来,第一次这么舒心地笑了。难得回家能跟父母团聚,这次她打算在家里待得久一些,好好孝敬他们一回。

晚上,一家人坐在灯光下吃饭,小饭桌还跟以前一样,何晓芸爱吃的菜摆得满满当当。何天保坐了一个有靠背的椅子,还好腿没有想象中那么严重,能稍微跐着下地,但多数时候要躺着静养,何晓芸提着的心稍微放下了一点。

"妈,我们家这边变化好大啊,今天白天回来的时候,真是一点印象都没有了。要不是看到那个桥洞子,我都快要找不到家了。"何晓芸随口说起了眼中家乡的变化,她实在有些诧异。

"可不嘛,你这多少年没回来了,这变化可大着呢。我们村啊,很多人都搬出去了,有的搬去河那边,有的去了市里、省城买房子,大家都往外走。村子里的人真是越来越少喽。"

李桃花一边说着,一边用眼睛瞄着何天保,只见他拿起酒瓶,偷偷摸摸地往酒杯里倒酒。李桃花一个筷头打上去,何天保顿时老实地放下酒瓶,嘴里却道:"今天闺女回家,我高兴喝点酒怎么了?"

"不中用,就算神仙来了,也不能喝酒!"

何天保身体不好,医生禁止他喝酒,李桃花当圣旨一样奉行着。于是,她一改以往的平和性子,铁面无私,这些日子里,把何天保看管得严严实实。

何天保只得悻悻地说:"我闺女回来,比神仙管事儿,你瞅瞅你妈。天天管东管西的。"

何晓芸笑眯眯地看着他俩,彼此携手相伴一辈子,一起变老,世间还有一个能管着你的人,是多么幸福的事啊,可惜自己……想到这里,何晓芸的心里不由得一阵失落。

"你回来,康生和他妈知道吗?"

"嗯……"何晓芸违心地点点头,然后低头默默地扒饭。

李桃花与何天保对视一眼:"吵架了?"

"没有。"

"那怎么好好地就跑回家来了?"

"瞧您说的,我这个做女儿的,这么久都没回来了,我就不能回来看看你们啊。"

"这不年不节的,好端端地回来做啥,不工作了?"

李桃花打破砂锅问到底,眼看何晓芸的脸上快要绷不住了,何天保急忙截住话头:"你看你,孩子好不容易回家一趟,先吃饭先吃饭。"

晚饭过后,何天保回房间休息,何晓芸帮着李桃花在厨房收拾,李桃花一边顺手接过何晓芸递来的盘子,一边说:"你跟妈说实话,到底发生什么事了?"

知子莫若母,从何晓芸进门开始,李桃花就看她神情不对,一副郁郁寡欢的样子。

"没什么啊,我挺好的。"何晓芸故作轻松地回答。

李桃花叹了一口气说:"你瞒谁,也瞒不过你妈这双眼睛。你是我肚子里面爬出来的,你那点小心思我还不知道?是不是两人吵架了?"

何晓芸默默地用抹布擦干手,终于忍不住,只好小声地坦白道:"妈,我可能要离婚了。"

李桃花被闺女的答案惊到了，猛地转身看向她，水龙头的水哗哗地流着，短暂的沉默后，愤然不解地问："不是，你们这日子不是过得好好的，为啥要离婚啊？"

"刘康生在外面有了别的女人。"

李桃花千想万想，也没有想到自己那个斯文干净的女婿居然出轨了！何晓芸把事情原原本本地说了一遍，李桃花听了半天，却只抓住了一个关键点："离婚是谁要离的，是不是康生说的啊？"

"他没说，是我说要离的。"

李桃花似乎松了一口气，开始规劝何晓芸："我当是什么事呢，我说闺女啊，这男人啊，总有犯错的时候，咱们女人就是得忍。年轻的时候你爸那个牛脾气，气得我也想撂挑子走人。可是每次看到你哭得眼泪哇啦的，我就迈不开腿了，熬着熬着这辈子也过来了。康生外面找女人，是他不对，回头见到他，我也好好地说他一顿。但是这婚姻啊，你可不能离，明白了不？"

"不明白！我受不了这个气啊，谁爱受，谁去受！"何晓芸急切地反驳道。没想到母亲的态度和想法完全是站在自己的对立面，何晓芸感到难以理解。

李桃花是从苦日子里面捱过来的人，早年间，碰上光景不好的年份，路边上到处是饿死的人。后来队里分公分，何天保脾气犟，动不动就跟人急眼，在村里时常遭人挤兑，连公分也赚不上几个。李桃花一嫁过来，就跟着饥一顿饱一顿，家中婆婆也处处刁难，怀了好几胎，都给掉了，好几次在死亡的边缘徘徊。所以，李桃花一生性情平和，在她看来，只要吃饱、能活就是好的。对她来说，男人外面找个女人，也不是什么不可饶恕的大事，顶多算是平常日子里的一点小波澜，安安生生地过日子才是正道。

看着女儿有些固执的态度，李桃花再次苦口婆心地劝说道："小芸啊，你从小性子就好强，也怪我和你爸，养了你这个骄纵的性子，半点折损都受不得。可是你想啊，你要离婚，两个孩子怎么办？将来萌萌结婚，婆家要是看不起她是个单亲家庭，还连带着吃瓜落。你呀，这么大的年龄，心眼不长也就算了，怎么脑子也不长啊。"

李桃花絮絮叨叨说了半天，何晓芸突然蹲在地上，她带着哭腔控诉道："可是妈，我就是委屈，我就是咽不下这口气！"

"行了行了，说你小孩子心性，你倒还真哭上了，这也没有多大点事。人啊，心都是被委屈撑大的，我跟你爸年纪大了，眼见没有多少时日了，就只希望看着你能安生地过日子。这样，就算我跟你爸死了也没有牵挂了。"

何晓芸越哭越大声，她不管不顾，就想哭个痛快，最后干脆抱住李桃花，把脸埋在她胸口，酣畅淋漓地哭了一场。

"你看你这个孩子。"李桃花脸上带着一种无奈地笑，抚着何晓芸的头发，像小时候那样，一下一下，缓慢而慈祥，"你现在也是当妈的人了，自己的孩子都长大了，可不许再哭鼻子。"

母女俩就这样抱成一团，就像她们从前那样。很多人尽管长大了，甚至人到中年，但在父母跟前，立即会回到许多年前孩子的状态，习惯性地依偎着他们，无意识地会把自己当作备受宠爱和保护的对象，尤其是遇到不顺心和委屈的时候。何晓芸此刻的状态正是如此。

再说刘康生，这些天他在西安城急得团团转，一连几天没有何晓芸的消息，再找不着，刘康生就打算报警了。

就在这时，他接到了丈母娘李桃花的电话，听说何晓芸回了娘家，刘康生心口的一块石头总算落了地。常言道，关心则乱，他怎么也没有想到，何晓芸一气之下回了远在千里的安徽老家。

李桃花在电话里还说，何天保身体不太舒服，她想留何晓芸在家多待一阵子。刘康生自然是满口答应，只要何晓芸没有寻短见，去哪里他自然都没什么意见。对于丈母娘，刘康生一直都是感激的，听说老丈人病了，赶紧吩咐公司行政选了一大堆补品寄了回去；再者他毕竟有点心虚，李桃花装作不知情的样子，多少给他留了面子，他也很承这份情。

第三十七章

捅了马蜂窝

得知何晓芸回了老家,虽说几天来心里的那块石头落了地,但刘康生在公司里仍然情绪不佳,一大早就发了好几通脾气。原来,公司的几个项目主管,都赶一块去了,一个比一个不顶事,把事情处理得一团糟,白白地丢了几个大单。这让刘康生大为恼火,吓得整个公司的人都噤若寒蝉,大气不敢喘,生怕自己倒霉撞在老板枪口上。

郑巧玲往办公室来来回回跑了好几趟,每一次都欲言又止的样子,刘康生干脆装作看不见。自从那天晚上,刘康生再没有让郑巧玲在酒店过夜,每天都以各种借口打发她回家。现在公司处于多事之秋,老婆又生气跑回了娘家,刘佐华更是让孙元香一天三个电话"监督",生怕儿子在外面又做什么德行有亏的事,他感觉头都要炸了,实在是没有精力来应付郑巧玲的小情绪。

眼下,刘康生一副众叛亲离的样子,还好还有亲儿子。想起儿子,刘康生干脆推掉一大堆心烦的工作,跑去学校门口去接放假的子铭。今天是周六,通常是他与何晓芸在家演戏的日子。

刘子铭回到家才发现妈妈不在,刘康生见他在几个房间找得团团转,直接告诉他说:"你妈回你姥姥家了,所以这周就咱们爷俩过了。"

子铭嘟囔着问:"什么时候的事?为什么老妈没提前跟我说呢?"

"你这不是忙着考试,好几个礼拜没回家了嘛,你妈怕打扰你学习,就没有跟你说。"

子铭心里精明着呢,妈妈的出门太过突然,他不信事情就这么简单,继续追问:"我妈什么时候走的?"

刘康生也有点说不清,毕竟他也不知道何晓芸什么时候走的,反正一回家何晓芸就不见了,他含糊其词地说:"有一段时间了吧。"

担心儿子问东问西的不好应付,随即他又赶紧岔开话题:"你看我们晚上吃什么。"说着,刘康生打开冰箱,除了最上面的一层躺了两颗干瘪的辣椒,其他地方空无一物。

何晓芸临走前怕冰箱里面发霉,特意收拾得很干净。那空荡荡的冰箱好像在说:"知道你们不会回家,也就没有留食物的必要了。"

刘康生"砰"的一声把冰箱门关上:"我看我们还是点外卖吧。"

何晓芸这个贤妻良母的角色当得很好,自从搬到这所大房子以后,刘康生便没进过厨房,没收拾过一次碗筷,甚至连家里酱油在哪、油烟怎么开都不知道。好在叫外卖很方便,半个小时就送上门了,父子俩倒也简单省事。

这算是这对父子头一回单独吃饭。本应该是父子俩难得交心增进情感的机会,可惜此时的两人都沉默不语。刘康生平时跟儿子相处的时间并不多,也就习惯了这种单调沉闷的家庭气氛了。两人面对着面沉默地吃饭,除了筷子碰盒饭的声音,就是彼此的咀嚼声。

子铭把糖醋排骨里面的姜块甩在桌子上,何晓芸做菜清淡、少调料,这外卖送来的糖醋排骨又酸又甜,表面就跟裹了一层酱油似的。子铭吃不惯,他扒拉着碗里的白米饭有些沮丧地说:"我妈什么时候回来?"

何晓芸的归期?刘康生自然是不知道,关于何晓芸"离家出走"的事,他知道的并不比子铭多,于是他再一次含糊不清地说:"应该过段时间就回来了……"

接着,刘康生又故技重施,转移起话题,询问子铭最近的学业怎么样。刘康生甚少关心两个孩子的成绩，他在家里一向乐于做甩手掌柜，以至于萌萌复旦的录取通知书到的时候，他还惊讶了一下，随之就是大喜过望，有种中了头奖的感觉。他知道女儿成绩不差，但没有想到女儿的成绩那么好，可见刘康生这个当爸的有多粗枝大叶。

子铭恹恹地回答："就那样吧，不想说。"

刘康生果然不再追问，饭桌前再一次陷入沉默。

吃完晚饭，刘康生收拾桌子，子铭回房间去写作业，突然他对着刘康生发问："我妈为什么要回姥姥家，是不是因为你们吵架了？"

刘康生停顿了一下，随即否认道："没有，你听谁说的，我和你妈好好的，别多想……"

子铭迅速地打断他："那你们为什么要分开睡？还有你脸上的伤，我都看见了……"

眼下家里只有他们父子俩，这孩子大约不再有顾虑，子铭的眼神似乎带着不得到答案不罢休的倔强。面对这样的目光，刘康生有些慌乱，他说："大人的事你们小孩子不懂，你只要管好你自己就好了。"

子铭失望极了，他们总是用这样的口吻来搪塞他，如搪塞小孩子那样。他变了声调，用一种没有起伏的口吻来表明自己的态度："我不是来质问你们，所以你们不用遮遮掩掩的，还有，我已经不是小孩子，远比你们想象的知道的多，希望能收起你们骗小孩子的那套伎俩。"

刘康生目光复杂地看着眼前与自己几乎齐肩的儿子，他的五官神似何晓芸，但挺拔的个头和长条脸的轮廓，无一不是在昭告他是正正宗宗老刘家的种，但此刻，他的嘴巴却抿得紧紧的。

刘康生知道，他在生气。他嘴边的话忍不住脱口而出："假如我和你妈离婚的话，你会选择跟谁？"

在刘康生的印象中，这是第二次问这句话。第一次是十多年前，在送女儿萌萌去上学的路上，面对女儿天真无邪的笑容，他问出了这句话。这是第二次，询问的对象是子铭。

子铭怔了一下，淡漠的表情没有变，但目光中透露的激动却出卖了他的情绪，他一字一顿地说："有意思吗？你问这样的话有意思吗？反正你和我妈打算离婚也没有问过我和我姐的意见！我说不选，你们就不会离婚吗？"说完，他紧紧关闭了房门。

子铭的回答让刘康生愣住了。这些年，他一直忙着工作、赚钱，对两个孩子，少有时间陪着。在他的印象中，子铭还是一个绕着他裤腿叫爸爸、想让他抱又不敢开口的小男孩。今天的这些对话，让刘康生心潮起伏，他第一次感觉自己不太了解自己的儿子了，第一次发现，原来孩子已经在自己的忙碌中，不知不觉长大了，有了大人那样的思想情感，而不仅仅是变高了。

房间内的子铭呆呆地坐在书桌前，刘康生刚才的最后一问让他有点恐慌，自己的父母真的会离婚吗？子铭看着面前的物理试卷，心烦意乱，他再一次想起远在上海的姐姐。他拿起电话，打算求教姐姐，就像从前上小学时他曾向姐姐求教数学题那样。

"姐，你说爸妈真的会离婚吗？"子铭在电话里问。

"不会的，怎么可能呢，子铭，我向你保证，爸妈不会离婚的。"电话那头似乎迟疑了一番，然后传来姐姐发誓般的声音。不过，那语调显然只是姐姐对他的安慰，那是种一厢情愿的意念。萌萌回答不了他的问题，父母的婚姻，也是她不愿意面对的问题。

"可是妈回了外婆家，我回来的时候她就走了，爸也没有说什么。姐，我不想爸妈离婚，我很害怕。"

电话那边的萌萌听后，心里也乱成一团，忙问："妈妈回安徽了？她走时没说什么吗？子铭，很多人的爸妈都会闹点矛盾，妈妈可能只是去散散心，你别多想了，你作业做完了吗？"

子铭向来听姐姐的话，和姐姐说完，心顿时踏实了一大半。挂了电话，他乖乖地做起了作业。而另一边的萌萌，却没有电话里的理智和淡定，她想来想去，还是觉得心里不安得厉害。看着时间才八点钟，她穿上大衣，对室友交代今晚上不回寝室，要是碰到查寝的就帮她打打掩护。同宿舍的室友早就知道她有一个姑姑在大学附近，萌萌周末去姑姑家也是常有的，便很痛快地答应了。

萌萌出了校门，拦了一辆出租车就往刘康妮家赶去。刘康妮当初定居上海的时候，刘康生与父母送了一套小房子，离萌萌的大学倒是不远。平常刘康妮一家四口住在这边，有空时才带着孩子回公公婆婆家那边小弄堂里矮仄逼人的小房子看望几回、吃上顿饭。如今家里的老公上进，孩子听话，刘康妮这些年过得也算如意。刘康妮开门见是萌萌，有点惊讶："萌萌？这么晚你怎么来了？怎么没提前和我说一声？"

"姑姑……"萌萌见面就扑进刘康妮的怀里，一路上累积的情绪如排山倒海一样爆发，把刘康妮唬了一大跳，"你怎么了？是不是有同学欺负你了？跟姑姑说。"

姑父郑泽荣闻声也从客厅走过来："怎么了？萌萌？"

刘康妮一边搂着萌萌，一边回头应道："我也不知道怎么了，一进门就哭上了，不知道是不是被同学欺负了，哎，你别光看着啊，赶紧过来扶一下。"

郑泽荣忙不迭上前，把萌萌扶在沙发上。"你别着急，慢慢说，究竟怎么了？"刘康妮一边帮萌萌顺着后背，一边问。

萌萌哭得停不下来，过一会慢慢稳定了点情绪，才说出了事情的缘由："姑姑，我爸妈要离婚了，你说怎么办啊？"

刘康妮松了一口气，她还以为萌萌碰上什么十分糟糕的事，虽然离婚也是件不小的事，刘康妮把郑泽荣支到房间辅导孩子们的作业，自己给萌萌递了一张纸巾："离婚？我怎么没有听说，你听谁说的？"

萌萌已经冷静下来，擦完眼泪，便如实说了家里的情况："子铭跟我说的，上次他就跟我说爸妈在分居，我跟爷爷奶奶说了，可根本不管用。这次我妈直接回了安徽老家，只留了我爸在家，晚上我爸还问子铭如果他们离婚的话,他会选择跟谁。看来我爸妈是真的要离婚了。"

说到最后,萌萌长叹了一口气,很是沮丧。

"瞎说,你和子铭都这么大了,他们哪那么容易离婚。我跟你姑父也时常吵架,一般过几天也就好了。"

萌萌急得有口说不出,但她却知道父母之间绝不是那种闹几天就好的小矛盾。稍稍停顿了下,她解释道:"姑姑,我爸妈跟你们不一样,我早就发现他们之间很冷淡,每次在家都没几句话说。我妈老是忙工作,我爸更是,一天到晚就是公司的事情,他们这回怕是真的要离婚了。"

"我记得你爸妈感情很好啊,当初为了在一起,不顾家里反对,还把你奶奶气了一顿,怎么就至于离婚了呢?"

萌萌眼眶里还含着眼泪,没好气地说道:"谁知道呢,当初爱得要死要活,现在说离婚就离婚。哼,那些所谓的爱情,就这么善变,还海誓山盟、矢志不渝呢,我都替他们害臊。"

刘康妮被她的话逗笑了,她点了一下萌萌的脑袋瓜子:"你呀,还是牙尖嘴利的,好了,你也别担心了,今晚就留在这里好好睡一觉,明早回学校上课。我这边也打电话问是什么情况,你别太着急,有我们呢,你爸妈离不了。"

"哦。"萌萌一通心事说完,心情平静了不少,于是乖乖地去睡觉了。

临睡觉前,刘康妮躺在床上琢磨,她手肘撞了一下旁边的郑泽荣:"诶,你说,我哥和我嫂子,怎么就突然闹起了离婚呢?"

郑泽荣翻了一个身,含糊不清地回答:"我哪知道,我又没有跟在他们屁股后面转。"

"他们在一起过了那么多年,就算没有爱情了,那也有感情啊,再说还有两个孩子呢,日子过得比我们富余,好好的闹什么离婚呢?"

刘康妮的手在他腰上捅个不停,郑泽荣只好勉强打起精神应付道:"这还不简单,都说男人一有钱就变坏,你哥这么多年赚的钱没有几个亿,至少也上千万了吧,男人有钱啊,女人就一个一个凑上来,赶都赶不走。一不留神啊,就指不定犯错了,一犯错,这矛盾就来了,这可不闹离婚了吗?"

郑泽荣越说越起劲,刘康妮在黑暗中默默地点了点头:"也对啊,就我哥那怜香惜玉的性子,真是打娘胎里面带出来的,碰到女人挤两滴眼泪,心就软了。"

说完后刘康妮又反应过来,这说的可是自己的亲哥啊:"唉!不对!你说谁看见女人就往上凑呢。"

"你看你,这不是你让我说的嘛,而且这都是现实中常有的事。"

"我怎么就让你说这个了,还有钱就变坏是吧,我算明白了,那以后,你的工资全部上交!"

郑泽荣急了:"你这人怎么这样子,说着说着怎么到我头上来了。"

"哼!"刘康妮冷哼一声,却忍不住偷偷地笑了。

第二天一早,刘康妮亲自开车送萌萌回学校,临下车前看萌萌闷闷不乐的样子,忍不住安慰道:"你先别着急,这事有我和你爷爷奶奶呢,你好好学习。"

萌萌点点头,但仍然沮丧着一张脸,蔫蔫地进了学校。

刘康妮看着她的背影,叹了一口气。接着,她就在车里拨通了老爹刘佐华的电话,决定先问问情况。虽然昨晚郑泽荣的话对刘康生有些不敬,但她太知道自己的亲哥是什么性格了,如今他们要离婚,十有八九就是如郑泽荣所说的那样,除此之外她想不出别的理由。

电话响了几声,随即就接通了。

"爸,你在家呢?我没啥事啊,就是有点事问你,昨天晚上萌萌哭着来我家,说是我哥和我嫂子要离婚了,我嫂子还跑回了娘家,他们俩到底是怎么回事啊?"

刘康妮这一问可捅了马蜂窝,刘佐华这会儿才知道原来何晓芸已经负气离家出走了!"什么?晓芸回安徽去了?这个不孝子,我早就跟他说了……咳咳！"动气的刘佐华一时气息不稳，大声地咳嗽起来。电话这头的刘康妮听得一阵揪心。

她万万没想到，家里的老人还都不知道这个事情呢，她好像无意之中捅了娄子，急忙安慰起刘佐华来："爸，没事，您别着急，我嫂子可能就是回家散散心。不对，可能就是回家看看爸妈去了，是我小题大做了，您千万别着急！"

刘康妮感觉自己越描越黑，这会想把这个事情圆过去，估计是很难了，她拍了一下额头，为自己的莽撞感到懊恼！

电话那头的孙元香闻声赶来，刘康妮只听见里面窸窸窣窣的，估摸着是孙元香在帮着刘佐华拍背，还一边"教育"道："你啊你，叫你别动气别着急，你就是不听，这会难受了吧……"

半晌，电话里的咳嗽声渐渐低下去。

孙元香才接过电话："康妮啊，什么事，我让你爸回房间去了。"

"没……没事。"刘康妮心虚，没说几句就把电话挂了，然后开车一溜烟地回家了。

第三十八章

敲打

孙元香挂了电话，赶紧给自家老伴倒了一杯水，让他回床上休息，谁知刘佐华打开衣橱拿出大衣。

孙元香奇怪地问："哎哎哎，你干啥呢，上衣橱里翻啥大衣呢？"

刘佐华不为所动，他自顾自地穿戴整齐，孙元香越看越纳闷，拉住他问："你个老头子，问你干啥呢？"

刘佐华挣开她："你别管，我非得去教训那个逆子不可！"

孙元香看势头不对，赶紧跟在刘佐华后面。刘佐华人在气头上，平常不利索的腿脚瞬间快如风火轮，孙元香拎着个包一路小跑地追在后面。只见刘佐华拦了一辆的士就上去了，孙元香好不容易赶上，同老伴并排坐在了后座上，气喘吁吁地抱怨："我说老头子，这是去哪里啊，大早上着急忙慌的，可累死我了。"

刘佐华板着一张脸，默不作声。等车子渐渐驶入市区的时候，孙元香看着眼熟的高楼大厦，才反应过来："诶？这不是去康生公司的路嘛。"

下了车，二老长驱直入，一路畅通无阻地到了公司前台。刘佐华做了一辈子教授，即使老了，身上的气势也尚存，没人敢拦一位板着脸的严肃老先生，原本玩着手机前台的小姑娘有点忐忑，她站起身说，"先生您好，请问您找谁？"

"我找刘康生。"刘佐华带着怒气地回答。

"哦，您找刘总是吧，请问有预约吗？"

"没有！"刘佐华一听更来气了，理直气壮地说。老子见儿子，不，是来训儿子，居然还要预约，这不是天大的笑话吗？

"那不好意思，外人见我们刘总，都是需要预约的。"

"我是他爹！"

前台小姑娘愣了一下，看着刘佐华一张威严的脸，对方不像是开玩笑，急忙说道："那您稍等一下，我去通知刘总。"

刘康生在会议室开周例会，听说爸妈来了，很是意外。他出了会议室，看见老爸大马金刀地坐在会客区的沙发上。孙元香靠在他的旁边坐着，看着刘康生，想要给他提醒什么，却欲言又止。

刘康生忙问："爸妈，你们怎么来了？我现在还有一个会，你们等我一会啊，有什么事吩咐秘书就行，小李，你来一下。"

"慢着，站住！我有事和你说。"刘佐华中气十足地开口，刘康生只得止住了脚步。

他看了一眼孙元香，孙元香正对着儿子轻轻地摇头，刘康生只好在沙发上坐下："爸，怎么了？"

"我问你，晓芸回了安徽娘家，你为什么没和我们说？"

一旁的孙元香听了，当即也跟着侧过头："什么？何晓芸回娘家了？"

刘康生心里叫苦不迭，老爷子牛脾气要是上来，非得在公司闹起来不可，刘康生打算先支开刘佐华，怎么着也不能在公司大吵大闹啊。刘康生急忙说："爸，妈，你看这样行吧，我先让小李带你们下去吃点东西，等我一会，我开完会就来找你们，再跟你们详细禀报这事。"

刘佐华丝毫不为所动："我就在这等！什么事能有家事重要？早就跟你说了，别天天只顾着公司，家庭也是同等重要，可你呢，偏偏当作耳旁风！"

说到这个，老爷子是真的生气了，他一生清高自傲，为人庄重自持，奉行君子之道，却不料生个儿子一心钻进钱眼儿里，还如此是非不分。

"你说，你有哪一点像我？！"刘佐华痛心疾首，最后又厉声反问了这么一句。

刘康生不敢再触霉头，只好让人通知下去会议挪到下午。

"你说，何晓芸离家出走是怎么回事？"刘佐华目光威严地盯着他，接着问。

"爸，这样的事情您还是少操心吧，本来也没有多大的事情，她爱回去就回去了，过不了多久自己就回来了。"

"你还狡辩！昨天晚上萌萌哭着去她姑姑家，说你们要离婚了，我能不管吗？"

沉默半天的孙元香也插嘴道："康生，我要说一句，晓芸怎么好端端的就回去了呢？"

刘康生垂下头，含糊其词："我不知道。"

刘佐华老了，连快走几步都喘，即使有心收拾刘康生，恐怕也是力不从心，但他说的话仍然是掷地有声："我不管你们之间发生了什么事情，你明天就去安徽，把何晓芸接回来！"

"我不去，我这边忙着呢，没有时间去接她！"

"你敢不去！你要是不去我就不认你这个儿子！咳咳……"

孙元香急忙拉住刘佐华："你看你，说着说着，怎么就急眼了！"

刘康生无奈，他放低语气："爸，我是真的忙，没有时间，你别闹了好不好，现在公司的事情一大堆，根本脱不开身。这件事我知道了，我让司机先送你们回去吧。"

刘康生看着手表，对刘佐华与孙元香下起了逐客令！

"你明天去也得去，不去也得去！你要是敢不去，我就不认你这个儿子！"刘佐华一阵火气上头。

"您就不能讲点理吗，既然这样，您不认就不认吧。"刘康生头一回对着老爹这么毫无掩饰、直截了当地反抗道。

刘佐华气得站起身，用颤抖的手指着他："你！逆子……"

孙元香赶紧拦住老头子，对儿子劝说："哎呀，康生，你少说两句吧，你爸身体不好，不能生气。再说你爸也是为了你好，晓芸一回娘家，子铭天天没心思上课，人也瘦了一大圈。还有刚刚你爸说的萌萌，说什么大晚上跑她姑姑家哭去了。你看，逼走媳妇对你有什么好处啊，你这是要让全家都不得安生啊。康生啊，你就去跟何晓芸认个错，哄哄她，让她回来。以后就好好过日子，别天天离婚离婚的，你爸妈我们也能多活几年！"

刘康生心头一阵烦躁，不耐烦地反驳道："我怎么就逼走她了，是她自己要走的，一声不响地离家出走，我怎么逼她了？"

孙元香却看得透透的，一语中的："你要是不在外面找那个小三，把人家的心冷了，人家能走吗？我不管，我不能让我孙子孙女没有妈妈。康生啊，你就听妈一句劝吧，都说夫妻没有隔夜仇，你好好认个错，把晓芸接回来。"

刘康生抱着头坐在一旁，该说的话都说尽了，刘佐华与孙元香缄言，整个室内陡然安静下来。

就在这时，突然办公室的门被敲响。

只见公司的助理郑巧玲托着两杯茶，满脸微笑地出现在门口，听说刘康生父母来了，她特意赶来，力图抓住这个表现的机会。她迈着轻盈的脚步，胸脯高高地挺着，一套高级定制的职业装，更衬得她纤细的小腰，婀娜多姿。刘康生见她突然出现在这个场合，不由得变了脸色，飞快地吩咐道："这里不需要茶水，你先出去吧。"

谁知郑巧玲置若罔闻，她端着茶水径直走向刘佐华与孙元香，轻轻地把茶杯放在玻璃茶几上，抬起脸打招呼："叔叔阿姨好，我叫小郑，是公司的高级秘书，二老前来，现在才得知消息，招待不周，还请叔叔阿姨见谅。"

刘佐华把脸撇到一边，并不言语，孙元香细细地打量着眼前的姑娘，一脸粉黛，殷红的唇，两道弯弯细细的眉毛，倒是一副我见犹怜的样子，也许是本能使然，孙元香立即换了一种架势，慢条斯理地架起二郎腿，把手交叠着放在膝盖上，一秒变身为从前的孙主任，并神情倨傲地说："小郑是吧，公司既然是康生的，那我们也是这里的主人，跟回自己家里似的，没有什么招待周不周的，你说呢？"

郑巧玲碰了一个钉子，笑容顿时僵在脸上，她只好装作没有听懂话中之意，按捺着性子，温和地回道："阿姨说的是，您是刘总的妈妈，刘总待我们向来很好，那也跟自己妈妈一样，您有什么事尽管吩咐我们就行。"

孙元香第一次碰到这样主动往上贴的人，像一块粘上鞋底的口香糖。孙元香被气笑了："我说这位小姐，我看你年纪不大，顺杆爬的本领倒是一套套的，谁让你进来送茶了？就算送完茶，谁让你杵在这里说话了？康生，你手底下的员工都怎么回事，一点眼力见儿都没有，就这样还高级秘书呢。"

孙元香一番话夹枪带棒的，一点情面不留，把郑巧玲说得脸色由红变青，不知该如何应对。

"行了，这里没你什么事了，你先出去吧。"刘康生赶紧吩咐说，郑巧玲如蒙大赦，转身出门走开。

"站住！我让你走了吗？"

是刘总老娘孙元香的声音。背后这句简洁有力的话，如同一道严厉的命令，让郑巧玲生生地顿住脚步，她只好转身过来，两手交叉在前，乖乖地站在那里。

亏是孙元香反应迅速，蓦然想起了这个女人就是自己刘家的那个"祸水"，于是当即叫住了郑巧玲，她要当面好好敲打一下这个女人，让她断了纠缠自己儿子的念想。

"想必你就是那个叫什么郑巧玲的吧，今天你既然自己送上门来，那我就替你爸妈管教你几句。进了公司就要有当员工的觉悟，别一天到晚就想着爬上高枝当凤凰，做你该做的事，对于其他的啊，趁早死了那份心。康生是我儿子，只要我们两个老的还在，你就永远别想进刘家门。再说，这男人，哪个不是贪新鲜，玩玩就算了，我看你年纪不大，趁年轻赶紧挑个老实男人嫁了吧。"孙元香一番数落，针针见血。

郑巧玲气得浑身发抖，她用全身的力量攥紧拳头，紧贴着裤腿，不然她担心自己会忍不住一拳打在这个可恶的老女人脸上。她泪眼蒙眬地看着刘康生，刘康生却低着头，一言不发。她只得自己苍白地辩解："阿姨，我没有……"

孙元香不耐烦地摆摆手："我管你有没有，我今天说的你记住喽，再让我发现你没羞没臊地兴风作浪，我就扒了你的衣裳扔大街上去，告诉大家你就是个破坏别人家庭的荡妇小三……"

"妈！"见老娘越说越粗鄙，刘康生忍不住打断她。刘佐华在旁边咳了两声，孙元香"哼"了一声，扭头不再言语。郑巧玲擦干脸上的眼泪，夺门而出。这个没有结过婚没有和婆婆斗过法的年轻女人，对中老年女性实在太缺乏解了，于是乎输得一败涂地。

"妈，你说话也太难听了点吧。"

"怎么？我还得夸奖鼓励她啊，谢谢她让我孙子孙女的家庭支离破碎啊。"

"那您话也不能这样说啊……"

"怎么着？现在还护上了，怎么不见你心疼心疼你妈？"

沮丧的刘康生有口难言。

"行了，都别说了。康生，我对你就一个要求，把晓芸接回来！别再犯错误，至于怎么处理，你自己心里有数，不用我们教。"

刘康生几不可闻地叹了一口气，他点了一根烟，在烟雾缭绕中显得有点颓丧。"行吧，我知道了，不过我这两天确实没有时间去，过几天我尽力安排吧。"

"必须这两天去！"老爷子斩钉截铁地重申道。

对于刘康生而言，他也想好好过日子，可是眼下这日子，就像是泥潭，让他站不直也走不动，就只能僵在那里，半点动弹不了。于是，他又猛吸了一口烟，下定决心似的说："爸，妈，你们放心吧，我知道了。"

送走二老，刘康生喊来小李，让她又去挑选了一大堆营养品，安排寄到安徽的李桃花家。快下班的时候，他在卫生间门口碰见郑巧玲，郑巧玲看了他一眼，扭头就走了，刘康生手快地拉住她的胳膊，只见她眼睛红红的，倒像是哭了一整天。

"你哭了？"

"放开我！"郑巧玲挣开他，故作抱怨说，"在公司走廊拉拉扯扯，不怕公司的人看见了？"

闻言，刘康生果真放下手臂："我妈说的你别往心里去，她性子就那样。"

郑巧玲想到短短的那一刻钟里所受的屈辱，心里的情绪像煮开的沸水，咕咚咕咚翻腾个不停。她恨恨地把矛头指向刘康生："什么叫攀上枝头变凤凰？口气还呼来喝去的，我是你们家的丫鬟吗？说的那些话，要多难听有多难听。对，一个巴掌拍不响，可她怎么就知道说我啊，也不说说她们家儿子，凭什么都是我的错啊？"

说着，郑巧玲委屈的眼泪越擦越多。

"你看你，还那么介意呢，我妈就是说话难听了点，从小到大，我也是拿她没办法。你就别跟她计较了，把眼泪擦一擦，下班后我陪你吃饭。"刘康生放软口气，声音低低地说着。

"别想一顿饭就打发我，这件事不能就这么结束。"郑巧玲心有怨忿，怎么都难平，根本不给刘康生面子。

刘康生敛起了笑容，语气冷了好几度："她是我妈，你还想怎么着？让一个七十多岁的老太太给你赔礼道歉吗？"

说完，刘康生不再看郑巧玲，转头走了。

郑巧玲愕然，她看着刘康生背影，不敢相信他就这么干脆利落地走了。她想跺脚，想大声叫住他，质问他是什么意思，可她不敢。不然，她与刘康生的种种会顷刻之间传遍公司，她只好将这杯苦口又辛辣的委屈一口咽回肚子里。

何晓芸在家住了十多天了,李桃花一直在催女儿回去。尤其是前几天李桃花收到刘康生寄来的各种滋补品,琳琅满目地堆了一桌,让几个来家里闲聊拉家常的婶子一阵羡慕,啧啧感叹何晓芸嫁了个好老公,说李桃花有个会赚钱又孝顺的好女婿。这份夸赞和荣耀让李桃花笑得见牙不见眼的。

等几个婶子一走,李桃花加大火力催何晓芸回去:"你看你,康生多好啊,还时刻惦记着我和你爸,你就作吧!"

何晓芸跺脚生嗔:"妈,您看您,一点东西就给您收买了,您也忒好对付了点。"

李桃花笑着点了一下她的额头:"我这还不是为你好啊,你再这边耽误下去,回头康生把外头的那个女人接回家了,你就哭去吧!"

"谁稀罕啊,要接就接啊,反正我们娘仨一起过,我要离婚!"

"你啊你,等把康生那点愧疚作没了,你才是叫天天不应叫地地不灵呢,有你后悔的时候。"

"妈!"何晓芸大声地叫道,"你还是我亲妈吗?明明就是刘康生对不起你闺女,你怎么还老向着他说话。我跟你说,这件事在我这就是过不去!就是没完!我这辈子都不可能原谅他!"

何晓芸又叫又跳地喊完后,摔着帘子进里屋去了。

李桃花看着她的背影摇头叹气:"这丫头,年纪都白长了,还跟十几岁的性子似的,一点委屈都受不得!"

回到父母身边的何晓芸好像突然有了依仗,尽管父母已经年迈,但对何晓芸而言,在这里,她不是妻子、不是母亲、不是员工,她还是那个有人爱护的小女孩,这是一个可以做自己的角落。

李桃花没能劝何晓芸回家,在她看来,这就跟没能挽救她闺女婚姻一样。何晓芸回家十来天了,除了那堆礼物,刘康生连面都没有露一个。李桃花隐隐地担心着,怕小两口真就这样离了。她没有办法,只能天天在何晓芸耳边劝来劝去，让她早点回家，可何晓芸根本不着急，还一个劲地嫌她啰唆，就在李桃花愁得晚上睡不着觉时，没想到突然之间来了一对救兵。

这天下午李桃花院子门口，有两个人探头探脑的，不敲门也不吭声，只是伸着脑袋瞅着院子里，像是在辨认什么。李桃花从屋里出来，很是惊疑，高声问他们找谁。待走近，她才发现门口站着的，竟然是自己的外孙女萌萌和刘家的小姑刘康妮！

她急忙笑容可掬地把院子门打开："哎呀，你们到家门口了也不喊一声，快进来，快来！老头子，你看谁来了！"

萌萌撒娇地嘟囔说："好久没来姥姥家了，怕认错了。"

何晓芸这些年，回娘家的次数五个手指头都数得过来，可她一有时间，就会带着一对儿女回去，萌萌也对这个外婆家有一种亲切感。

李桃花乐呵呵地说："怎么会认错呢，咱家这多年一直没怎么变样，不会错的。"

她拉着萌萌和刘康妮进里屋坐，把水果和点心一样一样地端出来："还没吃饭吧？饿了？我去给你们做点吃的。"

"不忙，不忙，阿姨，我们都吃过了。"刘康妮急忙制止了李桃花。

何天保也高兴坏了，从旁边的房间拄着拐颤颤巍巍地走出来，看见女大十八变的萌萌，何天保突然抹起了眼泪："好多年没见了，我都不敢认了，是我的外孙女萌萌啊。"

他手想搭在萌萌头上，发现萌萌已经长成了大高个，自己费力够不着。"你看你，外孙女来看你，你该高兴，怎么还哭上了。"

何天保依旧嘴倔："谁哭了，我这是我这是……"

"姥爷这是眼睛进了沙子！"萌萌插的一句话把大家都说笑了。

乐过之后，李桃花才反应过来："你们怎么突然来了？"

从进门起，萌萌一双眼睛便滴溜溜地在院里四处找着妈妈，却没见影子。刘康妮有点难为情，但还是开口说道："不瞒您说，我哥和我嫂子闹了点矛盾,把我嫂子气走了。我和我爸妈已经批评过我哥,原本是我哥要来接的,但是他公司忙,实在脱不开身,就让我和萌萌过来,顺便让萌萌陪陪姥姥、姥爷。"

刘康妮话里话外给足了面子,李桃花自然笑得乐呵呵的:"晓芸现在去街上转悠了,一会就回来,我也劝过她了,这些日子是天天劝她呢,哪有一回家就住了半个月的。再说,两口子拌拌嘴的也是常有,倒是让你父母操心了。你回头跟他们说,让他们别担心,晓芸过几天就回去了。"

就这样,等何晓芸从街上回来的时候,全家已经统一了战线。她大吃了一惊,萌萌和小姑子怎么就凭空出现了。

"妈,我这次来,是来看姥姥、姥爷的,顺便还有一个任务,是爸爸给我的,他说他忙,叫我和姑姑接你回家。"萌萌挽着何晓芸的胳膊拉她到隔壁的房间,凑到何晓芸面前说。

"你呀!"何晓芸点了一下她的小鼻子,"是你自作主张来的吧。"

她心中很清楚地知道,刘康生是不可能来接自己回去的。

"妈——"萌萌摇着何晓芸的胳膊,"你就回去吧,子铭这段时间都没有心思读书了,天天跟他打电话,他都不开心。还有我,每天都睡不好觉,爷爷奶奶也担心的不得了。妈,你就别和爸爸生气了。虽然我不知道你们之间发生了什么,我也知道你是真的难过了才跑回了姥姥家,但是我们一家人都不想离开你。妈,咱们回家吧,你们要是离婚,都不要我们了,我和子铭怎么办?"

萌萌的大眼睛里盛满了泪水,她满眼期盼地看着何晓芸。

何晓芸不忍心看到她眼中的失望,叹了一口气,面对母亲的"压迫",小姑子的说情,女儿的哀求,终于答应了回西安。带着对父母的那份依依不舍之情,第二天她们娘俩就踏上了回西安的火车,刘康妮也顺便跟着回西安一趟,看看自己的父母。

就在火车上,萌萌提前给爷爷、奶奶打了个电话。刘康妮与萌萌带着何晓芸回家的消息，让刘家二老很开心，尤其是能见到几年未见的女儿刘康妮，他们更是兴奋得不行。孙元香大清早起来买菜，然后叫了几个要好的老姐们一块帮忙在厨房忙活上了，又是蒸包子，又是包饺子，拿出来过年才有的隆重。孙元香当下通知刘康生早点下班，去学校接上子铭过来吃饭，刘康生自然是应了。

刘康生带着子铭回家的时候，刚进屋就听见一串欢声笑语。萌萌和刘康妮围着孙元香逗趣，不知道说到什么惹得孙元香一阵开怀大笑，刘佐华乐呵呵地坐在沙发上看着这幅场景。何晓芸则坐在一旁，一边削苹果准备果盘一边时不时地抬头抿嘴笑。

刘康生太久没有见到这幅场景了，以至于他站在门口稍微有点愣神。孙元香叫道："康生和子铭回来啦，晓芸和康妮也回来了。赶紧进屋洗手吃饭，饭菜都好了，就等你们了。"

"哦。"刘康生应了一声，他一边心不在焉地换鞋，一边用余光暗暗地瞄着何晓芸。她剪了短发，刘康生一时有点没有反应过来。他有点不习惯，几十年了，那个长发飘飘叫何晓芸的女人竟然变成了短发。

"哥，你愣着干吗呢？赶紧的啊。"刘康妮催促着说。

大家动身往餐厅走去，孙元香家里面积原本就小，这么多人一时挤在一起，竟然要一个个地侧着身子避让才能走路。刘康生与何晓芸没走几步就凑到一块了，几乎衣服挨着衣服。刘康生刚想开口说"你回来了"，何晓芸就已经视若无睹地端着果盘进了厨房。

刘康妮看在眼里，用手捅了一下刘康生，小声说了一句："哥，你真没用！"

子铭与大人们打过招呼，与萌萌凑在一旁叽叽喳喳地讲话，刘康妮刚摆好碗筷，姐弟俩赶紧围在何晓芸的位置旁，一个左手一个右手，刘康妮拿出给刘佐华特意带回来的酒，帮他斟上，父女俩乐呵呵的。何晓芸与孙元香在厨房端菜，刘康生一个人静静地坐了片刻，发现自己被全家无视，他竟然被冷落了!

他不自然地摸摸鼻尖,清了一下喉咙然后开口问萌萌:"萌萌,你们和姑姑几点钟到的,怎么没有叫爸爸去接你们?"

萌萌噘嘴说:"姑姑说你肯定很忙,我们就自己打车回来了。"

"这话你姑姑可说得不对,再忙我也得去接我宝贝女儿和妹妹啊。"

刘康妮"哼"了一声,小声地插嘴:"大哥,不是我说你啊,你最应该接的不是我俩,而是我嫂子啊。"

刘康生无言以对,只得点点头。

众人回头又各忙各的,刘康生竟然再一次被冷落了。他只好再一次开口:"萌萌,你回家不耽误学习吗?请了多久的假啊。"

"还行,不耽误。"萌萌的回答言简意赅,故意一副不愿意多谈的架势。

刘康生只好又将目光转到子铭身上:"子铭,你呢,最近成绩还好吗?"

子铭也十分地不给面子,直接不耐烦地回道:"爸,这个问题你已经在车上问过三遍了。"

刘康生略显尴尬地说:"是吗,我怎么不记得了。"

刘康生接连碰壁,刘康妮忍不住"噗嗤"一声笑了。还好何晓芸与孙元香及时端着菜出现了。

今天的孙元香突然有了自知之明,对自己的厨艺总算没那么自信了,一桌饭菜均是托了面子,让老姐妹掌勺。现在热热就能吃了,一桌色香味俱全的菜肴,自然给难得团聚的一家人增添了温馨感。

第三十九章

不可调和

等一家人坐定,刘佐华举起酒杯,率先开口:"今天虽然不是年节,但胜似年节,所以今天也当作是我们一家人的团圆饭。康妮和萌萌都回来了,我们高兴,希望我们家,以后这么欢聚的日子多有几次,这样我跟你妈就心满意足了。来,我们干杯!"

"干杯!"在饭桌上,大家没有提何晓芸离开的事。何晓芸不说,刘家二老也就当作不知道。

孙元香破天荒地给何晓芸夹了一只虾:"多吃点,晓芸,你看你最近这些日子都瘦了。"

何晓芸受宠若惊,赶紧伸着饭碗接了:"谢谢妈。"这是何晓芸嫁进刘家这么多年,第一次享受到婆婆亲自夹菜的待遇。这种举动的背后,为了什么,她心里自然是清楚的。

"哥,你一直都在忙些什么啊,经常给你打电话想说会话,你总是说没有时间,你也太忙了吧。"刘康妮插话道。

"公司的事,一直是比较忙。"

"你这老总一直这么忙也不好啊,除了赚钱也要懂生活情趣啊,是吧嫂子。"刘康妮正说着哥哥,末了却冲着何晓芸问道,何晓芸笑了笑没有说话。

刘康妮不失时机地出着主意："我看你啊，就应该放松一下，带我嫂子一块出去旅旅游，享受一下生活啊，趁现在还年轻。"

"嗯嗯，这个我同意。"萌萌忙不迭地点头配合，"人家现在网上都流行说，'生活不只有眼前的苟且，还有诗和远方'——你们都忙了半辈子了，有时间还是要多出去走走，享受生活。"

孙元香笑道："哟，咱家萌萌还懂得挺多。"

"可不是嘛，萌萌说得在理，上次我和我们家老郑啊，把孩子扔给他妈妈，去了一趟日本玩了一个多礼拜，泡了温泉，看了富士山，日本的风景还是很不错的，跟我们中国不太相同，出去一趟很开心。哥，你什么时候有时间带我嫂子一块去度个假，我有导游可以推荐给你，只要你们确定好了时间，我让他帮你们安排好行程。"

"挺好的啊，老爸老妈就当是补蜜月旅行了，奶奶你说好不好？"

"好好好！"

刘家的老、中、青三个女性开始一唱一和，配合默契地把这个话题炒起来。

何晓芸默默地吃着饭，不发一言，刘康生抬头睃了她一眼，见她没反应，于是搪塞地说道："以后再说吧，现在公司忙，走不开。"

刘康妮立马急了："哥，你也太不懂风情了，再怎么忙，陪老婆孩子的时间还是有的吧？你这方面比我们家老郑可差远了。"

"赶紧吃饭吧，吃都堵不上你的嘴。"刘康生不满地说。

"菜都凉了，大家吃饭吧。"眼见这情势，何晓芸忍不住也闷闷地插了一句。

这么一来，大家都只好暂且作罢，不再吱声出什么主意了。

晚餐过后，子铭要回学校，他明天一早还有早自习，跟老师请个晚自习的时间已经是奢侈。萌萌声称许久没有见奶奶和爷爷，坚决要和姑姑一起留在奶奶家住。一群人一个劲地催何晓芸与刘康生赶紧开车回去，就连刘康生提出先送子铭回学校，也被拒绝了。

"子铭一个男子汉大丈夫，时间又还早，让他自己打车回学校就好了，不需要送。"刘康妮提议,说到最后把目光转向了侄子,"对吧,子铭?"

子铭点点头,表示自己打车回学校真的没有问题。在一家人殷切的目光下,何晓芸只好与刘康生慢慢出门,两人开车回家。他们的意思,何晓芸与刘康生都懂,就是为了给他们创造更多的相处机会,重修旧好。

萌萌从楼上看着他们的车开出去,忍不住问:"姑姑,你说他们会和好吗?"

刘康妮望着萌萌眼巴巴的目光,伸手摸了摸她的头顶:"会好的,你爸妈只是吵架,正在气头上,过一段时间就好了。"

这话自然是为了宽慰萌萌的。她又暗想:我们也只能尽力,感情这样的事情,到最后究竟是怎样的结局,谁也不能确定。怕是想强求,也没有用,刘康妮心中默默地叹了一口气。

何晓芸这一天风尘仆仆,回去的路上,早就累了的她满脸倦容地靠着车窗。昨天还感受着完全不一样的江南水乡,今日触目所及的又是这座满是城墙楼阁充满历史风情的十三朝古都。而旁边还是那个男人,只是今时不如往日,一样的人一样的场景,心境却完全不同了。

第一次来到这座古城,是上大学的时候,乘着火车直接坐到西安,再转车程一个小时的大巴到学校,看着街道两旁郁郁葱葱的树木和各具特色的建筑,她满眼都是新奇,内心无比欢呼雀跃;第二次是跟随刘康生从安徽老家来到西安,那时的她已经明确地知道这是自己后半生所生活的城市,旁边站着最爱的人,闻着巷子里油泼辣子、甑糕的味道,让她倍生亲近之感;而这一次,她看着外面的车水马龙,却是无比的陌生,仿佛是前世中的景象,离开了短短十几日,竟恍如隔世。

刘康生打开车上电台,里面居然在播放张信哲的《爱如潮水》,熟悉的旋律响起,让两人愣了一下。这首歌,是他们大学时满大街小巷都播放的情歌,每一个街角的音像店都流淌着柔和的歌声,深情地唱着:"我再也不愿见你在深夜里买醉,不愿别的男人见识你的妩媚,你该知道这样会让我心碎。"承载着青春美好回忆的歌曲，一瞬间把两个人带回了从前那段时光，让他们心潮随之起伏。

一曲唱毕，刘康生终于开口道："回来怎么没有叫我去接你？"

何晓芸收拾了一下出游的神思，淡淡地回答："我自己打车就可以了，不麻烦你。"

"麻烦"两个字说出口，何晓芸感觉胸腔里的那颗心隐隐作痛，舌尖翻来覆去都是挥不去的苦涩。刘康生抿紧了嘴唇，显得下颚线条硬邦邦的，反问道："我们两个，有必要这么生分吗？"

"早一点，以后也就习惯了。"

听何晓芸这样说，刘康生很失落，刘康生心中有很多话想说，他想说，这十多天，自己为什么没有跟她打电话；他想说自己这些年，是怎么一步步心理上发生转变的。他也想认真地谈一谈，为什么时至今日，他们的关系会发展到这种地步，但他张了张嘴，却发不出声音，满腹的话被堵在喉咙口。

"对了，这周末是大学同学毕业二十周年聚会，班长他们让我跟你说一下，你要是没什么事，就一起参加。"何晓芸一口气说了这么一串话，算是打破了车里的沉默。

何晓芸意外的话题，让刘康生忙不迭地点头："我没事啊，我肯定去。"

他回复得很热切，只有这样，他才感觉两人之间的关系缓和了一点。他期盼着何晓芸说一点什么话题，可惜何晓芸说完这句之后，直接扭头看向车窗外。

"晓芸……"刘康生叫她。

何晓芸下意识地转过头问："你还有什么事情吗？"

冰冷的语气让刘康生有些迟疑，但他还是试探地问出口："你……你想聊聊吗？"

"不想！"

这两个字彻底结束了这场对话，刘康生一腔热情"哗"的一声被冷水浇灭。

回到家里，何晓芸脱下大衣拿进卧室，只见卧室的床上，摆着两个枕头——刘康生从书房搬回来了。她有些意外,她以为这些日子,刘康生一直住在郑巧玲处呢。

两人各自洗漱后,何晓芸靠在床头看书,刘康生穿着睡衣,擦着半干的头发走进卧室。他动作自然地翻开被子一角,坐在另一边的床上。何晓芸狐疑地看了刘康生一眼,见他自顾自地坐上床来,完全没有去书房的意思,只得开口提醒道:"今天子铭不在。"

"没有旁观者,你不必这么惺惺作态地演戏。"无疑,这是何晓芸话语之外的潜台词。

刘康生"哦"一声,径直摘下鼻梁上的眼镜,整理了一下枕头,滑进被子里径直躺下。眼看就要睡觉的样子,何晓芸急了,她一把扔下书,书本把被面砸出一个坑。何晓芸提高嗓音,直截了当地强调说:"你应该去书房睡觉。"

刘康生闭着眼,捏着被眼镜鼻托印红的鼻梁,漫不经心地回道:"没有什么应不应该,我今晚就睡这里了。"

何晓芸感觉火气"噌"的一下冒到天灵盖,她动作迅速地掀开他那边的被子,厉声道:"刘康生,请你现在、立刻、马上,抱着你的枕头去书房睡觉!"

何晓芸的语气彻底刺痛了刘康生作为男人的自尊,他猛地睁开眼睛:"何晓芸,你差不多行了,不要再挑战我的底线。"

"你的底线?你有底线吗?真是可笑!"何晓芸冷笑道。

"还睡不睡觉?我现在不想跟你闹,你别让全家跟着你一起不安生。"

何晓芸反讽道:"到底是谁把家弄得不安生?现在反倒我成了罪人?刘康生,如果我没猜错的话,你觉得你现在回来跟我睡一张床,就是对我的恩赐,是吧?就是给我脸了,我还不知足地跟你闹是吧?我肯定没有外面那些女人来得温柔顺意,所以,我请你马上从我的床上离开!我不愿意跟肮脏的人同睡一床!"

面对何晓芸的激烈言辞,刘康生不想再陷入争吵,他把手挡在眼睛上,干脆装听不见,何晓芸见他毫无反应,怒火中烧:"好,你不去是吧?我去!"

何晓芸撑着身子要从床上下来，刘康生以迅雷不及掩耳之势扣住何晓芸的手腕，一个用力把何晓芸拉倒在床上，然后直接骑身而上，把何晓芸死死地压在身下。

"你！你放开我！"何晓芸推不开他，只好举起拳头捶在刘康生的胸膛上。

刘康生死死地看着何晓芸近在咫尺的脸庞，温热的气息均匀地喷洒在她脸上，何晓芸身上的毛孔微张，她感觉自己像一条无法喘气的鱼，被人摁在砧板上，动弹不得。

"我劝你不要白费力气，我脏？也对，有丁大坤在一旁守护着你，我看你是根本忘记我是你的什么人了吧，嗯？我今天就直接告诉你，何晓芸，这辈子你都别忘了，你是谁的女人！"说完，刘康生直接朝着何晓芸的嘴亲了下去。

何晓芸的头左右摇摆，不停地想挣脱刘康生的桎梏，刘康生腾出一只手，紧紧地捏住她的下巴，他顺着何晓芸的下巴、脖子，撕开她的睡衣扣子，一路吻下去。刘康生如同暴躁的狮子，他已经失去了理智。他用力控制着何晓芸的身体，不管她在身下扭曲、捶打，脑海里充斥着一个声音——"征服她！征服她！让她看看她到底是谁的女人！"——刘康生，他在强暴自己的妻子！

渐渐的，何晓芸不再挣扎，她无力地垂下双臂，任由刘康生在她身上施暴，她侧着头，眼泪顺着鼻梁流淌到另一边的脸庞。刘康生感受到何晓芸的异样，慢慢地停下动作。眼前的何晓芸衣服已经凌乱，脖子、胸口更是一片浅红的划痕，她像木偶一样，不说话，不看他，双眼一片黯淡失去了光彩。

刘康生从她身上翻身下来，喘着粗气地躺在她身旁。他眼中似乎也有泪光闪过，他用双手盖住自己的脸，最终慢慢说道："对不起。"然后起身，抱着枕头，关掉灯，轻轻带上卧室门，去了隔壁的书房。

何晓芸静静地躺着，一动不动，然后像是噩梦初醒一般，她拉紧身上的衣服，侧躺着，蜷曲着身子，紧紧地抱着自己的双腿，独自在黑暗中啜泣。

晚上,何晓芸做了一个梦,梦见自己陷入一片泥沼之中,四周布满白雾,灰蒙蒙的,看不真切。她环顾四周,想将双腿拉出泥淖,突然,后面蹿出一只猛兽,张着血盆大口冲她而来。何晓芸惊慌失措,一个站立不稳,眼睁睁地见自己向后倒进泥潭之中,被湮灭、没顶。

她惊醒了,满身冷汗,四周依然一片漆黑,整个房间如同一座空寂的坟墓。

第四十章

同学聚会

　　自此之后，何晓芸与刘康生的关系再一次降到了冰点。

　　第二天一大早，萌萌与刘康妮带着打包的早餐敲门。何晓芸刚打开门，萌萌就蹦了进来，笑眯眯地看着妈妈，悄悄地贴在耳边问道："怎么样？二人世界过得还好吗？"

　　没等何晓芸回答，萌萌又蹿到房间大叫："老爸！老爸！起床吃饭了，咦，妈，我爸人呢？"

　　何晓芸拿着早餐装盘，闻言把衣服领子拉高了一点，今天早上起床照镜子的时候，才发现脖子侧面有一条七八厘米长的伤痕，估计是昨天晚上挣扎的时候划伤的，何晓芸脸上闪过一丝不自然，然后回答道："你爸一大早就去公司了。"

　　"我爸真是的，这么早就走了，亏我还专门去给买了他喜欢的驴肉火烧。"萌萌没有半点察觉，还在为昨晚给爸妈创造了一个二人世界而开心，一旁的刘康妮却细心地留意到了。

　　早饭时间，何晓芸催萌萌回去上课，萌萌十分的不乐意："妈，你真是的，我才在家刚待了一晚上，你就开始赶我走，我怀疑你不是亲妈。"

　　"你现在还在上学，学业很重要，哪能随便就请假旷下那么多课。早点回学校去,等放假了再回来玩也不迟啊。"

"妈,你就放心吧,你家闺女那么聪明,这几天的课简直对我没有半点影响。再说,我不就是想在家里多陪你们几天嘛。"

萌萌把目光投向姑姑刘康妮,刘康妮默契地接话道:"嫂子,你就放心让萌萌多住几天吧,现在学校课程不多,耽误几天也不是大事。再说我好几年没回家了,难得有机会,还想陪爸妈多待几天,你赶萌萌回去,不就是把我也赶回去了吗?"

见小姑刘康妮都发话了,何晓芸也不好再说什么,也算是默然答应了。萌萌偷偷给刘康妮比了一个大拇指,然后嘻嘻哈哈地笑了。

"这个傻丫头。"何晓芸无可奈何地笑了。

刘康生出轨的事,作为家庭成员的刘康妮回来后,孙元香给她一五一十地说了一遍。现在整个家里,除了萌萌与子铭对这件事一知半解,刘康生出轨公司行政的事已经不是什么新闻了,两个孩子也隐隐地猜到了一些。刘康妮看着眼前这个温柔恬静的大嫂,作为女人,刘康妮心里充满了同情;作为婆家的小姑子,她心里充满了歉意。但她无可奈何,她能做的十分有限。

早餐过后,萌萌回了自己房间,刘康妮看着在厨房收拾的大嫂,十分愧疚地说:"嫂子,很对不住你。"

何晓芸惊讶地回头:"你这是说什么话?你有什么对不住我的?"

刘康妮正色道:"我是替我哥说的,这么多年,你为我们家付出了很多。包括我和老郑的事,当初多亏了你站出来说话,我和老郑才能生活在一起,这些年我欠你一句谢谢。"

"一家人哪有说什么谢谢的,看见你好好的,我也为你感到高兴。"

"嫂子,你是一个好女人,我知道是我哥对不住你,我哥的性子在大事上虽然不马虎,但在男女感情上,他确实算不上一个杀伐决断的人。我没经历过你所受的伤害,我也不是你,我知道我没资格请求你原谅我哥。尽管这样,我还是要说一句,我希望你能慎重考虑。如果你们要离婚的话,我担心萌萌和子铭会受到很大的伤害,作为母亲,我想你也不愿意看到他们难过的样子。"

刘康妮说中了何晓芸的死穴,对这个家,房子、车子或者钱,没有什么是她舍不得的,但唯独两个孩子,是她心中的软肋。

"我知道,康妮,我会好好考虑的。"

"嫂子,不管未来怎么样,你都是我心中唯一的大嫂,这个家,也永远都有你的一席之地。"

刘康妮的最后这句话,让何晓芸既欣慰又动容,她的眼泪忍不住掉落下来:"康妮,谢谢你。"

刘康妮与萌萌住了一个礼拜,最后在刘康妮的婆婆一天几个催回家的电话"轰炸"下,刘康妮只好返回上海。

这几天来,早慧的萌萌渐渐地也看出了父母之间更多的矛盾点,爸爸每天早出晚归,妈妈即使在家里也时常少有言语,两人之间基本就是零交流。她更绝望地发现,父母仍然是分房睡的状态,她已经不再天真地认为父母过几天就会和好了。临回去的前一晚,刘康生加班深夜未归,萌萌抱着枕头跟妈妈睡在一起。母女俩睡前讲了一下体己话。最终,萌萌没等到爸爸回来就眼皮打架,慢慢地睡着了。何晓芸借着灯光,细细地看着长成少女的萌萌安睡着的侧脸,然后又忍不住捏了捏她的手,最后偷偷地在萌萌嘴上亲了一下,才安然地熄灯睡觉。

半夜时候,何晓芸被一阵呜咽声惊醒,她急忙打开床头灯,只见睡在身旁的萌萌,蜷缩着身体,眼睛紧闭,眼泪却把枕头沾湿了一大片——萌萌在睡梦中哭泣。

何晓芸吓了一跳,她轻轻地摇醒了萌萌,萌萌慢慢地睁开了眼睛,几秒的晃神以后,她才看清面前的是自己的妈妈,她伸开双手搂着何晓芸的脖子,大声哭出来:"妈,我梦见你和爸离婚了,我梦见我们一家人分开了。

妈，在梦里我不知道怎么办，我不想你们离婚，呜呜呜呜……"

何晓芸听了一阵揪心的疼痛，她拍着萌萌的背，像小时候那样一点点地哄她："别怕别怕，梦都是反的，妈在呢。"

萌萌像小猫一样抱着她哭了一会，渐渐地放松下来，没一会又呼吸平顺了。

萌萌又睡着了，可何晓芸却怎么都睡不着了，这些天她只顾着自己的伤心与难过，恐怕是自己的出走吓坏了两个孩子，她心里充满了深深的自责。她想象不到萌萌在梦中是怎样的伤心与难过，才会不能自抑地哭出声。她在梦里已经是这么难过，有朝一日，自己要是真的离婚了呢？何晓芸不敢想，只好又细细地叹了一口气。

黑暗中，她听见门轻轻地被打开了，然后又关上，是刘康生回来了。何晓芸看看床头柜上的手机，上面显示凌晨两点，她依稀想起刘康生前几天与刘康妮谈到最近公司的业务不顺，想必是现在才处理完下班吧。何晓芸想起来给他煮一碗面，但身体却怎么都起不来。她静静地听着他的一举一动，听见他换鞋，把包扔在沙发上，然后洗漱，直到书房的门被关上，她仍然未能起身。她的心中的愤恨还不允许，她也做不到心平气和地帮他下一碗面。

次日，刘康生送闺女和妹妹两人去火车站，孙元香和刘佐华两口子也跟着去了，他们互相搀扶着，看着刘康妮消失在检票口，眼角不禁有些湿润。

一周后，便到了大学同学聚会的日子。这天，即使是忙得昏天暗地的刘康生也特意抽空，推掉了下午的会议与晚上的应酬，早早地开车到小区楼下接何晓芸。他拨通了何晓芸的电话："我在楼下。"

"我马上就下来。"何晓芸那边回了这一句，随即挂断了电话。彼此果然没有再多一句赘言，刘康生望着手机苦笑。

但是无论再怎么冷战与争吵，何晓芸选择了在外面，在亲人和朋友面前维持正常夫妻关系，她没有去捅破，更不可能像祥林嫂那样四处诉说自己的不幸。刘康生默契地缄默了，虚伪也好，假装也罢，这种心照不宣的默契，对于成年人的世界来说，是一种体面，可谓家丑不能外扬。

他透过车窗看见何晓芸款款地走过来，她里面穿了一件黑色高领毛线连衣裙，外面套了一件卡其色的羊绒大衣，手上拎着一个米白色的坤包，脚下是一双简单的尖头小高跟，剪短的头发微微向里弯曲，映衬得莹白的脸部线条十分美好。刘康生看着她，心里竟然生出一股奇异感，这个自己相处了二十多年的女人，就像变了一个人似的，浑身上下透出一股淡淡的高贵的疏离感。何晓芸拉开副驾驶的车门，不言不语地坐上去，一张脸像博古架上摆着的瓷器，一丝表情都找不到。

车在路上稳稳行驶，走了半个小时，路上遇到了一点小雨，车前的雨刷来回晃着将雨水抹下去。刘康生全神贯注地开着车，何晓芸在一旁假寐。结婚前，何晓芸以为未来的几十年都会有说不完的共同语言，可一起生活几十年后，那些浓情蜜意的话从慢慢变淡、再逐渐变成白开水，最后竟变成水蒸气，彻底地消失不见，无影无踪。

一连几天的失眠，让何晓芸的眼睛渐渐睁不开，因为冷，她蜷缩在副驾驶上，后来竟然不知不觉地睡着了。刘康生看了她一眼，他想起后座上有个小毯子，那是郑巧玲的。她平常穿职业短裙，喜欢用它盖着腿，想到这，他靠边停下车，打开后车门拿出毯子，盖在何晓芸身上。

其实何晓芸睡得并不安稳，她感觉到刘康生给她披了一件毯子，她心下一动，睫毛微微闪了闪，几瞬之间，她选择继续装睡。毯子很柔软，盖在身上很舒服，一股幽香飘浮到了鼻尖，若有若无，味道闻起来香甜发腻。何晓芸愣了几秒，突然反应过来，这是毯子上飘来的女性的香水味。自己从来不搽香水，甚至很少坐刘康生的车，刘康生车上的香水味的主人是谁，答案不言而喻。刚意识到这个问题，何晓芸大脑还来不及反应，手已经将毯子扯了下去。

一旁的刘康生刚刚坐上位置系好安全带，突然看见何晓芸将毯子扔在地。他内心刚刚升起来的那点柔情瞬间荡然无存，他喉结上下滚动着，很想说点什么，何晓芸却先他一步，嘴里吐出一个字："脏。"声音虽小，却异常清晰地钻进刘康生的耳朵，他手紧握方向盘，最终一言不发地发动了车子。

不知过了多久，何晓芸被"砰"的一声关车门的声音惊醒。她睁开眼，才发现一觉睡了两个多小时，她手脚冷得僵直，有些伸展不开。车已经到了学校大门口，校门上挂着几个硕大的熟悉的字，没错，是她曾经生活了四年的母校。

她刚要推开车门下车，没想到刘康生却已绕到车门前帮她开车门。车门刚打开，便听到旁边有一道男声响起："啃啃，快看看这是谁，原来是我们的'模范夫妻'到了。"刘康生开了一辆路虎，车标在阳光下熠熠生辉，分外扎眼，刚一进入众人的视线，就被盯上了。

班长大汉已经和一群同学先到了，这会正在校门口发毕业二十周年的小红旗。为了这次聚会，大汉拿出了学校组织活动时的看家本领，横幅、文化衫，还有小红旗一应俱全，看见刘康生与何晓芸到场，那位眼尖的男同学继续道："可以啊，刘总又换新车了，什么时候带同学们一块发发财啊。"其中的酸味就连还没下车的何晓芸都听得分明。

声音成功地引来了同学们的注视，何晓芸微微有点尴尬，刚伸下一条腿，只见刘康生伸了一只手放在她身前。何晓芸愣了一下，看着四周那么多的眼睛，只好把手搭在刘康生的手上，在他的牵扶下款款下了车。

一旁的张晓红看着这一幕，有点不是滋味，她大嗓门地说道："看看人家刘康生，不仅长得帅、有本事、会赚钱，关键是对老婆还很体贴啊！还是何晓芸命好，嫁了这么一个好老公。"

说完，她手指还点着在场的男同学们："你们都学着点啊！"

"你拉倒吧，现在后悔大学里面没有早下手了吧！你啊，就歇歇吧，人家刘总也看不上你。"

四周一阵哄笑。被调侃的张晓红脸上一阵青一阵红，气势毫不示弱地怼回去："反正也比你们一个个的强！"

"那也是人家何晓芸温柔啊,摊上你这么一个母老虎,不打起来才怪!"

张晓红一下被戳到痛处,上个月,她刚刚和老公离婚,前夫就到处讲她是母老虎,又凶悍又泼辣。她举着手中的小旗子,追着那个男同学就打:"王大嘴,这么多年不见,你的嘴咋还这么贱呢,你过来!看我不打死你!"

"行了!行了!"见张晓红有些急眼了,周围的同学打圆场,"你们跟模范夫妻比什么啊,人家这叫十年如一日,真情永不改,人家今天还穿情侣装呢!"

众人纷纷望去,果然,两个人都是驼色的大衣。往那里一杵,倒像韩剧里的男女主角似的。何晓芸微微有点窘迫,她随手套了一件大衣,没想到竟然这般巧,显得是刻意来秀恩爱似的,看来"模范夫妻"的帽子是摘不掉了。

刘康生微笑着看向何晓芸,不发一言,任由同学们嬉笑,一副深情好丈夫的样子。何晓芸垂下眼睑,遮掩住眼中那股淡淡的悲哀,尽管下定决心离婚,可还是没有勇气撕破这层虚伪的关系。对于世上的许多家庭来说,婚姻这双鞋,表面看起来光鲜亮丽,可底子里,恐怕早就烂得触目惊心。又有多少人在这样的婚姻泥淖中,日复一日,徘徊前行着。

人聚齐的时候,他们一行都套上统一的红色文化衫,在热闹的校园里穿行。一路上遇到一些打量他们的师弟师妹,已经中年大肚便便的他们看着那些清澈无暇且稚嫩的脸庞,心中充满了感慨。曾几何时,自己也是一个少年,自由自在地穿行在校园里,有闺蜜、有兄弟、有最爱的人,不用整天面对柴米油盐、车子、房子和孩子。时间一晃,这么多年过去了,还是很怀念校园的时光啊。

一行人去了教学楼、宿舍楼、小河边、操场……学校变化不太大,只是多了几栋新的教学楼并新修了的塑胶跑道。何晓芸从这些场景里能分辨出昔日的影子,这里的每一个角落,都曾经与刘康生携手走过,一幕幕的回忆不断在脑海闪现。何晓芸望向走在前面的刘康生,恰巧他心有感应似的,也回头找寻何晓芸的身影,一时之间,两个人的视线对个正着。何晓芸的眼神瞬间又变得冰冷，其中的涵义显而易见——我不会原谅你的，刘康生。刘康生将头转回去，眼眸里的温情也不由得褪得一干二净。

老同学聚会，无非就是吃饭、喝酒和唱歌三件套，忆苦思甜完学生时代以后，一堆人聚在酒店开始了饭局。大包间里面堪堪坐满了两桌，男生夹杂着女生，何晓芸被安排坐在刘康生的旁边。这样的聚会，愿意来参加的，都是在社会上混得稍微有些体面的人，他们最爱这样的老同学聚会。不是体制内的就是自己当老板的，开来的车最低档的都是别克，发的烟必须从软中华起，聊的内容也是五百万以上的大项目；至于女同学，戴的首饰不必过多，更不能夸张，但必须要有一两件压得住场面的，要么是香港带回来的钻石腕表，要么就是老公买的翡翠镯子，举手投足之间恰到好处地露出胳膊上的物件，既不落了招摇的名声，又让人隐隐的不敢小觑；物质条件差点的，非常懂得扬长避短，她们既不谈项目也不谈工作，张口闭口都是自家的孩子，考了年级第三名还抱怨成绩退步了，钢琴更是弹得马马虎虎，竟然才过十级。成年的人的攀比进行得不动声色，何晓芸听得啧啧称奇，她嘴巴闭得紧紧的，面带微笑地听着昔日同窗们的"精彩"事迹。

与她玩得相好的都几乎没来，寝室的几个室友通通嫁得太远，人到中年，估计家里也是鸡毛蒜皮，脱不开身。唯独一个生活在本地的平雪娟，两人也断了联系，听说她过得很不如意，昔日的恋人张文涛毕业以后也人间蒸发似的，他们这样的情况，基本上与同学会绝缘。

酒过半巡，气氛正酣。只见大汉突然接了一个电话，他向大家比了一个嘘声的动作，突然快步走到门外，嘴里急切地说着："对对，我们在三楼的包间里面，你站着不要动，我马上过来接你。"

整个包间的人都望着大汉消失在门口，不明就里。没多久，谜底揭晓，大汉的身边跟着出现了一个微微发福的中年女人，竟然是久违的平雪娟！

何晓芸激动地站起身，往前走了两步，激动得差点给她来一个美国式的见面。她拉住平雪娟的手，不住地责怪道："这几年，你到底跑哪里去了，怎么一点消息都没有！"同学们很热情地招呼着平雪娟，也偷偷地打量着她，只见她一身衣服有些褪色显旧，头发随意地束在脑后，眉眼之间更显老态和颓废。

人的八卦欲望从来都不会少。听说她嫁的富二代老公欠了一大笔赌债跑路了，她独自带着婆婆躲躲藏藏，平雪娟不安地攥着洗得微微有点变色的衣角，有点不习惯这么多人的注视，多年的生活环境，真的能从最根本上改变一个人。从前的平雪娟，是多么骄傲而自信的一个人啊，眼中常含着狡黠的灵动。

何晓芸在心疼自己的好友同时，也自责自己，这么多年，一味地沉浸在那点悲伤过往中，很少问问起自己最好的闺蜜过得怎么样，甚至她后来的事，还是辗转从别人那里听说的。何晓芸忍住眼中的泪水，拉着雪娟在自己身边坐下。短暂安静的酒桌再一次热闹起来，平雪娟东张西望，好像在桌上搜寻着什么。

何晓芸帮她夹了一筷子菜，奇怪地问："你在找什么？"

平雪娟低声问："张文涛……他还是没有来吗？"

"张文涛？"何晓芸愣住，她已经很多年没有听到他的消息了，"上回聚会的时候，老姚说在一个县城见过他，还互相留了联系方式。"

"是吗？"平雪娟的眼神亮了一刻，但又马上黯然下去，她喃喃道，"这么多年了，他也应该结婚生子了吧，一家人过着安稳的生活……"

何晓芸看着她失落的神情，欲言又止，只能在桌子底下握着她的手，安慰着她。平雪娟对着何晓芸笑了一下："我没事，说实话，我这次来，就是想再看看他，再看他一眼，死了也了无牵挂。"

何晓芸低声斥责："不许胡说八道，什么死不死的。"

声音引来了一旁刘康生的关注，他奇怪地看了她们一眼，转头又加到当前"股市""房价"的话题。

晚上十点，一群人酒足饭饱，说着"以后多联系啊"，便纷纷挥手告别，各自驱车离去。平雪娟要回西安城区，便搭刘康生的车一起回去。一路上，刘康生专心地开着车。今天饭局上他称晚上要开几个小时的车返回，所以才躲过了被灌酒的命运，这会儿倒还精神。

何晓芸陪平雪娟坐在后座，她握着平雪娟的手说："这些年你去哪了？怎么联系你都联系不上。"

一句话打开了平雪娟这些年的经历。在这个三人驱车回去的夜晚，在这个密封安静的车内，她慢慢地讲述了这些年的一点一滴。

自从大学毕业，与张文涛分手后，经家里介绍，平雪娟嫁给了一个家里颇有资产的富二代，结婚没多久便发现自己怀孕了。于是她便辞了原本在外企的工作，安心在家当少奶奶，还一心憧憬着未来幸福的生活。

然而，变故却来得如此之快，安稳幸福的日子是这样的短暂。那场变故发生在她怀孕五个月的时候。

那天，她正在家的院子里散步，突然看见老公急匆匆地从外面赶回来，没多久便跟家中的公公婆婆不知什么缘故争吵起来。平雪娟挺着大肚子，慢慢地爬上争吵的二楼，想要阻止。岂料，她刚爬上楼梯的时候，迎面撞见老公怒气冲冲地往外走。

她叫住了他，跟他说爸妈年纪大了，不容易，叫他要多体谅，不要总发脾气。谁知往日里温柔的老公，突然眼神冷冰冰地盯住她，像一条毒蛇。更让平雪娟心寒的是接下来的话，他说："别以为你嫁进来，就有几斤几两重，你不过是传宗接代的工具而已，要不是他们逼我结婚，我才不会娶你！"

平雪娟大惊，她一手拉住老公的手臂不让他走："你把话说清楚！什么传宗接代的工具，你明明说爱我，我才嫁给你的，你现在到底什么意思？！"

"爱你？随便骗你一下，你还当真，放手！"

平雪娟紧紧地拉着他的手臂不放，两人僵持着，只见那个男人大力挥了一下手臂，平雪娟站立不稳，一路顺着楼梯滚落下去。等公公婆婆听到尖叫出来查看的时候，平雪娟已经躺在一片血泊之中。五个月的孩子硬生生地流产了。

　　平雪娟清醒以后，万念俱灰，一心只想离婚，但无奈公公婆婆一再求情，加上老公也痛哭流涕地跪下恳求她的原谅，并发誓日后要好好给她补偿，她一时心软便留了下来。没想到这才是苦难的开始，当断不断，也成了她这辈子最后悔的事。那个在法律上她称呼为"丈夫"的男人，在她小产后"照顾"了一个礼拜，便开始不着家了，每天只有她一个人面对空荡荡的卧室，对着镜子中的自己发呆。

　　自那次事件过后，那个男人好像不再伪装自己，渐渐暴露了自己自私、无能、好赌甚至暴力的一面。婚后短短三年，他便赌光了家里一半的资产，他的赌债像一个无底洞，家中只能变卖家产源源不断地填进去。每次父母和妻子的阻拦只换来一阵拳打脚踢。渐渐的，平雪娟也不再外出应酬、会见朋友，因为旧的伤疤还未好，新的伤痕又添上了。日子在水深火热中进行，终于在结婚的第五年，那个男人捅下了大娄子，他欠下了一大笔赌债。那笔钱，即使是将剩余的全部家产都填进去也不够，是他们打工赚钱十辈子都还不起的一笔巨款！那个懦弱的男人直接跑路了，从此不见了踪影。

　　家里的老爷子得知消息以后，直接气倒在地，再也没有起来。失去了家中的主心骨，平雪娟和当了一辈子家庭主妇的婆婆束手无策。树倒猢狲散，那些亲戚朋友得知后，唯恐避之不及，无不躲得远远的；曾经巴结她们、攀关系的那些人此刻更是消失得干干净净。平雪娟变卖了家中所有的资产来偿还债务，但那点钱还远远不够，她带着婆婆从市区的大房子里搬到郊区，再搬到更偏更远的出租屋。她们东躲西藏，如同惶惶不可终日的老鼠，每隔一段时间便更换住处。

　　因为不敢抛头露面，大学毕业的平雪娟只好外出打零工谋生。而婆婆，从一个养尊处优的富家太太，沦落成穿着寒酸的四处捡矿泉水瓶的佝偻老人。两人便一直这样相依为命地生活着。

　　去年，那个饱受苦楚的老太太终于在一间窄小的出租屋里去世了，临死前，她对平雪娟说："女怕嫁错郎，这辈子，是我们家对不起你，让你受了这么多的委屈，我早就把你当作自己的女儿了，要不是放心不下你，我早就跟着老头子去了。有机会，就跟那个逆子离了，然后找一个好男人嫁了，这回要把人瞧仔细了，要平平安安地生活下去，这样我也就放心了。"

平雪娟大哭一场，独自料理好婆婆的身后事，便去法院诉讼离婚，一波三折后，平雪娟历时整整半年，总算拿到了那张离婚判决书。终于，她恢复了清清白白的一个人的独立身份，她由衷地喘了一口气。

现在，她只有一个心愿，那就是见见张文涛，她有一个问题，一直没有得到答案。她原本打算在这次同学聚会中见过之后，便带着笑意离开这个世界，可是，张文涛，没有来。

听完讲述的何晓芸脸上早就湿润一片，她抽了一下鼻子："你怎么不跟我说？你怎么这么傻？"

"说了又怎样，高利贷的那群人就像牛皮糖一样，他们想尽各种方法要钱，粘上了就甩不掉，我不能连累你和康生。况且连我的家人都躲闪不及，我又怎么能够把你们牵扯进来？"

"那你也可以跟我说啊，我们一起想办法啊。"

"晓芸，已经过去了，我今天过来，只是想见见张文涛。"

何晓芸擦干眼泪，抬起脸说道："好，我帮你找他。"

"谢谢你，晓芸。"

何晓芸看了一眼开车的刘康生，心里默默地说道："希望你不要怪我。"

第四十一章

文涛和雪娟

当晚,躺在床上的何晓芸翻来覆去睡不着,她满脑子都回荡着平雪娟的那句"我就是想问问他",以及那种迷茫又孤单的眼神。她在想,自己当初是不是做错了,如果当初直接告诉平雪娟实情,或许他们两人就能幸福地相守在一起。即使日子清贫,但也好过现在一人颠沛流离,一人至今尚未娶妻的现状。她的内心陷入了深深的自责,这种自责让她辗转难眠,就好像是她一手造就了两个人的不幸一样。

第二天一大早,她起床的时候,刘康生照例已经去了公司,她打电话约平雪娟在咖啡厅见面。

平雪娟很快就到了,她还是穿着昨天晚上的外套,头发简单地扎在一起,借着白天明亮的光线,何晓芸才清楚看见她两颊的黄褐斑以及眼角细细的皱纹。这些年,她太辛苦了,衰老得明显比同龄人快很多。见何晓芸打量着自己,平雪娟有些不太自然地说:"怎么了?我的样子是不是很丑?"

何晓芸赶紧收敛了心神,摇头说道:"没,我只是想一些事想得入神。"

"是吗,什么事这么入神?"

何晓芸有些紧张地看着平雪娟:"是关于你和文涛的事情,雪娟,我要跟你说一件事,希望你听完以后,能原谅我。"

平雪娟有些惊讶："你说什么呢？你有什么原不原谅的事，你是我这辈子最好的朋友，我不会怪你的。"

"不，雪娟，"何晓芸拉住平雪娟的手，一脸郑重地说，"你先听我说完，你当初不知道文涛为什么要离开你，但是我和刘康生知道。"

听了这句话，平雪娟猛地注视着何晓芸。更加惊疑，两眼急切地发出一种明亮的光，示意何晓芸赶紧说下去。

"当年，本来你、我和康生、文涛四个人约好毕业了就在西安找工作，可是文涛突然变卦，那是因为，文涛老家突然传来消息，他母亲上山采药的时候，不慎掉下来，摔断了双腿，瘫痪在床。他的家庭情况你也清楚，除了一个母亲，还有一个正在上学的妹妹，文涛决定毕业回老家照顾她们，所以他对你食言了。他不是不爱你，他是太爱你了，不愿意你牺牲自己的大好青春，守在那个小山村陪他一起过苦日子，他希望你留在大城市好好地生活。所以他才对你撒谎，故意说不爱你，其实是想让你能死心塌地地离开他。他跟你说完这些话的那天，一个人在寝室里大哭过一场，还喝得醉醺醺的，这都是我和康生亲眼看见的……"

何晓芸一番话说完，对面的平雪娟好像受到了强烈的冲击，她胸口激烈地起伏着："为什么，为什么这些话，你们从来没有对我说过！"

何晓芸苦笑着："我也想跟你说，但是文涛他不让，我和康生后来商量着要不要告诉你，康生说还是尊重文涛的选择。所以，我们便一直瞒着你，实在对不起，雪娟。"

平雪娟站起身，大声地说："凭什么你们替我做决定，当时为什么不问问我，我从来没有说过不愿意跟他回他的老家生活，我那么爱他，他应该问问我啊，你们为什么不告诉我……"

平雪娟双手捂着脸，"呜呜"的哭声从指缝中漏出来。

何晓芸的眼泪也忍不住掉落下来，怀着万分的愧疚说："我也曾这样质问过张文涛，为什么不对你吐露实情，让你来做选择。可是他说，他清楚你的为人，你要是知道了，肯定要跟他回乡下，这样的局面是他不愿意看到的，他不想拖累你。"

何晓芸的思绪飘到二十年前的那个毕业季，张文涛满脸泪痕地咆哮着："可是我不愿意！我不愿意看着她跟着我吃苦！这不是她应该过的人生，我不能这么自私地毁了她！"

平雪娟跌坐在椅子上，泪痕交错的脸上已分不清是悲还是喜，她默默地说着："这样的话，像是他口中说出来的。"

何晓芸从包里掏出一张纸片，推到她面前："这上面是他现在的地址和联系方式，我找老姚要的，你去找他吧。听说，他这么多年也是孤身一个人，一直没有结婚。我想，他应该还是放不下你。"

平雪娟颤抖的手拿起那张纸，看着上面的地址，忍不住又一阵哭泣。

她小心地把纸片叠好，放进自己的随身包包里，站起身就要往外走。

"雪娟，"何晓芸猛然叫住了她，"你等等。"

她走出卡座，绕到平雪娟面前，把一张银行卡递到平雪娟面前，说："这钱，你拿着，我没有其他的意思，我……我就是想帮帮你。这么些年，听说你过得不好，我的内心总是很自责，也许当初我应该告诉你实情，这样就不会有今日你们的痛苦，雪娟，对不起。"

平雪娟轻轻地把卡推了回去："我不要你的钱，之前的事，我虽然不想原谅你，但是我知道那是文涛的选择。所以我想，跟你也没有多大的关系，但我还是要谢谢你今天跟我说了这些，谢谢你，晓芸！我要去找他，稀里糊涂地过了大半辈子，现在才明白一份真挚的感情有多珍贵。二十年过去了，我不能再浪费时间了，无论结果怎样，我都要再去争取一次。"

平雪娟停顿一下，继续说道："晓芸，你也一样，我不知道你和康生之间发生了什么，只是余生不长，你们既然如愿相守在一起，就更应该好好珍惜。"

何晓芸很是惊讶，从昨晚到现在，她只字未提刘康生，平雪娟又是从何得知他们的事情？当局者迷，旁观者清，其实在昨晚回来的车上，平雪娟就敏锐地感觉到他们之间淡漠的气氛，不像夫妻，倒像是疏远的司机和乘客。平雪娟没有再说什么，她推开门，走出来咖啡厅，留下何晓芸手中拿着银行卡，愣愣地看着她远去的背影。

何晓芸当初一口气向公司请了三个月的长假。如今，父母也探望过了，同学聚会也结束了，至于心情，何晓芸早就平静下来了。眼看长假还有几天，何晓芸在家简直坐不住，两天的无所事事后，何晓芸决定提早回去上班。

回到公司的第一天，何晓芸收拾好自己的工位后已经是上午十点钟，在楼下的电梯里，何晓芸又好巧不巧地碰上了丁大坤。电梯里空荡荡的，只有何晓芸与丁大坤两人。丁大坤望着她笑了笑，何晓芸只好主动打招呼："早啊，丁总。"

丁大坤开口便说："你的假期我记得没错的话，还有几天。"

何晓芸直言道："家里太闷了，闲不住，想想还是回公司上班吧。"

丁大坤有些畅快地笑了，说："何晓芸，我就知道你不是一个当家庭主妇的料，还是好好地回来上班吧。"

"丁总，这可不好说，没准哪天我又甘愿一个为做一日三餐而忙碌的小女人。"

"你不会这样的。"丁大坤再次笑着说。

"说不准。"

停顿了一下，丁大坤突然说道："我离婚了。"

看着何晓芸吃惊又有些迟疑的表情，丁大坤急忙补充道："你别多想，即使没有上回那件事，我早有了离婚的打算，我和她，不适合。"

何晓芸刚想开口想说点什么，"叮"的一声，电梯门开了。丁大坤跨出电梯，转过头对她说："何晓芸，短发真的很适合你，今天特别好看。"

"谢谢……"何晓芸两个字刚说完，丁大坤就消失不见了。

何晓芸心里念着丁大坤最后的那句"特别"的赞美，搞不清他到底什么用意。走到位置上，将近三个月没有人在的办公桌上已蒙了一层浮尘，公司的人仍然忙碌着，几个月前的那场闹剧，也早被抛之脑后了。

何晓芸低着头，开始清理桌面。

一个人影突然扑过来，何晓芸头也没抬，赶紧后退一步，让来人扑了一个空。那个人嘟着嘴巴说："何晓芸！你也太无情了吧！竟然都不愿意让我抱一下！快说说，你这几个月去哪里潇洒了？"

不用猜，何晓芸就知道，除了蒋佳，全公司再找不出这么闹的人。

何晓芸这才抬起头，微笑着故意反问道："你很闲吗？"

何晓芸一句话却打开了蒋佳的话匣子，一整个上午都像只喜鹊似的叽叽喳喳，无非就是新来的实习生又干了什么蠢事，那个走后门进来的妖艳贱货对着男同事发嗲，等等，诸如此类。

讲完公司最近的新鲜事，她附在何晓芸耳边轻轻说道："我跟你讲哦，我表哥认识一个私家侦探，专门打听明星的，上回那个文先生和姚女士的新闻知道吗？据说就是他们工作室爆出来的，厉害吧。你要不要找他去盯盯那个小狐狸精啊，我就不信她一点缝儿都没有！"

何晓芸哭笑不得，她难得好心情地打趣道："你说的那个是狗仔队吧。"

"哎呀，跟你说正经的呢。"

"不需要了，我已经不想再理会这些事，随他们去吧。"

蒋佳翻了一个白眼，实在是怒其不争。用那种打抱不平的口吻说道："瞧你，又犯病了不是，你不防着点人家，人家就要登堂入室，抢你的车子、房子，睡你的老公，将来可能还要打你的孩子，你能忍？所以关键时刻，还得两手准备，打她个措手不及，哎哎，这你要听我的，就算姐们给你报仇了，等着瞧好吧。"

蒋佳腰肢一扭一扭地走回自己的座位上，还不忘回头给何晓芸抛了一个媚眼，何晓芸好笑地摇摇头。没有工作的日子太难熬，果然只有工作才能让人充实啊，她摇摇头，甩掉脑海中的杂念，开始全身心地投入到一堆文件之中。

这边刘康生也开始了忙碌自己的事业，公司的事务千头万绪，除了上回的一堆项目上的烂摊子，还有大到千万级的订单，小到年节送礼的人情世故，都等着他做决定。可是，刘康生的思绪却不在公司的事情上，他把手支在下巴上，眉头微微皱着。门被敲响，刘康生扬声道："进来。"

是郑巧玲。她径直走到刘康生面前，不声不响的，只是立在那，刘康生用奇怪的眼神看了她一眼："有事吗？"

郑巧玲摇了摇头，没有说话，一副欲言又止的样子。

"没事的话，那你先出去吧，把门带上。"

郑巧玲目光闪了闪，这才开口问道："不是工作上的事，我就是想问问你，康生哥，我是不是哪里做得不好，你是不是不要我了？"

她低垂着头，腔调哀婉，即使看不清脸，光听声音也能想象得出她刘海掩盖下的双眼在哭泣。

刘康生有些惊奇地问："我从来没有说过这样的话，你这又是哪里得出来的结论？"

这一问，郑巧玲又开始啜泣着说："你虽然没有直接这样说，但是我感觉你就是厌倦我了。上次你妈当着面那样说我，你也不帮我说句话，任由我那样被羞辱，现在还对我不理不睬的。你要是不想跟我在一起了，想跟我分开，你可以直接跟我说，我肯定不会再缠着你，免得再让人羞辱！"

说完，郑巧玲越哭越伤心，好在办公室隔音效果不错。对于郑巧玲的控诉，刘康生有些了然，最近确实是对她冷淡了不少。为了家庭稳定平和，刘康生也是不得已为之，家庭和情人之间他肯定会选择前者，这不是郑巧玲撒个娇，讲几句赌气的话就能改变的。

眼前的郑巧玲哭得十分伤心，刘康生快步上前反锁了办公室的门，然后把百叶窗关得严严实实。做完这一切，他才扶着郑巧玲在一旁的沙发上坐下，把她搂在怀里安慰道："别胡思乱想，而且我不是跟你说了吗，我妈就那样的性子，你不用放在心上。"

郑巧玲抽抽搭搭地诉苦："我知道。可就算这样，我还是难过。我这么多年，也是正经的女孩子，恋爱都没有谈过一个，突然被人指着鼻子骂那么难听的话，你在旁边还不帮我，我还从来没有受过这样的委屈呢。"

"是是是，是我没有处理好。下次，下次肯定不让我妈再有碰见你的机会，你放心，下不为例。"

刘康生信誓旦旦地保证，可这并不是郑巧玲想要的答案，她试探着开口："康生哥，我们结婚吧，你不是答应娶我吗，还有你说跟何晓芸早就没有感情了，我不管，你都答应过我了。"

翻云覆雨之际随口说出的话，被郑巧玲牢牢地记在心里，现在要求兑现那时的承诺。刘康生搂着郑巧玲的动作僵了僵，然后将郑巧玲推出怀抱："怎么又说到这件事情上来了，我不是说了以后再说吗。"

"我不管，你自己说过的。"郑巧玲将刘康生偏转的头掰过来，直视着他的眼睛说，"你可不能辜负我，我就只有你了，而且，现在公司很多人都知道我是你的人了，你要是不娶我，我的一辈子就毁了！"

刘康生感觉到一阵煎熬，他干脆从沙发上站起身："以后再说吧，现在不能着急，我眼下还有事，要不你先去工作吧。"

郑巧玲恨恨地站起身："每次说到这个问题，你都顾左右而言他，你再这样，我以后都不相信你了！"

郑巧玲放下一句话，拉开门就出去了。

晚上的时候，刘康生特意开车去了郑巧玲楼下，把她接下来共进晚餐。郑巧玲脸上气嘟嘟的，但心里还是很受用，刘康生这么哄人的次数可是屈指可数。吃完晚餐之后，刘康生带着她去买了一个最新款的爱马仕包包，郑巧玲终于喜笑颜开。当晚，不管郑巧玲怎么挽留，刘康生还是开着车回家了，郑巧玲撅着嘴，看着他远去的车，心中充斥着失望。

第四十二章

千里寻觅

刘康生回家的时候,看见何晓芸正坐在沙发上发呆。

此时,何晓芸在忧心忡忡地想,平雪娟离开以后已经一连几天都没有消息了,她很是担心。趁晚上有空的时候,何晓芸给她打电话,谁知电话那边就跟断线了似的,怎么打都打不通。满腹心事的何晓芸没料到刘康生竟然回家了,一时有点没有反应过来。夫妻俩一个坐着一个站着,竟然不知道如何开口。

最后还是刘康生打破沉默:"这么晚还没睡觉吗?"

"嗯。"

刘康生寻思着再讲点什么话题,何晓芸却主动开口道:"那天,我把雪娟约出来了,把之前的事都跟她说了。"

刘康生愣了一下,待他明白"之前的事"是什么事的时候,急忙问道:"那她什么反应?"

"她很激动,责怨我们不应该为她做决定。"刘康生"哦"了一下,事情已经过去那么久,很多细节他早就记不清了。

何晓芸自我反省似的问:"你说,我们当初是不是应该把实情告诉她?"

刘康生坐到何晓芸对面的沙发上,一副淡漠的样子:"告诉她又能怎么样?事情已经这样了。"

"或许告诉她,他们两个人的生活就不一样了。雪娟这么多年,过得这么辛苦,我很愧疚。"

"你别把这件事情的责任揽在自己身上,事情没有你想得那么简单,两人在一起了,未必就能有好结果。"

刘康生本想安慰一下何晓芸,可是话到嘴边,就变了一种味道。他看着何晓芸还是有点不明白,忍不住又加了一句提醒道:"就像我们现在这样子。"

闻言,何晓芸抬头,目光灼灼地看着刘康生,刘康生为自己的越描越黑而感到懊恼,起身回房间的时候,听见何晓芸问:"你后悔吗?"

刘康生愣住了,没有回头也没有回答,直接进了书房。

后悔吗?刘康生自己也说不清,当初两个相爱的人,即使料到会有今日的结果,还是会不死心得想要试试吧。

何晓芸挂念的平雪娟,此刻脑海中正接受着巨大的冲击。

拿到张文涛地址的她抑制不住内心的激动,一路南下,从火车换到大巴,再转到县城行驶的那种小巴士。平雪娟怀着忐忑的心情挤上那辆颠簸的小巴,只能承载二十一个乘客的小巴被挤得满满当当,不流通的空气混杂着脚臭与汽油味,平雪娟没有座位,只能站在座位之间的空隙中。售票员操着一口乡音浓厚的普通话收钱,站她前面的大哥弯腰往窗外吐了一口浓痰。平雪娟急忙往后靠,一不留意踩中了放在她脚边的尼龙袋里的鸡,被踩中的鸡叫了一嗓子,吓得她赶紧往前蹿了一下。平雪娟紧紧地抱着自己的包,惊魂未定地打量着四周的那些乘客。

车在坑坑洼洼的县道上颠簸了一个小时,终于到了手中纸条上所指示的小镇。平雪娟下了车,一边走着,一边打量着这个陌生的小镇,半低不高的房屋,空中飘着灰蒙蒙的尘土,这个就是文涛的家乡吗?

适逢傍晚,如血一样的残阳铺满了半边天。路两旁的白杨树,光溜溜的,叶子落了个干净。一阵冷风吹过,平雪娟打了一个哆嗦,她抬眼望去,只见两旁还有三三两两的小店开着。平雪娟朝着其中一家店铺走去,打听去镇上中学的方向,对方打量着她,看着这个普通话流利又面相白皙的外地女人,最后手指着北方,平雪娟道了谢,一路问着走到了镇中学。

门卫的大爷听说对方找张文涛张老师,先是奇怪地打量她一眼,又问:"你是他什么人?"

平雪娟有些奇怪,有种自己去军队找人的感觉:"现在找个老师也要盘问吗?"

门卫拉开门,念念叨叨地回答:"没有的事,张老师不在学校很久了,俺也不知道他在哪,你去找校长问问吧。"

平雪娟一头雾水,再三确认他口中的张文涛老师就是自己要找的人以后,便跟着门卫前往校长家里。校长一家正在吃饭,听了平雪娟的来意之后,他与门卫的眼神如出一辙,平雪娟坦荡荡地迎接着他们的目光。

校长划了一根火柴点上烟,吐了一口烟圈,问:"你和张文涛是什么关系?"

平雪娟一时弄不清楚这是一个怎样的学校,竟然连老师都没有探视权。看着她疑惑的神色,校长忙说:"你误会了,我只是问问你是不是他的家属,学校一直在找张文涛老师的家属。"

"找家属?为什么?他不是你们这边的本地人吗?"

"是这样的,他家里只有一个母亲和一个妹妹,早些年,母亲去世,妹妹远嫁,我们一直在联系他妹妹,你是他什么亲戚吗?"

"我只是他的一个大学同学,为什么要找他家属?"

校长叹了一口气,平雪娟的心中升起一股不祥的预感。

"也罢,同学也好,我们先带你去找他。"

不祥的预感越来越强烈,平雪娟忍不住地追问:"校长,张文涛是发生了什么事吗?我们虽然很多年没见,但是我们以前是……是很要好的朋友。"

"也罢,他的朋友来了也好,张老师需要帮助,学校的力量实在有限,我们能做的只有这么多了。张文涛老师去年得了食道癌,已经办了停职,现在回家休养了。"

平雪娟怀疑自己没有听清,有些失声地问道:"食道癌?怎么会?"

他还那么年轻,怎么可能会得癌症?平雪娟宁愿他娶妻,生儿育女,也不愿意听到这样的消息。

校长解释说:"具体的原因我也不是很清楚,只是张老师工作认真,乐于助人,生活一向清贫,我们全校师生捐款,垫了一部分的医药费,可这也只是杯水车薪啊。既然有他朋友来了,张老师以后就免不了让你多费心了,有什么需求可以跟我们学校讲,我们是多年同事,一定会尽力配合。你还不知道他住哪吧?这样,我找个人送你过去。小李,小李……"

校长走到一边,将一个人叫过来吩咐了几句,平雪娟还愣在原地,在那个消息中缓不过神来,嘴里不断念叨着:"怎么会?怎么会?"

平雪娟坐了一辆摩托车,穿过拥挤嘈杂的街道,在窄小的乡道上行驶。绕过一片村落以后,眼前的四周越来越冷清,骑车的小李用不是很标准的普通话感慨地说:"张老师真是一个好人啊,可惜了。"

刀子般凛冽的风吹在平雪娟脸上,她一张口灌下一股冷气,她问:"他住得很远吗?"

"也不算很远,过了这个村就到了。他原来是在学校住,得病了以后就回老房子住了,那边就是了。"

平雪娟顺着他的手指看去,只见一片缓坡之上有一排以黄土砖为墙,青瓦盖为顶的房子。到了跟前,摩托车停下来,平雪娟跟着下了车,看着四周荒芜的景象,鲜有人烟,她有些难以置信地说:"这个地方有人住吗?"

小李摊开两只手臂说:"那也是莫得法子嘛,现在年轻人都去了外面打工,谁愿意留在这个山沟沟里。张老师了不起啊,是我们这一片第一个大学生,还能主动回来教书,好人啊,就是好人不长命啊。"

平雪娟感觉胸口堵得慌:"这里这么偏,他一个病人,怎么生活?"

"去年的时候学校安排老师轮流照顾他,可张老师不愿意麻烦同事们,就把他们赶回去了。张老师他老娘早些年就死了,妹妹嫁得远的很!他又没娶亲,屋里头就他一个人,如今又得了这个病,可怜的很!"

听完这话,平雪娟眼眶一热,感觉有泪要洒出来。

小李走上前去敲门,嘴里大声喊:"张老师,张老师?"

敲了半晌的门,才听到一个温和的男声响起:"谁啊?"

平雪娟尘封的记忆一下被打开,尽管声音听起来虚软无力,但那嗓音、那声调,和以前毫无改变,是那样的熟悉。她尽量克制住自己的情绪,等门扇从里面缓缓打开,她垂下眼睛看着鞋尖,不敢抬头。

只听身前的小李说:"张老师,你在家呢。你有一个朋友来哩,找到学校去了,校长让我带过来找你。"

"谁啊?"

"这呢。"小李侧开身子,将身后的平雪娟露出来,平雪娟缓缓地抬起头,眼前出现了一张清瘦的男人的脸,棱角分明,他们四目相对。

张文涛愣住了。

"张老师,你最近咋样呢?身体有没有好一点……"小李一人还在说些什么,但已经没人细听了。这对久违多年的恋人,虽然中间隔着小李,但两双眼睛却一错不错地对视着。

"这么多年不见,别来无恙。"平雪娟扯开嘴角先笑了,她的眼睛里含了一汪泪,她不敢眨眼睛,只好视线朦胧地望着他笑。

张文涛揉了揉眼睛,嘴唇哆嗦着,却说不出一句完整的话。一脸无比熟悉且在睡梦中出现过千百次的脸庞!竟然是——雪娟!

曾经的恋人突然地出现在眼前,对他来说,这心理冲击太大了。

半晌,张文涛也笑了,哑着嗓子轻轻地说:"别来无恙。"

小李停下嘴里独自寒暄的话,他察觉到两人之间微妙的气氛,说了一句:"张老师,那你们先聊,我走了哈。"说完,骑着摩托车风驰电掣,逃一样地走了。

"我变化很大吧?"见张文涛注视着自己,平雪娟微微有些不自然地垂下头。

"不,没变,还是一样。"张文涛摆手又摇头,强烈又急迫地否认。

还是那个傻样子,平雪娟被他的神态逗笑了:"你还是和以前一样。"

"不,我变化很大,走在路上你可能都认不出我来了。"这回轮到张文涛低下了头。自从得病以来,每次照镜子,都能感觉到自己的脸颊日益消瘦,脸色一天不如一天,几乎形同枯槁。

"不会,无论你变什么样,我都能认出你,你忘了,我以前最喜欢你那对眼睛了。"张文涛的眼睛,是标准的丹凤眼,睫毛浓密,平凡的一张脸上,因为嵌着这双眼,平添了许多风采。大学那会,平雪娟最羡慕他的眼睛,老是开玩笑地嚷嚷着要跟他交换。往事迎面而来,张文涛眯起眼睛,像一只得到满足的猫,带着满满的柔情,发自内心地笑了。

"对了,你怎么来了?"张文涛疑惑地问。

记不清有多少次,张文涛梦见平雪娟,就像现在这样,直直地站在他眼前,冲着他甜甜地笑,他好怕醒来又是一场梦啊。

他眨着眼睛,一再确认,眼前的平雪娟并没有消失,这完完全全是真实的。而两人都聊了小半晌,迟钝的他几乎都忘了要招呼她进门。

不过,不等他招呼,她直接越过张文涛,跨进房子里,一面四下瞧着,一面说:"我就是过来看看你,不让我进屋坐坐吗?"

屋子里的摆设很简单,都是一些生活必备品,但是很干净整洁,甚至还有一股幽幽的药香味。几十年的老家具看上去很陈旧,唯一值钱的东西,大约就是角落里的那台矮小的电冰箱。平雪娟忍不住一阵心酸。

"你,平常都是一个人住吗?"

"对,自从我妈去世,妹妹远嫁以后,家里就我一人了。"张文涛说着,给平雪娟倒了一杯热水。

随着平雪娟饶有兴趣打量的目光，他有点局促不安地问道："这些年，你还好吗？他对你好吗？"

"谁？"平雪娟回头，有些没反应过来。

"就是你的……丈夫。"喉结滚动，张文涛心有不甘地吐出那两个字，字一脱落舌尖，便是满嘴的苦涩。

"哦，他啊，"平雪娟笑笑，耸耸肩，表情很随意，"你还不知道啊，我已经离婚了。他赌博，还打我，把大半的家产败光了，还欠了一屁股的债，然后撇下一家老小一个人跑路了。我带着他妈过着东躲西藏的日子，住过廉租房，住过城中村，晚上听见人敲门总是胆战心惊。现在，恭喜我吧，因为我终于解脱了。"

张文涛满嘴的苦涩顿时化作心里的刺，他不知道这些年，眼前这个故作轻描淡写的女人是怎么过来的。

张文涛的嘴角嗫嚅着："你变了。"

"是吗？是不是变得更老更难看了？"平雪娟摸着自己的脸，不确定是不是自己的皱纹吓到他了。这么多年的贫苦日子，让她看起来比同龄人老上许多。

"不是。"张文涛摇了摇头，"以前的你，最怕疼，擦破点皮你都要我吹吹，小孩似的撒娇。还记得有一次，你从楼梯上崴了脚，嫌走路疼，让我背着你上了一个礼拜的课。何晓芸她们都笑你是千金大小姐，吃不了苦。每个学期的微积分都要挂科，我逼你补习，你总是坚持不到三分钟就受不了了。可现在，你站在我面前，说你这些年怎么过来的时候，我觉得你变了，不是以前时常需要人安慰和保护的姑娘了。"

平雪娟有点难为情："人总是会变的。"

"雪娟，这些年，你受苦了。"

"也没什么苦不苦的，都过去了。"平雪娟越说得轻描淡写，张文涛越心疼。

他多想走到她身边，轻轻地把她拢在怀里，但他不能。眼下，他深知自己已经是一个没有未来的人。

"你的病，是怎么回事？"

"你听说了？"

"嗯，校长跟我说了。"

"没事的，现在还好，一时半会死不了。"在多年未见的平雪娟面前，张文涛极力想表现得洒脱点，何况两人久别重逢，他不想把场面弄得太凄惨。

平雪娟无言以对，安慰或诉衷情的话都显得矫情，场面静默了一会，平雪娟突然问："你说这么多年，我们两个到底谁更惨一点？"

张文涛回答不出，他早就接受了自己久病不愈的事实，甚至做好了随时离开的准备。没有悲观和喜乐的世界里，离开也演变成一件无关痛痒的小事。只是，能再遇见平雪娟，他自以为将生命里之前攒下来的好运气算是都花光了。

"我觉得，我们能再见，就很好。"

"如果当初我们就在一起，没有分开呢？"平雪娟忍着心痛问出口，她这次来，一直想要一个答案。

"可能，我们的一群孩子里，最小的也都能打酱油了吧。"仿佛看见孩子环绕在跟前的场景似的，张文涛浅浅地笑了。

张文涛身体虚弱，站不了多久便摇摇欲坠，额头上的汗珠滚落。疼痛发作后，每一秒，仿佛都是煎熬，平雪娟默默地扶他在椅子上坐下。

天已经完全暗了，外面的风呼呼作响，橘黄的灯泡轻轻地摇晃着，乡村的夜晚，格外寂静，远处传来几声狗吠，外面没车也没路灯，野茫茫的一片黑暗。眼看夜色已深，张文涛想了想开口："外面天黑，镇上又没旅馆，要不今天你在这住上一晚，明天一早回去吧？"

明天一早？平雪娟深深地看了他一眼，张文涛急忙改口："你要是今天晚上想回去也行，我叫人送你去县城，我这边确实条件不太好……"

"为什么要明天一早走？难道你不欢迎老同学多住几天？"

"这地方，我怕委屈你……"

"你都说了，我已经不是千金大小姐了，还有什么委屈不委屈。厨房在哪？"张文涛指了一个方向，平雪娟仿佛熟门熟路地进了厨房，撸起袖子开始忙活起来。

张文涛平常吃得甚是简单，家里只备了一点挂面和鸡蛋，除此之外，再无其他的。平雪娟翻遍了冰箱、厨房，找出一把干瘪的黄芽白，她手脚麻利地用黄芽白炒了鸡蛋，再用清水煮了挂面。她把一碗汤面端到张文涛面前："将就吃吧，明天我去市场给你买点有营养的东西。你一个病人，不能老吃挂面啊。"

张文涛端过碗，筷子挑起几根面，不无感动地说："这是我第一次，吃到你煮的东西。"

"你要是喜欢，我以后可以每天给你煮。"

话一出口，平雪娟与张文涛都愣住了，张文涛最终还是说道："雪娟，你明天还是回去吧，你也看过了，我挺好的，没必要留在这里。"

"有没有必要是我说了算。"

"雪娟，"张文涛放下筷子，坦率地说，"我希望你能明白，你不需要同情我，也不需要人照顾我。"

平雪娟也放下手中的筷子，认真地看着他："怎么？这一次，我依旧没有选择的权力吗？"

张文涛心里五味杂陈："不是，你留在这里，不值当。"

"值不值当是我说了算，由我来评判，所以这次，我要自己选。"

两人默默地坐在小桌子前，外面的风依旧呼啸着，屋内橘黄小灯泡柔和的光倒映在平雪娟的眼眸里，她的神色很坚定。张文涛想不出什么话来，只好把碟子往她面前推了推："先吃饭吧。"

"为什么不敢说？当初的事情，你就没有半点要解释的吗？"

"都过去那么久了，到了现在，也没什么好说的了。"

"为什么不说，我就是来兴师问罪的，问你当初为何背弃我？为什么不告而别？为什么这么多年始终不出现？！"平雪娟一口气说完，盘旋在平雪娟心头二十几年的话，被突然间释放出来，终于有了机会当面质问，她心里轻松了好些。

闻言，张文涛的喉结一阵滚动，他多想说不是这样的，但他最终又把话咽下去了，换了一种淡淡的口吻说道："现在说这些，还有什么意义？"

"不，有意义，我要亲耳听你说，当初到底为什么做逃兵，把我一个人扔在那里？"情绪一旦有了宣泄口，平雪娟便没有办法做到冷静，尽管内心一再告诉自己要平心静气。但实际上，这么多年，这件事像扎在她心头的一根刺，早就跟肉长在了一起，想要拔出来，总免不了鲜血淋漓。

张文涛的眼睛眨得厉害，浓密的睫毛像一把小扇子忽上忽下，他努力以免泪珠滚落下来。"雪娟，你听我说，我们已经是过去式了。我已经是一个没有未来的人了，只要你生活得好，就好，不要跟我这样的人纠缠，不值得。"张文涛苍白、病态的脸上，满满都是悲恸与无奈，

"你的病，已经确诊了吗？"

"确诊了。"

"能治吗？"

"已经是中晚期，治不了。"

平雪娟眼中最后一抹光灭了，刚来的一路上她都在祈祷，多希望这一切都只是误会啊。等她再站在他面前的时候，未婚的张文涛还跟以前一样，腼腆地牵着她的手说："我就知道你会来。"可是，眼前这一切告诉她，并不是，眼前瘦骨嶙峋的张文涛分明就是一个病人。

尽管这样，平雪娟哑着嗓子哽咽道："没关系，现在医学这么发达，肯定有办法的，你别灰心。"

张文涛一下又笑了，他笑得倒是十足的坦荡："如果你因为这个而安慰

我,那不用了,你看我现在不是也还好好的吗,你放心,一时半会死不了。"

平雪娟看他浑然不当一回事的样子,拿筷子轻轻敲了一下他额角:"你看你,净说胡话。"

动作一停,两个人都愣住了,仿佛回到了那段在学校打情骂俏的时光,平雪娟总是喜欢拿笔敲他的头,而张文涛则喜欢轻揉她的头发。

"快吃吧,面都要凉了。"张文涛笑得很温和,扒了一大口面,他从来没觉得清水煮挂面,竟然也能如此的美味。

吃完饭以后,外面天又黑风又大,平雪娟肯定不能再回镇上去了,两人面对面地静默坐着,谁也没有先开口。

最后,张文涛提议道:"要不,就在这应付着住一晚吧。"话虽如此,可彼此都知道今晚非得留下不可了。

"行……"平雪娟微微颔首。

"那,我去跟隔壁大婶说,你就在她那住一晚吧。"张文涛看着平雪娟,见她不言语,便起身往门外走去。

"唉,你干吗去?"平雪娟一把拉住他。

"我去隔壁……"

平雪娟见他呆头呆脑的样子,跟大学那会一个样,一时又好气又好笑:"这么晚去打扰人家不好吧,再说,把我塞到一个陌生人家里算怎么回事。"

张文涛尴尬地说道:"那,我一直一个人住,所以家里也没有多余的床……"

环顾四周,张文涛家只有一张宽不到一米五的老式木架床,"那这样吧,你睡床上,我打地铺。"

"打什么地铺,你还生着病呢,你身体吃得消吗?"

"让你睡地上也不合适吧……"

"呆子!谁说我要睡地上了。"

张文涛有点拿不准平雪娟的意思,只见平雪娟走到床前,拿着个靠枕垫在旁边,一人分了一床被子,"这样,你睡这个被窝,我睡这个被窝,咱们一人一边。"

张文涛迟疑道:"这样不太好吧。"

"磨叽啥,一个大男人比我还别扭,我问你,你会对我咋地吗?"

"不,不,不会。"张文涛的头摇得跟拨浪鼓似的。

"那不就得了吗,睡觉吧。"

平雪娟自顾自地铺着被子,脱掉自己的外套,露出里面紧身的水红色的上衣,直到平雪娟躺好了,张文涛才像要上花轿的大姑娘一样,捏着衣服一角,磨磨蹭蹭地到床边坐下。

"赶紧啊,愣着干嘛,不睡觉吗?"

"哦。"张文涛木愣愣的,翻开被角,这才躺了上去。

"你不脱外套睡觉吗?"

"没事,这样就好。"

"你是在紧张吗?"

"没……"

"那我关灯咯。"

"好。"说不紧张的张文涛其实心脏狂跳,做梦也没有想到,这辈子还能有与最爱的平雪娟一起同床共眠的时候,狭小的单人床让两个人靠得紧紧的。在这寂静的黑暗里,除了远处的狗吠,一阵阵的风声,只剩下彼此的呼吸声。

"文涛,你睡着了吗?"过了许久,平雪娟小声地问出声。

"没有。"

"我们来聊聊天吧。"

"好。"

"那你先开始吧。"

"我想问,这么多年,你都是怎么过来的?"

平雪娟哼笑了一下："一开始也觉得很苦很艰难，尤其是被人大半夜堵门追债，家人朋友都躲着我，后来慢慢地也就习惯了，总之就是，熬着呗。"

平雪娟说完，一旁的张文涛迟迟没有声音，平雪娟用手肘捅了一下他："怎么了？睡着了？"

"没有。"

"你呢，怎么过的？"

"其实，我曾去西安找过你几次。但每次，你都不在，问朋友们，他们总是说不知道，我以为你是不愿意我再打扰你，所以不让他们告诉我消息，我以为你在惩罚我。这次同学聚会，我没有去，我已经得了这个病，找不找得到你，都已经不重要了。雪娟，等我走了以后，你要好好生活，我希望你可以幸福，这是我这辈子最大的心愿。"

夜晚总是容易伤感，如果说世上还有什么事让平雪娟心事未了，那就是昔日的爱人张文涛。重新得知他的消息的时候，甚至知道他还未结婚，平雪娟欣喜若狂，可刚找到，便得知张文涛得癌症的消息，她多希望这一切都只是误会啊，直到亲眼看见张文涛，她的希望彻底破灭。此刻，平雪娟压抑不住内心的情绪，她感觉胸中的悲伤像海浪一样，渐渐泛起，一点一点淹没她的头顶，最后卷入眼前这片黑暗中。她用指尖撇掉眼角滑落的一滴眼泪，尽量粗着嗓子来掩饰哭过的鼻腔，她说："你越说越没谱了，赶紧睡觉。"

话音刚落，平雪娟将手探进张文涛的被窝里，张文涛察觉到了，他身体一僵："你……"

"别动！"平雪娟轻轻呵斥道，"把手给我。"她的手在被子底下摸索着，最后握住张文涛的手，两只手一个上一个下搭在一起。张文涛感觉自己心跳得厉害，手心全是汗，但他却没有抽开，任由平雪娟拉着。

与此同时，西安这边的何晓芸这会正独自在家碎碎念："也不知道雪娟找到文涛没有，跟她打电话也打不通。"

自从何晓芸从娘家回来以后，刘康生倒是每晚都会回家睡觉，哪怕忙到凌晨，虽然两人还是分床，但好歹生活在同一个屋檐下。等到第二天的夜里，何晓芸再一次给平雪娟打电话，这次总算接通了。

"雪娟，你总算接电话了！怎么样？找到文涛了吗？"她当即问道。

"你稍等一下。"平雪娟看了一眼房间里的张文涛，捂着手机跑出门去。

何晓芸不明所以，急切地问："雪娟？你怎么了？"

"没事，现在讲话方便点了。"

"怎么打个电话还偷偷摸摸的，你进传销组织啦？"何晓芸揶揄道。

平雪娟并没有心情跟她开玩笑："晓芸，我找到文涛了，我就在他家里呢，不过他得癌症了，他快要死了！"

"什么？"何晓芸大惊地坐起身来，"怎么会？"

"是真的，我找到他的时候他就已经生病了，是食道癌，你没看到他那个样子，已经瘦得脱相了，我这几天一直在他这里陪着他。"平雪娟声音黯然又低沉。

何晓芸很是意外："他那么年轻，怎么会这样？"

平雪娟平稳了一下情绪，把事情细细地说了一遍，末了喃喃地说道："你说他年纪轻轻的，怎么就会得癌症呢？"

何晓芸在这个不幸的消息中回不过神来，半晌才问："那你打算怎么办？"

"我想照顾他。"

何晓芸想了想说："眼下也只能先这样，我这边再联系一下同学们，看看大家是否有人能帮上忙。"

"不用了，我想文涛也不想惊动大家，不然他就不会一个人躲在这里。晓芸，我想请你帮个忙，麻烦你跟康生打听一下西安看癌症的专家，我想带文涛去做一个全面检查。"

何晓芸："我们之间说什么麻烦不麻烦的，况且文涛也是我多年的老同学，你放心吧，我答应你，这几天就帮忙联系。"

平雪娟感激道："晓芸，谢谢你们。"

平雪娟的电话让何晓芸陷入沉思，这种状态一直保持到刘康生夜里下班回来。刘康生多次主动与何晓芸说话碰壁了以后，开始学会了不再自作多情的言语。他看了一眼还在客厅沙发上的何晓芸，垂下头换鞋子，准备进书房睡觉。

"我有事跟你说。"刘康生还没开口，谁知何晓芸却主动叫住了他。

刘康生有些意外："什么？"

"刚刚跟雪娟打了电话，她和我说了一个消息。"

刘康生示意她继续往下说。

"她说张文涛得了癌症。"

"癌症？什么癌症？"这次轮到刘康生难以置信，"什么时候的事？"

"是食道癌。据说是去年就发现了。"作为刘康生与何晓芸这个年纪，虽然步入中年，但死亡对于他们来说，还是一件很遥远的事情。他感到有些不可思议。

"雪娟说，叫我们帮忙找一下西安比较好的食道癌方面的专家，她想带文涛过来检查。我想，你人际关系广，所以想问问你那边……"

刘康生点头："没问题，这事我明天就安排人去问问。"

"那……谢谢了。"

刘康生表情一顿："你非要用这种生疏的态度来戳我的心吗，再说，文涛也是我兄弟。"

何晓芸嘴唇动了动，最后说道："我替他们谢谢你。"

刘康生的办事效率很高，不到一周就帮张文涛预约好了一个老专家号，还是花重金从黄牛手里买的一个一票难求的号。

平雪娟知道的时候高兴坏了，挂完电话以后开始收拾行李。在厨房择菜出来的张文涛看见平雪娟叠衣服收拾箱子，愣了一下："你是要回去了吗？"

不知不觉，平雪娟已经住了一个礼拜了，张文涛知道她迟早要走，但这天的到来，让他有些失落。

"对啊,收拾一下,我们去西安。"

"我们?"张文涛听出来了这个重点词,不禁有些疑惑。

"没错啊,你和我一起去。"平雪娟手里一边忙着,一边说。

张文涛愕然道:"我什么时候说要去西安了?"

"你没说,但是我决定了啊,我们今晚就去市里,然后呀,坐明天一早的火车,不出意外的话,晚上就能到西安啦。"平雪娟兴致勃勃地说着,手下依旧不停,已经把要带的衣服都收拾好了。

"我能问一下,我们为什么要去西安吗?"

"做检查啊,我让何晓芸帮你找了西安的一个专家号,听说那老专家的号可难挂了,有人排了一年都排不上呢。多亏了何晓芸他们,给我们抢好了号,去了就能看。"

张文涛半天没出声,平雪娟扭过头,看他靠在柱子上,不知道在想什么,随即问道:"怎么?高兴傻了?"

"雪娟,西安……我就不去了……"

平雪娟扔下手里的衣服,满脸不可置信地说:"为什么?西安的医院比你这个小县城好多了,你要是不去看,怎么治好你的病啊。"

张文涛叹了一口气说:"雪娟,其实我就从来没有想过能治好它,你也知道,癌症,基本上就是绝症,没有用的。"

"怎么会,只要有一线希望我们就要尝试啊。"

"没有用的,雪娟,你们的好意我心领了,但我只想安安静静地过完最后这段时间。"张文涛笑得很苦涩。

平雪娟十分不明白:"怎么了?去看病怎么了?"

"你回去吧,你在我这住的时间够久了,明天你就离开。"

"你这是在赶我走吗?"

张文涛脸上闪过一抹决绝,快得让平雪娟来不及细看,他没有言语,却颔首表达了自己的态度。

"我以为我们这么多天，已经是……我以为你明白了。"平雪娟咬着唇，双目灼灼地盯着张文涛。

"你想多了，我们就是普通的朋友关系，仅此而已，你在这，会打扰我，赶紧走吧。"

平雪娟仿佛暂时性失聪，耳朵里嗡嗡作响，她难以置信从张文涛的嘴里竟然会说出这样的话。她拔腿跑了出去，一路跑到村门口，随手拦了一辆摩托车去往镇上。

身后的张文涛看着她远去的身影，脚不听使唤地往前追了几步，突然他顿住，整个人像抽干了所有力气，瘫坐在地上。

第四十三章

被拒绝的礼物

新天地电脑公司依旧忙忙碌碌，临近下班时间，郑巧玲探头探脑地观察着董事长办公室。这时桌面上的手机突然震动起来，她看着屏幕上闪烁着"家里"两个字，心里没来由的一阵厌烦。

她握着手机跑到楼道口，才摁下接听键："怎么了？"

"哎呀，妮儿，你怎么这么久才接电话？"

"我不要上班忙工作是吧，到底什么事？"

"那个，妮儿啊，你爸的药又吃完了，现在天气冷，冻得厉害，你爸他那条腿啊，动弹不得，还有你两个小侄子也没有厚衣裳，你看……"

就知道一接电话准没好事，郑巧玲心里暴躁得不行，抬高嗓音说："你怎么不去找我哥啊，他儿子没衣服穿，你找我干吗，再说我上个月给你打的钱，不是叫你带我爸去医院吗？"

电话那头的嗓音有些心虚："瞧你说的，你哥天天也赚不到几个钱，再说他们干的活又苦又累，也不容易啊。你两个小侄子，怎么着也得叫你一声姑姑啊。这天寒地冻的，孩子哪里抗冻啊……"

郑巧玲在心里不由得翻了一个白眼："你甭跟我说这么多废话，我就问你，上个月给家里汇的钱都哪里去了？"

"那钱、那钱……"郑巧玲妈在电话里支支吾吾地说不清楚。

"你又把我的钱给你宝贝儿子了吧？"郑巧玲一猜就知道，她顿时就炸了，"我跟你讲，以后你别想跟我要到一分钱！找你儿子要去吧！"

郑巧玲恨恨地挂了电话，胸口激烈地起伏着。毕业以来，家里就把自己当摇钱树，她也时常委屈地抱怨：以为我在外面赚钱就很容易吗？她把眼角的眼泪一点点擦干净，平复了一下心情，才走出楼梯间。

这时候，办公室的人走得七七八八了，郑巧玲看到刘康生办公室还亮着灯光，急忙回到位置上补了一个妆，然后手端着一杯咖啡出现在刘康生办公室门口："刘总，我可以进来吗？"

"进。"

刘康生头埋在一堆文件里面，郑巧玲笑容可掬地走进了办公室，轻轻地带上门，放下咖啡，绕到刘康生身后，轻柔地为刘康生捏着肩膀：

"康生哥，看了一下午的文件，休息一下嘛，我给你泡了杯咖啡。"

刘康生扭头看了她一眼，倒是有些意外。这些天，郑巧玲闹情绪，对他热情不起来，今天既端咖啡又主动按摩的，刘康生调侃道："怎么，彻底消气啦？"

郑巧玲在刘康生肩头不轻不重地拍了一下："我还怎么生气，我再生气某人也当作看不见，还不如我自己消消气算了。"

"看你说的，不是带你买了你喜欢的包嘛。"

"嚯，说到这个，你也不想想人家受了多少委屈，被阿姨当面羞辱不说，还最近总被你冷落，你上次直接跑回家也不问问我，人家眼泪都流了一大筐呢，哼！"

刘康生难得好心情地打趣道："你这才哪到哪啊，想当初我妈对……"

不过话一出口，他却戛然而止。

"对什么？"

"没什么。"刘康生把郑巧玲拉到身前来坐，"你说吧，你想要什么？我今天好好补偿你。"

郑巧玲咯咯地笑着:"讨厌,手往哪里伸呢,那可是你说的,要什么都可以哦?"刘康生嘴边带笑地看着她:"说说看。"

郑巧玲乖巧地贴在刘康生胸膛上,手指在他身上画着圈圈:"我能要什么啊,我就想你今天陪我吃个饭,然后晚上能不能别回去了,留下来陪我。"

见刘康生沉吟着,郑巧玲嗔怪道:"你看你,还说要什么都答应我,我就这么一点小要求你都不答应。"

"好好好,答应你。"刘康生还是没有抵抗住眼前这个女人的一阵温柔,只好答应。

晚上陪郑巧玲吃完饭,刘康生又被她拉去逛街,一直逛到刘康生腿酸不愿意走了,郑巧玲才意犹未尽地拎着大包小包的战利品打道回府。坐在副驾驶上,刘康生忍不住问:"你不是前阵子刚买一个包吗,今天怎么又买上了?"

"你知道什么,天下的女人没有一个是不喜欢包包的。所以啊,女人的包包是买不完的。"郑巧玲拿着新买的包,捧在手上,然后对着"吧唧"亲了一口。

"是吗?"刘康生一边开车一边瞄着郑巧玲,看她开心的样子溢于言表。

"那是当然啦,没听过俗话说'包治百病',要知道包包和珠宝可是女人的灵丹妙药啊,碰到不开心的事情,买个包包、买个钻石兴许就好了。所以啊,你以后要是惹我生气啦,知道该怎么做了吧?"

刘康生笑了笑,没有接话,尔后开着车,一脸若有所思的样子。晚上郑巧玲使出了浑身解数让刘康生留下来,刘康生招架不住她的猛烈攻势,一步步地滑入温柔乡里。激情时刻,刘康生还不忘打开床头柜拿避孕套,郑巧玲气喘吁吁地摁住了他的手:"今天就不用了吧,我安全期。"

刘康生迟疑了短短一秒,立马又伸手把套拿出来:"还是用吧,保险一点。"

郑巧玲恨恨地咬唇,即使在翻云覆雨的时刻,刘康生仍旧保持着理智,郑巧玲骑身上前,靠在刘康生耳边轻轻地说:"那我吃事后药吧,你就别戴套了吧。"

"还是带吧，吃药不是对身体不好吗，我可不舍得让你身体受影响。"

郑巧玲闻言颇觉得有些甜蜜，刘康生还是在乎她的，但同时也愁上了，刘康生那么小心翼翼的，想要怀上他的孩子，估计是难上加难了。

凌晨三点，郑巧玲进入梦乡的时候，刘康生穿好衣服，悄悄地开车离开了。

正在卧室辗转反侧的何晓芸，听见开门的动静，心里明白是刘康生回来了。说来也奇怪，往日里他回家的时候，何晓芸把他当空气，就跟他在不在都没差别的样子，可刘康生真不在的时候，何晓芸竟然又失眠了。何晓芸想着这个问题，听着客厅里小声的动静，一阵睡意袭来，打了一个呵欠，慢慢地进入了梦乡。

第二天一早，在镇上宾馆待了一宿的平雪娟，再次搭车来到了那间简陋的门前。

坐在门前晒太阳的张文涛看见她有些惊讶，心里甚至泛起一股失而复得的欣喜。但他又害怕，他害怕看见平雪娟眼中的怜悯，所以他干脆冷冷地说："你怎么又回来了？我这里你也看到了，没有什么好招待你的，你还是赶紧走吧。"

平雪娟并没有被他的言语激怒，她进屋拿了一件大衣，轻轻地披在张文涛肩头："起风了，进去吧。"

柔和的表情和轻声的细语，让张文涛一时不知所措地愣住了，甚至忘了虚张声势地赶她走。

"我想照顾你，我想为你做点事，文涛，我必须要承认的是，我一直念着你，念了这么多年，一直没忘过。现在我不知道离开了你，还能去哪里。"

平雪娟的言语徐徐的，但却像一把强而有力的铁锤，把他心中建立起来的防线击得粉碎。不用照镜子，他就知道自己的眼眶已经湿润了，但是，他还是得赶她走。

"你走吧，我不需要别人念着我，我也没有到瘫痪的地步，不需要一个保姆。"张文涛狠着心，说出来的话带着刺。他想把她刺痛以后，她自然就会离开了。

平雪娟弯腰把他的领口细细地整理好，恍若没有听见那一串串的话，她现在已经知道他的套路了，"你不用故意说这些话来赶我走，当初毕业那会你就是这样子，把我逼走了。我今天是来告诉你，以前的事情我知道了，只是这一次，我是不会离开的。"

张文涛眼眶一酸，强忍了许久的眼泪，终究决堤而下。他甚至挺不起因病痛折磨的瘦弱的胸腔，满眼泪汪汪地说道："可是我会拖累你的，雪娟，你还年轻，没有必要陪我等死，你还可以再找一个人，安宁地过后半生。"

"你怎么就不明白，我的后半生就是你！文涛，咱们去治病吧！现在医学这么发达我就不信治不好！"

张文涛摇着头说："没有用的，治不好的。"

平雪娟斩钉截铁地说："那就你在一天，我就多陪你一天，反正这辈子，你别想再抛下我！"

张文涛伸手解开躯体包裹着的上衣，一层层的衣服下，是苍白的皮肤和一排瘦骨嶙峋的肋骨。他肆意地展露着自己，声音遮掩不住痛苦："这样的我，你也要吗？"平雪娟轻轻地把脸颊贴在他羸弱的胸膛上："要，往后的每一天，它都是我的。"

张文涛泪如雨下。

与此同时，刘康生与郑巧玲在公司的电梯口迎面撞上，郑巧玲忍不住抱怨说："康生哥，你昨天晚跑哪去了？我一觉醒来你就不见了。"

刘康生"哦"了一句，他不太愿意在公司讲与下级之间的床笫之事，他打着哈哈："我有事就先离开了，你没什么事就回办公室吧。"

郑巧玲一把拉住刘康生的胳膊："那作为补偿，你今天晚上要陪我去看电影。"

刘康生吓了一跳,赶紧把郑巧玲的手拿下来,见四下无人,稍微松了一口气,压低嗓门小声警告道:"这是公司。"

"这又没别人,我不管,你今天晚上要陪我去看电影……"

"我今晚有事,下次吧。"

刘康生脚步不停地往外走,没几步就不见了人影。郑巧玲愣在了原地,突然之间,她感觉自己就是一个可笑的玩物,不仅是召之即来挥之即去,而且是自己主动贴上去人家都不搭理。没有承诺、没有名分,她就这样隐匿在黑暗里,连在公司多说一句话,也要偷偷摸摸,这样的生活,她真是过够了。

她咬牙看着刘康生消失的地方,心中暗道:刘康生,你不珍惜我,自然有人会珍惜!

晚上的时候,郑巧玲脱下职业装,化了一个浓妆,穿着低胸的紧身裙,出现在午夜街头的艳遇酒吧。只有在这里,享受着各路男人的追捧,她才能把从刘康生那里的失意找回来。看着舞池里的男男女女跟着节拍肆意扭动的身躯,酒精进入血液里,激发着躁动的荷尔蒙。而她知道,只要点上一杯酒,仅仅坐在角落,就会有络绎不绝的前来搭讪的男人。而这些愚蠢的男人,在狩猎的同时,孰不知也是别人的猎物。这不,又一个端着杯子上来搭讪的男人,郑巧玲看着他走过来,嘴边勾起一抹魅惑的笑。

刘康生回家的时候,家里一片安静,客厅留了一盏小黄灯,他心中涌起一股暖意。他看着手上拎着的纸袋,竟然有些忐忑和羞涩,这是他下班以后专门到专卖店买的礼物。上次听郑巧玲说完以后,他才惊觉这么多年,自己竟然从来没有送过礼物给何晓芸,这是自己这个做丈夫的失职。

刘康生敲响了卧室的门,何晓芸打开门,不明所以地看着他,她一身睡衣挡在门口,并不打算让刘康生进去:"怎么了?"

刘康生突然有些不知道怎么开口,挠了挠头说:"你要睡觉了吧?"

"你有什么事吗?"

"没事，我就是……"刘康生第一次送自己老婆东西，实在不知道怎么开口，"我就是下班的时候经过商场，看见一个包挺适合你的，不知道你喜不喜欢……"

何晓芸有些惊讶，她看着刘康生递上来的纸袋，高档的包装还能闻到淡淡的香水味，是爱马仕。尽管没有背过，但何晓芸清晰地记得，郑巧玲喜欢，在为数不多的几次碰面中，她总是背着不同的爱马仕包包，眼下看见纸袋上印着的这个 logo，连带着这个香味，都让何晓芸本能地厌恶，她甚至没有伸手接。

"你打开试试，看看喜不喜欢。"刘康生晃了一下手中的纸袋催促着，目光期待地看着她。

"不用了，我不喜欢这个牌子的包，刘总还是送给喜欢的人吧。"刘康生愣住了，眼中期待的光芒瞬间消失了，举着的手不知道该收回，还是再坚持伸给对面。

"刘总还有其他的事吗？"

张口闭口的"刘总"，刘康生知道，何晓芸这是在嘲讽他。

他深深地呼吸了一口气，平和地说道："这是我专门给你挑的。"

"不用了，我不喜欢。"

"何晓芸！我是真的想跟你道歉，为上次的事情也好，以前的事情也好，我想我们的关系或许可以缓和些，所以我一直没有打扰你，可冷静了这么久，还不够吗？你到底要惩罚我到什么时候？"

"刘总想多了，我没有想要惩罚谁，我也不是那些买几个包就可以打发的女人，我想刘总可能找错人了。还有，我真的不喜欢你的包包，更不会接受，这样说得够清楚吗？"

刘康生感觉自己的好耐心都要用光了："你能不能别老是张口闭口刘总刘总的，我们之间就不能正常一点相处吗，一定要这么阴阳怪气吗？"

何晓芸仿佛像个没有感情的冰冷的机器，她不卑不亢地回答："尽管法律上我们还是夫妻关系,但我不认为我们之间还有什么感情,我以为早已经和刘总达成了共识。"

刘康生感觉气血翻涌,他指着何晓芸:"你!"

"怎么,刘总难道还想再强暴我一次吗?"

刘康生无力地垂下胳膊,手中的纸袋掉落在地上。

何晓芸"砰"的一声,把门关上。

刘康生望着卧室紧闭的大门,内心升起一股难以言说的失意与挫败感。环顾四周,家里空荡荡的,自从萌萌去了上海读大学,子铭上了高中平常住在学校不愿意回家,家里仿佛下了一场雪,冰冷得可怕,寂静得可怕。他已经记不清,到底是从什么时候开始,这个家就变了,他开始怀念以前那个饭菜飘香、萌萌与子铭围在旁边撒娇的家。他想起自己的孩子们,子铭与萌萌平时打电话,都是给何晓芸,对于他这个父亲,打的电话却少之又少,他是一个失败的父亲,失败的丈夫。

他突然想出去透口气。

刘康生坐在车里,拨通了子铭的电话,子铭刚下晚自习,接到老爸的电话,很是奇怪:"爸?怎么了?"

"没事,老爸就是想给你打打电话。"

"哦……"两个甚少联系的父子不知道说些什么,一时之间竟然冷场了。

"你的钱够花吗?"

"够,我妈刚给。"

"那就好,最近学习怎么样?"

"就那样吧。"

又是一阵漫长的沉默。

"你刚下课吧,那早点回去睡觉吧。"

"好,再见爸爸。"

子铭干脆利索地挂了电话,听着电话里的一阵忙音,刘康生心里的失落感更强烈了。他又拨了萌萌的电话，萌萌接电话很快，刚接通就是一阵震耳欲聋的音乐声浪。

"爸，你打我电话啊，怎么了？"

"没事，爸爸就是看看你最近在忙什么。"

"我最近可忙了，我们现在正在开趴呢。"

"这么晚还在外面？"

"没事，我跟我一个朋友，待会就回去了，爸我先不跟你说了啊，他叫我呢。"

"嘟嘟嘟……"刘康生还没来得及说什么萌萌就把电话挂了，他握着挂掉的手机，开车掉头，去了不远处的父母家。

孙元香和刘佐华泡完脚，正打算躺床上睡觉，开门见是刘康生，孙元香很是惊讶："这么晚，你怎么来了？是不是又跟何晓芸吵架了？我跟你说啊，两夫妻可不能天天吵架。"

爬了六楼的刘康生喘着粗气，见到父母，又突然觉得索然无味，他意兴阑珊地说："没有，就是过来看看你们。"

"怎么会没有呢，你这孩子，从小屁股一翘我就知道你要拉什么屎，还不承认，到底咋回事？"

"妈，算了，我就不进去了，你们睡觉吧。"

刘康生转身又下楼了，孙元香如丈二的和尚摸不着头脑："好端端的来了怎么又走了？这孩子。"

在沙发上擦脚的刘佐华大声问道："老婆子，谁啊？"

"康生，你说奇怪不，来了又走了，我估摸着准是跟何晓芸又吵架了。"

刘佐华若有所思地想了一会，又叫道："老太婆，我的假牙你给我搁哪去了？"

从父母处出来的刘康生，钻进车里，他发动了车子，在汽车的引擎声中，他居然有那么几秒钟的茫然，不知道要去哪，不知道能去哪。以往的那个灯光温暖、饭菜飘香的家,像是被遗漏在时光深处,他怎么努力也找不到回去的路。

刘康生深深地叹了一口气,茫然四顾,天地之大,刘康生觉得自己孤零零的一个人。夜色茫茫,他仿佛是一个失去归所的流浪者,在这空寂的城市里无助地徘徊,直到夜色阑珊。

第四十四章

致命的伤害

在季节车轮的运转下，日子不紧不慢地往前行驶，此时已是寒风凛冽的寒冬，天色阴沉沉的，空中飘着白茫茫的雪花。

年关将近，萌萌与子铭也放了寒假，何晓芸把公公婆婆一块接过来，打算过一个团圆年；又特意在花卉市场买了一些好看的盆栽，摆放在阳台；还没到除夕呢，她就提前细细地给家里贴上了喜庆的春联、五神和挂签之类。

公司已经提前几天放了年假，只是作为公司老板的刘康生更忙了，每天都在外面应酬，常常见不到人影，到了大年三十，也是如此。

萌萌天天抱着一个手机傻笑不撒手，孙元香好奇地把头探过去："你每天抱着一个手机瞅啥呢？有什么好乐的？"

萌萌手疾眼快地把手机藏在身子底下："奶奶，这叫隐私好不好，你怎么能随便偷看别人手机呢。"

孙元香拿眼睛斜她一眼："哟呵，还隐私呢，啥隐私。"

在一旁看电视的子铭插嘴道："我姐谈恋爱了呗。"

"你！"萌萌比了一个拳头威胁道，"想挨打是不是？"

"谈恋爱？"孙元香饶有兴趣地戴上老花眼镜，更加要掺和了，"我们萌萌谈恋爱了？给奶奶看一下，那小伙子长啥样？"

"奶奶！你也跟着瞎起哄！"

"怎么，还保密啊。"

"哎呀！"萌萌羞红了脸小声地说道，"没有谈恋爱啦，我们只是普通朋友，再说，他现在还有女朋友……"

孙元香大嗓门叫起来："什么？他有女朋友跟你聊啥天呢，他这不是脚踩两条船嘛这是？"

"嘘，奶奶，你小声点。才不是你想的那样，我跟他只是聊得来，再说他很酷啊，会玩架子鼓，唱歌也很好听……"说话时萌萌两眼闪烁着崇拜的光芒，看来子铭说的没错——也许原本只是瞎猜的，却也猜着了，萌萌开始步入了恋爱的季节。

"他学习好不好啊？"孙元香不禁又问。

"现在谁还看学习成绩啊，老套，人家很有才华的好不好。"萌萌有些不耐烦地解释说。

一旁的子铭翻了一个白眼，不屑地说："切，渣男！就知道哄女孩子。"

"你说什么？看我不撕烂你的嘴！"萌萌跳过去，子铭赶紧跳下沙发，姐弟俩你追我逃，在大厅里噼里啪啦地闹起来。孙元香急得在旁边拉架："你们俩怎么又闹上了，小心点，小心点，别碰着了……"

面对即将到来的春节，郑巧玲一开始打算留在西安陪刘康生，但被刘康生劝住了，硬是多给了她几天年假让她回老家去了。不知道为什么，郑巧玲最近黏人得很，整天娇滴滴地拉着刘康生往她住处跑。刘康生已经四十多了，再好的精力也招架不住，再加上过年全家聚在一起，一有风吹草动就容易暴露，刘康生不想再一次后院失火，只好连哄带骗地打发她回老家过年去了。

刘康生这才安安生生地与家人团聚一起，过了个还算祥和的年。至少表面上，家里明显有了一种融洽的气氛，似乎从前的种种矛盾通通都被抛到九霄云外了。

待到短暂的春节假期结束，上班的上班，上学的上学，大家各归其位。严寒的天气终于慢慢回暖,空气里也仿佛带着花蕊的芬芳,仅是置身其中,便能让人陶醉和眷恋。

在这美好的日子里,何晓芸接到了平雪娟的电话,平雪娟在那边喜极而泣。

原来,经过一个冬天的劝说,张文涛终于同意去医院治疗。她陪着他,两人在那个小镇难得地一起度过了寒冬与春节,那是张文涛人生中最温暖的冬季和最幸福的春节。在平雪娟的照顾下,原本一心等死的张文涛第一次被激发出了求生的欲望。他舍不得现在和平雪娟这么美好的时光,他无数次告诉自己,多活一天,便能与心爱的女人多相守一天,盼了几十年的生活,哪能轻易地撒手。张文涛的状态一天天地好起来,就连苍白的脸上,都多了一丝红润,还有一抹温和的笑容。

春节那些日子,他目不转睛地看着忙进忙出的平雪娟喜气洋洋的样子,半刻都舍不得挪开眼睛,平雪娟眼波流转地嗔笑他:"傻瓜!"

是的,他决定要去治疗,平雪娟提出的未来太有诱惑力了。她说等他病好一点,他们就结婚;她说要生一个长得像他的女儿,大大的眼睛长长的睫毛,还会嘟着嫣红的小嘴撒娇;她说他们可以有空一起出去走走,去大学读书时就想去的地方,一起去看大好河山。

平雪娟是半带撒娇、半作哀求地鼓励他说:"求你了,文涛,我们去医院治疗好不好,难道你要让我再失去后半辈子幸福的权利吗?"

终于,张文涛答应了,他没有办法看着平雪娟伤心失望,也没有办法阻止自己对她所憧憬的两人美好的未来不心动。他们决定等到春暖花开的三月初,就来西安看病。

得知消息后的何晓芸与刘康生很高兴,他们预先给张文涛安排了西安最好的医院,只等张文涛一到就马上接受治疗。

一个月以后,平雪娟推着轮椅上的张文涛出现在西安车站。张文涛身体虚弱,不能长时间地站立,平雪娟特意给他找了方便休息的轮椅。

平雪娟与张文涛在火车站广场的人流中刚一出现，刘康生和何晓芸就瞅见了，当下快步上前。多年的老同学相见，大家都变化良多，四个人双双打量着对方，刘康生微微发福，何晓芸眼角眉梢多了几道皱纹，平雪娟更是年纪轻轻便花白了头发，变化最大的是张文涛，昔日魁梧雄壮的他此刻佝偻着背坐在轮椅上，衣服下面，只剩皮包着的骨架，因为疼痛，他不得不弓着腰。几人相见，一时之间竟然不知道说什么好。何晓芸轻声提醒说："这里人多嘈杂，我们先回家吧。"

刘康生托关系找了一个老专家的号，老专家除了礼拜一的上午固定时间坐诊，其他时间皆不在医院。等到周一清晨，平雪娟带着张文涛早早来到医院，挂号做检查，然后让那个老专家诊治。何晓芸和刘康生也特意赶来陪护。

老医生隔着一副圆坨眼镜，看着片子，当即皱着眉头斥责道："怎么现在才来！"

平雪娟小心翼翼地问道："很严重吗？还有办法吗？"

"病灶已经完全转移，太晚了，你看这个地方，原来还能控制，现在已经没有其他的方法了，只能好好保持了。"

医生一番话说完，基本上就已经下了最后的判决书，平雪娟心中最后一丝希望破灭，尽管有心理准备，但她还是忍不住落下眼泪来。张文涛神情倒是很平静，他安慰地拍着她的手说道："别哭，我这不是好好的嘛，我自己的身体，我心里有数。"

饶是看惯生死的老医生，也对张文涛这份淡然肃然起敬，他有意宽慰道："患病的人最重要的是心态要好，别乱信偏方乱吃药，要是有什么想吃的、想去的地方，可以适当去，没有什么好忌口，心情好最重要。"

最后几句，是刻意说给张文涛听的，及时行乐，生命太过有限，只有在失去的时候，才会懂得它的珍贵，所以让他趁着眼下还有机会，去完成自己未了的心愿吧。

一行人从医院出来后，大家的心情都很低落。平雪娟不时擦一下眼泪，布着泪痕的脸上挂着强颜欢笑，她不敢表现得太明显，她要照顾张文涛的心情，当着病人的面哭哭啼啼也实在是不吉利。

张文涛轻轻地捏了捏平雪娟的手，笑着说："我有点渴了，你去帮我买瓶水。"平雪娟应言而去，待她远远离开，张文涛撑着轮椅扶手想要站起身来，何晓芸赶紧上前扶住他。

张文涛摆摆手，他强撑着面对何晓芸夫妻俩站好，一脸平淡地说："你们已经听到了，我已经时日无多，我这一辈子，再没有什么好牵挂的，唯独雪娟，她性子执拗，爱钻牛角尖，这些年她也受了不少苦，我怕等我离开以后，她沉迷于悲伤走不出来，我想请你们帮忙，在我走后，好好照顾她，拜托了。"

张文涛艰难地弯下腰，缓慢却执着地对着何晓芸与刘康生深深地鞠下一躬。何晓芸急忙伸手把他扶起来，让他坐在轮椅上。她最受不了这样生离死别的场面，鼻子一酸，眼泪就要掉下来："你别瞎说，你这不是好好的吗，别死啊死的，雪娟还要你亲自照顾呢。"

张文涛苦笑："下辈子吧，我这病情你们也清楚，这辈子我们错过太多了，这些算我欠她的，下辈子我一并还给她，只是我怎么也放心不下她，如果遇到好的男人，你们就劝劝她吧。答应我，让我即使走，也能安心地走。"

刘康生握住张文涛的手："你放心，兄弟，雪娟我们会好好照顾。"

张文涛笑了，他无力地举起拳头，轻轻地碰了一下刘康生的肩膀，就像大学时期打篮球赛开场那样。男人之间的情谊不必多说，常常一个动作便能意会。何晓芸终于忍不住了，她感觉自己的眼眶一阵发热，她背过身擦掉脸上的眼泪。而这一切，平雪娟一无所知。她拿着一瓶水匆匆地赶回来，抱怨道："这边没有找到热水，只好买了一瓶矿泉水，你先润湿一下嘴，待会回家咱们再喝点热水。"

她拧开水瓶，往瓶盖上倒了一点水，半蹲在地上，一点点地帮张文涛润湿干燥起皮的嘴唇，仿佛这是世界上最要紧的事情。何晓芸看着眼前的景象,她很想问一句:"你现在感觉幸福吗?"可何晓芸又觉得这个问题很多余,看她满眼满心都盛不下的爱意,看她手上动作轻柔得像对待一件稀世珍宝,这是一个为爱甘心付出且心满意足的女人,与其说张文涛依赖她,倒不如说平雪娟离不开张文涛。刹那间,何晓芸竟然有点羡慕起平雪娟了。

走出医院的急诊大厅,迎面撞上一个熟人,何晓芸还没有注意,倒是那个人先过来主动打招呼。

不过,那人是朝刘康生一个人打招呼。只听对方脆生生地叫了一声:"康生哥?"

声音不大,却成功地把一行人的注意力都吸引过去,毕竟一个娇滴滴的女声叫着自己老公的名字,何晓芸不注意都不行。眼前身材高挑、黑长发披肩的人,不是郑巧玲是哪个?

刘康生神情愣了一下,他怎么也没有想到会在医院里碰到郑巧玲,还是当着何晓芸与老同学的面,他尽量拿出老板的口气问道:"这个时间,你不在公司上班怎么跑这里来了?"

郑巧玲充耳未闻,她越过何晓芸几人,径直走到刘康生面前,将两条手臂挂在刘康生脖子上,脸上扬起一抹笑,故作天真无邪的样子,迫不及待地说:"康生哥,我要跟你说一个好消息!"

刘康生大惊,他慌乱地把她的手臂扯下来,他想不到郑巧玲会不按常理出牌。眼看着就要翻车了,刘康生空白的大脑随即反应过来,他面向着何晓芸、张文涛几人讪笑着介绍道:"这是我公司员工小郑,小郑,这两位是我和我太太多年的好朋友,让你安排的酒店安排好了吗?跟你说过多少回了,上班时间不能喝酒,成何体统!"

刘康生的话里有话,"太太"两个字咬得特别重,他在警告郑巧玲,不要乱说话。可惜,今天的郑巧玲似乎就是有备而来,她缓缓地整理了一下肩头的长发。为了今天这场仗,她准备了太长时间。更何况,她不是一个中途退缩的人!郑巧玲嘴角重新抿起一个浅浅的笑,满眼欣喜地举起手中的化验单:"原来晓芸姐你们也在呢,不好意思啊,我只看到康生哥,一时之间没注意呢。"

她嘟着嘴跟刘康生撒娇道:"我没有喝酒,我就是想跟你分享一个好消息,康生哥,你看,我怀孕了!"

仿佛像一道惊雷,平雪娟与张文涛不约而同地看向何晓芸,眼神好像在问"怎么回事",就连血压吓得飙升的刘康生都在用余光默默观察何晓芸的反应。

出乎意料的是,何晓芸只是静静地停顿了一会,连眉头的位置都不曾移动分毫,好像眼前这个女人纠缠的是别人的男人。她走到张文涛背后,推起轮椅,轻声说着:"我们先走吧。"

平雪娟有点愣,"哦"了一声赶紧提着东西跟上。

"何晓芸!"郑巧玲大声地叫住了她,"你就不想看看吗,我现在有了康生哥的孩子,你才是那个不被爱的人。你要是聪明一点,就自己退出,不要自讨没趣!"

"你疯了吗?!"刘康生拉着郑巧玲的胳膊,就要去捂她的嘴。

"你放开我!我偏要说!"她恨透了何晓芸那副面无表情的样子,她就是要撕下她那副不以为意的面孔。凭什么只有自己在这场不见硝烟的战争里扭曲到变形!既然要痛,那就一起痛好了,她就是要撕破这层纸,看他们怎么还能安安心心地做一对表面夫妻!

何晓芸脚步顿住,她回头:"你错了,不愿意离开的人并不是我,你找错对象了。"说完,何晓芸头也不回地离开了。

刘康生怒火中烧,什么风度、什么涵养,在这一刻统统忘记了,郑巧玲被他大力推开,一个趔趄摔倒在地。刘康生的声音近乎咆哮:"你疯了吗?你到底想干什么?"声音引来四周的侧目,他们围成一小圈窃窃私语地议论着。

郑巧玲从地上起身,毫不在意身上的灰尘,飞快上前地握住刘康生的手,拿着报告单给刘康生看:"康生,你看你看,我有了你的孩子,难道你不高兴吗?"

刘康生一手挥掉报告单,口气冷漠得像一块冰:"我不需要孩子。"

"康生,你是不是在生我的气?我只是因为太爱你了,我只是想要跟你在一起,一冲动我就说了这些话。康生你要相信我,我真是冲昏了头,我不是有意的,你不要生我的气好不好?我毕业就跟你在一起,我只有你了,你别不理我,我以后都听你的……"

刘康生被绊住了脚步,只能眼睁睁地看着何晓芸消失在门口。郑巧玲哭得梨花带雨,她死死地抓住刘康生的手臂哀求着。刘康生正处在爆发的边缘,可心里憋着的那股气怎么也发不出来,他把手从郑巧玲手中抽出来,神情十足的冷漠:"行了,别哭了,你先回去吧。"

"康生哥……"郑巧玲抬起双眼,泪眼蒙胧地看着他,"你不跟我一起走吗?"

"我还有事。"刘康生说完,便扔下郑巧玲一个人,大步离去。

郑巧玲被一圈人指指点点,十分难堪,她冲着窃窃私语的人群大喊:"看什么看!"

"小姑娘家家这么不要脸。"

"就是,就是。"

"现在这些年轻姑娘啊,一门心思就想攀高枝。"

……

周围的议论声源源不断地传进郑巧玲耳朵里,她捂住耳朵尖叫:"闭嘴!你们都给我闭嘴!"

她摸摸自己的肚子,泪如雨下,刚刚刘康生铁青着脸的情景还在她眼前,这回算是彻底激怒了刘康生,自己要是不这样做,就没有机会上位,这个孩子……都怪这个孩子!她蹲在地上,无声无息地哭起来。

"你没事吧?"平雪娟小心地看着何晓芸的神色,一时之间也不知道怎么开口安慰。这回才恍然明白了他们两人这些日子里变得莫名其妙的原因,眼见着刘康生在外面有别的女人,而且今天怀着孕找上来,一个女人心脏再好再坚强,也会难以承受。

"没事,你不用安慰我,我真的没事。再说这么多年,我已经习惯了。"何晓芸神色轻松,看起来当真跟没事人一样。

"习惯?难道康生一直这样?"平雪娟有些讶异,"可是他也不像是外面乱来的人啊?"

"婚姻这样的东西,如人饮水,冷暖自知罢了。时间久了,那点爱早就磋磨光了,以前是因为爱在一起,现在是因为孩子而没有分开,无非是搭伙过日子,想通了自然就不生气了。"

平雪娟还是想不通:"怎么会?你们这么多年的感情,从校园一路过来,怎么还会走到今天这种地步?"

"只能说双方都有错吧,以前我也埋怨他、恨他,现在想想,我这个做妻子的,又何尝尽职尽责了,走到今天,我们都有责任。"

以前,何晓芸认为自己是个纯粹的受害者。她为他生儿育女,操劳家务,却换来他的背叛,犹如心口插了一把寒刃,很疼、很不甘。在每个辗转反侧的夜晚,她恨得咬牙切齿,毕竟她从来不觉得问题也可能出在自己身上,可自从上次刘康生与她大吵一架并摔门而出后,她才明白,刘康生的背叛纵使有错,但自己,却是亲手把他推出去的那个人。

"他这样,你也不管管?那个女人都找上门了,我记得你眼里一向都容不下砂子。"

在平雪娟的印象里,何晓芸性子虽然绵柔,但却也是个刚烈、决绝的人。记得大学那会,何晓芸与隔壁寝室女生争系里的奖学金,同等条件下,何晓芸的成绩明显更好,按理来说一等奖学金给何晓芸才对,可那个女生不知道用了什么方法,硬是走后门把何晓芸挤到了二等奖学金,自己则拿了一等奖学金。虽然只相差五百块钱,寝室的人都劝何晓芸算了,可何晓芸偏不,她一封检举信直接告到院里,最后院里的处罚下来,系里那一年的奖学金都被撤销。带班的老师是个绰号叫"师太"的中年女人,为了这事,随后的几年没少刁难何晓芸,日子虽然难过一点,但好在何晓芸自己专业成绩争气,总算顺利毕了业。现如今,老公出轨,那个女人找上门,心气甚高的何晓芸竟然视若无睹,平雪娟真是百思不得其解。

"雪娟,我有点累了,要不我们先回酒店吧。"张文涛对着平雪娟摇摇头,出声制止了她的追问。

"好。"她会意地适可而止,推着轮椅前往酒店。

尽管老医生对张文涛判了"死刑",但是平雪娟不想就此放弃,他们在医院附近租了一个小单间,房子小小的,除了一张床、一个卫生间和一个窄小的过道,就再也没有多余的空间可以容身。唯一的好处就是离医院够近,出了小巷右拐就是医院后门。何晓芸见了后于心不忍,重新给他们找了一个大的两居室,但被拒绝了。

何晓芸不容分说地把一张卡塞给了平雪娟:"这张卡你收着,还是原来那张,密码你都知道。"

平雪娟推辞道:"不,我不能拿你们的钱,你和康生已经帮我们够多了。"

"你就别犟了,文涛看病花钱的地方多着呢。"

平雪娟只好收下,有些感动地说道:"这钱算是我借你的,后面我有钱了就还给你。"

何晓芸静静地握住她的手,这么多年,有几个真心相伴的朋友,已是实属不容易。往后的日子,何晓芸时常来看他们,给他们带一些生活用品。刘康生最初也跟着来过几次,但因为公司事务繁忙,后来次数就渐渐少了,就剩下何晓芸不时抽空过来,看看有什么需要帮忙的。

自从安顿下来后,平雪娟不知从哪里找了一个小火炉,平日里她就在过道的窗户下按时熬中药,碰上天气凉或者下雨的时候,干脆把火炉搬进屋子,顺便给张文涛取暖。比起乡下,现在的生活条件已经让他们很满意了。

此外，平雪娟还在房间里摆满了各式各样的小花，一打开门就是满屋子的绚烂光景，一间小屋温馨而充满生机。

第四十五章

离婚

刘康生感觉最近真是要烦透了。

一头既要处理公司日常繁忙的事务,一头还得为怎样解决自己和秘书郑巧玲之间的纠葛而苦恼。

郑巧玲怀孕了,他虽然明确表示过不想要这个孩子,但是郑巧玲千说万说也不同意,她执意要生下来。刘康生总不能把她打晕送医院做流产手术吧?可生下来,将会有源源不断的麻烦。首先家里两个老人不会放过他,刘佐华早就有言在先,刘康生要是再做糊涂事,就不认这个儿子!除了父母,还有何晓芸、子萌、子铭这边该怎么交代?刘康生真是一个头两个大。他现在才体会到"女人是麻烦的本源"这句话,只可惜为时已晚。

为了不在公司走漏风声,刘康生早早地给郑巧玲安排了一个长假,对公司内部只说是被外调分公司发展新业务,其实就在离公司几里外的小区里面养胎。此刻他正烦心着,郑巧玲的微信过来了,她问刘康生几点过去看她,称自己一个人在家有点害怕。

刘康生直接把手机屏幕扣下,烦躁地抓了一把头发,在办公室长吁短叹,踟蹰了半晌。最后还是拿上外套,开车去了郑巧玲那个小区,他决定找郑巧玲好好谈谈。

房子还是刘康生给的那一套,这些年,刘康生赚了不少钱,何晓芸从来不管账,家里的资产有多少、有哪些账户,她都迷迷糊糊的,更别提这些房产了。小区是高档小区,绿化和隐私保密性都相当好,每到傍晚,会看到小区的花园里都是一些年轻女郎在那悠闲遛狗、散步或者打麻将,这些女人无一不都是打扮得漂漂亮亮的。很明显,因为这个小区,也叫著名的"二奶区",你随便碰到一个女人,有可能她背后的男人就是某某企业家、某某区长。但有一个共同点,她们的口风都很紧,既不会窥探别人的隐私,同时也从来不暴露自己的生活轨迹。郑巧玲住在这里很安心,挺着微微显怀的肚子,惬意地感受着这份悠闲。

"康生!"正在小区花园散步的郑巧玲眼尖地看见了刘康生的身影,急忙招手呼喊着。刘康生刚刚进小区,却接到了何晓芸的电话,突然听到郑巧玲的声音,急忙背过身对着电话里面说:"我有点事,先这样吧。"

电话那头的何晓芸点头,但还是忍不住提醒道:"今天晚上爸妈都会来,你最好早点到家。"

"嗯嗯,我知道了。"

何晓芸为了传达二老的旨意,通知刘康生今天下班按时回家吃晚饭,不然她是断不会主动给刘康生打电话的。

刘康生手上拎着郑巧玲点名要吃的虾饺,有些心不在焉地走过去。

"康生哥,你怎么才来啊,人家都在下面等你老半天了,我看看虾饺是不是他们家的。"刚一看包装盒,郑巧玲嘟着嘴便抱怨道,"哎呀,怎么不是我想要的那家的,你买错了。"

"我看还是给你找一个保姆吧,这样方便点。"

郑巧玲看刘康生脸色有点不对,当下也不敢再使小性子了:"怎么了?嫌我麻烦你啊?这也是你儿子想吃嘛。保姆好是好,但是如果有保姆了,你就不来看我了,人家只是想多见见你,你是不是不高兴了?"

郑巧玲盯着刘康生的脸,姿态放得极低。她知道刘康生就吃她这一套,果然，只见刘康生脸色稍微缓和了一点。说到底，还是怜香惜玉的心作祟，这么多年，他看不得女人示弱撒娇，而何晓芸，偏偏就不懂得这个道理。

刘康生迟疑了片刻，有些严肃地说："巧玲，我想跟你谈谈。"

郑巧玲当下有些不安，忙问："谈什么？"

"自然是谈这个孩子的事。"

郑巧玲心里一惊，不由得暗中叫苦，难道刘康生已经知道了？她眼睛闪过一丝慌乱，接着故作镇定地说："孩子，孩子有什么好谈的？"

刘康生解开西装扣子，指了指郑巧玲的肚子："你把孩子打了吧。"

郑巧玲虚惊一场，随即又放下心来，她特意动作轻柔地抚着肚子："我不打，这可是你的亲骨肉，你舍得吗？"

"我当初就跟你说过，我们是男女关系没错，但也只限于男女关系，我知道这对你会有点不公平，但我会补偿你的，你说个条件。"

郑巧玲心动了，处理掉这个"麻烦"，能拿到一笔赔偿，还能让刘康生对她心生一点愧疚，无论从哪个角度看，这都是一笔划算的生意。当下的郑巧玲一时还拿不定主意，但有一点她清楚地知道，谈判就是要讨价还价，不能太早亮出底线，于是她哭着说："可是这是我第一个孩子，我也是个女人，我也想做妈妈，我怎么忍心把她打掉。"原本只是做样子的郑巧玲，说到这里却真的哭了。

"我知道，知道你委屈，这样吧，除了这套房子过户给你，我再送给你一套新房子。"

郑巧玲哭得停不下来，根本没法进行沟通，刘康生只好给她递了一张纸巾，说了句："你考虑一下吧。"

说完便要离开，郑巧玲突然捂着肚子倒在地上："哎哟，哎哟，我肚子痛。"

这下把刘康生吓了一跳，他急忙扶起倒地的郑巧玲，问："你怎么了？"

"我不知道，就是突然肚子好痛。"

"我送你去医院吧。"

"不用了，"郑巧玲扯住刘康生的手臂，"可能刚刚听说要打掉孩子，我心里太难过了，所以才一时肚子疼。"

"我还是送你去医院吧。"

"真的不用了，康生哥，你陪陪我好吗，我感觉好难过。"

"公司里还有事，我帮你叫个护工吧。"

"不要！"郑巧玲抱着刘康生的胳膊不撒手，刘康生又不好用蛮力甩开她，只好无奈地扶她上了楼，坐在沙发上休息。

"康生哥，你还记得我们刚见面的时候吗？那时候我刚毕业，什么都不懂，很多东西都不会，工作做不完，只好每天晚上加班。后来我们熟悉了，你不仅没有老板的架子，而且还主动教会了我很多东西。我觉得你，是我见过最儒雅最成熟的男人，跟我接触的那些男人都不一样。我当时就想，我以后要是能嫁给这样的男人就好了……"

郑巧玲依偎着他，一边甜蜜地回忆着，一边说了一长串从前那些往事，似乎停不下来。

刘康生皱着眉头看着腕上的手表，时针正慢慢靠向九点。

"康生哥，后来与你在一起，我真的很开心……"郑巧玲已经完全沉浸在自己的世界里，说了半天，依旧回忆个没完。也许平常，刘康生会无关紧要地陪着她，但今天他答应了要回家吃晚饭的。因此，他开始急躁起来。

这边，何晓芸一家四口人守着满桌子的菜，已经有一个多小时了，依然不见刘康生的影子。最后她实在忍不住地说："爸，妈，要不我们先吃饭吧。"

"是啊，老头子，我看康生多半是被公司的事拖住了。"孙元香在一旁帮腔道。

"哼！忙什么忙，你看看这都几点了，还不回家吃饭，他这眼里还有这个家吗？"刘佐华半点不领情，依旧气呼呼地责怨道。

一旁的子铭面无表情，但口气却十分不佳："能吃饭了吗？你们不吃我先吃了。"

"子铭,怎么说话呢,再等等你爸爸。"何晓芸给子铭使眼色,示意他别火上添油。

"等什么等,或者人家根本就没想回家吃饭,就你们才坐在这里瞎等!"

"子铭,不许这么没大没小!"何晓芸呵斥他,子铭把脸扭到一旁。

"好了好了,子铭上了一天的学,也饿坏了,这都九点多了,子铭你先吃。"孙云香把一块冷掉的排骨夹到子铭碗里,"来,多吃点。"

子铭当即就放开了手脚,发泄似的扒着饭,头都快埋进碗里了。

"不像话。"刘佐华拿着拐杖重重地敲着地,何晓芸干脆装作没听到,只有孙元香一个劲地安慰刘佐华,顺便为刘康生开脱。

结果没几句,婆婆便存心引火到何晓芸身上,一会说何晓芸没有早点通知刘康生,一会说何晓芸没有管好自己男人。总之,就是何晓芸这个老婆没当好,才使得刘康生这么晚连家都不回。

何晓芸心平气和地面对这一切,默然无顾,权当没听见,她彻底明白,儿媳再亲,做得再完美,在公婆眼里,终究是外人。这么多年,她已经习惯了,早年间的冷言冷语都忍受过来了,何况是今日这点碎碎念,何晓芸根本不放在心上。一旁的子铭却扔下筷子,推开眼前的碗说:"我吃饱了。"

"诶,铭铭,你怎么就吃这么一点啊,多吃点。"孙元香喊着子铭,可子铭头也不回地回了房间,三个大人都明白,子铭这是生气的表现。他从小性子执拗,遇到委屈、生气从来都是不言不语。

"子铭,奶奶问你话呢,子铭?"

何晓芸还在身后喊着,"砰"的一声房门就被关上了。

"你!"

何晓芸起身想过去敲房门,却被孙元香叫住了:"行了,子铭估计也憋着火呢,别叫他了,这孩子,怎么突然就这么暴脾气、不耐烦呢,还不如小时候听话可爱呢。"

子铭的改变何止只在脾气上。实际上,他这半年心思都没放在学习上,成绩一落千丈,只不过家里没人顾得上询问,根本没发觉罢了。

这下,饭桌上的聊天算是聊死了,一片默然,也没人动筷子。孙元香也绝了心思,认命地靠在椅背上等,眼看指针就要指向十点,刘康生还是不见人影,打过去的电话里依旧显示忙音。

实在不得已,何晓芸拿起碗,给一人盛了一碗凉掉的汤说:"爸妈,咱们先吃饭吧,康生说不定不回来了……"

"不回来?!他敢!以后他就不要进这个家门!太不像话了,今天子铭好不容易从学校回来,一家人连个团圆饭也吃不了。"

刘佐华最后还是没有吃那顿饭,他硬是饿着肚子,怒气腾腾地回家了。孙元香追在后面喊:"哎哟,你这倔老头,你倒是等等我啊……"

何晓芸独自一人坐在冷清的饭桌前,感觉这日子过得味同嚼蜡。

刘康生直到深夜才脱身回家,郑巧玲情绪不稳定,一会哭一会笑,刘康生只得耐着性子陪了半个晚上,直到郑巧玲困了,他才开车回家。家里早就静悄悄的,只有桌上摆放的菜似乎在无言地诉说着晚上未能成功的团圆家宴。

何晓芸一个人靠坐在沙发上,开了一盏小小的昏黄台灯,电视里静默地放着不怎么搞笑的综艺节目,刘康生推门进了家,见何晓芸这么晚还没睡,倒觉得有点意外。

"这么晚了怎么还没睡觉呢?"

以往的这些时候,何晓芸甚少管刘康生,每晚该睡觉睡觉,作息很规律。

"我有点事想跟你说——"何晓芸指着沙发,示意刘康生坐过来,"这是离婚协议,你看看。"

说着,她把几张纸推到刘康生面前的茶几上,她的脸色很平静,这种平静也代表着她现在理智得可怕。

刘康生愣愣地拿起眼前那份文件,仿佛有千斤重,他有些迟涩地说:"晓芸,我晚上真的是有点事耽搁了,我知道我答应了回来吃晚饭,可是……"

"现在什么理由都不重要了,你永远忙。在你心中,有太多重要的事,但家人不是。"何晓芸打断他的话。

"何晓芸你听我说……"

"你去对爸妈、对子铭解释吧,他们等了你一晚上,爸妈生气地回去了。"

"你们为什么不先吃呢,我手机没电。"刘康生的理由,何晓芸早就听腻了,在他的世界里,找理由永远比认错简单得多。

"还有,我知道那天在医院的事,我没有给你一个说法。事已至此,我也没有什么好说的,毕竟是我对不起你,但是我从来没有想过和你离婚。我承认我是出轨了,但我真的不知道她为什么就怀孕了。你再给我一点时间,我今天晚上就是和她谈打掉孩子的事情……"

"刘康生,没有人会是真的傻子,我给过你很多机会,可是你没有珍惜过,现在跟我说这些,有意思吗?你下一步是不是要说,那孩子不是你的?"顿了顿,何晓芸继续补充道,"你以为我跟你离婚是因为她怀孕的事吗?你错了,我和你离婚和那个女人没有关系。她有没有怀孕,对我来说都没有差别,我只是想通了,真的,我们互相放过对方吧,这样你不累吗?"

刘康生没有说话,他长久地沉默着。

"现在两个孩子大了,萌萌眼看就要大学毕业了,她一向有主意,放假回来的时候再告诉她这件事,让她自己选择跟着谁吧。子铭马上要高考,还需要人照料,你平常工作忙,没有时间,子铭就跟着我吧。家里这些资产我也不是很清楚,反正大多数也是你赚下的,你看着分,我没什么要求。"

何晓芸眼下只求能彻底逃离这个苦闷而又令人伤心的囚笼,房子、车子抑或是钱,对她来说都不再重要了。

"你要是再不吭声,我就当你答应了,签字吧。明天上午咱们一块去趟民政局。"

刘康生放下手中的离婚协议,他明白这次何晓芸是动真章了,这么多年的夫妻,慢慢走到离婚这一步,真让人唏嘘。但在他的内心,还是不愿离婚，说不上对何晓芸还有难舍难分的爱，只是因为这么多年，家始终是他心中的牵绊和眷恋。

刘康生泄了一口气，解开衬衣领扣，像跑了几十里后的疲惫，慢慢地说："何晓芸，我不想离婚。"

何晓芸并不回应，她的脸隐在半明半暗的光线中，让人看不真切表情，两人就那样静静地对峙着，像是一场耐心的角逐。最后还是刘康生败下阵来，他主动问道："离婚真的是你想要的吗？"

"是。"

"除了这个，我再给不了你其他吗？"

"是。"

两个"是"在昏暗中掷地有声。

"何晓芸，离婚以后，你会后悔吗？"

"没有离婚才会后悔，我后悔这么些年，一直得过且过。"

刘康生的脸色一点点地败下来，他认命地拿起笔，在纸上签了字。

何晓芸收起离婚协议，略显轻松地说："明天上午十点，我们在民政局门口见。"

两人起身才发现，客厅转角的红酒架后面站着子铭，他竟一动不动，也不知道站了多久。

何晓芸与刘康生双双愣住了。

"子铭……"何晓芸想解释两句，刚一开口，子铭却突然一言不发地转身走了。何晓芸的话卡在喉咙里，对于孩子，她是内疚的。

第二天一早，何晓芸起床的时候，子铭已经离开家了，自己一个人回了学校。平常到周天晚上才回学校的他，这天选择了一大早就离开，何晓芸看着子铭房间的床铺，有些出神。原本她想找子铭谈谈，可现在只好作罢，眼下，她有自己要处理的人生大事。

刘康生从房间出来，他一晚上没睡好，两只眼皮下面是浓重的乌青。

"子铭,他好像生气了,大清早就去了学校。"何晓芸有些担忧地说着。

刘康生扶了扶沉重的脑袋,他感觉自己思维乱糟糟的:"他已经长大了,这些事情应该能理解。"

"嗯,你准备好了吗?现在我们可以一起去民政局了。"

刘康生看了何晓芸一眼,目光中仿佛在说:你就这么迫不及待吗?接着慢慢地开口,像是请求给自己最后的一线机会:

"何晓芸,我是说……离婚这样的大事……我们要不要再考虑一下?"

"事情已经到了这一步,也没有什么好考虑的了,你要一起去还是待会自己去。"

眼见事情已经没有任何挽回的余地,刘康生无奈,只好说:"你等我一下吧,一起开车去。"

刘康生漱口洗脸收拾好以后,拎着公文包与何晓芸一起出了门。上次去民政局,还是二十多年前,两人先斩后奏去领了结婚证,相互许诺相守过一辈子,结果才短短二十几载,便要在同一个地方分道扬镳了。

办离婚手续的工作人员对比着两人结婚证上的照片,问道:"两人是自愿离婚吗?确定离婚吗?"

一旁的刘康生没有吭声,何晓芸忙点头道:"是的。"

工作人员不再多问,盖下钢印的瞬间,何晓芸心潮翻涌,眼睛有点湿润,她急忙扭过头,才发现刘康生在目不转睛地看着她。

"喏,证件收好。"工作人员把两个红色的本本递了过来。

何晓芸接过,忍不住说了一句:"原来离婚证也是红色的啊,我还以为是绿色的呢。"

工作人员:"你说的那是以前,这个已经改了好多年了。"

"哦,谢谢啊"。

走到民政局门口,何晓芸把刘康生的那本递给了他。

"你去哪里,我送你过去吧?"

"不用了，我自己打车就好了。"

"怎么？离婚了连送一下都不给机会了？"

"不是，我们公司跟你们公司不顺路。"

"何晓芸，我有时候觉得，你真绝情，一般女人离了婚不是都会痛哭一场吗，你还真是不影响工作。"

何晓芸笑笑没有接话，刘康生心里多少有些不痛快，夫妻这么多年，她还是了解他的。

"那我先回公司了，至于家里的大房子，原本就是你赚钱买的，还是留给你吧，我会尽快搬去外面住。还有家里的老人，我想找个合适的机会再跟他们说，你觉得呢？"

"何晓芸，你是一刻也不愿意在家里待吗？"

"毕竟我们已经离婚了。"

刘康生深深地看了何晓芸一眼："何晓芸，祝你幸福。"

"你也是。"

两个曾经相爱的人就这样结束了他们自校园开始的罗曼蒂克爱情，刘康生目不转睛地注视着何晓芸，她转身离开，在不远处的路边打了一辆的士，拉开车门坐了进去，随着车门关上，然后消失在滚滚的车流中。

回公司的路上，刘康生感觉内心的烦闷达到了最高潮，甚至有些后悔答应何晓芸离婚的请求，自己就应该装作听不见，或者一推再推，假装忙碌得没有这一时半会来领证的功夫。可如今，木已成舟，越想越恼火的他狠狠地把手拍在方向盘上，汽车发出一声短促而尖锐的喇叭声。

他带着怒气回了公司，对着助理扔下一句："今天所有会议取消，没有允许，不准进我办公室。"留下几个助理，面面相觑，茫然不解。

"老板今天怎么了？心情好像很不好的样子？"

"不知道啊，也没什么事惹他不开心啊。"

"还是小心着点，没事尽量别撞在老板枪口上。"

"对对对,诶,巧玲姐呢?问问她怎么办。"

"你忘了,巧玲姐被调去外地跟项目了。"

"没准就是惹老板不高兴了才被调走的呢。"

"嘘,快别说了,干活吧。"

几个助理小声地嘀咕了几句,就赶紧散了。

此时的郑巧玲正在一个咖啡厅里和一个男人偷偷摸摸地见面。只见那个男人轻佻地挑起郑巧玲的一缕秀发,放在鼻子前陶醉一闻;"怎么了?几天不见,宝贝你又想我了?"

郑巧玲一把拍掉他的手:"少不正经,我今天找你来有事要说。"

"我还以为你又是迫不及待地想投入我的怀抱呢,什么事?"

"就是我上回跟你说我怀孕的事……"

"这事啊,"男人往椅背上一靠,懒洋洋地说,"上回不是说过了吗?"

"我知道啊,可是情况有变。"

"有什么变化,我跟你说啊,别说孩子不一定是我的,就算是我的,你也别想往我身上赖,当初都是你情我愿的事,别说我薄情啊。"

"你!"郑巧玲被他的话气得够呛,没好气地说,"放心,即使你想负责,姑奶奶也不会给你这个机会,也不看看你自己啥样,癞蛤蟆还想吃天鹅肉,哼!"

郑巧玲高傲地扬着头,男人听完也不气,反而笑嘻嘻:"你说得对,那你这次找我出来干吗?莫非还想……"

郑巧玲看着他暧昧的神色,生怕周围有人听见,她小声地斥道:"别狗嘴里吐不出象牙,我问你,你上回说的办法靠谱吗?"

下 部

浮世归来

余生,不是扶着别人的手,
而要相信自己的心。

第四十六章

不可告人的秘密

一个人在艰难的成长过程中，在沉重的现实中，会不断改变，甚至蜕变成为一个自己都觉得陌生的人。而郑巧玲，早已不是当初刚毕业时的那个天真青涩的小女生了。

虽说在职场上她没有经历过各种大风大浪，也没受过多少委屈和排挤，相反却比别人更是一帆风顺，但在人情世故上她却成熟了不少，抑或说她更加务实和富有心机；在与男人不断接触和交往的过程中，渐渐已经变得油滑和自我了。久而久之，便不可避免地开始沉沦于那些空虚女人的暧昧游戏。

原来，郑巧玲在酒吧渐渐玩开了，索性就放任自我，一夜情之类的来者不拒，甚至玩得不亦乐乎。不过俗话说"常在河边走，哪有不湿鞋"，过年前她意外地发现自己的月经竟推迟了一个礼拜。她的经期一向准时，郑巧玲当即产生了一种不好的预感，买了验孕棒一测，自己果真怀孕了，心下烦乱起来，自认实在倒霉。

她找到这个男人——阿信。郑巧玲不知道他真名叫什么，只知道大家都喊他"阿信"。他们两人在夜店里接触过几次，关系相对亲近，郑巧玲肚子里的孩子很可能就是他的。无奈，那个叫阿信的男人一再推托狡辩，最后又给郑巧玲出了一个主意：就是尽可能地跟刘康生同房，只要时间相近，才不至于被怀疑。

郑巧玲担忧的是,刘康生向来小心,每次都有防护措施,对于怀孕的事,他可能很难相信。阿信笑她杞人忧天,男女这样的事,难保就没有擦枪走火的。再说,孩子有一个公司老板的爹,总好过叫一个地痞小流氓为爸爸。

郑巧玲默认了,她回去以后使出浑身解数缠着刘康生,而后瞅准时机去医院,假装偶遇何晓芸一行人。

今天他们相约,是因为郑巧玲对于前天刘康生提出打掉孩子的条件,暂时没有主意,便找阿信来寻求意见。阿信听完郑巧玲的询问,好笑地说道:"有什么不靠谱,你不是说他没有起疑心吗?"

"他是没有起疑心,可是他昨天跟我说,让我打掉孩子,再给我一套房子,我觉得……"

"这哥们有钱啊,哪家公司的老板呢?我看看认不认识。"

郑巧玲当即警惕起来:"你想干什么?"

"瞧你,那么紧张干什么,我又不是去揭发你,再说你肚子里怀的可是我的儿子,我怎么着也得为我儿子谋划一下将来啊。"

"你什么意思?"郑巧玲见他越说越离谱,有点莫名其妙地摸不到头脑。

阿信脸上浮起一抹玩味的笑容:"我来跟你分析分析,他是不是跟他妻子关系一直不怎么好?尤其是经过上次,你那么一闹?"

"嗯。"郑巧玲点头。

"那如果这样的话,他们的婚姻关系只差临门一脚了,可以说有百分之九十的概率会离婚。那哥们一离婚,你这边怀着他的骨肉,又陪了他好几年,这个时候,你不上位谁上位?只要你和他结婚,何止是区区一套房子,要什么没有啊,没准还包括公司的股份呢。这样你下半辈子,就不用愁了。所以要我说,这孩子不能打。就一套房子,你这目光也忒短浅了吧。"

郑巧玲一时被他说得不无动心,可还是有些忐忑:"那,这孩子毕竟不是他的,万一被发现了……"

"我跟你说，孩子来得刚是时候，宫廷剧看过没，有一招叫'母凭子上位'。孩子就是筹码，你就有了催他离婚娶你的正当理由。虽然不是他的孩子，但在没有生出来前，无凭无据的，他总也不能随便去怀疑自己的骨肉，所以说，这个孩子，就是你的机会。"

"我还是有点担心……"

"富贵险中求，趁这个机会，赶紧让他离婚娶你，即使后面被发现了，你能分到的钱也比一套房子多，这笔买卖，划算！"

郑巧玲心里默默地思量着阿信说的这些话，这也不失为一个方法。

"诶，我说，到时候发财可别忘了我啊，我可是孩子的亲爹。"

阿信对着郑巧玲挤眉弄眼，郑巧玲拎起包，没好气地白他一眼，便走出了咖啡厅。

"你这女人怎么过河拆桥啊，放心，我会去找你的……"

郑巧玲回到家里，左想右想还是决定给刘康生打个电话，可是无论拨多少个电话，都一直无人接听，她担忧地想：该不是刘康生故意躲着我吧？还是彻底厌弃我了？

郑巧玲百思不得其解，只好打电话去公司问问情况："喂，小李啊，刘总在吗？我有点项目的事需要汇报。"

"巧玲姐，这恐怕不行，今天刘总看起来心情很不好，说是谁也不见，我们也不敢进去打扰。"

"心情不好？怎么了？"

"我们也不知道啊，刘总也没说啊。"

"是公司有什么事吗？"

"公司……好像也没什么事吧，反正我们也没听说。"

"行，我知道了。"

刘康生心情不好？这是为什么呢？不是公司的事，那就只有家里的事情了，难道跟老婆吵架了？这也不是没有可能，郑巧玲暗暗地想着。郑巧玲越来越觉得阿信的建议是对的,孩子不能打,她摸着肚子喃喃自语:"要是这次能成,以后咱们娘俩都能过上好日子。"

这天傍晚,何晓芸下班的时候邀了蒋佳一起吃饭。到了饭店里刚坐定,蒋佳很是兴奋:"你吧,虽然不算死抠,但却是我见过最小气的富家太太,难得你要请我吃一次饭。今天,老娘要好好宰你一顿,哈哈哈哈……服务员,上菜单!"

何晓芸笑着看她:"你这种土匪气质最好收一收,不然待会有人来了别怪我没有提醒你啊。"

"还有人,谁呀谁呀?"

"你猜。"

"甭废话,赶紧说,不然我就大刑伺候,挠痒痒!"

何晓芸躲闪不及,终于说了答案:"你别闹了,是丁总。"

蒋佳一张脸皱成苦瓜相:"丁总?!何晓芸你害我!早知道是跟领导一起吃饭,我打死都不来了!"

"聊什么呢?这么热闹。"

说曹操,曹操到,只见丁大坤走过来,饶有兴趣地问道。

"哦,没什么,就是蒋佳说……"蒋佳拿菜单挡着脸,然后一脸苦大仇深地看着何晓芸。

何晓芸话锋一转:"就是——蒋佳她说不要点太多菜。"

"对对对,丁总,我们点两个面吧。"

"是吗?我都可以,女士们请便。"

"丁总真是绅士啊。"蒋佳竖着大拇指,恰到好处地拍马屁,丁大坤哈哈大笑。

待酒菜都上齐,丁大坤问道:"我还不知道今天这顿是什么名目的,何晓芸?"

"请吃饭还要名目,丁总真是个讲究人。"蒋佳再一次竖起了大拇指只见何晓芸给每人倒了一杯酒,然后站起来,举起酒杯,有些激动地说:"今天!庆祝我,重回自由身!"

"什么?"一声呼叫,同时响起两个声音,"你离婚了?"

"是的,我离婚了。"何晓芸说着,竖起五个手指头,只见原先无名指上戴戒指的位置光光的。

"什么时候的事啊?"蒋佳十分惊讶。

"就今天,所以恭喜我吧,我离婚了。"她将杯中的酒一饮而尽。

丁大坤急忙出声:"你慢点喝。"而神态中的关切与急迫,却把旁边的蒋佳一惊。

"不是,你为什么离婚啊?还挺突然的。"蒋佳继续追问。

"想通了呗,蒋佳,我就问你,你为什么不愿意结婚呢?"

"想不通呗,我一个人过得挺好的,为什么非要找一个人给自己添堵。"蒋佳给自己灌了一口酒。

何晓芸坦率地说:"我就说你活得明白,不像有些人,看周围的人都结婚了,自己稀里糊涂地着急着也把婚结了。"

"不对啊,别跟我戴高帽子岔话题,我问你为什么离婚呢?"

"其实也没什么,就是那个女人怀孕了,我们在医院还打了一个照面。"

蒋佳一阵哀叹:"你这也太惨了吧,早就跟你说这小三不是省油的灯。"

"算了,都跟我没关系了,过好自己以后的日子比啥都强。"

"这就对了,每一个人都有适合自己的生活方式,过自己喜欢的生活就好了,何必在意别人的眼光。"

何晓芸举起酒杯与蒋佳碰了一个。

"我说两位洒脱的单身的女士,也得容我插一句话吧,"丁大坤半天没有言语,这时忍不住乘机提醒说,"婚姻也不是什么洪水猛兽,而是爱情最终的归宿。如果真的两情相悦,能和喜欢的人朝夕相处,难道不是一件快乐的事情吗?"

丁大坤说完，目光灼灼地看着何晓芸，何晓芸有些慌乱地把脸转开了。蒋佳看着两人之间有那么丁点不对劲，正想细细观察一番，丁大坤却不失时机地举起酒杯："来，我们一起庆祝我们的何晓芸女士，重回单身！"

"干杯！"

何晓芸与蒋佳喝得酩酊大醉，丁大坤作为今晚唯一清醒的人，负责把她们俩送回去。他一面扶着胡言乱语的蒋佳，一面问何晓芸："小蒋住哪呢？"

何晓芸有些神志不清，她稀里糊涂地报了一个地名。最后开车绕了一大圈，丁大坤还真找到了。一问，还真是蒋佳的家。他急忙把蒋佳扶下车，蒋佳嘴里还大舌头地叫着："没事，晓芸！那个小狐狸精就交给我了，看我怎么给你报仇！"

"赶紧进来吧，别胡咧咧了。"蒋佳的妈妈急忙将她拉回家，还不忘对丁大坤表示感谢。

"晓芸，别担心，我整……整死那个小狐狸精！"蒋佳一边进门，一边高声说着。

等丁大坤坐进车里，对何晓芸说道："不错，这小蒋做朋友很够意思。"

何晓芸拍着他的肩膀："那是必须的，那是我姐们儿……"

丁大坤愣住了，何晓芸从来规规矩矩不逾越半点，他看着她醉酒过后憨态可掬的脸，突然有些憋笑，笑声渐渐忍不住大起来。

何晓芸突然又来一句："你笑什么笑，有什么好笑的，你这个没朋友的人，哼！孤立你！"

丁大坤终于忍不住，哈哈大笑起来。他把外套脱下，轻轻地披在何晓芸身上，让何晓芸靠在座位上休息一会。看着她靠在车窗上的睡眼，丁大坤说了一句："何晓芸，今天我很开心。"

何晓芸迷迷糊糊醒来，茫然地睁开眼，一时分不清自己在哪里。

"你醒了？"一道温和的声音响起。

何晓芸大惊："丁总，我们怎么会……"

"你忘了,我们三个人一起吃饭,你和蒋佳喝醉了,我送你们回家。"短暂的失神过后,何晓芸突然想起来了。

"那我们这是在?"

"你喝醉后又睡着了,我不知道你家的地址。"丁大坤的车停在路边,看来他是等着何晓芸睡了一觉。

"哦哦,不好意思啊,丁总,让你在车里等我这么久,真是不好意思。"何晓芸羞得满脸通红。

"没事,我现在送你回去吧。"丁大坤一脸欣然地说。

何晓芸报了地址,不到半晌,车子很快就停在小区楼下。

"谢谢你啊丁总,真是抱歉,今天这么麻烦你。"

丁大坤笑了笑:"没事,快上去吧,时间不早了,回去好好休息,明天下午再去公司吧,记得跟小蒋也说一下。"

丁大坤贴心地为何晓芸放了半天假,何晓芸却有些不安地说:"那怎么好意思呢……"

"没事,好好休息,快上去吧。"

何晓芸把手中的外套递给丁大坤:"丁总再见!"

"再见。"丁大坤最后又不忘补了一句,"你醉酒的时候很可爱。"

说完他便驱车离开了,何晓芸看着车灯消失在黑暗中,有些回不过神来。

晚归的何晓芸原本还怕碰见刘康生,做了这么多年夫妻,被别的男人开车送回家,她还是有点莫名的心虚。还好,刘康生没回家,接近凌晨一点,他仍旧还没回家。何晓芸一个人坐在客厅的沙发上,百无聊赖地等待着什么,她自己都不清楚。没等那股熟悉的不悦的情绪升上心头,何晓芸突然反应过来,对啊,他们已经离婚了。对于没有婚姻束缚的他,想必是更自由了。

何晓芸心里有些空荡荡的,一阵伤感在心里忽上忽下地飘荡,何晓芸默念:"不要管,不要管,你们已经离婚了,你们已经离婚了。"

而后,一滴清泪掉落在地板上,何晓芸擦干眼泪,进卫生间洗漱完后,时间已经接近两点,她在关下灯的瞬间,突然又把那盏橘黄色的小灯摁亮了。

第二天一早,等何晓芸醒过来的时候,已经是上午十点了。她很久没有睡得这么踏实、这么安稳。懒散地收拾了半晌,午饭后的她,一个人轻松地前往公司。

刚到公司楼下,便碰到昨晚同样宿醉的蒋佳,她叽叽喳喳地扑过来,一脸陶醉地说道:"丁总真是太贴心了吧,知道我喝醉了,还特意给我放半天假,昨晚竟然跟丁总一起喝酒,把臂言欢,天啊,真是太幸福了……"

何晓芸看她一脸花痴相,忍不住挤对她:"你昨晚不是喝断片了吗,怎么还记得清楚?"

"开玩笑!我怎么会断片呢?我还记得说要给你报仇的话,放心,姐们给你报仇!"

刘康生一晚上没睡,新长出来的胡茬显得很憔悴,他坐在办公室看着窗外的景色有些出神。头脑仿佛麻木了似的,不知不觉已是灯火阑珊,他索性就在办公室待了一晚上。他感觉自己没法面对何晓芸,最起码不能做到若无其事地跟她相处。逃避,可能是他现在唯一的方式吧。

一阵手机铃声响起,刘康生从迷蒙中接通电话,是郑巧玲。

"康生哥,我打你电话老是不接,你是怎么了吗?人家担心了一个晚上。"

"没事。"话一说出口,他发现自己嗓子哑得厉害。

"康生哥,你真的没事吗?我去公司看看你吧,我好担心啊。"

"真没事,你不用过来。"

"那就好,康生哥,人家有点想你,你能来看看我吗?我怀着孕的,家里都没有一个照顾的人,人家好慌乱,都不知道怎么办,你来看看我吧。"

"下次吧,我今天没时间……"

郑巧玲就知道他会推辞,她早就准备好了下一句:"康生哥,你上回说的那个事,我考虑清楚了,我想和你当面谈谈。"

刘康生果然松口道:"行,那我忙完过来。"

郑巧玲满意地挂了电话,心中嘚瑟地嘀咕:我就知道你会来。她愉快地哼着小曲,坐在镜子前不紧不慢地化起妆来。

刘康生下午三点的时候到了。郑巧玲刚打开门便说:"康生哥,我专门给你炖了银耳莲子汤,我在电话里听你的声音很沙哑,肯定最近没有好好休息吧。"

"谢谢。"黑眼圈的他坐在沙发上,有些木木地说。

郑巧玲转身端来了莲子汤:"跟我还这么客气,你快尝尝。"

刘康生端起来喝了,喉咙果然舒服多了。

"康生哥,我看你脸色不是很好,是有什么事吗?"

"没事,那个事情,你考虑得怎么样了?"

郑巧玲期期艾艾地开口道:"康生哥,我还是想要这个孩子。这可是我第一个孩子,我舍不得。康生哥你要是不要,我可以自己养着,绝不会连累你,更不会做上回在医院的那种糊涂事了。康生哥,你放心,我以后就一个人带着孩子,不会打扰你们……"

刘康生眼里闪过一丝了然:"要是一套房子不够,我可以再加一些现金,你下半辈子,也可以生活得很安稳。"

郑巧玲眼泪瞬间滑落下来,拼命地摇头:"康生哥,我不是为了你的钱,我现在是个妈妈,所以我用一个母亲的身份请求你,让我生下这个孩子好吗?"

刘康生叹了一口气:"我也是为你好,你还年轻,未来人生的路还很长,你有没有想过,带着一个孩子,远比你想象中生活得要难。"

刘康生的话把郑巧玲说蒙了,她暂时还没有想到那么远的以后,更没想到孩子要是成为一个拖累……她一时之间顿住了。

刘康生把碗放在茶几上,郑巧玲坐过去,把脸贴在他的肩膀上:"康生哥,你会让我一个人吗?有你在,我就不怕。"

刘康生没有回答，他也不知道怎么回答，刚结束一段婚姻的他只有满身的疲惫。

而后便说："早点休息吧，我先回去了。"

郑巧玲拉住他："你陪我吗？"

刘康生难得的，眼中闪过一丝温柔，他轻轻地抚摸了一下郑巧玲的秀发："下次吧，好好照顾自己。"

郑巧玲笑得很温柔，她一脸乖巧地点头，一直送刘康生出了小区门。

其实，此时的刘康生并没有地方去，但他也不想留在郑巧玲那里。

而他此刻不知道的是，这边的何晓芸已经联系好了新房子，正在家里打包东西。花了大半天的时间，她把东西一堆堆地装好，分类贴上标签。等会准备再雇一辆小货车装走，奔向她的新居所。

何晓芸租的新房子，离上班的地方比较近，但离原来的家也不远，是一个不大的单身公寓。对于她一个人来说，这已经绰绰有余了。她已经提前在屋里摆了许多绿植，布置得温馨又整洁，这是她多年养成的生活习惯。

就在何晓芸最后一趟搬家的时候，刘康生回来了，他进门看着地上摆着的纸箱，已然明白了这一切。

"就这么迫不及待地要走吗？"

"反正新房子也已经租好了，早点搬过去也好。"

"我没记错的话，有几套房子的房产证上，我写了你的名字，你没必要再去外面租房子。"

离婚的时候，关于财产分割，何晓芸没有细看，但依稀记得有那么几套，何晓芸只好回答："租房子也挺好的。"

她不愿意住在他买的房子里面。

刘康生静默了一会，装作不经意地问着："租在哪里？"

"不远。"

"待会我送你过去吧。"

何晓芸连忙拒绝:"不用了,我自己搬过去就可以。"

"即使是前夫,也是有二十多年夫妻情分,不至于这么生疏吧。"

何晓芸答应了。

最后一点东西不多,何晓芸放在后备厢,人坐在副驾驶上,这还是两人离婚以后第一次见面,何晓芸的心变得平和了许多,对刘康生的态度不再像以往冷漠而隔绝。

"你最近过得好吗?"

说是最近,其实也就是短短五天而已,刘康生觉得这五天比生命中其他任何时候都来得漫长,所以他迫切地想知道何晓芸的离婚后体验。

没想到何晓芸轻松而简短地回答道:"挺好的。"

刘康生扭头看她,看见两颊气色红润,不像是撒谎。何晓芸离婚之后,睡眠好了许多,每天晚上睡得都很踏实。

刘康生一时心里却堵得慌。

"对了,明天是周六,子铭学校放假。"何晓芸突然想起似的。

"嗯,我知道。"

那天晚上,子铭站在红酒架后面,看着父母的签订离婚协议的现场,这对天下所有孩子来说,都是一个残忍的画面。

"明天晚上,你接上子铭,我们一起吃个饭吧。"

"好。"

第四十七章

尴尬的聚餐

晚上，刘康生难得早早地下了班，开车提前去学校接子铭。谁知子铭一点也不领情，面无表情地上了车，甚至连声"爸"都没有喊。

刘康生看了他一眼，心里倒也明白，伸手摸了一下子铭的头："怎么？你这小子，见到爸爸不开心啊？"

子铭别扭地躲开头，刘康生不以为意："晚上我们和你妈一块吃个饭，现在就过去，你想吃什么菜啊？"

子铭扭头一直看着窗外，并不搭话。

刘康生无奈地轻轻叹了口气："这孩子……"

车子很快在一家饭店门口停稳，何晓芸早已在饭店等着了。她提前点了几个菜，都是儿子爱吃的。坐到饭桌前，一家人头一回在这种不无尴尬的氛围下聚餐。

"子铭，你看看，还需要点什么菜？"刘康生关心地问。

"随便。"

"我记得你喜欢吃藕丁，再点一个藕丁吧？"

"随便。"

何晓芸看了刘康生一眼，两人都感到一种莫名的无奈，最后还是决定由她自己开口解释:"子铭,想必那天你也听见了,爸爸和妈妈……我们……离婚了。爸爸妈妈因为有些事,所以不得不分开了,但这只是我们两个大人之间的事。不管怎样,我们始终还是一家人,我这样说,你能明白吗?还有就是,妈妈从今天开始会搬出去住,新地方我发微信给你。如果你想妈妈,妈妈欢迎你随时过来。爷爷奶奶暂时还不知道这件事,我们想找一个合适的机会再跟他们说,所以妈妈想拜托你一件事,就是先别和爷爷奶奶说,好吗?"

子铭只是低头盯着手机屏幕。

"子铭……你有在听吗?"固执的儿子依旧低着头,仿佛没有听见。

"子铭?"

何晓芸还想再说点什么,子铭猛地抬头:"既然是你们俩自己的事,那现在跟我说干什么?!"

何晓芸被他的突如其来的激烈反问吓到。

"刘子铭,你怎么跟你妈说话的?"刘康生训斥道。

"我要怎么说话,恭喜你们终于离婚吗?既然已经离婚,又何必跟我说这些!"子铭大声地顶嘴,向眼前两个父母怨道,"这么多年,你就天天知道加班赚钱;我妈呢,天天都是公司的事情。你们两个都忙,那你们有考虑我和我姐的感受吗?你们关心过我们吗?你们知道我们在学校过得怎么样吗?你们有什么资格来训斥我?现在你们说离婚,什么时候问过我们的意见?!"

子铭一口气说完,胸口激烈地起伏着,旁边几桌的客人不明所以地张望过来。何晓芸与刘康生愣住了,他们知道子铭多少会有情绪,但是没想到一向沉默寡言的子铭反应会这么激烈。

何晓芸顿时觉得愧疚起来,赶忙说:"妈妈这些年做得确实不好,没有做到一个尽妈妈的责任,忽略了你们,妈妈给你道歉。"

刘康生也想说点什么,但不知道从何说起。回想这么多年,自己早出晚归,忙着工作与应酬,从来没有陪孩子去过一次游乐场。甚至因为出轨,亲手断送了这个家,自己这个爸爸,当得更是失败。他喝了一口闷酒,最后才说:"爸爸,也很失职,爸爸跟你说对不起。"

子铭没有看他们俩,眼泪却在眼眶里打转。菜一盘一盘地端上来,一家三口都低头沉默着,桌上一片沉寂,突然跟降了一场霜似的。

何晓芸从凝固的气氛中挣扎出来,努力地笑了笑,提醒说:"我们吃饭吧。"

她把子铭最喜欢的红烧排骨放在他碗里,子铭看着它,却恹恹地表示:"我现在已经不喜欢吃排骨了。"

"哦,是吗?"何晓芸脸上闪过一丝尴尬,说,"试试藕丁,你喜欢的。"子铭嘴唇动了动,最终还是没说出口,其实姐姐萌萌,才最喜欢藕丁。一家三口食不甘味地结束了这顿晚餐。

走出饭店,刘康生开车先把何晓芸送回了她的新住处。何晓芸下车前,子铭在旁边突然冷冷地问了一句:"你们就有那么讨厌彼此吗?一定要这么急不可耐地分开住吗?"何晓芸一时顿住了。

"子铭,这是大人们自己的选择。"老爸刘康生插话道。

"我姐要是回来,你们打算怎么说?"

何晓芸没有回答,逃也似的下车了,她感觉自己的心在不断地被鞭挞,她怕再这样下去,她会忍不住自己的情绪。

回去的路上,只剩刘康生父子,刘康生从后视镜看了子铭一眼,只见他扭头看着窗外出神。他决定跟眼下这个倔强的儿子好好沟通一下。

"子铭,你下回不要这样对妈妈说话,她会难过的。"

"你们为什么离婚?"

"什么?"

"我说,你们为什么离婚,是因为你外面有别人了吗?"

刘康生不能回答,也没法回答,他感觉自己有一口气堵在喉咙边上,就像是第一次站在课堂上发言,被底下所有的同学目光灼灼地注视着。

"那天你们说的话,我都听见了。"子铭轻飘飘地加了一句。

刘康生有些慌乱甚至是含糊不清地说了一句:"大人的事情小孩子别管。"

"我不想管你,我只是恨你。"刘康生一个紧急刹车,车子已经到校门前,子铭打开车门,径直跳下去,飞快地走了。

何晓芸周末的时候,请了平雪娟与张文涛来新住处坐坐。张文涛经过这段时间的调养,加上天气逐渐升温,已经不需要轮椅,可以站起来散散步了。但平雪娟怕他喘不过气,每走十几步就督促他坐下来休息。看得出来,平雪娟把他照顾得很好。

何晓芸住在八楼,还好新式的小区有电梯,免了张文涛爬楼梯。房子不大,为了迎接张文涛,何晓芸特地在地上铺了垫子。几个人席地而坐,在榻榻米上喝着茶。

平雪娟有些伤感地问:"你们真的离婚了?"

"嗯。"

"真是太可惜了,你俩在一起这么多年,怎么说离婚就离婚了。"

"心不在对方身上,强凑在一起也没什么意思。"

"想当初,你们在学校可是有名的校园情侣,可谓是金童玉女呢,刘康生当时还是他们系的系草来着……"

张文涛给平雪娟使眼神,示意她别再说了。平雪娟才意识到自己的失言,赶紧打住,随即道歉说:"不好意思啊,你看我说顺嘴了。"

"没事,婚都离了,还有什么不能说的,再说都这个年纪了,早就不怕别人说了。"

"是因为上回在医院碰到的那个女人吗?"

"也不完全是,只是那件事情过后,我才下定决心要离婚的。"

"子铭和萌萌知道吗?"

"子铭知道了。昨天晚上一起吃饭的时候,他还闹了好大一通脾气。至于萌萌,我们还没跟她说,别看她性格大大咧咧的,其实从小到大都没有受过啥挫折,所以还没敢跟她说,怕她接受不了。"

平雪娟安慰道:"你也别太担心,现在的孩子看得开呢,跟我们那个时候死心眼不一样,等合适的机会到了,跟她好好说。"

何晓芸笑着摇头说:"可惜,萌萌从小就是个死心眼,要什么东西就一定要得到,缓一会都不行,全是让家里人惯坏了。至于子铭,从小就文静不爱说话,心里有什么事也不跟我们说。离婚,最对不起的就是两个孩子。"

"行了,你也别再伤感了,船到桥头自然直。"

"说的也是,那你们呢,最近怎么样?"

平雪娟眉目含春地看了张文涛一眼,有些喜形于色地说:"我们每个月都会去检查一次,医生说文涛情况有好转。我们想到五月份,等文涛身体再好点,就去领证,到时候把你们请过来喝喜酒!"

何晓芸很惊讶,高兴地说:"不错啊,都打算要结婚了,必须恭喜啊!"

张文涛看着平雪娟温和地笑着,然后接话道:"八字还没一撇呢。"

"不管怎么样,这都是一个值得庆祝的消息,我以茶代酒,祝你们俩白头到老,永结同心。"

平雪娟脸上洋溢着喜悦,与张文涛一齐说着:"谢谢,谢谢!"

三只杯子"哐"地撞在一起。

吃过午饭,因为张文涛体力不济,他们便早早地回去了。何晓芸看着他俩挽着手搭在一起的背影,由衷地为他们感到高兴。

没过几日,平雪娟带着张文涛去医院复查的时候,没想到竟与另一个人狭路相逢。张文涛进诊室检查的时候,平雪娟在医院的走廊里,碰见了前去医院产检的郑巧玲。原本平雪娟没注意,反倒是郑巧玲眼尖地看见她,上前主动来打招呼:"你不是上次碰到的,康生哥的大学同学吗?好巧啊,没想到竟在这里碰到你。"

平雪娟堆在脸上的笑容慢慢地消失了。她打量着眼前这个怀孕却仍然打扮得花枝招展没有半点收敛的女人,微微挺着个孕肚,浑身上下穿戴着一身名牌,然后不屑地说了一句:"也不知道,刘康生看上你哪一点。"

郑巧玲得意地叉着腰:"我可是有很多优点和长处能让康生哥欣赏,况且我比你们年轻啊,你难道没有听说过吗,年轻就是资本。"

"呸!什么长处!什么资本!抢别人男人的本事倒是一等一,就从来没有见过你这么不要脸的。"

郑巧玲对这类话似乎听得多了,已经磨炼得百毒不侵,抑或是脸皮已经够厚,根本不放在心上。她看着自己新做的带着水钻的指甲,懒洋洋地说道:"自己没本事,还怪被人抢了男人,你们这些上了年纪的老阿姨,就是这么怨天尤人的吗?真像个怨妇。"

"你——"平雪娟火冒三丈,怀着一腔愤怒要为何晓芸出气,"你别得意,就你这样的小娼妇满大街都是,别以为刘康生离婚了就会娶你,做你的春秋大梦吧!"

"什么!康生哥离婚了?!"郑巧玲大喜,这真是天上掉下来的好消息啊。

平雪娟有点蒙了,敢情她还不知道呢?她突然感觉自己像是捅了什么篓子。

"没工夫跟你吵了,我还有正经事要忙,等哪天和康生哥结婚的时候,一定给你送喜帖啊。"

郑巧玲得知了这个好消息,当下不想再多纠缠。却气得平雪娟破口大骂:"我呸,就你还喜帖?勾引别人家的男人,你算什么东西,连肚子里怀的是谁的种还不一定呢。"

郑巧玲顿住了,她回头看着平雪娟,眼里的凌厉仿佛要化成冰凌飞射过来。最后她看着医院人来人往的走廊,终是不发一言地走了。

张文涛从诊室出来的时候,平雪娟对着他快要急哭了:"怎么办?我好像闯祸了。"

张文涛吓了一跳,忙问她怎么了。平雪娟着急地说:"刚才我在走廊碰到刘康生的那个情人,忍不住跟她大吵了一架,还把刘康生与何晓芸离婚的事情说漏嘴了,她好像还不知道,怎么办?会不会有什么事啊?"

张文涛沉默一会,安慰道:"应该没什么事,他们俩已经离婚了,说不说都是事实,咱也没必要隐瞒。放心吧,没事。"

"我怎么感觉像是捅娄子了?"

张文涛叹了一口气说:"这件事即使你不说出去,她迟早也会知道的,所以你就别多想了。"

平雪娟点点头,心里却惴惴不安。

郑巧玲回去以后兴奋了好一阵,最后拿出手机拨通了阿信的电话:"你上回猜想的不错,他果然跟老婆离婚了。"

"那恭喜你啊,终于得偿所愿,嘿嘿嘿……"电话那端传来一阵奸笑。

郑巧玲"哼"了一声,心里受用极了,感觉连老天都站在自己这边。

"都说天时地利人和,你这基本上就是总裁夫人了。"

"别瞎叫。那我下一步该怎么办?"

"还能怎么办?等着他娶你呗。你跟他那么多年,现在又怀了他的孩子,还有比你更适合做刘夫人的人吗?"

郑巧玲觉得非常在理,不过……她的脑子里马上出现了新的疑问:"你怎么知道他姓刘?"

电话那头一阵轻轻的笑声:"瞧你说的,新天地电脑公司的老板,身家上千万,随便一查就知道了。不过你放心,他好歹将来会成为我儿子的爹,我肯定不会拿他怎么样的,只是最近我手头有点紧,缺点钱花,要是刘夫人您能支援点就好了。"

郑巧玲握紧手机,因为太过用力,指尖有点泛白,暗自咬牙说:"你什么意思?威胁我?"

对方痞痞地说着:"话不能这么说嘛,只是江湖救急,借来用用,对于你来说,也只不过是从指缝中漏那么一小点而已。"

"你以为我的钱就像大风刮来的那么容易啊?找我要钱,门都没有!"

"你这样说就太绝情了吧,你长得那么漂亮,心不会这么狠吧,好歹我也是孩子亲爹。"

"够了,不许你再说'孩子亲爹'这种话!"

"诶诶诶,我说你也别太紧张,搞得像我逼你要钱似的,伤了和气可不好,就当是我借你的,有钱了我会还给你的嘛。"

郑巧玲想拒绝,但又别无它法,只好愤愤地问道:"多少?"

对方呵呵一笑:"不多,就两万。"

"两万还不多啊?"郑巧玲失声惊叫。

"瞧你说的,这不就是你买个包的钱嘛,都说了这钱算我借的。"

对方这倒也是实话,郑巧玲不缺这两万,对她来说,也不算大数目。他口中虽说是借,但无异于肉包子打狗,还是心有不舍。没辙,她只好告诫性地补了一句:"那说好了啊,就这一次。"

"行嘞,当初我在酒吧最看中你这一点!除了漂亮,就是爽快,跟那些庸脂俗粉都不一样。你坐在那个角落的时候我心里就想,哎呀这位仙女是谁啊,一定要找机会搭个讪,事实证明,我的眼光就是没有错……"

阿信作为花丛老手,一张能说的嘴就是他的秘密武器。郑巧玲被他逗得绷不住,故意板着声音说,嘴角却往上翘着:"行了行了,钱已经给你转过去了。"

"行嘞,你放心,等我回本一定还你钱。"

"滚吧滚吧。"

"那你好好照顾自己,怎么着我也是孩子亲爹,是吧。"

"不准再说这话。"郑巧玲重申了一次,就把手机挂了。

她寻思着,刘康生离婚了,自己也应该找机会做点什么。琢磨了半晌,她还是决定给刘康生发一条微信:"康生哥,人家感觉有点不舒服,你晚上能过来陪陪我吗?"

发完短信,她就耐心地等待着刘康生的回复。可惜,事与愿违,那边刘康生的手机"叮"弹出一条提示音,他随手拿起看完微信后,却没有回,顺手把消息清空了。

一个小时过去了,郑巧玲左等右等也不见回音,她就知道刘康生是不会乖乖回她的消息的,于是又追发了一条:"你要是不回我消息,我就挺着肚子去公司找你哦。"

过了一会,刘康生果然回消息了。

他回得极简单,只有短短的一行:"开会忙,晚上再说。"

郑巧玲心情好,并不在意,马上回了一条:"那就当你答应了。"

撂下手机,她开始细细地照着镜子,看着镜子中那个仍然年轻貌美的自己,尽管怀着孕,但四肢纤细,气色红润,甚至更胜从前。她摸了摸自己的肚子,轻轻地说了一句:"孩子,说不定以后,那公司也能有你一份哩。"

第四十八章

别样的生活

何晓芸快要下班的时候,丁大坤突然走到了她办公桌前。

"下班有安排吗?"丁大坤那问话的语气极为温和,完全不是一个上司的口吻。

何晓芸抬头茫然地看着他:"没有。"

"那好,待会来我办公室一趟。"

何晓芸应了,也没问什么事。

下班时分,何晓芸敲响了丁大坤办公室的门,进去后便问:"丁总,您找我有什么事?"

丁大坤从桌面上抬起头,忙说:"何晓芸,快进来。"

他表情有点不自然地开口说:"其实是我本人有点事想麻烦你,如果你晚上没有安排的话。"

"丁总对我可不敢说麻烦,究竟是什么事?"

"是这样的,朋友新开了一家徽菜馆,想找人试试菜,我没记错的话你老家应该是安徽的,在这方面应该是行家。"

何晓芸有些意外:"这我可不敢算行家吧,虽然老家是安徽的,但我已经很多年没有在那边生活了。"

丁大坤笑着开玩笑道:"行了,你也别跟我谦虚了,土生土长的安徽人,就你了,这个忙,你可不能不帮啊。"

就这样,何晓芸被丁大坤掳来当品菜员。那家菜馆装潢得很有江南水乡的特色,乌瓦白墙,典型的徽派风格。进口的门楣上,用水墨似的颜色题写着"云味馆",笔锋飘逸隽永。门口两旁还栽了一排翠绿的竹子,很是典雅清幽。

何晓芸抬头细细打量着,半晌才悄悄地问丁大坤:"怎么我在西安城这么多年,还不知道有这样一个地方。"

丁大坤神秘地一笑,一边带她熟门熟路地进了一个包厢,一边说:"你尝尝他这边的菜,我们都是外行,得让你这个正宗的安徽人评评才是。"

何晓芸左看右看,也没见有服务员进来递菜单,正奇怪着呢,丁大坤好像看出了她的疑惑,笑着解释道:"这边都是每日固定的菜式,周一吃什么,周二吃什么,都是有定例的,他们待会会直接把今天的菜品端上来。"

何晓芸这才恍然大悟。

丁大坤摁了一下桌上的按钮,一个服务员进来,他当即说:"你给这位小姐,拿一份今日的菜单。"

服务员应声而去,拿回来一个菜单,上面用苍遒有力的书法写着:炒鳝糊、杨梅丸子、银芽山鸡、腌鲜臭鳜鱼和火腿炖甲鱼。

"这么多,我们吃得完吗?"

"别担心,老板会看我们人数上菜,人少的时候会适当删减一些。"

何晓芸对这家菜馆突然有了极大的兴趣:"这样的菜馆倒是挺有个性的,我从来没有听说过,今天丁总不像是拜托我来品菜,倒像是带我来见世面的。"

丁大坤大笑着说:"哈哈,可不敢这么说。其实我说的也是实话,这家菜馆是我朋友开的,每天只接待二十桌,满了便打烊。来吃饭都是提前预订,听说现在都排到这个月底去了。看我朋友那得意的样子,我今天非得带一个懂行的人来踢馆不可!"

何晓芸也乐了:"那丁总你可真是看得起我。"

第一道上来的菜是炒鳝糊，看起来其貌不扬，何晓芸尝了一口，立马睁大了眼睛："嗯，好吃，我还以为是素炒鳝糊呢，没想到是真的鳝鱼来着。"

丁大坤笑眯眯地看着何晓芸夸张的模样，支着下巴问她："怎么样，还不错吧？"

"好吃啊，我已经很多年没有吃到这么好吃的鳝糊了，你也快尝尝！"

"他这里的鳝鱼都是野生的，专门从南方的稻田里抓了空运过来，现在这个季节，刚好是最肥美的。"

何晓芸忍不住又夹了两筷子："难怪这么好吃。"

"这个是开胃的梅子酒，老板自己酿的，你尝尝。"丁大坤给何晓芸倒了一小杯琥珀色的酒。

何晓芸尝了一口，刚入舌尖，便觉得辣得厉害，辣过之后，带着丝丝的甜，还有一股若有若无的梅子香味。何晓芸学人"嗞"了一下，然后一口干了。

"这酒不错，丁总您也喝点。"

丁大坤摇了摇头："我待会要开车，不能沾酒，这酒很烈，你也少喝一点。"

"我酒量还行，丁总不用担心。"何晓芸忍不住又给自己倒了一杯，一边喝着一边回忆着老家的从前，"这酒特别像我爸酿的，他喜欢喝酒，每年都会自己泡制点各种酒，梅子酒、药酒，还有蛇酒。我小的时候，我爸老是背着我妈偷偷让我舔一口。可惜他现在年纪大了，身体不好，再也不能喝酒了。"

丁大坤静静听着，也不多言。

——尝过几道菜以后，一壶梅子酒喝了过半，何晓芸深深地满足了，兴奋地夸赞道："好久没有吃到这么正宗的家乡菜了，很感谢丁总给我这个机会。"

丁大坤晚上似乎心情很好，笑意一直挂在脸上："不用谢我，反倒我应该谢谢你能来帮忙品菜呢。"

"丁总就不要说笑了，您肯定是借着品菜的名头特意带我来的。"

"吃得开心吗？"

"很不错。"

一顿饭吃了两个小时,何晓芸看了看表,已经九点了。她感觉自己的脸上发烫,就连头也有点晕晕的。

丁大坤不失时机地说:"我送你回去吧,好像离你家那边还挺远的。"

何晓芸拎着包走出这家餐馆,她带着几分醉意踩着地上月亮的影子,突然之间心情大好,不同于平常的中规中矩的模样,声音里带了一丝少女般的娇俏感:"不远不远,你猜为什么?"

"为什么?"丁大坤感到有些奇怪。

"因为我搬家了,现在住的地方,离公司还挺近的。"

丁大坤愣了一下,才回过神来:"是吗?这么快就搬出来了?"

"是啊。"

再往下谈就涉及离婚问题了,两人都识趣地及时止住了话题。丁大坤看着何晓芸走在朦胧的月光下,脚步有点不稳。生过两个孩子的她,身材仍然纤细,几支竹枝的影子投在她一身素色的身上,似乎成了浓淡相宜的水墨画。丁大坤听见自己温和又含着某种情愫的声音说:"再近我也得送你回去吧,大晚上不能让女孩子一个人回家。"

"女孩子?"何晓芸"咯咯"地笑了,这是他第一次听到她如同一个温婉娇媚的女性的笑声。何晓芸身上,总让人感受不到岁月流逝的痕迹,仿佛十八岁那年她便是这样。而今天的她,恰如十八岁时候的她。

丁大坤突然有点嫉妒刘康生,能拥有她那么多年。他肯定地回答:"对,女孩子。"

"我都四十多岁的人,早就是阿姨了。"

丁大坤没有反驳争辩,他走到副驾驶那边,为何晓芸打开车门:"请。"

何晓芸提着裙角,装模作样行了一个宫廷屈膝礼,然后说:"谢谢。"

丁大坤也装着绅士那般弯腰鞠躬:"我的荣幸。"

何晓芸笑嘻嘻地坐上副驾驶。

初春夜晚的风有点凉,何晓芸打开车窗,让风打在脸上,丝丝的凉风拂去脸上的滚烫,她感觉舒服一点了,顺带着脑子也清醒了不少。

她把手也伸出车窗:"谢谢你,今天晚上,我很开心,很久都没有像今天这样了。"

接着,深深地呼吸了一口空气中飘来的不知名的花香,又不禁感喟地说:"这才是生活啊。"

丁大坤看她一眼,嘴角含笑:"我还没感谢你,也让我也体验了一把生活。"

临近小区门口,丁大坤缓缓地把车停在旁边,然后向何晓芸提议道:"今天月光不错,要不,我们下去走走吧。"

"好啊。"

何晓芸下了车,与丁大坤并肩走在昏黄的路灯与皎洁的月光的交辉下。丁大坤是典型的北方人的身材,虽然不如青壮年那般,但因格外地注意保养,所以身姿挺拔;何晓芸的身材则是典型的江南的女子,娇小玲珑。

散步中,丁大坤讲述起自己童年的过往,风趣幽默的言语把何晓芸逗得前俯后仰。

"丁总,没想到你私底下是一个这么风趣的人,虽然我们认识这多年了,但我还是第一次发现您这样。"

丁大坤故作叹气,笑着回道:"唉,没想到,以前的我在你眼里是一个无趣的人啊。"

何晓芸低下头,有点不好意思地回答:"虽然我们也是朋友,但不瞒您说,其实在我心中,更多的是上级……"

"我发现了,你一口一个'您'的时候,我就知道。不过,晓芸——"丁大坤转过身,正色对她说,"你以后私底下可以直接叫我大坤,可以吗?"

"大……大坤?这样不太合适吧?"不知什么缘故,何晓芸自己差点要笑了。

"你可以试着叫叫看,习惯了就合适了。"

丁大坤比何晓芸年长了七岁,又是上级,何晓芸还真是一时半会不太习惯,她干脆缄默,装作没有听到丁大坤的话。

两人漫步在树木葱郁的小区步行道上，丁大坤还正沉浸在这温柔的月色中，何晓芸突然提醒道："丁总，我到了。"

何晓芸指了指眼前的一栋楼。何晓芸住的小区不大，但胜在环境好，清幽。

丁大坤这才反应过来，略显遗憾地笑着说："哦，这么快。"

"谢谢您送我回来，那丁总，我先上去了……"

"你又叫错了，都说叫我大坤就好。"

何晓芸有些别扭，笑着应了一声"好"，然后转身要进楼。

"何晓芸！"丁大坤突然又叫住了她，何晓芸回头不明所以地看着他，丁大坤眼里带着对方根本难以发现的一种亮光，"以后有兴趣的话，你可以慢慢了解我。"

何晓芸愣了一下，等到反应过来丁大坤的意思，心里突然感到一阵难以言状的别扭，像南方的回南天，湿湿黏黏的，让人不痛快。

她决定装傻："我们同事多年，当然相互了解。"

"何晓芸，你懂我在说什么，以前不跟你说，是因为你还有家庭，可现在你自由了，不是吗？"

何晓芸看着丁大坤认真的神色，她不知道要如何跟他说自己刚结束一段婚姻，根本不想再进入下一段婚姻的想法。最后只得如实说："对不起，大坤，我刚刚离婚，我还不想谈论感情的问题，还请你能理解。"

丁大坤眼中闪过一丝失望，但很快又被掩饰掉。他当即表示理解："我知道，但是我会等下去，等你重新愿意敞开心扉的那一天。"

何晓芸动了动嘴唇，想说点什么却又不知道怎么表达。丁大坤看她的样子又柔声说道："你不用有心理负担，我们还跟从前一样相处就好了。"

何晓芸点点头。

"我该不会吓到你了吧，以后还能约你出来吗？"丁大坤突然玩笑地说了一句。

何晓芸开朗地回答："当然可以，随时奉陪！"

"那就好,上楼吧,早点睡觉。"

"好的,再见,丁总……不是,再见大坤。"

"再见。"

丁大坤看着何晓芸消失在楼道口,他倚在车头,点燃一根烟,静静地抽完,才带着一丝苦涩的欣慰,开着车离开了。

第四十九章

醉翁之意不在酒

日子转眼间已到了五月，刘康生与何晓芸离婚已有一个月了。自从搬出去以后，两人的交集少之又少，中途仅仅碰过一次面。那一次还是孙元香喊他们吃饭，两位老人还不知道小两口离婚的事情，何晓芸与刘康生一同去了，之后就再无联系。

萌萌也不知道在忙些什么，打电话回家的次数日趋减少，但何晓芸对她一向放心，再加上有刘康妮在身边，她一点都不担心。子铭这一个月来，再也没有回家，礼拜天干脆留在学校，何晓芸有些担心，电话也打了，学校也去了，但子铭说什么都要住在学校。何晓芸叹了一口气，只好由着他。眼看高考将近，她也希望儿子能留在学校专心复习。如今两个孩子都长大了，像离巢的小鸟儿，已经不是当初在何晓芸怀里撒娇打滚的小不点，何晓芸感慨之余，也不免有些伤感。

原计划五月份领证的平雪娟与张文涛，也没能如愿。因为张文涛的身体突如其来的恶化，严重的那几日只能卧床静养。何晓芸安慰他们好事多磨，等身体好点了再去也不迟。平雪娟只是流着眼泪不吭声，张文涛只能在旁边眨着眼睛安慰她。

作为单身自由的两个人，丁大坤时常约何晓芸出去喝茶、吃饭、看风景。何晓芸由一开始的抗拒，慢慢转变成些许的期待，毕竟谁也不能一辈子都缅怀过去。刚刚离婚的何晓芸，需要有那么一个人，陪她走出往日的回忆与阴霾。而他们两人的关系，虽然还不能说是办公室恋情，但也渐渐进入了一种微妙的阶段。

快到下班点的时候，正在办公室忙着的刘康生，突然接到一个熟悉的电话。几乎不用猜，又是郑巧玲见缝插针地来的。

她在电话里急切地要刘康生过去一趟，话里话外的意思是，若刘康生不去，她就大着肚子去公司等他。这一招下来，刘康生不得不表示妥协，最后还是去了。

他站在门口按响门铃，只听见郑巧玲在里面喊着："来啦来啦。"

没一会门开了，很明显，郑巧玲的脸上刚刚画了一个精致的淡妆，身上穿着的衣服似乎没见过，想必是新买的。刘康生上下打量了一下，好奇地问道："你要出门吗？"

郑巧玲笑嘻嘻地把刘康生拉进门："才不是。你累了吧，包给我。"

郑巧玲抢下刘康生手里的包，把拖鞋送到他脚边，然后拉着他到了餐厅，一阵表演似的："噔噔噔噔，看我为你做的晚餐！"

只见餐桌上整整齐齐地摆着四菜一汤，味道暂且不知道，但整个桌面上的菜肴色相还是挺不错的。郑巧玲殷切地说道："你下班饿坏了吧，我今个一天哪都没去，就在家里给你做饭呢。"

郑巧玲一脸邀功地看着刘康生，可刘康生的脸上连一丝多余的表情都没有，从一进门，就是一副毫无喜怒的神色。郑巧玲看在眼里，随即一个粉色的嘟嘴，撒娇似的说："我辛辛苦苦做的这些，你都不夸夸人家吗？"

刘康生不仅没有搭腔，却稍带严肃地反问道："你不是说有重要的事情，到底有什么事？"

"你看，我亲手给你做了一顿饭，就等回家吃啦。为了等你，从早上盼到晚上，好不容易等到你下班了，这难道还不算大事啊？"

郑巧玲一脸期待地看着刘康生，想从他的眼中看出惊喜或者感动，可惜让她失望了。刘康生脸上没有半分的欣喜，甚至语气里隐隐地夹裹着怒气。他用质问的口气说道："我忙碌了一整天，放下公司那么一堆事情，急匆匆地赶过来，你就告诉我只是吃一顿饭？你知道公司还有多少事情要处理吗？你以为我有空陪你在这里过家家？"

"过家家？"郑巧玲脸上的表情一点点地凝固了。甚至有些委屈，她再次提高声音，"我一个孕妇，忙了一个下午给你做的饭菜，你知道我闻着这个油烟有多想吐吗？你竟然说我过家家？我只是想让你回来陪我吃个饭！"

"还有别的事吗？没事我回公司了。"刘康生不想与她多争吵。

刘康生冷漠得简直有点不像平常的他，郑巧玲乖觉地又连忙放低口气说："我不是故意要打扰你工作的，只是我们太久没有见面了，孩子也想爸爸。你看，他现在已经四个多月了，你不想摸摸他吗？你知道的，我又没有朋友，也没有家人在这里，天天就是我一个人待在屋子里，实在闷得慌。你要是不来陪我们母子，我都不知道该怎么办，康生哥。"

郑巧玲话里话外的都是孩子，刘康生每听一次眉头就皱紧一点，他很反感，郑巧玲拿着一个他根本不在乎的孩子当幌子。他勉强地深吸一口气，将情绪压了下去，随后说："好了，你也别生气了，最近公司事情多，我有点烦躁，说话难免口气重了点，你别往心里去。"

尽管口气仍旧很生硬，但刘康生总算是主动赔了不是。给她台阶了，郑巧玲赶紧给刘康生盛了一碗鸡汤，推到他面前："你尝尝我炖的乌鸡汤，加了很多中药材，特地小火慢炖了三个小时呢。"

刘康生尝了一口，抿了一下嘴，有些掩饰地皱了皱眉头。他不喜欢在汤里加乱七八糟的材料，也许是多年来他早已喝惯了何晓芸做的汤味，而她煲汤的时候一直都是清炖。

既然都坐下来了，郑巧玲就趁机试着打开话题："康生哥，我上次在医院碰到你那两个大学同学了，他们说你离婚了。"

郑巧玲停住话，然后抬着眼，盯着刘康生脸上的表情，只见刘康生拿勺子的手顿了一下。郑巧玲继续旁敲侧击地说道："我担心你心情不好，所以我想，我和孩子多陪陪你。不管怎样，我和孩子都会在你身边，康生哥……"

刘康生继续着喝汤的动作："不劳你操心。"

"我肯定担心你啊，还有啊，康生哥，你离婚的事情怎么不跟我说呢……"

刘康生一口喝完碗底的最后一点汤，抽了一张纸擦了擦嘴，抛进旁边的垃圾桶，然后淡然地说了一句："跟你说不说都不重要，你只要安心养胎就好了。"

郑巧玲一阵气短："怎么会不重要呢，你看我肚子一天天地大起来，我一个未婚的女孩子，多不方便啊。你都不知道外面那些人说得多难听，说我是小三，未婚先孕。再说我怎么跟家里人交代？还有，到时候小孩出生，没有结婚证怎么上户口啊……以前你就答应和我结婚，现在你终于和那个女人离婚了，我们可以光明正大地在一起了。"

刘康生彻底没了兴致，他心里跟明镜似的，今天郑巧玲叫他过来，多半是醉翁之意不在酒，一来打探自己离婚的虚实，二来是逼婚。刘康生想了想，还是说出了自己的主意："这个孩子，一开始我就跟你说了不想要，趁月份还小，现在打掉也来得及。至于我离婚的事，虽然我的确是离婚了，但不代表就会跟你结婚，你明白我的意思吗？"

郑巧玲彻底呆了，什么叫不代表会跟她结婚？到底什么意思？她一脸茫然地愣在了原地。

刘康生不再迟疑，他捞起椅背上的外套，站起来说："我公司还有些事，我先回去了，你慢慢吃吧。"

话音刚落，刘康生正要往外走，郑巧玲腾地站起身，她简直抑制不住内心的情绪，整张脸都有些扭曲了："刘康生，你站住！"

此刻的郑巧玲有点慌乱，刘康生的态度似乎在嘲讽她的想法有多么的天真，忙碌了一整天的讨好，此刻就像一个笑话。

刘康生脚步停住，却没有回头。

"刘康生，你什么意思？"郑巧玲大声地问。

刘康生这才转过身，但开口的声音很是冷漠："这个孩子，你要是不愿意留，完全可以打掉，但是你永远别想拿他当筹码。"

"凭什么打掉？他在我的肚子里，我有权利决定生还是不生！"

"既然这样，是你自己的选择，那就怨不得别人。"

"刘康生，你不要逼我！"

"我从来没有逼过你，你好好休息吧，我先回去了。"

"你以前答应会娶我的，刘康生！刘康生！"

只听门"砰"的一声关上了，那个背影消失在门外。郑巧玲恨恨地把桌上的全部饭菜扫落在地上，整个客厅顿时狼藉一片。

"你混蛋！"一声歇斯底里的喊叫之后，她跌坐在座位上喘着粗气，精心盘起的头发散落在额角。

不巧，这时桌上的手机振动起来，一看来电显示，郑巧玲随即接起，对着电话就是一阵尖叫："不是叫你们不要再给我打电话了吗？我是不会再给你们钱的！"

喊完这句话，她径直挂了电话。没一会微信弹出一条语音消息，是她哥的微信号，声音却是她母亲的，母亲说："妮儿，最近你爸的腿病又犯了，整宿整宿地睡不着觉。"紧接着不到一分钟又一条，打开一听，是她母亲迟疑了一会，然后说着："妮儿，家里没钱了。"

"滚！"郑巧玲生气地把手机摔在沙发上。

她不是没有打过钱回家，上次在楼梯间大吵之后，她终究还是心软，随后便打了五千块回去，嘱咐母亲要带父亲去医院检查腿疾。过半个月再问的时候，谁知父亲的腿没去看，反倒给两个小侄子一人买了一辆新自行车，剩下的都进了她大哥的腰包。这把郑巧玲气得够呛，发誓再也不管他们了。可这没过一个月，今天家里的电话又来了。

郑巧玲窝在沙发上哭着，恼人的手机又响个不停，她抓起手机，又是一顿怨怼："不是跟你说了吗？我不会再管你们的死活！"

"唷！火气这么大呢？是谁惹我们的姑奶奶生气了啊？"

"阿信？"郑巧玲从电话里一下子听出了对方的声音。

这回不是郑巧玲的母亲，而是那个男人。

"有时间吗？出来见一面吧？"

也好，现在的郑巧玲感觉自己六神无主，眼下有个人出主意也不错。她收拾了一下，把泪痕细细地用粉盖住了，然后匆匆出门去赴约。

几乎是同一个时间，今天刚下班的丁大坤，约了何晓芸去听音乐剧。他说朋友送了两张票，实在是难得，要是浪费了，良心多有不安。他这人老是这样，找的理由都漂亮极了，让何晓芸都找不到拒绝的借口。何晓芸笑他朋友加起来估计都够绕地球三圈了。

蒋佳早就看出两个人的不同寻常，时常没人的时候就打趣何晓芸。何晓芸一边笑着否认，一边想撕了她的嘴。蒋佳这个大嘴巴，迟早会弄得满城风雨。蒋佳神神秘秘地靠在何晓芸耳旁说："你且等着吧，再过一段时间，姐们就跟你报仇了！"她这话，自从何晓芸离婚以后，便天天挂在嘴边。何晓芸早就不当一回事了，偏偏蒋佳还每次都提起。

下了班的时候，办公室空无一人，何晓芸默然地在座位上等丁大坤。他俩最近都很有默契，等同事们都走光了，何晓芸便坐着丁大坤的车，一路吃喝玩乐。

乘坐电梯，两人并肩走到地下停车场，丁大坤便殷勤地绕到一侧去帮她开车门。何晓芸之前知道丁大坤修养好，但直到这些天才清楚他绅士得不像话。每当和他在一起，何晓芸总是很轻松，毕竟两人也做了十几年的朋友，朝夕相处在同一间办公室。如今相处起来，更是十分的默契。

丁大坤为何晓芸关上车门，自己坐上驾驶座，一边系安全带一边说着："八点钟的音乐剧，还有一个多小时，我们先去吃点东西吧。"

"好啊，刚好有点饿了。"

"你想吃什么？"

"你猜啊？"何晓芸偶尔展露小俏皮的一面。

"这样啊，我猜你想吃上个礼拜吃过的那家上海菜。"

"你怎么知道？"何晓芸几乎要惊呼了，很是意外地说，"你是不是用了读心术，知道我在想什么？"

丁大坤哈哈大笑。

何晓芸在西安住了二十几年，老实说，她对西安的了解还没最近这短短一个来月了解得多。虽说以前与刘康生刚同居的时候，那阵子，两人也时常手拉手地去大街小巷的寻找美食，可惜没多久，两人便越来越忙，闲逛的机会也就越来越少。自从结婚后，她忙着工作，忙着带孩子，而忙着创业的刘康生带她出去的次数更是屈指可数。但丁大坤却是个十足的老饕餮，只要是西安的美食，就没有他不知道的。大到哪家五星级酒店的法餐，小到哪条小巷的肉夹馍，他都知道得一清二楚。一路上，他讲起来也是头头是道，如数家珍一般，让何晓芸叹为观止。

丁大坤带着何晓芸来到上海餐厅，何晓芸这么多年还是喜欢偏甜的江南口味，对上海菜更是情有独钟。到了餐厅才知道，原来丁大坤早就预订好了餐位，甚至还点了何晓芸上次喜欢的糖醋排骨。

何晓芸撑着下巴看着他，笑着说："大坤，有没有人对你说过你是个非常完美的对象？"

丁大坤耸耸肩，谦虚而坦率地说："你知道的，我结了两次婚都失败了，我想应该没有人会这样认为吧。"

何晓芸急急辩解："那是她们不懂欣赏。"

丁大坤看着她神色温柔地笑了："我希望我的第三任太太会这样认为。"

何晓芸竟然难得的脸红了，她早已经不是二八少女，但是丁大坤的那句话，让她心波荡漾。她低下头，夹了一筷子菜，假装吃得很认真。丁大坤更加开怀地笑了："何晓芸,有没有人跟你说过,你遇到事情躲起来的时候很像一只温驯的鸵鸟。"

"去,这话怎么听了这么刺耳呢。"何晓芸有些敏感地反对说。

离八点钟还有一刻的时候,何晓芸与丁大坤按时到了音乐厅。何晓芸甚少来这种地方,她张望着四周的环境,丁大坤看出她的紧张,靠在她耳边轻声说:"别怕,没准大家都是第一次来,只是装得像老手。"

何晓芸"扑哧"一声笑了,却也没那么紧张了。

说实话,何晓芸真的不认为自己与丁大坤是男女朋友关系,虽然她时常答应与他外出"约会",离男女朋友关系看似很近,但实际上差了很远。这个距离还有多远,只有她自己知道。

这个时候,往日里的默契通通不管用了,例如说现在,音乐会进行到一半的时候,丁大坤突然伸手握住了何晓芸放在膝盖上的手!何晓芸愣了片刻,她感觉自己的手心都要出汗了,丁大坤的手掌很大、很温暖。但除了刘康生之外的男人的亲密接触,何晓芸还是第一次。她动作小心却很坚定地把手从丁大坤的手心里抽出来,她想向他解释一下,还没开口,手机却突然震动了。

何晓芸看着屏幕上闪着"子铭老师"的备注,急忙接听。

"什么?"她突然拔高的声音在寂静的演艺厅中很刺耳,周围的人纷纷皱着眉头看向她,小提琴家甚至被吓得手一抖。

"怎么了?"丁大坤小声地询问。

何晓芸一边收拾包包,一边快速地说:"不好意思,我可能得回去了,子铭在学校出了点事情。"

第五十章

儿子不见了

何晓芸一边往外奔跑,一边拨子铭的手机,可对面始终只有一个单调的女声在重复:"对不起,您拨打的电话已关机,请稍后再拨……"

意识到她遇到了急事,丁大坤随即也跟着跑出来,见何晓芸冲到马路边上去打车,可惜,此刻路上竟看不到一辆出租车的影子。

他急忙走到自己的车前冲她喊:"坐我的车,快一点。"

丁大坤的车正好就在旁边的露天停车场,何晓芸听见,也来不及考虑,匆匆奔过去,拉开车门坐了上去。

丁大坤已经适逢其时地把车子发动好了。

"你说这孩子跑哪里去了?我真大意,一直以为孩子没事。"何晓芸急得喉咙冒火,她现在十分后悔自己离婚时忽略了儿子的感受。

"别着急,可能是和朋友玩得耽搁了。"

"你不知道,子铭的性子不贪玩,怎么会到现在都找不到人呢?"

"会不会去他爷爷奶奶家了?或者你问问他相熟的朋友或同学。"经丁大坤这么一提醒,何晓芸才恍然想起,子铭向来跟爷爷奶奶亲,只是现在都这么晚了……惊动两位老人好吗?

车子一路风驰电掣地开到学校。刘康生也到了,他正在和班主任了解情况。看见何晓芸从一辆豪华的轿车上下来,男人的敏锐一下让他警觉起来。开车送她来的,竟然是……丁大坤!

他看着丁大坤小跑到另一侧帮何晓芸开车门,并在何晓芸耳边说了几句什么。何晓芸点点头,然后焦急地向他这边跑来。刘康生下意识地看了看腕上的手表,时针指向十点钟,已经是深夜,他们怎么还在一起?

"子铭怎么样了?找到了吗?"何晓芸跑得太急,走到老师跟前,一边喘着粗气一边问。

"暂时还没消息。"子铭的班主任也急得团团转,只能无奈地说了这么一句。

站在旁边的刘康生还在刚才的一幕中没有回过神来,他不禁脱口而问:"他怎么会送你过来?"

何晓芸看了他一眼,没有回答他的问题,她抓着班主任问:"子铭好好的在学校里,怎么会突然不见了呢?"

"这个,我暂时也还不知道,他已经有半天联系不到了,但是我们学校找遍了,也不见刘子铭同学的影子。"

近在眼前的刘康生被何晓芸完全无视,觉得碰了一鼻子的灰。

他在旁边补充道:"跟子铭玩得好的朋友在寝室吗?会不会一起出去玩了?"

班主任努力回想着,半晌说道:"我们班的学生都在,别的班的还没有问,不过子铭这孩子性格内向,班级里的朋友不多。"

听到这里,何晓芸几乎要绝望,忍不住要掉下眼泪来。刘康生瞧见,安抚着何晓芸,让她不要太担心,并试图在老师那边找线索:"子铭最近在学校有什么异常吗?我的意思是他不会好端端地消失不见了。"

话刚问出口,只见那个年轻的班主任狐疑地看着刘康生:"没有异常?你们当家长的,都没有发现最近子铭有些情绪上的变化吗?"

刘康生有些心虚,只好打马虎眼:"哦,我平常比较忙,跟孩子的接触确实比较少。"

班主任的脸上瞬间浮起几丝恼怒:"再忙也要关心一下孩子,他最近成绩下滑得厉害,你们都没有发现?上课他常常也是心不在焉,叫他请家长,说了好几次,他都说父母不在家,给你们打电话也说在忙。我知道家长们都忙,但是作为父母你们是不是应该多关心一下孩子?你们倒好,不闻不问,有你们这样当父母的吗!"

班主任大学毕业没多久,是一个耿直而热心的老师,他的一番话让何晓芸与刘康生都哑口无言。何晓芸回想着,自己从来没有接到过老师的电话。刘康生则有些心虚,他实在太忙了,且工作之余大多数时间都在应付郑巧玲,印象中好像有接到过老师的电话,他当时忙着开会就给挂了。

"你们看看刘子铭最近的考试排名。"班主任不知从哪里突然拿出这几个月的月考、期中考的班级成绩排名表。表上清楚地显示,原来还在班上能排上前十名的刘子铭成绩下滑得非常厉害。他每次考试的排名都在往下掉,最近一次期中考试,更是已经掉在倒数几名了。何晓芸与刘康生面面相觑,他们竟然一点都没有发觉。也是,两人都各自忙于自己的事情,怎么还能发现孩子这个问题呢。

"老师,的确是我们对孩子的关心太少了,我们以后肯定多关注孩子的生活和学习,可是现在孩子在哪里我们都不知道……"何晓芸的情绪已经接近崩溃,孩子找不到没有谁比做母亲更心焦的。

"你们这些家长啊,子铭跟隔壁班的几个同学要好,我去跟他们老师打听一下,你们也别太着急,问问家里,看孩子有没有跑回爷爷奶奶家或是姥姥家的……"

年轻的班主任到底还是心软,见何晓芸都要瘫倒了,也是十分的不忍,走到一旁给其他班的老师打电话。

何晓芸站在一旁流眼泪,而刘康生当即给爸妈打电话:"妈,哦,已经睡下了是吧?……没事,我就问问子铭在不在你那啊?……没事没事,您不用过来，估计贪玩，过一会就找到了……"

孙元香在睡梦中被电话吵醒，惊闻大孙子竟然不见了，她与刘佐华两个老人赶紧起床，匆匆要赶过来，被刘康生劝住了。

班主任打了一圈电话，也是一无所获。几个大人站在校门口一筹莫展，刘康生提议："要不你先回去吧？天这么晚了，你早点回去休息，这边有我。"

何晓芸蹲在地上，把头埋在膝盖里，摆摆手拒绝，她怎么可能回去睡觉。

直到凌晨，他们才得到子铭的消息：据子铭的室友反应，子铭有可能跟一群"社会上"的哥们去外面网吧玩通宵了。原来子铭要他们帮忙应付老师查寝，几个室友出于哥们义气，就没对老师说真话，替子铭圆谎。现在看全校都在找子铭的下落，甚至都快要报警了，几个室友怕事情越闹越大，终于才松了口。

何晓芸吃惊地抬起头："子铭一向很乖，怎么会跟社会上的人混在一起呢？"班主任懒得跟她解释，难道要说这半年你家儿子是网吧的常客？看着这对不合格的父母，他摇摇头，径直骑着小电驴去校外附近的各大网吧找人。

凌晨三点的时候，跑遍了整个高新区的网吧，终于在一个不起眼的网吧找到刘子铭一群人。网吧里烟雾缭绕，他们还戴着耳机沉浸在游戏的世界里厮杀。班主任气愤地走到刘子铭的旁边，而他竟一点也没发现。班主任二话没说，迅捷地摘掉他的耳机，重重地扔在桌子上。旁边一个黄毛小伙瞅见，腾地站起身，不爽地看着一脸年轻还有些稚嫩的班主任："你谁啊？找茬是不是？"

子铭抬头一看，吃了一惊，有些拘谨地赶忙站起身："赵老师？你怎么来了？"

班主任二话不说，拉着子铭："跟我回去！"

"怎么着？还想动手啊！"黄毛旁边的几个小混混站起身，挡在班主任面前。

子铭拦着他们："哥们，别激动，这是我班主任。"

黄毛嘴里叼着烟，对着班主任喷了一口："小铭的班主任啊，我当是谁呢，要不一起玩两局？"

班主任赵老师终于忍不住爆发了："你看你交的都是些什么朋友？社会上的小混混！你就愿意跟他们这样的人混在一起？"

黄毛把嘴上的烟一扔，用脚狠狠地踩灭："你这话我们就不爱听了，什么叫社会上的小混混？你们当个老师怎么了，还不是臭老九！"

"跟我回学校去！"赵老师没搭理黄毛，直接拉着子铭要往外走。

"我不回去。"子铭甩开了老师的手。

"听到没，我们小兄弟不愿意跟你走，你自己最好乖乖滚蛋，不然你是老师我也揍你！"黄毛亮了一下拳头，旁边几个小混混跟着起哄。

"子铭，回家！"就在他们僵持的时候，刘康生和何晓芸到了。他们两个分头在各个网吧寻找，听说子铭在这里，纷纷赶过来。

刘子铭没想到爸妈也来了，一时很是意外。何晓芸奔过来，见儿子好端端地在眼前，一时松了一口气，上前拉住儿子的手："子铭，跟妈回家。"

"我不回去！"

黄毛那一帮人大眼瞪小眼，最后相互使了一个眼色，默默地坐下玩游戏，不再出声。

刘子铭被父母几人强行拉出乌烟瘴气的网吧，何晓芸小心翼翼地看着他的神色，有些不安地说道："子铭你怎么不接妈妈的电话呢？你这样，爸爸妈妈还有老师都很担心，你知道吗？"

子铭把脸转向一边，并不回答。

"子铭，妈妈跟你道歉，妈妈最近对你关心太少了，妈妈深刻地检讨自己，但是你有什么事可以和妈妈说，好吗？不能不接电话知道吗？"

刘子铭语气不耐烦地说："手机没电了！"

"刘子铭！"刘康生被子铭的态度激怒了，为了找他折腾了一晚上，又想到这阶段他成绩下滑得一塌糊涂，竟然还跟朋友在网吧玩游戏鬼混。不禁训斥道："你妈跟你说话呢，你一个人大晚上不在学校休息睡觉，跑出去上网，还跟一堆不三不四的人在一起。刘子铭，你到底想干什么？"

子铭像个小公鸡一样梗着脖子："我怎么了？我做什么跟你有关系吗？你是谁啊，我要你管！"

刘康生的怒火一下被点燃："你这是什么态度？你知不知道我们找了你一晚上！"

"你有什么资格说我，从小到大你就没管过我，现在你有什么资格来管我！"刘子铭的脾气和刘康生如出一辙。平时儿子更为内敛，甚少有情绪失控的时候，可是眼下，他顶着刘康生的怒视，满眼愤怒地吼了回去。

气氛瞬间紧张起来。班主任看在眼里，却也不好插言。

"你！"刘康生大怒，扬起手掌，却怎么都落不下去。正如刘子铭所说，从来没有扮演好父亲的角色的他，又有什么资格呢。眼看就要剑拔弩张，何晓芸急忙拦在他们之间，轻声对刘康生说道："老师在呢，不要训孩子！"

刘康生的怒气这才慢慢收敛了，班主任急忙跳出来打圆场："好了好了，找到就好。我们大家都回去吧。"

"赵老师真是麻烦您了，大晚上也让您跟着受累。"何晓芸客气地对着这个年轻的班主任说道。

"这是我的职责，应该做的。只是家长教育孩子要讲究方法，不要动不动就用暴力。"班主任说着，看了刘康生一眼。

何晓芸忙说道："好的，我们会注意的。"

何晓芸想让子铭跟她一块回家，但子铭明显不愿意，他喊着："我不回去，我没有家！"

赵老师见状就提出带子铭回学校，毕竟明天还要上课。何晓芸还想说点什么，刘康生拦住了，他对着赵老师客气地说着："那就麻烦老师了。"

他拉着何晓芸要上车回去，何晓芸却摆摆手说："等一下，赵老师，我能单独和您说几句话吗?"

刘家两父子坐在车内,看着何晓芸在跟赵老师说着什么。几分钟后,两人才上了车,不知为什么,何晓芸的脸色很不好。

把子铭和老师送回学校以后,车内就剩下何晓芸与刘康生,凌晨三点半的夜晚,很是寂静。刘康生开口问道:"你刚刚和赵老师说什么了?"

何晓芸声音带着哽咽说:"没什么。"

何晓芸想起自己刚刚与班主任谈话的情景,她鼓起勇气说了一些话,但她不愿跟刘康生说明。

就在上车前那几分钟的时间里,何晓芸向班主任说了实话。

"赵老师,"何晓芸有些期期艾艾地开口,最终向班主任说明了自己家庭的情况,"可能是最近我和孩子他爸爸的事闹的吧。我们离婚了,我想会不会是这个事情影响子铭……"

班主任不由得瞟了她一眼,恍然说道:"怪不得呢,子铭原来成绩是很好的,怎么会下降这么严重。家庭环境对孩子影响太大了,这眼看着没多久就要高考了,你们做家长的应该要帮孩子稳定情绪,而不是给孩子制造情绪。我遇到很多学生因为父母感情破裂而学坏的,成绩肯定会受影响。所以啊,不管你们家长感情怎么样,也应该为孩子多考虑一下。"

班主任说得意味深长,何晓芸心情很沉重,觉得是她自己一手造成了子铭的转变,因此也更加内疚起来。

何晓芸靠在椅背上假寐,班主任最后几句话,一直在何晓芸脑海中回荡。

"你要回哪里?"刘康生询问。

"还是回我自己那边吧。"

刘康生将车转了一个弯,开向何晓芸住的小区。

到了小区楼下,何晓芸看见一辆车十分眼熟,这不是丁大坤的车吗?

跟刘康生分别后,何晓芸径直走到车旁,她敲了敲车窗,只见丁大坤睡眼惺忪地摇下窗户。何晓芸十分惊讶:"我不是让你先回去吗?你怎么还在这呢？"

"哦，我有点担心，打电话又怕打扰你。"丁大坤打了一个哈欠，问道，"怎么样了？子铭找到了吗？"

原来，送何晓芸到学校之后，他就开车在何晓芸的楼下等着，没想到不知不觉靠在椅背上睡着了。

"找到了，已经跟着他老师回学校了。你等到现在啊？"

"没事，找到了就好，那你早点休息吧，我也就回去了。"

十米之外，尚在车内没有离开的刘康生冷冷地看着这一切。这个该死的男人，竟然当着他的面，对何晓芸献殷勤。何晓芸从他车上下来的时候，他就觉得不对劲，一股无名的妒火在他胸膛里翻滚。他后槽牙狠狠地咬了一下，实在忍不住了，最后推开车门，下了车。

"丁总真是好兴致，半夜还在公司女同事的楼下，这是在赏月吗？"刘康生站在何晓芸身旁，对着还在车中的丁大坤说道。

丁大坤没注意到刘康生竟然也在，他愣了一下，回道："刘总说笑了，我只是担心何晓芸。"

"可是，丁总这样深夜在女下属家楼下，传出去，怕是不好吧？"

丁大坤嘴角带着笑意地看着何晓芸，含情的目光让刘康生心中升起怒火，他恨不得一拳一个把他两个眼眶打凹进去。

丁大坤并不在意，迎着刘康生愤怒的眼神柔声说道："什么女下属不女下属的，我是担心自己的女朋友，送自己女朋友回家，不是很正常吗？关于这个话题，我想刘总应该比我有经验。"

"女朋友？"刘康生重重地重复着这三个字，咬牙切齿般看向何晓芸。

何晓芸神色如常，没有一丝想要解释的意思。

刘康生突然怒极反笑："居然发展得这么快？你们什么时候在一起的？我怎么不知道？我没记错的话，我这位前妻也才离婚两个月不到吧？你们的速度真是让我刮目相看。"

丁大坤当即反唇相讥:"什么时候开始不重要,重要的是感谢刘总给的机会,对了,听说刘总马上又要当爸爸了,在下还没恭喜呢。"

刘康生的脸上一阵红一阵青,他拳头握得"咯咯"响。眼看两人弩拔剑张,何晓芸也怕两人打起来,赶紧对着丁大坤说:"好了,大坤你赶紧回去,时间不早了。"

丁大坤笑着说:"好,那我回去了,你也早点休息,晚安。"

"晚安。"

两人不仅当刘康生是空气,还如此的温存体贴!刘康生肺都快气炸了,直到丁大坤的车缓缓离开,他仍旧不解气,他抓起何晓芸的手腕:"何晓芸,你什么意思?"

何晓芸莫名其妙地看着他,挣脱了他的手:"什么什么意思?"

"你怎么能跟他在一起?"

"这好像跟你没关系吧,别忘了,我们已经离婚了。"何晓芸知道丁大坤刚才那样说,就是想故意气一气刘康生,所以她没有澄清。

"即使你要找,也要找一个年轻一点的吧,你已经开始自降身价到找这么一个老头子吗?何晓芸,你图他什么吗?钱吗?我可以给你啊,你要多少,我现在就给你开支票。"刘康生一边说着,一边从皮夹里打开支票簿,接着他用力地抓着何晓芸的手,"你说啊,要多少?"

"刘康生你干吗?你弄疼我了。"何晓芸一边挣扎着,一边掰着刘康生的手指。

刘康生的手越抓越紧,何晓芸吃痛,猛地甩开他的手,斥问道:"刘康生,你够了,我现在怎么样跟你有关系吗?我们已经离婚了!"

说完,她头也不回地跑进了楼,刘康生愣在原地,久久没有回过神来。一种极度的懊丧在他心中不住地盘旋,他蹲在地上,茫然失措。

一钩残月西沉,被树影笼罩的夜色更加浓黑,也更加凄凉。

第五十一章

最后的离别

　　刘康生回到家里，刚眯了一会，谁知门铃声响个不停。其实他根本没有睡着，一闭上眼睛，满脑子都是丁大坤得意地说的"送自己女朋友回家"这句话，还有何晓芸平静的表情。

　　刘康生掐着眉头打开门，原来是父母两人，似乎急匆匆的样子。

　　昨晚孙元香与刘佐华听说孙子子铭不见了，整晚上都没睡，一清早就起床来刘康生这边。刚见到儿子，孙元香满脸焦急地就冲进门："怎么样？子铭找到了吗？"

　　"找到了找到了，这个兔崽子去外面上网去了。"刘康生颇感无奈地说着，又感觉自己的眼睛刺痛地睁不开，后脑勺也跟被人打了一棍似的，一阵阵的疼。

　　"找到就好，免得我们跟着担惊受怕的。"刘佐华拄着拐杖说。

　　"您先坐下休息一会吧，我洗把脸去。"

　　"诶，"听言已经放下心的孙元香，突然拉住儿子细细地看着他的脸色，"康生，你的脸色怎么这么白啊？"

　　刘佐华闻言也看了一眼，只感觉刘康生整个人像被抽光了精气神似的。

　　"哎呀，还有你这屋子，怎么就这么乱啊，到处丢得乱糟糟的。还有啊,茶几上全是灰。"孙元香把手在茶几上抹了一下,一个劲地咂嘴。

"妈,"刘康生无奈地说道,"您能别大早上就一惊一乍的吗?"

"什么叫一惊一乍的!要不是听说子铭不见了,你当我愿意来你这啊?反正说什么你又不听,哼!"孙元香看了眼刘康生,继续不满地数落道,"你看看你,头发乱糟糟的,屋子乱糟糟的,何晓芸哪去了?还没起吗?何晓芸,何晓芸!"

"妈,不用叫了!她不在。"

孙元香怒目圆瞪:"什么叫她不在?这么早就去单位了?还是又回她那安徽老家了?这也太不像话了!你给她打电话,我叫她回来!"

刘康生有口难言,他耷拉个脑袋坐在沙发上。

刘佐华显然很是怀疑,开口便问:"到底咋回事?你媳妇大清早的不在,子铭昨天晚上也找不着人,这到底咋回事?"

父母的逼问让刘康生脑袋都快炸了,他心下一横,索性摊牌:"别问了,我们两个已经离婚了!"

"离婚?!"孙元香与刘佐华大吃一惊,异口同声地喊道。

刘康生这下是捅了马蜂窝,刘家的上上下下都知道他俩离婚了,个个都不安起来。身在上海的萌萌听到奶奶在电话里说了这事以后,当晚就跑去姑姑家大哭了一场。她还反复质问姑姑:"你不是说他们不会离婚的吗?"

刘康妮自然也是无奈,有些抱歉地看着萌萌:"对不起啊萌萌,我也不知道为什么会这样,你别哭了!"

"你们都是骗子,我再也不相信你们了!"萌萌生气地跑回了学校。

刘康妮在后面跺了跺脚,气呼呼地却朝着老公郑泽荣抱怨道:"你说说这叫什么事啊,她爸妈离婚,对我发什么脾气啊。还有我妈也真是的,非得这个时候跟萌萌说,还叫我去劝劝我嫂子。这婚都离了,我还怎么个劝法啊。"

"你也理解一下,人家爸妈都离婚了,你还抱怨个啥劲啊,不过没想到你哥跟你嫂子还真是离婚了。"旁边的郑泽荣想安慰媳妇,也不知道自己要表达什么,但这话说了跟没说一样,毕竟这事跟他家没多大关系。

刘康妮"哼"了一声:"这能怪谁,还不是我大哥自己作的,没事学别人在外面养小三,换我也得炸!我可跟你说,你哪天敢在外面拈花惹草的,我揭了你的皮!"

郑泽荣看着刘康妮那样子,赶紧夸张地抖了一下:"我可不敢,我还不想死,不过你没有觉得萌萌这些天来有点奇怪?"

刘康妮莫名其妙地问:"有啥奇怪的?"

"你看啊,这些日子,她来我们这的次数和待在这时间明显少了。以前呢,穿衣打扮比较端秀,可是现在呢,一身装扮感觉更像社会上的那些个女娃。还有啊,以前很爱笑爱热闹,现在来了就在那看手机,也很少跟你讲学校的新鲜事了,精神状态都有些变了,你没发现吗?"

被郑泽荣这样一说,刘康妮好像也觉得萌萌最近有点奇怪,不比寻常:"也是啊,你觉得她怎么了?"

"我猜测,她可能遇到了一段不怎么顺利的感情。"

"你怎么知道?"

郑泽荣拍了一下刘康妮的脑袋,说:"笨!你想啊,什么才能改变一个青春活力的少女?除了爱情还有别的吗?"

"我怎么不觉得,或许有可能还有其他原因呢?不过萌萌最近是有些不对劲,这倒是真的。"

"那咱们要跟你哥嫂他们说吗?"

刘康妮叹了一口气表示:"先不说吧,我哥嫂子刚离婚,一堆事情够他们烦的了。"

于是,小两口便也就此作罢,不再提及此事。

而何晓芸这边,她感觉自己最近陷入了多事之秋。子铭的消失风波还没彻底消停,大清早还在梦中的她就接到了平雪娟的电话,平雪娟在电话里哭着说张文涛不好了。

半睡半醒的何晓芸从被窝里猛地惊醒，迅速地下床，穿衣洗漱，然后打电话给刘康生："刘康生，快起来！文涛那边出事了，我们最好马上过去一趟！"

"行。"刘康生没再多说什么，当即表示答应。

到医院的时候，张文涛已经暂时脱离了生命危险，只见他全身插满了管子，从急救室被移到了病房。平雪娟守在一旁，情绪还算稳定，见何晓芸与刘康生一起来了，淡淡地打了一声招呼，很快又把目光转向了张文涛，一错不错地盯着他。

昨晚，张文涛半夜起来上厕所，刚一起身竟突然瘫倒，昏迷在地，嘴里呕出一大片鲜血。他喘气的声音嘶哑而急促，像一条漏风的管子呼呼作响。平雪娟听见动静后，吓了一大跳，她跳下床急忙将张文涛扶到床上。可是张文涛嘴角的鲜血怎么都擦不干净，平雪娟越擦越急，眼泪噼里啪啦地往下掉，她强行让自己镇定下来，因为她深知现在不是难过的时候。于是，她穿好衣服，背起张文涛就往医院跑。

她个子娇小，不及一米六，却能轻而易举地把张文涛背下楼——张文涛太瘦了，原初魁梧有力的他被疾病缠身以后，逐渐消瘦得只剩下一把骨架。平雪娟背在背上，轻飘飘的，这根本就不是一个成年男人该有的体重啊，平雪娟一阵心酸。

在这个初春的夜半，路上几乎没人，一个娇小的女人背着一个骨瘦如柴的男人，在狭小而漆黑的小巷里跑得飞快。她一边奔跑一边哭喊："张文涛你醒醒，你不能睡，医院马上就到了，张文涛！"

浓重的夜幕透出了一点亮光，平雪娟一个人坐在抢救室的门口，看着天色渐渐变亮。医生从急救室出来，平雪娟弹簧似的跳起来："怎么样了？医生？文涛怎么样了？"

医生摘下口罩问："你是病人家属吗？"

"我……"月初的时候，张文涛身体情况尚好，平雪娟提议去民政局领证,张文涛拒绝了。所以,她现在的身份实在难以说明。

"我不是他家属,我……我是他朋友。"

"病人家属呢?"

"他家属都不在了,有什么事跟我说也是一样的,我可以负责的。"

见平雪娟说得急促而肯定,医生只好解释说:"病人的情况很不好,他的肿瘤浸润食管并侵犯纵膈和气管,引起食管气管瘘并导致大出血。现在刚刚脱离生命危险,但这也只是暂时的,估计时间不多了,建议你们做好心理准备。"

医生离开以后,平雪娟瘫坐在凳子上,没想到,自己的命如此苦,两人相聚的喜悦还没持续多久,这一天就到来了。

万分纠结的她已经失去了主意,只好在医院过道里急切地给何晓芸打了个电话。

等到何晓芸与刘康生赶来时,她已经进了病房守在文涛身边半天了,她守着这副孱弱的身体,不知道该怎么办才好。

"雪娟,你没事吧?"何晓芸看平雪娟冷静得有点不寻常,一张脸惨白得像雪。有点担心她受刺激太大,把脑海中的那根弦绷断了,"你在这里守多久了?要不要去休息一下?"

平雪娟木木地回答:"我没事,医生说文涛时间可能不多了,所以通知你们一块过来,就当是最后的告别吧。"

"怎么会这么突然,上回见文涛你们还好好的,这才过了几天……"何晓芸很是震惊。

平雪娟苦笑道:"也不算突然,他身体情况怎么样我是知道的,看他一天天强撑着也辛苦,早点解脱也好……"

"雪娟……"何晓芸的眼泪忍不住掉了下来。

平雪娟反倒还安慰起她:"你不用担心我,我没事,这一天早晚都会来的,我早就有心理准备。况且,他陪了我这么久,我已经很知足了。你知道吗？我这一生，结婚后的那些年都是不值得的，唯独和文涛在一起的这段时间，让我觉得这辈子值了。"

何晓芸看着平雪娟，心怀怜惜地叹了一口气。

上午九点的时候，张文涛还是没有醒来的迹象。刘康生打包了一些早餐带上来，何晓芸吃了一点，也劝平雪娟吃点包子。平雪娟摇了摇头，她片刻不离地守在张文涛跟前。刘康生只得通知以前的同学，接到消息的同学们纷纷表示很诧异，有几个已经动身在来医院的路上了。

张文涛家里没有什么人，只有一个妹妹远嫁在湖南。平雪娟给她打通电话的时候，她无奈地表示家里有小孩老人走不开，距离又太远，实在赶不过来，让平雪娟帮她好好照顾她哥。挂了电话，平雪娟心里又气愤又失望，张文涛一心念着的妹妹，连最后一面都不愿意过来。此刻她感受到人情薄凉，就连骨肉血亲也不例外。

十点的时候，张文涛悠悠地醒了，他看着旁边守着的平雪娟，还有何晓芸夫妻俩，努力想抬手做个表情，或许是想打个招呼，但还是失败了。他的嘴巴开合着，嘶哑着的喉咙只能发出"呼呼"的声音。

平雪娟急忙把耳朵靠到他嘴边，屏息听了半天，听到一个"饿"字，平雪娟大喜过望，她急忙拿出保温杯里面的粥。刚才趁张文涛睡着的时候，平雪娟就提前在医院门口打包了一份热粥，在保温杯里面温着，她怕张文涛醒来以后饿了。

何晓芸帮着把张文涛的头垫高，平雪娟细细地吹着粥，一点一点地喂进张文涛的嘴里，可是白粥沿着张文涛的嘴角又流了下来——他已经不能吞咽了。平雪娟并不放弃，仍旧耐心十足地喂着。何晓芸看得眼睛一阵滚烫，干脆低下头，挡住含泪的眼眶。刘康生搬了一把椅子坐在一旁，注视着平雪娟与张文涛，视线却有些失神，脑海中不知道在想些什么。

不到半天，已经陆续有同学赶过来。最先来的是班长大汉，他抱着鲜花前来，而后有同学三三两两结伴而来。张文涛虽然不能言语，但神志却是清楚的，看见多年未见的老同学，他明显很开心，精神也为之一振，这是他自病情恶化后的这些天里，大约最振奋的一天，消瘦的脸庞上挂着微笑，神情愉悦而自然。这不像是在进行自己的人生告别会，倒像是一场久别重逢的同学聚会，眼前仿佛只有喜悦，没有悲伤。或许他早就做好这一天到来的准备了，也早就坦然地面对死亡了。

平雪娟坐在旁边帮他掖着被角，目光柔和地看着他，偶尔有忍不住要流泪的同学，平雪娟轻轻地对其摇摇头。她明白张文涛，他希望可以平静祥和地离开，而不是在悲切凄惨的氛围中离开大家。同学们故意聊一些轻松快乐的话题，聊到以前，刚进校门的时候，大家对彼此的第一印象；聊上大学时一起逃课，成群结队出去爬山玩；聊到彼此之间的糗事和青春年少的那些趣事……过了几十年，仍旧善良的同学们，为张文涛编织了那些年的温情时光，让他的思绪像一根彩带，飘回到了以前的校园，人生若只如初见……

见他神色有些疲倦，刘康生说道："大家都来了，也看过了，我们就先回去吧，也让文涛好好休息一下。"

同学们稀稀拉拉地走出病房，并一一跟张文涛道别。这一别，可能是永别，张文涛神色平和地与每个人告别之后，最后病房里只剩他和他的雪娟。

张文涛握起旁边平雪娟的手，大拇指不舍地摩挲着她的手背，他张着口，无声地翕动着，平雪娟却看懂了他口中的那几个字：谢谢你，我爱你。

平雪娟微笑地看着他，弯下腰，在他唇上轻轻地印下一吻，她贪恋他唇上温润的触感，以及肌肤相近的刹那。

每个人的生命，就像一撮不可预测的烛火，你以为还有很多个明天的时候，可一眨眼就到了终结。张文涛看了最后一眼这个世界，看着自己所爱的人，他缓缓地闭上眼睛，再一次陷入了昏迷。下午两点，张文涛心跳停止。

张文涛的离去，给这群尚在中年的同学和朋友提了一个醒：生命的残酷，远比人想象得要复杂和猝不及防。我们每天为生计奔波，忙着升官发财，蹉跎着岁月，可这些都不是人生的最终目的。与其去追求漫无边际的财富、享乐，不如保重身体，珍惜眼前人，开心地过好每一天。

张文涛的葬礼被安排在三天后，平雪娟把他葬在西安城郊的一处墓地。他老家已荒芜，且一生无子无妻，与其葬在一片杂草丛生的地方，还不如就留在西安这儿。平雪娟还能经常去看看他，陪他说说话。班上能来的同学都赶来送张文涛最后一程，下葬那天，天下起了小雨，西安吹来了一股倒春寒，空气里带着一股沁入骨的寒气。平雪娟一身素白，立在墓碑前，头上的发丝沾着细雾似的雨水，像是一夜白了头。

葬礼结束后的几天，何晓芸与刘康生帮平雪娟整理张文涛的遗物。刘康生搬着箱子跑上跑下，何晓芸拉着平雪娟在一旁说话，她放心不下平雪娟，想接她回家住几天。

平雪娟淡淡地拒绝了："不用了，我一人住在这边挺好的，这里还有文涛的气息，我哪都不想去。"

"雪娟，"何晓芸顿了顿，不知道怎么开口，静默半晌，最后还是接着说道，"我知道文涛离开你很难过，但是你还年轻。文涛临终前，最不放心你，怕你沉浸在悲伤中走不出来。他曾让我跟你说，要是遇到合适的男人，就让他照顾你，这样他在天上也会更安心了。"

从张文涛病危到去世之后的这段时间，平雪娟都表现得超乎想象的平静，没有痛哭流涕，没有情绪失常，她始终保持着一副不寻常的冷静。

"晓芸，你不用担心我会寻短见，因为——"平雪娟把手放在小腹上缓缓地抚摸了一下，"我现在已经不是一个人了。"

何晓芸望着她的动作，听着她的话，惊讶地张大了嘴，指着她的肚子几乎说不出话来："你是说……"

"是的，我怀孕了，是文涛的，已经快四个月了。"平雪娟坦率地承认了，难怪何晓芸觉得她最近有点发胖，她还以为是沉浸在幸福之中的爱的发福，没承想竟然是怀孕！

"那文涛他知道吗？"

平雪娟一脸慈爱地摸着自己的肚子："我没有跟他说，他这一辈子，最不愿意看到的事就是拖累我。我知道，他一直希望我过得轻松自在，他不愿意跟我结婚，就是不愿意把我束缚了，所以他怎么会同意我独自抚养一个小孩呢。我不告诉他，希望他可以安心地走。"

何晓芸再一次要被平雪娟感动得想流泪："你这个傻子，生养一个孩子，比你想象得要艰辛很多，何况你已经到了这个年纪，高龄产妇很危险你不知道吗？就你一个人，你未来怎么办你想过吗？"

"那也要生，何晓芸，你摸摸，这里面，是我和文涛两个人的孩子，是文涛血脉的延续。所以我要好好活着，我不能难过，我要坚强。"

何晓芸用手摸了摸平雪娟柔软的肚子，将近四个月的肚子，已经有了一点显怀，但在略微厚的衣服的遮掩下，却看不太出来。

"晓芸，你不要担心我，你忘了你们大学那会叫我'打不死的小强'了，我平雪娟可是打不死的。"

何晓芸哭着哭着，"扑哧"一声笑了："你还好意思说啊，都当妈的人了，还没个正形。"

平雪娟有了活下去的希望，这下何晓芸总算彻底放下心了。

整理完东西，平雪娟支开了何晓芸，她留着刘康生想与他说几句话。

"康生，你跟何晓芸，当初还是我跟文涛撮合的。"

好友的离去，让刘康生情绪也颇有点低落，他点点头，"嗯"了一声。

平雪娟继续道："你跟何晓芸离婚的事，她已经跟我说了，这么多年的生活，你比我更了解何晓芸。但我要说的是，何晓芸是个倔强的人，眼里容不得半点砂子，可是她和我一样，是个愿意为爱付出所有的人。当初为了你，不顾家里反对，硬是一个人跑来西安生活，跟你结婚，为你生了一双优秀的儿女，替你孝敬父母，操持家务。我也不知道你们为什么会走到今天这个地步，但你们两个，终究比我和文涛更有福气，我希望你们可以珍惜彼此。"

平雪娟的一番话说完，刘康生感觉心脏处似在被蚂蚁噬咬着，轻轻麻麻地疼。他要承认的是,他对何晓芸还有感情,只是他做了太多的错事,注定已经回不去了。他何尝不想与何晓芸过下去,可木已成舟,不知道是否还来得及。

刘康生沉思了片刻,只好回答:"你说的我都明白。文涛有你这样的爱人,是他的福气,何晓芸有你这样的朋友,她也很知足,我替晓云谢谢你。你有什么需要,可以跟我联系,号码你都有。"

平雪娟笑着点头:"谢谢,我会的。"

回去的路上,何晓芸有些好奇地问刘康生:"雪娟单独跟你说了什么?"

刘康生手握着方向盘,目光看着前方的路说:"她说,我们比她和文涛幸运,她希望我能好好照顾你。"

面对朋友的关心,何晓芸感觉自己的内心有一股暖意升起,一缕金色的热度,就像现在初春的太阳。

刘康生的嗓音突然吐出她的名字:"晓芸——"

"什么?"

"没什么。"他似乎又因为什么迟疑了一下,简短地说道。

第五十二章

逼婚

因为张文涛的事，何晓芸一连请了一个礼拜的假。这天刚到公司，蒋佳就兴奋地冲过来，神秘兮兮地说："姐，我打算送你一份大礼！"

何晓芸莫名地好奇起来："什么大礼？我竟然有这等好运。"

蒋佳眼珠子一转，卖起了关子："先不告诉你，等我做成了再跟你说。你就等着感谢我吧，哈哈哈哈！"说完，蒋佳就扭着腰肢走了。

"搞什么鬼？"何晓芸看着她的背影摇摇头，也不知道她的葫芦里究竟卖的什么药。

好几天没回公司，刘康生被一堆事情忙得晕头转向，会议从早上一直安排到了下午五点，签文件恨不得左手换右手。中午饭点期间，郑巧玲突然打来电话。她在电话里用一贯撒娇的口吻说道："康生哥，你今天下班能回来陪陪我吗？"

刘康生想也没想地拒绝掉："今天没空，下次吧。"

郑巧玲抢在刘康生挂电话之前急忙补充道："我爸妈从老家过来了，他们想见见你。"

刘康生皱眉，她家人过来了？他事先从来没有听郑巧玲提过。郑巧玲继续在电话里撒着娇说："康生哥，看在我们这么多年的份上，你就过来一趟吧，我爸妈大老远的过来，很想见你一面。你就简单地跟他们吃个饭就好，好不好吗？"

刘康生沉默了一会，最终说道："那好吧，下班后，等这边事情处理完了，我过去一趟。"

这边郑巧玲欢快地挂了电话，转身对着她父母说："你们都配合着点，要是搞砸了，以后别想从我手里拿到一分钱！"

下班的时候，忙完的刘康生在办公室里喘口气，稍稍休息了半个小时，然后才开着车，如约到了郑巧玲的住处。

一进门，他便看见两个面相淳朴的农村老人有些拘谨地坐在沙发上，看着很显老，估摸着有七十岁左右。身上是崭新的衣裳，但穿着不甚合体，不像是平日里穿的衣裳，倒像是租来的。旁边竟然还有两个剃着光头的小男孩，一个六七岁，一个十来岁的样子，这会看见刘康生进来，怯生生地躲在自己的爷爷奶奶身后。

郑巧玲满脸堆笑地挽着刘康生的胳膊，向老人介绍道："爸，妈，这就是我说的康生哥，也就是孩子他爸。康生哥，这是我爸妈，这是我两个侄子。安安，乐乐，叫叔叔好。"

两个孩子把头躲在后面，硬是不吭声，郑巧玲偷偷瞪了他们一眼。刘康生对着两位老人点点头，主动打招呼："二老什么时候到的？"

郑巧玲她妈笑得两只眼睛眯成一条缝，露出一排红红的上牙龈："刚到，刚到。"郑巧玲爸显得很拘谨，附和老伴的话点点头。

刘康生在另一旁的沙发坐下，郑巧玲靠着他坐在沙发的扶手上，五个月的肚子已经很明显了。郑巧玲妈对着刘康生说道："看我闺女这肚子，多半是个男娃，小刘你说是吧。"

刘康生笑了一下，没有搭腔，郑巧玲一旁看着，急忙接道："妈，瞧你说的，只要是我和康生哥的孩子，男孩女孩我都喜欢。欸，我看也等好久了，大家都饿了，我们先吃饭吧，我去把菜端上来。"

看样子是要在家吃，刘康生故意沉着脸说："叔叔阿姨难得来一次，怎么不安排去饭店吃？"

郑巧玲妈飞快地接话道："哎呀，外头那么贵，还出去浪费那个钱干嘛，家里吃就挺好的，挺好的。"她说话语速飞快，跟吐豆子似的噼里啪啦，乡音又重，刘康生甚至听不清她在说什么。

晚饭是郑巧玲准备的，看得出来她没少花心思，甚至还铺上了新桌布，鸡鸭鱼肉，还有基围虾，满满地摆了一大桌子。

"吃饭喽，吃饭喽。"两个小孩见了好吃的，顿时也不怯生了，飞快地爬上餐桌，每人霸好了一张椅子，小的那个已经拿起筷子去够盘子里的虾了。

待全部落座，大家正准备动筷子，郑巧玲妈突然插了这么一句："哎呀，妮儿，你看我们这回来得急，你爸腿脚又不便利，也没给你带些家里的啥东西。"

郑巧玲心里翻了翻白眼，她已经习惯了，根本不奢望他们带什么东西。碍于刘康生在场，她还是笑着说道："没事，妈，你们能来我就已经很高兴了。"

郑巧玲妈把话头对准刘康生："听小玲说你是个大老板，公司有很多人，那一年肯定赚得不少吧。"

刘康生笑了一下，勉强回复道："还行吧。"

"那一年有五百万吗？"郑巧玲妈似乎要打破砂锅问到底，伸出五个手指头比了一下，继续问道。

刘康生无奈地点点头："差不多吧。"

"我的个乖乖！一年就有五百多万啊，这放我们乡下，得种多少庄稼啊，我们几辈子都花不完啊。你说是吧，老头子？"

郑巧玲爹盯着眼前的那瓶酒，心不在焉地点了点头。

刘康生见状，拿起酒瓶打开，给她爹满上："来，叔叔，咱们喝两杯。"

她爹忙不迭地点头，双手接过酒杯，一口便将满杯的酒灌了下去。看这样子，他在老家平日里没少喝酒，虽然不知道喝的什么酒，但酒量明显不小。

郑巧玲妈还想问点什么,却被馋嘴的小孙子愣是打断:"奶奶,我要吃那个鸡腿。"两个小屁孩把面前的几碟肉吃得差不多了,又朝着餐桌中央的位置盯了小半天,胳膊短,一点也够不着,只好嗷嗷地叫奶奶帮忙。

郑巧玲妈把筷子往嘴里嘬了一下,然后去插盘里的整鸡,发现筷子戳不动,干脆用手一边一只地把鸡腿扯了下来,放进两个小孙子的碗里;那乌黑的指甲缝里冒着油,却也舍不得用纸擦,然后把几根手指直接放进嘴里嘬了两下。而那两个小侄子狼吞虎咽的,吃得饭粒菜渣掉得到处是。

郑巧玲一脸嫌弃地看着眼前的场景,她开始有些后悔听了阿信的馊主意,让父母出面来逼婚,这种场面简直对她就是公开"凌迟",实在没有比这更糟糕的了。

郑巧玲妈又笑眯眯地转向刘康生问:"那你们公司有不少人吧?"

"不是很多,也就几十号员工。"

"哎哟,一个公司就有几十个人啦,这都赶上以前的生产队了,这可是个大公司。"

刘康生不得不谦虚地应付说:"一般,算不上。"

"怎么算不上,那也是个大公司了!你们公司还招人不?小玲的大哥和他老婆,现在在家一直没事做,能不能给他们两口子安排个工作,也不用当啥领导,普通的就行,你看行不?"

郑巧玲妈满脸堆笑看着刘康生,就差讨好了,刘康生咳嗽了一声,没有说话。郑巧玲心里又气又急,生怕刘康生会生气,她忍着性子对自己妈说道:"妈,你来这里就是说这个的啊,你这样让康生哥怎么看我!"

郑巧玲妈住嘴了,却小声念叨着:"再怎么也是你亲大哥,帮帮你大哥怎么了?"

"阿姨,叔叔,你们是第一次来西安吧?"

"对,第一次来,听说俺闺女要结婚了,我来参加我家闺女婚礼。"郑巧玲爸大着舌头含糊不清地说着。

一看,好家伙,原来他前面的白酒已经喝了大半瓶了。一口痰上来,他直接"咔"的一下,那口痰像子弹一样,"啪"的一声钉在光洁的瓷砖地板上。

除了两个孩子还在哭闹着抢鸡腿,刘康生、郑巧玲,包括郑巧玲她妈都愣住了,半晌郑巧玲妈尖着嗓子骂道:"你个棒槌,又喝那么多酒!"

郑巧玲恨不得自己马上钻进地缝里。

"婚礼?"刘康生有点疑惑地看着郑巧玲,她把头低下了,额前的一缕头发把眼睛挡住。

郑巧玲妈急忙插话道:"小刘啊,你看我们家小玲,娃也给你怀了,也跟了你好些年,年纪也老大不小了,听说你现在婚也离了,我看你们啥时候就把婚结了,这也是一件喜事呀,你说呢?"

刘康生缓缓地放下筷子,郑巧玲也不知道该说什么话,只好保持沉默,桌上的气氛有点冷场。

郑巧玲妈又道:"虽然我们是农村人,但小玲呢,也是一路读大学花了不少钱,彩礼我们也想过了,拿个五十万就好。"

郑巧玲急了,这话越说越不对味,她拼命地给她妈使眼色。可她妈完全说嗨了,沉浸在自己的暴富梦中,她继续滔滔不绝地讲:"还有,我看现在的这个房子,也小了点,到时候我们一家人来了都住不下。到时你们再换一个大一点的房子,我看就差不多了。当然,你要是没意见的话,能不能给小玲他哥买辆车,这样体面些。你要是同意,我们明天就见一见亲家,把这结婚的事情定下来,你说咋样?"

刘康生一张脸几乎要铁青了,浑身上下都隐隐散发着怒气,最后他深深地吸了一口气,转头对郑巧玲说道:"你看叔叔阿姨想吃什么,想玩什么,就安排一下,难得来一次,多玩几天。叔叔阿姨你们吃,我回去了。巧玲,你跟我出来一下。"

后知后觉的郑巧玲妈总算发现坏菜了,眼看着刘康生把郑巧玲拉了出去。

刘康生把郑巧玲拉到走廊处,然后甩开她的手:"五十万?买车?结婚？郑巧玲，你到底想干什么？今天是逼婚来了是吗？好，真是好，你真是厉害。"

郑巧玲没想到事情会变这样，她都快急哭了："康生哥，你听我解释，根本不是这样的，刚才那些都是我妈她自己发疯想的，这些我都没想过，不是这样的。你要相信我啊。"

"郑巧玲，我再一次明确地告诉你，尽管我已经离婚了，我也不会娶你。至于孩子，生不生是你的自由，但是不代表我会接受！"刘康生撂下一句话就走了，留下郑巧玲一个人，怔怔地杵在那里。等到刘康生不见了身影，她无助地蹲在走廊里，埋头嘤嘤哭泣。

"咋了，你听到啥了？"

"别吵。"郑巧玲妈和她爸躲在里面，把耳朵贴在门后听着外面的动静，直到郑巧玲推门进来，两人才讪讪地起身。郑巧玲妈撇着嘴说："小刘怎么说走就走了，真是对长辈一点礼貌都没有。"

郑巧玲怒火中烧，今天晚上真是让她丢尽了脸。如果再来一次，她肯定不会同意这个烂计划。她脸上泪痕闪烁，冷笑道："你算他哪门子的长辈？"

"这……你这不是都要跟他结婚了吗？"

"他不要你女儿了，你满意了吧？你的五十万彩礼飞了，给你儿子找的工作也没有了，还有你儿子的车，你家的大房子！"

听了这话，郑巧玲妈是真的慌了："那……那这可怎么办？这孩子都这么大了，他怎么能不负责呢。"

"哼，孩子？人家稀罕孩子吗？人家已经有两个孩子了，这一个，他根本不想要！你就是故意来害我的吧，你还是看我不顺眼是吧？上大学？我上大学花了你一分钱吗？你还好意思开口要五十万彩礼，你真当自己是根葱呢？"

"哐"的一声，一个饭碗掉在了地上，碎渣散得四处都是。桌前一个刚吃完的小孩，手没拿稳，不小心摔碎了一只碗。

"奶奶，我还要一碗饭！"小孙子嚷道。

郑巧玲捂着耳朵，歇斯底里地尖叫："滚，你们都给我滚！"

不说郑巧玲正在家里气得雷霆大发，已经离开的刘康生也更是要气炸了。上了车的他依旧不能平息他怒气。郑巧玲，连同她的父母，让他太厌恶了，他简直不想再看到他们的脸。

"叮"一声，手机屏幕突然弹出一个短信信息。刘康生打开一看，短信上写着："我是蒋佳，你还记得我吗？刘总，别眨眼，我送你一份惊喜！"

刘康生还在脑海中搜索"蒋佳"的信息，后面几条短信便"叮叮叮"地接踵而来，是彩信。刘康生打开图片，等加载结束后，清晰地看到画面中一个男人亲密地搂着一个女人的肩头，看周围的装潢是在酒店，女人看起来分外眼熟，刘康生放大她的面容，竟然是——郑巧玲！而图片上的那个男人并不是他自己。

后面几张照片的背景分别是在不同地点拍摄的，有酒店的，有咖啡厅的，每一张照片都把女人和男人的面容拍得清清楚楚。最后两张郑巧玲已经微微挺着一个肚子。那个男人极陌生，郑巧玲从没提过，从两人的举止来看，更不可能是什么亲戚关系。

最后一条短信进来，上面写着："是不是很惊喜？当爸爸是件喜事，但要是突然被喜当爹就说不准了。刘总不要太感谢我，毕竟我还有一个名字叫雷锋！哈哈哈哈哈！温馨提示：查查你的银行账单，可能有更多惊喜哦。"

刘康生迅速地浏览着照片，飞快地回了两个字："谢谢。"

没想到眼下正应了一句俗话：瞌睡有人递枕头。不管对方目的如何，对他而言，这是再好不过的消息。没有为自己被戴绿帽而上火，也没有因为她欺骗自己而发怒，反而有些庆幸，这些图片恰逢其时。甩掉郑巧玲这个女人，正缺一个借口。不，这可是妥妥的证据。看样子，这些照片明显是找人跟拍的，刘康生把所有的图片下载到手机相册，加密以后就删了短信。

他拨通一个电话："小李，我这边有一张银行卡掉了，最近有短信显示异常消费，你帮我查一下。"

过了一会,电话回过来,是财务小李的报告:"刘总,我查了一下,您那张卡掉了多久了?我看到从半年前开始有几笔大的转账,每笔都是五万以上,总共转了好几次。详细的账单稍后我发您一份,您看那张卡要帮您挂失吗?"

"先不用,你把账单发我一下。"

"好的。"

挂了电话,刘康生颇感放松。是时候结束这段混乱的关系了。

第五十三章

谋划败露

人心往往是微妙的,阴晴雨雪,亲疏冷热,往往比天气还要变化多端,也最难以让人捉摸。丁大坤明显觉得,最近何晓芸对自己的态度比较冷淡,曾几次约她吃饭,她都推脱有事,这跟从前的态度大不相同,这让他百思不得其解。

午休的时候,何晓芸从楼下吃完饭回到公司,丁大坤一眼瞅见,特意拦住了走廊里的何晓芸,生怕别人听见似的,轻声问道:"你最近为什么老躲着我?"

"没有啊,怎么会呢。"何晓芸故作平淡地回答。

"那我约你去吃饭你怎么不去?"

何晓芸沉默不答。

"你是不是在生上次的气,就是我故意气刘康生的那次。"

何晓芸抬起头说:"其实丁总,你上回没有必要那样,还说我是你的女朋友。"

"其实我就是想气一气他,你别生气啊,我没有要冒犯你的意思。"

"算了,都过去了。丁总,我有点忙,就先回办公室了。"

丁大坤看着何晓芸离开的背影,开始有点搞不懂女人的脑子里都在想些什么，前一段时间不是还好好的吗，最近怎么就又变了一副面孔？

何晓芸最近确实很忙，除了每天关心儿子子铭，还得应付被刘家的老两口围堵。听说她与刘康生离婚，世界上最着急的估计就是孙元香了。她一会去子铭的学校送汤，安慰子铭受伤的心情；一会去何晓芸公司找她出来聊天谈心，还有就是去自己儿子公司撒泼打滚，还时常打电话给远在上海的女儿哭诉。总之，她就是一副两人若不复婚就誓不罢休的样子。她确实做到了，一连坚持了一个星期，几乎把一家人搞得人仰马翻，精疲力尽。

这天，刘康生打电话给郑巧玲出来见面，郑巧玲欣喜若狂，连忙答应。她原以为刘康生再也不会理她了，没想到才过了几天，他竟然主动打电话给自己，心下不免对这次约会重视起来。

郑巧玲一扫前几天的萎靡，在家精心打扮了一番，然后兴高采烈地前去赴约。

几乎与此同时，刘康生这边也已经开车出发了，前往约定地点。不过，在前来的路上，他心里七上八下的，反复在思量：自己到底是否该当面向郑晓玲和盘托出。如果直接告诉她"郑巧玲你出轨了"，不，这也许算不上是出轨。毕竟他们之间没有任何名分，甚至也见不得光，永远偷偷摸摸地进行。所以当她与另一个男人同样偷偷摸摸的时候，本质上与他的关系并无不同，谈不上背叛。她可能只是想开了，那个男人比他年轻、健壮、有活力，体内高纯度的多巴胺，是刘康生给不了的，毕竟他自己已经是四十多岁的人了。

所以，他能理解郑巧玲，不过，这样不代表他就可以接受。这个世上没有几个男人能接受了"绿帽子"，刘康生也不例外。

郑巧玲万万没想到的是，早在前几天，刘康生已让人打印了她的银行转账记录。当初那张卡，其实是他的一张额度副卡，郑巧玲消费的每一笔钱，刘康生都知道得一清二楚。他奇怪地发现，郑巧玲好几次给一个陌生的人转账。从名字可以推测，是个男人。而这几笔下来，合计约有十几万。他不清楚她与那个人之间有什么样的交易和勾当，拿到转账记录后，刘康生再一次陷入了怀疑和猜忌。

刘康生很爽快地给蒋佳联系的那个做狗仔的人付了一笔钱，随即又雇他收集了更多的信息。当大量的图片和证据铺在眼前的时候，刘康生心冷如灰，没想到郑巧玲竟然背着自己做了那么多让他寒心而不齿的勾当。

他知道，当面对质的机会到了。所以，他不得不硬下心来，今天主动约郑巧玲出来，当面做出了结。

他约郑巧玲在一个很僻静的茶厅见面，里面宽大的包间私密性很好，郑巧玲如约前来。她清楚这个地点，因为他们两人之前来过这个地方，但在郑巧玲的记忆里，次数并不多。在路上她还在拼命地回想，是不是自己漏了什么很重大的日子，是两人第一次见面？还是第一次发生关系？是短暂同居日子的开端？抑或者是对方的生日？郑巧玲一一排除，她想不出今天是什么重要的日子。平心而论，刘康生真的称不上是一个浪漫的人。郑巧玲猜想：或者他想通了要跟自己求婚呢？她怀着满满的期待来到应约地点。

但是很快，她发现自己的想法错了。刘康生的态度有点古怪，就像是……对待许久未见、略有生疏的朋友，又或者是，一个不怎么重要的客户。总之，郑巧玲觉得他的态度很不对劲，往日的那份亲昵荡然无存。

刚落座，刘康生淡然地问道："铁观音，还是普洱？"

难道他不知道怀孕了不能喝茶吗？郑巧玲开始有点惴惴不安，她用疑惑的眼神看着他问道："康生哥，你今天怎么了？"

"还是铁观音吧，清淡一点。"刘康生自顾自地沏了一杯热茶放到郑巧玲面前，"今年的新茶，尝尝吧。"

"怀孕了不能喝茶，你不知道吗？"

"怀孕不能喝茶吗？"刘康生稍感意外地反问，接着才意识到自己的疏忽。便自嘲地笑了一下，"身为两个孩子的爸爸，我竟然从来不知道这个常识，唉。"

何晓芸怀孕的时候，刘康生一直都在忙，甚少在家。尤其是怀子铭的时候，那段时间公司还没步入正轨，他每天焦头烂额有一大堆事情要处理。有时回了家碰上心情不好，免不了要争吵几句，他一直埋怨何晓芸不够体谅他。现在看来，是他远远不够体谅何晓芸。他刘康生，自始至终都没有尽到一个好父亲、好丈夫的职责。

刘康生重新帮郑巧玲倒了一杯白开水，开始步入正题："今天叫你来，是有事情跟你说。"

刘巧玲惊诧地盯着他，不知道他究竟要说什么事，而且带着一脸罕见的严肃。自从她认识了刘康生，从没看见过他这么严肃的脸色和神情。

说着，他从身旁的公文包里，掏出一沓照片和流水账单，推到郑巧玲面前："这些东西，你看看。"

郑巧玲疑虑地拿起东西，待她看清楚图片上的画面时，大惊失色，她强行让自己镇定下来，然后摇头否认："康生哥，我不明白这是什么东西，这些照片是合成的！这是诬陷，是冤枉，我真的不知道是怎么回事。"

刘康生抽出其中一张，画面上，那个男人正亲密地搂着她，手搭在她脖子上，不知道说了些什么，郑巧玲捂着嘴笑着。

"是不是合成你自己心里清楚，这些照片，这个男人，你心里也应该清楚。"

"康生哥，我真的没有做对不起你的事情，我真的没有，你要相信我啊……"郑巧玲哭了，哭得楚楚可怜，泪眼蒙眬中她偷偷看了刘康生一眼。以往，刘康生怜香惜玉的性子最吃她这一套，可今天，刘康生竟耐心地等她哭完，没有递纸巾也没有安慰，郑巧玲自觉无趣，便慢慢收住了眼泪。

接着，刘康生翻出那张银行流水单，冷冷地说道："我查了你的账单，总共转了四次大额度的款，账号都是同一个，应该是那个男人吧。"

事情说到这一步，郑巧玲才开始真的有点慌了。她大脑飞速地运转着，今天这一切要是没有一个合理的理由，怕是很难应付过去。她眼珠一转，急忙说："这是我表哥，他在老家欠了一堆赌债，来西安避风头。你也知道，我家里亲戚他们都没什么钱，我也是架不住他们一再求我，才糊涂地给他转了几次钱。我保证，以后再也不会了，康生哥，你不要生我气了好不好？"

刘康生并不为她的这些解释所动，继续言辞淡定地说："我今天跟你说这些，肯定就是调查清楚了才来找你的，你不用费尽心思找借口了。"

"你调查我？"郑巧玲颤抖地拿手指着刘康生，满眼的不可置信。

"我一直很奇怪，我后来跟你在一起相处的次数不多，而且每次我都有做措施，你怎么会怀孕？"

郑巧玲大脑彻底一片空白，心跳如雷，有那么短暂的一瞬，她感觉自己丧失了语言，仿佛过了一个世纪那么漫长，也可能只是眨眼般须臾。她听见自己疯了般地尖叫："你怎么可以怀疑我？孩子就是你的，没有别人。"

刘康生冷眼看着她，不屑地表示："你可以否认，也可以选择生下来，但孩子出来之后，我自会去做亲子鉴定，到时候一切都会水落石出，你可别后悔。"

郑巧玲如遭重击，全身的力气瞬间被抽光了。过了良久，她才掩面哭泣着说："我也不想，可是我需要一个孩子，而你总是不愿意跟我结婚。何晓芸她比我好在哪里？她没有我年轻漂亮，没有我体贴，甚至没有我那么爱着你，她只不过仗着先认识你，生了两个孩子而已。我以为我有孩子了，你就会愿意跟我结婚，我就能成为名正言顺的刘太太……"

郑巧玲这样说，无疑是承认了孩子的父亲另有其人。刘康生听到这层信息，心中并不难过，他甚至感到解脱，长久以来焦虑的问题，就这样可以轻松地画上句号。

郑巧玲这些年，一直处心积虑地想要一个孩子，想要一个和刘康生的孩子，但是刘康生太小心了，他每次都严防死守，生怕出现一点意外，郑巧玲根本没有任何机会。

随着年龄增长，郑巧玲越发心浮气躁。她决定，给刘康生与何晓芸的婚姻下一剂猛药。她计划借种怀孕，开始了与另一个男人的缠绵，说不清是报复刘康生的薄情还是放纵。报复的快感如野草般疯狂生长，让她欲罢不能。顺利怀孕后，她掐准了时机去医院等候，亲自上演了一出好戏，如愿以偿地摧毁了何晓芸与刘康生之间的最后一丝仅留的情感。她以为刘康生离婚以后，怀孕的自己自然是顺理成章地成为刘太太，可惜她算错了。

"你知道我为什么不跟你结婚吗？"刘康生看着眼前有些癫狂状的郑巧玲，声音中含着一丝怜悯坦白道，"因为——我从一开始——就没打算娶你。"

郑巧玲以为自己听错了，她轻轻地"嗯"了一声表示疑惑。真相纵然很残忍，但事情走到今天这一步，两人注定不能好聚好散，与其心存幻想，还不如撕开这层真相的隔纱。

刘康生继续直截了当地说："我从来没有离婚娶你的打算，我不可能放弃我的家庭。当然了，对你的感情不能说完全是假，这些年我也尽量在补偿你，给你高职位、给你钱、给你房子。除了那一纸婚姻，你想要的我都可以给你，可是你为什么偏偏要那么急着去破坏我的家庭？"

她这才完全听明白了。这个男人，从头到尾就没打算娶自己，他只是把自己当一个可有可无的玩物。听话就奖励点东西，不听话就毫不犹豫地抛弃掉。郑巧玲心里在流血，她说不清自己这些年到底算什么。她甚至在心里自嘲地笑：郑巧玲，这就是你的报应啊，以为自己能主宰一段感情、左右他人的婚姻，结果最后只不过是他人感情上一粒微不足道的尘埃，粘在衣服上，一掸就掉。

事已如此，郑巧玲已经不再心存幻想。面对刘康生，她干脆撕掉那层伪装，露出真实的面目："不管怎么说，刘康生，我是真的爱你，你以为你给那点东西就能对得起我吗？我告诉你，远远不够！我比你想得贪心，房子？钱？这一么点又算得了什么。至于破坏你的婚姻，你可真敢讲，把自己摘得干干净净。你可别忘了，当初可是你自己愿意的，没有人逼你！你的家庭，要毁也是毁在你自己手里！刘康生，我恨你！"

说完，她拎起包，含着满心的不甘和沮丧，悻悻地离开了。刘康生自然也无须再挽留她，淡然地看着她消失在门外的身影。大约，这是他们两人最后一次的人生交集了。

几个月后，郑巧玲一个人在医院分娩的时候，没有人陪在她身边。之前浓情蜜意的阿信突然消失不见了，血肉至亲的父母在电话里说自己太忙，抽不出时间来照顾她，在这个城市里她没有一个朋友亲人。而她，却始终没有勇气再给刘康生打电话。

郑巧玲被推进冰冷的手术室，一行泪水从眼角划过。至于那天凌晨，生产的孩子是男孩还是女孩，将近麻木的她也早已不在乎了。

往后的时间里，公司没有人再见到过郑巧玲。据行政声明说，她是被外调走了，但没有人知道她被外调去了哪里。也没有人有她的消息，她像一滴水，在炽热的阳光下，无声无息地蒸发了，就像大家都从未见过这个人。

第五十四章

认错

那天跟郑巧玲见面了以后,刘康生开着车,漫无目的地在街上瞎逛,满怀的轻松和释然,让他一路飞驰。半天之后,鬼使神差似的,刘康生竟然不知不觉把车开到了何晓芸住的小区——虽说他只来过四五回,却也熟悉路线。下了车,他径直又按响了她的门铃。连他自己都不清楚,他为什么要来。

何晓芸开门看见是他,很是惊讶。还没问他什么事呢,却见刘康生请求似的说:"之前是我错了,我不应该出轨,我不应该背叛你。晓芸,我们能从新开始吗?"

何晓芸愣愣地看着他,一阵莫名其妙后,最终冷冷地回答了一句:"不能,我现在过得很好。"

说完她就把门关上。她不知道刘康生走没走,是否还在门口,她已经不关心了。

"你听我解释,晓芸!"外面的敲门声接二连三地响起。刘康生并没有离开。

实在太吵了,她不得不又开了门。

刘康生满身疲惫地站在门口,何晓芸才看清他的两颊带点病态的红,似乎有点站不稳的样子。

他一下子抓住了何晓芸的手,何晓芸感觉他体温有点烫。

"放开!"何晓芸轻斥道。

"何晓芸,我跟你说实话,郑巧玲的那个孩子,不是我的。"刘康生没头没脑地来了一句。

何晓芸有些讶异,她看了刘康生一眼。

刘康生继续说道:"何晓芸,我知道我从前做了很多错事,我甚至没有资格请求你的原谅。但是,我还是想问问你,如果可以的话,可以再给我一次机会吗?"

刘康生说得很诚恳,何晓芸脸上的神情冷静,没有一丝波澜,依旧如从前那般淡然说道:"康生,这些都是过去式了,我们已经离婚了。"

对于这些,她已经不放在心上了。

这话一出,两个熟悉的面庞之间的空气瞬间凝结了一层冰,两人再无多余的言语。刘康生怅然若失,最后不得不带着郁郁寡欢的心情,默默地离开了。

直到一个礼拜之后,何晓芸才从蒋佳那里得知事情的真相,原来那个孩子,真的不是刘康生的。郑巧玲一直暗地里与那个名叫"阿信"的痞徒来往密切,那孩子就是他的,他们合起伙来诈骗刘康生。听说阿信从郑巧玲手里威逼利诱地拿走了不少钱,一向骄傲的郑巧玲不知为何对他言听计从,何晓芸听后也感到匪夷所思。

"还有为什么?一个怀了孕又六神无主的女人,随便抓住一个男人,就把他当成是自己的救命稻草呗。郑巧玲毕业以后就进了刘康生的公司,顺利地当上了刘康生的小三。没经历过人心险恶,还以为自己真的是万人迷呢,况且还有把柄在对方手上,还不跟被人捏了七寸似的。"蒋佳自鸣得意地分析道。也许吧,总之郑巧玲已经彻底消失在他们的生活之中。

蒋佳凑到何晓芸跟前问:"刘康生这回算是被他们算计的,这般遭遇确实是值得可怜。那么,你打算怎么办?"

何晓芸淡淡地笑了笑:"你忘了,我和他已经离婚了。"

蒋佳撇嘴,不屑地说:"说得好像离婚了就再无瓜葛似的,你们生活了那么多年,那啥啥,早就绑在一起了。"

"什么啥啥?"何晓芸不解地笑问。

"你自己掂量着想去。"

蒋佳说的没错,尽管他们在法律上解除了婚姻关系,但何晓芸与刘康生之间积酿多年的感情,还有两个孩子,那种骨肉血缘相连的关系,注定是将他们捆绑在一起的。

这天孙元香又一次来找何晓芸,她从刘康生那里得到了前儿媳新的住址。何晓芸下班回家的时候,一眼就瞅见有个熟悉的老太太的身影在楼下,没错,就是刘康生的老妈孙元香。她有些意外,走到跟前,却本能反应地叫了一句"妈"。孙元香转过头来,看着何晓芸露出和善的笑容,算是打个招呼:"晓芸你回来了。"

"您怎么在这呢?"

"我来是想找你谈谈。"

何晓芸把孙元香请进了屋,给她倒了一杯热茶。孙元香打量着何晓芸的小屋子,开口诉说:"上个礼拜我去了一趟康生那,整个屋子乱糟糟的,简直不像个样子。自从你搬出去以后啊,我看康生就跟丢了魂似的。你爸也觉得有愧,没脸来找你,今天我这老太婆亲自来跟你求情了。"

孙元香最近因为儿媳两口子离婚的事,着急得嘴上都起了泡,当初第一次见面时那个气派而讲究的老太太,早已无影无踪,而且近些年来她确实衰老得厉害。

"晓芸啊,我知道以前是康生对不起你,让你受委屈了,可你们怎么说也是有两个孩子的人。你看子铭现在,老师都说他成绩下降得厉害,你这个做妈的,就不心疼?康生是做了一些糊涂事,可那个女人已经被他亲自给打发走了。你就再给他一次机会吧?啊?晓芸,算妈求你了。"

何晓芸赶紧止住孙元香的话头:"妈,你这是哪儿话啊,子铭也是我儿子,我肯定会好好照顾他,即使我跟康生离婚了,我们也还是一家人,您也是我妈啊。"

孙元香流着眼泪哀求:"你要还认我这个妈,你就搬回去,一家人好好过日子,别让我和你爸担心啊。"

"妈,这是两码事。再说,我跟康生已经离婚了,怎么还能住在一起呢?"

"离婚怎么了?离婚也能复婚啊,这种事也多的是,你看,许多离婚的家庭后来不都又团团圆圆了吗?"

何晓芸低着头削苹果,在心里强行告诫自己不要头脑发热,要冷静。片刻后她明确地拒绝了:"妈,我现在这样过得挺好的。"

半天的谈判和哀告,没有任何结果,孙元香无奈地叹着气,只得从何晓芸家里出来,边摇头边说:"唉,好好的一个家……"

何晓芸看着她蹒跚的背影,突然有些心酸。

不过,这事并没有就此结束。之后,刘家的每个人几乎轮番而上,希望劝动何晓芸与刘康生复婚。可何晓芸就跟乌龟吃了秤砣——铁了心似的,不管是谁来,何晓芸都委婉地拒绝了,毫不动摇。

连何晓芸老家的人都来做工作了——自然是孙元香的主意和策略。李桃花在电话里唠叨了半天,何晓芸一点不为所动,李桃花最后也叹气说:"你现在已经这么大了,我跟你爸是再也管不了你了。随你去吧。"

萌萌跟妈妈何晓芸打了好几个电话,每次打着打着就哭了,何晓芸也想不出什么好的办法,只得一再安慰她,想着过一段时间女儿就会习惯了。

夜深人静的时候,她脑海里总是响起刘康生那句"你还能再给我一次机会吗",对那个家,对刘康生,尽管还有眷恋,但是她的答案还是不能。这场婚姻让她痛苦挣扎了十余年,几乎让她窒息,如今,她刚获得了些许宁静的生活,怎么可能还会走回头路呢。

丁大坤还是时常约她出去,但何晓芸都一一拒绝了,这更多是出于对孩子的成长考虑。她内心感觉有点对不住他，丁大坤很好，何晓芸不是没有心动过，可是子铭的情绪不稳定，作为母亲的她不能再冒险。

抽空她去看了看平雪娟，她的肚子已经有点大了，看上去气色不错，一脸满足地靠在床头缝小袜子，房间保持着张文涛还在的时候的样子。

看见何晓芸来，平雪娟很是惊讶："你怎么没打个招呼就来了？"

"又没什么要事，我就是偷闲过来看看你。"

"我挺好的呀，你看看，这是我给宝宝新做的小袜子。"平雪娟兴致勃勃地拿着手里的物件给何晓芸看。

何晓芸接过，只见新织的袜子上针脚整齐，甚至比老家她母亲以前给自己织的都要精细。

"没想到，你还能做针线活，手艺居然这么厉害啊。"何晓芸惊叹地夸赞道。

"这有什么会不会的，多练练手就好了。"

平雪娟一副"有子万事足"的精气神，浑身上下都闪着母亲的光辉，她已经完全从张文涛的离世中走出来了。毋庸置疑，一个小生命给她带来了新的喜悦和生活的动力。在她的意识里，未来，她腹中的孩子将会替张文涛把生命延续下去，以另外一种方式，陪伴在她的身边。

第五十五章

走出阴影

看完平雪娟后,就在回去的路上,何晓芸突然心悸得厉害,直到接到刘康妮的电话,何晓芸才明白这股心悸,从何而来。

刘康妮在电话里惊慌失措地尖叫:"萌萌自杀了!"电话那头是一阵嘈杂与慌乱,医生护士的呼喊声让她吓蒙了。一辆巨大的卡车呼啸而过,何晓芸感觉有那么一秒,自己失聪了,她就那样站在街头,腿脚有些发软。

何晓芸与刘康生,还有孙元香,搭乘最早一班航班去了上海。到了上海,他们几人就直奔医院。幸运的是,萌萌暂时脱离了生命危险,刘康妮与郑泽荣在病房里守着。见几人来了,刘康妮忍不住就觉得心虚,作为萌萌的姑姑,觉得自己没有照顾好她。

"妈,哥,嫂子,你们来了。"

"萌萌呢?"孙元香脚步踉跄地冲进病房,"我的萌萌!"只见萌萌小脸煞白地躺在那里。这才多久不见,她已经瘦得下巴尖尖的,上次见面她还抱着自己的脖子撒娇,怎么就躺在病房了?

孙元香"心肝宝贝"地叫着,拉着萌萌的两只手贴在自己脸上:"这到底是怎么了?我的小心肝宝贝,怎么好端端的会寻短见呢?"

何晓芸与刘康生同时看向刘康妮,刘康妮支支吾吾地说:"学校说是……萌萌支开了……同宿舍的室友，把门反锁了……然后在寝室割腕了……后来有个同学返回寝室拿书，敲了很久的门，觉着不对劲，喊来了老师。把门打开以后，才发现萌萌躺在地上，身旁有好大一滩血，人已经昏迷了……医生说再迟一点，可能就晚了……"

听罢，何晓芸一阵后怕，刘康生扶住腿软的她。而作为父亲的他实在想不通，萌萌还那么小，怎么会……

刘康妮像是看出刘康生心中所想，心虚归心虚，但有些话她还是要说："嫂子，哥，对不起，是我没有照顾好萌萌。但是我有几句话要说，其实前段时间，萌萌就有些不对劲。我和泽荣都觉得萌萌有点变化，原本不想让你们担心，所以也就没有跟你们说，萌萌很有可能失恋了，还有，就是你们两个大人的事……"

刘康妮看着何晓芸与刘康生，继续说着，语气里带着浓浓的责怪的味道："本来萌萌的情绪就很不稳定，你们谁关心过吗？谁给萌萌打电话疏导过吗？不仅如此，你们还选择在这个节骨眼上离婚，你们知道萌萌多难过吗？她老是跑来我这里哭泣，问自己的爸爸妈妈为什么要离婚，你们就是这样做父母的？你们只顾自己的痛快，离婚你们是解脱了，萌萌呢？她到底还是不是你们的女儿？萌萌要是有个三长两短，我这个当姑姑的，也绝不会原谅你们！"

一旁的郑泽荣拉着刘康妮的袖子："别说了，别说了，大家都很难过。"

刘康妮没有听从劝说，反而扯开老公的手，更加激动了，回头冲他喊："他们有什么难过的？这几年萌萌都是我们在关心照顾！你问问他们，他们这几年都在扯自己那点烂摊子，尽到做父母的责任了吗？我偏要说！"

孙元香一个起身，动作快到大家都没有反应过来，"啪"的一声脆响，一个巴掌用力地打在了何晓芸脸上！何晓芸的脸被打得偏向一边，病房里的人一时之间都愣住了。孙元香还想打第二下的时候，被眼疾手快的刘康生给拦住了。

"妈!"刘康生大惊地问,"妈,你干吗?"

"我干吗?!"孙元香心痛地流着眼泪,顺势锤了刘康生几下,"我要干嘛?我要打死你们两个不省心的东西,不让离婚你们非要离婚,逼着子铭离家出走,逼着萌萌自杀!现在你们满意了吧?赔我孙女!赔我孙女!我孙女以前那么开朗爱笑的一个人,硬生生被你们逼得自杀。"紧接着又对何晓芸说"你怎么当人家妈的,要是我孙女有个三长两短,你就是我老刘家的罪人!"

孙元香在病房又捶又打,大声地咒骂。她把一腔怒火都归结在何晓芸身上,认为要不是何晓芸执意要离婚,就不会出现今天这个局面。

刘康妮也赶紧上前拦着老太太,何晓芸站在一旁不躲不闪,病房里登时闹作一团。

刘康生一把抱住老太太,大声说道:"行了,妈!别闹了!你要打就打我,今天所有的事情都怪我!"

孙元香无力地放下手臂,眼泪不住地往下流淌。

何晓芸愣愣地走到萌萌的病床前,看着女儿苍白消瘦的脸庞,她捂住自己的脸,眼泪从指缝中流了出来。原来的那些都不重要,爱、自尊、体面她都可以不要,她自责地说:"萌萌,妈妈错了,是妈妈不好。"

刘康生看着她,眼眶一酸,做任何事都有代价,这个可能就是上天对他的惩罚吧。

第二天中午的时候,萌萌才慢慢醒过来。她看着眼前围着一圈的家人,爸妈、奶奶,还有姑姑他们。扫视了一圈,她像是在寻找什么,最终还是缓缓地闭上了眼睛,一滴饱含深意的眼泪不知不觉掉落下来。

孙元香笑着把温热的粥举到她面前:"萌萌,奶奶给你煲了粥,你吃一点吧?"萌萌却缓缓地把头移开了。

往后的日子,无论是谁来,无论说什么,问她什么,萌萌都没有开口。她就像是变了一个人,由从前的活泼开朗爱笑,到现在的一言不发,一味地沉寂在自己的世界里,看着窗外的世界发呆,没有人知道她在想什么。

何晓芸问了医生缘故，医生说孩子有严重的抑郁症。抑郁症这种疾病多发于青少年，虽然身体上没有什么伤口，却比普通的生理疾病更加可怕，也更加难于治愈。孩子一旦遇到外界的刺激，随时都会有自杀倾向。

在上海的医院休养半个月之后，一家人决定把萌萌转回到西安，并为萌萌办了休学手续。这些天，弟弟子铭与爷爷刘佐华在西安都为她的情况担心。出院那天，萌萌的眼睛一直盯着医院门口的方向。何晓芸不知道她在看什么，刚一询问，萌萌便转过头，随他们离开了。

何晓芸回去就跟公司提出了辞职，丁大坤已经知道何晓芸家里发生的事了，虽然他还是想挽留，但何晓芸去意已决，丁大坤只能叹息着批准了。他有些无奈地问："晓芸，我们之间是不是越来越远了？"

何晓芸不能回答这个问题，除了爱情，她还有太多太多重要的事情。她已经错了一次，不能再错了，尽管没有人说她离婚是错，但是让自己的孩子不能幸福快乐的成长，这就是错。

整个公司的人来来走走，与何晓芸说不上有多深的感情，只有蒋佳，她抱着何晓芸不舍地说道："我会去看你的。"

何晓芸笑着点了点头。

辞职后的何晓芸暂且搬回了从前的房子，她现在寸步不离地守着萌萌，就像回到萌萌的婴幼儿时期一样，每天给她做好吃的，陪她说话，出去散步，想陪她度过这个难关。子铭也主动从学校搬回了家里，每天晚上到家以后，他总是赖在姐姐的房间。到夜深了，何晓芸得赶他才肯回房间睡觉。一天晚上何晓芸帮他掖被子，突然听见子铭说梦话，他嘴里竟说着："姐姐，别扔下我。"

何晓芸瞬间泪目。

最大的改变是刘康生，每天雷打不动，最晚七点前就离开办公室回家，哪怕有应酬、有会议，都一律推掉。公司的人都知道现在老板变得异常有原则，超过七点文件都会不再递上去，所有的工作要在下班之前报给老板,渐渐地,整个公司也形成了不加班的风气。

六月份的时候,子铭高考结束,他报考了一个离家极近的大学,他的通知书也顺利地发放下来。每天从校园回家,不到一个小时的路程。这样,他每天还是能回家与姐姐一起吃饭、聊天。

在家人的陪伴下,萌萌逐渐走出了失恋的阴影。虽然父母还没有正式复婚,但他们却如从前那般,生活在同一个屋檐下,围在她身边。一家团聚,其乐融融,她心中渴望的那份久违的温馨感,已然回来了。心情好了以后,人也开始变得开朗起来。

第五十六章

尾声

将近年底的时候,平雪娟生了一个男孩,取名张赟赟,小名贝贝。鼻子、眼睛几乎跟张文涛的一模一样,简直就是张文涛的"迷你版"。

空闲的时候,平雪娟时常带着孩子来何晓芸家串门。尚在家休学的萌萌格外喜欢这个奶香味的小娃娃,每次都会情不自禁地逗逗他,样子喜笑颜开。她已经恢复了正常状态,跟任何陌生人都能聊得开心,再次变回了那个爱说爱笑的她。

何晓芸看到这一幕,心里格外地欣慰。

这天下午,萌萌主动开口了,跟何晓芸说起话来。这是近半年时间来,她第一次开口说话。平雪娟带着孩子刚刚回去,她突然地问道:"妈,弟弟小时候也和贝贝一样可爱吧?"

"没错。你这个当姐姐的,就是这样逗他玩的。"何晓芸高兴地回答着,"你把弟弟当作你的玩具,整天陪他一起玩,后来你也是一直看着弟弟长大的。"

"妈,我们家要是能回到从前就好了。"萌萌若有所思地又补充道。

何晓芸抱着萌萌,拼命地点头,无法遏止的眼泪滴在萌萌额头上,鼻梁上。何晓芸是喜极而泣。她嘴里不停地说着:"可以的,妈妈答应!妈妈答应你!"

漫长而严寒的冬天过去了，春日里的阳光很明媚，湛蓝的天极高，也极清。阳台上的盆栽抽出了一点新芽，鹅黄浅绿的，使人心神儿也多了几分荡漾。

在这样美好的季节里，谁也不知道，何晓芸的心思，不知不觉起了变化。她不知道是为了孩子，还是为了她自己。至少，她被眼下这温存而和睦的家庭氛围所感染，她不希望这个家里再出现任何一丝令人心伤的变故。

在这样一个阳光明媚的早晨，刘康生叼着面包片准备出门上班，何晓芸喊住了他："你什么时候有空的话，我们去复婚吧。"

刘康生以为自己听错了，他愣在了原地。这话出自何晓芸的嘴里，让他太惊讶了，像是蓦然瞥见太阳打西边冒出来似的。

何晓芸以温柔的语气，又重复了一遍。她说得极慢："我说，如果你不介意的话，看什么时候有空，我们去民政局办理复婚手续吧。"

刘康生看她的神色不像是开玩笑，再说何晓芸从来也不是一个爱开玩笑的人。他停顿了一会，然后努力按捺住兴奋的心情，说道："周五，周五怎么样？"

何晓芸点点头说："好。"

晚上，不知出于什么心思，何晓芸不经意地打开了与丁大坤的微信对话框。自从何晓芸搬回家以后，他们再也没有联系过，期间只是偶尔听蒋佳说到他。何晓芸打了长长的一段话，反复思量后，最后又一行行地删了。她捂住自己的脸，感觉有点不知从何说起，最后她又重新写了一行话，终于发送出去了。不过，这次只有短短的十来个字，她写道："我要复婚了，出来见一面吧。"

几乎是立刻，丁大坤回了一句："好，老地方见。"

老地方是那个茶楼。他们当初第一次喝茶聊天的那座茶楼，这么多年过去了，装潢一直没变过。何晓芸到的时候，丁大坤已经早早点好了她喜欢的普洱茶。几乎一年的时间不见，丁大坤似乎没什么变化。何晓芸化了一个淡妆，如她往日上班时那样。进入包厢，她看见丁大坤，简单地开口问候说："好久不见。"

丁大坤给她倒了一杯茶，笑了一下："对啊，差不多一年了吧，这一年你过得怎么样？"

"挺好的，你呢？"何晓芸坐下来说道。

丁大坤耸耸肩，实话实说："不怎么样。"

何晓芸不自然地搓着手，稍稍迟疑了片刻，便开门见山地说道："大坤，我……我打算和刘康生复婚了。"

"你微信里都说过了。"丁大坤慢慢品完一杯茶，问道，"何晓芸，你真的想清楚了吗？"

"嗯，我想清楚了。"

"这样你会幸福吗？你总不能在同一个地方跌倒两次。"

何晓芸笑了笑，坦率地解释道："不会的，我这次主要是为了我女儿，前些阵子医生说她得了抑郁症，情绪不稳定，险些不能正常生活下去。我和她爸爸，对她亏欠太多了，所以，也算是为了女儿复婚吧。"

丁大坤想起了自己的女儿，自从她跟她妈妈去了国外，自己能见到她的次数就屈指可数。在她的成长中，他这个父亲的角色更是一直缺席。

"何晓芸，你是一个好妈妈，你重视孩子的感受，的确可敬，让人不得不赞赏。可是比起这样，有时候我更希望你是一个自私的人。所以我想问问，那你呢？复婚你开心吗？"

"大坤，到了我们这个年纪，自己开不开心感受如何，这些还重要吗？还有很多比自己更重要的东西。既然做了父母，我们就应该负责到底，陪伴他们健康成长，不是吗？"

"这话听上去，更像是你给自己洗脑。"丁大坤一针见血，认真地看着她说道，"何晓芸，你要想清楚。"

何晓芸自然明白他的意思，仍旧毫不犹豫地回答："我想清楚了。"

丁大坤不置可否。

"其实今天来，我也想跟你说个事。"他顿了顿，喝了半杯茶，才开口说，像是刚刚做了一个重大决定似的。

"什么事？"何晓芸有些惊讶。

"我要出国了，我已经决定移民新西兰，以后不一定会回来了。"

"移民？这么突然？"何晓芸看着眼前的丁大坤，突然有些不舍。

"不突然。或许你说得对吧，婚姻里不是只有自己，我已经很多年没有看到我女儿了。错过了她很多的成长时间，也亏欠她们母女太多，我想用余生好好补偿她们。"

何晓芸一时之间有点愕然，她过了一会才反应过来，然后有些违心地说："那很好啊，恭喜你！"

"你没有一点舍不得吗？如果你挽留一下，我可能会考虑为你留下来。"丁大坤看着何晓芸的眼睛，似笑非笑。

何晓芸平静地回答："当然有不舍，可是我们每个人都有自己的生活，有更值得自己考虑的未来，不是吗？"

听了这话，丁大坤脸上闪过一丝失望。

丁大坤看着何晓芸，很认真地说着："晓芸，这些年，我是真的喜欢你，也曾经很希望跟你生活在一起。我后来又离婚，做好了跟你在一起的准备。唉，可惜，我们最终还是没有那个缘分。"

丁大坤的临别告白，让何晓芸心里涌起一阵暖流。

自己何德何能，能担得起他的这份厚意。自己喜欢过他吗？或许有吧，可即便是有点好感的苗头，也被自己无情地掐灭了。在家庭与丁大坤之间，何晓芸会毫不犹豫地选择家庭。

"我一直很感谢你，这些年，像兄长又像朋友一样在我身边，谢谢你，大坤。"

丁大坤温和地笑了，带着绅士一般的笑容。他明白，是时候告别这个百合花一样的姑娘，尽管这是如此的无奈和伤感。

两人一起出了茶楼，来到了大街上。最后在分别的时候，丁大坤对何晓芸说道："不抱一个吗？"

何晓芸 对着丁大坤张开双臂，丁大坤一把将何晓芸娇小的身躯搂在怀里，他在她耳旁说了句"保重"，然后放开何晓芸，不曾回头，大步地向相反的方向走去。

何晓芸眼睛有些潮湿，她看着他的背影，喃喃说道："保重，大坤。"而他的影子已经远去，消失在纷纭散乱的人流里。

何晓芸擦了擦眼睛，随后转过身，朝着另一个方向走去。她知道，穿过喧嚷的人群，那里有着一个熟悉而温馨的家在等着自己。

不算结尾的结尾

出过几本书后,年轻一代的读者们总是喊我一声"王老师",媒体和年轻人们也总是问我作为一个女性作家,最想告诉女性的是什么?

很难回答这个问题,我并不好为人师,且认为这代人都有自己的"活法"。

可到底,作家是执笔立言的人,如果失去对社会的责任意识,也是可怕的。尽管我写过很多情感类的长篇,记录过一些女性自我成长的点滴。却似乎始终没有十分透彻地去面对这样一个话题:婚姻何为?为何婚姻?

尽管国家"花式"鼓励年轻人在合适的年纪里抓紧婚育甚至多育,但"半婚主义",甚至"不婚主义"、"不育主义"的声音依然甚嚣尘上,大有日胜一日的意思。不禁感慨,时代价值观的变迁,确实消解了我们那个年代还在认为的婚姻属性。

我害怕被媒体问到,对此你想告诉年轻人怎样看待婚嫁生育?

就是出去社交,我也时常告诫自己人贵有三德:对单身的不催婚、对已婚的不催生、对已离婚的不催再婚。以免自己身上沾染了年轻人讨厌的"姨味儿"。

我有个小闺蜜,其实也不"小"了,36岁了,一直未婚,和我生活在同一个城市。以我对她日常的了解,读书、养狗、新闻采访,有时做些戏曲剧本在院团排练,发展爱好的同时,经济独立,也有一个若断若续的神秘男友,慰藉彼此。我心里一直替她着急,会担心,再过几年是不是就不能再生孩子了,她会不会后悔?不结婚的话,那个男友能不能相伴她到老,余生该以何种模式生活下去?

她却淡然回应,谁说婚姻是女人唯一的选择?我从不寄希望于婚姻家庭,过好我自己就可以。

她到底是经历过父母及原生家庭分崩离析的重大伤害的人,我总认为这是在逃避问题,是对自我的放弃。直到她有天反问我:"那你为何结婚?婚姻给了你什么?"

说实话,我真没有认真思考过,从恋爱到结婚,一切都是顺其自然,没有想过要从婚姻里获得什么。那个年代,就是认为不以结婚为目的的恋爱纯属耍流氓。这么多年过后,扪心自问,也许婚姻给我的,是一个孩子,仅此而已。

当然,现在的法律也好,科学技术的日新月异也罢,没有婚姻,甚至没有男性伴侣,女人也可以有个孩子,只要你想要,有足够的经济条件去要。

这道题,似乎看起来是个减法方程式,大部分女性彻底从繁琐的婚育生活里陡然清醒起来。

但即使再独立的男人女人,能否认爱吗?

补记

我难以忘记，一次早餐中见到的一对60多岁的夫妻。那是在西安的小东门——早餐最丰盛的地方，近两年来也成了网红打卡地，集聚了关中大部分美食，牛肉丸子胡辣汤、小笼包子、油茶麻花、肉夹馍、豆花，等等。走在这青砖白石铺就的巷子里，人间烟火扑面而来。我陪北京的朋友来此打卡，便偶遇了一对买早餐的夫妻。

丈夫那银灰色的头发梳得一丝不苟，粉白相间的条纹衫子外套了件豆蔻色的马甲，灰色的围巾随意搭在脖子上，下身搭了条卡其色的条绒裤子。我悄悄让朋友看老爷子的打扮："这可是今年最流行的美拉德配色！"

朋友说："要么是老太太讲究品味，帮老伴搭配的；要么就是老爷子年轻时候就是个招女人喜欢的风流男子，怕是没少让老太太操心。"

我踢了朋友一脚，生怕老两口听到我们这样"品头论足"，带着一半钦佩一半羡慕。

老太太中等身材，纯黑的内搭，外面套着浅褐色的风衣，微卷的头发剪到耳朵上方，显得干净利落又不失温婉。

"你想吃什么？"老爷子问。

"你想吃什么？我正在考虑油茶麻花。"老太太回答。

"我考虑的是豆腐脑，不过可以随你一起吃油茶。"

"那我们买一碗豆腐脑，一碗油茶，端在一起吃。"

"那你还需要点什么？我去给你买。"

"我们可以一起去买。"

对话很平常，但不平常的是两人一直在轻声细语地说着，仿佛一顿早餐有讨论不完的话题，且乐此不疲。在那样的对话里，你会体会到丈夫对妻子的尊重与宠爱，还有妻子对丈夫的追随和体谅。

我和朋友竖着耳朵听两人的对话，却又同时若有所思地沉默起来。

"我们两口子，从来不这样说话，简单粗暴又明了，仿佛早饭只是一项生活里的规定动作、义务、责任和程序。"

谁说不是呢？也许很多人已经忽略了，早餐里，蒸腾的分明是生活，是被岁月研磨得极细的生活。

如果，婚姻以这样的状况出现，我敢说离婚率一定会下降。如此说来，我们抗拒的不是婚姻本身，而是令人"不舒服"的一种状态、一个人，导致的一顿并不产生温柔交流的早餐。

清代痴汉纳兰容若曾慨叹："人生若只如初见，何事秋风悲画扇。等闲变却故人心，却道故人心易变。"似乎世上最不可捉摸的事情，是爱情，最不能用力的关系是婚姻。

在《余生很好》这本书里，我塑造了何晓芸和刘康生这对"从校服到婚纱"的夫妻，有着少年时期的纯洁恋爱为牢固的婚姻基础，纵然康生母亲对这个"农村出身"的儿媳妇有不认可的地方，好在不住一个屋檐下，也确实没有太多外在干扰因素影响到小夫妻的生活。

可人和人就是这么奇怪，无论哪一方快了或慢了，冷了或热了，便会产生裂隙。而如今社会里"琳琅满目"的诱惑，更是无时无刻不在攻击着婚姻城堡。以前的人们，几块钱买的东西坏了都会想着去修，现在万把块的手机半年就被更新替代。

最后，何晓芸和刘康生的婚姻情感还是不可避免的崩塌了。但生活里父母儿女的羁绊，又不得不使两人暂时不能离婚，只能拉扯着彼此，推着生活的车轮，向前走着。

婚姻最焦灼的状态，就是为父母为孩子表演"恩爱"，私下里是"最熟悉的陌生人"。

也许成功的婚姻千篇一律，不成功的似乎也无外乎出轨、精神孤独、性格不合这几个万变不离其宗的因素。

我曾经为了写下一部报告文学，去秦岭一个民宿里采访，那个院子里住了一对40多岁的夫妻，两人平时都忙于工作，觉得一个不理解一个，牙膏用什么牌子、袜子丢在哪里都有可能触发大战，实在无法调和，就准备离婚。但离婚前一周，丈夫提出到秦岭小住几天，因为两人曾经说了无数次要去旅行却因为工作、孩子上学等没有实现。妻子答应了。并彼此约定一概不接任何电话，处于完全休假状态。本来三天的小住，最后变成一周，到最后退房时，他们已经决定不离婚了。

是林间的鸟鸣，松下的兰溪，还有农家小饭中的安静平常，让两人重新专注生活本身，似乎又回到了年少绮梦里，治愈了彼此疲惫而千疮百孔的心。汹涌的生活之啸退去，爱的沙滩细软起来，还有美好回忆的贝壳，一起拾捡。

与其说是秦岭劝住了即将分道扬镳的夫妻，不如说是生活本来的美好先安慰好了自己，才能发现对方的美好。

谈恋爱，其实谈的是自己对自己的内审，结婚，结的是自己对生活的参悟。我们最大的误区是以为对方是港湾，其实不过是彼此的"同修"。

所以，我修改了原本已经定稿的第一版结局：何晓芸对婚姻的迷茫和失望——改成了对未来日子的憧憬和向往。

我与小说里的人物一起成长，似乎我们一起经历了爱情与婚姻里的快乐和不幸，尔后顿悟，余生，不是扶着别人的手，而要相信自己的心。

有一种女人，无论她嫁给谁，无论婚与不婚，她都能过得很好，惊艳了芳华也温暖了别人，那是因为她"嫁"给了生活。

老舍说："生活是种律动，须有光有影，有左有右，有晴有雨，滋味就含在这变而不猛的曲折里。"生命的迷人之处，就在于它好坏各半，日升月落中，悲喜交替。人为万物灵长，身眼神识的完善，比任何一个动物对生之体味更丰富饱满。

斯人若彩虹，不是那人真如彩虹，而是我们本身就在彩虹里，那么遇到谁，选怎样的生活方式，都是灿烂而光明的。

暗夜到黎明，花谢等花开，雨会来，风也会来，一切非我们所有，天地又慷慨地赋予我们使用权。

我不是想通过此书标榜自己是一个婚姻支持者，又或者说自己是个不婚主义者，其实那没有什么意义。因为，幸福无定式，只有定义。

不管你最终想以何种方式去生活，我希望都是你自己最舒服最想要的方式。

若我还能用这本书去回答点什么，那便是别让婚姻器具化，也别让幸福定式化。让想结婚的人，终成眷属；让不想结婚的人，悦纳自己；让困在城堡里的人，解放在生活的美好中；让拥有美好生活的人，继续美好下去。

如果社交媒体里的争论将这些不同群体的思维更加"孤岛化"，那我愿以自己微小的文字针脚，把"孤岛"缝成"大陆"，能缝多少是多少。毕竟——

余生很好，浪费即犯罪。

收听有声电台
配套伴读有声书带你听见书中的故事。

观影爱情风雨
看经典影视人物如何成功经营婚姻与家庭。

破译婚姻密码
解答爱情22问,教你在恋情中掌握主动权。

致信点滴爱意
陪伴是最长情的告白,把你的真心写给TA。

如何好好地去爱一个人

扫码发现美好爱情的模样